前　言

我早年即爱阅读和研讨中国古代文学作品。十一届三中全会后，因为给本科生和研究生讲授魏晋南北朝、隋唐五代时期《中国文学史》，有机会参加学术活动，于是写了一些谈论诗艺的文章，大体上分为研究与鉴赏两部分。

属于研究部分的，或与诗史有关，如对某一朝代、某一诗体、某一专著、某一问题、某一作家的评论；或是对一些重要作家的作品进行研究与分析，如对古代作家学习前人创作经验的评论；或是对某一作品在创作上独特成就的研讨等。

随着古代文学研究工作的发展，北京、上海等一些省市出版社先后刊行多种对古代文学作品进行艺术鉴赏分析的专集和辞典。过去对古代作家、作品的分析，一般都在专题论文中部分地谈及，现在却有改变。我始因开会受约，继又承各地出版社函邀撰稿，现将有关文稿作为鉴赏部分编入本书。

入编本书的，虽均是已经发表的文章，但撰写过程中，因急于脱稿，难免有疏漏之处，尚希方家指正！

第一章
诗史丛谈

鲁迅与唐诗

鲁迅有不少关于唐诗的精辟见解。从对唐诗的总评价，到清代几个唐诗选本，他都发表过中肯的意见。对唐代的重要诗人如李白、杜甫、李贺、李商隐的论列，对钱起、韦庄等的作品的评价，也都有独到的看法。现存鲁迅手迹中，多次选录了唐代诗人的作品。此外，鲁迅在诗歌创作中也吸取了唐代诗人的创作经验。鲁迅有关唐诗的精到见解，都散见在他的杂文、书信和谈话中。把鲁迅这一珍贵艺术遗产初步加以搜集排比，想来不是没有益处的。

一

凡是读过鲁迅书信的人，都不会忘记他这样的见解："我以为一切好诗，到唐已被做完，此后倘非能翻过如来掌心之'齐天大圣'，大可不必动手。"（《致杨霁云》）鲁迅用艺术家所特有的语言，生动形象地表达了对唐诗的高度赞赏。是的，成就卓越的唐诗，在我国文学史上是一座凌云概日的艺术高峰。它继承和发展了《诗经》、《楚辞》的悠久文学传统，学习和借鉴了汉魏六朝作家积累的艺术经验，植根在唐代现实生活的深厚土壤之中，从而开拓出一个崭新的诗国。在《全唐诗》中，列名作者达两千多人，收入作品有四万多首，大大超过了唐以前整个历史时期的诗歌总和。如果把唐诗比作一座雄伟的艺术宝塔，众多诗人是塔基，代表各种流派、风格的著名诗人是塔身，而李、杜则是高据塔尖的两个艺术巨人。唐代那些伟大和著名诗人的佳篇杰作，永远在诗坛上放射出灿烂的光华。鲁迅称赞唐代“一切好诗”“已被做完”，用语是十分恰切的。唐诗不论古近体都拥有不少高手。唐诗流派，从“四杰”、“沈宋”、“高岑”、“王孟”、“李杜”、“韩柳”、“元白”、“张王”到“李（商隐）杜（牧）”、“皮陆”，可说是千姿万态、丰富多彩。唐代诗人的风格，有的精工谐亮（骆宾王），有的高华雄整（杜审言），有的慷慨激昂（高适），有的冲和淡远（王维），有的清雄奔放（李白），有的沉郁顿挫（杜甫），有的深奥幽奇（李贺），有的雄伟奇崛（韩愈），有的色彩绚丽（柳宗元），有的平易自然（白居易），有的流丽俊爽（李商隐），有的豪健跌宕（杜牧），好比百花斗艳，芳菲满园！要跨过唐诗这座艺术高峰，的确很不容易。但鲁迅相信历史绝不会倒退，中国诗坛上肯定会产生后来居上的英雄豪杰。他用中国古典小说《西游记》中一个十分逗人喜爱的形象——孙悟空来喻指这样的人物，说明他对诗国的未来寄予着无限的期望。

二

鲁迅研究唐诗时，很注意民间文学对它的影响。他把“民谣、山歌、渔歌等”称作“不识字的诗人的作品”。“因为比较的优秀，大家口口相传”，“偶有一点为文人所见”，便被“吸入自己的作品中，作为新的养料”。他举了“唐朝的《竹枝词》和《柳枝词》”为例，认为它们“原都是无名氏的创作，经文人的采录和润色之后，留传下来的”（《且介亭杂文·门外文谈》）。刘禹锡和白居易在这方面都分别做出了成绩。“《竹枝》本出于巴渝，唐贞元中，刘禹锡在沅湘，以俚歌鄙陋，乃依骚人《九歌》作《竹枝》新辞九章，教里中儿歌之，由是盛于贞元、元和之间。”（郭茂倩《乐府诗集·近代曲辞三》）刘禹锡在《竹枝词·引》中指出，他在建平（夔州）听到“里中儿联歌竹枝，吹短笛，击鼓以赴节”，“含思宛转”，因加改作，“俾善歌者扬之”。《柳枝词》即《杨柳枝》，是唐代教坊曲名。白居易《杨柳枝二十韵·引》：“杨柳枝，洛下新声也。……词章音韵，听可动人。”他不只专门为它“赋”诗，还“新翻”了八首《杨柳枝》词。刘禹锡的“《竹枝》新辞”，白居易的“新翻《杨柳枝》”，都是在原作的基础上有所加工润色。“这一润色，留传固然留传了，但可惜的是一定失去了许多本来面目。”（《门外文谈》）鲁迅为“无名氏”作者的原作没有保存下来而惋惜，这无疑是正确的。但我们在惋惜之余，却要为唐代诗人从“无名氏”的创作中“吸入”“养料”，使唐诗增色，而表示高兴。

鲁迅对唐诗的分类，和他的文学分类观点相一致。他从在朝和在野的差异出发，提出了“廊庙文学”和“山林文学”这两大类别：“中国文学从我看起来，可以分为两大类：（一）廊庙文学……（二）山林文学。唐诗即有此二种。如果用现代话讲起来，是‘在朝’和‘下野’。”（《集外集拾遗·帮忙文学与帮闲文学》）他认为“唐诗即有此二种”。鲁迅指出，此外还有一种“真也不太多”的“不帮忙也不帮闲的文学”。照鲁迅的解释，“廊庙文学”是指“已经走进主人家中，非帮主人的忙，就得帮主人的闲”的诗人而言；“山林文学”是指“暂时无忙可帮，无闲可帮，但身在山林，而‘心存魏阙’”的诗人而言。对于既“不帮忙也不帮闲的文学”，鲁迅虽然没有解释，但可以推断，是指关心现实生活、同情人民疾苦的诗人而言。

写“应制诗”，这是唐代宫廷诗人的主要特长。其内容不出从游侍宴、歌功颂德。应制诗的作者，就是唐代“廊庙文学”的“骨干”力量。它的代表人物，初唐有虞世南、上官仪，盛唐有苏颋、张说，中晚唐有令狐楚等。脱离现实和人民，缺乏生活和时代气息，是这些诗人的缺点。他们中虽有个别优秀分子，但总的说来，不能代表唐诗的优秀部分。

以山水田园、隐居生活作为诗歌的主要题材，在唐代，以王绩、孟浩然、王维、司空图、方干等为代表，有不少追随者。在他们笔下，社会现实让位给自然景物，风花雪月取代了民生疾苦，登山临水的闲情逸致掩盖了仕宦干禄的庸俗思想。他们实际上向往着一条“终南捷径”。这派诗人中不乏才华出众之士，对山水田园的自然风光确有真切体验，在艺术上也确实有所成就，但还不能算作唐诗的最优秀部分。

最有资格代表唐诗最高成就的，是鲁迅提到了却没有具体加以阐述的那“一种”诗人。他们“真也不太多”，但都不同程度地怀有济时忧民的政治抱负、建功立业的壮志雄心，对黑暗现实敢于表示愤慨和抗议，对统治阶级敢于无情揭露和鞭挞。他们有的贫居草野，有的沉沦下僚，有的身在高位。显然，不应该把这些诗人和“帮忙”与“帮闲”文人混为一谈。在唐代诗人中，他们虽然只占少数，却代表着一代诗风。正是他们的辛勤劳作，使唐诗的艺术园圃大放异彩，开出了鲜艳的花朵，结成了丰硕的果实。鲁迅没有就这方面进行阐述，可能因为他的文章是针对国民党反动统治下的黑暗现实而发，不是专门讨论唐诗的缘故。

三

鲁迅对清代几个唐诗选本，如乾隆皇帝御选的《唐宋诗醇》，蘅塘退士孙洙选的《唐诗三百首》和王士禛的《唐人万首绝句选》，都曾发表过自己的意见。

《唐宋诗醇》选了唐代李白、杜甫、白居易、韩愈四家的诗。《四库提要》吹捧此书的编成，是“我皇上圣学高深，精研六义，以孔门删定之旨，品评作者”。此书以不“悖于臣子之义”为选旨，称赞李杜“其根于性情，而笃于君上者”，“固无不同”，尤其称道杜甫“发于情，止于忠孝”，“所以独有千古”。鲁迅欣赏杜诗，不单纯从杜诗的艺术成就着眼，主要出于政治上的需要，即“匪憔赏味其诗，亦藉以为诗教”。鲁迅认为这一“钦定”的选本，“便是皇帝将古人做得纯厚的好标本”（《花边文学·古人并不纯厚》），是精心加以评选的产物。但他看过之后，却得出结论——“古人并不纯厚”。因为正是这四家的诗作中，就有不少内容“偏激”的作品，是对统治者持批判态度的。例如李白的《远别离》，写于安史之乱前夕，用浪漫主义的写法，通过有关虞舜的传说，表现出对唐玄宗信任权臣的极大愤慨。但《唐宋诗醇》却抓住诗中“忠诚”二字大做文章，认为“此立言之本指”。《蜀道难》本作于安史之乱前，但《唐宋诗醇》同意萧士赟的看法，认为是“禄山乱华，天子幸蜀而作”，“目惨惨兮云冥冥”，“目者君象，云盛则蔽其明”。“问君西游何时还”的“君”，乃指“明皇”，“犹杜甫《北征》诗‘恐君有遗失’及‘君诚中兴主’之义”。再如杜甫的《哀江头》是以安史之乱源于唐玄宗的骄奢荒淫为主旨，谴责他不得不自食国破家亡的恶果。但此书却说它“纯是忠爱之清”。《北征》表现的是人民的悲苦生活和诗人对时局的看法。“忆昨狼狈初”一段，鲁迅最欣赏“不闻夏殷衰，中自诛褒妲”二句，认为杜甫“敢”言。但此书却推重“桓桓陈将军，仗钺奋忠烈”十字，强调它“立言有体”：“元礼虽有活国之功，终伤人臣之义。甫但称其‘忠烈’，而行诛之权归诸明皇，尤为得体。”这正体现了此书“不悖臣子之义”的选旨。

《唐诗三百首》卷五中所选唐玄宗的五律《经鲁祭孔子而叹之》，使事用典，写得四平八稳。鲁迅认为“和我们不相干”（《且介亭杂文二集·徐懋庸作〈打杂集〉序》）。该诗概括孔子的际遇，含有叹惜赞美之意。此书选它的目的，在于显示唐代皇帝的怜才，为“家塾”“儿童”提供“白首莫”“废”的范本（蘅塘退士《唐诗三百首·序》）。此诗“叹凤”、“伤麟”的内容，对唐玄宗是一绝大讽刺。唐玄宋虽然惋伤孔子“身否”、“道穷”，而他对唐代大诗人李白、杜甫却并不重视：一个遭谗毁“赐金放还”，一个“献赋求官”，“应诏”赴“省试”，却因权臣堵塞“退下”。他写的和做的完全脱节。鲁迅由此想到了当时反动统治下暗无天日的文坛，革命诗人和进步作家惨遭迫害，即使有唐玄宗式的人物装出“怜才”的假面孔，不过是粉饰太平而已。鲁迅所作“和我们不相干”的讥评，十分值得玩味。把这样的诗选人“儿童”学诗“课本”中，正如鲁迅所说，它对“儿童”是不可能产生“切帖”，“生动，泼刺，有益，而且也能移人情”的艺术效果的。

鲁迅认为，王士禛的《唐人万首绝句选》是“借古人的文章，寓自己的意见”。“择取一书删其不合于自己意见的为一新书”，使“读者虽读古人书，却得了选者之意，意见也就逐渐和选者接近，终于‘就范’了”（《集外集·选本》）。此书据宋人洪迈的《万首唐人绝句》原本，和选者的《唐贤三昧集》选旨基本相同，即标举“神韵”，以“超诣”为尚。王士禛推重盛唐诗人，认为“开元天宝诸名家无美不备”。盛唐，他“尤为”推服李白、王昌龄和王维，中晚唐则特重李益、刘禹锡、杜牧、李商隐“四家”。同时，他又肯定王世贞“七言绝盛唐主气”、“中晚唐主意”之说（《唐人万首绝句选·凡例》）。该书专主“神韵”一格，“他格殆甚少”，“颇病唐人面目于此犹为未备”。即以李白、王昌龄而论，李白的《秋浦歌》只选了表现曹娥江上美景的“愁作秋浦客”一首，而鲁迅赏识的，浪漫味甚浓，颇能表达李白匡时济世壮志未得伸展的愁思的“白发三千丈”一首，却未选入。王昌龄的《观猎》、《采莲曲二首》，刻画人物形象十分生动，却被摈弃。又王士禛“最严文字雅俗之分”，有“唐时并世之人不以为俗，传诵一时，而阮亭以为俗而摈之者”（邵裴子《唐绝句选·序》），说明该书确带有不少偏见。因此，该书虽较王士禛其他唐诗选本“精审”（《四库提要》），但毕竟打上了“神韵”派的明显印记。

四

对于唐代两大诗人李白、杜甫，鲁迅都有很精到的看法。鲁迅在 1934 年的一次谈话中，肯定他们“观察事物的眼力”都“非常锐敏”。他曾把李杜和陶潜作过比较：“陶潜、李白在中国文学史上，都是头等人物。我觉得陶潜站得稍稍远一点，李白站得稍稍高一点。这也是时代使然。杜甫似乎不是古人，就好像今天还活在我们堆里似的。”（见《文艺报》1956 年 19 期）鲁迅从三位诗人对现实生活所取距离的远近出发，指出他们反映现实各有特色，而归根到底为“时代”所决定。陶潜因为处于“易代”之际，他对刘宋王朝深表不满，却惋惜东晋王朝的灭亡，他的作品较多描写田园生活，虽然不时在有的作品中表示对现实的看法，但往往给人一种印象，好像同现实离得远远的。李白是一个浪漫主义大师，他反映现实，常带强烈主观色彩。出于抒发感情的需要，李白的作品往往离开生活的逻辑去进行艺术构思。有时他又把生活加以幻化，因而出现在诗作中的黑暗现实，常是通过自然界的愁惨景色来表现，有时甚至离开现实，把自己的某种理想幻化成一个个并不存在的仙家异境。李白驰骋想象，在现实的上空展翅飞翔，的确给人一种比现实站得更“高”的印象。李白很早就怀着远大政治理想，他看到了安史之乱前的黑暗现实，产生了理想难于实现的某种预感。他虽在作品中反映了这种预感，却未能把祸乱爆发后国家人民的灾难、痛苦如实地加以表现。而比他小 12 岁的杜甫，却出色地做到了。杜甫同现实生活打成一片，不远站，也不高站，直接投入它的洪流之中。不论困守长安和流寓西蜀期间，他都深刻地描摹了世态人情的冷暖炎凉。他的诗作与鲁迅在思想上引起强烈共鸣。时隔千年，还能给人以“似乎不是古人，就好像今天还活在我们堆里似的”的印象。鲁迅这一崇高评价，杜甫完全当之无愧。

鲁迅不同意郁达夫“杜甫的律诗，高于他的古体”的看法，认为“杜甫的律诗后人还可以模拟，古体的内容深厚，风力高，是不许人模拟的”。鲁迅所说的“古体”，包括五七言古诗。鲁迅评价杜甫诗作高下的尺度是“模拟”的难易，表明他对诗歌的评价，首先着眼于它反映现实的广度和深度，其次才是运用艺术形式和技巧的杰出成就，而二者必须有机统一。鲁迅指出，杜甫的“律诗”在形式和技巧方面还有蹊径可寻，而“古体”则因“深厚”的“内容”和“高绝”的“风力”，很难单纯从形式技巧上加以仿效。他继承、发展了汉魏两晋诗歌“志深笔长”、“慷慨任气”的传统，不论五古或七古，都具有一种为他所开辟，别人很难达到的艺术境界。而这种境界，缺乏生活体验，仅仅追求形式技巧的诗人，绝不可能达到。

不过鲁迅似乎更看重杜甫的五古，这从鲁迅和郁达夫谈话时所举的例子中可以看出。鲁迅针对宋人的看法，特别举了杜甫

《北征》和韩愈《南山》作比较："他的《北征》就远在韩愈的《南山》之上，韩愈用力学他，差得远。"（《文艺报》1956 年 19 期）《北征》是杜甫回鄜州看望家小时之作，诗中描述了途中亲身见闻的人民悲苦生活，发表了对时局的看法，是诗人关心国家人民的深厚感情的艺术结晶。《南山》是韩愈谪迁阳山时途经终南山之作。韩诗主要表现途中所见的自然景色，却缺少了《北征》有关社会生活的描述。对人民生活和时局的关怀，是《北征》最值得肯定之处。《南山》只是"模拟"了《北征》中描绘自然景色的一些片段，把杜诗中刻画果树"或红如丹砂，或黑如点漆"的经验，用来形容南山的形状，出现了逾 50 个"或若"、"或如"之类的句子。《南山》在命意、遣词、选韵方面，虽有特色，但衡以"内容深厚，风力高"的标准，就大为逊色了。原因在于：杜甫是创造，韩愈却是"模拟"。鲁迅"差得远"的判断，是完全有理由的。鲁迅在《女人未必多说谎》中，还着重提到了《北征》中评价马嵬之变的名句："关于杨妃，禄山之乱以后的文人就都撒着大谎，玄宗逍遥事外，倒说是许多坏事情都由她，敢说'不闻夏殷衰，中自诛褒妲'的有几个。"把杨妃比作褒姒、妲己，也就是把唐明皇比作夏桀、殷纣和周幽王。这确是杜甫大胆"敢"言之处。

李白的浪漫主义诗风，引起了鲁迅很大的兴趣。他认为李白是一位浪漫主义诗人，和别的诗人一样，生活和"做诗"并不"专门要颠"（《且介亭杂文末编·这也是生活》）。李白被宋人称为"仙才"，并"善作豪语"（《准风月谈·豪语的折扣》），固然与他"学仙"有关，但主要还是因为他善于运用浪漫主义夸张手法。鲁迅举了李白两个例子，其一是《秋浦歌》的"白发三千丈，缘愁似个长"；其二是《北风行》的"燕山雪花大如席，片片吹落轩辕台"。鲁迅认为，在诗歌和漫画中运用夸张手法有一个共同要求——“虽然有夸张，却还是要诚实”，即是说要有一定的生活依据。人们相信诗人“说愁”是事实，但用“白发三千丈”来“说愁”，则“至少”要“打一个二万扣，以为也许有七八尺，但决不相信它会盘在顶上像一个大草囤”（《伪自由书·文学上的折扣》）。“‘燕山雪花大如席’，是夸张，但燕山究竟有雪花，就含着一点诚实在里面，使我们立刻知道燕山原来有这么冷。如果说‘广州雪花大如席’，那可就变成笑话了。”（《且介亭杂文二集·漫谈“漫画”》）

五

对唐代著名诗人李贺和李商隐，鲁迅也曾加以论列。李贺“困顿了一世”，“无路可以走”，但他追求着一种“为神仙中人甚乐”的“幸福”的梦；为“上帝造”的“白玉楼”“做文章落成”（《坟·娜拉走后怎样》）。鲁迅对李贺的遭遇是同情的。李贺常在诗中抨击黑暗现实，抒发凌云壮志。鲁迅欣赏他的《感讽五首》、《南园十三首》、《开愁歌》等诗，肯定他的名句“心事如波涛”，“说得很真切”（《致曹聚仁》）；又批评他在《南园》中作“豪语”，“毫不自量”（《准风月谈·豪语的折扣》）。鲁迅“年轻时较爱读”李贺诗，是因为它“晦涩难懂”。但到晚年，他却“连这位李君也不佩服了”（《致山本初枝》）。增田涉对此曾经谈道：“李贺所表现的奇峭和文字的偏僻用法，在鲁迅却随着年龄的增长逐渐削弱了。”鲁迅晚年更为欣赏杜甫式的“稍为易懂地、幅度广阔地”“吐露着悲怆慷慨”（《鲁迅的印象》）的作品。鲁迅对李商隐的诗持一分为二的态度。他欣赏李诗的“清词丽句”，却对它“用典太多”表示“不满”（《致杨霁云》）。鲁迅言简意赅的评价切中了李诗的要害。

鲁迅对唐代诗人钱起、韦庄的作品曾有所评析。他颇为欣赏钱起的“省试诗”《湘灵鼓瑟》。该诗通过娥皇女英的传说，充分发挥想象，生动细致地表现出湘水之神鼓瑟艺术的高妙境界。水神随声起舞，迁“客”为之感动。曲调凄苦，音响清越。“湘灵”思念丈夫的感情，通过哀怨的瑟声，在苍梧山上萦绕，而芳香的白芷也随之散发出芬馨的气息。从潇江和洞庭湖上，不时传来流水和悲风声，更增添了别怀离绪。末二句“曲终人不见，江上数峰青”，收得最妙：既勾画出湘灵的缥缈仙姿，又描绘了湘江的清幽景色。鲁迅曾经针对当时有的评论家摘取这两句诗作为“文学上最高境界”——“静穆”的代表作，提出了批评。他认为这种“摘句”法“最能引读者入于迷途”。这种既不“顾及全篇”，又不顾及“作者的全人”的“论文”法，“很容易近乎说梦”：“现在一看题目，便明白‘曲终’者结‘鼓瑟’，‘人不见’者点‘灵’字，‘江上数峰青’老做‘湘’字”，并不怎么神奇了”（《且介亭杂文二集·“题未定”草（七）》）。鲁迅指出，“读者是种种不同的”，“曲终人不见”之类的诗句过去有的“文人”欣赏它，是因为他们“对于人生，既惮扰攘，又怕离去”，“实有太板，寂绝又太空，疲倦得要休息，而休息又太凄凉”，便以此作为“一种抚慰”（《“题未定”草（六）》）。于是，“曲终人不见”之外，贾岛的“只在此山中，云深不知处”也同样被“称道”。但鲁迅肯定此诗，却是因为它很切“湘灵鼓瑟”的题目，末两句尤能传湘灵鼓瑟之神。她来无踪去无影，鼓瑟虽已终曲，余音袅袅，仿佛不绝于耳。

鲁迅对韦庄那首长达一千六百多字的七古《秦妇吟》表现出不小的兴趣，认为是“一篇慷慨激昂，文字较为通俗”的诗作，在晚唐很为人们“传诵”（《准风月谈·查旧帐》）。诗中写黄巢入长安时的情况，“内库烧为锦绣灰，天街踏尽公卿骨”一联刻画了“公卿”逃匿丧命的狼狈之状和官军骚扰焚掠的暴虐行为。而

“前蜀创业垂统之君，端己北面亲事之主（王建）”当时即为官军杨复光部“八都大将”之一（陈寅恪《韦庄〈秦妇吟〉校笺》），于是引起“公卿垂讶”。“庄乃讳之”，告“戒”家人不许留传，意在“止谤”（孙光宪《北梦琐言》）。因而《浣花集》不收，《全唐诗》未载。直至清末，才在敦煌被发现。此诗主要倾向是诬蔑农民起义，诚然应予批判，但客观上表现了起义军惊天动地的浩大声势，使王侯将相威风扫地，却大大出乎诗人的意料。此诗兼有糟粕与精华，鲁迅用实事求是的态度对待它，为我们做出了范例。

鲁迅研究唐诗，视野很广阔，既重视大家、名家，也不忽视小家。他注意到唐末不知名的诗人左偃，肯定左的七律《寄韩侍郎》中的诗句“谋隐谋官两无成”（《全唐诗》原作“谋身谋隐两无成”），认为这是作者“自述”“悲惨的境遇”，“用七个字道破了所谓‘隐’的秘密”（《且介亭杂文二集·隐士》）。

现存鲁迅手迹中，有不少书赠中外友人的字幅，选录了唐代诗人李白、刘长卿、钱起、李贺、杜牧的作品，例如李白的《越中览古》，刘长卿的《听弹琴》，钱起的《湘灵鼓瑟》、《归雁》（后者误题为“义山诗”），李贺的《感讽五首》（三）、《南园》（七）、《绿封事》、《开愁歌》和杜牧的《江南春》等（《鲁迅诗稿》）。对这些诗作，鲁迅只就个别的作过论述，对于没有作过评论的几首诗的看法，虽不能确知，但他专门手录赠人，至少是颇为欣赏的。这些诗作，有的慨叹兴亡，有的感伤身世，有的抒写情怀，有的欣赏音乐，有的描绘景物，各具艺术风格。我们从中都能隐隐约约地窥见他欣赏唐诗的艺术观点。

（原载《鲁迅研究论文集》，《四川大学学报丛刊》第11辑）

边塞诗漫谈

边塞诗是唐诗的重要流派之一。殷璠早就赞赏崔颢“一窥塞垣，说尽戎旅”。可见人们谈论边塞诗，已有一千多年的历史了。

唐代边塞诗作者如林，但有卓著成绩，堪称代表人物的，却不太多。这是因为：（一）唐代虽有成群的边塞诗作者，但不少人只是在数量上壮大了边塞诗的声势，却未能提高它的质量。（二）唐代杰出诗人李白、杜甫和王维虽曾写过边塞作品，但主要成就不在边塞诗，人们也没把他们列入边塞诗派。可是，如果把他们的某些名作（像李白的《战城南》、《北风行》、《幽州胡马客歌》、《塞下曲》，杜甫的《兵车行》、《前出塞》、《后出塞》，王维的《陇兴吟》、《燕支行》、《使室塞上》、《塞上作》等）从边塞诗的整体中抽去，唐代边塞诗就会大为减色。（三）唐代优秀诗人高适、岑参、李颀、崔颢、王昌龄、常建、陶翰、张谓等，被公认是边塞诗派权威作家，他们也确实创作了一系列千古传诵的名篇，人们提到唐诗，就忘不了他们所作的突出贡献。可以说，唐代边塞诗的基础，就是他们用自己的力作奠定起来的。（四）唐代边塞诗作者一般都对边塞生活有较丰富的经验，如高适、岑参等，都曾不只一次到过塞外。而有的作者，虽不能确认他有边塞生活实践经验，但由于其所写某些名篇一直脍炙人口，似乎就不必在史料上老去纠缠，如王昌龄就是实例。

不过，即使是享有盛誉的边塞诗派代表人物，也不限于写边塞题材。如高适诗作，有的表现对人民的同情，有的揭示思想上的矛盾，有的反映早年旅游生活，有的概述一生经历，有的抒发真挚友情。又如岑参写了不少山水田园和文物古迹的诗作，其中尤以西蜀风光为多。

由此可见，边塞诗派虽是唐诗一个重要流派，但它的作者并不是只写边塞题材，独立存在于其他流派之外的。在这个诗派中，有中坚力量，也有热情赞助、支持的诗界伟人和名流，而更多的则是一些并不知名的作者。唐代边塞诗之所以能形成一个声势浩大的流派，正因为拥有各种类型的大量作者的缘故。

把边塞生活作为诗歌的重要内容之一，在中国诗史上有悠久传统。汉代民歌《匈奴歌》就可看作早期边塞诗作。相传为李陵与苏武诀别时的歌，描写他与匈奴作战失利，“矢刃摧”、“士众灭”、归“路穷绝”的处境。蔡琰《胡笳十八拍》和《悲愤诗》描述了在战乱中被掳入胡的痛苦经历。陈琳《饮马长城窟行》表达了在长城从事劳役的士卒的愤悲不平。这些都可看作边塞诗。早期边塞作品已经涉及了多种主题

六朝时期这一传统得到了继承和发扬。北朝乐府民歌反映的边塞生活，尤具民族特色。既有骑射技术高强的妇女形象（《李波小妹歌》），也有代父从军的木兰式女英雄典型（《木兰诗》），还有表现边塞生活习俗的《企喻歌》、《琅琊王歌》和描写美丽自然风光的《敕勒歌》等。

描写边塞生活的诗歌艺术传统，到隋代统一南北后，便在诗坛引起了反响。卢思道、杨素、薛道衡等都有边塞作品，就完全可以理解了。

初唐时期，唐太宗写过哀悼阵亡将士的边塞诗《辽东战亡》。“四杰”、陈子昂、郭震等，都把边塞生活作为写作题材之一。陈子昂《感遇》中的“朝入云中郡”、“朔风吹海树”、“苍苍丁零塞”等首，便属于边塞作品。盛唐时期，写手增多，佳作涌现，边塞诗形成了一个影响很大的流派。

唐代是我国历史上最强大的朝代之一。李唐王朝与亚欧各国、统一于唐王朝版图中的国内各民族间，经济与文化艺术交流都非常频繁。在这种历史背景下，难免不发生对内、对外战争。这就是产生反映边塞战争生活作品的现实基础。但总的说来，李唐王朝与邻近各国、汉族与其他民族间，和平相处的日子毕竟要多些。正由于和平状态多过战争状态，唐代边塞诗中反映的和平生活也就在数量上多过战争生活。

在唐代，尤其盛唐时代，人们往往把立功边塞、安定边疆，作为一种奋斗的生活目标。于是，描写边塞生活，便成为许多诗人追求、向往的新的艺术天地。它吸引着不少诗人的兴趣，都想在边塞诗的写作艺术上发出光和热。但在诗人们的心目中，边塞生活并不是一个狭小的概念。它具有着深广的内涵，远不是反映民族矛盾和民族战争这样的框子所能范围的。从边塞自然景物、生活习俗、艺术爱好、社会矛盾直至各种形式的战争等，无一不是诗人描绘的对象。这样，盛唐边塞诗的内容就显得丰富异常。而无数优秀作者正是在这个广阔的艺术原野上驰骋才华，取得卓越成就的。那些杰出的诗人更把思想感情倾注在人民一边，从而写出了思想性高、艺术性强的巨制，使唐诗艺术放出了异彩。

盛唐边塞诗的艺术巨匠岑参，向以善于描写边塞奇异自然风光著称。诚如许颉所说："岑参诗自成一家"，"其记西域异事甚多……古今传记所不载也"（《彦周诗话》）。岑参描写边塞自然风光的著名篇章，一下子打开了人们的生活视野，使读者耳目一新。如《白雪歌》摄下了胡风卷地，白草摧折，八月飞雪，犹如"千树万树梨花开"的美妙镜头。《热海行》写热海的高温，极具浪漫色彩。《火山云歌》写火山的"突兀"，渲染气氛，最是引人入胜。

对边塞生活习俗，岑参有出色的描绘。如他或写蕃王、汉将

“醉”舞“纵情”，共同娱乐（《胡歌》、《赵将军歌》）；或写“座参殊俗语，乐杂异方音”（《奉陪封大夫宴》）的富有边塞情调的宴会；或写边将“军中无事但欢娱”的豪奢生活（《玉门关盖将军歌》）等。王维在这方面同样有值得注意的作品，如《塞上作》写秋天傍晚“空碛驱马”、“平原射雕”的出猎场面，《凉州效外游望》、《凉州赛神》中的“洒洒浇刍狗，焚香拜木人”，“健儿击鼓吹羌笛，共赛城东越骑神”，便真实地再现了一千多年前的边塞风俗习惯。

唐代边塞地方的社会生活，由于具有历史的特殊性而显得非常复杂。李唐王朝为了加强边备而实施的不合理的兵役制度，往往把边疆人民推向苦难深渊。张谓《代北州老翁答》就具体表现了这种制度给边疆人民带来祸殃的实况。高适的《信安王幕府诗》、《九曲词》之三、常建的《塞下曲》，表达了诗人对边塞平安无事、人民各安所业的和平幸福生活的衷心祝愿。而杜甫的《兵车行》，则对黩武战争导致人民大量死亡的悲惨现实，作了无情揭露。

描写边塞战争的作品，在唐代边塞诗中占了相当的比重。因此，人们往往将边塞诗看作描写战争的诗。又由于唐代边塞战争总是具有正义与非正义的不同性质，在对边塞战争作品进行思想艺术评价时，必然要首先加以考虑。但是，脱离作品的具体实际，单纯从历史文献中寻找依据，从而轻易地给某一或某些诗作表现的战争的性质下结论、定倾向，未必明智。历史与艺术不能画等号。反映在一首诗中的现实生活，必然会经过诗人的提炼和概括。即使有某些生活依据，也和原样有了一定距离。搜寻史料，一一替诗句作注脚，难免牵强附会。因此要给某一反映边塞战争的诗作确定背景与性质，并不都是很容易的，特别是对那些名篇，更不宜采取简单粗糙的方式。

唐代边塞诗派渊远而流长，前后涌现了不少著名作家。如继高、岑、崔、李之后，就还有卢纶、李益、陈陶等。把范围广泛的边塞诗纳入边塞战争这一狭小框子里，显然与事实不符。对边塞生活的丰富内涵缺乏综合性认识，就会对边塞诗产生片面理解。正因为边塞诗内容丰富，唐代诗人才通过各种艺术形式，动用各种艺术手段，进行创造性的表现。不论在古体和近体的运用上，它都有很多变化。它的某些带规律性的艺术经验，很值得学习借鉴。对某些边塞诗采取轻率否定态度，将不利于对唐诗艺术经验的全面总结。

（原载《光明日报》1984 年 8 月 21 日；《文学遗产》651 期）

《河岳英灵集》浅议

唐代初年，梁陈宫掖之风泛滥诗国。初唐杰出诗人，以“四杰”、陈子昂等为代表，对梁陈诗风及其余波，展开了斗争。他们在端正诗歌发展方向、探索诗歌艺术形式等方面所作的努力，推动了唐诗的发展，促进了开元、天宝时期唐诗园圃百花竞艳、空前繁荣局面的出现。为了总结盛唐诗歌的创作经验，推动唐诗继续健康发展，殷璠编选了《河岳英灵集》（以下简称《河》集）。他通过编选和评论盛唐诗作的方式，提出自己的编选宗旨、标准和关于诗歌的主张。这对当时和以后都有积极的意义。

殷璠的生平事迹，史籍记载的很少。《全唐诗》称他是“丹阳人，处士”，而《河》集卷首又说他是“丹阳进士”，《序》中自称“爰因退迹，得遂宿心”，可见他曾经做过官的，其余的情况就不得而知了。

一

《河岳英灵集·序》对入选诗人、诗作总数和选诗起讫时间作了说明：

> 粤若王维、昌龄、储光羲等二十四人（《文苑英华》卷七一二作“三十五人”），皆河岳英灵也，此集便以《河岳英灵》为号。诗二百三十四首（《文苑英华》作“一百七十首”），分为上下卷，起甲寅，终癸巳。（《四部丛刊》影明本《河岳英灵集》）

我们现在看到的影明本《河岳英灵集》是上、中、下三卷。卷上选常建等9人，卷中选岑参等9人，卷下选崔署（《全唐诗》作“曙”，下同）等6人，共24人。原“序”说选“诗二百三十四首”，据卷首，实只229首。卷上常建标15首，实只14首。故入选作品的确数是228首。（岑仲勉《唐集质疑》）原《序》的“起甲寅，终癸巳”（即天宝十二载。《文苑英华》卷七一二作“乙酉”，则为天宝四载。但《文镜秘府论》“南卷”引此文作“癸巳”，似较可信）是说入选诗作起自开元二年（714），终于天宝十二载（753），也就是从唐玄宗即位后到“安史之乱”前两年，整整40年间盛唐诗人的代表性作品。

《序》文还对本书的体例作了简介：“论次于序，品藻各冠篇额。”这就是说，本书在《序》文外，还有《集论》，而对具体作家的“品藻”，即分论，则冠在各自的“篇”首。《序》文是对选诗宗旨、缘起和态度的说明。《集论》包括两部分，一是从声律角度评价汉魏六朝以来诗作，并指出梁陈以后“拘忌”声律太过的偏向；二是提出选录盛唐诗的标准，分论简评各个诗人的优缺点。殷璠这种做法，在古代诗歌选本中还是创举。

《序》文通过对历史的回顾，着重阐明了殷璠理想中的艺术品必须内容、形式相统一的问题。它讲了萧梁时期绮靡诗风的具体表现，“理则不足，言常有余，都无兴象，但贵轻艳”；讲到了萧梁以后，流毒更加严重的情况，“自萧氏以还，尤增矫饰”；提出了直至唐初，余风还在弥漫的事实，“武德初，微波尚在”。唐太宗是一世英主，虽也不免写作“宫体诗”（《唐诗纪事》卷一），但虞世南、魏征却能“匡君以正”，“约君以礼”（高棣语），这对当时诗风不会没有影响。以后经过“四杰”和陈子昂等人的努力，这种不正之风才逐渐有所变革。《序》中“贞观末标格渐高，景云中颇通远调”等语，表面上虽在称颂太宗、中宗两朝的倡导有方，事实上却与“四杰”、陈子昂等人（也包括沈佺期、宋之问）所作的贡献有关。由于他们为盛唐诗歌的发展准备了条件，开辟了道路，开、天时期的“词场”“英灵”才有充分的可能，在广阔的诗歌原野上驰骋纵横，用才华出众的诗作使盛唐诗坛大放光彩。殷璠对盛唐诗歌所作的“开元十五年后，声律风骨始备矣”的评价，盛唐诗的确当之无愧。这固然与唐玄宗“恶华好朴，去伪从真”的文艺政策分不开，但诗人们的努力却是不容忽视的。盛唐诗歌既重“风骨”又讲“声律”，是全面继承发扬汉魏六朝的优良诗风，而不是单纯强调“建安风骨”，片面拘守“宫商徵羽”。这正是殷璠理想中的内容、形式相统一的艺术规格。殷璠就是用它做尺度来衡量盛唐诗人的作品的。在这种尺度下，凡是“理”“不足”，“言”“有余”，“都无兴象，但贵轻艳”的“伪”体，纵然积“满箧笥”，不过是一堆毫无“用”处的废纸而已。殷璠从这样的观点出发，对建安诗人的作品作出了恰如其分的估计。他并不因为“曹刘诗多直致，语少切对，或五字并侧，或十字俱平”就低估其诗作的质量。在殷璠看来，对古体诗的声律是不宜过多要求的，对建安诗人就更不应加以苛责了。

《序》文还就艺术作品的构思过程和质量高低问题，发表了精到的见解：

> 文有神来、气来、情来，有雅体、野体（《文镜秘府论》无此二字）、鄙体、俗体。

他虽未加以阐释，但结合他关于内容、形式必须统一的观点看，前句是强调内容必须放在首位，主张诗人要在诗作中直抒胸臆，才能达到“神来、气来、情来”的境界。“神来”说不是搜索枯肠，而是贯注全神；“气来”说不是勉强拼凑，而是气充辞沛；“情来”说不是乞灵故纸，而是发自肺腑。后句则指出不可轻视形式，主张结合内容来考虑形式。光讲求形式、体裁和风格就不可能雅正，而必然产生庸“俗”的下品；太轻视形式，又会粗制滥造，成为“野”“鄙”不堪的劣作。这两者都达不到“声律风骨”兼“备”的规格。

《序》文表明了选诗的态度：“如名不副实，才不合道，纵权压梁窦，终无取焉。”只看作品有无质量，不看作者地位高低，有虚“名”而无“实”学，有歪“才”而背正“遭”的人，哪怕有权有势，也“无取”其作品。这样的编选态度是够严肃的。

《序》文又讲到了编选的意图：“删略群才，赞圣朝之美。”换句话说，是要为开、天盛世的文艺政策唱赞歌。殷璠生活在盛唐时代，他选诗当然要为巩固李唐王朝的封建统治效力。但他在“赞”“美”的前提下，坚持“去伪从真”的原则，表明他编选此书，固然有政治上的原因，主要还是出于总结盛唐诗歌经验，推动唐诗继续发展等艺术上的目的。

二

《河岳英灵集》的《集论》首先提出了诗歌要素之一的音律美问题。殷璠认为音律乃“文章（此处即指诗歌）之本”。他把诗歌音律与自然现象结合起来，说明它是诗歌本身所固有的，不是人们外加的。他明确地指出：“预于词场，不可不知音律。”在他看来，诗人如果不能分辨平仄，叶合声调，就还没有懂得写诗的基本常识。他肯定“自汉魏至于晋宋”的杰出诗人，凡“十有余人”，但还感到这些诗人的作品有音律不谐的缺点：“观其乐府，犹有小失。”不过，他又清醒地看到，单纯强调音律美会产生片面性。因为音律虽是诗歌艺术的要素之一，而诗歌的内容却比音律更为重要。在这个问题上，如果轻重倒置，必然会出现错误倾向。齐梁以后，诗风日下，原因就在于“齐梁陈隋，下品实繁，专事拘忌，弥损厥道”。“齐梁陈隋”的诗人“专事拘忌”“四声”“八病”，用声律这条绳索把自己捆绑起来，其结果便是诗歌内容受到不应有的削弱。于是大量“下品”充斥诗坛。这必然会“损”害诗“道”，也会阻碍诗歌的健康发展。其实好诗并不要求“四声尽要流美，八病咸须避之”。殷璠这种看法，和卢照邻“八病爰起，沈隐侯永作拘囚”（《南阳公集·序》）的意思，完全一致。

在声律问题上，殷璠不主张一刀切。他对不同诗体提出了不同要求，即今体应从严，古体可从宽。对古体诗的作者来说，“纵不拈缀，未为深缺”。沈约曾经批评建安诗人不懂音律，“曹王曾无先觉”（《宋书·谢灵运传论》），可是曹植、王粲能写出好诗，而沈约却“去之弥远”，就是由于“拘忌”太多。对今体诗的作者来说，则有一个遵守基本格律的问题。但不论古今体诗，同样应根据内容的需要，考虑“词”“语”、“声”“调”的配合：

> 词有刚柔，调有高下，但令词与调和，首末相称，中间不败，便是知音。

所谓“词”、“调”，是指对诗歌一般有两个要求，即运用词语和叶合声调。而梁陈以来，由于永明体流行，诗坛更加讲究骈偶词语和平仄声调的运用。唐代律诗在永明体的基础上形成，对这两者尤为注重。所谓“首末”、“中间”，是指诗的起头、结尾和中间部分。在词语、声调的配合上，有“刚柔”之分，“高下”之别，这是古今体诗共同具有的特点。另外还有一个起结“相称”，“中间”不要有“败”笔的问题。但对律诗来说，这个要求就更为严格。律诗的一、四联，只要平仄协调即行，二、三联却还要讲究对仗工稳，前者主要是个声律问题，后者就同时涉及骈偶词语的使用了。

明确了音律在诗里的地位和对古今体诗应有不同的音律要求之后，殷璠在《集论》中提出了选录唐诗的标准：

> 既闲新声，复晓古体，文质半取，风骚两挟，言气骨则建安为传，论宫商则太康不逮。

在体裁上，他主张入选作品应古今体并重，即“既闲新声，复晓古体。”芮挺章的《国秀集》以今体为主，元结的《箧中集》专选五古。殷璠两者兼顾，他的观点是全面的。在思想性与艺术性的结合上，他主张入选作品应“文质半取，风骚两挟”。“文质半取”，是说不能光有“文”，也不能光有“质”，作品的思想内容与艺术形式应该有机地统一，也就是“理”不可“不足”，“言”不可“有余”。“风骚两挟”，是说不管作者继承《诗经》或《楚辞》的传统。凡好诗都选录。但殷璠似乎更看重能把两个传统结合起来的诗作。在一千两百多年前，殷璠就明确提出了“风骚”两大传统的继承发扬问题，他的高见卓识是值得特别重视的。“言气骨则建安为传，论宫商则太康不逮”，即《序》文中“声律风骨”兼“备”的另一个说法。“气骨”是“风骨”的同义语。“建安为传”是说能得“建安风骨”真“传”的，就是理想中的好诗。它必然是能在某种意义上反映现实生活、体现时代精神的艺术品，也就是他所说的“神来、气来、情来”之作。诗人的创作激情、艺术灵感和思想火花，往往在这里喷薄爆发并闪现出来。“宫商”代指音律，“太康”代指西晋诗人潘岳、陆机等。西晋诗人对音律还没有自觉要求，所以沈约曾作过“潘陆去之弥远”（《宋书·谢灵运传论》）的批评。殷璠对入选作品提出了在声律上应超过太康诗人的标准。这两句和“既闲新声”两句互为补充，表明他选诗虽“声律风骨”兼“备”，对古今体却要求有别，今体虽也要重视“风骨”，古体却不在声律上苛求。

殷璠有一个良好愿望，就是力图通过编选此书，全面体现盛唐诗歌的新成就。可惜他没有估计到两年后就发生了唐代历史上的重大转折——安史之乱。在这个大动乱中，祖国和人民蒙受深重灾难。血泪斑斑的现实给诗人提供了宝贵的素材，使他们得以写出无愧于时代的杰作。殷璠动手稍早，来不及把那些最有代表性的盛唐诗作选入本书，这个缺陷是永远无法弥补的。

三

《河岳英灵集》的《序》和《集论》中提出的编选唐诗的原则和标准，是否准确地体现在分论及入选作品中，必须经过检验，才能作出客观的回答。

殷璠的编选标准在分论中首先得到了体现。分论中强调的有以下几点：（一）词意两重：如评王维诗“词秀调雅，意新理惬”，评刘昚虚诗“情幽兴远，思苦语奇”，评王季友诗“甚有新意”，评李颀诗“发调既清，修辞亦绣”，评岑参诗“语奇体峻，意亦造奇”，评孟浩然诗“文彩芊茸，经纬绵密”，评崔国辅诗“婉娈清楚，深宜讽味”，评贺兰进明“《行路难》五首，并多新兴”，评崔署“叹词要妙，情意悲凉”。（二）风骚兼取：如评李白诗直接屈原的传统，“自骚人以还，鲜有此体调”，评储光羲“挟风雅之迹（《唐诗纪事》引作“道”）”。（三）风骨与声律并尚：如评陶翰“既多兴象，复备风骨”，评高适诗“兼有气骨”，评崔颢“晚节复变常体，气骨凛然”，评薛据“为人骨鲠有气魄，其文亦尔”，并说他的《古兴》诗“投珠恐见疑，抱玉但垂泣，道在君不举。功成叹何及”等句“怨愤颇深”，评刘昚虚“声律宛态，无出其右，唯气骨不逮诸公”，评王昌龄，说自“元嘉以还，四百年内，曹、刘、陆、谢，气骨顿尽”，王昌龄与储光羲“气同体别，而王稍声峻”，评祖咏“气虽不高，调颇凌俗”，评李嶷诗“鲜净有规矩”，《少年行》“翩翩然佚（《唐诗纪事》引作“侠”）气在目”，评阎防“警策语多真素”。殷璠在分论中的这些意见，与他的编选标准，基本上是一致的。

殷璠能够从盛唐诗人的不同特点和某些诗人的相同倾向出发，进行作品挑选工作，因此，集中入选之作，基本上符合他在《序》和《集论》中提出的编选原则和标准。这可以从以下几方面得到证明：

（一）殷璠有意突出对盛唐诗坛影响较大的边塞诗派。

集中入选的均属这一诗派的高手。殷璠称赞崔颢“晚节忽变常体，风骨凛然，一窥塞垣，说尽戎旅”。崔边塞诗入选六首，其中或写“出身常事边”、“报国行赴难”的“三十羽林郎”（《赠王威古》）的豪情；或写“杀人辽水上，走马渔阳归”，“好勇复知机”的“少年”的“胆气”（《古游侠呈军中诸将》）；或写“四月”“辽阳”，征人“寒衣着已尽，春服谁为成”的思乡之“情”（《辽西》）；或写“辽西无斗战”，“近边”的“雁门胡人”“醉向酒家眠”（《雁门胡人歌》）的和平生活，都给人以鲜明深刻的印象。评语还摘引《赠王威古》、《古游侠呈军中诸将》中的名句，谓“可与鲍照并驱”。常建的边塞诗入选三首。殷璠称美《吊王将军墓》“一篇尽善”，并摘引诗中“战余落日黄，军败鼓声死”、“今与山鬼邻，残兵哭辽水”几句，认为“属思既苦，词尤警绝”。高适的边塞诗入选三首。殷璠盛赞“《燕歌行》等篇，甚有奇句”。他指的大约是《燕歌行》中“战士军前半死生，美人帐下犹歌舞”，“君不见沙场征战苦，至今犹忆李将军”等句。高适一边赞许战士们出生入死的献身报国精神，一边唾弃边将们醉生梦死的荒淫腐朽生活，而对能征善战的将军、静扫边尘的英雄气概，则表示出崇敬向往的心情。《燕歌行》既抒“胸臆”，更见“气骨”，有的句子属对又很工整。这样的大篇，自然会受到殷璠的激赏。王昌龄的边塞诗入选《塞下曲》等四首，都较著名。殷璠还摘引未入选的《代扶风主人答》中的几句——“去时三十万，独自还长安，不信沙场苦，君看刀箭瘢”，也是有关边塞战争生活的回忆。王维的边塞诗入选两首，即《陇头吟》和《少年行》，成功地塑造了百战不侯的“老将”和志得意满的“少年”这样两个不同的艺术典型，还摘引未入选的《少年行》名句：“日暮沙漠陲，战声烟尘里。”陶翰边塞诗入选三首，即《古塞下曲》、《燕歌行》和《出萧关怀古》。另一首《赠郑员外》，也部分涉及边塞战争生活。殷璠称赞说：“三百年以前，方可论其体裁也。”李颀边塞诗选了《古意》，虽然篇幅不长，却能“高于众作”。张谓的边塞诗《代北州老翁答》，并未入选，殷璠特在评语中说：“在物情之外，但众人未曾说耳。”即言只要作者肯去发掘，就能写出内容深刻，为“众人”所“未曾说”的佳作。此诗表现的是早期边塞诗中少有人接触的主题，即战争和兵役给边疆人民带来的灾难。它用第一人称的代言体，通过一个北州老翁的自白，表现他因两个大儿子死于征战，便带着幼子流落远方，负薪为生，不愿还乡。此诗的特色是语言朴质鲜明，不加什么渲染，代表了盛唐七古诗的一种新风格。沈德潜称它是“为明皇黩武而言，与老杜《石壕吏》相似”（《说诗晬语》）。

（二）殷璠很注意特别擅长表现某些生活题材的诗人。

第一，殷璠很肯定那些真实地诉说封建社会中某些阶层人物的生活遭遇的作品。他说高适“性拓落，不拘小节”，“隐迹博徒”，烂熟世态人情，又能直抒“胸臆”，故最善于表现冷暖炎凉的社会情态。他很欣赏高适《邯郸少年行》中“未知肝胆向谁是，令人却忆平原君”二句，说是“余所最深爱者”。鲁迅先生曾手录何瓦琴“人生得一知己足矣”的话赠送瞿秋白同志，高适恰好艺术地表达了这种感情。这在某种程度上正写出了殷璠的内心世界。殷璠很器重常建的才华。“高才无贵士，诚哉是言!”他评论常建时，一开头就发了这样的感慨。在把常建同刘桢、左思、鲍照作了比较后，他为常官卑职小惋惜：“今常建亦沦于一尉，悲夫!”常建生活遭遇很苦，因而最会写悲怨之词。殷璠特举常的《吊王将军墓》为例，认为“潘岳虽云能叙悲怨，未见如此章”。殷璠评崔署诗“送别、登楼，俱堪泪下”。入选的《送薛据之宋州》和《登水门楼，见亡友张真期题〈望黄河作〉，因此感兴》便具备了这样的长处。

第二，殷璠很爱好那些善于描写山川景物的作品。他特选了岑参的《终南双峰草堂作》、《终南云际精舍寻法澄上人不遇，归高冠东潭石淙秦岭微雨作，贻友人》，又赞美未入选的《至大梁却寄匡城主人》的“长风吹白茅，野火烧枯桑”“可谓逸才”，

《暮秋山行》的"山风吹空林，飒飒如有人""宜称幽致"。殷璠还称道常建入选之作《宿王昌龄隐处》的"松际露微月，清光犹为君"二句和《题破山寺后禅院》的"山光悦鸟性，潭影空人心"二句，"并可称警策"。对于王湾的《江南意》，他叹赏"海日生残夜，江春入旧年"，说"诗人已来，少有此句。张燕公手题政事堂，每示能文，令为楷式"。殷璠还表扬张谓入选之作《湖中对酒行》，认为能说"众人未曾说"。他主张深入体验生活，不赞成浮在表面，走马观花式地搜集素材："亦何必历遐远，探古迹，然后始为冥搜。"

第三，殷璠对善于表现音乐、美术题材的作品，也很感兴趣。他看重李颀的《听董大弹胡笳声，兼语弄寄房给事》，对"幽音变调忽飘洒"四句赞不绝口："足可歔欷，震荡心神。"他能领略到李颀善于用诗的语言，传达出胡笳声里的哀怨之情，他的艺术修养和欣赏水平是应该受到表扬的。殷璠评王季友诗"爱奇、务险，远出常情之外"，还特别赏识王的《观于舍人西亭壁画山水》，认为其中"野人宿在人家少，朝见此山谓山晓，半壁仍栖岭上云，开帘放出湖中鸟"几句"甚有新意"。殷璠这里所说的"新意"，就是指诗人能够通过看画人的真切感受，用平淡自然的语言，把画家的特技显示出来。诗人着墨不多，壁画上的岭上白云、湖中飞鸟，便生动逼真地得到表现。

（三）殷璠对作品的处理，采取了灵活多样的方式。

殷璠选诗时，有的诗人突出他某一诗体；有的诗人则照顾到他的各种诗体；有的诗作并不入选，却在评语中特加推荐；有的入选诗作又在评语中予以揄扬。

第一，关于特别突出诗人某种诗体的，可以王昌龄、储光羲、刘眘虚、常建、陶翰、李白等为例。王、储、刘、常、陶等人入选诗作都在10首以上，主要都是五古。其中，储光羲诗入选12首，五古就有11首。储诗确以五古为多，又以田园诗著称。但集中入选之作，题材、风格都有差异。殷璠虽选了储的《采莲词》、《牧童词》、《田家（《全唐诗》“家”后有“即”字）事》、《酬綦毋校书梦游耶溪见赠之作》等，表现他欣赏山水田园的生活情趣，却又选了《效古二章》表现他对旱灾严重时刻为徭役所苦的人民的同情。上述诗作都采取了现实主义的写法。《杂诗二章》写闲居生活，却带有浪漫主义色彩。而《猛虎词》、《射雉词》、《使过弹筝峡作》，则是他的某种政治思想的寄托。

李白诗入选13首，歌行诗就有11首。在盛唐诗人中，李白乐府歌行成就最高，几乎压倒了别的体裁。殷璠极其推崇李白歌行诗雄健奔放的语言和艺术夸张的手法，认为是他的最大特色，“其为文章，率皆纵逸”。他赞誉《蜀道难》等篇“奇之又奇”。他看到了李诗深受屈原的影响，具有浓厚的浪漫主义倾向：“自骚人以还，鲜有此体调也”。殷璠把李白的《战城南》、《远别离》、《蜀道难》等列在前面，表明他对李白针对天宝初年唐王朝两次发动的不义战争进行谴责，大为欣赏；对李白产生关于唐玄宗纵容权臣，将会导致严重祸乱的焦虑，深有同感；对李白借描绘入蜀道中奇险壮丽的山川，寄托他对蜀中军将可能叛乱割据的隐忧，很有共鸣。我们应该谢谢殷璠，由于他在集中选入了《蜀道难》，争论多年的《蜀道难》写作年代问题便迎刃而解。它既是安史乱前之作，当然不会讽喻玄宗久留蜀地不去了。

第二，关于照顾到诗人的各种诗体的，可以王维为例。王诗入选15首，其中五古5首、七古1首、五律4首、五绝2首、七绝1首、骚体2首，确乎体现了殷璠“新声”、“古体”兼重，“风骚两挟”的选旨。殷璠没有把王维看作一个不食人间烟火的山中高士，一个纯山水田园诗人，他让我们看到了全面的王维诗。他选了表现隐居生活和对田园山水的爱好的《淇上别赵仙舟》(《王右丞集》题作《齐州送祖三》)、《赠刘蓝田》、《入山赠城中故人》，选了表现历史题材的《西施篇》和《息夫人怨》，选了反映边塞生活的《陇头吟》和《少年行》，选了为坎坷不遇的才士发慨的《寄崔郑二山人》和《送綦毋潜落第回乡》，还选了谪贬齐州时的《初出济（当据何焯校本改作“齐”）州别城中友人》。他对王维诗并无偏爱，正是在这个基础上，他称道王维“调雅”、“意新”，“在泉为珠，着壁成绘，一句一字，皆出常情”。他是从内容与形式的统一上来全面评价王维的。

第三，关于有的诗作并不入选，特在评语中加以推荐的，也有多种情况。1. 全篇录入。如刘昚虚的《阙题》、孟浩然的《建德江宿》。2. 摘引好句。以王昌龄未入选的五古中名句，录得最多，如《过华阴》的“云起太华山”四句，《代扶风主人答》的“去时三十万”四句和《阙题》的“奸雄不得志”六句等，誉为“斯并惊耳骇目”的“高作”。余如孟浩然的《临洞庭上张丞相》，他推为“高唱”，特录其中“气蒸云梦泽”二句。王维的《蓝田山石门精舍》，录“落日山水好”四句，《从军行》录“日暮沙漠陲”二句。岑参的《至大梁郤寄匡城主人》录“长风吹白茅”二句，《暮秋山行》录“山风吹空林，飒飒如有人”二句。王湾的《捣衣篇》，录“月华照杵空随妾，风响传砧不到君”二句，认为“张蔡”“未曾过”，“觉颜谢之弥远”。王湾《捣衣篇》仅有此两句，大约是乐府诗的一联，属对很工。显然殷璠既肯定它能真实地表现思妇的感情，又重视它在声律上的成就。3. 着重表彰某一组诗，如贺兰进明的“八十首”“大体符于阮公”的“古诗”(《全唐诗》未录)。4. 着重表彰个别作品，如张谓的《代北州老翁答》。

第四，关于有的入选诗作，又在评语中予以肯定的，情况也不同。1. 肯定全篇。如常建的《吊王将军墓》、李颀的《听董大弹胡笳声》、李白的《蜀道难》等篇、高适的《燕歌行》等篇、张谓的《湖中对酒行》、王季友的《观于舍人西亭壁画山水》。2.摘出名句。如说綦毋潜《题鹤林寺》的“松覆山殿冷”句“不可多得”，《题灵隐寺山顶院》的“塔影挂清汉”二句“历代未有”，祖咏《清明宴司勋刘郎中别业》的“霁日园林好”二句“可称才子”。又如摘引王昌龄《郑县宿陶太公馆中赠冯六、元二》的“京门望西岳”四句，崔颢《古游侠呈军中诸将》的“杀人辽水上”四句和《赠王威古》的“春风吹浅草”四句，王维《淇上别赵仙舟》的“天寒远山净”二句，常建《宿王昌龄隐处》的“松际露微月”二句和《题破山寺后禅院》的“山光悦鸟性”二句等。

就此书挑选的诗人来看，盛唐大家和名家中，有李白，有王维、孟浩然，有高适、岑参，有王昌龄、李颀、崔颢，有储光羲、常建、张谓、陶翰、祖咏、王湾等，所选择的对象是比较认真的。入选作品也注意照顾各体，并保证了一定质量。就当时的条件和水平说，有其值得肯定之处。但集中五古虽然选得较多，名篇却少；七古中未能把盛唐高手岑参的边塞诗名篇选入；王维是盛唐五律的大家，高出孟浩然之上，集中选入他的名篇却少；集中选了崔颢的七律《黄鹤楼》，却未选入李颀、王维的七律代表作。再如五、七绝中的名作，似乎更有遗漏。特别应该提到的，全集未收杜诗，这不能不说是本书编选上的一大欠缺。

四

关于《河》集未收杜诗，需要专门议一议。殷璠不选杜诗，绝非他的选旨与杜甫诗风不对路。相反，他选诗“新声”与“古体”兼收，“气骨”与“宫商”并重，同杜甫的创作正有相同的倾向。陈子昂、李白都曾大力提倡“建安风骨”，一时蔚为风气。

杜甫也自觉地以建安诗歌为学习榜样。皮日休早就注意了这个问题："明皇世章句之风大得建安体，论者推李翰林、杜工部为之尤。"（《皮子文薮·郢州孟亭记》）在崇尚建安风骨的问题上，杜甫同陈子昂、李白都是有共同语言的。只不过陈子昂出于堵决梁陈余波的斗争需要，扫除障碍，无所顾惜，不免有些矫枉过正。大家知道，杜甫对古代诗歌艺术传统，一向持客观的态度和全面的观点。他不大像陈子昂对齐梁诗歌的成就否定太过，也不大像李白自由纵放，不愿受声律的约束。他对六朝优秀诗人的艺术经验，是有选择地吸收。正因为这样，他既对陈子昂在端正诗歌发展方向方面所做出的成绩很重视，又对"四杰"和沈、宋在探索诗歌艺术形式方面所取得的经验虚心学习。他恰恰是初唐以来端正诗歌发展方向，探索诗歌艺术形式等方面军胜利会师的事实上的领队，而殷璠则是他未曾谋面的精神上的战友。按常理，殷璠应突出杜甫，谁知竟付阙如。这是有客观原因的。杜甫的社会地位和年辈都低（他比李白小十多岁）。他虽然从 7 岁起就开始作诗，到天宝十三载，即殷璠编选此书的次年，他上《进雕赋表》时，积稿已约"千有余篇"，但公开在诗坛从事创作活动，却比李白、王维稍晚，因而作品流传不广，成名时间较迟。杜甫与诗人李白、高适、王维、岑参等都有交往，但人们只读到他称道李、高等人的诗歌的篇什，却没见过这些人提到他擅长写诗。"百年歌自苦，未见有知音。"（《南征》）无怪杜甫晚年发出这样的浩叹。殷璠和杜甫素昧平生，没有发现他的天才，没有选录他的作品，这是一点也不奇怪的。由于《河》集没有选杜诗，理所当然地会引起后来评论家的议论。如宋代的姚宽认为，殷璠"不载杜甫诗"，高仲武"不收李白诗"，"必各有意"（《西溪丛语》卷上）。明代胡应麟不同意这种看法，认为"当时议论未定"，"尊钦贬钦，未可测也"（《诗薮》外编卷三）。但是，有人认为它不选杜是“时好之所在”（日本山田钝《文笔眼心钞释文·序》），则是脱离具体实际、强加给殷璠的倾向，这样的结论是不够实事求是的。

《河》集早在唐代就已风行。中唐时期，日本学者遍照金刚从中国回去后，写成的《文镜秘府论》，就收入它的《序》文和《集论》，足见在日本也很有影响。晚唐，顾陶对此书与高仲武《中兴间气集》作了如下批评：“朗照之下，罕有孑遗，而取舍之时，能无小误。”（《唐诗类选·序》）但晚唐诗人郑谷却颇为推许此书，对高仲武的《中兴间气集》则表不满：“殷璠裁鉴《英灵集》，颇觉同才得旨深。何事后来高仲武？品题《间气》未公心。”（《读前集二首》）高仲武的《中兴间气集》起至德初，终大历末，选了 26 位（实只 25 人）诗人的 132 首诗作，以五言为主，偶附七言，特别尊崇钱起和郎士元，同殷璠选旨有别。郑谷的看法在晚唐是有代表性的。

但此书因限于选盛唐诗人之作，又偏偏漏掉杜甫，到宋代《文苑英华》虽曾采录《序》文，后来四川人计有功在《唐诗纪事》中又多次引用集中对盛唐诗人的一些评语，陈振孙《直斋书录解题》还著录入“总集类”（凡二卷），却甚少流传。以致严羽把它和另一被王安石选入《唐百家诗选》一至四卷中的某一庸人选唐诗总集混为一谈，作出了“盖本子《英灵间气集》”，“无少增损，次序相同”（《沧浪诗话·考证》）的错误判断。大约王安石当时已未能从宋次道处得到此书。明初高棅编选《唐诗品汇》，广泛采录唐人选唐诗，在《总序》中曾论及此书。高把它与《国秀》、《箧中》相提并论，未能看到殷璠此书在唐人选唐诗中所具有的优点，评价不够公允。清初王士禛曾“取唐人总集”编成《十种唐诗选》，“各为删汰”（《四库提要》），失去此书的全貌，妨碍人们对它作出准确评价。清代毛扆得到一个此书的“旧钞本”，并据以校正。该本分卷与《直斋书录解题》相同，而与《四部丛刊》影明本有异，说明毛扆所据钞本较古。清代评论家对唐人选唐诗屡有评骘，或说“去取各有指归”（沈德潜《说诗晬语》），或说“俱属偏僻好尚”（李重华《贞一斋诗说》）。影明本中，刻书人在书付梓时，于卷首写了以下评语：“编次既当，批摘又精”，“真诗中无价宝”。这虽带有刻书人自卖自夸之嫌，但也不能说全无道理。

（原载《唐宋文学论丛》，《四川大学学报丛刊》第21辑，1983年11月）

唐代“省试诗”琐谈

七至十世纪初，李唐王朝在政治上采取的重要措施之一是科举制度。它包括定期举行的“常举”（常科）和根据皇帝的诏令不定期举行的“制举”（制科）两种。“常举”中的进士科，主要以诗文取士（高宗朝以杂文试进士，玄宗朝始用诗赋）。现存的“省试诗”，就是当时举子们的应试之作。这种作法在盛唐就已流行。

宋代的严羽曾说：“唐以诗取士，故多专门之学。”（《沧浪诗话·诗评》）在严羽看来，以诗取士，同唐诗的繁荣，有着直接的关系。明代的胡唐和王世贞不同意他的看法。胡唐针锋相对地提出了“诗之盛衰，系于人之才与学，不因上之所取也”（杨慎《升庵诗话》卷四“胡唐论诗”）的观点，王世贞则以唐代举子的“省试诗类鲜佳者”（《艺苑卮言》），作为否定“唐以诗取士，故诗独工”这种主张的理由。上述看法都有片面性：把唐诗的成就单纯归功于以诗取士的制度，无疑是夸大了封建王朝的上层建筑的作用。相反，把唐诗的昌盛，仅仅归结为诗人的才学，显然是排斥了统治阶级的政治措施对文学发展可能产生的影响。至于仅仅根据举子们的应试之作，就一概否定以诗取士同唐诗繁荣的关系，这又未免过于武断。

“省试诗”是唐王朝官方举行进士科考试时应试诗的专名。“省”指尚书省。名为“省试”，是因为当时报考进士科的举子都要到主管科举工作的礼部去应试，而礼部是隶属于尚书省的缘故。进士和明经是“常举”中并列的两科。但因考试内容有难有易，报考人数有多有少，不仅及第的机会大相悬殊，及第后的出路也迥然不同。进士、明经两科的考试，一以诗文为主，一以帖经为主。“经”指儒家的经典，“帖”是蒙上书中的前后行，再用纸帖去中间一行里的三字，叫举子读出来。写作诗文需要一定才学，而帖经则全靠死记硬背。报考进士科的人十倍于明经科，而及第的却只有它的十分之一。由于朝廷的宰辅大员，往往从进士科出身的人中选拔，于是进士科及第便很受尊重，认为可以位至公卿，官居一品，而明经科及第，却无人寄以这样的厚望。唐代有“三十老明经，五十少进士”的谚语，就是说，三十岁明经及第已经算是老头，而五十岁进士及第，还算是少年。

唐代进士科“以诗取士”的做法和进士及第后仕途上的锦绣前程，很自然地会产生一种磁力，吸引着各阶层的知识分子，把自己旺盛的精力投入诗歌创作的领域。他们希望通过平日的勤学苦练，以达到一举成功的目的。虽然无数的事实告诉人们：应试的人很多，及第的人很少。但这种写诗能带来甜头的诱惑力，在唐代却形成了一种以写诗为荣的社会风气。这种风气，无形中抬高了诗的声价和写诗人的地位，对唐诗的繁荣是有影响的。由于这种风气在社会上逐渐弥漫，从上到下，从老到少，不分男女，不论职业，不少人对诗歌发生了浓厚的兴趣，于是涌现出众多的诗人，产生了大量的诗作。不过这里最使人诧异的是：唐代有两位伟大的诗人，李白没有去应试，杜甫虽应试，却并未及第。

唐代进士科及第者中，虽有一些平庸的写手，但确也有不少优秀的诗人。可是，应试举子们在考场上的试卷，即“省试诗”中，好作品却少得出奇。这好像是奇怪的现象，却又是具体的事实。从盛唐到晚唐，近两百年间的“省试诗”，保存下来的为数已经不多。从宋初编辑的《文苑英华》的十卷“省试诗”中，可以看到一个概貌。其中盛唐作者只占少数，绝大多数是中晚唐人所作。

这种“省试诗”大体上依内容分卷。它们的题材，除了直接颂扬皇帝圣恩（如《东都父老望幸》、《望凌烟阁》之类），大多数是咏史、写景和赋物。它们往往是对一些现成词语和著名诗句的吟咏，范围不出四时、日、月、风、云、雪、霜、花、草、鱼、鸟、珠、玉、刀、剑，诸如《膏泽多丰年》、《春色满皇州》、《冬日可爱》、《白露为霜》、《上林花发》、《临川羡鱼》、《骐骥长鸣》、《芙蓉出水》、《好鸟鸣高枝》、《原隰荑绿柳》、《瑕不掩瑜》、《青出于蓝》等等。这些诗题的内容都有一个框框，必须装上一些陈旧的典故，才能构成一个骨架，否则就无法显示作者的才学。这种“省试诗”在形式上一般规定五言六韵（也有四韵或八韵的，但为数极少），头尾两韵，要求平仄叶调，中间四韵更要求骈对工稳。在韵脚上有的任用韵，有的还要限韵。这是通行的四韵律诗的延长，即通常所说的排律。以上是程式上的局限。此外，还有不成文的规则，就是不能骂题和做反面文章。

由于“省试诗”有种种清规戒律，再加上考场上管理的森严，应试者对主司好尚的揣摩和个人情绪的紧张，什么创作激情、艺术灵感，全被排除得一干二净。在这种情况下，即使有过人的诗才，也无非是写出一些为文造情的东西，一般作者就不免捉襟见肘，只好勉强成篇了。这样，在“省试诗”中基本上见不到好的作品，是十分容易理解的。无怪宋人曾有“省题诗自成一家，非他诗比也”（阮阅《诗话总龟》后集引葛胜仲《丹阳集》）的说法，就是针对它那种为文造情的内容和拘限太大的程式而言。

保存在《文苑英华》中的唐代“省试诗”，有些是唐代著名诗人写的，如王昌龄、王维、孟浩然、柳宗元、刘禹锡、温庭筠、李商隐等。有的还注明了作者及第的时间，如钱起是“天宝十载及第”，陈讽“贞元十年及第”，庾承宣“贞元八年及第”。有的则是作为附录的“州府试”的诗作，如白居易“华州试”和郑谷“京兆府试”诗。单就这些“省试诗”来看，的确如王世贞所说，“类鲜佳者”。但王世贞也注意到了个别例外现象：“钱起《湘灵》之诗，亿不得一，李肱《霓裳》之制，万不得一。”他是指的钱起的《湘灵鼓瑟》和李肱的《霓裳羽衣曲》。李肱是皇室的“近属”，初选名单提出后，由唐文宗亲自批阅，发了进士及第的头名（《云溪友议》卷上），实则他的《霓裳羽衣曲》并不怎样高明。

王世贞把钱起的《湘灵鼓瑟》作为唐代“省试诗”中一个“亿不得一”（即十万首中找不到一首）的现象加以突出，这恰好说明唐代“省试诗”中好作品真是少得可怜。钱起的诗全文如下：

善鼓云和瑟，常闻帝子灵。冯夷空自舞，楚客不堪听。苦调凄金石，清音入杳冥。苍梧来怨慕，白芷动芳馨。流水传湘浦，悲风过洞庭。曲终人不见，江上数峰青。

诗题《湘灵鼓瑟》，就是钱起天宝十载进士及第时的试题（《文苑英华》中，除此诗外，还录了魏璀等的同题诗四首，大约是同科进士之作）。它从《楚辞·远游》“使湘灵鼓瑟兮”而来，吟咏的是一个神话传说。“湘灵”就是传说中的虞舜的两个妃子——娥皇、女英。虞舜死在苍梧，二妃投湘水自尽，便成了湘水之神。根据“省试诗”的要求，首联必须“见题”。“云和”指瑟，“帝子”指湘灵，一开头就赞美了湘水之神善于鼓瑟的艺术特长。接着便从《远游》引起联想。“冯夷”指河伯，即用《远游》中“令海若舞冯夷”句意。水神翩翩起舞，瑟曲音调悲苦，触动了“楚客”的离愁，使他简直无法听下去。“金石”指钟磬之类的乐器发出的声音。瑟调凄苦，胜过金石之声，清越的音响传到了望不见的高远辽阔的空间。诗人更由苍梧山引来了湘灵对虞舜的深切怀念。凄怨的瑟声寄托着无限思慕之情，连馨香的白芷也伴随着瑟声散溢出芬芳的气息。“流水”从“湘浦”传声，“悲风”经“洞庭”吹过，更使人生起无限别绪离怀。收尾时诗人刹住笔锋，陡然来一个转折。他不写湘灵难以抑止的哀怨，却写湘灵鼓瑟终曲时随风而逝的情景。这时余音虽然还在耳际回响，而湘灵却早已杳无踪迹。眼前只剩下湘江上岚翠青青的几个峰头，但湘灵的瑟声却给人留下了美好的记忆。

在这首诗中，湘灵的缥缈仙姿是以清幽的山川景色作为陪衬来表现的，因而颇有诗情画意。它确实紧扣住了诗题，而且汲取了《楚辞》的内容来进行艺术构思。全诗以鼓瑟始，以鼓瑟终。末尾两句，尤能把湘水之神飘然而去的神态生动地传达出来。在形式上不只二、三、四、五联使用了骈对，首联也使用了。沈德潜曾把此诗选入《唐诗别裁集》，并作了“远神不尽”这四个字的赞语。唐宣宗是唐代对进士及第有着特殊癖好的一位皇帝。相传他曾在宫中自题“乡贡进士李道龙”。他看到钱起这首“省试诗”时，称赞道：“虽谢朓云‘洞庭张乐夜，潇湘帝子游，云去苍梧野，水还江汉流’。未若此《鼓瑟》一篇，摘藻妍华，无以加。”甚至对这首诗“重用字”的经验加以总结，肯定它重用“二不字”，“他诗似不及起”（《唐诗纪事》卷二，又见《云溪友议》卷中、《太平广记》卷一九九）。在宋代还有关于这首诗的传说：钱起“于客舍月夜独吟”，听人在庭中吟“曲终人不见，江上数峰青”，“视之无所见”，“以为鬼怪”。后“就试”，诗题《湘灵鼓瑟》中“有青字，起即以鬼谣十字为落句”，被“称为绝唱”，“遂登第”（《旧唐书·钱徽传》，又见《唐诗纪事》卷三〇）。为了渲染末两句诗的好处，故意编造一个“鬼”的故事，当然是胡说八道，“未必然也”（《诗人玉屑》）。其实这两句诗也不是很完美。清代的沈德潜就说过：“落句固好，然亦诗人意中所有，谓得之鬼语，盖谤之耳。”可见，说钱起“得自鬼语”，并非对他的恭维，而是对他的“谤”伤。这就等于说：钱起这首诗的警句，原来出自鬼的手笔，那他这首诗还有什么值得称道的呢？看来对这首诗的评价，不管是誉是谤，都应该从它的具体实际出发。

关于钱起这首诗在艺术上的成就，新中国成立前曾经有过争议。朱光潜先生在《说“曲终人不见，江上数峰青”》一文中激赏这两句诗，说它“启示了一种哲学的意蕴：‘曲终人不见’所表现的是消逝，‘江上数峰青’所表现的是永恒。可爱的乐声和奏乐者虽然消逝了，而青山却依然如旧，永远可以让我们把心情寄托在它上面”。也就是说，“青山永在，瑟声和鼓瑟的人也就永在了”。

鲁迅对朱先生“推这两句为诗美的极致”，觉得“未免有以割裂为美的小疵”。他主张“摘句”应该“顾及全篇”，“顾及作者的全人以及他所处的社会状态”，认为这两句诗的好处只在于很切诗题：“‘曲终’者结‘鼓瑟’，‘人不见’者点‘灵’字，‘江上数峰青’者做‘湘’字，全篇虽不失为唐人好试帖，但末两句也并不怎么神奇了。”如果不是“因为题目，又因为省试，钱起是不会写得如此圆转活脱”（《且介亭杂文二篇“题未定”草（七）》）的。鲁迅先生确切而精辟的分析，是很有说服力的。我们可以把钱起的《湘灵鼓瑟》看作“唐人好试帖”，却不必推它为“诗美的极致”。一句话，要让今天的读者知道，唐代“省试诗”中“亿不得一”之作，也不过如此。

唐代“省试诗”为文造情的内容和局限很大的程式，使得著名的诗人如王昌龄、孟浩然、王维、李商隐等，也无法在考场上“纵横在我”，施展过人的才学，翻过如来的掌心。宋人曾经举了孟浩然的《骐骥长鸣》诗“逐逐怀良驭，萧萧顾乐鸣”和李商隐的《桃李无言》诗“夭桃花正发，秾李蕊方繁”为例，认为“此等句，儿童无异”。就因为“首韵拘于见题，则易于牵合，中联缚于法律，则易于骈对”，所以他们虽“皆有诗名，至于作省题诗则疏矣”（《诗话总龟》后集引《丹阳集》）。像上引孟诗的“良驭”、“乐鸣”，用了王良善驭马、伯乐善相马的典故。李诗的“夭桃”、“秾李”，截取了《诗经》的成语，既注意了骈对，又切合了诗题，却不能称为艺术，而只可算作“儿童”的窗课。于此可见，“省试诗”要符合切题协律的要求，达到顺利过关的目的，也还是要经过一番学习的。事实上唐代诗人在平日也要进行这种诗的拟作。有的人还可能“预制”一些“成品”，以供考场上应急之用。

在《昌黎先生集》中保存着一首颇有水平的拟作的“省试诗”，诗题是《学诸进士作精卫衔石填海》，不妨录在下面：

鸟有赏冤者，终年抱寸诚。口衔山石细，心望海波平。

渺渺功难见，区区命已轻。人皆讥造次，我独赏专精。岂计休无日，惟应尽此生。何惭《刺客传》，不著报仇名。

此诗把《山海经·北山经》上精卫“常衔西山之木石以堙于东海”的神话传说，作了艺术的表现，这正属于“省试诗”的传统题材。诗人歌颂了精卫不达目的、誓不罢休的顽强干劲。精卫不同凡鸟之处是敢于申冤报仇。它一年到头抱定填海的“寸诚”，口里衔着细微的西山的石子，心里希望填平东海的波涛。虽然海水深广莫测，成功的希望渺茫，但为了雪恨报仇，它早已看轻了“区区”性命。也许别人都会讥讽它十分鲁莽，自不量力，但诗人独独欣赏它专心致志、精进勇猛的劲头。它从没考虑过：这样干就不会有休止之日。它只想誓尽毕生之力，完成自己的宏愿。精卫的毅力与精神，比起《史记·刺客列传》中的豪杰，一点没有愧色，它的光辉名字没有载入史册，却令人感到遗憾。

韩愈这首拟作，无论从思想内容和艺术技巧上看，都大大超过了一般“省试诗”的水平。特别是“人皆讥造次”二句，更受到宋人的称赞：“语意超诣，不可以加矣。”（《诗人玉屑》）韩愈发挥他才学上的优势，写了这样高质量的拟作，不愧是一位名副其实的及第进士。邓拓把这首诗选入《新编唐诗三百首》，是很有见识的。韩愈当年应试时的考卷早已失传，而这首拟作却保存下来，似乎也可以说明“省试诗”确实很难写好。

“省试诗”是唐代进士科以诗文取士制度的产物，是唐代诗坛上的一种特殊现象。“省试诗”清规戒律太多，好诗又少得出奇，作为一种选拔人才的方式，是不值得肯定的，它之所以被定作考试科目，可能是因为在内容和程式上的种种规定。对于考察举子们在诗歌创作方面有无基本功的训练，能起到一定的作用。如果进士科的考试，把“省试诗”当作唯一的科目，按照它的规格要求，就只能选拔一些等优才劣的进士。除了考场内的“省试诗”（即闱中之作），在唐代还盛行着一种考场外的“行卷”之作。这是考查应试举子平时作业的实际水平的一种方式，作为前者的补充，也具有特殊的意义。唐代“省试诗”的确好诗甚少，但“行卷”之作中，却不乏佳作。对这个问题，我们研究唐代“以诗取士”的制度时，也是不应该忽视的。

唐代“省试诗”是唐诗这座艺术宝库中的长年积存物，它好比唐诗百花园中土质很差、肥料不足、缺乏雨露阳光的一个角落。好不容易才发现一片惹人注目的良玉，见到一朵色泽明丽的香花。虽然它的作者中有不少著名的诗人，也无法改变这种状况。它和唐诗的繁荣，没有直接的关系。但是伴随着以诗取士的制度而在社会上形成的写诗风气，却无形中对唐诗的繁荣起着一种推动作用。唐代许多伟大和著名诗人的艺术天才，就是在这种社会环境中孕育出来的。

（原载《龙门阵》1984年第2期，四川人民出版社版）

唐人“行卷诗”杂说

唐代进士科以诗文取士，由礼部主持的“省试”，仅仅通过一场“闱中”的考试，试卷又不“糊名”（密封），很难准确地测验应试举子的水平。于是“行卷”之风，就应运而生。

倡导行卷之风的，最初是礼部的负责官员。天宝元年(742)，韦陟以礼部侍郎知贡举，感到仅“以一场之善，登其科目”，有“不尽其才”的缺点。为了补其不足，便试行一种“考校”举子平时作业——“旧文”的办法。要求举子“先试一月”、“自通所工诗笔”（考试前缴平时优秀作业），在“知其所长”之后，再“依常式考核”（参加“省试”）。这种把常规考试与平时作业考查相结合的办法，大约收到了一定效果。但《旧唐书·韦陟传》所说“片善无遗，美声盈路”，则似乎有些夸张。

这可以看做是行卷的最初形式。由于是向“有司”（礼部）献纳，所以称为“纳省卷”，又称“纳公卷”。天宝十二载(753)，元结“作《文编》纳于有司”；咸通七年(860)，皮日休“编次”《文薮》“贡于有司”，就是两个具体的例子。“咸通中，礼部侍郎高湜知举”，很“公道”，聂夷中等三人遂以“孤贫”登第。聂“精于古诗”，其《咏田家》（“父耕原上田”、“二月卖新丝”）把官家对农民敲骨吸髓的掠夺，作了大胆的揭露。农民父耕子劚，一年累到头，“禾”稻“未秀”，“官家已修仓”，等待纳粮交税。这已经令人愤慨，而因催逼太紧而忍痛预售丝谷，更加叫人同情。由于诗人用了剜肉医疮这样深刻的比喻，遂使它名垂诗史。诗的后半，对“君王”寄予希望，明知是办不到的，但为了“行卷”，只好这样落笔了。“言近意远，合《三百篇》之旨。”（《北梦琐言》卷二）古代评论家的赞语是有道理的。《咏田家》堪称晚唐诗中的一颗明珠，可能即为聂夷中所纳的省卷。

不过，进士科应试举子数以千计，礼部官员收到大量省卷，不能及时处理，必然造成积压。《韵语阳秋》说杜荀鹤“老而未第，求知己甚切”，在《投裴侍郎》诗中发出了“哀鸣”：“只望至公将卷读，不求朝士致书论。”杜荀鹤只希望裴侍郎秉公读省卷，不想求朝中显宦致书说情，足见当时举子缴纳的省卷，主司并未出以公心，认真过目。纳省卷本是为了补省试之不足，却不能发挥应有的作用，因而应试举子除了纳省卷，又向私人投行卷，即向当世显人和名流呈献所作。这种作法把考试与推荐结合起来，虽是应试举子的自发行为，但行卷中的优秀者，一经名流赏识，显人推荐，就会得到文坛认可，引起官方重视，也就为他们的及第提供了较大的可能性。

行卷之风在唐代出现，有其主客观条件。就主观条件来说，在为数众多的应试举子中，确有一些出类拔萃之士。他们长期从事文学创作活动，积累了各种形式（尤其是诗歌）的平时作业，但往往要经过多次省试，才能中选。这样，每次秋试前，他们照例要为准备“新课”投入大量劳动。这是他们显示才学的最好机会和唯一手段。王维通过岐王向公主荐举，“出献怀中诗卷”，公主对他的诗才大为“惊骇”，“召试官至第”，“遣宫婢传教”，遂“一举登第”（薛用弱《集异记》）。这或许是“摭拾传闻，不定根于事实”（汪辟疆《唐人小说》），但也不妨认作唐代诗人向显人“行卷”的一个较早的例子。韩愈“举进士，投文于公卿间，故相郑余庆颇为之延誉，由是知名于时”（《旧唐书》本传）。贾岛在《携文谒张籍、韩愈》诗中写道：“袖有新成诗，欲见张、韩老。”贾岛“骑驴赋诗”，正为“推”、“敲”两字苦费斟酌，忽与韩愈相遇，从此盛传一个“骑驴冲大尹”的美谈（《刘公嘉话》）。贾岛渴望得到韩愈、张籍这样的名流汲引，是十分自然的。杜牧“以诗一百五十篇，编为一轴”（《献诗启》），奉献知己，也是一个比较典型的事例。

就客观条件说，由于写作诗文在社会上蔚为风尚，一些政治地位较高而又有文学修养且在文场卓著声誉的人物（其中有的与礼部关系颇密，甚至能决定去取），对登门求教的应试举子，怀着为国求贤、爱才若渴的态度，便成为举子们投行卷的主要对象。他们对行卷越是推荐得力，越能提高其作者的声价，行卷之风也就越加流行。“名重之贤，指顾即能置人羽翼”（《金华子杂编》卷下），有如凭风力，上青云。这种风尚，在中唐特盛。李翱、李观向张建封、梁肃引荐孟郊的诗作，张籍、杨敬之对朱庆余、项斯的诗作极力推奖，都是人们熟知的例子。直至晚唐，此风未衰，杜牧向名人行卷，“先进之士”，“喧而誉之，争为知己者，不啻二十人”（《投知己书》）。虽然有人挑剔杜牧生活上的缺点，但社会呼声如此之高，对杜牧的登第，仍然是大有助益的。

行卷中涌现的优秀之作，经过显人、名流的荐誉，不但引起社会舆论的重视，还能够在某种程度上左右礼部的选拔工作。鲁迅先生对此曾发表过很好的见解：

> 唐以诗文取士，但也看社会上的名声，所以士子入京应试，也许预先干谒名公，呈献诗文，冀其称誉，这诗文叫作“行卷”。（《且介亭杂文二集·六朝小说和唐代传奇文有怎样的区别》）

向有司纳省卷，既形同具文，向社会名流投行卷，便相习成风。这虽是省卷的一种发展，却成了行卷的主要形式。

向私人投行卷的风尚，还曾引起最高统治者的注意。唐宣宗喜欢微行谘访人才，他于逆旅中遇到在举场甚有时称的卢渥，呼与相见，“请诗卷，袖之而去”，随即“令主司擢第”（《唐诗纪事》卷五十九）。应试举子的行卷，幸承御览，特蒙口诏，越过常规考试的范围，获得优先及第的机会，真是意料不到的幸运。但同样一个唐宣宗，当他“微行至寺”，“登楼”于贾岛“案上取诗卷览之”，被岛“扯臂”夺卷时，岛便遭到了外除（《刘公嘉话》）的冷遇[1]。这虽是两个罕见的、极端的例子，却也生动地

---

① 据《新唐书·贾岛传》，岛“文宗时，坐飞谤，贬长江主簿”，则“夺卷忤宣宗”，当是宣宗即位前事。

证明了行卷确乎产生过特殊的效果，决定过其作者升沉的命运。

但是，伴随着行卷之风，也发生过种种流弊。从应试举子方面说，有的人标新立异，好于行卷中出奇。如卢廷让卷中“狐冲官道过，狗触店门开”，“饿猫临鼠穴，馋犬舐鱼砧”之类的诗句颇受“称赏”，便是证明。卢廷让“二十五举，方登一第”。无怪他要对人发出“平生投谒公卿，不意得力于猫儿狗子”（《北梦琐言》卷七）的感叹。再如李昌符“久不登第”，因“作《婢仆诗》五十首，于公卿间行之”。虽然“浃旬京城盛传”，并得“登第”，但由于“皆中婢仆之讳”，惹得“嫁妪辈怪骂”，“要掴其面”（《北梦琐言》卷十）。这种为达目的不择手段的行为，实在过于轻薄。至于像李播、卢钧遇到的李生和某进士那样，盗用行卷，冒认亲戚，灵魂更是丑恶。

再从显人和名流看，有的对应试举子的行卷持冷淡态度，如李商隐在《与陶进士书》中指出的“置之而不暇读”的官僚，就是这种类型。又如郑光亚弟兄，把举子行卷“辞有可嗤者”，全投入一“巨皮箱”中，“用资谐戏”，号曰“苦海”（《唐摭言》卷十二）。把举子“行卷”中的失误当作取笑资料，未免显得“轻佻”。再如大和中，薛保逊好以“巨编”行卷，“公卿之门，卷轴填委”，结果却被应门“阍媪”当作废纸，变成“脂烛之费”（《唐摭言》卷十二）。这简直是行卷之一厄。至于权贵们利用职权，营私舞弊，就更使行卷完全失去了积极作用。

唐代应试举子向私人投行卷，乃是唐代进士科以诗文取士的封建制度的产物。作为一种历史现象，它不可避免地会有许多弊病，但终唐之世，行卷之风确实有形无形地影响过进士科及第人员的取录，而且对唐诗的繁荣也曾经起过促进作用。这是研究唐诗的一个不可忽视的方面。

唐代应试举子向礼部纳省卷和向显人投行卷，包括诗、赋、古文和传奇小说。诚如赵彦卫所说："文备众体，可以见史才、诗笔、议论。"（《云麓漫钞》卷八）杜牧以《阿房宫赋》行卷，得到吴武陵向主司崔郾推荐，以第五名及第（《唐摭言》卷六）。罗隐以所著《谗书》行卷（《谗书》自序），则采取了杂文的形式。有的"用传奇文，来一新耳目，获得特效"（鲁迅）。中唐时期不少举子把现实生活中发生的事件写成传奇小说（见《国史补》和《南部新书》）行卷，便是突出的例子。

可是进士科应试举子则多以诗行卷。白居易向顾况行卷的故事，人们津津乐道。白居易"应举初至京，以诗谒顾"，顾披卷，见首篇《赋得古原草送别》。这是一首五言八句的律诗，前半写古原草，后半写送别。顾很欣赏前四句："离离原上草，一岁一枯荣，野火烧不尽，春风吹又生。"由于顾的"延誉"，白由是"声名大振"（《幽间鼓吹》）。这四句诗因为借自然物为喻，生动形象地表现出诗人坚持进取、不畏困难、生气蓬勃的精神状态，一下子就改变了顾况由白的名字而产生的最初印象（始而说"米价方贵，居亦弗易"，继而说"道得个语，居即易矣"）。白居易以此诗行卷使他蜚声当时的词场，而此诗也不愧是唐诗中的一个名篇。尽管有的评论家认为这几句可能是"喻小人去之不尽；如草之滋蔓"（俞陛云《诗境浅说》），但千百年来，人们对其十分倾倒，则在于它艺术地体现了白居易的旺盛精力和坚强意志，而这恰恰是顾况最感兴趣的。

李绅"赴荐"，"以古风求知"于吕温的故事，也很出名。吕温对李绅行卷的《悯农诗》二首（"春种一粒粟"、"锄禾日当午"）特别推重，"谓齐员外煦及弟恭曰：'吾观李二十秀才之文，斯人必为卿相。'果如其言"（《云溪友议》卷上）。"古风"是李绅最擅长的诗体，《悯农诗》是现存五万多首唐诗中富有人民性的篇什。李绅用自己的优秀组诗向吕温行卷，确实是代表了行卷诗中的精华。这两首诗，前首先通过数量上的对比，点明了少种多收的关键在于劳动，然后尖锐地指出：农民长年辛勤劳作，充分利用了地力，却很难果腹，不免饿死，这是多么不合理的现实！正是吃闲饭的地主官僚们的残酷压榨，给他们造成了悲惨结局。后一首首先突出了中午时分农民在田中“锄禾”时，“汗滴禾下土”的劳动生活场面，是有典型性的。接着引出深沉感慨：那些饭来张口、衣来伸手的人，可曾知道，他盘中飧饭，“粒粒皆”是农民“辛苦”的果实呢？这两首诗都采取了前半写实、后半议论的手法，但一者借助鲜明对比，一者通过生动刻画，产生了不同的艺术效果。

李贺向韩愈行卷的故事，更是广泛流传。李贺“以歌诗”谒韩愈，愈“送客归极困。门人呈卷，解带旋读之”，立即被首篇《雁门太守行》开头两句“黑云压城城欲摧，甲光向日金鳞开”所吸引，“却援带命邀之”（《幽闲鼓吹》），李贺虽有韩愈的举荐，也未能应举及第，但此诗则十分出色。全诗对苦战边城，抱定为国捐躯之决心的将士们的激烈壮怀，作了真实表现。开头两句“是阵前实事，千古妙语”（《一瓢诗话》）。诗人把战地景色（城头虽压有“黑云”，天际则尚露日光）和战备实况（重兵守城，金甲耀日）作了形象描画和巧妙烘托，难怪至今传诵人口，真算得唐歌行中的一篇杰作。

唐代应试举子的行卷诗，保存至今的为数已经不多。宋代的赵彦卫曾说：“进士则多以诗为贽，今有唐诗数百卷行于世者是也。王荆公取而删为《唐百家诗》。”程千帆先生曾对王安石的《唐百家诗选》作过考证，认为它的绝大部分是根据唐代诗人的行卷编选而成。《唐百家诗选》20 卷，共收 104 位诗人的一千二百多首作品。除卷一至卷四中的 11 人之作是根据某一唐人选唐诗总集（严羽误记为《英灵间气集》），卷六中的 7 人之作出于元结《箧中集》外，余下的 86 人，绝大多数都与进士科有关（及第的 62 人，不及第的 15 人，共 77 人，约占 90%）。《唐百家诗选》中的这部分诗作，“有一些是专门为行卷而写”，“有许多则是通过行卷这种特殊风尚才流传开来”（详见《唐代进士行卷与文学》，上海古籍出版社 1980 年版）。程先生这一重要发现，不仅澄清了过去对《唐百家诗选》的某些误解，而且为今天研究唐人行卷诗，提供了方便。《唐百家诗选》这部分入选作品中，有盛唐的崔颢、王昌龄、李颀，中唐的戴叔伦、钱起、卢纶、王建、贾岛、许浑，晚唐的皮日休、杜荀鹤等。其中也有个别诗人的作品，与行卷无涉，大约王安石看到的材料经过增补，已非行卷的原样了。但即使这样，王安石这个选本，对于研究唐人行卷诗，仍是不可多得、值得重视的。

《唐百家诗选》入选的诗人中，虽然没有李、杜、韩、白、李（商隐）这样一些大家，却有不少的名家。入选诗作，虽然少的只有一首（如朱庆馀），多的则近百首（如王建），且绝大多数诗篇属于行卷之作，还不能体现诗人创作的最高成就，但其中确有不少脍炙人口的名篇佳制。如王昌龄的《长信怨》、《出塞》，崔颢的《黄鹤楼》，李颀的《古从军》、《古行路难》，戴叔伦的《女耕田行》，卢纶的《和张仆射塞下曲》、《长安春望》，张继的《枫桥夜泊》，赵嘏的《长安秋望》，许浑的《金陵怀古》，秦韬玉的《贫女》，杜荀鹤的《春宫怨》等，在思想与艺术上都具有较高水平。

唐代应试举子的行卷诗作，不管是纳公卷，还是投私卷（对公卷而言），都是作为“省试”诗的一种补充形式而出现的。它事实上是对应试举子进行摸底工作和了解有关他们的社会舆论、文坛反映。这在一定程度上起了保证“省试”质量的作用，但在一百多年的历史过程中，投私卷所起的作用，却比纳公卷更明显。行卷这种风尚，一方面介入了进士科的考试，一方面又影响着唐诗的发展。虽然我们缺乏足够的材料，确证现存唐人行卷诗作的实际数字，但行卷之作，对唐诗的繁荣，曾经发挥了不容忽视的影响，则是毫无疑义的。

伴随着以诗取士的制度而在唐代社会广泛流行的写诗的风尚，“行卷”在某种意义上对它起了推波助澜的作用。作为一种历史现象，行卷之风虽然早在宋代就基本上消失了，但为了全面研究唐诗的成就，却可以而且应该把它列为需要注意的课题之一。

（原载《龙门阵》1984年第5期，四川人民出版社版）

闲话唐代“文病”

把言论自由作为唐诗繁荣的原因之一，这是人们较爱谈论的问题。虽然这有一定道理，但过分强调唐代的言论自由，又会造成一种错觉，好像整个唐代政治都很开明。这却是不符合实际的。

九世纪初，日本和尚空海（法名遍照金刚）归国时，带去了许多中国书籍。他归国后写的重要著作《文镜秘府论》保存了许多唐代文学批评的材料。“西卷”“论病”中，有一则是《文二十八种病》。虽标的是“文”，却多是论诗。在“第十五”的“忌讳病”下，特作了如下的解释：“其中意义，有涉于国家之忌是也。”还引了元兢的话：“此病或犯，虽有周公之才，不足观也。”空海来华，正是中唐时期。《文镜秘府论》把我国当时通行的有关诗格、诗式的著作进行排比编纂，基本上反映出中唐诗坛一般遵循的创作要求。《文二十八种病》主要是讲文字、声律方面的“病”“犯”，但这条“忌讳病”，却明显地涉及思想与内容。这说明，唐代诗人已经注意到了内容方面必须避免的“病”“犯”，并把它列为“公约”。这等于提出了一个写诗的基本“政治标准”。虽是从消极方面着眼，却具有积极的意义。它提醒诗人们考虑诗歌内容要从有利于“国家”出发。“有涉于国家之忌”这句话，带有一定的“原则”性。在它下面，可以列出若干子目。根据这一“原则”要求，就能衡量一切作品。最高统治者和当权者还可以把自己作为“国家”的象征，对那些有涉于自己之忌的作品进行干涉。这种干涉如果过于粗暴，势必会出现文字狱。而这在唐代，并没有发生过。这正是唐代有一定言论自由的证明。

宋代的洪迈，在《容斋续笔》中，曾经称赞“唐人歌诗，其于先世及当时事，直辞咏寄，略无避隐。至宫禁嬖昵，非外间所应知者，皆反复极言，而上之人亦不以为罪。”他举了杜甫、元稹、白居易有关唐玄宗的诗为例，说元、白“始末皆为明皇而发，杜子美尤多”，又举了张祜、李商隐诗，认为“大抵咏开元、天宝事”，最后感慨地说：“今之诗人，不敢尔也。”（卷二“唐诗无讳避”）洪迈写这则随笔时，已经发生了前所未有的“乌台诗案”。他在吟诵唐诗时，情不自禁地联想到了宋代的现实，叹息“今之诗人”们“不敢”像唐人那样“直辞咏寄，略无避隐”，这是容易理解的。

是的，唐代不像宋代有文字狱。加之对唐王朝由盛而衰的安史之乱和导致这一祸乱的根源的唐玄宗、杨贵妃，人们的确深致不满，因而反复形诸吟咏。但并不是说，唐代诗人对“有涉于国家之忌”的其他内容，便可以“略无避隐”地写出来。

其实唐代的言论自由，表现得较为明显的是唐太宗贞观年间。这同唐太宗在政治上采取“纳谏”的措施是分不开的。这也必然会形成一种直言不讳的社会风尚，并且有可能扩大到诗歌领域中去。一般谈初唐诗，都要举虞世南和唐太宗有关“宫体”诗的一段对话：“帝尝作宫体诗，使虞世南赓和。世南曰：‘圣作诚工。然体非雅正，上有所好，下必有甚，臣恐此诗一传，天下风靡，不敢奉诏。’”（《唐诗纪事》卷一）唐太宗是一代英主，但也不免沉浸在梁陈“宫体”诗风里。可是，虞世南却当面指出圣作体非雅正，并公然表示“不敢奉诏”，的确表明唐太宗很有度量。

看来当时并没有规定什么“忌讳病”之类的戒律。因为政治开明，讲话写诗都可以无所避讳。

说到武则天时代的言论自由，人们少不了会想到来俊臣、周兴们的“杰作”。那时最盛行的是“应制诗”。应制诗专门歌功颂德，这也是一种“艺术”。歌颂不当，同样会触犯“忌讳”。东方虬和宋之问在洛阳龙门写应制诗的故事，一向流传很广。东方虬的诗先成，已经得赐锦袍，但不如后成的宋之问歌颂得体，到手的锦袍也被夺下，改赐宋之问。东方虬因写《孤桐篇》而受到陈子昂称赞。人品高过宋之问，写应制诗比不上宋，是毫不奇怪的。陈子昂是初唐诗歌的革新家，以《感遇诗》闻名于世。他不采取直露的表达方式，而是向阮籍的《咏怀》诗借鉴，这至少说明，他写诗不是没有避忌的。

说到盛唐时期的言论自由，大家自然会想到开、天盛世，而且首先会忆起孟浩然那首《岁暮归南山》诗。就因为唐玄宗对其中“不才明主弃，多病故人疏”二句不满：“朕未曾弃人，自是卿不求仕进。奈何反有此作？”孟浩然才失意终身。其次也不会忘记李白的《清平调词三首》。这是当着唐玄宗的面，由“贵妃捧砚，力士脱靴”，“挥洒”于“万乘之前”的。因此，范文澜很欣赏李白的“胆量”。由于“借问汉宫谁得似？可怜飞燕倚新妆”这样的诗句遭到高力士的谗毁，杨贵妃的“捍”阻，虽然没有加罪，李白却失去了“命”“官”的机会。这似乎已经露了一点苗头，说“明主弃”“才”、“以飞燕比妃子”都可以算作一种“忌讳”，因为它们是“有涉于国家之忌”的。

同样的例子还有李泌。《旧唐书》本传说他“自嵩山上书论当世务，玄宗召见，令待诏翰林”，“杨国忠异其才辩，奏泌尝为《感遇诗》，讽刺时政”。李泌只得“遁”往“名山”去当隐士。李泌的诗虽已散佚，但从仅存的断句“青青东门柳，岁晏必憔悴”还可以看出：杨国忠所谓的“时政”，其实就是指他自己，因为“柳”是可以影射“杨”的。

杜甫的诗，生前流传不广。他向唐玄宗献赋，虽然受到赏识，但他所写有关唐玄宗的诗。特别是那些深刻地批判现实，忧念国事，同情人民的名作，唐玄宗和权贵们却未必看到，因而没有引起反应。至于他为房琯辩白的奏疏，唐肃宗看了却大发雷霆。他也因此而罢官，并且从此过着流离颠沛的生活。唐代究竟言论有多自由，是说不准的。

从中唐开始，诗坛大约就有了一些成文的戒律。被日本和尚编纂入书的“忌讳病”之类，就属于成文的一种。既然作为“文病”提了出来，可见是从创作实践中总结出来的经验，也许有人是从中吃过苦头的。

贾岛因为“久不第，吟《病蝉》之句，以刺公卿”，被目为“十恶”，竟遭斥“逐”。刘禹锡游玄都观，先后写看桃花的诗，都给他带来了贬斥的严重后果。这更是大家所熟知的。白居易以写讽喻诗著称，他“身是谏官”，“启奏之外，有可以救济人病，裨补时阙，而难于指言者，辄咏歌之，欲稍稍递进闻于上”。但白居易写这些诗也并非一帆风顺。有他的话为证：“岂图志未就而悔已生，言未闻而谤已成。”他曾生动地写出诗作问世后所受到的社会各方面的压力：“闻《秦中吟》，则权豪贵近者相目而变色矣；闻乐游园寄足下诗（《登乐游园望》），则执政者扼腕矣；闻《宿紫阁村》诗，则握军要者切齿矣。”对他的创作动机，有着各种议论，或说“沽名”，或说“诋讦”，或说“讪谤”。好心的朋友劝他以牛僧孺为“戒”，“乃至骨肉妻孥”“皆以”他“为非”。他叹息说：“何有志于诗者，不利若此之甚！”并自称“始得名于文章，终得罪于文章”。这一切都说明：当时已经有了一种成文的“忌讳病”的规定，别人自会用作尺度，讥弹触犯了“忌讳”的“病”作。而白居易写这样的作品，是冒了政治风险的。

和白居易齐名的元稹，“谪宫”后也在上令狐楚的《诗启》中，说他所写“感物寓意”的歌词，“辞直气粗，罪尤是惧，固不敢呈露于人”。可见他很怕触犯“忌讳”。当然也有像唐衢那样的“狂男儿”，“不惧贤豪怒，亦任亲朋讥”，虽然“人竟无奈何”（白居易《寄唐生》），但毕竟落得潦倒一辈子的下场。

晚唐时期的言论自由，比之中唐更不如。裴恽向唐懿宗进诗几乎获谴，便是一个具体例子。唐懿宗即位，改年号叫咸通，“裴恽进诗贺圣政”，用了“太康”二字，懿宗大怒：“太康失邦，乃以比我！”幸好韦澳奏言：“晋平吴寇，改号太康，虽有‘失邦’之言，乃见归美之文。”懿宗才改口道：“天子大须博览，不然几错罪恽。”这个例子说明，当时写诗已经有了不少的“忌讳”。

晚唐诗人张祜所写有关唐玄宗、杨贵妃的诗作。确有大胆之处。但令狐楚表荐他，并叫他随表进所作诗，却因元稹在穆宗面前说他“雕虫小巧”，不宜“奖激”，“恐变陛下风教”，遂“寂寞而归”。他“以诗自悼（诗题是《寓怀寄苏州刘郎中》），略曰：‘贺知章口徒劳说，孟浩然身更不疑。’”便可能与触及“忌讳”有关。

晚唐著名诗人李商隐喜欢写咏史诗，避免直接涉及时事。他写有关唐玄宗的诗，便出于这样的动机。有些直接涉及时事的诗，则往往写得比较隐晦，李商隐的政治遭遇，一直受到后人同情。他与牛李两党都有关系。但在李党遭到无可挽回的失败时，却倾向李德裕一边，表现了明确的是非观念。正因为这样，在他的诗作中，沉情绝丽与隐晦曲折交织在一起，而带上了悲剧色彩。我们在欣赏他的诗作时，就能摸到晚唐诗坛力戒“忌讳病”的时代脉搏。

把唐代“文病”和唐代诗人写诗的一些具体实际稍加联系，我们是否可以这样说：一方面唐代确有一定的言论自由。这首先表现在唐代没有文字狱，虽然有的诗人曾以文字触忌，但“没有人对一首诗随意引用曲解，无限上纲，深文周纳，陷人于罪”（姚雪垠语，见《文艺报》1979年第2期）。因而诗人们仍然把反映和批评现实作为自己的写作职责，不怕有所触犯。这也正是唐代产生了不少伟大的和杰出的诗人的原因之一。另一方面，唐代诗坛，又并非百无禁忌。否则，孟浩然、李白、李泌、贾岛、刘禹锡就不会因写诗而遭到放逐；白居易就不会受到各种各样的指责；元稹就不会“不敢”把歌词“呈露于人”；裴恽就不会因写诗险些获罪；张祜就不会被阻进。而在《文二十八种病》中，就不会列上一条“忌讳病”。因此，过分强调唐代的言论自由，是不恰当的，是不符合实际情况的，在客观上还会起到美化封建王朝的作用。

（原载《龙门阵》1983年第4期，四川人民出版社版）

浣花秋色许平分

——“旧话”新笺

成都西郊草堂寺的工部祠，东郊望江楼的薛涛井，是各具特色的游览胜地。杜甫、薛涛都是唐代诗人，由于客寓成都并留下艺术珍品，而受到蜀人爱重。于是工部祠与薛涛井，一西一东，遥相呼应，遂成为遐迩闻名的两个历史文物古迹。

杜甫草堂故址一直没有移位。自唐以来，历代迭经修复。新中国成立后，更得到重点保护，几度扩建，已具相当规模。薛涛“买居”百花“潭侧”（何宇度《益部谈资》），“晚岁居碧鸡坊，创吟诗楼”（明万历洗墨池刻本《薛涛诗》小传），本与杜甫为邻，但故址早已不存。人们现在见到的，只有围绕望江楼的薛涛井，模拟想象而成的薛涛故居系列。这就是今天成都两个各占东西形胜之美的胜地的现实状况。

（一）关于“平分”秋色的“旧话”

“旧话”由薛涛井引起，现先对薛涛井作一点历史回顾。

据明代学者的记载，望江楼的薛涛井，实为明代蜀王府仿制薛涛笺处。“薛涛井旧名玉女津，在锦江南岸，水极清澈，石栏周环，久属蜀藩，为制笺处。”（《益部谈资》）把明蜀藩“仿制”薛涛“笺”处误指为薛涛“制笺”处，大约在明中叶，人们就已有共识。如嘉靖二十年（1541）修纂的《四川总志》即有“薛涛井在锦江之南滨，女校书郎薛涛以水制笺，故名”。不过这也与望江楼擅形胜之美的优越条件分不开。曹学佺《蜀中名胜记》列举成都“东门之胜”，“其最著者”有“薛涛井”，便是明证。由于一个字的误差，造成近五百年的历史误传，人们居然乐于接受，这实是中国园林史上的一段佳话。

在宋代，人们都以九眼桥上游的合江亭作为饯饮送别之地。在明代便转移到下游的薛涛井。杨慎诗中屡有“江楼”送客之什，即指此地而言。当时可能已建楼馆，后因战乱圮废。清初始重加修建。康熙六年（1667），成都府知府冀应熊，于井旁置石书“薛涛井”三字刻（康熙二十五年〔1686〕修《成都府志》）石上。“薛涛井”之名，便再次被确认。嘉庆十九年（1814），四川布政使方积等于井旁“修筑亭台”（清修《华阳县志》），成都府知府李尧栋于井前“构”吟诗、濯锦二楼及浣笺亭，汲井水为游人“茶憩”之所。光绪初年，于井旁建崇丽阁，阁成，又于其旁构楼、亭，以后继有增构，皆取薛涛旧居和有关她的故事为名，如吟诗楼、濯锦楼、浣笺亭、五云仙馆、枇杷门巷等。从此，一个本属依托的薛涛井以及由之构想出来的薛涛故居系列，便误假成真地为人们所认同。尽管有的薛涛研究者一直对它提出质疑，也无法改变这一约定俗成的状况。

以下再说百年前的“旧话”。

19 世纪末，即光绪十四年（1889），当崇丽阁落成之际，陕西泾阳人伍生辉（介康）特为薛涛井撰了一付十分惹人注目的对联：

古井冷斜阳，问几树枇杷，何处是校书门巷；

大江横曲槛，占一楼烟月，要平分工部草堂。

伍生辉于咸丰元年参左宗棠幕，光绪初历官四川知县。此联即他官蜀时所撰。伍生辉不仅把依托得名的“薛涛井”定为薛涛故居，还提出要让一个尚属于未知数的“校书门巷”与“工部草堂”平分秋色。他涉及的虽属局部性范围（锦城），实际上却接触到一个带整体性的话题，即女诗人薛涛与伟大诗人杜甫能否分庭抗礼?

大家知道，薛涛因沦为“乐妓”（《晁公武《郡斋读书志》），早就被目为“文妖”（李肇《国史补》下）。在光绪初，男尊女卑、良贵妓贱的封建思想还居统治地位的年代，伍生辉敢于让“侍酒赋诗”的“乐妓”与一代诗圣平起平坐，显属与传统观念立异，确实有些耸人听闻。这也许是伍生辉在左宗棠幕接受了欧风美雨洗礼的一个典型表现。伍生辉这副对联，在当时会引起强烈反应，是容易理解的。可能是针对这一情况，过了不久，刘咸荥（豫波）就为浣笺亭撰了一副对联，提出一个调和折中的意见，算是对争论双方做了一点缓冲工作。联文如下：

> 此间寻校书香冢，白杨中问他旧日风流，博来锦水余氛，一样渡名桃叶好；
>
> 西去接工部草堂，秋水外同是天涯沦落，自有浣笺留韵，不妨诗让杜陵多。

刘咸荥比伍生辉退了一步，不仅把薛涛与王献之妾桃叶和白居易所咏弹琵琶的“商人妇”对举，并叫薛涛从诗坛退出，免与杜甫抗衡，而单突出她制笺纸的高超工艺水平。这当然不能算是解决了问题。新中国成立后，已故著名书法家谢无量先生补书的伍生辉联文，重与游人见面，看来支持伍生辉提法的还是占多数。“文化大革命”中，望江楼内的对联通通作为“四旧”扫荡一空。十一届三中全会后，谢公手迹虽无法补刻，好在已有书家重书悬出。

改革开放期间，由于旅游事业不断发展，人们开阔了视野，解放了思想，对成都名胜古迹的布局及对有关历史人物的评价，都有了新的认识。于是我们看到了已故陶亮生先生在20世纪80年代初为望江楼公园大门所撰的对联：

少陵茅屋，诸葛祠堂，并此鼎足而三。饰崇丽，荡漪澜，系客垂杨歌小雅；

元相诗篇，韦公奏牍，总是关心则一。思贤才，哀窈窕，美人香草续《离骚》。

亮生先生突破伍生辉，跨过刘咸荥，要让“少陵茅屋”、“诸葛祠堂”与“校书门巷”在成都“鼎足而三”，并明确指出薛涛受元稹、韦皋称许，是因她的诗作可以上续屈原的《离骚》。这恐怕是自唐以来，对薛涛诗的最高赞辞了。限于篇幅，本文不想就武侯祠发表意见，因已超出唐代蜀中诗坛的范围。但“鼎足而三”的提法，似乎还未听到相反意见。

不过应该看到，把杜甫与薛涛联系起来进行研究，并不限于望江楼的几位撰联人。新中国成立后，海内外学者对杜甫研究发表了大量论著，其中也有涉及杜甫与薛涛的。这里不妨介绍一下四川杜甫研究会名誉会长缪钺（彦威）先生《杜甫》一书中的见解。此书是1959年缪老为《四川文学家小传》写的（后由四川人民出版社初版，1980年再版）。在该书“入蜀以前”一节里有这样一段话：“唐朝三百年是我国古典诗歌的盛世，当时蜀中的诗风也是很盛的。蜀中曾出过杰出诗人陈子昂、伟大的积极的浪漫主义诗人李白以及女诗人薛涛。”他接着又说：“唐代许多著名诗人”“都曾来到过蜀中，有的甚至住过相当长的时期。他们的诗中都有不少歌咏蜀中山水景物、风土人情与反映蜀中历史社会现实的名篇佳作”。他列举了初盛唐的“四杰”、高适、杜甫、岑参，中晚唐的元稹、白居易、贾岛、李商隐、韦庄等人，特别突出了杜甫，认为“他是唐代最伟大的也是中国文学史上最伟大的现实主义诗人。他在蜀中住了八年多，在蜀中所作的诗占他全集中诗的半数以上，他所留下的草堂遗迹，一直是中国文学的圣地，也为成都增光不少”。不同于前引望江楼的联文的是，缪老是从诗史的角度，针对唐代蜀中诗坛的总情况作出上述结论的。对唐代蜀中诗坛，缪老只筛选出陈子昂、李白、杜甫和薛涛。他肯定陈是“杰出诗人”，把他作为初唐诗坛的一位革新家来看待。陈子昂一方面不满意“齐梁间诗，彩丽竞繁，而兴寄都绝”，力图恢复《诗经》至建安、正始的优良传统，提出“骨气端精，音情顿挫，光英朗练，有金石声”（《与东方左史虬〈修竹篇〉序》）的十六字创作纲领。另一方面，对新兴的律诗又能给予重视，这就是方回推他为“唐之诗祖”，“不但《感遇诗》三十八首为古诗之祖，其律诗亦近体之祖也”（《瀛奎律髓》）的主要原因。李白、杜甫，正如韩愈、苏轼所赞誉的：“李杜文章在，光焰万丈长”（《调张籍》），“以英玮绝世之姿，凌跨百代，古今诗人尽废”（《书黄子思诗集后》）。缪老称他们为伟大的浪漫主义和现实主义诗人，是就其创作上的主要特点而言。至于薛涛，乃是缪老列举的唐代诗人中唯一的“女诗人”。缪老从众多诗人中筛选出陈、李、杜、薛来，是因为他们都曾在蜀中留下了遗迹。如陈在射洪金华山有读书台，李在江油青莲乡有故里，杜在浣花溪畔有草堂故居，薛在望江楼有由浣花溪移位的井、楼等。上述陈、李、杜、薛的遗址，只有薛涛井才出于依托。千百年来虽迭经沧桑，却不断修复，日益扩展。这原因就值得深深思考了。值得注意的是，缪老筛选出的四人中，与成都直接有关的，恰恰又是杜甫与薛涛。缪老一面肯定杜甫是“唐代”，也是“中国文学史上最伟大的现实主义诗人”，肯定草堂是“中国文学的圣地”，一面又肯定薛涛独一无二的“女诗人”身份，他虽未重复“平分”秋色的“旧话”，但与伍生辉当年提出的见解，不能说没有相通之处。

（二）旧话新笺之一：女诗人薛涛在蜀中

唐代女诗人中，初唐只有上官婉儿最知名。但她的主要活动范围在宫廷，且又以诗坛评判权威身份出现，虽然奠定初唐律体的沈佺期、宋之问也要由她“甲乙”，作品却流传不多。中唐是涌现女诗人的最佳年代。李冶、薛涛和鱼玄机都是其中的佼佼者。但就作品数量与质量论，薛涛则要数第一。

薛涛本籍长安，幼年随父郧仕宦入蜀。郧死，妻女流寓蜀中。薛涛美艳敏慧，又多才艺。八岁能诗，洞晓音律，声名倾动一时。德宗贞元中，韦皋任剑南西川节度使，召令赋诗侑酒，遂入乐籍。后袁滋、刘辟、高崇文、武元衡、李夷简、王播、段文昌、杜元颖、李德裕相继镇蜀，她都“出入幕府”，“以诗文受知”（《薛涛诗》小传），韦皋“欲奏”请朝廷授以校书郎官“号”，格于旧例而“罢”，“后遂呼之”为“女校书”（《唐诗纪事》卷七十九）。薛涛诗名大著，与她和当代著名诗人元稹、白居易、张籍、王建、刘禹锡、杜牧、张祜等唱酬往来很有关系。尤其是王建赠她的诗和她与元稹的唱和之作，历来传诵人口。

王建写道：

万里桥边女校书，枇杷花下闭门居。扫眉才子知多少，管领春风总不如。（《寄蜀中薛涛校书》）

元、薛唱和诗如下：

锦江滑腻峨眉秀，幻出文君与薛涛。言语巧偷鹦鹉舌，文章分得凤凰毛。纷纷词客皆停笔，个个公侯欲梦刀。别后

相思隔烟水，菖蒲花发五云高。（《寄赠薛涛》）

诗篇调态人皆有，细腻风光我独知。月夜咏花怜暗淡，雨朝题柳为欹垂。长教碧玉藏深处，总向红笺写自随。老大不能收拾得，与君开似教男儿。（《元微之赠薛涛诗，因寄旧诗与之》）

王建、元稹都对薛涛极力推崇。王诗的“扫眉才子”二句，把薛涛尊为“女诗人”中之领袖人物。元稹诗赞誉她与卓文君一样是“锦江”“峨眉”的灵“秀”所钟，“言语”“文章”出类拔萃，致令“词客”“停笔”不敢交手，“公侯”“梦刀”，“欲”与识面，把她凌驾于男性诗人之上，真是推崇备至。难怪李德裕、刘禹锡得知她的死讯时，要写诗表示“伤”悼了。

旧传薛涛“诗五百首”，现存者仅89首，还不到总数的五分之一，“断珪残璧”，已“非完璞”（徐𤊹《红雨楼题跋》）。现存薛涛诗基本上可分为唱酬、赠答和抒情、写景、咏物两大类。“《送友人》及《题女郎庙》诗，为向来传诵。”（《四库全书提要》）据说她“好制小诗”（《南部新书》），较少长篇，这与她特殊的生活环境分不开。试想，一个“乐妓”，如果大量写作有关时事政治的长篇作品，将会招来什么样的物议？但薛涛毕竟出身仕宦之家，后虽沦入乐籍，却颇具政治头脑。如她以李德裕创建的筹边楼为题的七绝，虽寥寥四句，却是一般脑满肠肥的贵官、凡庸猥俗的诗流绝对写不出来的。诗云：“平临云鸟八窗秋，壮压西川四十州。诸将莫贪羌族马，最高层处见边头。”（《筹边楼》）这是关注现实，很有思想深度的名作。在封建时代，特别像她这种类型的妇女，竟能写出这样高质量的作品，无怪《四库全书总目提要》要称许此诗“托意深远”，“远非寻常裙屐所及”了。她敢于对“诸将”提出教诫，显然深受杜甫《诸将五首》的启示。又如她因受“罚”，去到邻近吐蕃的松州，曾写了《罚赴边有怀，上韦令公诗二首》，第一首写道：“闻说边城苦，而今到始知。羞将门下曲，唱与陇头儿。”她对防边战士的艰苦生活寄予同情，十分难能可贵。由于立言得体，杨慎很称道它“有讽喻而不露，得诗人之妙”，甚至说“使李白见之，亦当叩首，元白流纷纷停笔，不亦宜乎”（《升庵诗话》卷十一）。这恐怕不是随随便便的评论。

由于薛涛从小生活在蜀中，因而薛诗中涉及蜀中山川景物、风土人情和历史古迹特多，如巫峡、峨眉、玉垒、凌云、嘉陵驿、筹边楼以及锦官城的武担山、斛石山、万里桥、摩诃池等，还有专咏蜀中特产柑子、荔枝和民间习俗的诗篇。其《献武相国》诗对司马“长卿”和“卓氏”文君的恋爱故事表示欣赏，更表明她颇受杜甫《琴台》的影响，而元稹以“文君”与她相比，也就容易理解了。

薛涛不仅能诗，而且善书。《宣和书谱》称她“有林下风致，故词藻一出，则人争传以为玩。作字无女子气，笔力峻洁，其行书妙处，颇得王羲之法”，“每喜写己所作诗，思致俊逸，法书警句，因而得名”，“今御府所传行书一”。经过“靖康”之变，北宋“御府”所藏薛涛“行书”，不知下落如何?

薛涛“喜写己作诗”，与她善制笺纸有关。薛涛晚年居浣花溪西头，“浣花之人多造十色彩笺”（《牧竖闲谈》）。她因“好制小诗，惜其幅大，不欲长制，乃狭小之。蜀中才子既以为便，后减诸笺亦如是，特名‘薛涛笺’”（《南部新书》）。“蜀笺古已有名，至唐而后盛，至薛涛而后精。”（《益部谈资》）杜甫寄高适诗已有“巴笺染翰光”之句，李商隐《送崔珏往西川》亦有“浣花笺纸桃花色”之咏。韦庄在《乞彩笺歌》中更对薛涛笺作了精彩描写：“浣花溪上如花客，绿暗红藏人不识。留得溪头瑟瑟波，泼成纸上猩猩色”，“人间无处买烟霞，须知得自神仙手。也知价重连城璧，一纸万金犹不惜。薛涛昨夜梦中来，殷勤劝向君边觅”。“薛涛笺”流传“人间”，“价重连城”，韦庄“不惜”“一纸万金”，四处寻“觅”，可以想象它是何等精致，何等名贵。杜甫如果与她同时，肯定会向这位“芳邻”索求的。

（三）“旧话”新笺之二：异代不同时，刮目更相看

杜甫与薛涛，相隔半个多世纪。杜甫于永泰元年（765）夏离开成都时，薛涛大约正值童年。薛涛在百花潭侧“买居”，浣花溪头制笺，显然有“沾丐”怀贤之意。我们从她的诗作中虽然无法得到确证，但她对宋玉、晋贤、大小谢、吴均等人的景慕，也许正与杜甫的艺术欣赏观点有一致之处。薛涛七律诗《谒巫山庙》中“山色未能忘宋玉，水声犹是哭襄王”一联，由宋玉《高唐》、《神女》二赋中的巫山神女故事诱发的灵感，很可能是与杜甫《咏怀古迹五首》（二）“江山故宅空文藻，云雨荒台岂梦思”一联引起了共鸣。我们完全可以借用杜甫此诗“怅望千秋一洒泪，萧条异代不同时”二句作为女诗人“买居”浣花溪时的内心独白。在薛涛诗中，没有提到一个初盛唐诗人，自然也看不见杜甫的影子。但这并不妨碍她想与杜甫结邻的仰止之情，“遥闻声而相思”不一定要在文字上直接表露出来。

不过，在杜甫的创作生涯中，有一个突出的艺术现象，却能帮助我们理解这样一个问题：杜甫与薛涛如果同时，会不会有唱和往来的可能性？

众所周知，杜甫是一位忧国忧民的伟大诗人。在他现存的一千四百多首题材相当广泛的诗作中，有不少涉及女性的作品。在杜甫笔下，既有皇室的贵妃、外戚，也有庄园的歌儿、舞女（《丽人行》、《城西陂泛舟》）；有战乱中被遗弃的“绝代”“佳人”（《佳人》），更有饱受征戍赋役残酷折磨的劳动妇女，如石壕村代

丈夫"应""役"的"老妇"和"出入无完裙"的儿媳（《石壕吏》），与"征夫""暮婚晨""别"的新妇（《新婚别》），与"子孙阵亡尽"，"垂老"还应征的丈夫告"别"时，"卧路啼""寒"的"老妻"（《垂老别》）；还有在夔州时见到的头"发半华"，"四十五十"尚"无夫家"的"负薪"女子（《负薪行》）和"无食无儿"、"困穷"至极、"堂前扑枣"的"妇人"（《又呈吴郎》）等。作为历史题材而出现的，则有咏武担山蜀王妃冢的《石镜》、咏司马相如与卓文君相爱的《琴台》和咏王昭君入胡和亲的《咏怀古迹五首》之三。至于咏到妻女和姊妹的，就更多了。

我们特别不能忽视的，是杜甫在成都时，为"黄四娘"的花圃现场录像，在夔州时为女歌手"杨氏"的艺术活动留影，因观"公孙大娘弟子""李十二娘""舞剑器"而回忆起"童稚时"在河南郾城观公孙舞艺的情景传真等。她们不论是以园艺家、歌唱家或宫廷"供奉舞女"出现，都属于艺术的范畴。令人纳闷的是，杜甫诗中写到著名男性作家的不少，唯独没有一位女诗人。这可能是盛唐时代还没有为女诗人的涌现提供客观条件的缘故。而薛涛等女诗人的涌现是与中唐时代的社会风尚大有关系的。薛涛的家庭条件与特殊身世，使她得以"出入"蜀中高级官员的"幕府"，"侍酒赋诗"，并得与著名作家唱酬往来。我们不妨设想：如果薛涛的生活年代提前半个多世纪，并与杜甫同客成都，她在"出入幕府"的同时，是有极大可能与杜甫往来的，杜甫定会像元稹、王建等著名诗人那样与薛涛以诗赠答的。杜甫"于成都浣花溪里""结庐"，"与田夫野老相狎"（《旧唐书》本传），"朱老、阮生皆预莫逆"，"'遭田父泥饮'，至'被肘'而不侮"（《砻溪诗话》卷六）。杜甫这种"不侮矜寡"的美好情操，在对待女性问题上同样会有突出表现，如对劳动妇女的同情，对才艺出众的女性的尊重，便是明显的例子。杜甫既"不是终日拉长了面孔，专说忠君爱国话的道学先生”（胡适语），他可以为黄四娘、杨氏和公孙大娘写诗，难道遇见薛涛这样的“女诗人”，还不会产生艺术激情吗？

苏轼和欧阳修早就对杜甫为黄四娘和公孙大娘写诗发表过很好的意见。苏轼说“子美”“此诗（指《江畔独步寻花七绝句》之六“黄四娘家花满蹊”一首）虽不甚佳，可以见子美清狂野逸之态，故仆喜书之。昔齐鲁有大臣，史失其名，黄四娘独何人哉？而托此诗不朽，可以使览者一笑”（《书子美英四娘诗》）。欧阳修说：“唐世一艺之美，如公孙大娘舞剑器，曹刚弹琵琶，米嘉荣歌，皆见于唐贤诗句，遂知名于后世。当时山林田亩，潜德隐行君子，不闻于世者多矣，而贱工末艺得所附托，乃垂于不朽，盖其各有幸不幸也。”（《六一诗话》）宋代诗人对杜甫“黄四娘诗”尤表现出浓厚兴趣。“黄四娘家花有声，杜陵野老最关情。”（谢逸《和智伯绝句四首》其三）“十年剑外无相识，黄四娘家几度来。”（周紫芝《次韵庭藻读杜少陵集》）诗人们探索了杜甫创作“黄四娘诗”的动因，可说是由诗的表层向底部作了开掘。遗憾的是，几乎没有人对《听杨氏歌》一诗做点透视工作。杜甫在这首诗中开头就称赞杨氏唱的是“绝代”“佳人”之“歌”，这是“绝代佳人”一词，在杜诗中的第二次动用。我们如果联系诗中“老夫悲暮年，壮士泪如水”和“古来杰出士，岂特一知己”等句，完全可以作出如下推断：杜甫把远远超过黄、杨、公孙等的女诗人薛涛引为“知己”，是没有什么奇怪的。

薛涛的诗作，数量不到杜甫的十六分之一，质量也远远不及杜甫，她从未想要在诗坛与杜甫“分庭抗礼”。不过对这位后到的芳邻——少见的“女诗人”，杜甫肯定会热情欢迎，刮目相看，自然会满足她“平分”浣花溪上的秋色的美好心愿。后人把薛涛“故居”移位于望江楼畔，这实非薛涛的本意。既然业已约定俗成，且又有人正式提出“平分”之说，杜甫怎么还会加以拒绝呢？

上文我们由百年前的“旧话”说到它的演变过程，又由女诗人薛涛在蜀中的身价说到她在杜甫心目中可能留下的印象，从而作出杜甫、薛涛如果同时，必然会成为“知己”，允许她“平分”浣花秋色的论断。临末，我们正好借杜甫的诗句“萧条异代不同时”，改伍生辉联语为“浣花秋色许平分”来收束本文，也算是对它的小结。

（原载《杜甫研究学刊》1990年第3期）

“乌台诗案”新勘

在我国文学史上，苏轼是一位因写诗“获罪”，被关进御史台监狱的杰出诗人。历史上的文字狱层出不穷，但像苏轼这样，把狱中档案材料基本上保存下来，并在死后刻板印行，却极为少见。

苏轼逝世后25年（1126），发生了“靖康之变”。建炎元年（1127），御史台“随驾”南渡官员把苏轼的全部档案运往扬州，有人曾见其中的一半，“皆坡亲笔，凡有涂改，即押字于下，而用台印”①。稍后，由“蜀人”朋九万把它编印出版。这就是我们今天看到的《乌台诗案》。

但这小册子是逼供取信的产物，并不能如实地反映“诗案”

① 宋·周必大：《二老堂诗话》。

的真相。必须结合其他材料，特别是通过苏轼作品作实事求是的考查，才能得出比较符合实际的结论。

一　入狱前后

“这回断送老头皮”

苏轼是宋神宗元丰二年（1079）八月“在湖州坐作诗追赴诏狱”的。晴空突来霹雳，妻子送他出门，大哭不已。苏轼安慰妻子说：“独不能如”杨处士妻“作诗送我乎”？杨处士妻的原诗是这样写的：

> 更休落魄耽杯酒，且莫猖狂爱咏诗。今日捉将官里去，这回断送老头皮[①]。

妻子听了，“不觉失笑”。苏轼后由“台卒”押往汴京。通过这一生动的情节，我们看到了苏轼勇敢、镇静的性格特点。诗人相信自己未犯王法，但又感到问题严重，只得硬着“头皮”去入狱受审。

当“御史台差官追取”时，二狱卒“顾盼狞恶”，“出城登舟，郡人送者雨泣。顷刻之间，拉一太守如驱犬鸡”[②]。他一时感情激动，途中曾萌生死的念头。继而一想，此去“事不可测”，必然“连逮”亲友，更怕“辜负老弟”苏辙，才留下毒药，“以备一旦当死”，“服以自杀”[③]。

---

① 《东坡志林》卷二。

② 宋·孔平仲：《孔氏谈苑》卷一。

③ 同上。

苏轼“就逮赴狱”时，长子迈“徒步相随”，“守舍”的全是“妇女幼稚”。行到宿州，“御史符下就家取文书，州郡望风遣吏发卒，围船搜取”。“老幼几怖死。既去，妇女恚骂曰：‘是好著书，书成何所得，而怖我如此。’”一气之下，“悉取烧之，比事定重复寻理，十亡七八矣”（《黄州上文潞公书》）。经过这番抄家，苏轼的诗文稿遭到一场浩劫，几乎散失殆尽。

“魂飞汤火命如鸡”

苏轼在狱中关了四个月。一年后，他写了一首反映狱中生活的诗：

> 去年御史府，举动触四壁。幽幽百尺井，仰天无一席。隔墙闻歌呼，但恨计之失。留诗不忍写，苦泪渍纸笔。（《晓至巴口迎子由》）

一“举动”就触着墙壁，仿佛落在“百尺”深“井”之中，真是走到绝路了。一墙之隔，而悲欢迥异。只有身临其境的人，才会写得这样真实。

《御史台榆槐竹柏四首》是苏轼在狱中写的组诗，诗中表现的内容有：

（一）一个无辜者在狱中的愁苦和对故乡的怀念。他听见“高槐”上“栖鸦寒不去，哀叫饥啄雪”而产生孤独之感：

> 岂无两翅羽，伴我此愁绝。

他看见“翠柏”便兴起怀乡之思：

故园多珍木，翠柏如蒲苇。幽囚无与乐，百日看不已。

（二）一个“忠言嘉谟，古之遗直”[①] 的思想风貌的写照。他对着“庭前竹”而肃然起敬：

萧萧风雪意，可折不可辱。

他因柏台而联想到“根勘所”里害他的小人：

应见李将军，胆落温御史。

（三）一个相信是非终有澄清之日的“囚”徒的自白：

谁言霜雪苦，生意殊未足。坐待春风至，飞英复空屋。

他相信“春风”到来之时，自会有“欣欣”的“生意”。

苏轼在狱中经历了很多折磨。一进监狱，狱卒就问他“五代有无誓书铁券”？[②] 据说只有“死囚”才这样问，可见“弹劾之峻，追取之暴”[③] 了。

曾因判案有错，和苏轼一起坐牢的前开封府尹苏颂，在组诗中写道：

遥怜北户吴兴守，诟辱通宵不忍闻。

① 苏辙：《祭亡兄端明文》。
② 宋·朱彧：《萍洲可谈》卷一。
③ 宋·孔平仲：《孔氏谈苑》卷一。

组诗"序"中说："子瞻先已被系。予昼居三院东阁，而子瞻在知杂南庑，才隔一垣。"[①] 苏轼入狱前"知湖州"，"吴兴守"就是指他。"诟辱通宵不忍闻"一句，把狱吏对苏轼的诟骂凌辱，真实地刻画出来了。

苏轼在狱中"遗子由二首"的诗题也说：

> 予以事系御史台狱，狱吏稍见侵，自度不能堪，死狱中不得一别子由。

诗中"与君世世为兄弟，又结来生未了因"一联，抒兄弟间生离死别之情，深挚沉痛，历来被人传诵，文字也颇有异同[②]。诗题的话虽少，潜台词却多。有心的读者可以从诗中"魂飞汤火命如鸡"一句去仔细咀嚼。

多年以后，苏轼还在给人的和诗中写道：

> 骨销谗口铄，胆破御史酷。(《次韵高要令刘湜峡山寺见寄》)

四个月的折磨，确实把苏轼吓破了胆，以致终生难忘。

"此去残年尽主恩"

苏轼"自湖被谴，亲朋皆与绝交"，并把"平日往来文字书

① 宋·周必大：《二老堂诗话》。
② 清·查慎行：《苏诗补注》卷十九。

问”焚了。但他的朋友鲜于优却不愿这样干[1]，苏辙的态度则更鲜明。

苏轼和弟弟的感情是很好的。他说过：

嗟予寡兄弟，四海一子由。（《送李公择》）
岂独为吾弟，要是贤友生。（《初别子由》）

苏辙也说：

手足之爱，平生一人。（《祭亡兄端明文》）
抚我则兄，诲我则师。（《东坡先生墓志铭》）

当苏辙得到苏轼“逮捕赴狱”消息时，“举家惊号，忧在不测”。他知道苏轼“立朝最孤，左右亲近，必无为言者”，因而“上书”乞“纳在身官以赎兄”[2]。

苏轼终于结案出狱，据说与宋神宗的态度有关。我们知道，宋太祖赵匡胤在开国之初就“密镌”一座“誓碑”，“立于太庙寝殿之夹室”，每逢“时享及新天子即位，谒庙礼毕”，就要“恭读誓词”，“誓词三行”，其中一行是“不得杀士大夫及上书言事人”。“靖康之变”，“门皆洞开，人得纵观”[3]，这个“秘密”才公开了。宋神宗是读过“誓词”的。他虽然同意御史台中李定等人对苏轼的指控，但并“无深罪之意”，更不想把苏轼“置之死地”，因为他“好名而畏义”，不愿背“不能容才”的名声，开

① 明·张萱：《西园闻见录》卷之六。
② 宋·苏辙：《为兄轼下狱上书》
③ 宋·陆游：《避暑漫钞》。

"杀士大夫"[1] 的先例。再加上慈圣太皇太后、宣仁皇太后极力劝阻，最后仅以贬官了事。

相传宋神宗曾"密遣小黄门至狱"观察苏轼的"起居状"，正值苏轼"昼寝，鼻息如雷，即驰以闻"。神宗对左右说："朕知苏轼胸中无事。"于是才"有黄州之命"。后来苏轼曾对刘季孙说："某今日余生，皆裕陵之所赐也。"[2] 裕陵，即指神宗。"病马空嘶枥，枯葵已泫霜。"（《神宗皇帝挽词三首》）这更真实地反映出"诗案"过了几年，苏轼听到神宗"崩驾"消息时的心情。难怪神宗读到苏轼入狱前在密州写的《水调歌头》时，会说："苏轼终是爱君。"[3]

苏轼在狱中虽受尽折磨，但毫不气馁。在"迎子由"诗中，写了出狱后的喜悦心情：

> 余生复何幸，乐事有今日。……行当中流见，笑眼清光溢。（《晓至巴口迎子由》）

他并不因这次打击就消沉下去，人生态度始终是乐观、积极的。

二 "根勘"经过

"谁信诗能回造化"

苏轼以"诗案"入狱，远因是他在京师时就爱上书言事，对"新法"敢于提出不同意见；近因是他外放以后，对民间疾苦有更多的了解，对"新法"不便于民之处，不时在诗文中加以反

---

① 宋·马永卿：《元城先生语录》卷之下。

② 宋·何薳：《春渚纪闻》卷六。

③ 宋·陈元靓：《岁时广记》引《古今词话》。

映。他有一个想法：

> 作为诗文，寓物托讽，庶几流传上达，感悟圣意。(《乞郡札子》)

由于外任期间，他“每因法以便民，民赖以安”，以致他在“狱中”还听到“杭湖间民”为他“作解厄道场者累月”（狱中“遗子由”诗自注）的消息。可见他在杭湖一带老百姓心目中，确是一位好官。李定等人一心要借他“兴起大狱”，不但给他加上“指斥乘舆”、“交通戚里”、“讥讽朝政”、“谤讪中外臣僚”等等罪名，还“多引名士，欲置之死”。多亏吴充、王安礼等为他求情，吴充竟以“魏武”“犹能容祢衡”，“陛下”“不能容一苏轼”[①] 为理由来打动宋神宗，王安石更提出“岂有圣世而杀才士者乎”[②] 的意见，才得从轻发落。

“未怕供诗帐”

“诗案”的导火线，是苏轼写的一封《赴任湖州谢上表》。因“表”中有以下的话：

> 臣荷先帝之误恩，擢置三馆，蒙陛下之过听，付以两州。陛下知其愚不识时，难以追陪新进，察其老不生事，或能牧养小民。

---

① 宋·吕本中：《吕氏杂说》，见《续资治通鉴长编》卷三百一注引。
② 宋·周紫芝：《诗谳·跋》。

元丰二年七月初，监察御史里行何大正上“札子”“检举他”“愚弄朝廷，妄自尊大”，并把苏轼“所为”“讥讽文字”，“镂板而鬻于市者进呈”①。这就是题名为《元丰续添苏学士钱塘集》的诗册。

监察御史里行舒亶又上“札子”指控“诗册”中《山村五绝》等诗，讥讽青苗、选举、水利、盐法等新法；“其他触物即事，应口所言，无一不以讥讽为主，小则镂板，大则刻石，传播中外，自以为能”。“其尤甚者”，是“远引襄汉梁、窦专朝之士，杂取小说燕蝠争晨昏之语，旁属大臣，而缘以指斥乘舆”，要“论如大不恭，以戒天下之为人臣子者”。

国子博士李宜之也上检举“状”，请交御史台“根勘”。

最后由权御史中丞李定上“札子”，指出苏械“有可废之罪四”：一为“怙终不悔”；二为“傲慢之语日闻中外”；三为“言伪而辩”，“行伪而坚”，“罪在当诛”；四为“怨不用己”，“凡属新政，一切毁之，以为非是”。请求宋神宗“特行典宪”，意即杀苏轼的头。

“札子”上去后，“奉圣旨送御史台根勘闻奏”，由以李定、张璪为首的御史台根勘所负责审理。七月二十八日，一面派“中使皇甫遵到湖州勾当摄轼前来”，一面行文杭州提取苏轼在杭“所留诗”：

> 仆顷以诗得罪，有司移杭取境内所留诗，杭州供数百首，谓之诗帐。（《杭州故人信至齐安》诗自注）

① 宋·朋九万：《乌台诗案》。本段引文凡未注明出处的，均见此书。

八月十八日，苏轼“赴御史台出头”，二十日开审。十月十五日把“内外文武官曾与苏轼交往以文字讥讽政事”的，一一“取会验问”。十一月二十一日“勘会”了苏轼的“举主”。十一月三十日结案。计“根勘”出“收坐人”76名，其中“收苏轼有讥讽文字不申缴入司”的29名，“承受无讥讽文字”的47名。张方平、王诜等24人，因“与朝廷新法时事不合及多是朝廷不甚进用之人”，所以苏轼才“将讥讽文字寄与”他们。王优、苏辙分别受到“追官”、“勒停”处分，张方平、司马光等均受到“罚铜”处分。本来李定等打算继续“收禁”苏轼，判以“徒”、“杖”等罪，十二月四日，因神宗有“旨”，才“责授”“黄州团练副使，本州安置”。

从“根勘”过程中，我们看到：以李定为代表的“根勘所”官员，为了对苏轼实行打击报复，采取了“捕风捉影”、“随意上纲”、“大肆株连”、“逼供取信”的手段，要给苏轼定反对皇帝的大罪，并想通过他搞出一个反对新法的集团来。时间隔了近一千年，我们读到《乌台诗案》及其他材料时，还不禁为苏轼捏一把汗，他虽然在某种程度上当了新旧党争的牺牲品，幸好还没有“断送老头皮”！

三　旧案新勘

“乌台诗案”由李定等人出面指控，负责“根勘”，到最后定案，完全是他们一手炮制的。李定是个小人，惯会阿谀逢迎，遇事报喜不报忧。他因称赞青苗法“民便之，无不喜者”[1]，立即破格提拔，青云直上。他曾因“不服母丧，子瞻以为不孝，恶

① 《续资治通鉴》卷六十七。

之"，遂对苏轼怀"恨"在心，弹"劾"他"作诗谤讪"，"下御史狱，欲杀之"[①]。可以想见，由他亲手"根勘"的"诗案"，必然是一个无中生有、屈打成招的冤狱。

现在我们就来看看"根勘所"给苏轼加上的罪名，是些什么内容？

"彼自咏桧，何预朕事"

第一条罪名是"指斥乘舆"。换句话说，就是诽谤宋神宗。这一指控是没有根据的。

先以舒亶检举的"梁、窦专朝之士"、"燕、蝠争晨昏之语"为例。

前者见《次韵答章传道见赠》诗。传道名傅。原句是：

马融既依梁，班固亦事窦，效颦岂不欲，顽质谢镌镂。

马、班均后汉时儒者，依托过当时的贵族梁翼、窦宪。苏轼说自己是"顽质"，不堪"镌镂"，不愿向马、班"效颦"。这是评论古人，也表明自己出仕的态度。与"旁属大臣，而缘以指斥乘舆"的"罪名"，根本牵扯不上。

后者见《径山道中次韵周长官兼赠苏寺丞》诗，原句是：

铺糟醉方熟，洒面唤不醒，奈何效燕蝠，屡欲争晨暝。

周长官名邠，苏寺丞名舜举。"燕蝠争晨暝"，是苏讲的一个故

---

① 宋·邵伯温：《闻见前录》卷十二。

事："燕以日出为旦，日入为夕；蝙蝠以日入为旦，日出为夕。争之不决，诉之凤凰。凤凰为百鸟之王。至路次逢一禽谓燕曰：'不须往诉，凤凰在假。'或云：'凤凰渴睡……都训狐权摄。'"苏舜举讽刺本州转运副使王庭老等"不知是非"，对一个"委是简便"的"役钞规则"加以否定。苏轼艺术地再现了他的意见，批评了王庭老。这与"指斥乘舆"是完全不相干的两回事。

再以《和李邦直沂山祈雨有应》为例：

> 半年不雨坐龙慵，但怨天公不怨龙。今朝一雨聊自赎，龙神社鬼各言功。

李邦直，即清臣。向龙祠祈雨，本属封建迷信活动。诗中责怪龙神不管事，该下雨时不下雨。但人们习惯于说"老天不下雨"，不说"老龙不下雨"。毫无针对当今皇帝之意。而《诗案》却说"本因龙神慵懒不行雨，却使人心怨天公"，是"以天公比天子，以龙神社鬼比执政大臣及百执事"。这样的解释是很牵强附会的。

再如《王复秀才所居双桧二首》（其一）：

> 凛然相对敢相欺，直干临空未要奇。根到九原无曲处，世间唯有蛰龙知。

传说苏轼"系大理狱"时，宰相王珪就利用此诗在神宗面前攻击苏轼"于陛下有不臣意"："陛下飞龙在天，轼以为不知己，而求知地下之蛰龙，非不臣而何？"神宗否定了王珪的意见："诗人之词，安可如此论？彼自咏桧，何预朕事?”① 此事后来一直被王珪扭住不放，原来他是片面相信了舒亶的谗言②。对这个问题，苏轼作了最好的回答：

东坡在御史狱，狱吏问：“双桧诗：根到……龙知。有无讥讽?”答曰：“王安石诗：天下苍生待霖雨，不知龙向此中蟠！此龙是也。”吏亦为之一笑③。

王安石的《龙泉寺石井》，原诗是：

山腰石有千年润，海眼泉无一日干。天下苍生待霖雨，不知龙向此中蟠。

苏、王诗一咏“双桧”，一咏“石井”，用意是相同的。既然都说蛰龙，就不应该用两个尺度来衡量了。

“平生文字为吾累”

第二条罪名是“交通戚里。”这一指控也是站不住脚的。

它的唯一根据，是苏轼认识宋英宗的女婿蜀国公主的驸马、名画家王诜。他常和王唱和往来，为王题画，并通过王巩为他传书带信。

由于苏轼曾将“册子”中的几首诗写赠王诜，王诜又交出苏轼写送的“不系册子内”的诗文《汤村开运盐河雨中督役》等，

---

① 宋·叶梦得：《石林诗话》卷上。

② 宋·王巩：《闻见近录》。

③ 宋·胡仔：《苕溪渔隐丛话·后集》卷三。

李定们便想从王诜打开“缺口”。在审问苏轼和验问王诜等人时，详细追查了苏、王间的“干涉”。从苏轼向王诜借钱，王诜请苏轼吃酒，苏轼向王诜送古画，请王诜代觅“师号”、装裱书画，到王诜的女仆请苏轼写字，等等，都进入了档案。秀才、和尚、道士、尼姑、仆妇、婢女，通通被株连进去凑数。可惜材料十分单薄，无法构成“交通戚里”的“罪证”。

“坐观不救亦何心?”

第三条罪名是“讥讽朝政。”这一指控完全是随意上纲。

现以舒亶“札子”中检举的几首为例。

一是《山村五绝》。“札子”中只指摘其中三、四两首有讥讽。

老翁七十自腰镰，惭愧春山笱蕨甜。岂是闻韶解忘味，尔来三月食无盐。

杖藜裹饭去匆匆，过眼青钱转手空。赢得儿童语音好，一年强半在城中。

诗作于熙宁六年（1073）春天。

前首批评了当时推行盐法峻急，杭州地方老百姓三个月吃不到盐的现象。“岂是”二句说，七十“老翁”春天上山采“笋蕨”充肠，不是因为“闻韶”忘了“肉味”，而是“三月食无盐”。可见盐法确有缺点，需要改进。

后首批评了推行青苗法时的缺点：发放“青钱”本是为了促进生产，但农民因时常入城领取“青钱”，反而耽误了生产。诗中说农民“杖藜裹饭”，“匆匆”“去”城，领了“青钱”，耗了盘费，简直得不偿失。“一年强半在城中”，“儿童”们把城里人的话都学会了。“青苗法”在推行过程中，“细数其害，有不可胜言者”。农民“因欠青苗，至卖田宅，雇妻女，投水自缢者，不可胜数”（《乞不给散青苗钱斛状》）。苏轼在元祐初年所写的奏议，对其缺点作了进一步的补充。这说明“青苗法”并非完美无缺，而是亟待改进。

其次是《戏子由》。诗为熙宁四年（1071）在杭州作，时子由任陈州州学教授。舒亶指摘“读书”二句，是讥讽朝廷“明法以课试群吏”。苏轼常怀儒家“致君尧舜”的理想，但认为单靠“读律”不能“致君尧舜”，他不同意朝廷偏重律法，轻视儒术，所以用反语出之。苏轼是地方官，他用诗的形式表达自己对这类问题的意见，本是无可非议的，不知为什么竟成了罪名！

再次是《八月十五日看潮五绝》。诗为熙宁六年作。舒亶只指摘第四首有讥讽：

> 吴儿生长狎涛渊。冒利轻生不自怜。东海若知明主意，应教斥卤变桑田。（自注：是时新有旨禁弄潮）

“吴儿”二句，据《诗案》说，当时“弄潮之人，贪官中利物，致其间有溺死者”。这是事实，诗中提到它，便说是“讥讽朝政”。斥卤，指盐碱地。“东海”二句，批评了当时推行的水利法，说朝廷好兴水利，可惜东海无知，如能把盐碱地尽变成桑田，岂不更好。这样的诗句，万不料也成了“讥讽朝改”的罪证。

余如苏轼写给王诜的诗文，或全篇批评了新法，或部分涉及了时政，都被《诗案》加上“讥讽朝政”的罪名。至于写给其他人的，情况也差不多。总而言之，新法成了提不得意见的“神物”。难怪李定因对青苗法赞不绝口，立即破格提拔；宋敏求等三人因表示反对而被罢官[1]。李定后来竟然官至御史中丞，一手制造了千古闻名的"乌台诗案"。宋代的文网，真可算得严密了。

"非非近乎讪"

第四条罪名是"谤讪中外臣僚"。这一指控更是捕风捉影。

仍以舒亶所举《戏子由》为例：

> 任从饱死笑方朔，肯为雨立求秦优。劝农冠盖嗁如云，送老蓋盐甘如蜜。道逢阳虎呼与言，心知其非口诺唯。

前两句用《汉书·东方朔传》"侏儒饱欲死，臣朔饥欲死"及《史记·滑稽列传》优旃谓陛楯郎曰"汝虽长何益，乃雨立；我虽短，幸休居"的典故来取笑子由，说他未能发挥所长，好像东方朔、陛楯郎那样，宁肯忍饥、雨立，也不向侏儒、优旃求助。而《诗案》便说他是"以当今进用人比侏儒、优旃"。中间两句的"冠盖"，借指官吏。两句说劝农的提举官一批批地派下去，不见得都能给老百姓办好事。子由有本事，却作一个清苦的学官，吃盐渍酱菜过日子。这是写实，但《诗案》却说他"讥讽朝廷新开提举官所至苛细生事，发摘官吏，惟学官无责"，"而辙为学官，故有是句"。末两句用《论语》"阳货欲见孔子，孔子不见"，"遇诸途"的故事，说子由明辨是非，对作风不正的人有自己的看法。《诗案》却说"是时张靓、俞希旦作监司"，子由"意不喜其人"，"不敢与争执，故诋毁之为阳虎"。这些都是捕风捉影、望文生义的典型。

---

① 《续资治通鉴》卷六十七。

又如《和刘道原寄张师民》诗：“独鹤不须惊夜旦，群乌未可辨雌雄。”道原名恕。作者用《淮南子》“鸡知将旦，鹤知夜半”和《诗经》“具曰予圣，谁知乌之雌雄”的典故，来说明出类拔萃的人，要通过工作中的考查才能发现。这当然有称美刘恕之意。但《诗案》却说他“以刘恕比鹤，谓众人为鸡”，“言今日进用之人，君子小人杂处，如乌不可辨雌雄”，太深文周纳了。

又如《为韩干牧马图》，全诗都是写画图中的马，末两句“王良挟策飞上天，何必俯首服短辕”，是诗人由马而产生的联想。王良以善驭马闻名，策是鞭子。意谓骐骥遇着王良，就会腾空而起，不再“俯首”“短辕”之下。而《诗案》却说他“以骐骥自比，讥讽执政大臣”，不像“能驭”的王良“能尽我之才”，“何必折节干求进用”。这就未免太神经过敏了。

再如《宝墨堂记》：

> 蜀之语曰：“学书者纸费，学医者人费。”此言虽小，可以喻大。世好功名者以其未试之学而骤出之于政，其费人岂特医者之比乎！

这段话本是金玉良言，《诗案》竟说他“讥讽朝廷进用之人多不练事，骤施民政，喜怒不常，其害人甚于庸医之末习”，把好意解为恶意，并且随意引申，真是“欲加之罪，何患无辞”！

上引这些诗文，如果摆在唐人的集子中，根本不会有问题。从李、杜、张、王、元、白，直至晚唐诗人，集中议论皇帝和时政的作品，可谓多矣，但没有人因此而坐牢受审①。苏轼写了上

---

① 宋·洪迈：《容斋续笔》卷二“唐诗无避讳”。

引的诗文，却构成了反对皇帝和新政的“专案”，兴起了“大狱”，恨不得把苏轼弄死。听不得不同意见，发展到“欲覆人之家族”[1]的程度，确实是骇人听闻，而李定这样的人，也确实太坏了。

“乌台诗案”是关系到苏轼一生出处大节的重要事件，过去几个介绍苏轼生平的文献资料，如苏辙《东坡先生墓志铭》、傅藻《纪年录》、王宗稷《东坡年谱》和《宋史·苏轼传》，毫无例外地都要提到。《墓志铭》和《年谱》提出了“言事者”对苏轼的诬陷，《纪年录》和《宋史》本传则点出了李定等人的名字；《纪年录》介绍了“诗案”“根勘”日程，《年谱》则描述了苏轼“就逮赴狱”时，“搜取”“文书”的情形。写法有差异，基调却相同。它们在不同程度上向人们暗示：“乌台诗案”名为“奉旨”“根勘”，实则李定等人一手策划，是先定调子、后搞材料的主观主义典型。

从宋代的王十朋、施元之，到清代的一些苏集注本，凡涉及“乌台诗案”时，基本上都依据上述几个材料，而对与“诗案”有关的诗作，则直接引证《诗案》，不再作评论。可以看出，这些注家们对“诗案”在一定程度上是持保留态度的。

古代评论家中，也有肯定“乌台诗案”的，宋代的杨时和清初的王夫之，代表了两种不同的观点。杨时认为“苏东坡诗，只是讥诮朝廷，殊无温柔敦厚之气。以此，人故得而罪之”（《龟山语录》卷二）。他用“殊无温柔敦厚之气”的尺度来约束苏轼，这等于是为李定等人的行为撑腰打气。王夫之论到“乌台诗案”时，不指责李定等人的卑劣行径，却认为苏轼“远谪穷荒，诚自

---

① 宋·王巩：《闻见近录》。

取之”，他之被人“罗织”，是因为“骑两头马”，“不能昂首舒吭以二鸣”，而当“三木加身”时，“则曰‘圣主如天万物春’，可耻孰甚”（《姜斋诗话》卷下）。他责备苏轼评论时事态度还不够鲜明，被人“罗织”是“咎由自取”。这样的“高论”，似乎“惊世骇俗”，却不切实际。这两种意见，看来都是缺乏实事求是的精神的。

“诗案”既是“奉旨”“根勘”的“钦案”，过去的研究者又大都认为苏轼是受了冤枉，但在封建时代，谁也不肯冒天下之大不韪，去否定它。不过，长期以来，人们总为此事纳闷不已：李定等人的指控，好像“振振有词”，何以经不得事实的检验？为何当事情的真相逐渐显露时，宋神宗就重新颁发“圣旨”，赶紧结案？原来封建皇帝也难免不受群小的利用，“乌台诗案”就是一例。

新中国成立前后的一些文学史著作，在论到苏轼时，或则避开“乌台诗案”不谈；或则简单提及苏轼“被人指为诗文讪谤，被捕入狱”；有的即使具体谈到“诗案”，也并不就以“诗案”为然。实际上都是对苏轼持同情的态度。

有的专著公正地指出了王安石罢相后，“新法逐渐失去积极的意义，追求高官厚禄的投机者越来越多地混入变法派。一场严肃的政治斗争部分地变成了统治集团内部争权夺利的倾轧和报复；苏轼做了其中的不幸者”。这里较为合理地概括了“乌台诗案”的历史背景，对于理解“谏官李定”等人“摘出”苏轼的“一些讽刺新法的诗句，加以弹劾”，以致他“被捕入狱”的事件的实际意义，是很有帮助的。

有的专著肯定“诗案”的直接成因是苏轼“自作自受”：“苏轼因作诗讽刺新法，被捕入狱。却把李定等人所干的坏事，完全撇开不谈，这在客观上起了袒护坏人的作用。至于说道：

> （苏轼）当时写的部分诗文，片面夸张了新法推行时的流弊，助长了旧党的声势，影响了新法的实施。

这很容易造成错觉：仿佛新法只能说优点，不能说缺点；或者即使要说缺点，也要首先说优点。否则，就是“片面夸张”“流弊”，“助长”“旧党”“声势”，就会造成严重“影响”，自然是“罪有应得”。这种把对待新法的态度作为逮捕下狱、量刑定罪的标准的观点，无意中适应了李定们的需要，是带片面性的。

“诗案”“事出有因”，查无实据，理应予以否定。这是一个关系到对苏轼的全面、准确评价的问题，必须解决。事实上，历来的苏轼研究者，不是绕过“诗案”来谈论苏轼；便是在不得不涉及“诗案”时，采取抽象肯定、具体否定的办法；而有的虽然给苏轼加上“反对”、“攻击”新法的过激言词，但字里行间仍然在为苏轼说好话。这一苏轼研究工作中十分矛盾的现象之所以出现，关键就在于没有实事求是地评价“乌台诗案”。既然《诗案》给苏轼定的几条罪名通通不能成立，就不能因为事涉九百多年前的“新法”，而坐看不合理的历史旧案长期得不到澄清。我们应本着实事求是的精神，重新加以勘定，不应让李定等人虚张声势的诬陷，永远吓唬着千秋万代的读者。

四　出狱以后

“已分迁疏来此地，分将劳苦送生涯”

苏轼终于释放出狱了。元丰二年十二月二十八日，他“责授黄州团练副使”时，曾用狱中“遗子由二首”原韵作诗，有“却对酒杯浑似梦，试拈诗笔已如神”之句。诗人结习难忘，并不因

“作诗得罪”而放下自己的诗笔。

“乌台诗案”虽然结案了，但由此而造成的影响，一时却难以消除。

元丰三年（1086）二月，苏轼到黄州。他在那里住了五个年头。“已分迁疏来此地，分将劳苦送生涯。”（《有言郡东北荆山下可以沟畎积水，因与吴正字、王户曹同往相视，以地多乱石不果。还游圣女山，山有石室如墓而无棺椁，或云宋司马桓魋墓，二子有诗，次其韵一首》）在黄州的第二年，他“请得故营地数十亩”，“躬耕其中”，因地“久荒”，亲参加“垦辟”。组诗《东坡八首》，生动描绘了稻谷的生产过程。太守徐得之对他很好，“周旋之不遗余”①。

风流自有高人识，通介宁随薄俗移。（《太守徐君猷通守孟亨之皆不饮酒以诗戏之》）

苏轼曾对人表示“不复作文字”，对“过往”的人，也一概“称病不见”（《与秦太虚书》）。他原在杭州的友人，定期派人去看他，“相约醵钱”，要与他“结书社”（《杭州故人信至齐安》诗自注）。他不时出去游赏，饮酒赋诗。

好诗冲口谁能择（《重寄》）
醉里狂言醒可怕（《定惠院寓居月夜偶出》）

他还是心里怎么想就怎么说、怎么写。但原来陷害他的人并没有

① 宋·王明清：《挥麈后录》卷七。

放过他。他又因“先知徐州日，不觉查妖贼事取勘”，幸“有旨放罢”。他“上表谢”“恩”，神宗读到“表”中“无官可削，抚己知危”的词句时，笑道：“畏吃棒耶?”① 可见他是心怀余悸的。

经过一段时间的考查，神宗曾打算叫他修国史，因王珪等阻挠而作罢②。有一次，忽传苏轼“病没”，神宗“将进食”，叹息再三，说：“才难!”③ 一天，神宗“与近臣论人才”，近臣说苏轼“颇似李白”，神宗说，李白“有轼之才，无轼之学”，屡有意复用。后来终于下手札说他“黜居思咎，阅岁滋深，人才实难，不忍终弃”，而把他“量移临汝”④。他在谢“表”中写了“惊魂未定，梦游缧绁之中”的话。“时有憾公者”，又在神宗面前说他坏话。神宗说：“朕已灼知苏轼衷心实无他肠也。”⑤

元丰七年（1084），苏轼“自黄移汝”，路过金陵，见着王安石，“甚喜”，曾有《次荆公韵四绝》。他同王安石在政治见解上虽有出入，但私交却好。这时王早已罢相，退居金陵，既老且病。

骑驴渺渺入荒陂，想见先生未病时。劝我试求三亩宅，从公已觉十年迟。（《次荆公韵》）

“劝我”句是说王约他来金陵居住，苏轼也有“买田金陵”，“老于钟山之下”之意（《与王安石书》）。苏轼从黄州归来，还同王

① 宋·徐度：《却扫编》卷下。
② 宋·王巩：《闻见近录》。
③ 宋·何薳：《春渚纪闻》卷六。
④ 宋·赵葵：《行营杂录》。
⑤ 宋·何薳：《春渚纪闻》卷六。

胜之访王安石，可以想见其襟怀之宽广。

但生活的道路是曲折的。他“舟次泗上”时，偶作一词，因中有“望长桥上，灯火闹，使君还”几句，太守刘士彦听了，即来找他说：“知有诗词，学士名满天下，京师便转。在法：泗州夜过长桥者徒二年，况知州邪?”要他“收起，勿以示人”①。真是开口、动笔都有人在注意。

元丰八年（1085）初，苏轼请求转常州居住，得到允许。三月，神宗“崩驾”。五月，他南至扬州，适逢哲宗即位，他听到父老颂美的话，游竹西寺归，“喜”而“作诗”，有一首是：

此身已觉都无事，今岁仍逢大有年。山寺归来闻好语，野花啼鸟亦欣然。（《归宜兴留题竹西寺一首》）

诗中“闻好语”句，即指父老颂美的事而言。六年后，侍御史贾易、赵君锡参他“闻先帝厌代，作诗无人臣礼”，他为此专门写了《辨题诗札子》。宣仁太后又力为辨明，贾、赵等的参奏才未获准。

“岂意青天扫云雾”

哲宗即位后，宣仁太后垂帘听政。苏轼自知登州入朝，除翰林学士，知制诰。这时主张新法的人都已失势。苏轼以前虽对新法持不同意见，但他并不赞成当时“专欲变熙宁之法”的做法，认为应“较量利害，参用所长”（《辩试馆职策问札子》）。还同司马光争议差役法“天下以为未便”（《大雪论差役不便札子》），以

① 宋·王明清：《挥麈后录》卷七。

致司马光想驱“逐”他，有人还把他看作第二个王安石[1]。“时台谏官”多是司马光的人，“皆希合以求进”，“争求”苏轼“瑕疵”，“既不可得”，便重新搬出熙宁时期“谤讪之说”，意欲“病公”，他深感“不安”[2]。

这时王安石已经去世，元祐元年（1086），苏轼“奉敕祭西太一”坛，有《见王荆公旧诗偶次其韵》诗：

但有尊中若下，何须墓上征西。闻道乌衣巷口，而今烟草萋迷！

他以曹操比王安石，对王一点没有敌意，反因王势去人亡而表示同情。苏轼的思想境界是值得人尊仰的。

“吾穷本坐诗，久服朋友戒”

苏轼因为和皇帝接近，常常“论及时事”，“当轴者恨之”。他又“乞外任”[3]。元祐四年（1089），再次出知杭州。十年前他曾因“诗案”在杭州出了名，“作诗每为不知者咀味以为有讥讪”。这时他向文彦博告别，文劝他“至杭少作诗”，免得“为不相喜者诬谤”。他还笑着说：

若还兴也，便有笺云[4]。

① 宋·刘延世：《孙公谈圃》卷上。
② 《东坡先生墓志铭》。
③ 同上。
④ 宋·张耒：《明道杂志》。

意谓如果再作诗，就难免被人“笺注”，以网罗罪名。

杭州是苏轼旧游之地，他“去杭十六年而复来，留二年而去”，“二十年间，再莅此州，有德于人，家有画像，饮食必祝，又作生祠以报”①。

元祐六年（1091）正月，苏轼再次入朝为吏部尚书，后因避弟之嫌（苏辙时任尚书左丞），改为翰林学士承旨。这时苏轼十分谨言慎行：

> 此外但坐啸，后生工揣摩。（《次韵子由送陈侗知陕州》）

他怕别人又来揪辫子。万不料贾易等真的算他的旧“帐”。他写出“或劝莫作诗，儿辈工织纹”（《复次韵谢赵景贶、陈履常见和，兼简欧阳叔弼兄弟》）的诗句，是有具体针对性的。

“白发坐钩党，南迁濒海州”

元祐八年（1093）九月，宣仁皇太后“崩驾”，新党的人重新上台，苏轼出知定州。“时方例废旧人”，苏轼“坐为中书舍人日，草责降官制，直书其罪，诬以谤讪”②。绍圣元年（1094），苏轼被命南迁，初“知英州”，“未至”，又因来之邵等攻诋他“诋斥先朝”，“责授宁远军节度使，惠州安置”。

> 望穷海表天还远，倾尽葵心日愈高。（《奉和陈贤良》）

---

① 《东坡先生墓志铭》。

② 同上。

这时他虽“杜门谢客恐生谤”（《东园》），但打击仍在继续着。绍圣四年（1097），他写了一首《纵笔》诗：

白头萧散满霜风，小阁藤床寄病容。报道先生春睡美，道人轻打五更钟。

“诗传京师”，宰相章惇“见之”，“以为”苏轼过得太“安稳”，怒而“再贬儋耳”[①]，于是又“责授琼州别驾，移送昌化军安置”。

苏轼谪海南时，弟弟苏辙贬雷州。他们“相遇于藤”，“同行至雷”，随即“相别渡海”。

白发坐钩党，南迁濒海州。灌园以糊口，身自杂苍头。（《雷州八首》）

他带着儿子苏过，“灌园治地”，以劳动“糊口”，生活十分艰苦。

苏轼南迁时，时宰打听得苏轼的表兄程之才（字正辅）的父辈与苏洵有隙（苏洵的女儿嫁给之才，被虐待而死），遂以之才为“本路宪”，意在利用程、苏两家的矛盾，借之才之手陷害苏轼。殊不知苏轼弟兄“以念母之故，相与释憾”[②]。而之才在岭外期间，对苏轼也很关照。从他们往复唱和的诗中就可以看出：

我兄清庙器，持节瘴海头。……人言得汉吏，天遣活楚

① 宋·曾季狸：《艇斋诗话》。

② 宋·周密：《齐东野语》卷十三。按，《齐东野语》把“表兄”讹作“表弟”，查注特作订正。

囚。(《闻正辅表兄将至以诗迎之》)

我亦霑霈渥，渐解钟仪囚。(《再和》)

苏轼虽得到表兄关照，处境仍很恶劣。他到儋耳时，“郡守张逢”先“以书通殷勤”，后又“延入馆舍，礼遇有加”[①]。朝廷命湖南提举常平董必“遣使臣过海逐出之”。

旧居无一席，逐臣犹遭屏。(《新居》)

便是当时情况的写实。

“万里今从海外归”

元符三年（1100）正月，哲宗“崩驾”，大赦天下。十一月苏轼复朝奉郎，提举成都府玉局观，在外军州任便居住。

苏轼终于得到北归的机会，他十分高兴：

有命谁怜终北返，能雪冤忠死亦甘。(《过岭寄子由二首》)

他惋惜自己“报国无成空白首”（《秋兴三首》），他还有壮志，想有所作为：

已出网罗毛羽在，欲寻云迹帖天飞。(《复官北归再次前韵》)

---

① 宋·曾敏行：《独醒杂志》卷四。

可惜他在建中靖国元年（1101）六月，就以本官致仕，七月二十八日就在常州逝世了。

苏轼逝世消息传出，“吴越之民相与哭于市，其君子相吊于家。讣闻四方无贤愚皆咨嗟出涕”。苏辙为他写的《墓志铭》，对他的为人有如下的评价：

> 其于人见善称之如恐不及，见不善斥之如恐不尽，见义勇于敢为而不顾其害，因此数困于世，然终不以为恨。

盖棺论定，这个评语对苏轼是恰切的。

五　身后是非

“人间便觉无清气”

苏轼死后，他的作品仍遭禁止，诗文石刻到处被毁坏。宋徽宗崇宁三年（1104）蔡京当权时，由蔡京“谨书”的《元祐党籍碑》“立于文德殿之东壁”，又“以之颁行天下”。其中苏轼名列“曾任待制以上官四十九人”之首。当年被株连进“乌台诗案”的人，不少又进了“元祐党籍碑”，被称为“奸党”，而蔡京这样的大奸大慝，却厚着脸皮充“新党”，在那里作威作福。王安石有志于政治改革，虽然值得肯定，但他书呆子气重，又很自负，不听取不同意见，以致为小人所利用，把好端端的新法搞得变了质。对这个问题，苏轼是看到了的。

宋徽宗崇宁、大观年间，苏轼的“海外诗盛行。朝廷虽尝禁止，赏钱增至八十万，禁愈严而传愈多，往往以多相夸。士大夫不能诵坡诗，便觉气索"[①]。宣和间，"申禁东坡文字甚严"，"士人窃携坡集出城"，也被"阍者""执送有司"。但尽管这样，他的集子仍不胫而走。有人对禁止苏集表示不满，曾在苏集后写上这样的诗句：

人间便觉无清气，海内何曾识古风[②]。

一方面朝廷大力禁毁，一方面民间百般护惜，是非自有公论，这绝不是少数几个人左右得了的。

南宋建炎以后，虽"尚苏氏文章"，但有人曾制造梁师成是"东坡之出子"的说法，认为东坡的"遗文手迹"，因他在徽宗面前请求"始稍得复出"[③]。甚至还说苏过谄事梁师成，自居干儿[④]。清代的朱彝尊特为此撰文辨正[⑤]。苏轼虽然死了，有人还抓住"乌台诗案"的旧"帐"不放，要给他父子脸上抹黑。

明代的海瑞，因为生长在海南，从小对苏轼在海南的迁谪生活就比较熟悉，对苏轼的文行又十分景仰，所以在他所著的《元祐党籍碑考》中，对"倜傥如子瞻，或触时忌"，深表痛惜。海瑞一生以刚正著称，为了同贵族豪门作斗争，不怕丢掉自己的乌纱帽。他和苏轼有类似生活经历，因而苏轼的遭遇能唤起他的思想共鸣。苏轼在死后四百多年能得海瑞这样的知己，可以死而无憾了。

---

① 宋·朱弁：《曲洧旧闻》卷八。
② 宋·费衮：《梁溪漫志》卷七。
③ 宋·徐梦莘：《三朝北盟会编》卷三十二。
④ 宋·朱熹：《朱子语类》卷一百三十。
⑤《书晁以道撰苏叔党墓志后》。

“浮云世事改，孤月此心明”

苏轼早年就有志改革。他向往庆历时期范仲淹、欧阳修等革新人物，针对北宋“财之不丰，兵之不强，吏之不择”（《思治论》）等社会弊病，提出过改革主张。熙宁变法时期，他在《上神宗皇帝书》中又提出“结人心，厚风俗，存纲纪”的政治见解，与新法虽有“不合”，“然各行其学，皆是忠于朝廷”。元祐年间，旧派人物得势时，他并不赞成尽废新法，因与司马光争议，气极了竟连呼“司马牛！马马牛！”[①] 他长期受新党的排斥，也不为旧党所容，所以不能说他就是旧党。至于在旧党中，又把他称为蜀、洛、朔三党中“蜀党”的头目，更是硬派给他的“头衔”，其实都不太恰当。苏轼就是苏轼。苏轼一生在政治生活中几乎很少有遂意的时候。他从自己常遭挫折的具体实际出发，对时政改革不赞成走极端，因为那样做很容易走回头路。他对新法持不同意见，原因就在此。

苏轼一生遵循其师欧阳修的教导[②]，把“非非近乎讪，是是近乎谀”，“善恶分锱铢”，“臧否”不“含糊”（《刘壮舆长官是是堂》）当作自己立身行事的座右铭。他的那些与“乌台诗案”有牵连的作品，就是以此作为写作的指导思想。对苏轼诗文的评价，过去曾有过不同的意见，这一点也不奇怪。但以李定为代表的少数人，把他某些诗文拿来罗织成罪，这就不是一般的评价问题，而是肆意诬陷了。

浮云世事改，孤月此心明。（《次韵江晦叔二首》）

---

① 宋·蔡绦：《铁围山丛谈》卷三。

② 欧阳修《非非堂记》：“是是近乎谄，非非近乎讪。不幸而过，宁讪无谄。”

苏轼晚年写的这两句诗，可说是对自己生平的最好概括。今天我们用它来评价“乌台诗案”，也是适用的。苏轼的确是一个忠于宋王朝的官吏，从他上书纵论朝政到写诗评议时事，都出于对皇帝的“一片忠心”。他不赞成新法，并对新法中的缺点错误不断提出批评，但笼而统之地照搬《乌台诗案》强加给他的罪名，硬说他谤讪皇帝和朝改，是冤枉他的。

在新中国成立后出版的一些文学史论著中，苏轼总是被摆在新法的对立面，他成了保守势力的代表人物之一。这样，对“乌台诗案”就很难作出恰当的评价。在“四人帮”横行时期，苏轼更被扣上了“逆历史潮流而动”的“阴险狡猾的两面派”的大帽子，有的人抓住他的几句话就无限上纲。苏轼的故居——四川省眉山县的三苏祠，以及他的“先茔”，也成了重点批判对象，遭到了严重的破坏，使人很痛心。现在是彻底为苏轼恢复名誉的时候了。

（原载《文学遗产增刊》14 辑，中华书局 1982 年版）

“能雪冤忠死亦甘”

——评“乌台诗案”

距今 901 年的北宋神宗元丰二年（1079），宋代杰出诗人苏轼“坐作诗谤讪”，被御史台官员强加上种种罪名，关进了监牢。这是我国历史上一次较早而又闻名千古的文字狱。在宋代，人们通称它为“乌台诗案”。乌台即御史台的代称。汉代长安城里“御史府中列柏树”，其上常有乌鸦栖宿，后遂称御史府为“乌台”。

有关“乌台诗案”的档案材料，当时“好事者”“争相传诵”，幸因蜀人朋九万手录付刻，得以流传至今，就是现今我们见到的《乌台诗案》。此书当时有好几个抄本。署名周紫芝的《诗谳》，内容与《乌台诗案》大同小异。清代中叶文字狱不断兴起，浙江人张鉴（1768—1850）号秋水，十分关心苏轼当年的遭遇，特编《眉山诗案广证》一书，凡六卷，搜集了不少材料。苏轼是四川眉山人，为了不致惹人注目。张鉴改“乌台”为“眉山”，从此“乌台诗案”又有了别的名目。但一般比较熟悉的还是“乌台诗案”。“乌台”二字因为突出了御史台。使人很自然地联想到当时的狱中生活，从而对诗人产生由衷的敬意。

冰冻三尺，非一日之寒

苏轼是北宋的一位政治革新家。早在仁宗朝，他就上书“言事”，提出改革吏治主张。但他和王安石代表的变法派颇为异趣。他在上神宗书中针对新法提出不同政治见解，因此受到排斥，十分孤立，才请求外放。先后在杭、密、徐、湖等州做地方官。由于长期亲民，他深知民间疾苦，执行新法时“每因法以便民，民赖以少安”（《东坡先生墓志铭》）。作为一个诗人。他见到“事有不便于民”的，“不敢默视”，便采取“寄物托讽”的办法，创作“诗文”，“庶几流传上达，感悟圣意”（《乞郡札子》）。他出官杭州时，表兄文同“苦口”劝“戒”他不要写作，曾有“西湖虽好莫臻诗”之句，但他没有采纳（《石林诗话》）。他那些“遇物托兴”的“歌诗”，“曾经臣僚缴进”。如沈括“察访两浙”，求他“手录近诗一通”，返京后，就“签帖以进”，说“词皆讪怼”（《元祐补录沈括集》），但神宗“置而不问”（苏辙《为兄轼下狱上书》）。这说明“诗案”发生前，早已有人处心积虑要陷害他。

苏轼做地方官时，为人民做了不少好事。他作杭州通判，建树颇多，“吏民畏爱。及罢去犹谓之学士而不姓”。后来他关进御史狱，“杭湖间民”还为他“作解厄道场者”“累月”（《遗子由》诗自注）。知徐州时，他“亲率官吏，驱督兵夫”，筑堤防水，“救护”了“一城生齿”和“仓库庐舍”，曾受神宗“奖誉”；神宗并“对左右称道”（《杭州召还乞郡状》）他的政绩。正是这样一个好官，“群小”恨之入骨。他们害怕苏轼还朝重用。于是一个前古未闻的文字狱便发生了。这时，王安石才罢相三年。它是北宋统治阶级内部排斥打击有不同政治主张的人的突出表现。

“构造飞语，酝酿百端”

御史台官员因见神宗对苏轼“圣眷”甚隆，疑他“复用”，便“构造飞语，酝酿百端”，“必欲置”他“于死”。神宗最初并不相信，但李定等“三人执奏不已”，苏轼才落得“得罪下狱”的可悲命运（《杭州召还乞郡状》）。

“诗案”是由苏轼到湖州上任时所写《谢上表》引起的。表中说：“臣”“荷先帝之误恩，擢置三馆；蒙陛下之过听，付以两州”，“陛下”“知其愚不识时，难以追陪新进，察其老不生事。或能牧养小民”。表中的“新进”、“生事”，显然是针对混进变法派中的“群小”而言。李定等人抓住这个把柄，便重新搬出苏轼以前所写“托事以讽”的文字，肆意加以诬蔑。苏轼这时有如走进了“百慕大三角”，正面临着一场大灾难的突然袭击。

第一个上“札子”“检举”苏轼的，是何正臣。他攻击苏斌“愚弄朝廷，妄自尊大”，“明上章疏，肆为诋诮，无所忌惮”。还“进呈”苏轼以前所作“讥讽文字”，“镂板而鬻于市”的“诗册”《元丰续添苏学士钱塘集》，首先抛出了苏轼的“罪证”。他攻击苏轼“有水旱之灾，盗贼之变”，就要“归咎新法，喜动颜色”，认为苏轼有“谤讪”罪，应“大明诛赏以示天下”。接着是舒亶上“札子”，他除“指控”“诗册”中有些诗讥讽了新法外，着重控告苏轼有的诗句“指斥乘舆（代指皇帝）”，“包藏祸心，无复人臣之节”，要以“大不恭”论。最后是李定上“札子”定调。他“指控”苏轼“有可废之罪四”：（一）怙终不悔。其恶已著；（二）傲悖之语，日闻中外；（三）“言伪而辩”，“行伪而坚”，“罪在当诛”；（四）“陛下修明政事。怨不用已”，“凡属新政，一切毁之，以为非是。”请神宗“特行典宪”，即杀苏轼。

在李定等人“百端”“构造”、“酝酿”下，神宗只得降“旨”把苏轼“送”交御史台，由李定为首的根勘所负责审理。这样，一个骇人听闻的文字狱就准备就绪了。

“今日必是赐死”

李定这时的官职是御史中丞。他“对人叹息”“人才难得”，“求一可使逮轼”的人，“少有如意”的。太常博士皇甫遵才“被遣以往”。皇甫奉命后，曾要求在押送路上“逐夜所至”，将苏轼“送所司寄禁（临时寄监）”。神宗说：“只是根究吟诗事，不消如此。”皇甫到湖州那天。苏轼在假，由祖无颇“权（代理）州事”。皇甫“径八州厅”，“二台卒夹侍，白衣青巾，顾盼狞恶”。苏轼已得到信息，恐惧出见，自说一向“激恼朝廷多，今日必是赐死，乞归与家人诀别”。皇甫说：“不至如此。”皇甫交出“追摄行遣”的“寻常”拘捕“文字”后，“二狱卒就扎”苏轼，“即时出城登舟”。据目击者追述当天情景：“顷刻之间，拉一太守，如驱犬鸡。”（《孔氏谈苑》）小小一个“太博”，竟然如此威风凛凛，真是“一朝权在手，便把令来行”了。

苏轼的夫人送诗人“出门”时，哭成了一个“泪人”。苏轼讲了隐士杨朴的妻子作诗送杨的故事，这首诗写道：“更休落魄耽杯酒，且莫猖狂爱咏诗。今日捉将官里去。这回断送老头皮。”

(《东坡志林》)苏轼别过家小，让“台卒”押往汴京。长子苏迈“徒步相随”。行到宿州，御史台忽派人以“取文书”为名，抄了他的家，一家老小吓得要死。事后“妇女”们气愤已极，把苏轼的著作通通“烧”了，等结案时“重复寻理”，已经“十亡七八”了（《黄州上文潞公书》）。这次抄家，对苏轼的著作自是一次毁灭性的灾难，但苏轼的作品早已流传人间，李定们想销毁和歪曲、篡改它们，都是徒劳的。

苏轼行“至太湖”，晚上“月色如昼”。他自想这次变起“仓卒”，“事不可测”，“所连逮者多”，如果“闭目窣身入水，顷刻间耳”。他刚作了一死了之的决定，马上觉得不行，会“辜负老弟”。因他们弟兄感情很好，“己有不幸”，“子由必不独生”，才打消死的念头。下狱后，因李定等一再威逼，他把尚未“服”完的“青金丹”“窖之土中”，准备必要时“并服以自杀”（《孔氏谈苑》）。苏斌终于没有去寻短路。他要留下老命和“群小”们拼到底。

“诟辱通宵不忍闻”

苏轼入狱时，狱卒把他当“死囚”审讯，问他：“五代有无誓书铁券?”（《萍洲可谈》）李定等“杂治”时，追逼“甚急”，逼得最凶的是“指斥之罪”（《孔氏谈苑》）。因为这是李定们最重要的一条钢鞭材料，定要想尽办法逼着苏轼招供。

苏轼所住的牢房小得异常，“举动触四壁”，连转身都困难。“幽幽百尺井，仰天无一席”，有如掉进深井，能望见的只有没席子宽的一块天。这不是到了绝路了吗?“隔墙闻歌呼，自恨计之失”（《晓至巴河口迎子由》），相隔仅仅一堵墙，一边“歌呼”欢笑，一边愁眉苦脸，完全成了两个世界。一个失去自由的人是多么渴望获得自由呵！同苏轼一起关监的苏颂，曾亲耳听到狱吏通宵达旦地拷问苏轼，并把它写入组诗。“诟辱通宵不忍闻”（《二老堂诗话》）一句，便艺术地再现了苏轼备受凌辱的实际情况。

苏轼入狱时与住在外边的苏迈相约：“送食惟菜与肉”，如“有不测”，就去掉菜肉，而“送以鱼”。一天，苏迈因“粮尽”赴外地张罗，托“亲戚代送而忘语其约”，“亲戚偶得鲊送之，不兼他物”。苏轼“大骇”，以为定“不免”死（《避暑录话》）。加之李定们不断施加压力，苏轼生怕“死狱中不得一别子由”，乃作二诗“遗子由”，托一个对他较好的“狱卒”“致之”。诗中“梦绕云山心似鹿，魂飞汤火命如鸡”（狱中《遗子由》二首）一联，正是他当时处境和心情的真实写照。一个伟大诗人无辜地遭到这样的折磨，实在值得同情。

“押字于下，而用台印”的“亲笔”供词

事实上，苏轼入狱前，李定等人早已进行“内查外调”，包括利用抄家所得，搞到有关苏轼的大量材料。除了舒亶先就弄到的《钱塘集》外，还行文杭州，提取苏轼在杭“所留诗”，“杭州供数百首，谓之诗帐”（《杭州故人信至齐安》诗自注），其中必有未入“集”的作品。《钱塘集》是“诗案”的主要“罪证”，它是苏轼在杭时所作。由杭人编刻流传。苏轼在密州、徐州时作的《超然集》和《黄楼集》，他“从来不曾编次”过，“纵有一二在者，得罪日皆为家人妇女辈焚毁尽矣”（《答陈师仲书》）。这些材料因为早已流传出去，现由“收受人”一一交出，一下子都变成了他的“罪证”。在审讯时。一面胁迫苏轼自己交代，一面责成“内外文武官”交出“与苏轼交往”中的“讥讽政事”“文字”。被牵连进“诗案”的“收坐人”多达 70 余个，其中“收苏轼有讥讽文字不申缴入司”的近 30 人。张方平、司马光等人并被指目为因“与朝廷新法时事不合”，又“多是朝廷不甚进用之人”，

所以苏轼才与他们寄东西。

初审时，苏轼不愿牵连别人，表示“更无往复”。狱吏用抄来的和别人交出的材料压他，他只得被迫承认“与人有诗赋往还”。狱吏还逼着苏轼“把‘引证经传’的字句交代出来”，“向诗人追究到底”（《宋诗选注》）。这样，苏轼只得按照“逼供信”的框框，去“满足”李定们的“要求”。于是字数以万计，号称苏轼“亲笔”，“凡有涂改”，都“押字于下，而用台印”（《二老堂诗话》）的“供词”，便堂而皇之地炮制成功了。这些“供词”。作为苏轼的“罪证”材料。永远保存在御史台里不见天日的档案库中，直到“靖康之变”发生，台吏仓皇随“驾”南渡，才把它带往江南，并公之于世。谢谢朋九万的手录付刻，使我们得以见到这个“大搞逼供信”的祖师爷的稀有“样板”。有如“欣赏”“奇文”，不由让人产生某种“快感”，但憎恶之情也随之勃然而起。因为李定们的丑恶灵魂，透过小册子的字缝，确实看得一清二楚。这样的坏人居然掌握“根勘”大权，任意草菅“官”命，实在令人愤慨万分！

“岂有圣世而杀才士？”

苏轼从湖州“勾摄”开始，到八月十八日入狱，十二月三十日结案，历时四个月，在监里关了一百天左右。苏轼终于得到轻判，“蒙恩责授黄州团练副使”。李定等人费了九牛二虎之力，好不容易制造这个来势汹汹的“钦案”，牵连进不少“名士”，一心要“断送”苏轼的“老头皮”，谁知却以谪贬黄州收场。在李定等人看来，的确是“好了苏轼”。但即使这样，与此案牵连较大的人中，有的也受“追官”、“勒停”处分，有的则被“罚铜”。

苏轼能得到轻判，已算是不幸中之大幸，因为他毕竟保住了“老头皮”。此事原因相当复杂。当时被目为旧派的人中，从苏轼的弟弟苏辙，到退休的前辈张方平等，都出面营救。如苏辙就上书“乞纳在身官以赎兄”（《为兄轼下狱上书》）。张方平更写得激昂慷慨。他们所起的作用很小。变法派中，从王安石、吴充、王安礼到章惇，都不同意重判。他们的意见起了相当大的作用。如王安礼就直截了当地说：“以言语罪人”，非“大度之君”，“恐后世谓不能容才”（《元城先生语录》）。宰相吴充更尖锐地指出：“魏武猜忌如此，犹能容祢衡”，“陛下”“不能容一苏轼?”（《吕氏杂说》）特别是王安石的一句话：“岂有圣世而杀才士者乎?”确实产生了“以公一言而决”的不小力量（《诗谳》）。不过，起决定作用的还是神宗的态度（曹太皇太后的亲自过问，也推动了神宗作出决定）。相传神宗曾“密遣小黄门至狱”观察苏轼动静，见他“昼寝”，鼾声“如雷”，“即驰以闻”。神宗知他“胸中无事”，才决定轻判（《春渚纪闻》）。据说曹太皇太后从神宗口中得悉苏轼“谤讪”的事时，特别追述了仁宗当年“策试制举人罢后”，讲了“朕今日得二文士（指苏轼弟兄）”，“虑”“老”“不能用”，“将以遗后人”的往事，并“泣问‘二人安在’?”神宗“对以‘轼方系狱’，则又泣下”。这事大概“感动”了神宗，“始有贷轼意”（《贵耳集》）。宋神宗为人“好名而畏义”（《元城先生语录》），他当然不愿背“不能容才”、比魏武还“猜忌”和“杀才士”的坏名声，这便是他轻判苏轼的真实思想。

“诗案”是混入变法派的李定等人亲手制造的。先出面“检举”，继负责“根勘”，后定案了结，确是一个由他们一手包办、“大搞逼供信”的冤案。李定原是秀州判官，惯会阿谀逢迎。由于吹捧青苗法“完美无缺”，得到破格提拔，官至御史中丞。他曾因“不服母丧”，被苏轼斥为“不孝”，心里十分怀“恨”，这次便伙同舒亶等上“札子”弹劾苏轼。一心想“杀”掉苏轼（《闻见前录》）。李定们的后台就是宰相（副）王珪。王听信舒亶谗言，扭住苏轼诗句说他有意“指斥乘舆”，连新党章惇都看不惯，说王为了达到“覆人之家族”的目的，竟去“食”舒亶之“唾”（《闻见近录》）。此人心术之坏，可以想见。

“四罪”而天下“不服”

李定等人强加给苏轼的罪名一共四条。第一条是“指斥乘舆”，即诽谤当今神宗皇帝。在封建时代，单是这条罪，坐实了就得杀头。李定们满以为凭这一条就能“置苏轼”于“死”，不料却落了空。这条钢鞭材料就是舒亶抛出来的。

舒亶“指控”苏轼“远引襄汉梁窦专朝之士，杂取小说燕蝠争晨昏之语”，“旁属大臣而缘以指斥乘舆”，是根据苏轼的两首诗。原诗如下：

马融既依梁，班固亦事窦，效颦岂不欲，顽质谢镌镂。（《次韵答章传道见赠》）

铺糟醉方熟，洒面唤不醒。奈何效燕蝠，屡欲争晨暝。（《径山道中次韵周长官，兼赠苏寺丞》）

前一诗例中的“马”、“班”是后汉时的两位儒者，曾依托过贵族梁冀、窦宪。苏轼谦称自己是不堪“镌镂”的“顽质”，不愿向马、班“效颦”，去依附贵族。他通过评论古人来说明自己的为人，虽提到梁窦这两个“专朝”的“大臣”，却和“指斥乘舆”毫不相干。因此，这样的“指控”，完全是舒亶们强加的。后一诗例中“燕蝠”“争晨暝”的故事是：燕和蝙蝠，一以“日出为旦，日入为夕”，一以“日入为旦，日出为夕”，“相争不决”，找“百鸟之王”凤凰评理。路上，有的鸟儿对燕说：“不须往诉，凤凰在假（请假）。”有的说：“凤凰渴睡……都训狐权摄（暂代）。”

苏轼讲这个故事，意在讽刺“不知是非”的本州转运副使王庭老等，经常“熟”“醉”，用水“洒面”也“唤不醒”，糊涂得把一个“委是简便”的“役钞规例”也给否定了。苏轼形象地表现了苏舜举批评王某的意见，完全无可非议。做官的人难道就该成天喝酒错断事？说王某就是“旁属大臣”“缘以指斥乘舆”？简直是瞎扯。

再举一舒亶“指控”的诗例：

> 凛然相对敢相欺，直干临空未要奇。根到九原无曲处，世间唯有蛰龙知。（《王复秀才所居双桧二首》之一）

此诗表现的是双桧“凛然相对”，好一个不可侵犯的神态。“敢相欺”，带有疑问语气，即谁敢相欺意。双桧“直干临空”，无意与人争“奇”斗胜，却自有出“奇”之处。前两句诗对双桧挺拔入云的气势作了生动形象的刻画。“临空”的“直干”，既然如此“凛然”不“曲”，它们的“根”部，同样直直地在“九原”之下延展，毫无一点弯“曲”，也就不难想象。诗人指出：双桧这种性格，“世间”怕只有蟠曲在地下的“蛰龙”才是它的相“知”了。要说这首诗有“托讽”，那就是通过双桧的英姿，表现了作者“临事”刚挺正直，决不“俯仰随俗”（《东坡先生墓志铭》）的可贵性格，其他的寓意是没有的。可是王珪在神宗面前，偏抓住此诗，硬说苏轼“有不臣意”，并且挖空心思加以解释：“陛下飞龙在天，轼以为不知己，而求知地下之蛰龙，非不臣而何？”无怪神宗坚决表示否认：“诗人之词，安可如此论？彼自咏桧，何预朕事？”（《石林诗话》）苏轼咏双桧，和神宗有什么相干，硬给扣上“反君”的大帽子？传说狱吏曾以此诗作意问苏轼，他举了王安石的一首命意相似、也写到了龙的诗为例，说明“此龙”

即彼“龙”。狱吏听了也“为之一笑”（《苕溪渔隐丛话·后集》）。可见这一“指控”更是乱弹琴。

第二条是“讥讽朝政”。所谓“讥讽朝政”，说穿了就是批评了新法执行过程中的弊病。一种新法在推行之初，会有缺点，这种事古今中外都不会例外。可是北宋的新法却成了老虎屁股，一提到缺点，就火冒三丈，就要给定上“反”字罪。这大概就是李定们的逻辑。这又是舒亶抛出的一条钢鞭材料。且以他“检举”的一首诗为例：

> 仗藜裹饭去匆匆，过眼青钱转手空。赢得儿童语音好，一年强半在城中。（《山村五绝》之一）

诗中描写农民“杖藜裹饭”，“匆匆”进“城”去领取“青苗钱”，未能收到促进生产之效，反而耗了盘费，误了农活，真是得不偿失，“一年”里有“强半”时间“在城中”，“儿童”们都把城里人的“语音”学会了。“初散青苗，本为利民”，但执行过程中，“提举官速要见功，务求多散”，“名为情愿，其实抑配（强派）”。“细数其害”，“不可胜言”。苏轼后来就曾具体写出他“所亲见”的弊端：有的“因欠青苗，至卖田宅，雇妻女，投水自缢”；有的“无赖子弟，谩昧尊长，钱不入家”；有的被人“冒名诈请，莫知为谁”，“及至追催，皆归本户”（《乞不给散青苗钱斛状》）。苏轼此诗仅仅指出发放青苗钱时的弊端之一，可以说远远没有把所有的弊端写出来。但就这一点点，也已遭到舒亶们的攻击。

特别需要指出的，是苏轼某些被“指控”为“攻击”新法的“文字”，往往是从关心民瘼出发，可是也成了他的罪状。姑举一例：熙宁八年（1075）五月，苏轼时知密州，“于常山泉水处祈雨有应”，因命名为“云泉”。次年四月，“立石常山之上”，他在题“记”中写道：

堂堂在位，有号不闻。

狱吏逼着苏轼承认他的题“记”是“讥讽”当时京东地区连年蝗旱，“百姓诉旱，官吏多不接状”，仍然照样征收田赋，以致“怨叹之声，盈于上下”，而当官的“耳如不听”，所以发上述的“嗟呼”。其实苏轼批评的正是这样一些不管人民死活的昏官。请问：这样的昏官为什么不能批评？一个正直的官吏关心民生疾苦，在文字中有所反映，在古代举不胜举。何况苏轼是一位杰出诗人，就更应该这样做。苏轼这样做了，就认为他犯了王法，罪大恶极，这大概就是何正臣的逻辑，因为他在“札子”中便是这样给苏轼无限上纲的。

第三、四两条是“交通戚里（勾结国戚）”和“谤讪中外臣僚”。这两条更是捕风捉影。前者仅仅是“检举”了一个驸马都尉王诜，所举的都属于一些生活上的事情，如借钱、吃酒、送礼、求字、乞画之类。能够上纲的只有苏轼把与“诗案”有牵连的几篇诗文写送王诜这件事。后者专门抓住诗中的几个典故来大动干戈，诸如“侏儒”、“优旃”、“冠盖”、“阳虎”（《戏子由》）之类，都一一被扣上“谤讪中外臣僚”的罪名。最可笑的是对一首题画诗的“上纲”。全诗都写画马，只有末二句提到“能驭”的“王良”：

王良挟策飞上天，何必俯首服短辕。（《书韩干〈牧马图〉》）

可是，就这样一个典故，也被认为是“讥讽执政大臣”。这样的钢鞭材料，真是李定等人所谓的“救命稻草”了（参看拙作《“乌台诗案”新勘》）。

李定等人强加给苏轼四条罪名。其中主要是一、二两条，前者是关键，后者是实质。其余两条，只是前两条的补充。否定了第一条，也就否定了他的罪名的一大部分。因为这个罪名如果不能成立，第二条也就坐不实。这就是李定们之所以使出全身解数，死死扭住“双桧”诗不放，王珪也赤膊上阵的原因。不过，李定们的真正意图，还是要把苏轼搞成一个反对新法的罪魁，并且通过他搞出一个反对新法的集团，从而把新法的“反对”者，即持不同政治主张的革新家一网打尽，以达到捞取政治资本，爬上更高官职的卑鄙目的。苏轼这样杰出的诗人，偏偏碰上李定这样可恶的坏蛋，他的某些优秀的诗篇，竟然成了群小用以攻击他的炮弹。这些颠倒是非、混淆视听的黑材料，充其量暂时能够蒙哄那个独处深宫的神宗皇帝，却丝毫欺骗不了千秋万代人们的耳目！四条“莫须有”的罪名，怎么能服天下？

“惊魂未定，梦游缧绁之中”

苏轼虽然释放出狱，得到贬官黄州的轻判，但原来害他的人却抓住他不放。他到黄州后，又因以前知徐州时“不觉查妖贼事取勘”，好在神宗“有旨放罢”。他在《谢恩表》中写道：“无官可削，抚己知危。”神宗看了笑道：“畏吃棒耶?”（《却扫编》）“乌台诗案”虽然结了案，可是由此而造成的严重后果却很难消除。他在黄州时，神宗曾有意复用他，因王珪等阻挠作罢（《闻见近录》），后来终于下“札子”把他移官汝州，“札子”中有“人才实难，不忍终弃”的话。可见神宗十分赏识他这个“难”得的“人才”。苏轼谢“表”中有“惊魂未定，梦游缧绁之中”的语句。他的两次谢“表”，集中反映出“诗案”之后，诗人仍然心有余悸的精神状态。

但苏轼十分乐观，没有因“作诗得罪”就搁下诗笔。元丰七年（1084），他从黄州归来，“舟次泗上”，偶写一词，里面有“望长桥上，灯火闹，使君还”几句。太守听到后，马上找他，说他“名满天下”，很快便会传到京师，要他“收起”，不要“示人”（《挥麈后录》）。苏轼一动笔就有人跟踪，日子仍不好过。元丰八年（1085）初，他得许移住常州。五月，他到扬州，适逢哲宗即位（神宗于两月前“崩驾”），他听到父老颂美新皇帝，游竹西寺归，“喜”而“作诗”，有“山寺归来闻好语”（《归宜兴留题竹西寺二首》）之句。不久苏轼被召入朝。新党下台后，旧派的人“专欲变熙宁之法”。苏轼因和司马光有争议，“台谏官”“皆希合”司马光“以求进”，便重新搬出熙宁时期“谤讪之说”（《东坡先生墓志铭》）来倾害他，他又“乞外任”，再次出知杭州。临行时，文彦博劝他“至杭少作诗”，免得又像十年前那样“为不相喜者诬谤”，他却毫不在意（《明道杂志》）。谁知这时旧党中的贾易等又来算他的老“帐”，参他“闻先帝厌代，作诗无人臣礼”。他专为此事写了《辨题诗札子》（《东坡先生墓志铭》谓“常（州）人为公买田，书到公喜作诗，有‘闻好语’之句”，与苏轼“札子”中的说法有出入），加以解释。宣仁皇太后又为他辨明，贾易等人的目的才未达到。元祐八年（1093），新党重新上台后，苏轼出知定州。绍圣元年（1094），他南迁岭外，途中因来之邵等攻击他“诋斥先朝”，又贬到惠州。三年后，他因诗中有“报道先生春睡美，道人轻打五更钟”（《纵笔》）之句，“诗传京师”，宰相章惇看了，说苏轼过得“安稳”，把他再贬儋耳（《艇斋诗话》）。直到元符三年（1100），哲宗“崩驾”，大赦天下，他才被赦北归。第二年就在常州去世。

“乌台诗案”虽然结案多年，但它就像恶魔一样，死缠住苏轼不丢，苏轼走到哪里就跟到哪里。甚至死后都还老缠着。“能雪冤忠死亦甘”（《过岭寄子由二首》），这句诗是苏轼死前不久写的。他的“冤忠”是否“雪”了呢？我看还没有。他即便“死”了也是不“甘”心的。

青史是非，而今重与评说

由李定等人一手制造的“乌台诗案”，抬出“奉旨根勘”的招牌，打着“维护新法”的旗号，从苏轼开刀，其量刑定罪的主要标准就是对待新法的态度。自从“乌台诗案”给苏轼定案以后，这个标准支配了不少人的思想若干年。“乌台诗案”阴魂不散，以至直到新中国成立后有人还以它作为“样板”，把“反对”新法与否作为划分进步与保守的界线，好像宋代政治上的进步派，只有主张新法的王安石一家，连苏轼这样的革新家，也只能归入保守派。这个看法是片面的。在“文化大革命”期间，这样的观点更加占上风。李定等人虚张声势的诬陷，竟然吓唬住了现代学者，可见旧的习惯势力多大呀！不破除这样的思想障碍，要对苏轼作出实事求是的评价，是有困难的。

苏轼“自为举子至出入侍从”，“忠规谠论，挺挺大节”（《宋史》本传）。他一生立身行事的原则是“是是”“非非”，毫“不含糊”。虽“为小人忌恶挤排，不使安于朝廷之上”，但他总是心里怎么想就怎么做，即使身处逆境也不后悔。“九死南荒吾不恨”（《六月二十日夜渡海》）这句诗便代表了他的思想。过去有人责备他不懂得“韬晦”之道，说他当时如能“稍自韬戢，虽不获柄用，亦当免祸”。在这个问题上，写《宋史·苏轼传》的作者说得好：“假令轼以是而易其所为，尚得为轼哉！”苏轼“以爱君为本”，能为民请命，敢于对时政发表自己的见解，而这些见解又往往通过从政实践总结出来，不是说大话，更非发空论。某些意见一针见血，锋利异常，一下子就刺中了某些人的要害，但出发点却是为君为民。把苏轼形诸文字的那些宝贵意见当作“罪证”，何以服天下后世？“乌台诗案”不否定，看来是不行的。

苏轼离开人世已经快九百年了。他被“谗口”“销”“铄”的“忠骨”，早已变成地里的肥料。他如果死而有知，一定渴望见到积压了千年的陈案重新得到昭“雪”。当他含笑九泉时，将会再次吟唱起当年所写的“能雪冤忠死亦甘”的诗句！

（原载《龙门阵》1981年第1辑，四川人民出版社版；
又载《龙门阵》总1至6期，四川人民出版社版）

梅花诗与“梅花公案”

“咏物诗必须有寄托，无寄托而咏物，试帖体也。”（《岘佣说诗》）这是清人施补华对古代诗人创作咏物诗的经验的重要总结，人们往往用它作为衡量咏物诗的标准。可是在中国诗史上，有人却因写咏物诗而有了这样的经验，且闯了大祸。这个人就是南宋末“江湖派里最大的诗人”（钱钟书《宋诗选注》）刘克庄。

刘克庄（1187—1269）写过《梅花》诗百首（《浩然斋雅谈》）。他因写《落梅》诗无辜受累，元代的方回曾把此事称为“梅花大公案”。原诗如下：

一片能教人断肠，可堪平砌更堆墙。飘如迁客来过岭，坠似骚人去赴湘。乱点莓苔多莫数，偶黏衣袖久犹香。东风谬掌花权柄，却忌孤高不主张。

宋宁宗嘉定十七年（1224），刘克庄任福建建阳县令。此诗即他在建阳时期之作。诗虽咏梅，诗人自我却隐含其中。诗人在梅的形象里注入自己的某种思想感情，因而能在一定程度上表现出他对南宋末年黑暗腐朽的现实的不满。当国权臣昏庸无能，爱国志士有才莫展，这就是此诗所要寄托的真实思想。诗里的梅花，明显地带有象征性的意味。诗人看到落梅随风吹散，不免顿生感伤。“一片”尚且“能教人断肠”，何况千片万片，平砌堆墙，就更加使人肝肠断绝。诗人很替梅花所受冷遇不平：它的飘坠好比迁客过岭，骚人赴湘。这是诗人由唐代关于“大庾岭上梅，南枝落，北枝开”的传说，和宋之问、柳宗元因迁谪过岭赴湘而咏梅的诗作所引起的联想。梅花“乱点莓苔”之上，多得数不清，怎奈无人怜惜；偶黏衣袖，久久犹留余香，却能系人思念。诗人不禁深为梅花抱屈：花开花落的“权柄”，全在“东风”掌握之中。它忌恨梅花孤介清高，不让迎春含笑，“谬”作“主张”，到了何等程度！此诗表现的思想感情是有积极意义的。拟人化手法和自然工整的对仗的成功运用，更显示出此诗在艺术上的出色成就。诗人指目的对象，在末两句中，真是呼之欲出。

刘克庄把早年的作品编入《南岳稿》中，当时“家有其书”（宋·洪天锡《后村先生墓志铭》）。以后又由“钱塘书肆”的“陈起宗之”“刊”入“《江湖集》以售”（《瀛奎律髓》卷二十）。言官李知孝、梁成大看到，特为诗作笺注，指斥此诗与另一诗作的“‘朱三郑五’之句”是谤讪“当国”（宋·林希逸《后村先生刘公行状》）权臣史弥远，遂于绍定元年（1228）被免官。“朱三郑五”的原句是“不是朱三能跋扈，却缘郑五欠经纶”（见《鹤林玉露》、《齐东野语》引，原诗被刘克庄“焚”掉）。诗中的“朱三”就是五代时的朱温。他的母亲曾对他作了这样的评价：

“朱三落拓无行”，“焉能自致富贵?”（孙光宪《北梦琐言》卷十七）“郑五”就是晚唐的郑綮。他听到唐昭宗发表对他的新任命时叹道：“歇后郑五作宰相，事可知矣!”（《旧唐书》本传）郑綮因好作歇后语，所以当时有“歇后郑五”之称。诗人把这两个典故结合起来，便写成一联名句。它艺术地表现出：晚唐政治之所以十分腐败，是由于宰相太“欠经纶”之才，因而朱温这样的无赖得以“跋扈”篡国。

同刘克庄的这些诗句一起被指斥的，还有陈起的一首诗中的两句：“秋雨梧桐皇子府，春风杨柳相公桥。”这两句是改南宋诗人刘子翚《汴京纪事》诗“夜月池台王傅宅，春风杨柳太师桥”而成，李知孝们认为是“哀济邸而诮弥远”（《瀛奎律髓》），针对的是宋“宁宗疾革”（1225）时，史弥远“废济王，立理宗”（《钱塘遗事》）的事。“皇子”是指被史弥远废去的济王赵竑，“相公”当然是指史弥远了。有人“嫁‘秋雨春风’之句为器之（敖陶孙字）所作”，因而“言者并潜夫（克庄字）《梅》诗论列，劈《江湖集》版，二人皆坐罪”。最初史弥远打算“下大理逮治”，因“郑丞相清之”力劝（理由是“不宜以言语罪人”），刘克庄仅受免官处分，陈起则“坐流配”（《瀛奎律髓》）。这就是“群检组织诗案”（《后村先生墓志铭》）的经过。“于是诏禁士大夫作诗”，诗人孙花翁等因此“改业为长短句”。直到“绍定癸巳”（1233），“弥远死，诗禁解”（《瀛奎律髓》），刘克庄才得到解脱。

后来刘克庄追忆此事，还多次为自己因“诗惹谤”（《野性》）表示愤慨。他写道：“老子平生无他过，为梅花受取风流罪。”（《贺新郎·宋庵访梅》）这无异是对他所受的迫害进行控诉。他不仅把李知孝们的举动比作“乌台诗案”（《后村大全集·杂记》），而且道出了内心的恐惧：“不是先生喑症了，怕杀乌台诗案。”（《贺新郎·再和前韵》）他在送别敖陶孙时，还写了“当日乌台要勘诗”（《别敖器之》）的诗句。

“诗案”结束后，刘克庄并没有停止咏梅诗的写作。《病后访梅九绝》就是一组代表作。他在诗中特地对这场“梅花案”作了回顾。其中一首把历史上因写咏物诗而得祸的人同自己作了类比：

梦得因桃数左迁，长源为柳忤当权。幸然不识桃与柳，也被梅花累十年。

梦得，唐刘禹锡字。他因游玄都观看桃花，写成两首著名七绝而屡遭贬斥。长源，唐李泌字。他因《感遇》诗中有“青青东门柳，岁晏必憔悴”（《邺侯家传》）之句，杨国忠认为是影指自己，便诬奏他“讽刺时政”，他只得“潜遁名山，以习隐自适”（《旧唐书》本传）。诗人自叹，我幸然和桃与柳不相识，谁知也被梅花累了十年（从他到建阳作令到“诗禁”得“解”，刚好十年）之久，真是天大的冤枉呵！

另一首又把自己的遭遇同苏轼相提并论：

区区毛郑号精专，未必风人意果然。犬彘不吞舒亶唾，岂堪与世作诗笺。

毛郑，指为《诗经》作传、笺的毛亨、郑玄。毛郑解诗，号称精专，“未必风人”的原意果然如此。李知孝们是“区区”小人，竟为我的诗作“笺”注，当然更是胡言乱语了。这同陷害苏轼的“乌台诗案”好有一比：副宰相王珪误信舒亶的谗言，硬说苏轼的咏《双桧》诗是诽谤宋神宗；史弥远偏听李知孝们的诬告，一口咬定《落梅》诗是讽刺自己。王珪把"犬彘"都"不吞"的"舒亶唾"吃得津津有味（章惇评王珪语，见《闻见近录》引），史弥远不也正是亦步亦趋地在向他看齐吗?

《病后访梅九绝》为《落梅》诗恢复名誉，在诗中直接抒发了诗人的愤懑不平。这两首诗都采取了用历史人物作对比的写法，而又各具特点，一个前对后散，一个前后都散，在艺术上有可供借鉴之处。

刘克庄对风靡一时的江西派和晚唐体的缺点，曾经提出过中肯的批评：前者是"资书以为诗失之腐"，后者是"捐书以为诗失之野"（《韩隐君诗序》)。《落梅》诗和《病后访梅九绝》清新灵动，基本上体现了他所提出的既"不腐"也"不野"的观点。这种观点和他写咏物诗讲究有寄托的经验相结合，使得他的这些诗作达到了较高的思想与艺术水平。

写咏物诗也要冒政治风险，这是我们从"梅花大公案"中总结出来的一条历史经验。"梅花大公案"在中国诗史上，只不过是一个"小"的插曲。称它为"大"，无非是对兴起这场"公案"的"当国"权臣及其爪牙们的一种讽刺。为了堵塞天下人的耳目，他们居然在咏物诗上"大"做文章，不惜陷人于罪。尤为荒谬的是，他们公然一度"禁"止"士大夫作诗"。虽然为时很短，当时政治的黑暗，也就可想而知。刘克庄以写咏梅诗受"谤"，等于从天上飞来了横祸，诚然是生活中的不幸，但"当国"权臣的所作所为是多么不得人心，也就不言而喻了。很可玩味的是，几年之后，刘克庄又提起笔来重新对这场"公案"进行评价。他虽然冒了风险，却坚持了原则，赢得了胜利。他以自己的创作实践为我们提供了宝贵的经验，是应该受到称许的。

（原载《龙门阵》1983 年第 5 期，四川人民出版社版）

老年文学丛谈

屈守元先生在《漫谈“老年文学”》中，从北朝乐府《捉搦歌》“天生男女共一处，愿得两个成翁妪”二句拈出“翁妪”两字，从而提出“翁妪文学”的名你，认为它“就是老年文学”。我很有同感。《捉搦歌》四曲，皆古代北方民族男女爱悦时笑谑之词“两个成翁妪”，即《诗经》“好逑”、“偕老”的同义语。因而可以认为：“翁妪文学”确是给“老年文学”在“语言修饰”上“增添”了点“诉诸感情的文学色彩”。

我国古代著名学者作家和诗人的论述与作品中，本来就有不少涉及老年文学的材料。这里试就记忆所及，略述点滴。

《论语》曾称引孔子的名言：“君子疾没世而名不称焉。”（《卫灵公》）孔子自述进德之序，最高层次是“七十而从心所欲不逾矩”（《为政》），“其为人也，发愤忘食，乐以忘忧，不知老之将至云尔”（《述而)。这是他的标准自画像。他认为，享高寿的人必富有爱心，故言“仁者寿”（《雍也》）。但他一生执著追求的是“朝闻道夕死可矣”（《里仁》）。他临终时吟唱的“泰山其颓乎，梁木其坏乎，哲人其萎乎”（《礼记·檀弓下》）的歌辞，则是他在生命最后时刻所作的自我艺术鉴定。

庄子在《逍遥游》中曾有“楚之南有冥灵者，以五百岁为春，以五百岁为秋。上古有大椿者，以八千岁为春，八千岁为秋”的传说。在《天地》中又写了华封人“寿、富、多男子”的祝辞。在《盗跖》里更有“上寿”、“中寿”、“下寿”的区别，还由“除病瘐死丧忧患，其中开口而笑者，一月之中不过四五日而已矣”的妙语，而引出“说其志意，养其寿命”的主张。但他对老年文学却表现出极大的兴趣。《天道》中轮扁“行年七十而老斫轮”，“得之于手而应之于心”的体会，不仅是借喻“读书”，也包含了创作的甘苦。另如《养生主》庖丁解牛、《徐无鬼》匠石运斤的故事，完全可以看作他艺术经验的生动比况。可是，在《寓言》中，他却尖锐批评“年先矣而无经纬本末、以期年耆者……是之谓陈人”。他显然不赞成那种只向社会索取，却不作奉献，无所作为的老者。这与孔子“饱食终日，无所用心”的批评很合调，也使我想起了晚唐诗人聂夷中《短歌行》里的精彩片断：“无言鬓如霜，勿谓发如丝。耆年无一善，保殊食乳儿。”

屈原是我国古代第一个以个人名义发表文学创作的伟大爱国主义诗人。《离骚》就是他进入老年期时完成的一部带自传色彩的史诗型作品。“恐美人之迟暮”，“苟余情其信芳”，“老冉冉其将至兮，恐修名之不立”，“指九天以为正”，“将上下而求索”。这部精心结撰的不朽杰作，用他在《九歌》和《九章》中一再写到的“与日月兮齐光”一句来赞美，是当之无愧的。

对每一个从事老年文学创作的老龄作者来说，曹丕《典论·论文》中“年寿”有“尽”“文章无穷”的名论，都是有启发意义的。它与西哲孟德斯鸠“将自己的生命寄托在别人的记忆中，生命仿佛就加长了许多”的说法，实有相通之处。

在汉乐府《长歌行》中，就曾有“百川东到海，何时复西归。少壮不努力，老大徒伤悲”的咏叹。《后汉书·马援传》里曾援引马援“丈夫为志，穷当益坚，老当益壮”的豪言。曹操在《龟虽寿》中更有“老骥伏枥，志在千里，烈士暮年，壮心不已”的壮语。苏轼因蕲水兰溪“溪水西流”而吟成“谁道人生无再少，门前流水尚能西”（《浣溪沙》）的著名词篇，人们都乐于称道。这实是反用上引《长歌行》“百川东到海”二句及李白《江上吟》“功名富贵若长在，汉水亦应西北流”的诗意，确实艺术地表现出诗人对理想的执著追求，是具有积极意义的。

宋代著名历史学家司马光也长于写诗。他与邵雍都善于在诗中描写老年人的心态。司马光写道：“细雨寒风宜独坐，暖天佳景即闲游。……我以著书为职业，为君偷暇上高楼。”（《邵尧夫安乐窝中职事吟》）邵雍写道：“尽送光阴归酒盏，都移造化入诗篇”（《谢司马君实诸公买园》）；“林间谈笑须归我，天下安危且系公”。（《寄吕献可》）他们老来还“以著书为职业”，“移造化入诗篇”，创作热情很可效法。

南宋享有高寿的爱国诗人陆游，曾以“六十年间万首诗”自豪。晚年所作的《沈园》，表达了他对旧日情人的深挚怀念，历来被人传诵。《书愤》和《示儿》尤脍炙人口。诗人临终还念念不忘“王师北定中原”，其渴望“九州同”的爱国激情，是多么令人感动。

元代方回在《瀛奎律髓》一书中，特标《老寿》一类，可惜仅收七言诗八首。除白居易香山七老诗外，还有杜衍《睢阳五老图》诗、文彦博《耆英会》诗及欧阳修、陆游诗，而陆诗就占了一半，选材未免狭窄，诚如纪昀所评：“此卷太寥寥。”老年文学当然不仅限于写“老寿”。古代文学遗产中，其实留下不少涉及老年题材的佳作。

屈原在《九歌》中，早就用《国殇》、《礼魂》来礼赞过为国捐躯的烈士和值得纪念的名人。在他们当中，青壮年固多，老年人也不少。

汉代专门描写老征人的作品，以《十五从军征》一首最为出色。此诗从幼役老归叙起，通过“道逢乡里人”问答，再接写到家后情景。特别以“羹饭”“熟”无所“遗”，“望”“冢”“泪落”作结，极力写出家中无人的哀痛，感染力很强。又如曹操《却东西门行》歌咏“戎马不解鞍，铠甲不离傍。冉冉老将至，何时返故乡”的“征夫”。鲍照《代东武吟》歌咏“少小辞家去，穷老还入门。腰镰刈葵藿，倚仗牧鸡豚”的“寒乡士”，着墨不多，却都具有艺术吸引力。而与曹、鲍诗异趣的，如应璩《百一诗》（亦称“三叟诗”），则又描绘了“年各百余岁，相与锄禾莠”的老叟们的长“寿”要诀。

初唐诗人刘希夷的《代悲白头翁》，因“年年岁岁花相似，岁岁年年人不同”道出了老年人的共感而著称。盛唐有“诗天子”之称的王维，在七绝《叹白发》中，也写出“宿昔朱颜在暮齿，须臾白发亦垂髫”的著名诗句，且在歌行诗中则从不同侧面刻画了老年人形象：既有“一身转战三千里，一剑曾当百万师”（《老将行》）的老“将军”，又有“身经大小百余战”的“关西老将”（《陇头吟》），还有“夷门抱关”，“慷慨献奇谋”，“刎颈”“酬”送“信陵”“公子”的“七十老翁”（《夷门歌》）侯嬴。伟大诗人李白因咏赞太公“逢时吐气”，“八十”得“见阳春”的难得机遇而发出“大贤虎变愚不测，当年颇似寻常人”（《梁甫吟》）的感慨，很有夫子自道的意味。贺知章在长安，“一见”李白即“呼为谪仙”，并“解金龟换酒为乐”。贺“没后”，李白有诗追“怀”：“金龟换酒处，却忆泪沾巾。”（《对酒忆贺监·并序》）真实表现出他对这位前辈知己的感忆之情。李白《宿五松山下荀媪家》集中表现了他对那位农村老年劳动妇女盛情款待的感激之情，《哭宣城善酿纪叟》则又表达出他同这位酿酒名手的深厚友情。

特别值得指出的，是诗圣杜甫留下的、堪称“老年文学”典范的五古《石壕吏》和《垂老别》。它们把“安史之乱”带给广大人民的深重灾难写得何等生动、深刻。仇兆鳌称赞前者说：“诗云三男‘戍’，二男‘死’，孙方‘乳’，媳无‘裙’，翁跳

'墙'，妇'夜'往，一家之中，父子兄弟、祖孙、姑媳，惨酷至此，民不聊生极矣。"诗人的艺术手腕，真是高明极了。后者通过一位老人被征，与老妻的告别辞，反映战乱强加给人民的痛苦。"孰知是死别，且复伤其寒，此去必不归，还闻劝加餐。"这些生动细节，千百年后还能打动无数读者的心。杜甫在歌行诗中，又把他的同情倾注在"穷途""漂泊"，"遭"人"白眼"的老画家曹霸"将军"（《丹青别》）和"至老双鬟只垂颈"，"更遭丧乱嫁不售"的"夔州""卖薪""处女"身上。这些作品也具有典范性。

再如苏轼在黄州时，所描写的乘风破浪前进的老渔翁形象："一千顷，都镜净，倒碧峰。忽然浪起，掀舞一叶白头翁。"生动极了，结尾的"一点浩然气，千里快哉风"，更把身遭贬谪，却能保持良好精神状态的诗人的自我形象，作了最佳表现。

在谈到"老年文学"时，人们都爱引用唐代诗人刘禹锡、李商隐"为霞尚满天"、"人间重晚晴"等著名诗句。为了避免重复，本文试图从先秦、汉魏、唐宋去网罗一些材料。限于篇幅，还未能下及元、明、清和现、当代，诚不免挂一漏万。但至少可以说明，"老年文学"是古已有之的。

（原载《老年文学汇集》，玉垒诗社 1997 年 2 月版）

第二章
传承与创新

略论庄、屈对李白歌行诗的影响

历来的研究者都公认七古和七绝最能代表李白诗歌创作的最高成就。北宋苏轼早就指出李白诗“飘逸绝尘”（《书学太白诗》）的特点。南宋严羽在将他的诗歌与杜甫作比较时，又强调了“飘逸”的特点，并举他的歌行名篇《梦游天姥吟留别》、《远别离》等作代表。明初高棅重申严羽之说，再次突出了“李翰林之飘逸”是“盛唐之盛”的观点。

李白七言古诗一开始就走着歌行诗的路子。它的直接渊源虽是汉魏六朝乐府诗，却也受了初唐诗人的影响。但李白“飘逸”诗风的形成，却有更早、更重要的渊源。

一般研究李白的学者，比较注意他尊重《诗经》传统，反对雕饰造作，指出李白诗反映了唐代前期进步诗人对六朝“绮丽”余波泛滥初唐诗坛之不满和对开创盛唐崭新诗风的要求，这无疑是正确的。对此，李白曾一再作过深刻概括。如《古风》（一）

推崇《诗经》的“王风”和“大雅”，慨叹优良传统衰歇，力图加以恢复；《古风》（五十一）再次提到“大雅”和“颂”，向往孔丘删诗业绩，都是人们所熟知的。但李白对传统的继承，并不限于儒家经典之一的《诗经》。李白是唐代诗坛的一位浪漫主义大师。大家公认他的歌行诗特别富于浪漫色彩。可以毫不夸张地说，李白获得浪漫主义大师称号，在很大程度上得力于他在歌行诗创作上的独特成就。导致这种成就的艺术渊源，当然不一定是《诗经》，影响较多的，应该说是南楚文学中的庄周和屈原。

关于李白所受屈原的影响，人们常常提到《古风》（一）的“哀怨起骚人”。他对屈原的“哀怨”给予极大注意，正是《九章·惜诵》“发愤以抒情”、“愿陈志而无路”的最好概括。《拟恨赋》深慨“永埋骨于渌水，怨怀王之不收”，《古风》（五十一）以殷纣杀比干与楚怀“窜”屈平相比，实际是以殷纣比玄宗，以屈原自况。他不但吟成“荆门倒屈宋”（《赠王判官，时余归隐居庐山屏风迭》）的诗句，还发出“屈宋长逝，无堪与言”（《夏日谱从弟登海州龙兴阁序》）的感伤。在歌行诗中，他多次把屈原的情志融入诗行。《江上吟》“屈平词赋悬日月”来自《九章·涉江》“与日月兮齐光”，《梁甫吟》“阊阖九门不可通，以额叩关阍者怒”本之《离骚》“吾令帝阍开关兮，倚阊阖而望予”。《玉壶吟》“君王虽爱娥眉好，无奈宫中妒杀人”，源于《离骚》“众女嫉余之娥眉兮，谣诼谓余以善谣”。《单父东楼秋夜送族弟沈之秦》“屈平憔悴滞江潭”，更有取于《渔父》“行吟泽畔，颜色憔悴”的描画。《行路难》（三）历数“功成不退皆陨身”的“自古贤达人”，特举“屈原终投湘水滨”为例，则用了《九章·怀沙》“怀质抱情”，自沉“湘流”辞意。至于《鸣皋歌》明仿《卜居》之意，“作骚”使觉屈原“去人不远”（《唐宋诗醇》）。

早在唐代，李阳冰为李白《草堂集》作“序”，就注意到李白“驱驰屈宋”的特点。宋代朱熹更指出李白《鸣皋歌》“近楚辞”(《楚辞后语》)，已注意到李白歌行诗学骚的问题。清初屈大均从李白歌行诗的整体论到屈原的影响，说“乐府篇篇是《楚辞》”(《采石题太白词》四)；清康熙间应泗源在《李诗纬》中，特指出太白“于乐府多清怨”；刘师培《南北文学不同论》也强调李白“乐府则出于《楚辞》”。他们都能着眼于屈原给予李白的影响。

关于李白所受庄周的影响，近来已有同志注意，但涉及面还不够广。李白《古风》(三十五)就对庄周的艺术经验发表过重要见解：“丑女来效颦，还家惊四邻。寿陵失故步，笑杀邯郸人。”李白注意到初唐诗坛中受六朝余波影响而出现的追求形式、忽视内容的不良倾向，他通过《庄子》中的《天运》、《秋水》东施效颦、寿陵学步的故事，讽刺了这种倾向，否定了步趋前人，丧失自我，没有独立风格的创作风尚。“一曲斐然子，雕虫丧天真。”他对堆垛辞藻，讲究“雕虫篆刻”，“丧”失“天真”自然的诗风深表不满，还通过《徐无鬼》中匠石的故事，表达了虽有革新诗坛风尚的抱负，但知音恨少的感慨：“安得郢中质，一挥成风斤。”李白所引故事虽带讽喻性质，却表明他对庄周文贵独创的思想深有体会。庄周是一位以散文著称的哲学家，并不写诗。李白能从广义的文学着眼，引用上述三个故事来说明诗与散文的内在联系。他深知诗与散文都应反对刻板仿效，提倡匠心独运，形成个人独特风格。这大约就是李白从《庄子》那里学到的最有益的创作经验，因而才在《古风》(三十五)中作了重要概括。这是我们了解李白歌行诗的“飘逸”特点时，绝不应该忽视的。

宋代苏轼曾借晋代夏侯湛《东方朔画赞》“戏万乘若僚友，视俦列如草芥，雄节迈伦，高气盖世，可谓拔乎其萃，游方之外者也”（《李太白碑阴记》）等语赞美李白，这是他对李白诗歌接受了庄周影响的生动形象的概括，但苏轼并未加以指明。明代胡应麟则明确提出：“千古词场称逸者，吾于文得一人，曰庄周，于诗得一人，曰李白。知二子之为逸，则逸与神信难优劣论矣。”（《诗薮》外编卷四）杨慎也说：“庄周、李白，神于文者也，非工于文者所及也。文虽至工，则不可谓神。然神非工之所至也。”（《杨升庵外集》）清代方东树曾对李白的“飘逸”作了形象的解释：“太白当希其发想超旷，落笔天纵，章法承接，变化无端，不可以寻常胸臆摸测，如列子御风而行，如龙跳天门，虎卧风阁……瑶台绛阙，有非寻常地上凡民所能梦想及者。”他还指出李白直接受到庄周的影响：“大约太白诗与庄子文同妙，意接词不接，发想无端，如天上白云，卷舒灭现，无有定形。”（《昭昧詹言》卷十二）但关于庄周影响在李诗中的体现，方东树却未加论证。

《大鹏赋》是李白深受《庄子·逍遥游》影响而写的，此赋对庄周“吐峥嵘之高论，开浩荡之奇言”的思想与艺术境界作了很高评价。李白大为欣赏鲲鹏的形象，云“激三千以崛起，向九万而迅征”，认为鲲鹏“海运”“圈南”，“其动也神应，其行也道俱”，正体现了庄周顺应自然的思想，也与他“天地有大美而不言”（《知北游》）的观点一致。李白强调自然天成，反对人工造作的审美观，无疑也受到庄子《齐物论》“天籁”、“人籁”，《秋水》“无以人灭天”和《则阳》“力不足则伪”的观点的影响。李白在七言歌行《上李邕》中，特用了《庄子》之鲲鹏故事：“大鹏一日同风起，扶摇直上九万里，假令风歇时下来，犹能簸却沧溟水。”借鲲鹏喻李邕，也是自我人格写照。李白《代寿山答孟少府移文书》，赞同庄子《逍遥游》、《齐物论》“尺鷃不羡于鹏鸟，秋毫可并于太山”，“何小大之殊也”的观点，也体现了他旷达为怀的人生观。在《临路（终）》歌中，他为不能实践“飞”“振八裔”的政治抱负深感遗憾，而自比“中天摧兮力不济”的“大鹏”。他还在《答长安崔少府叔封游终南翠微寺太宗皇帝金沙泉见寄》中，对《庄子·秋水》“河伯见海若，傲然夸秋水”的故事，发表了“小物昧远图，宁知通方士”的评论。在歌行诗《妾薄命》中，更把《秋水》对“唾”的生动形容——“喷则大者如珠，小者如雾，杂而下者不可胜数也”融入诗行，生发出新意——“咳唾落九天，随风生珠玉”。用咳唾随风象征能使人贵贱的权力，寓意十分深刻。《庄子·天运》东施效颦故事，李白也一再用入歌行诗：“西施宜笑复宜颦，丑女效之徒累身。”（《玉壶吟》）这不像《古风》（三十五）是作为艺术经验来概括，而是比喻人事，意在讽谗邪妒忠良。《庄子·外物》中任公子东海钓大鱼的故事，他在歌行名篇《猛虎行》中也有表现：“我从此去钓东海，得鱼相见情相亲。”故事中大鱼牵钩“奋鬐”时，“白波若山，海水震荡”的神奇想象，与李白未能实现政治追求很容易引起共鸣，所以才如此激赏。《庄子·天地》“大声不入于里耳，《折杨》、《黄华》则嗑然而笑”的比喻，经李白用入歌行诗《答王十二寒夜独酌有怀》，就成为讽刺当时流俗好尚的名句——“《折杨》、《黄华》合流俗”。《庄子·大宗师》“凄然似秋，暖然似春”二句，郭象注解释说：“暖然若阳春之自和，故蒙泽者不谢；凄乎若秋霜之自降，故凋落者不怨。”李白歌行诗《日出入行》，即本此写成“草不谢荣于春风，木不怨落于秋天。谁挥鞭策驱四海，万物兴歇皆自然”等名句。这也是庄周顺应自然的思想在李白歌行诗中的艺术表现。

李白向庄、屈汲取诗意与诗境，上面分别举了一些较为明显的例子，当然并不等于李白所受庄、屈影响的全部情况。更为重要的，应该对李白向庄、屈学习艺术经验问题作深一层的探求。

过去的李白研究者一般都只注意到李白所受庄、屈各自的影响。只有清代的龚自珍和刘熙载能从李白对庄、屈的结合上进行艺术考虑，从而进入到一个较高层次的探索，这就超出了“太白诗宗风骚”（胡震亨《李诗通》）的传统提法，扩大了研究视野，而具有新的意义。

龚自珍认为：“庄、屈实二，不可以并，并之以为心，自白始。儒仙侠实三，不可以合，合之以为气，亦自白始也。”（《定庵文集补编·最录李白集》）龚说李白“并”庄屈“以为心”，“合”儒仙侠“以为气”，是李诗之“真源”所在，这是很富创解的提法。与龚同时的刘熙载，则发表了如下见解：“太白诗以庄骚为大源，而于嗣宗之渊放，景纯之儁上，明远之驱迈，玄晖之奇秀，亦各有所取，无遗美焉。”（《艺概·诗概》）刘熙载“太白诗以庄骚为大源”，与龚自珍所言李白之“真源”是“并庄屈以为心”的提法，如出一辙。

李白歌行诗既代表了李白诗歌的最高成就，无疑也是李白诗的“飘逸”风格的典型体现。李白诗的这种“飘逸”风格，是有其个性特点的。问题在于：体现在他的歌行诗中的，既有来自中原文学中的儒家经典著作《诗经》的影响，也有来自南楚文学中的庄、屈的影响，而后者更占了较大的比重。甚至可以说，在他的歌行诗中，有鲜明体现且起重要作用的，乃是南楚文学的影响。

需要指出的是，庄周顺应自然、不随流俗的思想和屈原殷忧国事、哀怨无端的感情，在同一个诗人的作品中，是较难取得完美统一的。在龚、刘未发表上引评论前，很少有人从这方面去加以考虑。我们如果结合李白歌行诗对这一问题作进一步考查，就会得出与他们一致的结论。

李白歌行诗的主要风格特点是飘逸，说它来自庄周顺应自然、不随流俗的思想，这是容易理解的。问题在于，它如何与屈原的“哀怨”之情统一起来。对这一问题，首先需要从李白的生活与教养去考查。李白曾接受过儒家思想教育，对管、乐和谢安一类的政治人物很倾慕，因而很有济世拯时的政治抱负。但他对道家思想和游侠学仙之事又表现出极大的兴趣。这便决定了他思想的复杂性。在李白一生中，有时儒家思想在他身上占主导地位，有时道家思想在他身上起重要作用。正是上述复杂因素决定了李白歌行诗的独特性和创造性。作为一个庄周思想的崇拜者，他发现在歌行诗中能够最有效地体现庄周“如列子御风而行”，“如天上白云，卷舒灭现，无有定形”（方东树语）的思想境界，这与他的浪漫气质很合调。但作为一个诗人，他既称赞屈原执著追求美好政治理想，又惋惜他怀沙自沉。因而在歌行诗中汲取屈原诗意时，更多地表现出为他所特有的“哀怨”之情。并在这种“哀怨”之情中，渗入庄周顺应自然、旷达为怀的思想因素。这就是从李白歌行诗中往往能摸触到寓托于“哀怨”之情中的顺乎自然的旷达思想成分的原因。但屈原思想在他身上却常居主导方面。这又是他死前一年“闻”太尉李光弼“大举秦兵百万出征东南”，讨平安史叛军时，还北上“请缨，冀申一割之用”的思想根源。宋、明学者为什么把“飘逸”作为李白诗的主要风格，原因就在此。“兴酣落笔摇五湖，诗成笑傲凌沧洲。”（《江上吟》）应该说，这一特点，在李白歌行诗中是表现得最为突出的。

李白歌行诗题材内容，涉及面相当广泛。有对国事的忧虑和人民生活的关心；有对政治抱负和在长安挫辱的抒写；有对妇女的同情；有对亲情和友谊的描述；有怀古、咏物、写景的篇什等。它们都程度不等地体现了“飘逸”的特点。李白歌行诗中的这种风格便是庄、屈的创作精神有机结合的产物。他既有建功立业，使“寰区大定，海县清一”（《代寿山答孟少府移文书》）的宏愿，又有兀傲不随流俗，鄙夷富贵，想做隐士神仙的思想。出世与入世，即庄周式的放达与屈原式的哀怨，在他身上既矛盾又统一。既不是与现实绝缘、飘飘欲仙的道教徒，又因在政治追求上失意，往往表现哀伤与怨愤。这可说是李白歌行诗的“飘逸”风格的基本特点。龚自珍和刘熙载就是从两者的结合上去把握李白诗歌的“真源”与“大源”的。

不过李白大多数歌行诗体现庄、屈思想的结合，并不限于词句的化用，更在于精神的融入。而且这种融入，常呈现复杂多样的特点。如关心国事、忧虑时局的《远别离》“君失臣兮龙为鱼，权归臣兮虎变鼠”，是他对玄宗后期奸臣擅权，将为祸乱之阶的警告，也是《离骚》“浞又贪夫厥家”，“殷宗用而不长”和《庄子·胠箧》“大盗”“窃国”思想的综合体现。李白谴责玄宗晚年进行黩武战争之作，如《战城南》的“征战无已时”、“野战格斗死”、“士杂涂草莽，将军空尔为”，便渗透着屈原《九歌·国殇》“左骖殪兮右刃伤”、“严杀尽兮弃原野”的感情。而“乃知兵者是凶器，圣人不得已而用之”，固有《老子》“兵者不祥之器”的思想因素，但也杂入庄子《天地》“爱人利物之谓仁”、《徐无鬼》“无以战胜人”、《则阳》“争地而战，伏尸数万”的思想成分。在《登高丘而望远海》中更以秦皇、汉武“穷兵黩武”比唐玄宗，难怪王夫之《唐诗评选》会有“后人称杜陵为‘诗史’，乃不知此九十一字中有一部开元天宝本纪在”的赞誉。深切关注安史叛乱中受苦受难的广大人民的《猛虎行》“秦人半作燕地囚，胡马翻衔洛阳草”，《扶风豪士歌》“洛阳三月飞胡沙，洛阳城中人怨嗟。天津桥水波赤血，白骨相撑如乱麻”，都能与屈原《离骚》“哀民生之多艰”，《九章·哀郢》“民离散两相失兮”、“遵江夏以流亡”的辞意引起联想。

李白歌行诗曾多次反映和回忆他在长安待诏献纳时的情况。

“一朝君王垂拂拭，剖心输丹雪胸臆。忽蒙白日生景光，直上青云生羽翼。”（《驾去温泉宫后赠杨山人》）“揄扬九重万乘王，谑浪赤墀青琐贤。”（《玉壶吟》）其中的自我吹嘘，不免表现出思想中庸俗的一面。但即使这类作品，也流露他对遭谗受谤的不满情绪：“浮云蔽日去不返，总为秋风摧紫兰”（《答杜秀才五松山宣城见赠》）；“前门长揖后门关，今日结交明日改”（《赠从弟南平太守之遥二首》）。李白不满黑暗现实和为权奸摈斥的愤懑，在歌行诗中更常有表现。如《行路难》（二）的“大道如青天，我行不得出。羞逐长安社中儿，黄鸡白雉赌梨栗”；《答王十二寒夜独酌有怀》的“君不能狸膏金距学斗鸡，坐令鼻息生虹霓”。他对朝中寅缘倖进的腐败现象，表示愤怒，特别对贤愚不辨、忠奸不分的黑暗现实不满：“汉朝公卿忌贾生”（《行路难》二）；“楚地由来贱奇璞”，“祢衡耻逐屠沽儿”，“董龙更是何鸡狗”（《答王十二寒夜独酌有怀》）。这样，自然会落得谗谤辞朝的下场：“一谗一笑失颜色，苍蝇贝锦喧谤声。”（《答王十二寒夜独酌有怀》）这些都与屈原《离骚》“世混浊而不分兮，好蔽贤而嫉妒”、“兰芷变而不芳兮，荃蕙化而为茅”的思想感情很合拍。而《鸣皋歌送崔征君》的“鸡聚旗以争食，凤孤飞而无邻。蝘蜓嘲龙，鱼目混珍，嫫母衣锦，西施负薪”，更是对黑暗现实的强烈抗议。

但李白想对李唐王朝有所献纳，却是出于至诚，如“皇穹窃恐不照余之忠诚”（《远别离》），“白日不照吾精诚”（《梁甫吟》）。这里有《离骚》“荃不察余之中情”的回声，也是庄子《天地》“忠臣不谄其君”，《外物》“人主莫不欲其臣之忠而忠未必信”和《渔父》“真者，精诚之至也，不精不诚，不能动人”的名言的同调。《长相思》借美人托喻，“妙于言情”，更近似屈原的创作特点。胡震亨说“开头即日‘在长安’，其意已见”。王夫之说“题中偏不欲显”（指“长相思，在长安”之“如花美人”），“象外偏令有余”（指“卷帷望月”，“云端”远“隔”，“天长路远”，“梦魂不到”），即缠绵宛转之情，已超过一般男女相思，更近似“灵修美人以媲于君”（王逸《离骚经·序》）的君臣关系寄托；也不能说没有《庄子·人间世》“臣之事君，义也”，“无所逃于天地之间”的思想渊源。它同《行路难》（一）的“忽复乘舟梦日边”、《登金陵凤凰台》的“长安不见使人愁”，显然是有内在联系的。不能因为《唐宋诗醇》有贤臣“不遇”、“不敢忘君”的“忠厚之言”的评语，便断定它是“寄赠远人，自道相思之词，未必别有寓意”（詹锳《李白乐府集说》）。

因从永王李璘而入狱，流放夜郎，是李白一生遭受的最大挫折，后虽得大赦，却困顿至死。他曾在五古《赠江夏韦太守良宰》中描述了委屈和痛苦的心情。歌行诗《流夜郎赠辛判官》“何日金鸡放赦回”，《江上赠窦长史》“万里南迁夜郎国”，《江夏赠韦南陵冰》“夜郎迁客带霜寒”等，便是对其怨愤之情的反复抒泄。《上留田行》更深刻地写出了对永王的看法。乐府旧题《上留田行》本讽“人有父母死，不字其孤弟者”（《乐府解题》），萧士赟谓为永王被“杀”而“作”。诗中有“一鸟死，百鸟鸣。一兽走，百兽惊”，“交柯之木本同形，东枝憔悴西枝荣。无心之物尚如此，参商胡乃寻天兵”，“言兄弟相逼，非独鸟兽之不若，并有愧无知之草术，意极沉痛”（《唐宋诗举要》）。与其五言乐府《树中草》异曲同工。这类歌行诗，也与屈原作品十分接近。

李白鄙夷权贵、蔑视荣华的歌行篇章，特别具有吸引力。如《将进酒》“钟鼓馔玉不足贵”，《扶风豪士歌》“饮酒岂顾尚书期”，《忆旧游寄谯郡元参军》“一醉累月轻王侯”，《梦游天姥吟留别》“安能摧眉折腰事权贵”，《答王十二寒夜独酌有怀》“荣辱于我何有哉”，“达亦不足贵，穷亦不足悲”等，都表现了庄周置荣辱穷达于度外的旷达思想。

李白歌行诗往往表达了他在政治上失意的抑郁不平之感。如《行路难》（一）“金樽美酒斗十千，玉盘珍羞直万钱。停杯投箸不能食，拔剑四顾心茫然”，真实地写出了“苟有心事，口福眼福，胥成乌有；美食美器，唐捐虚设而已”（《管锥编》第四册）的感受，很带普遍意义。《鸣雁行》写安史之乱中“遭难避祸”，“步步忧虞”，有如“惊弓之鸟”（《唐宋诗醇》）的情景：“客居烟波寄湘吴，陵霜触雪毛体枯。畏逢矰缴惊相呼，闻弦虚坠良可吁，君更弹射何为乎?”其诗“婉而多讽，诵之恻然”。但另一方面，他又能在歌行诗中充分显示自信精神：“逢时吐气思经纶”，“大贤虎变愚不测”（《梁甫吟》）；“长风破浪会有时，直挂云帆济沧海”（《行路难》一）。这正是庄周“而后乃今将图南”和屈原“虽九死其犹未悔”的精神的统一。

李白同情妇女的歌行诗，有思妇春夜怀远方丈夫的《长相思》“此曲有意无人传，愿随春风寄燕然”，“昔时横波目，今作流泪泉”，比喻生动异常；有秦地妇女怀念丈夫的《乌夜啼》“停梭怅然忆远人，独宿空房泪如雨”；有思妇与远戍边塞丈夫相互思念的《思边》“玉关此去三千里，欲寄音书那可闻”以及名作《捣衣篇》“忽闻江上春归燕，衔得云中尺素书”，“晓吹筼管随落花，夜捣戎衣向明月”，“有使凭将金剪刀，为君留下相思枕”，“明年若更征边塞，愿作阳台一段云”。还有幽州思妇表达对征戍中牺牲的丈夫的怀念的《北风行》：“倚门望行人，念君长城苦寒良可哀。”目睹“别”时所“遗”“蜘蛛结网生尘埃”的“一双白羽箭”，万分伤感，“箭空在，人今战死不复回！不忍见此物，焚之已成灰”，真是“黄河捧土尚可塞，北风雨雪恨难裁”。又有写商妇闺怨的《江夏行》：“未知行李游何处，作个音书施断绝”，“悔作商人妇，青春长别离”。写弃妇不幸遭遇的名篇《白头吟》，由锦水“波荡双鸳鸯”，“万死”“不愿”“分张”起兴，引出司马相如“作赋得黄金”，“好新多异心”，“一朝将聘茂陵女，文君因赠《白头吟》”的传说，讽刺男子的用情不专，“东流不作西归水，落花辞条羞故林”，赞美韩凭夫妇坚贞不渝之爱，“古来得意不相负，只今惟见青陵台”。李白这类作品表现的思想感情，与屈原《九歌·湘夫人》“荒忽兮远望”，“将以遗兮远者”的情思，是比较接近的。

李白关于叙写亲情、友谊的歌行诗，前者如《南陵别儿童入京》：“呼童烹鸡酌白酒，儿女嬉笑牵人衣。高歌取醉欲自慰，起舞落日争光辉。”《送萧三十一之鲁中兼问稚子伯禽》：“我家寄在沙丘旁，三年不归空断肠。君行既识伯禽子，应驾小车骑白羊。”《万愤词投赠魏郎中》：“穆陵关北愁爱子，豫章天南隔老妻。一门骨肉散百草，遇难不复相提携。”后者如《金陵酒肆留别》表现对年轻朋友的可贵友谊：“金陵子弟来相送，欲行不行各尽觞。请君试问东流水，别意与之谁短长?”《对雪醉后赠王历阳》又表现朋友间别后的真诚相思：“清晨鼓棹过江去，千里相思明月楼。”《江夏赠韦南陵冰》更写出朋友相知之乐，“有似山开万里云，四望青天解人闷”，并发出“搥碎黄鹤楼”、“倒却鹦鹉洲”的豪语。《江上赠窦长史》还写了“南迁”归来后对朋友的真挚情谊，“不同珠履三千客，别欲论交一片心”。这类诗作，同庄子《山木》的“此以天属”，《渔父》的“真亲未笑而和”，屈原《九歌》、《湘君》“望夫君兮未来”，《少司命》“悲莫悲兮生别离，乐莫乐兮新相知”的思想感情是相通的。

李白怀古、咏物、写景的歌行诗，怀古的如《送祝八之江东赋得浣纱石》咏叹了西施微贱时的生活：“未入吴王宫殿时，浣纱古石今犹在。”《乌栖曲》讽刺吴王夫差的荒淫：“姑苏台上乌栖时，吴王宫里醉西施。吴歌楚舞欢未毕，青山欲衔半边日。”《江上吟》嘲笑楚怀王“台榭空山丘”，“功名富贵”不“长在”。

《梁园吟》讥评梁孝王“宫阙今安在”，“舞影歌声散渌池，空余汴水东流海”。《鲁郡尧祠送窦明府薄华还西京》由游尧祠想到魏武帝和绿珠：“生前一笑轻九鼎，魏武何悲铜雀台”，“绿珠楼下花满园，今日曾无一枝在”。《灞陵行送别》由“灞水流浩浩”生出“无花之古树”、“伤心之春草”的遐想。《金陵歌送别范宣》由“石头”“虎踞”、“钟山龙盘”兴起“四十余帝三百秋，功名事业随东流”，“金陵昔时”“席卷英豪”，“梁陈白骨乱如麻”，“天子龙沉景阳井”的感喟。《赤壁歌送别》更把三国赤壁之战的历史陈迹作了艺术处理：“二龙争战决雌雄，赤壁楼船扫地空。烈火烧天照云海，周瑜于此破曹公。”它们同屈原《九章·惜往日》的思想感情倾向有相通之处。咏物的，如《天马歌》写天马“腾昆仑历西极”，“逸气稜稜凌九区”，“少尽其力老弃之”，“伏枥含冤摧两眉”。“盖为逸群绝伦之士不遇知己者叹，亦白自伤其不用于世而求知于人也欤!”（萧士赟语）《设辟邪伎鼓吹雉子班曲辞》的“乍向草中耿介死，不求黄金笼下生”正是李白不向权贵低头的精神的艺术体现。《山鹧鸪词》的“嫁得燕山胡雁婿，欲衔我向雁门归。山鸡翟雉来相劝，南禽多被北禽欺”，“我心誓死不能去，哀鸣惊叫泪沾衣”，虽是咏物，实则表达了不肯离乡背井的人们的共同悲哀。写景的，如山、川、云、月等的描写，有写秦蜀道上山川的《蜀道难》，写华山和黄河的《西岳云台歌送丹丘子》，写庐山和长江的《庐山遥寄卢侍御虚舟》，写泰山的《早秋单父楼酬窦公衡》以及《白云歌送刘十六归山》、《把酒问天》、《峨眉山月歌送蜀僧晏入中京》等，还有写梦境的《梦游天姥吟留别》。它们都分别表现了李白出色的艺术才华。在这方面，李白可能同刘勰评价屈原“能洞监风骚之情”，“抑亦江山之助”（《文心雕龙·物色》）的话暗合，也与《庄子·山木》“涉于江而浮于海，望之而不见其崖”的境界相通。李白描写饮酒学仙的歌行诗，如《襄阳歌》的“百年三万六千日，一日须倾三百杯”，“清风明月不用一钱买，玉山自倒非人推”，《怀仙歌》的“巨鳌莫载三山去，我欲蓬莱顶上行”，表现了他思想中消极的一面，自然与庄周影响有关，却又与屈原《渔父》“众人皆醉我独醒”是异趣的。

李白歌行诗的飘逸风格特点，在艺术上突出表现为新奇的夸张、丰富的想象、生动的比喻、自由解放的形式、雄放纵恣的笔调和清新明朗的语言相结合。这与南楚文学中庄、屈的影响有密切关系。不论是关心国事，谴责黩武战争，关注安史乱中的苦难人民，反映和回忆长安待诏献纳情况，不满黑暗现实，倾诉忠诚，吐露入狱、流放的怨愤和对永王不幸结局的看法，还是鄙夷权贵，蔑视荣华，表达失意感慨，同情妇女生活，叙写亲情、友谊和怀古咏物写景之作，都在不同程度上体现了庄、屈精神的有机结合。在这些歌行诗里，不仅多次出现庄、屈作品中的寓言故事和神话传说，夸张、比喻、想象等也得到广泛运用。李白深得庄周文贵独创的精髓，也很符合屈原“发愤以抒情”“陈志”的要求。这就是龚自珍、刘熙载所说李白诗歌的“真源”与“大源”的典型艺术体现。“风雨争飞，鱼龙百变”，“大江无风，波浪自涌，白云从容，随风变灭，可谓怪伟奇绝者矣”（《唐宋诗醇》）。

不过应该指出，李白提出自然天成，反对人工造作，并不意味着忽视艺术上的丰富多彩，诸如笔调、形式和语言的熟练掌握与精心锤炼。他虽然批评沈约“尚以声津”，却通晓格津，以语言明朗清新见长。他虽不满六朝“绮丽”，梁陈“艳薄”，却很注意艺术形式的千变万化。他的歌行诗，虽与高适一派带律化倾向的歌行诗有明显区异，但他有的歌行诗仍然显示了律化的特色。他的歌行诗大、中、小型结合，单篇与组诗结合的特点，正体现了庄周大型与中小型篇章结合，屈原单篇与组诗结合的艺术经验。李白歌行诗的语言，固然是他“清水出芙蓉，天然去雕饰”的艺术观点的体现，但雄放纵恣的笔调、参差错落的句式，也很得力于庄、屈作品的启发。

李白歌行诗还从汉魏六朝和初唐作家那里受到许多有益启示。这又是我们在考察李白歌行诗所受庄、屈影响时，绝不应该忽视的。

（原载《四川师范大学学报》1988年第5期；
又载《李白研究论丛》，巴蜀书社1990年版；
又载《唐代文学研究年鉴》，广西师范大学出版社1991年版）

谢朓李白山水抒情诗合论

谢朓、李白是中国文学史上两位杰出的山水抒情诗人，感情倾向、艺术趣味都十分契合。虽然“异代不同时”，但“遥闻声而相思”，很自然地便结下了深厚的文学因缘。

在齐梁作家中，谢朓是一位开疆拓宇的人物。王世贞称其为“一时文杰”（《艺苑卮言》卷三），王士禛赞其为“一代文宗”（《师友诗传录》二十），沈德潜有“齐人寥寥，玄晖独有一代”（《说诗晬语》卷上）之誉。方东树评价更高：“玄晖别具一副笔墨，开齐梁而冠乎齐梁，不第独步齐梁，直是独步千古，盖前乎此，后乎此，未有若此者也。本传以‘清丽’称之，休文以‘奇响’推之，而详著之曰：‘调与金石谐，思逐风云上。’太白称其‘清发’‘惊人’。玄晖自云‘圆美流畅如弹丸’。以此数者求之，其于谢朓，思过半矣。”（《昭昧詹言》卷七）方东树列举的《南齐书》作者萧子显，《伤谢朓》作者沈约，都是谢朓同时代的著名作家。在唐代诗人中，方东树特举了李白。“中间小谢又清发。”（《宣城谢朓楼饯别校书叔云》）“李白登九华落雁峰曰：‘恨不携谢朓惊人诗句来，搔首一问青天耳。’”（冯贽《云仙杂记》）这便是方东树文中“清发”“惊人”四字的出处。《云仙杂记》一向被视为托名的伪书，因而不少研究者对它的可靠性表示怀疑。但过去的评论家也有对它采取分析态度的。他们并不因它是托名之作而对书中征引的材料一一加以怀疑。“惊人”的名言，当系唐代流行的传说，它与李白的浪漫性格很合拍，很可能出自李白之口。（张溥《谢宣城集·题辞》、田雯《古欢堂杂著》都认为是“登华山落雁峰”时语，或系传闻异辞。）无怪除方东树外，王世贞、王夫之和叶矫然都曾加称引。王世贞说：“青莲目无往古，独三四称服，登九华山云：恨不携谢朓惊人诗来。”（《艺苑卮言》卷三）王夫之也有“李白以‘惊人’目之”之说。叶矫然在列举谢朓著名诗句后说：“此等高秀绝尘，直开三唐诸公妙境，宜太白之临风以为‘惊人’也。”（《龙性堂诗话·初集》）正因李白对谢朓十分倾倒，故“至姑熟，悦谢家青山，有终焉之志”。“谢家山兮李白墓”（范传正《李白新墓碑》）、“青山明月夜，千古一诗人”（杜荀鹤《经谢公青山吊李翰林》）、“青山长共姓名存”（高翥《经李谪仙墓》）都是李白与“谢家青山”结下生死不解之缘的最佳艺术见证。王士禛在《论诗绝句》中对此有很好的艺术概括：“青莲才笔九州横，六代淫哇总废声。白纻青山魂魄在，一生低首谢宣城。”李白一向轻视齐梁“艳薄”，这位“才笔”“横”“九州”，能使“六代淫哇”“废声”的唐代艺术大师，不仅“一生”向南齐诗人谢朓“低首”，还要将自己的“魂魄”长留“青山之阳”，他真不愧是谢朓的知己。

一

晋宋之际，田园山水诗作为重要流派先后在诗坛展现风采，一般学者都公认是从陶潜、谢灵运开始，因而陶、谢便成了我国田园山水诗的鼻祖。“在乎文章，弥患凡旧，若无新变，不能代雄。”（《南齐书·文学传论》）“通变无方，数必酌于新声。”（《文心雕龙·通变》）叶燮论诗，对此深有领会。他从三百篇、苏李、建安、黄初直至两晋南北朝诗人咸加以论列，指出他们具有“一变”“再变”“屡变”，“各不相师，咸矫然自成一家，不肯沿袭前人以为依傍”（《原诗》卷一“内篇”上）的特点。论到“六朝诗家”时特别肯定陶潜和大小谢“最杰出，可以鼎立”，还说“三家之诗不相谋，陶澹远，灵运警秀，朓高华，各辟境界，开生面，其名句无人能道”（同上卷四“外篇”下）。如果将视角转向山水诗，很自然地就会把焦点集中到大、小谢身上。

谢朓在山水诗方面的成就，无疑可以同谢灵运抗衡。叶燮论山水诗时，曾作过形象的解说：“名山五岳”，“各各自有性情气象，不可移换”，诗人“默契神会”，“须步步不可忘我是游山人，然后山水之性情气象，种种状貌变态影响，皆从我目所见、耳所听足所履而出”（同上）。洪亮吉论大、小谢山水诗时，就敏锐地指出他们各自的特点：“诗人所游览之地，与诗境相同”，“温台诸山雄奇深厚，大谢诗境似之。宣歙诸山，清远绵邈，小谢诗境似之”（《北江诗话》卷四）。洪亮吉给叶燮“各不相师”，“各辟境界，开生面”的论旨下了最好的注解。就谢朓的山水诗而言，之所以能与谢灵运抗衡，就由于他具有独特的艺术洞察力，能把游览山水时目见、耳听、足履的气象状貌与胸中、笔下的诗情画意融合为一体。谢安的次兄据是谢朓的高祖，谢灵运是他族中的长辈。二谢生活在不同的两个朝代，各有政治抱负，但在现实中遇到困难或麻烦时，却总以游览山水作为精神寄托。谢灵运在永嘉作太守时，“伐木开径”以显示贵族气派的举动，固应受到责难，但这也是他酷爱山水，尽情观赏，以便写出最惬意的山水诗的超常态表现。谢朓是一位诗人，也是一位廉正的官吏。作为诗人，他要用生花妙笔为大自然描容写照。作为官吏，他又不可能完全沉浸在山水之中。好在他有一个特具的品格，就是能将游览山水与临民亲职二者作恰当的处理。谢朓常言：“烟霞泉石，惟隐者得，宦游而癖此者鲜矣。”（《谢宣城别传》，《庾开府集》卷四《和王少保遥伤周处士》诗倪璠注引。又见万历初重修《宣城郡志·良吏列传》，转引自曹融南《谢宣城集校注》附录三。以下转引《校注》时，不再一一注明。）谢朓这种心态，在他任宣城太守时的诗作中也能找到印证：“既欢怀禄情，复协沧洲趣。嚣尘自兹隔，赏心于此遇。”（《之宣城郡出新林浦向板桥》）“隐沦既已托，灵异居然栖。我行虽纡组，兼得寻幽蹊。”（《游敬亭山》）在谢灵运诗中分明可以听到相同的音响：“昔余游京华，未尝废丘壑。矧乃归山川，心迹双寂寞。”（《斋中读书》）“我志谁与亮，赏心惟良知。”（《游南亭》）

谢朓在各种题材的作品中，都有意无意地渲染上了登山泛水的色彩。《随王鼓吹曲十首》中就有《登山》、《泛水》二曲。《入朝曲》生动刻画了南齐京城建康的山川形胜：“江南佳丽地，金陵帝王州。逶迤带绿水，迢递起朱楼。”脱化曹植“壮哉帝王居，佳丽殊百城”（《赠王粲》）句意，“俨然子建余风”（陈胤倩），自会唤起杜牧的灵感而发出“谢朓诗中佳丽地”（《润州二首》一）的咏叹。《永明乐十首》（三）对建康风物有精致描写：“朱台郁相望，青槐纷驰道。秋云湛甘露，春风散芝草。”就是《代人应诏》之作，也写出了“红树岩舒，青萝水被”，“闲馆岩敞，长廊水架”的秀句。《将发石头上烽火楼》对建康形胜有大笔勾勒：

“陵高墀阙近，眺迥风云多。荆吴阻山岫，江海含澜波。”颇能引发人们“风云”“江海”的壮思。《京路夜发》写建康城外黎明时美景：“晓星正寥落，晨光复泱漭。犹沾余露团，稍见朝霞上。”吴槎客称他“绘晨光之熹微”，“霏蓝翕黛中时有爽气”（《拜经楼诗话》卷三）。《晚登三山还望京邑》是描绘建康城外晚景的名篇：“余霞散成绮，澄江静如练。喧鸟覆春洲，杂英满芳甸。”“余霞”二句更是千古传诵，曾博得诗家的好评。李白叹服于前：“解道澄江净如练，令人长忆谢玄晖。”（《金陵城西楼月下吟》）李商隐嗟赏于后：“逢着澄江不敢道，镇西留与谢功曹。”（《江上忆严五广休》）有的评论家更把它与谢灵运的“池塘生春草”（《登池上楼》）比美，断言“古今诗人以诗名世者，或只一句”，“夫岂在多哉?”（《竹庄诗话》卷四）但也有论家提出“诗有天然物色，以五彩比之而不及”，“假物不如真象，假色不如天然”的主张，认为大谢“天然”，小谢“假物色比象”，是“依傍”，显得“力弱”（《文镜秘府论》南卷“论文意”）。“真象”与“假物”，“天然”与“假色”，本是对立统一的关系，不应该把两者绝对化，给二谢定“高”“中”。诗人有根据不同的描写对象，采取不同艺术手段的自由。至如白居易讥评这两句“丽则丽矣，吾不知其所讽焉”（《与元九书》），则是以讽喻诗的标准要求山水诗，恐难令人信服。《暂使下都，夜发新林至京邑，赠西府同僚》对大江的描画“大江流日夜，客心悲未央”，更被推为集中“压卷之作”（《义门读书记》）。自钟嵘称其“善自发诗端”，从此引来无数评论家的赞扬。或说“突然而起，造语雄浑，六朝亦不多见”，或说“寥天孤出”，“敻绝千古”（王夫之），或说“空前绝后”（方东树），或说“论诗者言体格卑下，动指齐梁，似此诗置之魏人中，岂复能辨?”（成倬云）王国维在《人间词话》中更把它与谢灵运的“明月照积雪”、杜甫的“中天悬明月”、王维的

"长河落日圆"并美，认为"此种境界，可谓千古壮观"。《之宣城郡出新林浦向板桥》描写舟行长江时的感受："江路西南永，归流东北骛。天际识归舟，云中辨江树。"王夫之对"天际"二句特为推崇："语有全不及情而情自无限"，"隐然一含情凝眺之人，呼之欲出。从此写景，乃为活景。故人胸中无丘壑，眼底无性情，虽读尽天下书，不能道一句"。何焯则特指出："次联固自警绝，然其得势全在上二句。'出'字'向'字，无不笼罩。"《和徐都曹出新亭渚》写了"春色满皇州"的壮观："结轸青郊路，回瞰沧江流。日华川上动，风光草际浮。桃李成蹊径，桑榆荫道周。"如"一幅春游图，清新生动"（方伯海）。"日华"二句，"千古如新"（方东树）。《和沈祭酒行园》写了皇州的园林春色："回潮旦夕上，寒渠左右通。霜畦纷绮错，秋田郁蒙茸。环梨悬已紫，珠梅拆且红。"真是"秀句可摘"（陈胤倩）。《和萧中庶直石头》也写了帝京的胜状："川霞旦上薄，山光晚余照。翔集乱归飞，虹蜺纷引曜。"川霞、山光，归鸟、虹蜺，可谓相映成趣。谢朓有庄在钟山，《游东田》是他东游还庄之作："远树暖仟仟，生烟纷漠漠，鱼戏新荷动，鸟散余花落。"陈胤倩说"'鱼戏'二句生动飞舞"，方东树说"'远树'四句写景华妙，千古如新"，均非过誉。《和刘西曹望海台》更写了"望海"时的景观："沧波不可望，望极与天平，往往孤山映，处处春云生。""此一发端"也，"洵为惊人"（王夫之）。

谢朓赴随王府任职，曾给荆州山水留下了色彩鲜明的图像："天明开秀崿，澜光媚碧隄。风荡翻莺乱，云行芳树低。"（《登山曲》）"荡"、"乱"、"行"、"低"四字，把"风"、"莺"、"云"、"树"，写活了。陈胤倩"景动"之评，很是恰切。《答张齐兴》特意刻画荆山绵亘、汉水流长的景观："荆山亘百里，汉水流无极。"《望三湖》则把江陵城东三湖的景致写得很逼真："平原周远近，连汀见纡直。葳蕤向春秀，芸黄共秋色。”《和王长史卧病》写荆州山水也很迷人：“青皋向还色，春润视生波。岩垂变好鸟，松上改陈萝。”诗人把青春的足迹带到了人间，对生活是何等热爱。

谢朓有关宣城的山水诗特多。“幸莅山水都”（《游山》）、“山泉谐所好”（《忝役湘州，与宣城吏民别》），他怎能不尽情施展自己“五言诗”的特长呢？《游山》写畅游之“欣”乐：“临岩必千仞，寻溪将万转。”攀“坚崿”，越“回流”，“杳杳云窦深，渊渊石溜浅”，“荒隩被葴莎，崩壁带苔藓”，可谓“赏心”“得性”之至。《宣城郡内登望》写郡中之登眺：“寒城一以眺，平楚正苍然。山积陵阳阻，溪流春谷泉。威纡距遥甸，巉岩带远天。切切阴风暮，桑柘起寒烟。”把宣城周围的平林、溪流，遥甸、远天，寒烟、桑柘，一一收进画幅，真是美极了。朱熹早就爱赏“寒城”十字“有力”，鲁迅《阻郁达夫移家杭州》的“平楚日和憎健翮”也用谢诗词语，并赋予了新意。《郡内高斋闲望答吕法曹》写高斋之清赏：“窗中列远岫，庭际俯乔林。日出众鸟散，山暝孤猿吟。”前人谓此乃“清新中逸气遄飞”（方伯海）；“日出”句乃“陶诗中妙语”（钟伯敬）。《冬日晚郡事隙》摄下了“案牍”之“暇”，“偶坐观卉木”的美妙镜头：“飒飒满池荷，翛荫窗竹”，“苍翠望寒山，峥嵘瞰平陆”。池荷、窗竹，寒山、平陆，一远一近，映带有致。《后斋回望》写“高轩”“临牖”，“望山”“望水”，“夏木转成帷，秋荷渐如盖”的“秀致”（陈胤倩）。《新治北窗》又写了“泱泱日照溪，团团云去岭”、“池北树如浮，竹外山犹影”的“本地风光”。《落日怅望》写官务“纷喧”，日落时看到“寒槐渐如束，秋菊行当把”的景色，也能引人入胜。《赋贫民田》是谢朓在乡间巡视时拍下的不可多得的农村风光的艺术照：“黍稷缘高殖，穞徐即卑盛。旧埒新塍分，青苗白水映。

遥树匝清阴，连山周远净。”谢朓对敬亭山尤为欣赏，除《赛敬亭山喜雨》和《祀敬亭山庙》外，还有《游敬亭山》的专章："兹山亘百里，合沓与云齐"，"上千蔽白日，下属带回溪"。从山高落笔，"'兹山'领起，直入有势"（何焯）。"千岩万壑，举在楮上"（陈胤倩）。

谢朓登山泛水之余，并没有放过对雪和雨的观赏。《答王世子》写普降大雪的场面："飞雪天山来，飘聚绳檽外。苍云暗九重，北风吹万籁。"寒潮自北而南，飞雪由远而近。烘托云暗风吹的气氛，大有谢惠连《雪赋》的意味。着墨不多，使人如身临其境。《高斋视事》写雪后江城"霁色"："余雪映青山，寒雾开白日。暖暖江村见，离离海树出。"寒雾渐开，余雪犹映，青山白日，宛然在目。"起四句写雪后入神。"（沈德潜）《观朝雨》写江间晨雨骤来之状："朔风吹飞雨，萧条江上来"，"空濛如薄雾，散漫似轻埃"。朝雨满天飘洒，如雾如尘，使人倍感亲切。因而深受陆龟蒙的喜爱："小谢轻埃日日飞。"（《春雨即事寄求古翁》，句下原注："小谢咏雨诗有'散漫似轻埃'句。"）

谢朓不仅以善写山水著称，还是一位感情生活十分丰富的诗人。感物形言，咏歌言情，原是三百篇的传统。他既然一贯"含情凝眺"山川景物，当他直接抒发自己的真情实感时，自然更能写出动人心弦的篇章："皋壤摇落，对之惆怅；歧路西东，或以呜唈"，"去德滋永，恩德滋深"，"揽涕告辞，悲来横集"（《辞随王笺》）。张溥《题辞》曾言："随王赏爱，晤对不舍。长史间之，殊痛割离。集中文字亦惟文学辞笺，西府赠诗，两篇独绝。盖中情深者为言益工也。""中情深者为言益工"，当然不仅一文一诗，实可概括他全部抒情诗的特点。沈德潜说"笔墨之中笔墨之外，别有一段深情名理"（《说诗晬语》），黄子云说"得于性情独深"（《野鸿诗的》），方东树说"缔情缠绵"（《昭昧詹言》），他们都注意到了谢朓长于述情的特点。当谢朓“壮思风飞，冲情云上”（《七夕赋》）时，在各种题材的作品中，自会程度不等地投入自己的激情。

谢朓是一位有激昂为国之志（章樵《古文苑》卷十二注）的诗人，早就怀有统一中原的愿望：“结发倦为旅，平生早事边”（《宣城郡内登望》），“将标齐配，刻扫秦京。愿驰龙漠，饮马悬旌”（《三日侍华光殿曲水宴代人应诏诗》）。在《从戎曲》和《代人应诏》之作中，都曾艺术地加以表达。在《和江丞北戍琅琊城》中，更唱出“京洛多风尘，淮未安流，岂不思抚剑，惜哉无轻舟”的壮歌。“顿挫往复”（方东树），真有“骏马驰平皋”（王夫之）的气概。谢朓又是一位勤政亲民的官吏：“烹鲜止贪竞，共治属廉耻”（《始之宣城郡》），“谁规鼎食盛，宁要狐白鲜”（《宣城郡内登望》）。他绝不做贪官污吏。在宣城任内，他以“富教”、“知方”为治民之本和“敢忘恤贫病”的思想，在《赋贫民田》中，表现尤为突出。难怪于右任先生在《杂咏》（三）中会由衷地发出“独有宣城守，高咏贫民田”的叹赏了。但谢朓生活在南齐政治斗争尖锐激烈的年代，时有大祸临头的预感。在随王府遭谗罢职，尤使他不能释怀：“风烟有鸟道，江汉限无梁。常恐鹰隼击，时菊委严霜。”（《西府赠同僚》）“悲慨淋漓”，“极才思情文之壮。”（方东树）“戢翼思骧首，乘流畏曝鳃。动息无兼遂，歧路多徘徊。”（《观朝雨》）忧谗畏讥之情，见于言表。谢朓后期终因坚持自己的政见，卷入高层权力斗争的漩涡中，遭到杀身之祸。他在诗作中虽无表现，但曾“眷”他“以国士”（《酬德赋》）的沈约，在所写《伤谢朓》中“尺璧尔何冤，日月同丘壤”的诗句，却对他的不幸遭遇深表悼惜。

在两首著名的咏史作品中，集中表现了谢朓“耳目暂无扰，怀古信悠哉”（《观朝雨》）的慷慨情怀：“北拒溺骖镳，西龛收组练。江海既无波，俯仰流英眄。”（《和伏武昌登孙权故城》）“戎州昔乱华，素景沦伊谷。阽危赖宗衮，微管寄明牧。长蛇固能翦，奔鲸自此曝。”（《和王著作融登八公山》）对孙权的“雄图”表示景仰，对族中先辈谢玄的勋“业”大加颂美。胡应麟说谢朓这些大篇可“与颜谢逐鹿”。他显然是受了颜延之《北使洛》、谢灵运《述祖德诗》的影响。

谢朓在诗中多次抒写怀乡之情。“有情知望乡，谁能鬒不变”（《晚登三山，还望京邑》），“故乡邈已敻，山川修且广”（《京路夜发》），“归飞无羽翼，其如别离何”（《将发石头上烽火楼》）”，“试与征徒望，乡泪尽沾衣”（《休沐重返丹阳道中》）。《冬绪羁怀》极写“去国怀丘园”的情怀，其中“寒灯耿宵梦，清镜悲晓发”，“一听春莺喧，再视秋虹没”，表现“在郡既久”的“慨然”，“归思”“一往情深”（方东树）。“一听”二句，“诚使人若不可耐”（陈胤倩）。谢朓还在诗中直接表露对妻子的怀念之情：“志狭轻轩冕，恩甚恋闺闱。”像谢朓这样把“闺闱”之“恋”看得比“轩冕”还贵重，在六朝言情作品中还不多见。《秋夜》更把这种情怀推向了顶峰：“思君隔九重，夜夜空伫立。北窗轻幔垂，西户月光入。何知白露下，坐视阶前湿。谁能长分居，秋尽冬复及。”这当是他入值禁中时之作。“轩冕”误人，“九重”阻隔，“月光”入“西户”，“白露”湿“阶前”，他怎能不“伫立”“恋闺闱”呢？这是谢集中标准的“思家”诗。结末写出“不堪久别之情”，尤为真挚感人。张荫嘉一边说它“可作思家诗解”，一边又说“作拟闺怨解为妥”，态度模棱，难以理“解”。

谢朓最善于抒写友情。写友朋同游之乐，如：“江垂得清赏，山际果幽寻。未尝远别离，知此惬归心。”（《和何议曹郊游二首》一）“蕙气入怀抱，闻君此夜琴。”（《和王中丞闻琴》）写忆旧怀人之情的，如“夏李沉朱实，秋藕折轻丝。良辰竟何许，夙昔梦佳期。”（《在郡卧病呈沈尚书》）“山川隔旧赏，朋僚多雨散。”“江潭良在目，怀贤兴屡叹。”（《和刘中书》）又如“南中荣橘柚，宁知鸿雁飞。”“春草秋更绿，公子未西归。”（《酬王晋安》）“以节序之移，重怀人之情”（陈胤倩），达到了情文相生的境界。而忆与好友文酒同乐的“清风动帘夜，孤月照窗时。安得同携手，酌酒赋新诗”（《怀故人》）更是“一往清绮”（方东树）。写与好友惜别之情的“春夜别清樽，江潭复为客。叹息东流水，如何故乡陌”（《和沈右率诸君》）尤令人难以忘怀。最为传诵的是《新亭渚别范零陵云》：“洞庭张乐地，潇湘帝子游。云去苍梧野，水还江汉流。停骖我怅望，辍棹子夷犹。”“突就范往地援引故事，写出云去水流之感，落到我留子往，愈觉此别神伤。”（张荫嘉）“全首以《楚辞》点缀而成，自然风韵潇洒。”（何焯）谢朓与随王子隆情谊欢洽，在《奉和随王殿下》组诗中，把殷切关注、凄恻惜别之情反复咏歌，很恳挚动人：“游赏藉琴台”，“风猷冠淄邺”，“眷言金玉照，顾惭兰蕙芳”，“川长别管思”，“徘徊岐路人”，“行云故乡色，赠子一离声”。

谢朓颇多怨情之作，其中往往流露了他对不同类型的生活遭遇的妇女的理解与同情。《和王主簿季哲怨情》：“花丛乱数蝶，风帘入双燕。徒使春带赊，坐惜红颜变。平生一顾重；宿昔千金贱。故人心尚尔，故心人不见。”“态妍”语“丽”（孙月峰），“风致自妙”（何焯）。“蜻蛉草际飞，游蜂花上食。一遇长相思，愿寄连翩翼。”（《赠王主簿二首》一）托物寄情，有余不尽。乐府诗如《同王主簿〈有所思〉》：“佳期犹未归，望望下鸣机。徘徊东陌上，月出行人稀。”“即景含情，意在言中。”（陈胤倩）《玉阶怨》：“夕殿下珠帘，流萤飞复息。长夜缝罗衣，思君此何极？”“长夜缝衣，初悲独守，归期未卜，来日方遥，道一夕之情，馀永久之感”，“其情亦深”（陈胤倩）。“郁郁西陵树，讵闻歌吹声”、“玉座犹寂寞，况乃妾身轻”（《同谢谘议咏铜爵台》），“笑魏武也，而托之于树”（沈德潜），可谓“悠扬有情”（陈胤倩）。谢朓《咏邯郸故才人嫁为厮养卒妇》当是旧题写新事之作。所遇非人，匹配失当，本生活中常有之事。杨升庵引证史实，确指其人，固近迂阔。胡震亨以为“设言其事，寓臣妾沦掷之感”，亦未必然。“初别意未解，去久日生悲。憔悴不自识，娇羞余故姿。梦中忽仿佛，犹言承宴私。”同床异梦，貌合神离，谢朓咏的正是这样的“怨偶”。“逢君后园宴，相随巧笑归。亲劳君玉指，摘以赠南威。”（《落梅》）齐召南已指为“宫体滥觞”。“情多舞态迟，意倾歌弄缓。知君密见亲，寸心传玉碗”（《夜听妓二首》），虽属同类作品，但含有抒情成分。

二

李白是与杜甫齐名的唐代杰出的艺术大师，不仅仅是一位山水抒情诗人。不过，他在山水抒情诗方面确有高超的造诣。沈光说他“以聪明移于月露风云，使之涓洁飞动”，“移于闺情边思，使之壮气激人，离情溢目”（《李白酒楼记》），确乎如此。

在田园山水诗人中，李白十分景慕陶、谢。“陶公愧田园之能，谢客惭山水之美。”（《早夏于将军叔宅与诸昆季送傅八之江南序》）傅八何人，岂能当此？这实是李白自诩之辞。李白对陶潜主要是倾仰他的理想追求、高尚品格和“不与常人俱”（《秋登单父陶少府半月台》）的“逸兴”，如“北窗”“昼眠”，“抱琴”“弄月”，“见客”“倾酒”（《赠崔秋浦三首》）和“不知五柳春”，“自谓羲皇人”（《戏赠郑溧阳》）的高“风”以及“竹影扫秋月”、“园蔬烹露葵”（《赠闾丘处士》）的田园生活情趣，而且往往是通过赠友的口气传达出来。就是直抒怀抱的《九日登山》和《下途归石门旧居》，也主要写他“不与世相逐”，“笑逐黄花酒”的情怀。虽也提到“石门流水遍桃花”，“就中仍见繁桑麻”，对理想国桃花源表示向往，也如同他《奉饯十七翁、二十四翁寻桃花源序》所写的“水引渔者，花藏仙溪……有良田名池，竹果森列”的世外桃源一样，并未对陶诗有何评论。李白诗中提到谢灵运的地方不是很多，但往往是通过送弟、山游、舟行的诗作表现出来，而且总要提到他的著名诗句和诗作。如“谢公池塘上，春草飒已生”（《游谢氏山亭》）、“他日相思一梦君，应得池塘生春草”（《送舍弟》）就一再提到谢灵运《登池上楼》的名句。又如“愧无海峤作”（《泾川送族弟錞》）和“谢客拾海月”（《同友人舟行》）则提到谢的《登临海峤初发疆中作与从弟惠连，可见羊何共和之》和《游赤石进帆海》。但李白诗中，专门论到谢朓诗，赞许其名篇名句的地方却很多。这绝非偶然，正是李白对谢朓“一生低首”的生动而艺术的说明。

李白“一生低首”谢朓在创作上“清发”“惊人”的特长。他曾概括为“惊新”（《早夏于将军叔宅与诸昆季送傅八之江南序》）两个字。这与李白的创作个性十分合拍。早在唐代，安州马都督就称美李白作品说：“诸人之文，犹山无烟霞，春无草树。李白之文，名章俊语，络绎间出，光明洞沏，句句动人。”（《上安州裴长史书》）李白从弟也说他“心肝五藏皆锦绣”，能“开口成文，挥翰雾散”（《冬日于龙门送从弟京兆参军令问之淮南觐省序》）。魏颢为李白写《集序》，更提出李白与司马相如、陈子昂都属于“五百年”才出“生”一个，“无闻则已，闻则杰出”的“蜀之人”的佼佼者。无怪裴敬为李白写《墓碑》，会盛赞他“为诗格高旨远，若在天上物外”，是一位“得天地秀气”的“异”“常之人”了。李白不像谢朓那样出守过大郡，历任过三台，却与谢朓有相同的心态。在《夏日陪司马武公与群贤宴姑熟亭序》中，在以“嘉名胜概，自我作也”自豪的同时，他曾发表一通妙论："且夫曹官绂冕者，大贤处之，若游青山，卧白云，逍遥偃傲，何适不可？小才居之，窘而自拘，悄若桎梏，则清风朗月，河英岳秀，皆为弃物，安得称焉。"这和谢朓"烟霞泉石"，"宦游而癖此者鲜"的名论若合符节。"古来相接眼中稀"，他自会发出"玄晖难再得"的"惊"叹。

李白一生唯一的机遇，是待诏翰林，但很快就被谗引退。李白"一生好入名山游"，这就为他游览天下名山大川创造了条件。李白足之所履、目之所见的好山好水，比大小谢都要多。加之在他的笔下，名山大川，常以雄伟奇丽的气象出现，这更体现了他的襟怀、人格和艺术个性。如写华山的"西岳峥嵘何壮哉，黄河如丝天上来"（《西岳云台歌》）。写泰山的"太山嵯峨夏云在，疑是白波涨东海"（《早秋单父南楼酬窦公衡》）。写庐山的"庐山东南五老峰，青天削出金芙蓉"（《望五老峰》）。赞燕山雪花的"燕山雪花大如席"（《北风行》），赞浙江潮的"涛似连山喷雪来"（《横江词》三），赞庐山瀑布的"飞流直下三千尺"（《望庐山瀑布》），咏剑门蜀道"危乎高哉"，"难于上青天"（蜀道难》）和有关三峡、峨眉、锦城、江油的篇章，一向脍炙人口。李白写塞上风光的诗作也不少，如"五月天山雪，无花只有寒"，"边月随弓影，胡霜拂剑花"等，"弓如月，剑如霜，笔端点染，遂成奇彩"（沈德潜）。"诗人观物之精神与胸怀，能以一己之精神面貌融入景物之中。"（刘永济《唐人绝句精华》）在李白著名的山水景物诗中，都具有这一特点。刘熙载特举他《望终南山》的"有时白云起，天际自舒卷"二句，"想见太白诗境"，是很中肯的。李白的这些名篇，虽有取于谢诗的"清发""惊人"，却更富有创造性和开拓精神，显然已经大大超越谢朓。

李白在《侍从宜春苑奉诏》中，就唱出了"千门万户皆春声"的青春之歌，是对开元盛世的较好概括。其中不难看出谢朓

《永明乐》的影子。李白的《鼓吹入朝曲》是有意效法谢朓之作。“金陵控海浦，渌水带吴京”，描写金陵形胜，与谢诗“江南佳丽地，金陵帝王州”等句何其神似，与其《为宋中丞请都金陵表》的“龙盘虎踞”、“六代皇居”，辞异意同，恰是《永王东巡歌》（四）“龙盘虎踞帝王州，帝子金陵访古丘”的最好注脚。不一定就是他“初游金陵”（詹锳）时所写。李白有关金陵形胜的诗作，如《金陵三首》其一“晋家南渡日，此地旧长安。地即帝王宅，山为龙虎盘”，《月夜金陵怀古》“苍苍金陵月，空悬帝王州”，《赠升州王使君忠臣》“六代帝王国，三吴佳丽城”，都从谢朓的《入朝曲》获得艺术启示，却又有所发展。与此相联系，李白《上皇西巡歌》中的“九天开出一成都”（其二），“天回玉垒作长安”（其四），“锦城长作帝王州”（其八），也在不同程度上受到谢朓《入朝曲》的影响。

李白在金陵留下了大量的山水佳作。对谢朓有关新林浦的名篇，如《暂使下都，夜发新林至京邑》和《之宣城郡出新林浦向板桥》，李白至为倾服。不仅在《秋夜板桥浦泛月独酌怀谢朓》中，把谢朓的名句“秋河曙耿耿”、“玉绳低建章”化用为“天上何所有，迢迢白玉绳。斜低建章阙，耿耿对金陵”，还由“独酌板桥浦，古人谁可征”而引出“玄晖难再得”的感喟。可以想见，他对谢朓“大江流日夜，客心悲未央”的千古名句，是何等叹服。李白描写西蜀风光的精彩片段，如“春水月峡来，浮舟望安极。正是桃花流，依然锦江色”，“逶迤巴山尽，摇曳楚云行”（《荆门浮舟望蜀江》），“巫山夹青天，巴水流若兹。巴水忽可尽，青天无到时”（《望三峡》），都可能借鉴小谢“大江”二句而加以创新。《新林浦阻风寄友人》是李白的精心之作。开头六句“潮水定可信，天风难与期。清晨西北转，薄暮东南吹。以此难挂席，佳期益相思”就是从谢朓“江路西南永，归流东北骛”的

“西南”、“东北”等字中获得艺术灵感，因而在诗末发出“明发新林浦，空吟谢朓诗”的赞咏。又如从李白“孤帆远影碧空尽，唯见长江天际流”（《送孟浩然之广陵》）的著名诗句中，也能看出他所受谢朓“天际识归舟”的意境所启示的痕迹。“行者已远而送者犹伫立，正以见其依恋之切，非交深之友不能有此深情也。”（刘永济）这无疑是李白汲取了谢朓的艺术经验而又加以发展的一个生动例证。对谢朓名篇《晚登三山还望京邑》，李白也很激赏，曾一再加以赞扬。在《金陵城西楼月下吟》中，李白写他“独上西楼”，“夜”“望吴越”，“月下沉吟”之际，忽对谢朓的名句表示由衷敬佩：“解道澄江净如练，令人长忆谢玄晖。”在《三山望金陵寄殷淑》中，还写了“三山怀谢朓，水澹望长安”的著名诗句。李白对“澄江”句赞不绝口，在“水如一匹练，此地即平川。耐可乘明月，看花上酒船”（《秋浦歌》十二）的诗作中，他的艺术灵感又一次爆发出来。

李白对谢朓名篇《观朝雨》也很欣赏。在《酬殷明佐见赠五云裘歌》中，他情不自禁地写下了“我吟谢朓诗上语，朔风飒飒吹飞雨”的诗行，直接引用了“朔风吹飞雨”的原句。《早秋单父南楼酬窦公衡》中的“散为飞雨川上来”，则又对谢诗作了出色的化用。

李白在宣城写的山水名篇更多。除去自宋以来就目为伪作的《姑熟十咏》外，他在宣城写的诗几达百首。当然，不一定都是山水之作。其诗不仅古律体兼备，名章秀句往往而在，不少篇章，都与谢朓有关。李白初由河南到宣城，就为宣城的敬亭山和陵阳山水所吸引：“敬亭惬素尚”，“陵峦抱江城”，“为余话幽栖，且述陵阳美。天开白龙潭，月映清秋水”（《自梁园至敬亭山，见会公谈陵阳山水，兼期同游，因有此赠》）。其后他在宣州作长史的从弟又向他介绍宣城的名胜：“尔佐宣城郡，守官清且廉，常夸云月好，邀我敬亭山。”（《寄从弟宣州长史昭》）将到宣城时，他还写了旅途中的观感：“淮南望江南，千里碧山对。我行倦过之，半落青天外”，“长川豁中流，千里泻吴会”（《赠从弟宣州长史昭》）。他出长安后居宣城时，又写了在敬亭山《观胡人吹笛》时的感受：“胡人吹玉笛，一半是秦声。十月吴山晓，梅花落敬亭。”北游来归，《赠宣城宇文太守兼呈崔侍御》更在表述“壮志竟谁宣”，“无风难破浪”的“蹉跎”、“忧恨”之同时，写了历访宣城胜迹时的赏心乐事：“时游敬亭山，闲听松风眠。或弄宛溪月，虚舟信回沿。”他还由宇文太守在宣城的政绩“鱼盐满市井”、“水国有丰年”而想象他也会像谢朓当年“游东田”那样：“时时慰风俗，往往出东田。”特别是游敬亭山时，更对谢朓的名篇《游敬亭山》不胜神往：“曾标横浮云，下抚谢朓肩。”大有“左挹浮丘”，“右拍洪崖”的意味。李白在敬亭山下定居后，对谢朓的这一名篇不仅嗟赏，“继”有写作：“我家敬亭下，辄继谢公作。相去数百年，风期宛如昨。”可以想见，他对谢朓是何等的向往。何焯评谢朓说：“玄晖诗有凌霄摩空之态，宜太白之赏心也。”李白还由谢朓“我行虽纡组，兼得寻幽栖”的雅趣，再次产生创作激情而写成《独坐敬亭山》这一精美绝伦的五绝：“众鸟高飞尽，孤云独去闲。相看两不厌，只有敬亭山。”前二句写独坐所观，后二句写独坐所感，后二句“既以见山之神秀，令人领略不尽，亦以见己之赏会，独在此山。用一‘两’字，便觉山亦有情，而太白之风神，有非尘俗所得知者，知者其山灵乎”？（刘永济）这与李白《月下独酌》的“月”“影”相随，“我歌月徘徊，我舞影零乱”，可谓各极其妙。李白对宣城的宛溪、敬亭如此神往，不止一次地形诸吟咏：“檐飞宛溪水，窗落敬亭云”（《过崔八丈水亭》），“宛溪霜夜听猿愁”（《寄崔侍御》）。不仅如此，他还专为宛溪拍下了珍贵的特写镜头：“吾怜宛溪水，百尺照心明”，“白沙留月色，丝竹助秋声”（《题宛溪馆》）。魏庆之对“白沙”联“留”、“助”二字尤为欣赏，称为“眼用活字”（《诗人玉屑》卷之三）。李白确实把宛溪的夜景写绝了。

李白为宣城胜迹谢朓北楼写作的诗篇，尤为著名。《寄崔侍御》是李白与友人告别之作。他由宛溪，进而对谢朓北楼产生眷眷之情，遂写下这首七律：“独怜一雁飞南海，却羡双溪解北流。高人屡解陈蕃榻，过客难登谢朓楼。”李白在《宣城谢朓北楼饯别校书叔云》中，对谢朓的艺术成就曾提出过“小谢又清发”的著名见解，极大地提高了谢朓的知名度，也激起他难言的创作冲动，留下了千载流传的名句：“俱怀逸兴壮思飞，欲上青天揽明月。抽刀断水水更流，举杯销愁愁更愁。”“壮思飞”、“上青天”的异想，正是从谢朓的《七夕赋》借得。此诗用的是歌行体，《秋登谢朓北楼》则是一首出色的五律诗：“江城如画里，山晓望晴空。两水夹明镜，双桥落彩虹。人烟寒橘柚，秋色老梧桐。谁念北楼上，临风怀谢公。”“言景而豪壮”，一派盛唐气象。“两水”联尤其“妙绝”。“谢朓为宣州贤太守”，“得太白表章之，其名逾千古不朽焉”（《瀛奎律髓》卷之一）。宣城另一胜迹谢公亭，是送别的好地方。李白不仅写过“送客谢亭北，大笑上青山”（《登敬亭北二小山，余时送客，逢崔侍御并登此地》）的佳句，还写专章以表达他对谢朓的怀念之情：“谢亭离别处，风景每生愁。客散青天月，山空碧水流，池花春映日，窗竹夜鸣秋。今古一相接，长歌怀旧游。”（《谢公亭》）

李白在《献从叔当涂宰阳冰》中，描写了天门山、牛渚矶的景观：“月衔天门晓，霜落牛渚清。”在《泾川送族弟錞》中，把泾川的景色也写得很美：“泾川三百里，若耶羞见之”，“佳境千万曲，客行无歇时。上有琴高水，下有陵阳祠。”青阳县南的九子山，“上有九峰如莲华”，李白“削其旧号加以九华之目”，“联句传之将来”（《改九子山为九华山联句》并序）。在《望九华山赠青阳韦仲堪》中，又有“天河挂渌水，秀出九芙蓉”的咏赞。李白的《秋浦歌》十七首，妙语如珠，曾受到陆游激赏。

李白描写宣歙山水的诗作特多，是因他几次到宣城，并在此定居。这与他有族人在宣城、当涂做地方官有关。但更重要的是，他对宣城风物，尤其“谢家青山”很喜爱。他的孙女说他“志在青山”，“盘桓利居”，留有旧宅，死也葬在这里。其后改“卜新宅”，“北倚谢公山，即青山也”（范传正《李公新墓碑》）。李白《题东溪公幽居》曾有“宅近青山同谢朓”之句，实为自我写照。晚唐陆龟蒙《怀宛陵旧游》有“陵阳佳地昔年游，谢朓青山李白楼”之咏，把两位艺术巨匠紧紧连接起来，真是“青山”永在，名楼长存，堪称艺林的一段佳话。

作为一位浪漫主义大师，李白当得上“抒情圣手”的美称。李白也像谢朓一样有激昂为国之志：“苟无济代心，独善亦何益。”（《赠韦秘书子春》）他志在“沙漠收奇勋”，以“老死阡陌间”（《赠何七判官昌浩》）为耻：“雄剑挂壁，时时龙吟”，“国耻未雪，何由成名。”（《独漉篇》）但李白虽曾待诏翰林，却因见“谤”“同列”“诏令归山”（刘全白《李君碣记》）。忧谗畏讥之思，在李白诗中时有表现。《雪谗诗赠友人》“白璧何辜，青蝇屡前”，“拾尘掇蜂，疑圣猜贤”，“积毁销金，沉忧作歌”便是他最好的内心独白。与谢朓《赠西府同僚》中的“恐”惧，如出一辙，后“胁从得罪”（裴碑）。《万愤词》最集中地表达了他“南冠君子”的幽怨。李白“既免”之后，仍想为国效力，“抚剑夜吟啸，雄心日千里。誓欲斩鲸鲵，澄清洛阳水”（《赠张相镐》），却一直未能遂愿。李白迁谪夜郎期间，有不少抒写忧愤的名篇。《忆旧游书怀赠江夏韦太守良宰》是其中的代表作：“夜郎万里道，西上令人老。扫荡六合清，仍为负霜草”，“传闻赦书至，却放夜郎回。暖气变寒谷，炎烟生死灰”。把遇赦前后的不同心情写得十分真实。“激宕淋漓，真少陵《北征》劲敌”（管世铭《唐诗序例》），这是谢诗中绝对找不到的。

李白也像谢朓一样，有一些怀古名篇。如《读诸葛武侯传书怀，赠长安崔少府叔封昆季》：“鱼水三顾合，风云四海生，武侯立岷蜀，壮志吞咸京。”颇似谢的《登孙权故城》。《登金陵冶城西北谢安墩》：“胡马风汉草，天骄蹙中原”，“投鞭可填江，一扫不足论”。又很像谢的《八公山》。再如《经下邳圯桥怀张子房》、《登广武古战场怀古》，这又是谢朓的笔头所未能触及的题材。《夜泊牛渚怀古》“登舟望秋月，空忆谢将军”两联，“无一句属对”，是李白写律诗不“拘偶”的一个明证，也是受了谢朓的艺术感染。

李白思家之作，不乏名篇。《别内赴征三首》一向被人传诵。“我家寄在沙丘旁，三年不归空断肠”（《送萧三十一之鲁中，兼问稚子伯禽》），是写正常情况下的怀念。“穆陵关北愁爱子，豫章天南隔老妻。一门骨肉散百草，遇难不得相提携”（《万愤词》），写狱中思念亲人，就万分沉痛了。刘克庄说李白“终始笃于伉俪”（《后村诗话》“新集”卷一），如《自代内赠》：“宝刀裁流水，无有断绝时。妾意逐君行，缠绵亦如之。”《在浔阳非所寄内》：“闻难知恸哭，行啼入府中。多君同蔡琰，流泪请曹公。”写入狱时妻子营救的情景，何等感人。谢朓“恋闺闱”之作，是比不上的。李白怀乡之作，也名篇累累。“国门遥天外，乡路远山隔。朝忆相如台，夜梦子云宅”（《淮南卧病书怀，寄蜀中赵征君蕤》），“我在巴东三峡时，西看明月忆峨眉。月出峨眉照沧海，与人万里长相随”（《峨眉山月歌送蜀僧晏入中京》），“仍怜故乡水，万里送行舟”（《渡荆门送别》），都是人们熟悉的。传诵最广的是《静夜思》的“举头望明月，低头思故乡”，《宣城闻杜鹃花》的“一叫一回肠一断，三春三月忆三巴”。前者“言感人之深而但言如何相感”，“以无情言情则情出”（俞樾），说得极好。它与谢朓的“有情知望乡”，“乐极思故乡”很近似。李白有称挚友为“情人”的习惯。他写友情，尤为感人。“黄河若不断，白首长相思”（《送王屋山人魏万还王屋》），“浮云游子意，落日故人情”（《送友人》），“桃花潭水深千尺，不及汪伦送我情”（《送汪伦》），“我寄愁心与明月，随风直到夜郎西”（《闻王昌龄左迁龙标，遥有此寄》），“回山转海不作难，倾情倒意无所惜”，“问余别恨知多少，落花春暮争纷纷”（《忆旧游寄谯郡元参军》），或宛转蕴蓄，或尽情倾吐，都各尽其妙。李白写迁谪归来，忽逢故人时的心情尤好：“宁期此地忽相遇，惊喜茫如坠烟雾”，“有似山开万里云，四望青天解人闷”（《江夏赠韦南陵冰》）。烦忧乍解，愁闷顿消，畅快可想。李白《送储邕之武昌》“黄鹤西楼月，长江万里情”，也曾为人传诵。王士禛称它与谢朓的《新亭渚别范零陵云》“同是绝唱”。“湖连张乐地，山逐泛舟行”，把谢诗“洞庭张乐地”融入句中。诗末的“诗传谢朓清”，是对谢朓诗风的再一次表彰。此诗“以古风起法运作长律”，沈德潜誉他为“不拘绳墨”的“天才”，正与谢朓的影响分不开。

李白有关妇女题材的作品不少。《宿五松山下荀媪家》是描写劳动妇女的名作。“田家秋作苦，邻女夜舂寒”，表现了他对农村妇女苦寒生活的同情。李白也是写闺情诗的好手。如“寄言向江水，汝意忆侬不？遥传一掬泪，为我达扬州”（《秋浦歌》一）。又有“长安一片月，万户捣衣声。秋风吹不尽，总是玉关情”（《子夜吴歌》其三）；“燕草如碧丝，秦桑多绿枝，当君怀归日，是妾肠断时”（《春思》）。王夫之赞前者为“天壤间生成好句，被太白拾得”，赞后者“字字欲飞”。又如“此曲有意无人传，愿随春风寄燕然”（《长相思》），“东风兮东风，为我吹行云使西来”

(《久别离》)，抒情味都很浓。李白的乐府诗《玉阶怨》“玉阶生白露，夜久侵罗袜。却下水晶帘，玲珑望秋月”，曾被胡应麟誉为“妙绝古今”之作，无一字言怨，而“通宵无眠之状”，“凄冷逼人”(刘永济)。《邯郸才人嫁为厮养卒妇》“一辞玉阶下，去若朝云没。每忆邯郸城，深宫梦秋月”都与谢诗情调相仿佛。李白《渌水曲》“荷花娇欲语，愁杀荡舟人”，马位《秋窗随笔》称为“风神摇曳，一语百情”，也受到谢朓《泛水曲》“百年如流水，寸心宁共知”的影响。

谢朓曾被过去的评论家誉为齐梁作家的杰出代表。齐梁诗人一向以“绮缛”著称。李白也曾有“绮丽不足珍”(《古风》其一)的品评。但李白对“开齐梁而冠乎齐梁”的谢朓却备极推崇。李、杜是盛唐两位艺术大师。“诗至盛唐为极盛，然诗之盛非诗之源也。”“齐梁绮缛”，“风标品格”，俱“逊于唐”，却也是“唐诗所由出”(《古诗源序》)。齐梁诗的重要特点之一，是开始利用“声律”规则。但“声律”说在北朝曾得到常景们的赞许(刘善经《四声论》，《文镜秘府论》“天卷”)，却“不获邀赏于(梁)武帝”。“声病牵拘，固非英雄所喜”(张溥《沈隐侯集·题辞》)，是说得不错的。谢朓与沈约在艺术上是志同道合的好友。齐梁诗能自立规模格局，谢朓在创作上建树之功最大。谢朓曾赞虞羲诗“清拔”(《诗品》卷下)，又尝语沈约：“好诗圆美流转如弹丸。”(《南史·王筠传》)“清拔”与“圆美流转”相融合，正体现了内容与形式的和谐与统一。

范传正论李白时，说他“受五行之刚气，叔夜心高；挺三蜀之雄才，相如文逸。瑰奇宏廓，拔俗无类”，“常欲一鸣惊人，一飞冲天”，“由是慷慨自负，不拘常调”。范传正“拔俗”、“惊人”、“不拘常调”之评，对李白作品艺术特色的概括，同他欣赏谢朓“清发”“惊人”，有“惊人”的相似，也是从内容和形式的统一着眼的。齐梁时期“声律”说的兴起，为唐代律诗的形成提供了条件。五古、七古和绝句相继律化，人们称它的过渡形态为“新变体”，谢朓的一些有名篇章，就成了新变体的代表作。严羽曾有谢朓诗“已有全篇似唐人者”（《沧浪诗话·诗评》）的看法。赵师秀有“辅嗣易行无汉学，玄晖诗变有唐风”（《秋夜偶成》）的见解。胡应麟也说：“世目玄晖为唐调之始。”他于是列举谢朓与四唐诗人“调不同而语相似”的诗句为证，无异于对赵师秀的话下了生动注释。在谈到李白欣赏谢朓诗时，胡应麟说：“供奉之癖宣城也，以明艳合也。”（《诗薮》外编卷二）这里的“明艳”与萧子显所说的“清丽”，李白所说的“新发”、“惊人”基本上是相同的。正因李白同谢朓的诗风十分接近，加之以谢朓为代表的齐梁“新变体”又有不少精美之作，于是他便在齐梁诗人中选中谢朓，作为借鉴学习的对象，由欣赏而倾倒，这体现了李白对优秀文学传统扬弃、继承的尊重态度。但李白并不以接受传统为满足，他要通过不懈的创作实践，不断完善开拓，力求超越自己素所敬慕的前辈，“一鸣惊人，一飞冲天”。李白在山水抒情诗方面的造诣，便是善于借鉴继承谢朓的创作经验而又加以创新发展的光辉典范。

（原载《谢朓与李白研究》，人民文学出版社1995年版）

“何刘沈谢力未工，才兼鲍照愁绝倒”
——略谈鲍照诗对杜甫的影响

鲍照是杜甫“生平所最慕”的六朝诗人之一。杜甫在称道李白、孟浩然、高适、岑参、薛华等诗人时，每每“举以相方”（朱龄鹤语）。杜甫七次提到鲍照：五次是把鲍照和颜延之、谢灵运、沈约、江淹相提并论，另两次是推服鲍照“俊逸”诗风和赞扬鲍照创作“才”“力”高过齐梁时代的何（逊）、刘（孝绰）、沈（约）、谢（朓）。杜甫虽没有直接提到鲍照对自己的影响，但古代评论家却对此屡有论列，只是语焉不详。

二

鲍诗中注意对人民疾苦的描写，数量虽少，却极为难得。鲍照的祖先是西晋末年从北方南迁的世族，后来“衰沦”成为“身地孤贱”（《拜侍郎上疏》）的“田茅下第”（《谢永安令解禁止启》），“牧鸡圈豕，以给征赋”（《侍郎满辞阁疏》）。这就或多或少地为他和劳动人民接触，创造了条件。

鲍照《拟古》（六），描述了一个备受繁重赋役苛虐和贪官恶吏“笞”“辱”的辛勤劳动农民的悲惨生活。方东树说此诗是“极贱隶之卑辱，以寄概不得展志大用于世”，“诗之警妙，皆杜韩所取则”（《昭昧詹言》）。陈祚明也说此诗“实事真至”，“最为少陵所摹”（《采菽堂古诗选》）。他们的话很有见地。杜甫反映人民疾苦的诗作中，《遣遇》和《甘林》明显地受了鲍诗影响。前诗写大历四年（769）春，诗人由岳阳去长沙途中的见闻：一个丈夫死于繁重徭役的寡妇，正出售蕨菜来完纳赋税，她的一家惨遭“官曹”的“刻剥”。后诗写大历二年（767）秋，诗人从夔州回到甘林，走访“邻里”“长老”，老人诉说“供赋敛”、“应军需”和官府“迫索”不得“少宽”之苦。

鲍照《拟古》（六），写农民备受官吏剥削，诗人为他有志不展发慨。杜甫《遣遇》，写农妇夫亡家破，境遇悲惨，诗人自喜比其生活好过；《甘林》写里老不堪官府勒索，打算抛别家园，诗人劝他不要逃亡远走。鲍照和杜甫都不是劳动人民，鲍照用虚拟手法，借劳动人民之口，寄托寒士的感慨。杜甫则或用对比法作结，由劳动人民联想到自己；或一边对农村里老表示悲悯，一边维护王朝利益，劝其继续完粮。他们能程度不等地同情劳动人民悲惨遭遇，是非常难能可贵的。如果说鲍诗中写了农民的泪，杜诗中则还渗透着血。翁方纲说“杜五言古诗”“深于鲍照”(《石洲诗话》)是很有道理的。

鲍照的《观圃人艺植》，对比了田间“艺植”的“圃人”与身兼“巧官”的“贾人”：一个一年累到头，劳动紧张时还得在地里“餐”“宿”；一个“珠服”“乘轺”，“坐”享“粱肉”。杜甫的《驱竖子摘苍耳》明显受鲍诗影响。此诗写大历二年秋旱，园蔬奇缺，诗人在夔州派童仆上山采野生苍耳佐餐的事。它生动地表现了采摘过程与食用方法，还由诗人的生活困难联想到人民和社会：战“乱”频仍，“诛求”甚“急”，“黎民”连“糠籺”也吃不饱，而豪室厨房里“肉”却多得发“臭”。12年前，杜甫曾写过“朱门酒肉臭，路有冻死骨”的古今传诵名句，此诗“富家厨肉臭，战地骸骨白”，命意遣词同其十分相似，都是对统治阶级罪恶的有力揭露。

鲍照从“圃人”和“善贾”的对比中看到了贫富不均、劳逸不齐的现象，杜甫则从“富家”深宅大院内外发现了“饱”死与饿死这两个截然不同的世界。杜甫通过切身感受和艺术实践，从怵目惊心的现实生活中提炼出重要的题材，这是他高过历代诗人之处。但鲍照对他的启示作用，我们却不应忽视。在语言艺术方面，杜诗写“童儿”上山采摘野菜的过程，也使人联想到是借鉴了鲍诗描绘的农耕生活的片断。

鲍照的《代东武吟》，通过汉代一个应募远征的老军人的自白，揭露了不合理的兵役制度给人民带来的苦难。方东树认为

“杜公出塞诗从此出”。在杜甫诗中，对人民的苦难反映得最深刻的是“三吏”、“三别”。它们集中地揭露了乾元二年邺城大败时兵役制的种种弊端，也真实地反映了人民忍受一切痛苦去投军服役的爱国精神。从《新安吏》中服役的征夫，《石壕吏》中代役的老妇，《潼关吏》中筑城的士卒，到《新婚别》中与征夫暮婚晨别的新娘，《垂老别》中子孙尽皆阵亡，愤而参军，与妻子诀别的老人，《无家别》中重被征召当兵的单身汉等，无不具有典型性。王嗣奭说杜甫“往来东都，目击成诗”，“遂下千年之泪”，“刻画宛至，同工异曲，随物赋形，真造化手”（《杜臆》）。《垂老别》和《无家别》受《代东武吟》影响最明显。鲍诗写的是“少壮辞家”，“穷老”归来的老战士。杜诗一是写“子孙阵亡尽”，唯有“老妻”存，愤极参军的老头；一是写“阵败”归来，亲人死绝，重被征召赴役的单身汉。主题和题材既相似，又都采用了自白的写法。更为有趣的是，《代东武吟》的“腰镰刈藜藿，倚杖牧鸡豚”，和《垂老别》的“男儿既介胄，长揖别上官”，都在不同程度上表现了老战士的倔强劲儿和不肯服老的性格。《无家别》末尾二句“人生无家别，何以为蒸黎”，浦起龙说“可作六篇总结”。如“反其言以相质，直可云‘何以为民上’?”（《读杜心解》）鲍照反复提到“君”和“主”，他的一腔“怨”“限”，分明是向着当时的“君”“主”发泄。“孤绩谁复论?”“何以为民上?”杜甫和鲍照的艺术构思如此接近，他从鲍诗中接受影响是显而易见的。

二

鲍照非常关心祖国的安危，诗中对边塞生活作了较多的反映。本是“北州人”的鲍照，在南方亲身体会到门阀制度的压抑，常怀恢复中原、建功立业的雄心壮志。他有关边塞生活的诗篇，便是在这种爱国热情激发下写成的。

鲍照的《代陈思王白马篇》，刻画了一个“白马”“鸣鞭”的征夫，坚志赴敌的丈夫气概。《代出自蓟北门行》描绘了一个从军出塞的爱国志士的英勇形象。《拟古》（三）表现了一个英姿盖世、武艺超群的“幽并”“少年”的封侯愿望。方东树肯定《代出自蓟北门行》的特点是“豪宕”，说杜诗颇与它相“同”；推重《拟古》（三）“句格俊逸奇警”，说“杜公所称，政在此等”。《建除诗》是一首“建功立业”的赞歌。它不但渲染了西征大军威武雄壮的声势，凯旋时“壶浆”“夹道”的盛况，还表现了“功在当时，名垂后世”的思想。陆时雍称赞鲍照这些爱国诗篇“材力标举”，有如“骏马轻貂，雕弓短剑，秋风落日，驰骋平岗。可以想此君意气所在”（《诗镜·总论》）。“李杜皆推服明远，称曰‘俊逸’，盖取其有气。”（方东树）由于关心祖国安危，杜甫也有一些反映战争生活的作品。《前出塞》九首和《后出塞》五首，受鲍照影响最大，也最具有典范性。

《前出塞》是天宝末年杜甫为哥舒翰用兵吐蕃而作。组诗通过集中描写征夫从军过程，塑造出一个被迫应征的勇敢淳朴的士兵形象。第五首最能体现诗人的进步观点。它借征夫的口，反映诗人对战争问题的看法：“挽弓当挽强，用箭当用长。射人先射马，擒贼先擒王。苟能制侵陵，岂在多杀伤？”这些诗意，在鲍照《建除诗》中也可以找到类似表现：“执戈无暂顿，弯弧不解张。破灭西零国，生虏郅支王。危乱悉平荡，万里置关梁。”鲍诗说的是打仗要常备不懈；要消灭敌人有生力量，生虏它的头目；战乱平息，要恢复和平时期的生活。杜甫说的是打仗要靠武器精良，要打击敌人薄弱环节，摧毁敌方首脑机关，要以制服敌人为目的，不以大量杀伤为得计。杜甫没有重复鲍照的话，却分明从他诗中受到了启发。第八首生动形象地写出了征夫挥剑杀敌的英雄气概和有功不居的高尚品格。杜甫笔下“潜身备行列，一胜何足论”的战士胸怀，和鲍照《拟古》(三) 中“留我一自羽，将以分符竹”的“幽并”“少年”的心愿是近似的。第九首，诗人再一次表现了这位战士不推辞应尽职责，不逃避艰苦“斗争”的高尚情操:“中原有斗争，况在狄与戎，丈夫四方志，安可辞固穷。”这些诗意，和鲍照《代陈思王白马篇》中经“冬”历“夏”，守土防边的“白马”英雄“埋身”“沈命”的抱负，是颇为相像的。

《后出塞》是天宝十四载（755）冬天，安禄山开始反叛时之作。组诗通过一个应募入伍、脱身归来的士兵的自述，揭露了安禄山的反叛真相和原因。它和《前出塞》基本上采用了相同的表现手法，出场的也是一个正面人物。诗人生动地写出了兵士对叛军真相的具体认识过程。第一首开头就写出了一个在爱国热情驱使下，应募入伍的兵士的建功立业的强烈愿望:

男儿生世间，及壮当封侯，战伐有功业，焉能守旧丘。

诗人描绘了兵士辞家时亲友饯别的场面。它和鲍照表现少年侠客“去乡三十载，复得还归丘”(《代结客少年场行》) 的情景，在艺术手法上颇为近似。一写辞家时的喜悦，一写归来时的感叹，借鉴痕迹是依稀可见的。第二首集中地表现出暮色初至时，万马千军的壮阔军容。诗人用“万幕”无声、“明月”当空的环境描写，十分出色地烘托出军令森严的气氛，在艺术上达到了很高境界。这些诗意，从鲍照描绘渲染北方原野的环境、气氛的名句“春吹回白日，霜歌落塞鸿”(《代陈思王京洛篇》)、“疾风冲塞起，沙砾自飘扬”(《代出自蓟北门行》) 中，也可看到某种借鉴迹象。第五首写这个出身“良家子”的兵士，逐渐查识“主将”“出师”

心迹，不肯附逆，脱身归来的经过。此诗和鲍照《代东武吟》也颇类似。不过鲍诗表现的是一个“穷老还”家，“孤绩”无人“论”的老战士的凄凉晚节；杜诗表现的却是一个发现自己加入叛军，毅然脱身返里的兵士的可悲结局。杜诗的意境与词句和鲍诗有相似处，却又能显示出自己的特色。

三

鲍照“家世贫贱”（虞炎《鲍照集序》），曾“负锸”为“农”（《解褐谢侍郎表》）。他深慨“千载上有英才异士沈没而不闻”，不屑“终日碌碌，与燕雀相随”（《南史》本传）。他在《拟行路难》和《代白头吟》等诗中，集中表示了对门阀制度下社会不平现象的不满，抒发了怀才不遇的愤懑。鲍诗中这类作品数量较多，最能显出鲍照“才”“力”，“最为遒宕”（王士禛《古诗选》）。钟嵘说他“才秀人微”，“取堙当代”（《诗品》），王通称他为“古之狷者”，说“其文急以怨”（《中说》），是能把握住鲍照及其诗歌特点的。

鲍照《拟行路难》（四）以倾“泻平地”，四面分“流”的水，比喻“命”运不同，遭遇各殊的“人生”，引出怀才不遇的愤慨不平。“起手无端而下，有如黄河落天走东海也”（沈德潜《古诗源》）。“酌酒”不能“自宽”，“吞声”“不敢”直“言”，诗人只得强抑满腹幽怨。（六）写了他“对案不能”进“食”，“拔剑”忽然“击柱”的深长叹息及其具体内容。还生动地写了罢官还家后貌似欢愉、心实愁苦的生活。诗人以“自古圣贤尽贫贱，何况我辈孤且直”强作宽解，不平之鸣转加强烈。《代白头吟》借用旧题，实则“以喻所怀”（刘履《选寄补注》）。此诗对《拟行路难》中的“孤”“直”作了形象的注脚：“直如朱丝绳，清如玉壶冰。”正是鲍照自我形象的写照。《代放歌行》以蓼虫不识甘味，比喻“小人”不知“旷士”心“怀”；讽刺“洛城”“冠盖”终日奔竞富贵，“小人”工于阿谀，能“一言分珪爵”，“旷士”洁身自好，却“临路独迟回”。《数诗》更集中表现了诗人对门阀制度的愤愤不平：“十载学无就，善宦一朝通。”这些闪烁着思想火花的诗句，和左思《咏史》是有共同点的。鲍照敢于揭露门阀制度下的社会不平现象，来宣泄自己的愤懑，杜甫继承、发扬了他这个特点，在歌行诗方面作出了创造性贡献。陈祚明认为《拟行路难》“纵横奔放”，“开李杜七古之风”，这个论断是颇有见地的。

早在长安时期，杜甫就在《投简咸华两县诸子》中，集中表现了他生活上所受的磨难和对官僚社会的憎恶。他对比了“官曹”的“裘”“马”生活和自己的“饥”“寒”苦况，虽称之为“材杰”，实诋之为废料。杜甫困守长安，新进“乡里小儿”硬着脖子傲视他，朝中故旧也断绝往来。这叫人联想到了鲍照《代白头吟》中“人情贱恩旧，世议逐衰兴”的诗意。杜甫默默无声地噙着悲愤的泪水，对官僚社会投以轻蔑的眼光，他不愿同流合污的高尚品德，是值得尊重和同情的。

在形式上和《拟行路难》很相似的，还有写于长安时期的《秋雨叹三首》、《曲江三章章五句》和同谷时期的《乾元中寓居同谷县作歌七首》等。《曲江三章》第一首，诗人因曲江上“菱荷枯折”，兴起“游子”“二毛”之嗟，因“哀鸿”“求曹”，顿添身世孤独之感。第二首通过“即事非今亦非古”的创体，“长歌当哭”地倾吐一腔悲愤。“比屋豪华”，全不动情，心冷“似灰”，自甘守拙。这和鲍照“自古圣贤尽贫贱”的诗意是很接近的。第三首诗人通过达于极点的愤慨，生动有力地表现出他的顽强精神：“自断此生休问天。”鲍照《拟行路难》中还流露出“诸君莫叹贫，富贵不由人”的消极情绪，在“运命”面前，表现出对

“皇天”无能为力的观点。杜甫则想“短衣匹马”，“看射猛虎”。他“决非甘作逸民”，而是“意在除奸恶”，“舒其积愤”（张上若语）。此诗每章五句，一、二、三、五句押韵，诗人采用新型押韵格式，与他当时抑郁苦闷的心情是分不开的。《秋雨叹三首》第一首，诗人从秋雨连绵，百草烂死，决明独鲜，产生身世之感。“堂上书生空白头”和《拟行路难》“白发零落不胜冠”的诗意有点仿佛。二、三首，诗人由久雨想到备受灾害、无人代言的劳动人民，又由自己的穷愁潦倒，联想到人民的忧困。诗人的困穷忧愤和人民的悲惨遭遇艺术地结合，这些诗篇的社会内容便因之深广起来。把它和鲍照“得志”“相就”，将“钱”“沽酒”，床前“弄儿”，“机中”“看妇”的眼界心胸相比，就自见高下了。

值得特别指出的，是乾元二年（769）写的《同谷七歌》。它作于诗人一生中生活最苦的一年。用定格联章的形式，具体生动地描画“寓居”“陇右”时惨绝人寰的苦况。一、二两首写悲苦的生活，活画出一个“白头乱发”，“手脚冻皴”，在“天寒日暮”的“山谷”中“拾橡栗”的诗人的可敬形象。诗人把他“托”“以为命”的“白木”“长镵”，即劳动的唯一“伴侣”，写得异常“亲切”（杨伦语），“宛如良友”（李因笃语）。杜甫对劳动的感情，通过对劳动工具的“热爱”，得到真实表现。鲍照虽也写出“布蔬种，平圻壤”，“既区既钼，乃露乃映”以及与“邻老谈稼”（《园葵赋》）的园圃生活，却不像杜甫把主观感情全神贯注进去。“山雪”正“盛”，“黄独无苗”，“短衣数挽”，空手“归来”。家人因饥饿病倒在床，“男呻女吟”的惨状写得凄切感人。“人生苦多欢乐少”（《拟行路难》十三），鲍照表现的穷苦生活不如杜甫具体、深刻。五、六两首先写寓居的典型环境：“四山多风”，“溪”深“水急”，“黄蒿”满“城”，群“狐”“跳梁”，真是一个人烟稀少的荒山“穷谷”。“莫言草木委冬雪，会应苏息遇阳春。”

(《拟行路难》十七)看来鲍照的遭遇不如杜甫悲惨。诗人写他由万丈潭产生联想：从潭中有龙，想到“蝮蛇”出“游”龙“湫”。浦起龙认为龙蛇隐指唐帝和安禄山、史思明，是象征手法。“蝮蛇”竟敢出“游”，诗人甚表愤慨。“拔剑欲斩”，却犹豫“复休”。诗人深知权不在手，力不从心，虽有“除恶务尽”之心愿，却无法实现。这里的“拔剑欲斩”，显然从鲍照“拔剑击柱”脱化而来，但杜甫思想中的积极因素，却比鲍照为多。第七首是组诗最精彩部分。诗人因“生不成名”，此“身已老”，发出深沉浩叹。“三年”来“饥走荒山道”上，一个才华卓越的诗人，不能施展抱负。“富贵应须致身早”，乃一时愤激之言。杜甫绝非热衷“富贵”的俗物，他是在讽刺“致身早”的“少年”“卿相”。他同“旧相识”的“山中儒生”对“话”，也并非劝他奔走求官。诗人在“悄”然“终曲”时，唱出了嗟叹的尾声：“仰视皇天白日速。”年近半百，急于用世的伟大诗人，怎能不为白白失去的韶光惋惜！“日月流迈不相饶，令我愁思怨恨多。”(《拟行路难》十六)鲍诗的艺术感染力，就比杜诗逊色多了。

《同谷七歌》学习《拟行路难》的艺术经验，“能神明变化，不袭形貌”，沈德潜肯定它“原本平子《四愁》、明远《行路难》诸篇”，作出“斯为大家”(《唐诗别裁》)的赞语，绝非过誉。张衡《四愁诗》、蔡琰《胡笳十八拍》，早已使用定格联章的写法。《拟行路难》在形式上虽和它们近似，内容却相当广泛。从关心时事政治，慨叹长才莫展，表现征人怀旧、思妇伤离，到同情妇女不幸，惋惜人生短促，都有所反映。杜甫在鲍照经验的基础上，通过组诗形式集中表现自己某一时期的生活和思想感情，这就有利于深化作品主题思想，达到高超的艺术境界。它和《曲江三章》一样，也是一种创体。《七歌》写“寓居”生活，有首有尾，从自己说到弟妹，又说到天下国家，再归结到自己，和《拟行路难》非一时之作大有不同。《七歌》每首一主题，七首构成一总主题。各首都采取同一结构形式：全诗八句，头两句点出主题，中四句叙事，末两句发感慨，第七句按诗作顺序标出各首内容上的特色，和《拟行路难》也有不小差异。最引人注目的是一、三、四、六等首。诗人调动自然现象和飞禽走兽，为他的创作效劳。我们从诗行中，不仅感觉到“悲风”为他“从天”上吹“来”，而且“溪壑”仿佛也为他换上新装，青春脚迹又回到人间，还唤来了“清昼”哀“啼”的“林猿”和希望“送”他到弟弟身“旁”的“东飞驾鹅与鹙鸧”。杜甫这些富有浪漫味的艺术表现手法，从鲍照“愁云绕天起”（《赠傅都曹别》）、“疲旆倦行风”（《与荀中书别》）、“复切夏虫酸”（《园中秋散》）一类诗句中，可以找到艺术构思上某些相似之点。

杜甫入蜀之后，经过多年流寓生活，对社会不平现象有更深感受，因而在永泰二年（766）客居夔州西阁时所写《缚鸡行》、大历二年客居东屯时所写《锦树行》，大历三年（768）客居江陵时所写《短歌行，赠王郎司直》等，或用含蓄的语调，或用直露的口气，表达了自己的忧愤。《缚鸡行》中，诗人由家中“缚鸡”出“卖”一事悟出了哲理。他因小生物而联想到封建社会的许多现象，感到难断是非。静“倚山阁”，“注目寒江”，不去下结论却心中有数。“蓼虫避葵堇，习苦不言非。小人自龌龊，安知旷士怀。”（鲍照《代放歌行》）杜甫大约是自比于这样的“旷士”的。《锦树行》是诗人对当时“武夫恶少，乘乱当官，而豪横无忌”（《杜臆》）的现象极其不满的艺术体现。“自古圣贤多薄命，奸雄恶少皆封侯”一联，分明受了鲍照“自古圣贤尽贫贱”二句的启发，但诗人用“奸雄恶少”的“封侯”与“自古圣贤”的“薄命”相对照，对现实的黑暗作了尽情揭露，就远比原诗深刻。《短歌行》是杜甫去世前一两年之作。诗人勾画出一个英俊有为的青年形象："王郎酒酣拔剑斫地歌莫哀。"鲍照"拔剑击柱"的气概，又被杜甫艺术地表现出来。这一千古驰誉的名作，上下各五句，复用单句相间，上下五句的第三句都不押韵，这种"独创之格"（沈德潜语），已在《拟行路难》（五）、（八）的经验基础上有了变化，有助于传达诗人思想感情上的抑扬顿挫，使全诗的节奏感更为鲜明。特别是诗的开头出现了两个十一字的长句，这多少也受了鲍照《拟行路难》（二）的开头"洛阳名工铸为金博山"使用长句的影响。卢世潅肯定它"突兀横绝，跌宕悲凉"，是甚有见地的。

四

史称鲍照"文甚遒丽"（《宋书》本传），虽曾历仕途，但"身孤节卑"，"一植之功不立，众拔之过屡至"（《谢随恩被原疏》），所以诗中常自叙身世交游，寄托"高寻""天步"（《舞鹤赋》）的"远图"（《河清颂》）。

《拟古》（二）中，鲍照概述了自己的生活经历。《见卖玉器者》在一定程度上可看作诗人的自我表白和对不辨玉珉的"俗""客"的尖锐讽刺。《答客》是一首带自传性的诗作。通过答问的形式、质朴的语言，写出一个与门阀社会落落寡合，"斟酒"、"赋诗"，自得其乐的"筚门士"的怀抱，是诗人真情实感的流露。把诗中描述的情趣和《拟行路难》（六）"罢官""还家"等细节结合起来，更能看出他家庭生活的具体内容。《梦还乡》写的虽是一个梦境，但再现了诗人伉俪生活的一个侧面。他描写恩爱夫妻久别后于梦中重逢的和谐欢娱之状，和一觉醒来，惆怅失望之感，颇为真实。《园中秋散》是诗人"负疾"时"园中"抒怀之作。"临歌不知调，发兴谁与欢。"把诗人深感知音太少，同调难觅的情思，表现得很宛转。《松柏篇》是诗人"于危病中"

读到傅玄《龟鹤篇》（傅玄集不载）时伤怀之作。它没有提到诗人生平，却着重写了身患重病，医治无效，只等一命归阴的经过。此诗在内容上虽有消极成分，但真实地展示了诗人临终时的内心世界：他念念不忘“事业”与“刊述”，家无余财，“儿女”孤幼，等等。吴汝纶说它“疏朴开杜韩先声”，是有道理的。杜甫诗中，忧心国事，感忆生平，表现家人故旧之情的作品很多，其中《奉赠韦左丞丈二十二韵》、《自京赴奉先县咏怀五百字》、《北征》、《壮游》、《昔游》、《遣怀》等名篇，都程度不等地从鲍照诗中汲取了写作经验。

天宝七年（748），杜甫写的《奉赠韦左丞丈二十二韵》，一开头就以“纨袴不饿死，儒冠多误身”作对比，而把自己放在“纨袴”的对立面。这和鲍照《见卖玉器者》开头的“泾渭不可杂，珉玉当平分”，命意是很相似的。杜甫还写了自己的“儒冠”履历和政治抱负：

> 甫昔少年日，早充观国宾。读书破万卷，下笔如有神。……自谓颇挺出，立登要路津。致君尧舜上，再使风俗淳。

这不但和鲍照《拟古》（二）中“少年”时“讽”诵“诗书”，精“通”“篇翰”，“弱冠”时“参多士”“游秦宫”，“舌端”“笔锋”两俱擅长的经历近似；也和《见卖玉器者》中“历上国”“入函辕”，“扬芳”“驰誉”的表白略同。杜甫特别抒发了自己为“儒冠”“误身”的感慨：

> 骑驴三十载，旅食京华春。朝扣富儿门，暮随肥马尘。残杯与冷炙，到处潜悲辛。

这一节的前四句，有点像鲍照《代少年时至衰老行》中的“忆昔少年时，驰逐好名晨。结交多贵门，出入富儿邻”。后两句有点像鲍照遭到的“不忆贫贱时，富贵辄相忘”（《代边居行》），“亲友四面绝，朋知断三盖”，“俄顷不相酬，恧怩面已赤”（《代贫贱苦愁行》）这样的冷遇。

天宝十四载（755），安禄山作乱前夕，杜甫写的《自京赴奉先县咏怀五百字》，通过叙述自己忧国忧民的志愿、途中见闻和到家后感受，把家庭生活上的不幸和广大人民遭受的严重苦难联系起来，使全诗具有深刻的社会意义。其中最能打动读者心弦的是：“老妻寄异县，十口隔风雪。谁能久不顾，庶往共饥渴。入门闻号咷，幼子饥已卒。吾宁舍一哀，里巷亦呜咽。”钟惺说这一段写诗人当时“非悲非喜，非笑非哭”的复杂感情，“口中难言，目中如见”，十分成功。这些诗句很容易叫人想起鲍照“病危”时挂念自己“刊述未及成”，“儿女皆孩婴”的情景。至于“生常免租税，名不隶征伐。抚迹犹酸辛，平人固骚屑”这样关心国家和人民的杰出诗行，在鲍诗中就找不出来了。

至德二年（750），杜甫官左拾遗时创作的《北征》，叙写他由凤翔回到鄜州家中的经过。杜甫写了将归时对国事的忧心。“乾坤含疮痍，忧虞何时毕”这样的诗意，鲍诗中是见不到的。杜甫还通过路上的所见所闻表现人民苦难生活：“夜深经战场，寒月照白骨”，“所遇多被疮，呻吟更流血”。这样的生活经历，鲍照也是反映不出来的。杜甫又写了到家后一家人又悲又喜的情况：

> 经年至茅屋，妻子衣百结。……平生所娇儿，颜色白胜雪。见耶背面啼，垢腻脚不袜。床前两小女，补绽才过膝。……生还对童稚，似欲忘饥渴。问事竟挽须，谁能即嗔喝？

翻思在贼愁，甘受杂乱聒。

这一精彩片段，表现诗人战乱期间家庭生活上的悲欢离合，既真实、具体，又细腻、曲折，在艺术上达到了极高境界。千百年来，不知激动了多少和他有类似生活遭遇的读者。这些佳句，在艺术表现上固然受了左思《娇女诗》的影响，但鲍照《代边居行》中"陋巷绝人径，茅屋摧山冈"的特写镜头；《拟行路难》（六）中"弄儿""看妇"的生活情趣，《梦还乡》中同妻子梦中相会，携手入"闱"，"开奁""探袖"的真实细节，对杜甫的创作都有启发作用。沈德潜评《北征》时，虽说过"汉魏以来，未有此体，少陵特为开出"（《唐诗别裁》），但在艺术结构上，我们更容易从鲍照唯一的长篇《松柏篇》中，看到《北征》所受的影响。

《壮游》是永泰二年（766）杜甫客居夔州时之作。从童年写到晚年，追忆生平，宛然一首自传体诗。既描述了杜甫个人生活，也反映了当时社会情况，在艺术上非常成功。其中引人入胜的，是前三段写他青少年时期的壮游生活。第一段，诗人概括地介绍了自己的为人：

往昔十四五，出游翰墨场。斯文崔魏徒，以我似班扬。……性豪业嗜酒，嫉恶怀刚肠。脱略小时辈，结交皆老苍。饮酣视八极，俗物多茫茫。

内容和《奉赠韦左丞丈二十二韵》近似，却以不同的面貌表现出来，显示出杜甫晚年苍劲奇秀的艺术风格。既使人再一次想到鲍照《拟古》（二）中的少年儒者形象，也使人忆起《代边居行》中所讽刺的俗物："悠悠世中人，争此锥刀忙。……纷纷徒满目，何关慨予伤。”二三段写吴越、齐赵之游的旅程，一下子把人带到鲍照一系列描写旅游生活的诗篇中去：“隐隐日没岫，瑟瑟风发谷”（《还都道中三首》），“登舻眺淮甸，掩泣望江流”（《上浔阳还都道中》），“阴沉烟塞合，萧瑟凉海空”（《还都口号》），“涂随前峰远，意逐后云结”（《发后渚》）。这些诗句命意遣词“不避危仄”（《诗品》），“发唱惊挺，操调险急”（《南齐书·文学传论》），显然和鲍照社会地位卑下，凡事总不遂意有关。昔人谓“鲍照言语逼迫，无有纵逸”，“名”之为“狭腹之语”（《文镜秘府论》），这个评价是不恰当的。四段以下，杜甫写他困守长安和入蜀后的壮游生活，往往把个人和国家人民联系起来。这样的艺术造诣，鲍照是无法比拟的。

五

鲍诗中还有赞美妇女高尚情操（《拟行路难》十三、三），同情妇女不幸遭遇，（《代白头头吟》、《代白鹤操》、《拟行路难》二、九），歌唱秀丽河山（《登庐山》、《登翻车岘》、《登黄鹤矶》），欣赏自然景物（《梅花落》、《玩月城西门廨中》、《咏白雪》、《咏双燕》）等篇章，这些对杜甫都有影响。不过杜甫描写妇女的篇章，不管表示赞许（《石壕吏》中的老妇，《新婚别》中的新娘，《负薪行》中的卖薪女子），或表示同情（《佳人》中幽居空谷的佳人，《又呈吴郎》中无食无儿的妇人，《遣遇》中采蕨菜的寡妇），较多的是以劳动人民为主要对象。鲍照即使写出了“宁作野中之双凫，不愿云间之别鹤”（《拟行路难》三）的名句，在这个问题上仍然是望尘莫及的。特别在祖国秀丽河山和自然景物的描绘上，杜甫写出了大量的佳作。关于前者，有“发秦州”，入蜀期间的组诗，在蜀时期有关西蜀山水风物的篇什，以及入蜀前、出蜀后关于泰、华、衡山的诗章等。最能吸引读者的，是对从来无人专门写过的陇山，很少有人着力表现的三峡，他都有出色的描绘。关于后者，以他入蜀后，尤其草堂时期作品最多。鲍照虽然以“善制形状写物之词”（《诗品》）见称，但杜甫这些作品不论从数量或质量来看，显然都大大超过了鲍照。不过这不妨碍杜甫从鲍照这类作品中汲取丰富营养。正因为这样，方东树才作出“山水造句”，“多自谢鲍出”的论断，并不是没有根据的。

以上粗略谈了杜甫接受鲍照诗影响的问题。鲍诗中反映的现实生活内容，在六朝作家笔下，并没有一一得到反映。它表现多种题材时，从艺术构思、形式运用到语言锻炼，都与当时文坛风尚颇为异趣。鲍诗中表现的超群“才华”、艺术感染“力”和独有的“俊逸”诗风，使它既在某种程度上反映了人民的生活和愿望，也更多地抒发了诗人的愤懑与不平。通过作品中人物形象的生动描绘，一方面肯定了当时有理想与作为的人们，一方面揭示了摧残他们的“才华”的黑暗社会现象，这一切深深地影响着杜甫。王世贞说“子美以意为主，以独创为宗，以奇拔沈雄为贵”（《艺苑卮言》）。杜甫正是看中了鲍照超越六朝作家的“才力”和为他所独有的“俊逸”诗风，才向他学习的。杜甫所说“才力”和“俊逸”诗风，既是形式问题，也是内容问题。杜甫向古代作家学习，绝不限于一个鲍照，但鲍照无疑是他推服的六朝作家之一。只要把鲍照放在六朝时代柔弱绮靡文学风尚的特定历史条件下，就能准确理解鲍照在我国诗史上的地位，以及杜甫从他那里接受影响所具有的历史意义。

（原载《草堂》1982年第1期）

“庾信文章老更成”

——杜甫学习庾信艺术经验浅议

从古代优秀作家的文学宝库中，充分汲取艺术营养，这是杜甫成为伟大诗人的重要条件之一。在南北朝著名作家中，杜甫很重视庾信的艺术经验。本文想就这一问题，作点粗浅的探索。

一

《北史·庾信传》说庾信在“台城陷后”，“奔于江陵”。梁元帝“即位”，“聘于西魏”，“遂留长安”，“特蒙恩礼”。陈周“通好，南北流寓之士，各许还其旧国”，“信及王褒并惜而不遣”。杜甫中年以后，经历丧乱，所以诗作中多次提到庾信。

杜甫钦佩庾信“七世举秀才”，“五代有文集”（宇文逌《庾开府集·序》），是“文学世家”，说“子山旧业传”（《赠李十五丈别》）。他入蜀后，往来梓阆期间，出蜀后，在湖南舟中，都曾对庾信语多哀伤，发生共鸣：

> 庾信哀虽久（《上兜率寺》）
>
> 哀伤同庾信（《风疾舟中伏枕书怀三十六韵，奉呈湖南亲友》）

他出蜀后一度想卜居江陵，就与庾信在宋玉故宅定居有关。

> 庾信、罗含（晋时桓温的别驾）俱有宅，春来秋去作谁

家？短墙若在从残草，乔木如存可假花。卜筑应同蒋翊径，为园须种邵平瓜。比年病酒无涓滴，弟劝兄酬何怨嗟？（《舍弟观自蓝田迎妻子到江陵，喜寄二首》）

诗人爱屋及乌，对庾信故宅的一草一木都加意护惜。此诗细腻曲折地表达了这种感情。

荒村庾信宅，为仗主人留。（《送王六判官》）

真所谓“山鸟山花吾友于”了。

杜甫对庾信诗赋的成就，就更为推尊。他不只早年称赞李白能得庾诗“清新”的好处：“清新庾开府。”（《春日忆李白》）他漂泊成都时，还在著名组诗《戏为六绝句》中一开头就论及庾信诗文：

庾信文章老更成，凌云健笔意纵横。

无独有偶的是，他出蜀时期所写著名组诗《咏怀古迹》，也是第一首就咏到庾信作品：

庾信平生最萧瑟，暮年诗赋动年关。

杨伦说“庾信避难，由建康至江陵”，“曾居宋玉之宅”。杜甫自伤“飘泊类是”，故在组诗中“借以发端”（《杜诗镜铨》）。这两句对庾信在周，“虽位望通显，常有乡关之思，乃作《哀江南赋》以致其意”（《北史·庾信传》），尤为欣赏。

杜甫对庾信诗文的赏识，始而注意“清新”，着重在选词琢句；继而肯定“老成”，强调“凌云健笔”，“纵横”命“意”；进而突出“暮年诗赋”“萧瑟”苍凉的风格特点，每次都有所侧重。总括起来，却可以看出杜甫对庾信诗赋全面、深刻的评价。杜甫真不愧是庾信诗赋千载难逢的知音。只要把杜甫晚年评论庾信诗赋的意见集中起来，我们就能清楚地看到：杜甫诗里所说的“老更成”的“凌云健笔”，“萧瑟”“纵横”的诗意和才情，在庾信的《哀江南赋》、《拟连珠》、《拟咏怀》一类杰作中，都表现得最为突出。这是庾信创作上的最高成就的艺术体现。杜甫恰好从他那里受到启发、感染，从而做出了更为辉煌的成绩。

二

庾信由南入北后，由于生活视野的扩大，思想认识的加深，文学造诣也发生了由量到质的变化。他早已不满足于只注意辞语的推敲，而极力使主题思想和题材内容打上时代的烙印，把个人身世和国家人民的命运，艺术地加以统一。

庾信对侯景之乱造成建康沦陷，西魏入侵导致梁朝覆亡等惨痛历史教训，不仅在诗文中作了详尽的回顾，而且联系自己的身世，引出无限的感伤。倪璠说他入北后所写的赋“篇篇有哀”（《〈竹杖赋〉注》），确属中肯之言。他曾专以“伤心”和“愁”命题作“赋”。“谁知一寸心，乃有万斛愁！”“愁”多得“推”不去，“避”不开（《愁赋》，见叶廷珪《海录碎事》卷九）。“此愁万斛谁量得？直为重拈庾信文。”（文同）杜甫当然不是“为赋新词强说愁”（辛弃疾），由于和庾信身世有某些相似之点，当他“重拈庾信文”时，自然会“唤”起“同庾信”相似的许多“哀”“愁”（《愁》）了。

庾信在其代表作《哀江南赋》中，既抒发了爱国的激情，更描绘了人民的苦难，还有对亲属故旧的怀念和家乡风物的怨思。

《序》中说他交织着极其哀痛的感情，这种感情贯串在整个作品中，便构成了它总的基调：

> 信年始二毛，即逢丧乱，藐是流离，至于暮齿。……追为此赋，聊以记言。不无危苦之辞，惟以悲哀为主。

当我们把庾信作品全面加以考察之后，就会得出结论：《哀江南赋》的主要内容和总的基调是一把尺子，用它来衡量庾信其他重要作品，也同样适用。

杜甫和庾信的后期生活颇为相似：安史之乱带来的灾难，大类侯景篡逆、长安两度沦陷引起的严重破坏，颇同建康江陵的沦亡。杜甫中年以后亲历流亡生活，怀念长安和故园的深厚感情，近似庾信的奔窜江陵和“乡关之思”。对同僚故旧身受的降虏生活深表同情，杜甫和庾信也颇为相像。特别是，庾信一直不能南还，杜甫始终没有“归秦”。诗人把个人、朋旧的经历，国家、人民的苦难艺术地结合起来，表现出震撼人心的场面和气氛，永远激动着千秋万代的读者。杜甫和庾信相比，不仅是后先映发，而且是后来居上。

（一）真实地反映了当时重大历史事件，是庾信和杜甫后期作品最为相似之点。在庾信作品中，有关侯景之乱和江陵覆亡的现实图景，都有所描绘。前者如：“两观当戟，千门受箭”；“沾渍锋镝，脂膏原野”；“闻鹤唳而心惊，听胡笳而泪下”。后者如：“梯冲乱舞，冀马云屯”；“硎谷摺拉，鹰鹯批拂”；“城崩杞妇之哭，竹染湘妃之泪”（《哀江南赋》）。庾信又写了他由金陵奔往荆州，一路所见“旅舍无烟，巢禽无树”（《哀江南赋》）的景象，和江陵陷后“生民涂炭”，“父子”“兄弟”“离散”（《伤心赋》），“亲友离绝，妻孥流转”（《竹杖赋》）的情景。

杜甫对有关安史之乱和吐蕃陷京的史实的刻画，更为典型。唐玄宗天宝十四载（755）冬发生了安史之乱。在战乱中杜甫抛别亲人，和大家一道，在长安城中度过了最“危苦”的岁月。这些情景，在他的一些名篇中表现得极为逼真：

朱门任倾夺，赤族迭罹殃。国马竭粟豆，官鸡输稻粱。……河朔风尘起，岷山行幸长。两宫各警跸，万里遥相望。……爪牙一不中，胡兵更陆梁。大军载草草，凋瘵满膏肓。（《壮游》）

潼关百万师，往者散何卒？遂令半秦民，残害为异物。（《北征》）

孟冬十郡良家子，血作陈陶泽中水。野旷天清无战声，四万义军同日死！（《悲陈陶》）

山雪河冰野萧瑟，青是烽烟白是骨。（《悲青坂》）

少陵野老吞声哭，春日潜行曲江曲。江头宫殿锁千门，细柳新蒲为谁绿？（《哀江头》）

这些饱含血痕泪点的诗句，都是杜甫的真实感受，不加多少修饰就写出来的。在庾信作品中，未必能找到这样朴实而深入的刻画。

庾信写了他去江陵途中“寄食”“渡水”，“滨于十死”（《哀江南赋》）的艰险旅程，江陵覆亡，被俘入关的人“饥随蛰燕，暗逐流萤”的跋涉流离之苦，他入北后“提挈老幼”，“不可问天”的生离死别之痛。而杜甫写他逃难的生活，尤其凄切感人：

靡靡逾阡陌，人烟眇萧瑟。所遇多被伤，呻吟更流血。……夜深经战场，寒月照白骨。（《北征》）

至如他在一些作品中，关于逃难途中的艰苦困厄和担惊受怕的心理状态的描绘，更是生动之极：

> 所亲惊老瘦，辛苦城中来。
>
> 生还今日事，间道暂时人……喜心翻倒极，呜咽泪沾巾。(《自京窜自凤翔喜达行在所三首》)
>
> 寄书往三川，不知家在否？比闻同罹祸，杀戮到鸡狗。……几人全性命，尽室岂相偶？……自寄一封书，今已十月后，反畏消息来，寸心亦何有？(《述怀》)
>
> 妻孥怪我在，惊定还拭泪，世乱遭飘荡，生还偶然遂。(《羌村三首》)

我们不难看出：庾赋中虽也渗入了不少泪水和血迹，但他毕竟不像杜甫那样直接卷入逃难队伍的洪流之中，因而总不如杜甫写得那么真切。

唐代宗即位后，由于吐蕃大举入侵，长安再度陷落，代宗又狼狈出奔陕州。长安陷落为时虽然短暂，但贼军所至，玉石俱焚，朝野上下，蒙受着严重的灾难。这次寇乱，杜甫虽未亲历，可是出于对国家和人民的关心，他不断向“西京”来人打听消息：

> 乱离知又甚，消息苦难真。(《遣忧》)
>
> 巴山遇中使，云自陕城来。盗贼还奔突，乘舆恐未回？(《巴山》)

他深慨当时将帅无人奋起为国，而自己的壮志却油然而生：

天地日流血，朝廷谁请缨？济时敢爱死，寂寞壮心惊。（《岁暮》）

他还在《伤春五首》、《有感五首》和《释闷》、《忆昔二首》等诗中反复写到吐蕃攻陷长安，并对造成寇乱的根源作了分析。在杜甫流寓四川的岁月中，西蜀虽未直接遭值安史之乱，但不时有吐蕃的骚扰和地方军阀的混战，人民备受摧残：

汩汩避群盗，悠悠经十年。（《自阆州领妻子却赴蜀山行三首》）

眼前列杻械，背后吹笙竽。谈笑行杀戮，溅血满长衢。（《草堂》）

特别在他出蜀期间，战乱更为频繁。这在他的诗作中也时有反映。如《苦战行》、《去秋行》，或伤战死的军将，或伤阵亡的士卒。这和《哀江南赋》中对护军将军韦粲和济阳人江子一弟兄三人“慷慨”“死节”的表彰，颇为近似。

（二）抒发自己的哀怨，同情僚友的不幸，是庾信和杜甫后期作品的另一相似之点。庾信由南入北不久，梁朝就为西魏所灭。他在北周虽享高官显爵，“滕赵诸王，周旋款至，有若布衣之交”（《周书》本传），但他对梁朝一直不能忘情。他太息梁朝君臣只知追“欢”取“娱”，但图偏安“无事”。谁知侯景乱作，“大事去矣”，追悔何及。又慨叹梁元帝与萧詧同室操戈，“沈猜”“逞”“欲”，“藏疾”“自矜”（《哀江南赋》）。一旦西魏入侵，家国沦亡，就无法挽回。他把自己比作“倡家遭强聘，质子值仍留”（《拟咏怀》三）。一方面常为仕北“面”“热”内疚（《拟咏怀》二)，自喻颜“厚”有如“木皮”，混“浊”等同“泾泥”(《和张待中述怀》)，一方面却又心感梁朝的“国士遇”、“知己恩”(《拟咏怀》六)，可惜不能像张良“东求沧海君”(《拟咏怀》十三)，复仇雪耻。“壮情”“消歇”，“雄图”难“申”(《拟咏怀》五)，只有空自叹息。江陵陷后，不少梁朝官吏被俘入关，受尽屈辱，庾信在《思旧铭》中反映了这样的内容。他为“天”“地”无法“感”动而发出“徒”“怨”无益的慨叹，为以萧永为代表的梁朝旧时官员“质赵”、“留秦”兴“悲”。“玉树长埋，风流遂远”，“万里归魂，修门讵入”，确有“既痛逝者，行自念也”的哀怨。

长安沦陷期间，由于善自隐蔽，杜甫幸未被敌人发觉。后来“自京窜至凤翔”，“麻鞋”破衣，出入兵间，冒尽生命危险，可说是没有“惭”德。他得任左拾遗，供奉皇帝。后来在《壮游》诗中写出了当时对国事的忧愤：

备员窃补衮，忧愤心飞扬。上感九庙焚，下悯万民疮。

他没有尸位素餐，而是“斯时伏青蒲，廷诤守御床”。特别为房琯罢相，上疏力救，触怒肃宗，“放三司推问”。“君辱敢爱死，赫怒幸无伤”，好在宰相张镐“救之获免”，但也因此遭到贬斥。对此他一直耿耿于怀。他在寄给坐房琯事贬官的严武的诗中发泄了这种孤愤：

“开辟乾坤正，荣枯两露偏。”“秉钧方咫尺，铩翮再联翩。禁掖朋从改，微班性命全。青蒲甘受戮，白发竟谁怜？”(《寄贾司马六丈、巴州严八使君两阁老五十韵》)

房琯罢相后，在汉州作过刺史。杜甫对那里的“房公池”很有感情。房琯“赴召”后，他曾往游赏（《答杨梓州》）。他甚至对“房公池鹅”也特别喜爱，一再写诗咏赞，还在《官池春雁二首》（二）中，借春雁寓意。其中“翅在云天终不远，力微矰缴绝须防”两句，既是对房的“勉”励，也是为房“危”惧。后来房琯又外放，官阆州刺史，不久就死于任所。杜甫先后写诗文祭悼，《别房太尉墓》一诗尤为沉痛。“近泪无乾土，低空有断云”，结合自然景物，表达哀悼感情，涕泪纵横，百感交集。

杜甫“从左拾遗移华州掾”，再也没有回到朝廷。以后杜甫弃官去陇入蜀。严武镇蜀期间，他因在朝与严有旧，严武对他颇为关照，一度还引入幕府。他同严武有不少唱和诗。名篇《奉和严公入朝十韵》，表达了他对严武十分期勉：“公若登台辅，临危莫爱身。”严武逝世，杜甫写了《哭严仆射归榇》诗。后来又在《八哀诗》中表示伤悼。诗中着重肯定严武镇蜀有功。“谒帝萧关城”和“匡汲特宠辱”二句，前者暗示房琯对严武的荐举（《旧唐书》），后者则指严武坐房琯党出贬巴州的事。“记室得何逊”，说严武辟自己为参谋。“颜回竟短折，贾谊徒忠贞”，既赞严武的忠贞，又伤他的早逝。杜甫《八哀诗》中没有房琯，而在哀严诗中，却隐约地提到他，正说明杜甫心中是有难言之隐的。

杜甫关心、怀念、哀悼友朋诗作中最为后人乐道的，是他所写的有关李白的诗。他们两人的真挚友情，可作为“文人相重”的表率。李白由于永王璘的“迫胁”，参加了他的幕府。永王事败，白也“见污”而流放夜郎。杜甫在《寄李十二白二十韵》中，为他“抱枉莫伸”发慨。李白虽遇赦南还，但“恩波”不及，杜甫总为之惋惜不已。杜甫流寓秦州期间，许久不得李白消息，一时忧念成梦，写成杰作《梦李白二首》。诗中写他和李白魂梦相感的亲情苦意，真是“非公至性，不能有此至情，非公至文，不能传此至情”（《杜诗详注》）。永王璘后来终于得到侄儿唐代宗的“昭雪”（《旧唐书·代宗本纪》），李白自然也不是“从逆”。这说明杜甫对李白的评价是正确的。

其他如有关王维、郑虔的一些诗篇也都是持论平允、吐情诚挚的佳构。

（三）庾信和杜甫后期作品的另一相似之点，是庾信往往从历史人物、山川草木的咏叹中流露出自己的故国之思。庾信对汉代的和亲使者王昭君寄予了很大的同情。他在《昭君辞应诏》和《王昭君》中表现了王昭君的故国之思：“胡风入骨冷，夜月照心明。”庾信甚至自比于“家住金陵”，远“嫁长安”的女子，当她唱起“汉月何时更圆”的“怨歌”时，不禁“望乡泪落”，“心随弦断”（《怨歌行》）。他看到北方山川，便会想到江南风景：“树是新亭岸，沙如龙尾湾。”（《望渭水》）故国风物，老是唤起他的“乡关之思”：“还思建业水，终忆武昌鱼。”（《奉和永丰殿下言志十首》七）北国的春天，景色宜人，却只能引起他的离愁：“新春光景丽，游子离别情。”（《慨然成咏》）北方的“道”路“河”流，他全不感兴趣，唯一羡慕的，只是“秋”天“南”“飞”的大“雁”：“阳关万里道，不见一人归。唯有河边雁，秋来南向飞。”（《重别周尚书》）他自伤屈身事北，“愿为隐居而不可得”，故在《小园赋》中“以乡关之思发为哀怨之辞”（倪璠）。园中虽则“鸟多闲暇，花随四时”，但他却“非夏日而可畏，异秋天而可悲”，既“无忘忧之意”，也“无长乐之心”，简直感不到欢趣。在《枯树赋》中，他对着“生意尽矣”的“枯树”，联想到自己“飘零”异域，“山河阻绝”，有如木之“拔本”“伤根”，不禁发出“树犹如此，人何以堪”的悲叹。故国之思和故园之情在他身上交织成一片愁怨。

杜甫入蜀后在草堂时期，生活虽暂时安定，但流寓梓阆，羁滞夔巫，老是道途奔波，而出蜀后漂泊荆湘，更是有家难归。杜甫晚年所写《咏怀古迹》，第三首就咏了王昭君。诗末“千载琵琶作胡语，分明怨恨曲中论”两句，就从庾信《昭君词》末四句和《王昭君》末两句“别曲真多恨，哀弦须更长”汲取了诗意。他们显然对王昭君远嫁不归，怀念故国，“哀”“恨”无穷这一点，特别有同感，因而都借此来寄托自己的不幸遭遇。杜甫关于山川草木之作不少，与他的生活经历有关。他也往往由客居的山川回想起长安的景物：

故国留清渭，如今花正多。（《泛江》）
风月自清夜，江山非故园。（《日暮》）
巫峡西江外，秦城北斗边。（《历历》）

但他较多的是以下两类作品：观览山川景物的和玩赏花草树木的。前者如《寄题江外草堂》、《水槛》、《破船》、《怀锦水居止二首》、《入宅三首》、《暮春题瀼西新赁草屋五首》、《小寒食舟中作》、《燕子来舟中作》等，后者如《楠树为风雨所拔叹》、《病柏》、《枯棕》、《枯楠》等。他的这些作品都有一个共同特点，即往往借景寓情，借物托感。这与庾信的影响不无关系。前者分明受了《望渭水》等的触发，后者似乎来自《枯树赋》等的启示。当然，两人诗作的艺术技巧是各有特点的，但在感情基础上，确有其共通之处。

三

庾信的身世既然不同一般，他要表现的生活内容，他要抒发的思想感情，又是如此的丰富复杂，因而创作时对选取体裁，经营结构，驱遣语言，都进行了创造性的努力，所以才结出丰硕的艺术果实。他的这些经验都对杜甫产生了很大的影响。

（一）别开生面的创格史诗。为了艺术地表现丰富而复杂的生活与思想内容，庾信必须展示出时代的轮廓，勾画出人物的身影，把纷纭繁复的现象概括在一个长幅画卷之中。他向传统的辞赋学习，特别从屈原、宋玉、鲍照、江淹那里借鉴，终于创作出像《哀江南赋》这样前所未有、后亦罕见的史诗型的艺术巨制。《哀江南赋》先概述庾信祖先事迹、本人经历、梁朝未乱前的繁荣景象，次写到侯景作乱、建康陷落、由金陵奔赴荆州的艰苦遭逢，以及梁帝即位后，西魏入侵，招来江陵沦亡的惨祸。还写了他全家羁留北周，当时长安的另一番繁盛气象，最后点明自己的处境困难，回顾一生经历，作为全篇总结。在庾信的时代，"赋"这种体裁，早已不是新鲜事物。但庾信《哀江南赋》的出现，却是中国赋史上一个值得重视的现象。《哀江南赋》不但在题目上直接使用了《招魂》"乱"辞"魂兮归来哀江南"的词语，而且整个作品都深受《离骚》、《九章》的影响。至于鲍照《芜城》和江淹《恨》、《别》二赋，更是他有意师法的对象。可以说它是把屈原和鲍照的艺术经验熔为一炉，又精心提炼现实题材而锻冶出的一个艺术杰作。而《小园》、《枯树》、《伤心》等赋，则是它的重要补充，也可以说是姊妹篇。

杜甫充分研究了庾信的艺术经验，从中汲取养分和精华。也创造出具有自我特色的、不朽"史诗"型作品，并在质量上超过了庾信。不过他写的不是"赋"而是诗，不只有五、七言古诗，还有五言排律。这些诗篇幅都较长，这是因为"史诗"的内容不借助大篇幅，不能得到充分有力的表现。例如《自京赴奉先县咏怀五百字》、《北征》、《壮游》、《往在》、《入衡州》（五古）、《洗兵马》（七古）等，便属于古诗中的"史诗"型作品。其中历来传诵的名篇《北征》，长达七百字，以由凤翔到鄜州探亲为轴线，先从对国事的关切写到途中所见自然景物和社会情状（以前者作后者的陪衬），抵家后悲喜交集的情景，又从对借兵回纥的忧虑，消灭安史叛军的议论，追溯到马嵬之变，还特别写出人民盼望收复两京的迫切心情。最后提出太宗贞观之治，以激励肃宗，提高人们信心作为结束。

又如《夔府书怀四十韵》、《秋日夔州咏怀，奉寄郑监审李宾客元芳一百韵》、《大历三年春，白帝城放船出瞿塘峡，久居夔府，将适江陵，漂泊有诗，凡四十韵》、《秋日荆南咏怀三十韵》、《风疾舟中伏枕书怀三十六韵，奉呈湖南亲友》等，便属于排律中的"史诗"型作品。用律诗写长篇，由于格律的束缚，如果诗人没有卓越的才华和渊博的学识，很难做到得心应手。杜甫"晚节渐于诗律细"，因而把这种形式的技巧掌握得很熟练。他虽然借鉴了初唐诗人写排律的某些经验，但从创作精神说，却更多是从庾信诗文汲取了力量。他的这些作品，同样把个人身世、朋旧踪迹和国家大事等艺术地加以概括，一一打上明显的时代印记。通过杜甫的观感，反映出玄、肃、代三朝历史的某些重要方面，无疑具有"史诗"的价值。胡应麟说杜甫的排律"雄伟神奇"，"如淮阴用兵，百万掌握，变化无方"（《诗薮·内编》）。姚鼐又说他的"长律有千门万户开阖阴阳之意"，"自来学杜公者他体犹能近似，长律则愈邈矣"（《今体诗钞》五言一）。他们都能窥见杜甫用长律创作"史诗"型作品所特具的"雄伟神奇"的气魄，"开阖阴阳"的笔力，是深中肯綮的评语。

（二）精心设计的各类组诗。为了与《哀江南赋》相配合，庾信又向传统学习。他把若干体裁相同的篇章，组合成一个艺术整体，分叙而又联贯地表现了自己总的创作意图。他从前人，特别是从阮籍和陆机那里汲取创作经验，写成了《拟咏怀二十七首》、《奉和永丰殿下言志十首》、《拟连珠四十四首》这样的名篇。写组诗，这本是古代诗人相沿已久的写作经验，也不创自庾信。庾信有意识地把个人身世和国家命运有机地结合在组诗之中，不只内容充实，而且构思精密，深具匠心。以《拟咏怀》为例，庾信虽然借用阮籍《咏怀》的题目，实则“皆在周乡关之思，其辞旨与《哀江南赋》同”（倪璠），只是在写法上各有侧重而已。倪璠曾对《拟咏怀》27首的基本内容作了归纳。（一）写“丧乱之后”，“困子尘俗”，“去梁仕周”，如鱼“失水”，如雁“离群”，相当于组诗的序篇。（二）、（三）进一步表明自己“本无谋习，而出使不归”；“本不欲仕，而魏周逼之”的苦衷。（四）、（五）追述家世。（六）写自己的经历。（八）、（九）、（十一）、（十二）、（十三）、（十四）、（十五）、（二十三），（二十六）、（二十七）都着重写梁元帝江陵的覆亡：或写“江陵君臣，但适一时，不顾后虑”；或写梁室内部不和，引狼入室，伤亡惨重；或写江陵“危急”，梁军部署失当，导致败亡，或写“元帝出降”，“不能从”“死”；或写“江陵败亡”，“不能为国报仇”。（七）、（十）、（十六）、（十七）、（十八）、（十九）、（二十）、（二十一）、（二十二）等首，则反复表达自己南北隔绝的“乡关之思”。组诗是否一气呵成，既难于判断；顺序是否保持原样，也无法确定。但庾信把《哀江南赋》的基本内容有所侧重地重新加以表现，无疑是事先就有规划的。庾信那种纡徐曲折，反复陈述，欲说还休，余味不尽的表达方式，却又是很有艺术魅力的。特别需要指出的，是组诗《拟咏怀》的特定形式。在庾信的时代，诗歌已由不大注意对仗、声律的古体（五言），发展成为非常讲究声韵格律，注重骈偶词语的新体，人们习惯称之为“齐梁体”诗。它是古体诗向唐代律诗的过渡形式。以《拟咏怀》而论，每首长短不一，有八句、十句、十二句、十四句、十八句、二十句等5种。较多的是八句和十句，而以十句为最多（共15

首，占组诗的一半以上）。它们都讲究对仗，不少是平仄相协，但时有失粘之处。如（一）即属十句体。它的三、四句，五、六句，七、八句，都平仄相协，但四、五句，八、九句失粘。它已具备律诗的雏形。看来庾信是把它作为一种新的流行诗体来推广的。他一定为自己经过充分酝酿的丰富而深刻的内容，找到了新的表现形式而高兴。

杜甫重视并且发展了庾信的经验（当然也有其他古代诗人的经验），在他的笔下，组诗这种形式更得到充分而广泛的运用。他把五七古组诗发展为五七律组诗，而以组律为多，并且大中小型兼备。前者如《羌村三首》、《八哀诗》（五古）、《乾元中寓同谷县作歌七首》、《忆昔二首》（七古）。后者如《自京窜至凤翔，喜达行在所三首》、《伤春五首》、《有感五首》（五律），《诸将五首》、《秋兴八首》、《咏怀古迹五首》（七律）等。这些组诗，或陈述国家大事，或评论朝政得失，或感慨个人身世，或惋伤亲故存亡。时而叙事与议论掺杂，时而描写与抒情结合，时而穿插景物刻画，时而突出生动细节，同样收到了很好的艺术效果。

在风格上，杜甫可能对庾信诗"于琢句中，复饶清气"，"拔出""流俗"（《古诗源》）的艺术造诣，很感兴趣。他对庾信诗在艺术表现上讲究用事，注重声律对仗的特点，认真加以借鉴。特别七言组律，更是对庾信艺术经验的一个新的发展。这样，我们就看到了一种盖上杜甫印章的新型组诗。由于苍凉、萧瑟的格调，纵横、苍劲的笔力和清新流利的语言有机地结合起来，它给人以异常和谐、完美的鲜明印象。

试以《秋兴八首》为例，它以"故国之思"作为主题，表现了诗人对祖国的无限关怀。围绕这一主题，诗人抒发出他长期流寓中的个人哀怨。（二）、（三）的"每依北斗望京华"，"故国平居有所思"两句，是组律的灵魂。诗人身在夔州而心怀故国，因此诗中描述长安的多，涉及夔州的少。杜甫在长安困守过十年，在那里做过官，在“杜曲”还有“桑麻田”，所以第一首中说“孤舟一系故园心”。但杜甫最关心的却不是“樊川”的“故里”，而是有关国家兴衰治乱的著名胜地，如曲江、昆明池等。因而在组律中，杜曲和樊川，只字未提。在杜甫诗中，这种爱祖国与爱家园的思想感情，得到了最好的统一，且前者显然胜过了后者。《秋兴八首》的真正价值，正在这里（萧涤非《杜甫诗选注》）。在艺术结构上，前三首与后五首是两个不可分割的艺术组成部分，而以第四首作为它们的过渡。从内容看，前者详夔州略长安，后者则相反。从表现手法看，前者由夔州而想到长安，是由现实引起追忆，后者由想长安而归结到夔州，是由追忆回到现实。各首之间，首尾衔接，层次井然，简直又像一个完整的长篇。如前三首，写夔州秋天的日暮、夜晚与早晨。（一）以暮字结，（二）以落日起。后五首，（四）以长安的今昔变化为契机，以“故园”句作重点，把重心逐步转向长安。以下写他所思：（五）思长安宫阙、朝仪和在朝经历，（六）思曲江，（七）思昆明池，（八）思渼陂。但每首的结末又都落脚到夔州。《秋兴八首》“才大气厚，格高声宏”，足以“虎视词坛，独步一世”（郝敬语，见《杜诗镜铨》引），确是诗歌史上的一个创举。清代王文治说它“可抵庾子山一篇《哀江南赋》”（《杜诗镜铨》引），一点也不夸张。我们可以说，它胜得过庾信二十七首《拟咏怀》。

（三）独具特色的语言艺术。庾信在语言艺术上的特色，一是清新，二是苍劲。庾信在南朝时，主要发展了前者，后者是入北以后才开始显示出来的。庾信前期是一个宫廷文学侍臣。外表华丽，内在贫乏，是其前期作品的缺点之一。固然语言颇为清新，但题材比较狭窄，乍看虽能悦目，细玩却少滋味。如“荷风惊浴鸟，桥影聚行鱼。日落含山气，云归带雨余。”（《奉和山池》）诗中“惊”、“聚”、“含”、“带”等字，确实使人有清新之感。不过另一些诗句就不免夹杂脂粉气息，不是那么健康。庾信入北后，随着生活和思想的变化，艺术观点也有了改变。特别汲取北方文学，包括民歌的健康朴素内容，把它融入南方文学的华丽形式之中，在语言艺术上就形成了一种苍劲的风格。这无疑代表了他语言艺术成就的重要方面。但庾信语言艺术上的清新风格，在后期作品中仍然有所表现。

庾信入北后也写过一些“应制”之作，在一定程度上还残存着从南朝带去的宫廷余习。他这部分诗作，语言虽有清新之处，内容却不高明。一般比较注意他后期反映北国风光的诗句，如“阵云平不动，秋蓬卷欲飞”（《拟咏怀》十七），“流星夕照镜，烽火夜烧原”（同上，十二），“轻云飘马足，明月动弓弰”（同上，十五），“胡笳遥警夜，塞马暗嘶群”（《和赵王送峡中军》）等所特具的刚健清新的语言艺术风格。但他后期的作品却不限于这方面。比如他描写北方一般自然景色和农村风物的诗句，也不算少，它们都另具一种清新朴素的面貌。属于前者的，如“雨住便生热，云晴即作峰”（《喜晴》），“山明疑有雪，岸白不关沙”（《舟中望月》），“秋水穿沙落，寒藤抱树疏”（《奉报穷秋寄隐士》），“苍鹰斜望雉，白鹭下观鱼”（《寒园即目》），“燕送归菱井，蜂衔上蜜房”（《咏园花》）。属于后者的，如“被陇文瓜熟，交塍香穗低”（《将命至邺，酬祖正员》），“嘉苗双含颖，熟稻再含胎”（《和李司录喜雨》），“山村治涩路，低田补坏渠”（《奉报穷秋寄隐士》），“穿渠移水碓，烧棘起山田”（《归田》），“寒谷梨应重，秋林栗更肥”（《谨赠司寇淮南公》）。这些诗句，不仅使人仿佛看到云峰沙岸，白鹭苍鹰，而且塍陇间瓜熟穗垂，一股浓厚的泥土气息更是扑面而来。

过去的杜诗研究者早已指出杜甫向庾信学习语言艺术的问

题。如“万象皆春色，孤槎自客星”（《宿白沙驿》），黄生说“此反用”《哀江南赋》“舟楫路穷，星汉非乘槎可上”意。又如仇注说“兵革身将老，关河信不通”（《登牛头山亭子》）本庾信“提挈老幼，关河累年”（《哀江南赋》，下同）；“反气凌行在”（《赠李八秘书别二十韵》）本庾信“遭东南之反气”；“无复云台仗”（《寄酬贾司马六丈、巴州严八使君两阁老五十韵》出庾信“犹有南之反气”；“无复云台仗”（《寄酬郭中丞兼太仆卿充陇右节度使三十韵》用庾信“两观当戟，千门受箭”。另如“风尘三尺剑，社稷一戎衣”（《重经昭陵》），取式于庾信的“终封三尺剑，长卷一戎衣”（《周祀宗庙歌》）；“春岸桃花水”（《南征》）对照庾信的“水似桃花色”（《咏画屏风诗二十四首》）、“山青花欲然”（《绝句二首》）对照庾信的“山花焰火然”（《奉和赵王隐士》），也都有所借鉴。但以上指出的毕竟是少数，而且较多的是从形式的模拟上着眼。有的甚至只注意杜甫的“麝香眠石竹，鹦鹉啄金桃”（《山寺》）“以奇丽写幽寂”，认为“真开府之嗣音”（何焯），似乎没有看到主要方面。事实上，杜甫对庾信语言艺术的两大特色，都加以了借鉴和发展。在他后期作品中，苍劲这一特色有显著表现。如描写塞上风光的：

浮云连阵没，秋草遍山长。
无风云出塞，不夜月临关。（《秦州杂诗》）
关云常带雨，塞水不成河。（《寓目》）
塞上传光小，云边落点残。（《夕烽》）

如描写西蜀形胜的：

地平江动蜀，天阔树浮秦。（《奉和严中丞西城晚眺十

韵》)

入天犹石色，穿水忽云根。(《瞿塘西崖》)
山虚风落日，楼静月侵门。(《西阁夜》)
大声吹地转，高浪蹴天浮。(《江涨》)

这些诗句表现塞上和西蜀的山川形胜，给人以苍莽雄浑的感觉。又如描写个人身世的：

留滞才难尽，艰危气益增。(《泊岳阳城下》)
百年歌自苦，未见有知音。(《南征》)
片云天共远，永夜月同孤。(《江汉》)

再如描写战乱生活的：

天地军麾满，山河战角悲。(《遣兴》)
战伐乾坤破，疮痍府库贫。(《送陵州路使君之任》)
穷愁但有骨，群盗尚如毛。(《王阆州筵奉酬十一舅惜别之作》)

这些诗句更能把诗人羁旅生活中对国家大事和个人穷愁的特殊感慨贴切地表现出来，显得沉郁悲凉。它们的特点可以用诗人的诗句“老气横九州”(《送韦十六评事充同谷防御判官》)来说明。

在杜甫作品中，清新这一特色表现得也很明显。以他描写一般自然景色和农村风光的诗句而论，前者如：

丛篁低地碧，高柳半天青。(《秦州杂诗》)
园荷浮小叶，细麦落轻花。(《为农》)

远鸥浮水静，轻燕受风斜。（《春归》）
暗飞萤自照，水宿鸟相呼。（《倦夜》）

后者如：

对门藤盖瓦，映竹水穿沙。
瘦地翻宜粟，阳坡可种瓜。（《秦州杂诗》）
枣熟从人打，葵荒欲自锄。
风落收松子，天寒割蜜房。（《秋野五首》）

不论写花草树木、禽鸟昆虫，也不论写种瓜打枣、锄葵割蜜，都是诗人从生活中得来的真实体会，通过清新自然的语言表现出来。我们只要把庾信和杜甫的诗句加以对照，就能发现，它们之间是那么神似。杜甫曾经说其诗歌风格之一是“沉郁顿挫”（《进雕赋表》），就语言艺术的神韵来说，他从庾信诗中借鉴的苍劲这种风格正和他诗歌的这一风格相一致。

四

对庾信在文学史上的地位，评论家们历来就有截然不同的看法。有的说“其体以淫放为本，其词以轻险为宗”，是“词赋之罪人”（《周书》本传），甚至编出他在阴间受苦，变成了“龟身”（《太平广记》卷一〇二）的鬼话。有的说他“人”“夸”“文诞”（《中说》），有的说他的作品“荒芜不雅，了无足观”（《滹南遗老集》），而有的则说：“信北迁以后，阅历既久，学问弥深，所作皆华实相扶，情文兼至”（《四库提要》）；“悲感之篇，常见风骨”（《古诗源》例言）。因而把他“目为大家”，称誉他“造情”“琢句”，“岂特北朝一人，亦即六季鲜俪”（《采菽堂古诗选》）。

对杜甫学庾信，评论家们也从各自的角度出发，作了种种不同的理解。如元稹说他“杂徐庾之流丽”（《杜君墓系铭》），秦观进而说他“备”徐庾“藻丽之态”（《淮海集》），黄庭坚说他“句法出庾信，但过之尔”（《后山诗话》引）。他们对杜甫学庾信的关键处没有说道，是因为他们未能看出杜甫向庾信作品学习的精髓所在。这并不奇怪。明代的杨慎始而就诗句的取法上进行比较，如说杜甫的“骥子春犹隔，莺歌暖正繁”（《忆幼子》），学庾信的“羊肠连九坂，熊耳对双山”（《任洛州，酬薛文学见赠别》），而作出“杜觉偏枯”的论断。但在他因“争大礼”案遭贬后，却对杜入蜀后有得于庾信的“暮年”之作，深有体会：

> 庾信之诗，为梁之冠冕，启唐之先鞭。史评其诗曰“绮艳”，杜子美称之曰“清新”，又曰“老成”。“绮艳”、“清新”，人皆知之，而其“老成”独子美能发其妙。余尝合而衍之曰：绮多伤质，艳多无骨，清易近薄，新易近尘。子山之诗，绮而有质，艳而有骨，清而不薄，新而不尖，所以为老成也。（《升庵诗话》）

比起元、秦、黄来，杨慎的看法无疑要高明得多。张溥评论庾信时，也重复了杨慎的观点：“史评庾诗绮艳，杜工部又称其清新老成，此六字者，诗家难兼，子山备之。”因而在他笔下，“辞生于情，气余于彩，乃其独优”。（《汉魏六朝百三家集·庾子山集题辞》）

王夫之在《古诗评选》中曾说：“唐宋”诗人“以新创自雄者，皆寄他（指庾信）篱下”。在《唐诗评选》中，并谓李白得其“清新”，杜甫得其“纵横”；李白《古风》“大似庾子山入关后诗”；又谓杜甫“晚年刻意学庾子山。《出峡诗》往往神似。虽云健笔纵横，要不失雅步”（评杜甫《过津口》诗语）。王夫之看到了杜甫“晚年刻意学庾子山”这一重要实践，很有真知灼见。清代的王士禛在评杜甫《秋兴八首》时，特别引了王文治的话（见前文），这确实是“前人听未发”过的妙论，值得我们重视。

陈寅恪先先对庾集和杜诗均作过认真研究。他不但长于“以庾解杜”，而且善于“以杜解庾”。过去的庾集研究者，均未能对《哀江南赋》中“用无赖之子弟，举江东而全弃”两句作出正确的解释。陈先生解杜甫《咏怀古迹》第一首“羯胡事主终无赖”句，认为“羯胡指安禄山，亦即以之比侯景也”。并进一步正确地指出：“杜公此诗实一《哀江南赋》之缩本。其中以己事比庾信，以玄宗比梁武，以安禄山比侯景。今以无赖之语属之羯胡，则知杜公之意，庾赋中‘无赖子弟’一语乃指侯景而言。”（《庾信〈哀江南赋〉与杜甫〈咏怀古迹〉诗》）这不仅对庾赋研究是可贵的贡献，而且从另一方面证明杜甫对庾集钻研之深。杜甫深受庾信的影响就是无疑的了。

综上所述，过去的评论，有的对庾信作品估计过低，一则由于对庾信作品评价存在片面性观点，即只看到他早期作品的缺陷，因而笼统地否定。二则对“宫体”诗不能正确地对待。所谓“止乎衽席之间”，“思极闺闱之内”（《隋书·经籍志》），实际上成了色情淫靡均“艳体”诗的同义语（《试论庾信及其“乡关之思”》，《文学遗产》1980年第三期），当然是一种偏见。不过，像陈祚明那样，把庾信作品估计过高，以至“谓少陵不能青出于蓝，直是亦步亦趋，则又太甚矣”（《古诗源》）。平心而论，庾信固是“六季鲜俪”，杜甫更是“青胜于蓝”。我们只要把两人的作品客观地加以比较，就会看得很清楚。

（原载《古典文学论丛》，《四川大学学报丛刊》第15辑）

“乃知盖代手，才力老益神”
——杜甫夔州诗偶说

大历元年（766），杜甫55岁时漂泊到夔州。在夔不到两年，写诗四百余首。刘克庄说，杜甫“蜀中诸诗，惟夔最多”。由于长期生活磨炼，夔州诗思想感情更加复杂、深沉，由于不断积累创作经验，在艺术表现上也有了进一步发展。李纲说杜诗“句法理致，老而益精”，刘克庄说杜甫夔州“以后诗作”，年虽老而“才”“气”（《刘圻父诗序》）未衰，评价都很中肯。

一

杜甫在夔，生活暂得稳定。他同当地官员柏中丞、严明府等虽时有往来，并受到资助，但社会地位和生活水平比成都时期都明显下降。夔州的历史文物、山水景色，对他思想的净化、胸襟的开拓，无疑起了重要作用。这使他能安静下来，用五古和五排的形式，进行全面的生活总结。

五古中既有《壮游》式的自传体，也有《昔游》、《遣怀》式的随笔体。前者概述一生经历，后者回顾某一生活片断，《壮游》从七龄“咏凤凰”写到“老病客殊方”，从“出游翰墨场”写到“廷净守御床”，从“东下姑苏”，“放荡齐赵”写到“西归”长安。既有“奏赋入明光”的个人仕履，“论交入酒垆”的朋旧交游，更有对安史之乱前后重大历史事件的评议和“下感万民疮”的“忧愤”。五排《秋日夔府咏怀》也带有自传的性质。所不同者，《壮游》详到夔以前，《咏怀》详到夔以后，好比自传的正续篇。

南宋爱国诗人陆游在《东屯高斋记》中推许杜甫为“天下士”，认为他即使“落魄巴蜀”，“规模志意”仍然不小。“至夔”后，“客于柏中丞、严明府之间，如九尺丈夫，俯首居小屋下，思一吐气而不可得”。陆游读杜《壮游》诗“至‘小臣议论绝，老病客殊方’之句，未尝不流涕”，嗟其“辞之悲乃至是”。正因为陆游深受《壮游》的艺术感染，才对它如此推崇。陆游深知“少陵非区区于仕进者，不胜爱君忧国之心”，可是不能“少出所学”，济时救民，以致“身愈老”，“坎壈且死”，“其悲至此”，也就“无足怪”了。刘克庄更为肯定《壮游》，说它在杜甫“五言古风中，尤多悲壮语”。“虽荆卿之歌，雍门之琴，高渐离之筑，音调节奏，不如是之跌荡豪放也。”（《后村大全集》卷一百八十二）陆、刘两人对《壮游》备极称赞，可见它在杜诗中的重要地位。

和总结生活经验相联系，杜甫在夔，也对创作进行系统总结。早在成都，杜甫就用组诗形式评论古今诗人的得失，写成《戏为六绝句》。到夔后，又写出全面总结历代诗歌创作经验（从诗、骚、汉魏六朝，直到唐代）的五排《偶题》。诗中特别谈到自己的创作甘苦：“法自儒家有，心从弱岁疲。”这等于是为诗集写的“自序”（王嗣奭）。另外，他又用组诗形式写了具体评论当代诗人（郑审、薛据、孟云卿、孟浩然、王维）和自叙学诗心得的《解闷十二首》。其他诗作更多次涉及古代和唐代诗人及其作品，其中包括他从祖父杜审言那里继承下来的诗学源流。

“文章千古事，得失寸心知。”（《偶题》）杜甫把写诗看作对历史和人民负责的千秋盛业，认为不能掉以轻心。“作者皆殊列，名声岂浪垂。”每一个有良心的作者都有责任贡献自己的力作，为祖国的诗歌艺术宝库增添光彩。杜甫当然有更大的雄心壮志。

“不敢要佳句，愁来赋别离”乃是他自谦之词，和他所说“文章一小技，于道未为尊”（《贻华阳柳少府》）用意相同。他忘不了写“三吏”、“三别”时的创作激情：“忆在潼关诗兴多。”（《峡中览物》）他用“诗是吾家事”训示儿子，要他重视汉魏六朝诗人的艺术成就：“熟精文选理。”（《宗武生日》）他也毫不低估当代作者的水平：“吾人诗家流，博采世上名。”（《同元使君〈春陵行〉》）“他乡阅迟暮，不敢废诗篇。”（《归》）他确是“以诗为生平要事，直欲藉以垂训千古，非但作惊人语也”。他不只在内容上“刳心沥血，写出良心之所必不容已，而古今词人所不能到”（仇兆鳌），还在艺术上精益求精：“新诗改罢自长吟”（《解闷十二首》），“晚节渐于诗律细”（《遣闷戏呈路十九曹长》）。由于杜甫认真总结创作经验，他的夔州诗的思想与艺术才达到了新的高度。

杜甫对过去的生活和创作进行全面系统的总结，大大有助于扩大生活视野，加深思想与艺术修养。这必然会在夔州诗中充分反映出来。

二

杜甫夔州诗内容丰富、充实，表现出复杂而深沉的特点：

（一）对国计民生的深刻关怀。杜甫到夔后，继续关心国家大事，关怀民生疾苦，诗中随时流露忧国忧民思想。他对战乱给国家造成的巨大创伤，痛心至极：“烟尘多战鼓”（《摇落》），“世乱戟如林”（《峡口二首》），“十年戎马暗万国”（《愁》），“野哭千家闻战伐”（《阁夜》）。他对时局十分关注：“社稷堪流涕，安危在运筹”（《西阁口号呈元十一》），还想对朝廷有所贡献：“时危思报主，衰谢不能休”（《江上》）。他把长安当作国家的象征，常引安史之乱、吐蕃之祸为沉痛教训，在一些组诗中，反复表达了这样的感情。这些诗作都有一个共同特点，即通过回忆安史之乱前太平盛世的景象，针对眼前干戈离乱的现实，寄托自己的深沉感慨。七律如《秋兴八首》、《诸将》，五律如《洞房》等八首，都有代表性。《秋兴》集中表现了诗人身在夔州，心向“京华”的感情。它由夔州的暮、夜、晨转向长安的宫阙和名胜，“以第一首起兴，而后七首俱发中怀”。第一首“孤舟一系故园心”的“‘故园心’三字固是八首之纲”，第四首“故国平居有所思”的“‘故国思’，即‘故国心’而换一‘国’字，见所思非家也，国也，其意甚远”。“后面四章皆包括于其中。”（《杜臆》）杜甫怀念故国的思想，通过“力扛九鼎，勇冠三军”（郝敬语）的笔力，得到了成功表现。

可和《秋兴》“表里参观”的是《洞房》等八首。第五首《历历》前四句“历历开元事，分明在眼前。无端盗贼起，忽已岁时迁”是八首的纲领。前四首“说承平之世，故以‘开元事’括之”，后三首“说乱离以后，故以‘盗贼起’包之”。仇兆鳌说《秋兴》、《洞房》诸诗，“有关国家治乱兴亡，寄托深长”，堪称杜甫“聚精会神之作”。

足以和《秋兴》并称的是“以诗当纪传，议论时事”的《诸将五首》。时安史之乱虽平，边患仍未根除，故对手握兵柄的方镇诸将进行针砭：“诸君何以答升平”，“安危须仗出群才”。诗人大有激发武将们的爱国心之意。《诸将》迥异“吟风弄月”、“登眺游览”的“任兴漫作”，“必有子美忧国之真心，又有其识学笔力”（郝敬），才能写出。

《秋兴》、《诸将》同杜甫在梓州、阆州为吐蕃陷京、藩镇跋扈而写的《伤春五首》、《有感五首》先后呼应，有着深刻的内在联系。《秋兴》的题目和《伤春》近似，《诸将》的题材与《有感》略同，它们反映了杜甫在不同时期对国事的忧虑。

杜甫对战乱给人民带来的苦难，更为义愤填膺。他叹息赋敛深重，征戍苛虐："苍生今日困"（《奉送王信州崟北归》），"诛求异俗贫"（《东屯北崦》），"八荒十年防盗贼，征戍诛求寡妇哭"（《虎牙行》），"安得务农息战斗，普天无吏横索钱"（《昼梦》）。他盼望再看到安史之乱前的太平景象："军旅都应息，寰区要尽收。"（《奉送王信州春北归》）他因天热而为不得"解甲"的"征戍人""沾巾"（《热三首》），认为兵荒和旱灾相比，后者还"愈"（《雷》）于前者。他主张"先偃甲兵"，再减轻赋役，使老百姓各安其业："几时高议排君门，各使苍生有环堵。"（《寄柏学士林居》）

《同元使君〈春陵行〉》是夔州诗中值得重视的关心民瘼之作。杜甫在"序"中感叹"今盗贼未息"，希望朝廷重用元结式的官员，达到"天下小安"。赞扬元结"知民疾苦"："道州忧黎庶，词气浩纵横。"元结的《春陵行》和《贼退示官吏》，真可谓"两章对秋月，一字偕华星"，足与星月齐光，惊叹"不意复见比兴体制，微婉顿挫之词"。他深佩小他 11 岁的元结的艺术天才，"感彼危苦词，庶几知者听"。写成和章，以广流传。

杜甫在夔，亲眼看到劳动人民为赋敛征戍所折磨的血腥事实。杜甫在《驱竖子摘苍耳》中，对此作了形象描绘："乱世诛求急，黎民糠籺窄。饱食亦何心，荒哉膏粱客。富豪厨肉臭，战地骸骨白。"我们在这里又看到了杜甫入蜀前《奉先咏怀》中"朱门酒肉臭，路有冻死骨"思想的艺术体现。杜甫认识到，贫富悬殊是人民痛苦的根源，是产生一切社会"悲"剧的基础："无贵贱不悲，无富贫亦足。"（《写怀二首》）

官府的赋敛，导致夔州民不聊生，杜甫在《甘林》中，通过"邻里""长老"之口，加以生动揭露。"时危赋敛数"，老百姓用仅有的口粮缴完赋税，还得把"豆田"里的"子实"，"货市送王畿”，因为“公家威”“迫”得厉害，自产的粮食“不得吃”，却“尽添军旅用”了。《又呈吴郎》是征戍赋敛迫使夔州劳动人民家破人亡的一个缩影。这位“无食无儿”的寡妇到瀼西草堂前“扑枣”，“贫”到只剩几根骨，却还顾脸皮，“恐人见之，惧人责之”（《金圣叹选批杜诗》）。他劝吴郎不要吝惜几颗枣子，拒他于竹篱之外。此诗“已诉征求贫到骨，正思戎马泪沾巾”二句所表现的，正是杜甫写于成都的《茅屋为秋风所破歌》中“广厦千间”，“大庇寒士”的思想感情。诗人由个别想到一般，一时哀叹丧乱，不禁热泪沾巾，深刻流露出对劳动人民体贴入微的感情。

（二）对劳动生活的真切体验：杜甫在夔，始住西阁，后居赤甲。大历二年（767）春末，在瀼西“新赁草屋”，开始了新的田园生活。同年秋，移居东屯，仍兼顾瀼西农务。他像在成都一样参加田间劳动，“细雨荷锄立”（《暮春题瀼西新赁草屋五首》），向内行请教“农事闻人说”（《移居夔州作》），“耕稼学山村”（《晚》），渐渐也成了内行，“为农知地形”（《奉酬薛十二丈判官见赠》），“治生且耕凿”（《戏作俳谐体遣闷二首》），连干扰写诗也不顾：“稼穑分诗兴，柴荆学土宜。”（《偶题》）他管理生产有条不紊，既种稻米、蔬菜，又栽培果树，饲养“鸡豚”。他懂得生产粮食的重要性：“谷者命之本，客居安可忘。”他抓紧春耕夏耘，秋收时满怀喜悦，“稻米炊能白”，“尝新破旅颜”（《茅堂检校收稻二首》），还“督勤耕牛”，及时“种秋菜”，对栽培“丹橘黄甘”兴趣尤浓，对其他农副业也不忽视，“风落收松子，天寒割蜜房”，“盘飧老夫食，分减及溪鱼”（《秋野五首》）。黄生说杜甫田园诸诗，觉有“做睨陶公之色”，其“气力沉雄，骨力苍劲处”，“本色自不可掩”。这些话用来评论杜甫夔州田园生活之作，最为恰切。它使我们联想到《秦州杂诗》、《春日江村五首》中的一些田园生活情趣。相形之下，这些诗篇描写的农村风味，更觉生动。

（三）对劳动人民的真挚感情。杜甫在夔，一再迁居，为了照管农务，往来瀼西、东屯，同当地劳动人民有了更多接触。“牧童斯在眼，田父实为邻”（《从驿次草堂复至东屯茅屋二首》），“负喧候樵牧”（《写怀二首》），“全生狎楚童”（《秋峡》）。他朝夕为伍的都是牧童、田父与樵子。他不羡慕轻裘肥马的“朱门”富豪，却愿与安于“藜藿”的“白屋”（《甘林》）贫老交朋友。不仅“拾穗许村童”（《暂往白帝复还东屯》），“枣熟从人打”（《秋野五首》），还“西成聚必散，不独陵我仓。”原因是“感此乱世忙”，绝非为“要仁者誉”（《秋行官张望督促东渚耗稻向毕，清晨遣女奴阿稽、竖子阿段往问》）。

夔州民族杂居，杜甫因务农的需要，使用几位“獠”汉男女童仆，从事伐木、引水、筑栅、养鸡、种稻、种菜、培育果树等劳动。“儿童解蛮语”（《秋野五首》），既克服了语言障碍，又待以厚道。他尊重童仆的劳动，“日曛惊未餐，貌赤愧相对，浮瓜供老病，裂饼尝所爱”。《信行远修水筒》为信行“触热”“往来四十里”修水筒而写，表现了杜甫对信行的体恤。《示獠奴阿段》为阿段引泉而作，肯定阿段能接筒引泉，表扬他不与“郡人”争“水”，“独”自“寻源”的品行，很有陶潜“此亦人子也，当善遇之”的思想境界。《课伐木》描写为“补”“藩篱”之“缺”，给“隶人”布置伐木任务。“晨征暮返”，“人肩四根已，亭午下山麓”，“尔曹轻执热，为我忍烦促”，“报之以微寒，共给酒一斛”，合理安排作业，完全量力而行。王嗣奭说杜甫把“犒劳仆人”“入之于诗，具见真恳之意”。

杜甫还在云安，就对那里的劳动者——“负盐出井”、“打鼓发船”（《十二月一日三首》）的男男女女，发生兴趣。到夔后，对他们更加熟悉。夔州有高山、大江，采薪、驾船成了劳动人民的主要生活来源之一。《负薪行》、《最能行》是对他们生活的真实刻画。《负薪行》对夔州贫苦劳动妇女寄以深厚同情，在中国诗史上是少见的。夔州“坐男使女立”的“土风”，是母系社会习俗的残存。全家的生活和缴纳赋税的重担，都压在妇女肩上。谋生之路只有卖薪背盐。“筋力登危”，“死生射利”。她们服饰寒碜，“地褊衣寒困石根”。诗人不禁发出不平之鸣：“若道巫山女粗丑，何得北有昭君村?”夔州妇女“粗丑”，乃生活折磨所致，与地理环境无干。要不然，与夔接壤的归州，怎会有王昭君的故里呢?《最能行》专写“夔州丈夫”“绝轻死”、“多在水”的特点。但“富豪”和“贫”汉，一“驾大舸”经商，一“行艓子”求吃，生活在两个世界。诗人赞美这里的劳动能手——“长年”们“欹帆侧舵”，出没“波涛”的绝技，同时指出“此乡之人气量”狭“窄”的特点，并非自然条件所决定，而是与缺乏教养有关。要不然，邻县秭归为何会有屈原的故宅呢?

杜甫在夔，还向劳动人民学习民间艺术——夔州一带盛行的竹枝词。虽然中唐时代，诗人们才吸取它的养料，给自己的创作注入新血液，但杜甫当时已经受到它的艺术熏陶：“万里巴渝曲，三年实饱闻”(《暮春题瀼西新赁草屋五首》)；“竹枝歌未好，画舸莫迟回”(《奉寄李十五秘书嶷二首》)。他多次提到“南翁巴曲”、“谷口樵唱”和少数民族的“夷歌”。这些民族民间艺术，不能不对他的创作有所影响。

(四) 对历史人生的广泛探索：

1. 借古迹以抒今怀：杜甫在夔，经常游览名胜古迹。他往往由一些历史人物的生平遭际，联系个人身世，写出一系列名篇。其中有西蜀刘备、诸葛亮，著名作家宋玉、庾信和汉代和亲使者王嫱，还有西汉末据蜀称帝的公孙述。通过咏叹历史古迹，抒发自己的情怀。文史家历来称道刘备与诸葛亮的鱼水关系。杜甫在夔所写《谒先主庙》、《武侯庙》、《八阵图》、《诸葛庙》、《咏怀古迹》（四）、（五）、《古柏行》和《夔州歌十绝句》（九），都为备、亮而作。它们贯串着“君臣相遇，自古为难”（杨伦），志存兴复，未归一统的中心主题。“复汉留长策，中原仗老臣。”（《谒先主庙》）“翊戴归先主，并吞更出师”。（《诸葛庙》）托孤、尽瘁虽是两个中心环节，但他更为推崇的却是诸葛亮。这在《咏怀古迹》（五）中表现得最明显，诗人肯定诸葛长“垂宇宙”的“大名”。“三分割据”的决策，历史上只有殷、周的伊、吕，汉初的萧、曹，才能与之相比。但“屈处偏隅，其胸中蕴抱，百未一展。万古而下，所及见者”，特“云霄鸾凤”“之一羽毛耳”（杨伦本焦氏《笔乘》说）。兴复大业，终未实现，诸葛却因军务“过劳”而“身歼”了。此诗同写于成都的《蜀相》，有一致观点。那首诗尾联中悼惜自伤的思想，在夔州诗有关诸葛的篇章中，一再有所表现：“欻忆吟梁父”（《诸葛庙》），“迟暮堪帷幄”，“向来忧国泪，寂寞洒衣巾”（《谒先主庙》），“志士幽人莫怨嗟，古来材大难为用”（《古柏行》）。

2. 假哀悼以托深情。杜甫身居夔巫，感伤乱离，对李唐王朝的盛衰因由穷根究底。五古组诗《八哀诗》，从已故著名将相王思礼、李光弼、张九龄到前辈和朋友中的贤德之士，一一表示哀悼。以韵语形式，为“八公”作“传”，这是杜甫的一个“创格”。八诗“皆于结处极致感吁，以见哀情”（杨伦）。“序”文说写王、李是“伤时盗贼未息”，是“为国家哀”，写严、王等五人是“叹旧”，写张九龄是“怀贤”。早在宋代，对《八哀诗》的评价就不一致。朱东润先生称赞《八哀诗》“为人物的叙述开辟一条道路”（《杜甫的八哀诗》），对它作了充分肯定。杜甫笔下的王思礼、李光弼是两个英雄形象。他概括严武一生，突出镇蜀及与自己的关系，是“精心”之作。他表彰李邕的书法造诣、豪放性格和不与群小同流合污的大节，还写了在东都听李邕概论初唐诗人作品，尤为叹服杜审言诗作的往事。这些关涉唐诗艺术及杜甫家学的内容，更具有重要文献价值。他称美张九龄是政治家兼诗人。“诗罢地有余”，“用才文章境”，惋惜他“抱济世之才”“不得已”（仇兆鳌）而托之于诗，言外有无穷感慨。

3. 于生活速写中悟人生。杜甫在夔，“江喧长少睡”（《垂白》），思想常向内看。写生活琐事，颇能由浅见深，说明他对社会人生很有领悟。《催宗文树鸡栅》，事极琐屑，却写出了水平。杜家养鸡，是为改善生活，“愈风传乌鸡，秋卵方漫吃”，兼有医疗效益和食用价值。不仅由树栅“织笼”谈到养鸡的学问，“我宽蝼蚁遭，彼免狐貉厄。应宜各长幼，自此均勍敌。笼栅念有修，近身见损益”，“蝼蚁可全，狐貉亦免，”“长幼不混，勍敌亦均”，于树栅中抉出如许人生“至理”（卢元昌），更由树栅引起关于人生问题的联想，“不昧风雨晨，乱离减忧戚。其流则凡鸟，其气心匪石。倚赖穷岁晏，拨烦及冰释”。诗人有取于“风雨鸡鸣”，“世乱而不失其常度”的思想。《种莴苣》和《园官送菜》，小题而郑重地写了“序”文。《种莴苣》由常蔬与野苋争地，借嘉蔬难植，拈出本意：“因知邪干正，掩抑至没齿。”但诗人终信：莴苣才能登“玉盘”，野苋不配“入筐篚”。“小人虽能掩抑君子，而究不为人之所贵。”（杨伦）《园官送菜》由送菜想到以世事”，苦苣“倾夺”嘉蔬，亦如“小人”之“塞道路”，其势“喧喧”。这些诗作，同杜甫在成都写的《病橘》、《枯棕》和《除草》等，都属同类题材。因病橘想到有司进贡、因枯棕想到残酷削剥、因除草想到除恶，基本上都是有关正邪之辨，在思想上是相通的。

4. 于咏物小品中含哲理。杜甫写咏物诗，往往因小见大，别有寄托。在夔州写的《鹦鹉》等八首，或自喻，或喻人，“即所见以寓意”（仇兆鳌），婉而多讽，耐人玩味。《鹦鹉》损残羽毛，开笼无日，近似诗人的“鲜有真知己”（王嗣奭）。《孤雁》片影“谁怜”，有似诗人的高飞念群。《鸥》雪暗风生，依旧飘落，亦寓“飘流谋食之感”。《猿》寓涉世艰难，而能全生远害，故借以自比。《鸡》寓“不能司晨”，则“仅堪充庖”。《黄鱼》“以比善人坎轲，凶人得志”。《麂》乃借麂之口，斥骂剥削阶级是“衣冠兼盗贼”，人民被吃尽膏血，还“不敢恨庖厨”，只有怒火中烧。《白小》也是“悯穷民”之作。“二寸”“微命”，虽“沾水族”，却分“当园蔬”，以咏蜀中诛求之苛，细民惨遭掠夺，无异敲骨吸髓。这一组咏物诗，于小品中渗入某种生活哲理，给人启发颇大。比之初唐李峤咏物五律，“有景无情”，“身分便自不同”（仇兆鳌），同成都时期的《江头五咏》内容相似。不过《五咏》兼咏动物植物，《鹦鹉》等则单咏动物。《五咏》均自喻，《鹦鹉》等则人己兼比，有的还寄寓对人民的同情，却是高过《五咏》的。

三

杜甫夔州诗在艺术上日趋成熟，标志着杜诗更进入老成时期。其特点是格式翻新，笔调善变，技法多样。

（一）创新独造的形式、格律。夔州诗古近体并举，长短章兼擅，洋洋大观，充分显示了一个“全能”作家到老不衰的盖代才华。除继续发挥古体创作的优势，写出自传体的《壮游》等和人物诗《八哀》外，田园劳动生活题材特别多。《柴门》是为草屋作的素描，在艺术风格上，颇似王梵志体，可惜无人指出。七古方面，有专为劳动人民写生、咏叹古迹、表现各种艺术题材的优秀作品。对近体诗，他更做出了创造性贡献。不论律、绝和长排，都以崭新的艺术面貌出现，开拓了新的艺术天地。

杜甫在夔州的近体诗，不只多量，而且高质。尤其是组律的创造，更有独到之处，将永远在诗坛放出夺目的光彩。《秋兴》、《诸将》、《咏怀古迹》、《洞房》八首等，便是这方面的代表。这些组诗，用严密的律诗形式写政治历史题材，而能紧密结合时代与个人、历史与现实，并通过一些典故的出色、灵活的运用，使复杂深刻的内容，取得律度井然的形式的有效保证，从而得到二者完美的统一。于少量语言中饱和高浓度、高质量的内涵，有如药物提炼、食品压缩，很能唤起丰富想象，提高审美趣味，把唐诗艺术推向一个新的高度。

把一般律诗（八句四韵）的形式加以扩大，初唐诗人早已有所尝试。杜甫此期在长律方面的贡献，是创作了长达百韵的《秋日夔府咏怀》。长律要求平仄协调和对仗到底。杜甫能不受两者约束，在五排里自由驰骋艺术才力，不时闪现思想智慧火花，是很令人敬服的。

杜甫在夔，一边写格律谨严的正格律诗，一边在拗格律诗方面进行艺术探索，如《白帝城最高楼》、《白帝》、《愁》、《昼梦》，都属这方面的成功之作。他“戏”称之为“吴体”，其实是认真的艺术实践。他不满足于律诗方面的已有成就，而要继续前进，闯出新路。他在艺术形式上的创新精神，是难能可贵的。

在绝诗方面，杜甫在夔注意发展组诗，五绝组诗有《复愁十二首》，七绝组诗尤多。早在成都，他已在这方面做出了优异成绩。到夔后，因深受竹枝词的艺术感染，而引发创作上的突破。《夔州歌十绝句》就是竹枝词强烈影响下的产物。黄庭坚曾以刘禹锡的“《竹枝》九章”和杜甫的《夔州歌》相比，谓为“同工而异曲”（《跋刘梦得竹枝歌》）。翁方纲还指出：“杜公虽无《竹枝》，而《夔州歌》之类，即开其端。”（《石洲诗话》）任二北先生的《声诗格调》，更举“杜甫《夔州歌》与刘氏《竹枝》相近者二首”：其一是“瀼东瀼西一万家”，其一是“东屯稻畦一百顷”（林孔翼《成都竹枝词》卷首《竹枝考》，又见《唐声诗》下编。任二北先生确认盛唐已有《竹枝》。则杜甫《夔州歌》，便是没有贴上标记的盛唐诗人的竹枝词。第一首“中巴之东巴东山”，七字俱平，可能即受竹枝影响而进行的大胆探索。由此推测，《存殁口号二首》、《承闻河北诸道节度入朝欢喜口号绝句十二首》、《喜闻盗贼总退口号五首》等，也可能与竹枝影响有关。

不难看出，杜甫夔州七绝诗之所以在盛唐诗人中独树一帜，在很大程度上是由于当地民间艺术的熏染。杜甫早在刘禹锡之前就自觉地汲取民间艺术的养分，这种创新精神，应该受到重视。这对破除唐诗研究中独尊太白、龙标为七绝正宗的传统偏见，也很有助益。对杜甫七绝，历来就有不同意见，这毫不奇怪。但像胡应麟那样，一面把杜甫“以律为绝”，比作“断锦裂缯”，一面肯定杜甫《欢喜口号》和《夔州歌》中两首七绝（《诗薮》），这虽不免自相矛盾，却透露出一点信息：他已多少意识到了民间艺术对杜甫七绝的影响。

杜甫夔州诗喜用口语，这与他喜欢创作拗律，汲取竹枝的表现手法写七绝是一致的。被称为俳谐体的《夜归》，不古不律，“夜半归来冲虎过”、“峡口惊猿闻一个”，口语成分很重。这也可以看作他有意突破诗歌形式、格律的一种表现。

（二）错综变化的抒情笔调。陆时雍说盛唐人“惟杜子美长于言情”（《诗镜总论》）。由于时代、生活和年龄等的影响，杜甫夔州诗尤多抒情味。即使叙事、写景之作，也往往带有浓淡不等的抒情气氛，因而纯叙事之作不多。夔州诗运用抒情笔调，表现出错综变化的特点。夔州诗包括评议时事、咏叹古迹、回忆往事、赠怀亲故、图写山川形胜和田园生活等内容，抒情方式也有多种：时而慷慨激切，“不眠忧战乏，无力正乾坤”（《宿江边阁》),“亲朋满天地,兵甲少来书”(《中宵》);时而含蓄蕴藉,“老人因酒病,坚坐看君倾”(《季秋江楼夜宴三首》),“乘黄已去矣,凡马徒区区”(《遣怀》);时而苍劲悲凉,“万里悲秋常作客,百年多病独登台”(《登高》),“渭水秦山得见否?人今疲病虎纵横”(《愁》);时而宛转悽恻,“百舌欲无语,繁花能几时”,“哀歌时自惜,醉舞为谁醒”(《暮春题瀼西新赁草屋五首》);时而真率吐露,“肉食哂菜色,少壮欺老翁”(《赠苏四徯》),“汝曹催我老,回首泪纵横”(《熟食日示宗文、宗武》);时而回环往复,“每依北斗望京华”,“闻道长安似弈棋”,“回首可怜歌舞地”,“白头吟望苦低垂”(《秋兴》)。其中带有浓厚的政治色彩的抒情篇章,不仅很有现实针对性,也有很高的艺术价值。总的说来,杜甫夔州诗,把羁旅天涯、抚今追昔、忧念邦国、自伤老病等等复杂感情交织成一个巨型的抒情乐曲,其中包括若干大小乐章,把人们带到壮阔、深沉的艺术境界之中,这是值得着重指出的。它同那种“处富有而言穷愁,遇承平而言干戈,不老曰老,无病曰病”,不出于“性情之真”的“摹拟”(《四溟诗话》)之作,是大异其趣的。

(三)风姿多彩的艺术技法。杜甫夔州诗的艺术技巧已达到炉火纯青的境界。其特点是:

1. 大开大阖与精雕细刻并长。前者以一些著名长篇为代表。如五古《壮游》、五排《秋日夔府咏怀》,都是史诗型作品。它们或详昔日生活,或详客居近况,或由远及近,或由近及远,都是把个人身世与国家命运紧紧相连,波澜壮阔,大启大阖,使人有荡气回肠之感。又如组诗《八哀》中的严武篇,由严武少年“老成”,“历职”入朝,而“胡骑”“纵横”,“两京”收复,写严武生平,仅只数语。有关安史之乱、严武镇蜀,则用重笔,表现出诗人开合自如的腕力。再如七古《李潮八分小篆歌》前面历叙篆书源流与论书标准，次写李潮小篆八分造诣，并以张颠草书作比，最后以自己“衰老才力薄”作结，也可看到其开合运转的功力。而一些写景咏物作品，又常从细处落笔。如对风、云、月、雷，晴、雨、寒、热，晨、昏、旦、暮，无不反复形容。对花、草、果、木，鸟、兽、虫、鱼等，更是细意刻写。或则随景生发，或则形神酷肖。《雷》和《见萤火》，尤为引人入胜。

2. 整齐跌宕与散行直叙兼胜。杜甫在表现艺术上总是从描写对象出发，采取不同手段。(1) 有时用整齐跌宕笔法。如《观公孙大娘弟子舞剑器行》写李十二娘舞剑器，却从童年在郾城看其师公孙大娘的精湛舞艺写起，时而回顾宫廷里雍容华贵生活，时而实写漂泊西南生活场景。整齐的句式和跌宕的笔法结合，这很适合公孙师徒的生活特点。刘克庄称它是“有建安、黄初气骨”的“绝妙好辞”。“无数今昔之悲，盛衰之感”（黄生）穿插在“豪荡感激”的出色舞艺描绘之中，通过整齐跌宕的笔法而出来。又如《古柏行》写诸葛庙前古柏，也多排偶之句。由古柏高大、正直，想到它堪为栋梁之材，又由夔州古柏联想成都古柏，由诸葛君臣“际会”联想到“材大难用”，而把古柏与诗人自己关合起来。整齐句式和起伏不定的段落相交错，颇见跌宕之妙。(2) 有时又用散行直叙的方式。如《负薪行》的负薪处女，生活穷困，环境艰险，生平既无可言，服饰又很简陋。于是采用散行直叙的写法，从人到中年，久嫁不售说起，近而写到当地习俗和劳动生活。这是造成她面貌“粗丑”的社会条件，也是杜甫为之不平的原因。又如《缚鸡行》因写一平凡小事，所以不加修饰，散行直叙。由小奴缚鸡出卖，鸡被缚急喧争，写出卖鸡原因是食虫蚁可厌以及卖鸡可能遭烹的后果，从而引出杜甫关于“虫鸡于人何厚薄”的感慨，而“叱奴解缚”。结末由“鸡虫得失”联想现实生活中类此的甚多，不知如何解决。散行句式与直叙写法结合，事虽平凡，却很有打动人的力量。

3. 沉郁雄健与光怪奇崛比美。杜甫夔州诗颇多沉郁雄健之作，其中描写山川形胜的五律名篇，尤为典型。如《白盐山》的“卓立群峰外，蟠根积水边。他皆任厚地，尔独近高天”，《瞿唐两岩》的“三峡传何处，双岩壮此门。入天犹石色，穿水忽云根”，《瞿唐怀古》的“西南万壑注，劲敌两岩开。地与山根裂，江从月窟来”。把山高水险、峡峻岩深的白盐、瞿唐写得很有气魄，不只语调雄健，而且气势沉郁。又如《秋日夔府咏怀》中的片断“峡束沧江起，岩排古树园。拂云霾楚气，朝海蹴吴天”，也有类似特点。夔州诗中又有以光怪奇崛见称的。七古如《大食宝刀歌》极状宝刀之莹利，只见壮士拔鞘，刀光上闪，杀气满空，“铓锷”“莹”如“秋涛”，“鬼物”“辞坑壕”而去，有似“苍水使者扪赤条，龙伯圈人罢钓鳌”，写得光怪奇崛。又如《王兵马使二角鹰》先从呼鹰之地“万里长江”，“回风滔日”说起，结末“亦如角鹰下翔云”，“驱出六合枭鸾分”，“以鹰比王，以王比鹰，笔意极其变幻”（杨伦）。

4. 绚烂华丽与清新明秀齐妍。（1）词采绚烂华丽，这是杜甫某些夔州诗的特色。表现对象虽不同，却收到很好的效果。如《秋兴八首》把深秋荒凉寂寞的心情，与国家残破衰落的现实结合起来。表达秋天的哀愁没有运用大量凄凉、残败之类的字，而是借助一些华美绚丽的词语，使萧条秋景、苍凉心情得到绝好烘托。诗中“蓬莱宫阙”、“承露金茎”、“花萼夹城”、“芙蓉小苑”，“武帝旌旗”、“昆明池水”、“佳人拾翠”、“仙侣同舟”等，都能透过绚丽的色彩，衬托荒寂的现实，于矛盾中求和谐，于欢笑中含眼泪，达到很高的艺术水平。又如《诸将》议论武将得失，又想激发其爱国之心，因而没有出现直接批评的尖锐语言，而是依靠一些华丽辞藻来暗示。诗中“玉鱼”、“金碗”、“汗马”、“朱旗”、“禹贡”、“尧封”、“越裳翡翠”、“南海明珠”等，都能透过华丽的辞采暗示时局的危乱。议论不浮在表面，却能启迪人们深省。(2) 词语清新明秀，更是夔州诗的特色之一。写田园劳动生活和山川形胜的作品，如《入宅三首》、《暮春题瀼西新赁草屋五首》、《秋野五首》，尤多表现。散见各篇的，更是美不胜收。如“江虹明远饮，峡雨落余飞”(《夜晴》)，“碧知湖外草，红见海东云”(《晴二首》)，“林中有才地，峡外绝无天”(《归》)，“风扉掩不定，水鸟过仍回”(《雨》)，“四更山吐月，残夜水明楼”(《月》)，“返照入江翻石壁，归云拥树失山村”(《返照》)，“竹叶于人既无分，菊花从此不须开”(《九日》)，“岸容待腊将舒柳，山意冲寒欲放梅”，“他乡就我生春色，故国移居见客心”(《舍弟观自蓝田迎妻子到江陵，喜寄三首》)等，语言明秀，都给人以清新之感。

四

杜甫一生经历“开元天宝太平全盛之时”，遭值“至德大历干戈离乱之际”。李纲说他“忠义气节，羁旅艰难，悲愤无聊，一寓于诗”。夔州诗更是“老成之作”。生活阅历浅、文学修养差的人，一下子还不能领会。“亲更兵火、丧乱之后，诵其诗，如出乎其时”，然后见其诗之“工”，“知其语之妙”。(《重校正杜子美集序》)，“乃知盖代手，才力老益神”(《寄薛三郎中据》)。这实是杜甫自道甘苦之言。

对杜甫夔州诗，早在宋代，看法就不完全一致。北宋黄庭坚非常推重杜甫夔洲诗：

> 好作奇语，自是文章一病。但当以理为主，理得而辞顺，文章自然出类拔萃。观子美到夔州后诗，退之，自潮州

还朝后文章，皆不烦绳削而自合矣。（《与王观复书》三首，其一）

熟观杜子美到夔州古律诗便得，句法简易，而大巧出焉。平淡而山高水深，似欲不可企及，文章成就，更无斧凿痕，乃为佳作耳。（《与王观复书》三首，其二）

黄庭坚肯定杜甫“夔州后诗”“以理为主”，“理得辞顺”，“句法简易”，“平淡而山高水深”，“不烦绳削”，“无斧凿痕”等，是从内容和形式两方面着眼，且更加注意后者。这和他的《大雅堂记》所说“杜子美诗妙处，乃在无意于文”、“无意而意已至”的观点，是有联系的。他看重杜甫夔州后诗，乃是它在艺术上看似漫不经心，实则千锤百炼的自然天成境界。他反对有的杜诗研究者“喜穿凿”，“弃其大旨，取其发兴于所遇林泉、人物、草木、鱼虫，以为物物皆有所托”，有同“商隐语”的做法。黄庭坚“以理为主”、取“其大旨”的见解，同我们看作品要把握总倾向和主题，有近似之点。这有助于理解他所说的“以理为主”的“理”字的含义。它当是指诗人观察认识客观事物所能达到的程度，也含有“文理”的意思。

南宋陈亮欣赏黄庭坚“理得辞顺”（《书作论法后》）的说法。李纲评杜甫晚年之作，也以“句法理致”并列，显然与黄的观点一致。比黄稍晚的陈善，同意黄的看法，又作了补充。他在《扪虱新话》中，提出“诗中有文，则词调流畅”的观点，并举谢朓“好诗园美流传如弹丸”语，说这就是“诗中有文”，还着重指出：“观杜子美到夔州后诗，简易纯熟，无斧凿痕，信是如弹丸矣。”陈善把杜甫夔州后诗的特点概括为“简易纯熟无斧凿痕”，“圆美流转如弹丸”，比黄多了一层意思。后来陆游、刘克庄等虽未重复黄、陈的话，却从夔州诗的思想深度和艺术感染力着眼，予以高度赞扬。这些意见一向受到人们重视。

但南宋朱熹，却对杜甫夔州后诗提出了不同意见。他虽称赞杜甫“其心”“光明正大”、“磊磊落落（《王梅溪文集序》），却认为杜诗“好者，亦多是效选者”，即学习汉魏六朝人之作，而“夔州诸诗，则不然也”。他肯定“杜诗初年甚精细”，夔州以前诗佳”，尤赏“自秦入蜀诸诗，分明如画”。而对杜甫“晚年”之作，则表不满：“晚年横逆不可当，只意当处便押一个韵”，“夔州诸诗”不再“效选”，“却说得郑重烦絮”，“自出规模，不可学”。因此认为宋“人多说杜子美夔州诗好，此不可晓”，“今人只见鲁直说好，便却说好，如矮人看场耳”。甚至以声调的“响”“哑”与否为尺度，说“杜子美晚年诗都不可晓”（均见《朱子语类》卷一百四十）。朱熹这些意见，显得偏激。这是有意和黄庭坚唱对台戏，不是心平气和、实事求是地讨论问题。

历史上还没有人像杜甫那样，在夔州留下那么多的杰作。杜甫夔州诗正因为能“自出规模”，不仅仅停留在“效选”诗的摹拟”水平上，所以才“老而益精”。夔州诗自有其永不磨灭的思想与艺术价值，这是不以一两个人的意见为转移的。

（原载《草堂·杜甫研究学刊》1985 年第 1 期）

子美集开新世界
——杜甫两川诗管见

杜甫两川诗处于杜诗发展的两个高峰之间。杜甫入蜀前亲历安史乱初的现实生活，入蜀后留滞夔州，深刻总结生活与创作经验，撰成不少千古传诵名篇。两川诗发展前阶段的某些创作经验，对后阶段创作又作了某些必要准备。从总体上看，是不应该忽视的。

一

杜甫两川诗一向得到人们的喜爱，主要因为在内容、形式上都有一些令人难忘的特点，而这些特点又是和他同一时期对诗歌创作的主要观点分不开的。

杜甫两川诗多次表达他对诗歌创作的重要见解。他以写诗为神圣职责，以祖父杜审言诗“冠”初唐为骄傲，发出“诗是吾家事”的豪语，要为唐代诗坛开出一个新的世界。他对我国诗歌发展史有全面、深刻的认识。《戏为六绝句》提出“不薄今人爱古人”，“转益多师是汝师”的观点，从“风雅”、“屈宋”、“汉魏”、“齐梁”到初唐“四杰”都作出恰如其分的评价，对庾信“老成”、“健笔”特别肯定，还再次以庾信善写哀伤自比，强调“熟精文选理”，倾心“扬马”、“陶谢”，称赞陈子昂转变六朝风气，开辟盛唐新境功绩。他对创作提出严格要求，即“诗清立意新”，“语不惊人死不休”，视写诗为生活必需，不光是“排闷”、“遣兴”，还需要激情，“诗应有神助”。理解交流创作经验有助于提高创作质量，“题诗好细论”。写不出长篇，最好“短述”。他还认为诗必须有“警策”处才能打动读者。

唐宋以来，以元稹为代表，不少评论家都推崇杜甫能“集大成”，综合历代作家的各种长处。元稹还指出杜甫能“直道当时语”，不“傍古人”，有“创造性”（刘大杰等《中国文学批评史》上册）的一面。但元稹主要是就杜甫“即事名篇，无复倚傍”的部分作品而言。只有北宋王禹偁能从杜诗整体出发，称赞“子美集开新世界”（《小畜集》卷九《日长简仲咸》）。他“注重杜甫

‘推陈出新’这一点，用了当时算得很创辟的语言来歌颂杜甫开辟了新的领域”（钱钟书《宋诗选注》）。王禹偁的见解，对评价杜甫两川诗，同样具有实质性意义。

二

杜甫入蜀前，度过了安史之乱中最艰苦的岁月。乾元二年（759）冬末，卜居成都草堂，生活暂得安定。广德元年（763）送严武到绵州。成都发生兵变，遂流寓梓阆。直至严武再镇蜀，始返成都。永泰二年（766）仲夏（浦起龙定为孟夏）去蜀。两川诗以定居成都和流寓梓阆分为两个组成部分，在内容上有如下特点：

（一）忧国忧民的胸怀。两川诗围绕安史之乱、吐蕃入侵、藩镇不臣和蜀将叛乱等抒写情怀，有比较丰富的内容。

1. 抒写政治抱负。杜甫抵成都前的《剑门》诗即流露自己的抱负。由“连山抱西南，石角皆北向”的“壮”观而引出“一夫怒临关，百万未可傍”的感慨。又由对东汉刘秀和公孙述争王争霸的历史回顾，产生“吾将罪真宰，意欲铲叠嶂”的大胆设想，表达对国家统一的渴望。卜居草堂不久的《蜀相》诗，借诸葛亮未能实现北定中原雄图，寄托自己政治才略不得施展的愤懑。这愤懑在后期《登楼》诗中，也还部分地有所表露。诗末“可怜”二句是登楼时望见武侯祠唤起的联想：刘禅失国而蜀人立庙，是因诸葛功德在人。杜甫由蜀汉覆亡想到代宗出亡，故以登楼所咏比之《梁父吟》，隐含匡济无人的感慨。

杜甫之政治抱负，以卜居草堂后写的《茅屋为秋风所破歌》体现得最完整。此诗主要描写他阖家一时困境。可是诗人由眼前生活而联想安史之乱中痛苦经历，进而推想“天下寒士”悲惨遭遇，发出“广厦”“欢颜”宏愿，并提出“何时眼前突兀见此屋，吾庐独破受冻死亦足”思想，确是他伟大之处。中唐白居易“因之而有‘大裘万丈’之句。而‘广厦长裘’逐为后人习惯口头语”（郭曾炘《读杜札记》）。白由杜诗“寒士”联想天下“寒人”，“仅祖上二句耳。”（施鸿保《读杜诗说》）唯王安石能把杜诗“寒士”与天下“寒人”画等号，充分肯定杜诗下三句的思想：“宁令吾庐独破受冻死，不忍四海赤子寒飕飕。”（《子美画像》）杜甫于流离困顿之余，忽发出不惜以屋破冻死为代价，换取天下赤贫都有宽敞住房的异想，确是《奉先咏怀》“默思失业徒，因念远戍卒”的“反面观”（郭曾炘），也是“穷年忧黎元”、“一洗苍生忧”的再发扬。

杜甫这种急人民所急，痛人民所痛的思想，在安史之乱前后的《兵车行》、“三吏”、“三别”中都可以找到内在联系。而同谷《七歌》，把穷困、愁苦、哀伤、绝望等一一写入，是他个人的，也是同时代人的悲哀。从同谷到成都，他由眼前处境联想战乱中广大人民的遭遇而发出感慨，是完全合乎逻辑的。这同他荆湘时期的社会理想“焉得铸甲作农器”、“男谷女丝行复歌”（《蚕谷行》），也是一致的。

杜甫同期写的《大雨》，有“敢辞茅屋漏，已喜黍豆高”、“四邻有耒耜，何必吾家操”等句。杨伦说表现了他“仁人大公心事”，与《茅屋为秋风所破歌》结尾两句意思是相近的。至于杜甫把“南村群童”“抱茅入竹”，欺侮外乡佬的恶作剧指为“盗贼”行为，并非对“群童”的“仇恨”，而是对乘人之危的不道德行为的谴责。杜甫后期草堂“斤斧任樵童”，在夔州时“枣熟从人打”，还为无食无儿妇人扑枣求情，这里却对一抱茅草如此认真，正是对群童损人利己行为表示愤怒。

杜甫后期的政治抱负，则主要表现在《将赴成都草堂，途中有作先寄严郑公五首》之四中。次联“新松恨不高千尺，恶竹应须斩万竿”，是侧重整治草堂花木说的，但结合尾联“三年奔走空皮骨，信有人间行路难”，人们有理由认为，它是对东川漂泊时的现实生活强烈不满的思想光辉闪现，“是有所喻”（刘开扬《杜甫》）的。《杜臆》说它“有感于时事而不觉露之”，《读杜心解》说“寓锄强扶弱意，已对着严公”，可见是通过新松恶竹形象，寄寓彰善去恶思想。组律二、五两首“敢论松竹久荒芜”、“昔去为忧乱兵入”两句的“乱兵”、“松竹”，也可看作善恶势力的象征。杜甫不仅“对着严公”，而是有更普遍的意义，借整治花木寓整治社会。这就是人们读到这两句诗时，会引起深广联想的原因。杜甫借松、竹喻人事的思想，在重返草堂后的诗作中，还能发现：“何当一百丈，欹盖拥高檐”（《严郑公阶下新松，得沾字》），“但令无剪伐，会见拂云长”（《严郑公宅，同咏竹，得香字》）。浦起龙说：“二诗皆寓依人意，松诗负气不凡，竹诗托意又婉。”组律（四）在“松”、“竹”前各冠“新”、“恶”二字，再与“恨不高”、“应须斩”结合，一个唯恨长得不高，一个唯恐斩得不尽，意义倍觉深刻。

2. 心忧国事民瘼。两川诗前期较多集中在忧念民生困穷，渴望消灭安史叛贼上，如“苍生未苏息，胡马半乾坤”（《建都十二韵》），“伤时苦军乏，一物官尽取”，“嗟尔江汉人，生成一何有”（《枯棕》），“大麦干枯小麦黄，妇女行泣夫走藏”（《大麦行》）。又如“王师未报收东郡，城阙秋风画角哀”（《野老》），“闻道河阳近乘胜，司徒急为破幽燕”（《恨别》）。后期对吐蕃入侵、藩镇不臣和蜀将叛乱等，表现出更多关心。广德元年（763）春，杜甫在梓州欣悉安史之乱基本平定，写成七律《闻官军收河南河北》。《杜臆》认为“说喜者云喜跃，诗无一字不喜，无一字不跃。其喜在‘还乡’，而最妙在束语直写还乡之路，他人决不敢道”。《读杜心解》称它是杜甫“生平第一首快诗”。由于还乡可望成为现实，诗人欢喜跳跃，人还在梓，心已飞向洛阳。感情节奏与韵律节奏十分合拍，遂使此诗获得极大成功。

但诗人暂时的“喜跃”，不久便为吐蕃入侵、长安沦陷等忧虑所取代。吐蕃侵扰，以攻陷长安而达到顶点。《遣忧》、《西山》、《收京》是有关吐蕃陷京、代宗出逃和长安收复的三部曲。《伤春五首》、《忆昔二首》是为吐蕃陷京、代宗还朝而写。《伤春五首》“志失国之感，而切还京之望”（浦起龙），包括吐蕃陷“阙”，代宗“蒙尘”；睹“巴山”“春色”，生“北望”朝廷之怀；奸佞不“诛”，“危机”难“转”；深慨继禄山之乱“再有”吐蕃之祸；盼君臣戮力，共图恢复。“高呼震天”，“泪痕满面”，“激昂慷慨”，“悱恻缠绵”（杨伦）。它以“伤春”为题，只第二首主要写了伤春之情。有四句微微透露“莺”“语”、“花开”、“天清”、“草碧”的春之消息。诗人观赏春光里丝丝美感，全被不住下垂的“泪点”冲洗干净。第一首四句、第五首两句写春，也都带浓厚的战乱气氛。可见诗人对国事的关心了。《忆昔二首》，前者肃宗失政与代宗蹈辙，形成对照，以示劝诫代宗；后者以开元国强民富与眼前国弱民困比况，对代宗寄中兴之望。这是诗人的精心设计，并非有意美化。杜甫反复表现吐蕃入侵这一重大题材，《伤》写于代宗出奔之时，《忆》写于代宗复国之后。前者没有避谈明皇、代宗的致“乱”“失国”，后者却强调“开元全盛”，不提天宝乱离。前者因程元振之误国，而把诛奸进贤作为“当时切务”，并提出“还京、兴治之望”（浦起龙），后者痛叹代宗和群臣狼狈出逃，甚以郭子仪“留京”为失策，终以中兴望代宗，同为杜甫忧国杰作。无怪卢世㴶要称美前者“本领体裁，绝世独立”，王嗣奭要肯定后者为“真诗史”了。

对河北诸镇跋扈不臣的忧虑，也是杜甫后期诗的重要题材之一。五律《有感五首》即代表作。对组律表现的内容，杨伦说

“多为藩镇作”，只第二首反对迁都洛阳（钱笺、仇注已先有此说）。由于诗非成于一时（黄鹤），故在写河北诸镇组律中插入吐蕃陷京和迁都内容。过去杜诗研究者或称它“皆纪时事，气格深浑，是大家数”（邵子湘），或说“读此五诗”，“自许稷契，真非窾言”（王嗣奭），或赞它与《伤春五首》“并见才识忠悃”（杨伦），或把它与夔州组律《诸将五首》作比，认为一“讽人君”，一“责人臣”（黄生），或认为它在杜五律中“又别一格，皆经国之远猷，匡时之宏识”（郭曾炘）。从不同角度对它作出评价，都有自己的见地。但组律最可贵的，是第四首表达的思想：“莫取金汤固，长令宇宙新。不过行俭德，盗贼本王臣。”前三句还只是化用古训“在德不在险”，末句“盗贼本王臣”则属杜甫创见，他认识到所谓“盗贼”“实际上是逼得无路可走的良民”（缪钺《杜甫》）。他早在《水浒传》前就明显意识到“逼上梁山”的真理，并且艺术地表现出来，是值得重视的。杜甫这些作品，完全可以看作庾信《哀江南赋》、《拟咏怀》和陈子昂《感遇》的思想感情综合体，在两川诗中是占突出地位的。

广德元年七月，吐蕃攻陷河西陇右，京师告警，西川危逼。杜甫留滞巴蜀，更感关切。他忧心葭萌羌人同吐蕃“相结为乱”（仇注），危及东川安全，写了《对雨》、《愁坐》。《警急》、《王命》是松州被围时作。梁运昌《杜园说杜》认为“吐蕃围松州急”，有人“以发兵拒战为非”而“汲汲”“称和”。二诗“一以和议无益喻镇帅”，“一以请旨发兵望使臣”。严武镇蜀时，曾遣将夺回吐蕃所陷边境，后高适领节，也练兵以备蕃警，故二诗“以适之旧略”、“武之成绩”告使臣。二诗写吐蕃犯松州却对严武、高适策略有所肯定。人们读到“才名旧楚将，妙略拥兵机”、“玉垒虽传檄，松州会解围”等句，很能唤起共鸣。松州被围时写的《西川三首》，集中表达了对边防的忧虑：一写西山形势；

二写西山防戍危急；三写兵疲粮缺，切盼却敌奏凯。仇注说杜甫“在梓阆间有感于朝事边防”之诗，“多悲凉激壮之语”，“精华焕发，气骨风神，并臻其极”，誉其为五律的“千古绝唱”。《岁暮》是杜甫在梓州为松、维、保三州陷落而写。情况紧急，将帅不能奋身殉难，身虽寂寞，“济时”“壮心”忽然“惊”起。此诗出以“沉着”之笔，是此期杜诗的又一名篇。

宝应元年（762），严武与杜甫在绵州奉济驿分手。正在严武未抵剑阁，杜甫未返成都之际，徐知道忽在成都叛乱，他只得暂滞绵州。徐知道倡乱，新、旧《唐书》均失记载，杜诗却记录下珍贵图像。徐知道谋反，贼徒争长，羌兵不附，知道为其下属朱忠厚所杀，《草堂》写了他倡乱自败始末，又铺陈“西川一时寇乱”，贼徒擅“作威福”，“杀”害“无辜”的暴行。“畅极淋漓，岂非诗史。”（杨伦）

后期杜甫对因战乱赋役加重造成人民流亡，尤表同情。“巴人困军需，恸哭厚土热。”“战伐乾坤破，疮痍府库贫。”“万方哀嗷嗷，十载供军食。”他甚至唱出“萧条四海内，人少豺虎多”的悲歌，给“苛政猛于虎”的古语赋予含意丰富的诗的表现形式，更觉耐人寻味。《征夫》是对出征军人大量死亡的哀曲：“十室几人在”，“路衢唯见哭”。人们读后，不禁随之流下同情的泪水。

（二）友谊亲情的实录。杜甫两川诗有关朋旧、亲人之作极多。由于天涯羁旅，多有身世之感：“风尘为客日”，“穷愁但有骨”，“欲寄双愁眼”，“春色泪痕边”。其中不少是穷愁与泪水参合而成。

1. 关于友谊的形容。杜甫早年游齐赵即与高适、李白交好。入蜀后，高适历官巴蜀，因得重逢。赠答颇有名篇，如“骅骝开道路，鹰隼出风尘”，“诗名惟我共，世事与谁论”，极推高之才略，对自己的“诗名”也很自负。杜甫入蜀前即有不少为李白作的名篇。李因从永王璘致有流放之厄。杜甫入蜀后与李久断消息，《不见》一首是两人诚笃友情的深刻吐露。他太息“世人”不能理解李之为人，“皆欲杀”之为快。他爱重李“敏捷诗千首”的才情，不愧为他的“真知己”。此诗写了李白的性格、遭遇和诗才，“结语”可“抵一篇《大招》”（杨伦）。杜甫官左拾遗时，曾因疏救房琯遭贬，赴华州不久又辞官而去，从此流离陇蜀。房贬西蜀，刚奉朝命，忽病卒阆州，杜甫亲往吊唁。杜在蜀时，前后为房琯写诗多首。五律《别房太尉墓》，备极哀伤，“近泪无干土”，泣不成声之状宛在目前。杜甫早在长安，即与郑虔交笃，为郑作诗多首。安史之乱中，郑临老陷贼，遂贬台州。入蜀后，杜甫有怀郑、哭郑之篇。《所思》为得虔“消息”（诗下自注）而作，自恨“无计”救出郑虔。《哭台州郑司户、苏少监》为得虔死讯而写，惋惜他文学造诣未得发挥，便抱恨而终。卢德水说，“此诗泣下最多”。“豪俊人何在”四句，“抵一篇大祭文”。结末“飘零迷哭处”二句，“苍苍茫茫，有何地置老夫之意。想诗成热泪一涌而出，不复论行点矣！”

杜甫与严武的交情，在两川诗中有较全面的表现。杜甫早年与武父挺之相识，安史之乱中与武同官朝廷，后又因房琯相继遭贬。杜入蜀前，严武即贬官巴州刺史。入蜀后，严首次镇蜀，不仅到草堂相访，还时有酬唱。严奉诏入朝，杜远行相送。杜留滞梓阆，正拟出蜀，因严再镇蜀而重返草堂，并入严幕供职。直到严武病故（浦说严死前）始决定去蜀。于此可见，杜客两川，在很大程度上是受严照顾的。杜两川诗有关朋旧之作，多以哀伤为基调，而有关严武诗则较多呈现“喜”悦色彩，它们仿佛是一张严、杜交情发展进程表，绝大多数环绕成都草堂而作。从前期的酬唱、饮宴到后期的入幕、辞归，组成长幅吟卷，涉及政治、军事、经济和社会生活的各个方面，在杜集中，是不可多得的一组诗作。人们读到“四海犹多难，中原忆旧臣”，“公若登台辅，临危莫爱身”，就能想象杜甫在政治上对他寄予的期望。读到“虹蜺就掌握，舒卷随人轻”，就能想象严武检“阅军装”，观“扬旗旌”时的整肃之状。读到“已收滴博云间戍，欲夺蓬婆雪外城”，就更能看到严武在军事上“有多少方略在”（蒋弱六）。而读到“酒酣夸新尹，畜眼未见有”，又会从农民口中的赞美，看出严武在改善经济生活方面的成绩。至于“重镇还需济世才”、“直为文翁再剖符”，更表达出对他才略的倚重。这就不难想象，严奉诏入朝，杜甫送别诗会写得那样沉挚感人。而严再度镇蜀，他会为“故人”重来“殊方”，“喜”形于色。杜甫频繁与严武唱酬，不仅因为他是一位“大官”，还因他是一位诗人，“畴昔论诗早”，“江上忆词源”。他们多年前就以诗相知。“诗清立意新”，在创作上自易取得一致见解。杜甫两川诗能开出一个“新世界”，与严武的鼓励、支持，恐怕是有关系的。

2. 关于亲情的描画。杜甫安史之乱初身陷贼中，屡次体味亲人分离之苦，后到凤翔，始得归家与妻子团聚。《奉先咏怀》、《述怀》、《北征》等篇都有生动描写。他经陇入蜀，所作同谷《七歌》，写了一家老小的悲惨经历和怀想远方弟妹的真挚情思。两川诗更多次流露对弟妹的怀念之情。“干戈犹未定，弟妹各何之?”（《遣兴》）感叹弟妹分离是战乱造成。“渐惜容颜老，无由弟妹来!”（《遣愁》）担心此生恐无相见之期。他因友人出蜀“省觐”父母，想到“我已无家寻弟妹”（《送韩十四江东省觐》），而《送舍弟颖赴齐州三首》“兄弟分离苦，形容老病催”，更是两川诗中对弟妹之情的最沉痛表现。

杜甫入蜀后，卜居草堂，暂得享受妻子儿女团聚之乐。草堂前后期诗作都有反映。前期有与妻儿同乐的日常生活细节：“老妻画纸为棋局，稚子敲针作钓钩”（《江村》），“昼引老妻乘小艇，晴看稚子浴清江”（《进艇》），“优游愉悦之情，见于嬉戏之际”（《韵语阳秋》）。有“稚子”“恒饥”（《狂夫》），“叫怒索饭”（《百忧集行》），“儿懒”“失学”，“妇愁”“长贫”（《屏迹三首》）的特写镜头。有离开草堂暂别妻儿的体验：“老妻书数纸。应悉未归情”（《客夜》），“女病妻忧归意急，别家三月一得书”（《发阆中》），“小子何时见，高秋此日生”（《宗武生日》）。还有与妻子在梓州同享得知胜利消息时的“喜”悦。从阆州重返草堂，把旅程心理活动写入诗行：“我生无倚著，尽室畏途边”，“何日干戈尽，飘飘愧老妻”（《自阆州领妻子却赴蜀山行三首》）。还穿插孩子们饶有趣味的生活片断：“仆夫穿竹语，稚子入云呼”，“真供一笑乐，似欲慰穷途”，“破涕为笑，曲尽山行之景”（杨伦）。也有重返草堂后，妻女对其健康的关心：“老妻忧坐痹，幼女问头风。”（《遣闷奉呈严公二十韵》）从这些诗作中，我们看到，杜甫是十分富有人情味的。

杜甫两川诗中有关友谊亲情之作，都以感情真挚为特点，我们同样可以在陶渊明的某些诗作中找到渊源，但重要的是他有前期创作基础，而此期内容的丰富多彩，则又是带有创造意味的。

（三）田园山水的咏歌。早在读书旅游时，杜甫就已显示出他描绘自然景物的长才。困守长安，又在《游何将军山林》两组律中，对田园风光有出色摹写。而经陇入蜀后两组五古，更把人迹罕到的山川奇险写得精美绝伦。李长祥说，杜甫自秦州到鹿头山。“山川之奇险已尽，诗之奇险已尽”，从此出现了“别一世界”，“情移于境，不可强也”。他正确指出杜甫的创作激“情”受到生活环“境”的决定，这看法很值得重视。下面介绍两川诗中关于草堂景物和梓阆风光的描写。

1. 草堂景物选粹。杜甫有亲戚和相识在成都，老友高适又在彭州作刺史。乾元二年冬，他踏上川西平原，“俯见千里豁”，不觉“喜”溢言表，既有“岂若归吾庐”的矛盾心情，也有“成都万事好”的自我安慰。因此，当他亲见成都山川、人物时，便写了“我行山川异，忽在天一方。但逢新人民，未卜见故乡”，“自古有羁旅，我何苦哀伤”的赞词。世乱未平，暂谋安息，这就是杜甫卜居成都时思想情况的基本概括。杜甫定居成都，两三年间，除到过新津、青城，基本上以草堂为活动中心。他营建草堂，费尽心力，与“田父”为友，以“老农”自命，确实开始了一种新的生活方式和创作生涯。

前期草堂景物诗，围绕杜甫营建草堂和日常生活，构成一组内容丰富的田园交响乐，把草堂作为一个综合的艺术创作，贡献给历代以来千万个草堂的参观访问者。他使草堂名垂千古，成为诗国圣地，是有史以来所未有的，值得大书特书。

（1）为花草果木传神。前期草堂描写花草果木篇什，仿佛把人们带进一个袖珍的观赏植物园。“红入桃花嫩”，“幽树晚多花”。“园荷浮小叶”，“微风韵可听”。“桤林碍日吟风叶，笼竹和烟滴露梢。”“风含翠筱娟娟净，雨裛红蕖冉冉香”。“繁枝容易纷纷落，嫩蕊商量细细开”。“颠狂柳絮随风舞，轻薄桃花逐水流。”这些诗句都以栩栩如生的形象吸引着读者。他还对丁香、丽春、栀子等作了特写，寄托自己的思想感情。《楠树为风雨所拔叹》亦含自叹之意。

（2）为禽鸟虫鱼写生。前期草堂写禽鸟虫鱼的诗句，又仿佛向人们开放一个微型动物保护区。“细动迎风燕，轻摇逐浪鸥。”“风鸳藏近渚”，“宿雁聚园沙”，“细雨鱼儿出”，“接缕垂芳饵。”“仰蜂粘落絮，行蚁上枯梨。”“无数蜻蜓齐上下，一双鸂鶒自沉浮。”“自去自来梁上燕，相亲相近水中鸥。”“俱飞蛱蝶元相逐，并蒂芙蓉本自双。”“留连戏蝶时时舞，自在娇莺恰恰啼。”“沙上凫雏傍母眠”，“邻鸡还过短墙来”。情态逼真，简直呼之欲出。杜甫还通过《江头五咏》中《鸂鶒》、《花鸭》的描写，向人们展示了他的某些思想感情。

（3）为四时节候书历。杜甫又绘出一幅幅不断变换的草堂物候图。有朝晴、晚晴：“江槛已朝晴”，“夕阳熏细草”。有夜雨：“江雨夜闻多”，“润物细无声”。有江上夜雪：“雪里江船渡。”还有邻家点灯夜舂的情景：“村舂雨外急，邻火夜深明。”它们汇成草堂周围不同季节的生活画面。而《江畔独步寻花七绝句》和《绝句漫兴九首》除个别写夏景，基本上是两组春天的赞美诗。

杜甫流寓梓阆，对草堂景物仍念念不忘：“成都乱罢气萧索，浣花草堂亦何有？”“秋尽东行且未回，茅斋寄在少城隈。”友人回成都，特托打听草堂情况，“为问南溪竹，抽梢合过墙”。在《寄题江外草堂》中，他特对草堂的“经营”始末、“台亭”设计作了回顾，对旧植的“四小松”尤表爱怜。他还派“弟占归草堂检校”，叮咛照管好“鹅鸭”、“柴荆”，在“东林”添栽竹丛。重返草堂途中，寄严武诗更表达了将“归茅屋”，重见“故园”“残春”的喜悦之情。行抵草堂时，又唱出了“别来频甲子，归到忽春华”，“此身醒复醉，乘兴即为家”的欢快歌声。

后期杜甫再现了草堂的景色。但与前期不同，没有全面铺开，而是重点突出。《草堂》写出了初抵草堂时，“旧犬”、“邻里”、“大官”和“城郭”对他一家的盛情欢迎，是草堂建成以来的首次接待高潮。为了重葺屋舍，不惜去掉“阴江”“千竿竹”；为了“芟夷”杂草，“荷锄先童稚”，“更觉松竹幽”。他又回到自己的“家”，再次欣赏那里的自然美。杜甫对草堂周围的花草、禽鸟和节候再次作了细腻表现，十分富有特色。“春风花草香”，“山青花欲然”，“地晴丝冉冉，江白草纤纤”。“竹皮寒旧翠，椒实雨新红。”“幽色幸秀发，疏柯亦昂藏。”“浣花溪里花饶笑”，

“来岁还舒满眼花”。“堂前长笋长开门，堑北行椒却背村。”这是花草果木的描写。“远鸥浮水静，轻燕受风斜。”“风清粉蝶喜，花暖蜜蜂喧。”“泥融飞燕子，沙暖卧鸳鸯”，“燕外晴丝卷，鸥边水叶开。”“网聚粘园鲫，丝繁煮细莼。”“帘户每宜通乳燕，儿童莫信打慈鸦。”“两个黄鹂鸣翠柳，一行白鹭上青天。”这是禽鸟虫鱼的描写。“农务村村急，春流岸岸深。”“农月须知课，田家敢忘勤。”“江动月移石，溪虚云傍花。”“入空才漠漠，洒迥已纷纷。”“锦江春色来天地，玉垒浮云变古今。”“窗含西岭千秋雪，门泊东吴万里船。”这是四时节候的描写。它们同前期草堂景物诗相互补充，起到了相得益彰的作用。

后期草堂杜甫一度入严幕，故在诗中时时怀念草堂。后因同僚排挤，告辞归家。组律《春日江村五首》是“辞归草堂后书怀之什”，但也有一些关于春天景物的描写。而一系列五、七绝组诗则“杂写春夏之交禽鸟花草种种幽适，字堪入画”（杨伦）。“桃源自可寻”，已流露出蜀打算。末首以王粲、贾生自况，“宅入先贤传”二句，正“从王贾流寓垂名触起”。“公诗千载，草堂千载，正不必此身长处草堂，乃始为公有耳。”（浦起龙）果然，不久他就以《去蜀》一诗结束了近四年的草堂生活。

草堂前后期诗，基本上是以草堂为圆心，以成都附近形胜为半径，展开艺术构思。虽有某些相异之处，但田园景物之作较多，则是最为相似的。于田园景物描写中，时时插入时事和身世感慨，在精神上与陶渊明田园之作有某些相通之处，是不难理解的。

2. 梓阆风光集锦。杜甫留滞梓阆，基本上改变了草堂时期田园生活方式。流动性较大是此期生活的一大特点。川北一带，山水风光本极优美。杜甫“三年奔走”得到绝好游观机会，艺术天才也大大发挥出来。他入梓州，登城楼，游射洪金华山，访陈拾遗学堂和故宅，到通泉访郭元振故宅，游郪县西原，涪江泛舟，上涪城县香积寺官阁，上牛头寺，过盐亭县，到汉州泛房公西湖，登阆州城，苍溪县放船，还梓州登城，游阆州南池，泛江，游黄家亭子等，对阆州山水特为欣赏。最后自阆州领妻子重返成都。

杜甫客梓阆不久，即与亲人在梓团聚。一边遥忆“故园”“京华”，一边怀念“浣花竹”，感情是矛盾的。但梓阆山水也使他产生“狂歌遇形胜，得醉即为家”的思想。流寓期间，生活困难，他强颜欢笑，与当地官员周旋应酬，感情上蒙上了阴影：“欢娱恨白头”，“人生不再好”。他曾拟出蜀：“厌蜀交游冷，思吴胜事繁。应须理舟楫，长啸下荆门。”后因严武再镇蜀，始终止这一计划。

杜甫梓阆山水诗同草堂田园诗不同之处在于：后者基本上以草堂周围景物作为描写中心，而前者则由于天涯羁旅而不断变换其内容。于是川北一带美好的自然风光，便一齐纳入吟卷。

（1）描摹山容水态。“远水非无浪，他山自有春。”此联“一路风浪可忧，而春光亦可赏”（杨伦），概括出对川北风光的总印象。“日出寒山外，江流宿雾中”，“江水最深地，山云薄暮时”，“烟花山际重，舟楫浪前轻”，“山连越巂蟠三蜀，水散巴渝下五溪”如实反映了川北山水的特点。他有时专写途中印象感受，“马首见盐亭，高山拥县青”；有时侧重写山，“花远重重树，云轻处处山”，“春色浮山外，天河宿殿阴”，“江城孤照日，春谷远含风”；有时偏重写江，“极目总无波……深江净绮罗”，“雾隐平郊树，风含广岸波”，“春江不可度，二月生风涛”。《上牛头山》是写梓州山光的最佳作品。牛头山“四面孤绝”、“青山”“滚滚”“不尽”的意味，“花浓春寺”、“竹细野池”的幽静环境和“啼莺”声“切”，“移时”“未休”，沉寂突然打破的感觉，都得到表现。《阆山歌》是对阆州城东北二山的速写。“灵山白”，“玉台碧”。“松浮”二句写出了云浮松间，江流石畔的自然美色。《放船》写“送客苍溪县，山寒雨不开”，舍马就船，舟行迅速的情形。《陪王使君晦日泛江就黄家亭子二首》（一）写泛舟时悠闲之状，各有特色。《阆山歌》是对嘉陵江上风物的素描。嘉陵江水“浅处如碧，深处如黛”的鲜明色泽，“日”出“浪花”，“春”归“沙际”的秀丽风光，巴童荡桨，水鸡衔鱼的生活画面，都很富吸引力。

（2）探寻胜赏奇观。“万壑树声满，千岩秋气高。”“古墙犹竹色，虚阁自松声。”“有径金沙软，无人碧草芳。”“病叶多先坠，寒花只暂香。”“清江锦石伤心丽，嫩蕊浓花满目斑。”“不分桃花红似锦，生憎柳絮白于绵。”“莺花随世界，楼阁倚山巅。”“遥空秋雁灭，半岭暮云长。”“暗飞萤自照，水宿鸟相呼。”“花密藏难见，枝高听转新。”“青青竹笋迎船出，白白江鱼入馔来。”“重露成涓滴，稀星乍有无。”“楼头落日半轮明”，“三更风起寒浪涌”。“独鹤不知何事舞，饥乌似欲向人啼。”这些有关花木、禽鱼、晨昏的镜头，一经杜甫摄取，永远具有迷人的魅力。《倚杖》是对盐亭县风光的特写：“看花虽郭内，倚杖即溪边。”郭内郭外，风景如一，可见空气清新。“山县早休市，江桥春聚船”恰是山县集市贸易的特点。“狎鸥轻白浪，归雁喜青天”准确表现出鸥雁的生活习性。《早花》传递了腊月巴江山花早开的信息：“盈盈当雪杏，艳艳待春梅。”杏的丰润，梅的芳香，如见如嗅。《自阆州领妻子却赴蜀山行三首》是杜甫梓阆流离的尾声。旅途中，衫润、马嘶，栈悬、桥断，人烟、树色，宛如一幅蜀山旅游图。这些作品无疑从谢灵运山水诗的内容上汲取了营养，但在山水描写中时时注入对国事的忧念，则是谢诗中所没有的。

杜甫两川诗丰富多彩的内容，以其浓厚的时代感、鲜明的地方性吸引着古今中外无数读者，为人们打开了一个新世界。尤其是上述内容，不少与草堂有密切联系，就更突出了草堂在两川诗中的特殊地位。这就是我们提到其两川诗时，首先会想到草堂诗的原因。

三

杜甫两川诗在内容上的特点，和它在形式上的某些带创造性的表现是分不开的。

（一）艺术体裁的全能掌握。

1. 继续发挥艺术优势。杜甫入蜀前创作的第一个高峰，主要以一系列五古（《北征》、“三吏”、“三别”等）和五律（《春望》、《秦州杂诗》等）为标志。入蜀后，五古方面，以草堂为中心的《病橘》、《枯棕》、《遭田父泥饮美严中丞》、《寄题江外草堂》、《草堂》、《四松》、《水槛》、《破船》、《营屋》、《除草》和在梓阆写的《陈拾遗故宅》、《过郭代公故宅》等，都给人以别开生面之感。五律方面，两川时期近两百首，较多作于西川。有关草堂之作，占了相当比重。如以《梅雨》始，以《屏迹三首》终，一系列以草堂田园风光为背景的五律，细腻地表现了诗人自己的生活与思想，其中有不少精品。梓阆时期虽有山水之作，但忧国忧民的篇章，却因为凝聚着诗人的深厚感情而成为杜律中的名篇。因此，无论五古和五律，杜甫此期都在前期已达到的高度上又有所发展。这就是围绕某些题材展开一系列创作，进行多角度描写。

杜甫此期在五排方面也有很多创作尝试，数量几与入蜀前的总量接近。有关严武及草堂的为多，如《奉送严公入朝十韵》、《遣闷奉呈严公二十韵》、《陪郑公秋晚北池临眺》、《敝庐遣兴奉寄严公》、《春归》、《到村》等。《送陵州路使君之任》、《哭台州郑司户苏少监》和《赠王十四侍御契四十韵》，则以不同的艺术成就吸引着读者。特别是《伤春五首》以五排组诗形式出现，是前期杜诗中所没有的。七排方面，杜甫总的产量本来就少，此期的《释闷》也算优秀之作。这些都对下阶段五、七排，特别五排的进一步发展，有推动作用。

2. 继续发展创作特长。（1）打开了七古诗的新局面。杜甫入蜀前在七古方面虽写了某些优秀作品，但总数较少。两川时期杜甫七古以《茅屋为秋风所破歌》、《忆昔二首》和《丹青引》为代表，标志着七古诗的新水平。此期他在题材选择和形式变化上都作了广泛探索。就题材言，从政治时事、个人身世到名胜古迹、艺术品评，如作于成都的《杜鹃行》、《大麦行》、《茅屋为秋风所破歌》、《楠树为风雨所拔叹》、《百忧集行》、《莫相疑行》、《赤霄行》、《石笋行》、《石犀行》、《丹青引》、《韦讽录事宅观曹将军画马图歌》、《题壁上韦偃画马歌》、《戏题王宰画山水图歌》、《题韦偃双松图歌》等，作于梓阆的《忆昔二首》、《冬狩行》、《桃竹杖引赠章留后》、《光禄板行》、《去秋行》、《天边行》、《阆山歌》、《阆水歌》等，它们在艺术形式上，七言与杂言、长篇与短篇替换使用，故能以不同的艺术面貌出现而显得变化无穷。就某种意义说，杜甫能在七古诗领域内大大突破盛唐王、李、高、岑等名家，而与李白的乐府歌行相颉颃，此期是起了开路与奠基作用的。(2) 为七律诗高潮的出现作好充分准备。杜甫入蜀前七律诗数量极少，入蜀后却成倍增加。入蜀前杜甫的精力主要用在五古、五律写作上，七律却一度成了空白。卜居成都后，七律创作又打开了新天地，特别是围绕草堂写出一系列七律诗，以《卜居》始，以《南邻》终，从不同角度作勾勒。在田园生活画面上，浮现出诗人的自我形象，是带创造意味的。其中《狂夫》、《野老》与《蜀相》起着相互渗透作用。它们和杜甫将返草堂寄给严武和重返草堂后的部分七律，多数是以草堂为中心进行惨淡经营。而《登楼》一篇，又与前期的《蜀相》遥相呼应。梓阆时期，杜甫的七律，只有《闻官军收河南河北》以欢快的笔调激动人心，闪烁着艺术光亮，其余多为游观赠答之作，调子比较低沉。而重返草堂的七律，调子又转向昂扬。七律这种体裁，需要更多的推敲功夫。杜甫此期生活，为他七律诗的创作提供了条件。两川时期是杜甫七律个人风格正式形成的阶段。它为夔州时期七律高峰的出现奠定了坚实基础。（3）五、七律绝诗异军突起，自辟蹊径。杜甫读书旅游和长安困守时虽已开始绝诗写作，但截至入蜀前，五、七绝共写了三首。杜甫五、七绝的绝大部分（五绝 16 首，七绝 71 首）都是两川时期创作的，又多数是围绕草堂（从初建到重修）来展开创作活动的。尤其《江畔独步寻花七绝句》、《绝句漫兴九首》是杜绝中的妙品。《戏为六绝句》开创了用诗的形式评论诗歌的先声。而《赠花卿》则以其独特艺术风貌得到众口称赞。以两川时期的绝诗为先导，杜甫夔州时期的绝诗继续得到发展，它们共同构成了“杜绝”的艺术整体。杜甫的绝诗能自开蹊径而为历代诗家称道。虽然也有人持不同意见，但他的成就是抹杀不了的。

（二）艺术形式的系列组合。

围绕某一中心内容展开创作活动，这是两川诗艺术构思的特点之一。在有关草堂的诗作中，这特点表现得最明显。杜甫不仅用同一艺术形式写出某类题材的一系列作品，还用不同艺术形式写出某类题材的多系列作品。如有关草堂的一系列五、七律和五、七绝诗的有机组合，就带有这种特点。以《梅雨》、《卜居》、《江畔独步寻花七绝句》等为代表的一系列五、七律绝，相互补充渗透，就产生了绝好的艺术效果。又如梓阆时期有关吐蕃入侵的一些五律、五排和七古，也带有系列组合的特点。《遣忧》等，

《伤春五首》和《忆昔二首》的相互配合，便是明显的例子。又如以成都的名胜古迹为内容的《石镜》、《琴台》、《蜀相》、《石笋行》、《石犀行》等五、七律和七古，也属于这种性质。另外，在同一诗题的组诗中，也有不同艺术形式组合而成的。如成都草堂作的《江头五咏》，前二首《丁香》、《丽春》“作古体”，后三首《栀子》、《鸂鶒》、《花鸭》作近体；梓阆时期的《滕王亭子二首》和《玉台观二首》，前首七律，后首五律，都可作为这方面的例子。

（三）艺术风格的多种特色。两川诗从不同内容出发，分别采取不同写法而表现出不同的艺术风格特色。以成都草堂的景物诗为例，针对成都平原有水无山的地理特点进行构思，故对花木、禽鸟的形神，四种物候的变化，特别敏感。于是诗人笔下便出现了夜雨、朝晴、鸟语、花香的芳菲世界。杜甫营建的草堂，历经沧桑，早已不存旧貌。但在他的艺术作品中则青春常在，仍保持初建时的容颜。这与其诗艺术风格上的特色分不开。在田园风光的描写上，陶渊明对他是有影响的。但杜甫的田园诗毕竟又有他个人的风格特点。陶平淡，杜明丽。既采取全景的、系列的描写，又有不同层次，取多种角度。再以梓阆景物诗为例，针对川北一带有山有水的地理特点，杜甫从流寓奔走、宴饮陪游等生活实际出发，在饱览阆水蜀山、名胜古迹的过程中，艺术灵感受到诱发，便有意识地捕捉大自然的特征。于是川北一带山光水色、胜境奇观，便络绎不绝地进入诗篇，这在盛唐诗人的作品中是仅见的。陈子昂是川北人，但也还没有专写川北风光的佳作。因此，杜诗中这部分作品，就更觉珍奇。在山水景物描写中，谢灵运对杜甫有不少影响。只不过谢的山水诗，以“灵秀”为特点，而杜甫则于“灵秀”中时含“险隘”（《说诗晬语》），这正是梓阆山水诗的艺术特色。

杜甫两川诗还受了初唐作家影响。如《滕王亭子二首》和《玉台观二首》俱有“王杨气味”（何焯）。《越王楼歌》“仿佛王子安《滕王阁诗》”（沈德潜《杜诗镜铨》引）。又如七律《野望》“金华山北涪水西”等句本之沈佺期《龙池篇》。另外，五古《草堂》“大官喜我来”四韵，其“体”盖“用”《木兰诗》（《艇斋诗话》）“爷娘闻女来”等句。但杜甫都不是模拟，而是有自己的特点。钟伯敬曾对“老杜入蜀诗”作了很好的评价：“非徒山川阴雾，云日朝昏，写得刻骨，即细草败叶，破屋危垣，皆具性情。千载之下，宛如身历。”他虽是针对杜甫经陇入蜀途中诗作而言，但用来评价两川诗的艺术风格特点，也是恰当的。

杜甫两川诗在内容与形式两方面，都为我们开出一个新世界。对两川诗的评价，一向偏低。不管是有意或无意，这种现象都是不正常的。

（原载《草堂》1987年第1期）

《杜甫诗歌赏析集》前言

杜甫是我国历史上一位伟大的现实主义诗人。他生活在唐王朝由盛而衰的急剧变化时期。杜甫，字子美，唐玄宗先天元年(712)出生于河南巩县一个“奉儒守官，未坠素业”的仕宦之家。祖审言，初唐著名诗人。“吾祖诗冠古”，“诗是吾家事”，杜甫颇引以为荣。杜甫青少年时期就曾出入贵族官僚府第，欣赏过著名舞蹈家、歌唱家的表演艺术，又接受过“读书破万卷”的良好文化教养。以后漫游吴越、齐赵，结识了李白、高适等著名诗人，并得到他们的赞誉。自谓可以“立登要路津”，但事实却与美好意愿相违。

开元二十三年（735），杜甫在洛阳参加进士考试不第。天宝五载（746）去到长安。为了寻求入仕机会，实现“致君尧舜”理想，他在京城困守了十年。由于权相李林甫阻挠，第二次应“制举”时，他同所有应试者一齐落第。面对考试的失败，迫使他另觅途径：一边投诗向权贵人物乞求荐举；一边向玄宗献赋、上表陈情，恳求任用。天宝十载（751）献《三大礼赋》，虽受到玄宗注目，命待制集贤院，四年后才获得一个“右卫率府胄曹参军”的微官。坎坷仕途、屈辱境遇与困苦生活，把诗人青年时代的盛气剥蚀殆尽，使他对社会现实采取了执著注视和深邃思考的态度。杜甫在长安十年间，社会大动乱的征兆已在这里逐渐显示出来。朝内权贵骄侈，内外官僚压榨劳动人民，对边疆地区滥用武力，征调大量士卒戍边，边将邀功纵恃，这一切不仅加剧了民族矛盾，也使生产遭到严重破坏。玄宗晚年骄奢淫逸，任用奸邪，好大喜功，社会危机便充分暴露出来。杜甫这时处于政治失意与生活困顿之中，他清醒地认识到腐败的朝政是加深社会危机的根源，更加激发了他对王朝命运的关心，迫切要求实现早年政治抱负。怀才不遇的个人牢骚同不满腐败朝政的愤慨交相渗透，便不断丰富了社会政治的含量，从而使杜甫在诗歌创作上逐渐迈向坚实的现实主义道路。

天宝十四载（755）冬，发生了安禄山叛乱。次年，安史叛军攻陷长安，玄宗逃蜀。杜甫逃难、陷贼，历经艰苦，至德二载（757）终于奔赴行在凤翔，被即位不久的肃宗李亨任为左拾遗。不久却因营救被罢相的房琯而触怒肃宗，几至问罪，被放还鄜州探亲。回长安后数月，便贬官华州司功参军。乾元元年（758）岁暮，他由华州回洛阳，由于相州会战九节度兵溃败，安史叛军再度猖獗，一路兵荒马乱，又匆匆折回华州。安史之乱后三年间，杜甫多次奔走于战事激烈的两京地区，目睹战争对城乡的严重破坏，体察广大人民承受的深重苦难。他在诗歌中把士卒与人民、城市与农村、国家与民族所蒙受的灾难和诗人自己的伤痛，一一生动深刻地加以表现，无不凝聚着诗人的血和泪。乾元二年（759）秋，关中大饥，杜甫弃官自华州前往秦州，南行至同谷，经历了饥寒交迫的生活，接着就开始了入蜀之行。在此期间，他的创作热情毫未减退，安史之乱发生前后是杜甫创作上的第一个高峰期，他的许多感人肺腑的鸿篇，都写于此时。

乾元二年冬，杜甫来到成都。上元元年（760）春，赖亲友相助，他于浣花溪畔营造草堂，遂在此定居。水槛，药栏，翠竹，江村，过着诗酒自娱的闲居生活。他为草堂写影、留真，创作了不少优美诗篇。从此，草堂成为诗人们瞻仰的圣地。可惜好景不长。宝应元年（762），玄、肃二宗相继死去，代宗即位。严武还朝，杜甫远送至绵州，适逢蜀中发生战乱，遂留滞梓阆一带。待严武再次镇蜀，始偕妻子重返成都。以后他曾入严武幕府，挂检校工部员外郎衔，任节度参谋职。因不能有所作为，半年间就辞去了。杜甫在两川时期，因去国离乡，政治失意，心情并不能真正保持平静。尤其国家多难，安史之乱虽平，吐蕃却不断侵扰，还一度占据长安，四川也接连发生地方军阀叛乱，百姓更深受征戍、租赋等惨重压榨。这些都时时触叩着诗人的心扉。随足迹所到，丰富、深刻的闻见感受，便源源不断地进入他的创作领域，抒情、写景、咏物，咸多佳作。

永泰元年（765）夏，严武病故，杜甫告别草堂，转而滞留夔州。曾为东屯主守，管理公田收种，不算是官职。在此期间，杜甫感时伤世，缅怀往事，追忆昔游，对古、律诗体都做出了新成就与新创造。风土民情、名胜古迹，无不入咏。数量较多，质量亦高，名篇巨制，不断涌现，形式风格也更加多样化，这是杜甫创作上的第二个高峰期。

杜甫早年以契稷自许，却没有想到，现实生活酬答他的竟是忧患饱经、半生潦倒的可悲遭遇。晚年，他为了实现返回故乡的愿望，于大历三年（768）五月出峡。但却一直流寓荆湘，还乡心愿，终成幻影。大历五年（770）病卒于湘江上的一只破船中，享年59岁。流寓荆湘时期，杜甫不少时间是在江上度过的。由于老病穷愁，杜甫经常过着困窘不堪的生活。但他即使在生命的最后时刻，也未停止过创作活动。不仅感时忧国、忆旧怀乡的激情，依旧跃然纸上，还永无止境地对创作艺术进行不懈追求。他实践了自己提出的“语不惊人死不休”的严格规范。

杜甫饱经忧患的一生与唐王朝历史大转折时期的治乱盛衰紧紧相连。安史之乱中，他与人民同遭苦难，为他贴近人民提供了条件。杜甫执著关注时政与战局，与国家、人民的命运息息相通。他一生创作出那么多的优秀诗篇，不愧是一位名垂万古的伟大诗人。过去的杜甫研究者曾经指出，杜甫能成为伟大诗人，是因碰上了千载难逢的机遇。如明代胡震亨就说：

> 千载仅有杜公诗遘耳。凡诗，一人有一人本色，无天宝一乱，鸣候止写承平，无拾遗一官，怀忠难入篇什，无杜诗矣。（《唐音癸签》卷二十五《谈丛》一）

同这一说法相联系，有的研究者又认为，杜诗之所以伟大，是因通过亲身经历与实际感受，艺术地反映了他生活的那个时代。大家知道，杜甫一向就享有“诗史”之美誉。如宋代胡宗愈说：

> 先生以诗鸣于唐，凡出处去就，动息劳佚，悲欢忧乐，

> 忠愤感激，好贤恶恶，一见于诗，读之可以知其世，学士大夫谓之诗史。（《成都新刻草堂先生诗碑序》）

这些说法，无疑都是正确的。

但诗歌艺术毕竟不同于历史著作。杜甫用自己的创作赢得“诗史”的美名，是因他擅长各种诗体，展示出多方面的才能，因而博得杰出的全能作家的称号。他针对不同艺术题材，根据不同体验与感受，写出了多种艺术形式与风格、感情色彩浓郁、思想内涵丰富的大量作品。他在艺术上的许多高难度造诣，永远具有引人入胜的艺术魅力。这正是杜甫以后很难找到第二位诗人能当得上“诗史”美誉的一个重要原因。杜甫在诗歌艺术上能达到“全能”的高标准，与他一贯自觉地对诗歌艺术的发展源流、甘苦得失等问题认真进行探索有深刻的内在联系。杜甫在诗作中不厌其烦地提到历代著名诗人的成就，尤其重视《诗经》、《楚辞》的优良传统。他对汉魏六朝作家的优长，尽力吸取，却善于“别裁伪体”；他也绝不忽视向同时代的优秀作家学习创作经验。他的新题乐府诗，实为中唐元白、张王乐府诗的前奏，却更有过之。他在五、七言古诗方面的杰出成就，对唐宋许多著名诗家的创作，都具有示范作用。在律体诗方面，他为盛唐律诗立下开疆拓宇的伟绩，留下了丰硕成果。他的排律和绝句，也被诗家视为典范。他强烈要求在律体诗创作上开辟新路，具体表现就是对“拗体诗”进行艺术实践。他入蜀以后所作的《戏为六绝句》，是用绝句联章的形式评论古代诗人的一个重要创造。《偶题》则是他用五排形式较有系统地探讨诗歌源流、得失的一次重要尝试。他一边积极投入创作，一边认真总结经验。“不薄今人爱古人”，“转益多师是汝师”，“文章千古事，得失寸心知”，这些饱含创作甘苦的金玉良言，对后世诗人永远具有指导与启发意义，杜甫诗歌流传至今的共一千四百五十多首，但并非杜诗的全部。早在天宝九载（750），杜甫就说他“自七岁所缀诗笔”，“约千有余篇”（《进雕赋表》），但现存杜甫天宝九载前作品仅四五十篇。就是天宝九载后的作品，可能也多有遗失。杜甫一生创作数量之多，是可以想见的。

过去的杜诗研究者，对杜甫生平与创作分期，曾有不同看法。有的认为杜诗总是后期胜过前期，曾有“一节高一节”（方回）之说。不少的研究者比较突出杜甫在安史之乱发生前后所写的富有时代特色、关心国家人民的作品的伟大成就。有的则本着实事求是的态度，对杜甫作品进行全面考察。见仁见智，本不必强求一律。本书按入蜀前、两川、夔州和荆湘四个时期划分。对安史之乱发生前后的煌煌巨制和流寓夔州期间的精美篇章，都给予充分评价。对两川、荆湘时期的各篇佳什，也多加选录，排除偏见，切实贯彻内容与形式、思想与艺术相统一的原则，乃是我们努力的方向。

本书编成问世，多承各地专家学者大力支持，热情撰稿，谨在此表示感谢。

（原载《杜甫诗歌赏析集》，巴蜀书社 1993 年版）

第三章
艺海拾珠

玄晖诗变有唐风
——谢朓《晚登三山还望京邑》简评

灞涘望长安，河阳视京县。白日丽飞甍，参差皆可见。余霞散成绮，澄江静如练。喧鸟覆春洲，杂英满芳甸。去矣方滞淫，怀哉罢欢宴。佳期怅何许，泪下如流霰。有情知望乡，谁能鬒不变。

诗题里的“三山”，在现在南京市西南的长江南岸。“京邑”即指南齐京城建业（在今南京市内）。据清代学者的说法，此诗大约是齐明帝建武二年（495）谢朓出任宣城太守时之作。它主要描写了诗人离开京城后的所见所感。八个字的诗题就概括了全诗的基本内容。前四字点明“登”的时间和地点，后四字确指“望”的方向和对象。诗人的艺术构思环绕着两个字——“登”

和“望”，但着重突出的却是那个“望”字。他既写出了望中所见的宫室山川的壮丽景色，更抒发了望中生起的去国怀乡的怅惘之情。

全诗包括三个有机组成部分。

第一部分只有两句：“灞涘望长安，河阳视京县。”在这里，主人公并未出场。人们看到的只是两位古代诗人流离和出仕的经历。可是，它却给人以异军突起的印象。诗人不直接写自己登三山，望建业，而把人们熟悉的王粲《七哀诗》“南登霸陵岸，回首望长安”和潘岳《河阳县作》“引领望京邑”、“岂敢陋微官”的诗句进行艺术加工，便唱出了自己的心声。“隐然一含情凝眺之人，呼之欲出。”（王夫之《古诗评选》）诗人以古喻今，将人拟己，王粲惜别秦川、远适荆楚的飘零身世，潘岳出宰河阳、身“类浮萍”的失意情怀，和他此时心境，一拍即合。全诗的主题也暗中点示出来。谢朓后来所写的《酬德赋》，追述自己当时“窘迹”“多悔”的情状，可以看作这两句诗的注脚。诗人把古人诗句熔冶成工整自然的联语，历来受到赞赏。有的评论家称这种写法为“借宾陪起”（方东树），即借古人作“宾”，陪着诗人进入艺术境界。有的评论家肯定它“可作使事之法”（何焯），即是说，使事用典，应该服从主题的需要。谢朓早年曾与沈约等人游竟陵王西邸（《梁书·沈约传》），以“善自发诗端”（《诗品》），为钟嵘所称道，此诗即其一例。

不过此诗的妙处，绝不仅在工于发端。在第二部分中，我们看到：诗人通过独特的个人感受、高超的艺术手腕，使望中所见傍晚时的自然景物，带着各自的特色，有重点又有步骤地展现出来。

登高远望，建业城里巍峨的宫室首先引起诗人注目：“白日丽飞甍，参差皆可见。”和暖的春天，阳光洒在殿阁上，特别耀眼的是高耸入云、其势欲飞的屋脊，九重交错，细部明晰。“丽”、“皆”二字准确地显示出光泽感和能见度，仿佛可用肉眼遥测。

诗人登高远望，建业城外金色的夕阳和澄静的春江，更使他爆发了艺术灵感：“余霞散成绮，澄江静如练。”斜照依山，天上彩霞万道，恰似编织成无数匹锦缎。长江清澈如镜，浪静风恬，宛如铺上一幅白绸，望不见尽头。《九歌》中“安流”“无波”的命意，《蜀都赋》中“带二江之双流”的设喻，无疑都给谢朓以启发，但谢朓构思更新巧，造型更优美。两句诗十个字，全派了用场，词性配搭匀称，上下对属精工，“余”、“散”、“澄”、“静”等字把晚空中和春江上的秀色佳气，表现得恰到好处。“余”是落日衔山的形容，“散”是霞光四射的象征，“澄”状长江明净无尘，“静”貌水面纹丝不动。两个比喻很有诗味。“余霞成绮”好比快速拍摄天幕内稍纵即逝的美妙镜头，“澄江如练”无异细意熨帖大自然精心创制的永恒杰作。轮廓清晰突出，立体感强，使人联想到浮雕像。音节响亮轻圆，琅琅宜诵，又使人感到很有音乐性。不只“写出妙思”，而且擅长“排语”（钟惺）。此诗因有了这一古今传诵的名联而蜚声诗坛。它令李白长留记忆，特加摹仿，也叫李商隐深为喜爱，形于吟咏。

登高远望，建业城外的鸟语花香，还勾起了他的画意诗情：“喧鸟覆春洲，杂英满芳甸。”金乌西坠，归鸟投林，一时喧声四起，忽若盖地铺天。“覆”字用得十分贴切，因为诗人抓住了黄昏时分春洲的特定景色。江南的三月，群芳布满郊野，如同穿上盛妆，浓香袭人。在这里，“杂”和“满”恰恰起了为花传神的作用。

王夫之称赞谢朓善于写景，曾有这样的妙语：“胸中无丘壑，眼底无性情，虽读天下书，不能道一句。”谢朓足迹遍荆吴江海，襟怀自许，赏心独遇。他同名山大川朝夕接触，受到大自然长期陶冶，感觉锐敏，观察仔细，因而善于捕捉形象特征。第二部分是诗人对建业城周围的春之赞歌。他把若干局部构成一个艺术整体，有天上的白日、宫中的飞甍、绚丽的晚霞、澄静的江水，还有春洲的喧鸟、芳甸的杂英。人们从这些景物中，能够感觉到春天的色彩和声音，呼吸着春天的气息。诗人把这些分散的自然景物集中起来，组织在一幅鲜明的图画之中，远近、大小、动静、高低相对统一，显得和谐完美。但诗人毕竟是一个从京城下放的官员，他首先依依难舍的仍是帝京雄伟的飞甍，而一千多年来，人们最赏识的却是他精心绘成的如练的澄江。

环境如此迷人，诗人却必得离去。这种内心矛盾，在开头部分仅仅间接作了喻示。在结尾部分，才采取波浪式的艺术表达方式，直接加以抒发。

在南齐短短的23年历史中，统治阶级抢夺皇位的斗争十分激烈。谢朓从24岁入仕到36岁被诬入狱而死，正值南齐后期。写此诗前，他因同僚王秀之密进谗言，奉命从荆州的随王府还都（《南齐书·谢朓传》）。“常恐鹰隼击，时菊委严霜”（《暂使下都，夜发新林至京邑，赠西府同僚》），便是他愤慨情绪的宣泄。继郁林王和海陵王的被弑废、齐明帝的登极，谢朓又下放宣城。政治浪花的冲击，使他常怀离尤独处（《酬德赋》）的危惧。诗人这种感情，在第三部分中，通过多层次的表现手法而恰当地反映出来。诗人此番出仕，将在外郡长久滞留，对刚刚结束的亲故送别的欢宴，当然会怀念难忘：“去矣方滞淫，怀哉罢欢宴。”才出京城，就想到返京的佳期莫卜，而眼泪滂沱，诗人归思之切，可想而知：“佳期怅何许，泪下如流霰。”想望故乡是人们共有的感情，但诗人望乡之情如此强烈，使他还在壮年，头发就已变成白色：“有情知望乡，谁能鬒不变。”诗人去国怀亲故，归期甚渺茫，“泪下如流霰”，望乡生白发的感情，有如江涛起伏，前波未平，后波续生。诗人用自己的心弦，弹出了节奏分明的恨别曲。它以宛转凄切的旋律、连续变换的曲调，有力地感染着读者，也进一步深化了主题。

此诗在艺术结构的安排和艺术语言的提炼上，都很具匠心。由于开头和结尾部分的有机组合，构成了全诗的中心，中间部分作为它们的反衬，把故乡的秀丽景色和望乡的凄切感情，毫不着力地紧紧联系起来，此诗去国怀乡的主题便深婉含蓄地得到表现。诗人运用语言，也因各部分感情表现的不同要求，而呈现出不同的感情色彩。如第二部分显得明朗舒适，第三部分显得沉郁凄婉。它们从矛盾着的两个侧面分别起了突现主题的作用。

此诗以内容形式的紧密结合、情景的水乳交融、意境的层出不穷、语言的清丽自然，而成为谢诗中的著名篇章。仅仅肯定此诗写景很工，当然不够全面，断言谢诗“末篇多踬”，“意锐才弱”（《诗品》），也难令人信服。以此诗而论，“按章使字”，“密于体法”，选语既“悠扬”，谋篇又“深造”，诚不愧是齐梁的“首杰”（《采菽堂古诗选》）。

谢朓是“永明体”的重要写手之一。在谢朓的时代，五言诗已由单纯追求词藻、典故发展到同时讲究声律、对偶。经过沈约的努力，“永明体”得以形成。它是五言古诗向唐代律诗的过渡形式，对唐代律诗的建立起了桥梁作用，在中国诗歌的发展上，具有重要意义。谢朓以他一系列名篇为“永明体”奠定了基础，树立了样板。“假玄晖诗变有唐风”（赵师秀），这是对谢朓诗的历史地位的客观评价。南宋严羽曾说谢朓诗“已有全篇唐人者”（《沧浪诗话》）。明代胡应麟列举谢诗“于唐人调不同而语相似”（《诗薮》）的几个例子，来说明谢诗具有风格多样的特点，足见他对唐代诗人都有影响。“唐人往往效之，不独太白也。”（《岘佣说诗》）施补华的看法，很有道理。

在永明诗人中，谢朓很注重内容。他同陶潜“皆平淡有思致”，其特点是“自组丽中来”，又“落其华芬”（《韵语阳秋》），“灵心秀口”，“别是一段深情妙理”（《古诗源》），清发自然，真是一帖疗治陈腐的妙药。

在永明诗人中，谢朓很注重形式。以此诗为例，全诗七韵，在形式上和唐代的律诗已很接近（唐省试诗一般六韵，也有四韵、八韵的）。诗中一、三、四、五联都相当讲究对仗，三、四联更见精工。在声律上，虽尚多古诗句式，粘对概念也未确立，但“白日”一联却已重视平仄叶调。一、四联的上句，七联的上下句，本身已自成律句。“渐有唐风”（唐庚），信非虚誉。

（原载《汉魏六朝诗歌鉴赏集》，人民文学出版社 1985 年版）

不废江河万古流
——评骆宾王有关妇女题材的两首歌行诗

骆宾王是初唐“四杰”中一位感情丰富的诗人。保存在《骆临海集》中的优秀诗作，通过精美结构和华丽词采，把诗人跳动的感情脉搏、不同的心灵感应，生动地展示在读者面前。他的歌行名作，尤其富于感情色彩。《帝京篇》早在唐代就被推为“绝唱”（《旧唐书·文苑传》）。“借汉家之故事，喻身世于本朝”，基本上是自我“抒情”之作。《畴昔篇》是骆宾王因事系狱，“出狱”后对“生平行迹”（陈熙晋《骆临海集笺注》）所作的自我回顾。不只明代高棅、胡应麟有“富丽”“赡”“极”之誉，已故文学史家郑振铎还赞为比《帝京篇》更宏伟，“是这时代中最伟大的一篇巨作”（《插图本中国文学史》）。在《艳情代郭氏赠卢照邻》和《代女道士王灵妃赠道士李荣》中，骆宾王还把他感情的暖流，倾注在两位命途多舛的妇女身上，在初唐诗坛，更是罕见的妙品。骆宾王用他为数不多，却精心结撰的歌行杰构，同卢照邻一道，开拓了初唐诗歌轨迹。以《帝京篇》、《畴昔篇》、《艳情代郭氏赠卢照邻》、《代女道士王灵妃赠道士李荣》等为代表，骆宾王把炽热的感情进行艺术处理，凝成激流，汇入初唐歌行诗的历史河道中，首次蓄成水位，并由此产生一定流量和流速。“不废江河万古流”，对盛唐歌行诗高潮的形成、歌行圣手的涌现，起了导路的作用。

二

骆宾王有关妇女题材的两首著名歌行，描述的都是爱情故事，又都与四川有渊源。有趣的是，两个爱情故事中的男方，都是骆的朋友。但两对恋人的爱情，后来都发生了变故。骆宾王没有因朋友交谊而影响他对遭遇不幸的女方的同情。他用“代”主人公“述情”的方式，充分表达了她们在爱情生活上的欢乐与悲伤，并对男主人公有所指责，遂使它们成为初唐歌行划时代的、富于艺术个性的名篇。

（一）《艳情代郭氏赠卢照邻》描述了卢照邻客蜀时与郭氏的一段爱情纠葛。卢、骆是至交，故骆得以了解他与郭氏的爱情秘密。但卢一去无消息，郭由念而生恨。骆对卢的行为不满，对郭颇表同情。这就是此诗有明显感情倾向的原因。

卢照邻《对蜀父老问》文中，自说“余自丰镐，归于五津，从王事也”。他入蜀的时间是唐高宗总章二年（669）。《旧唐书·文苑传》说他“拜新都尉，因风疾去官”。《朝野佥载》卷六则说他“为益州新都尉，秩满，婆娑蜀中，放旷诗酒”。两书记载略有出入，疑“染风疾”乃“秩满”后事。这可能与卢照邻“放旷诗酒”有关。而他与郭氏的爱情大约就在此时发生。卢照邻《病梨树赋》说：“癸酉之岁，余卧病于长安。”“癸酉”即高宗咸亨四年（673）。他可能是因“染疾”而离蜀的。出蜀后，他先后居太白山、长安和洛阳。“羸卧不起，行已十年”，“一臂连蜷”，“两足匍匐”（《释疾文》）。他害的当属脑血栓一类的后遗症。由于卢去蜀后病情加剧，与郭断绝联系。郭对他由想望、失望以至绝望，是完全合乎感情逻辑的。

全诗描述郭、卢分离后的一系列感情活动，是郭氏自我心灵历程的形象展示。在写法上，是通过郭氏的想象来表现她与卢相恋的感情发展过程。首段突出卢返洛阳，郭在成都独“芝田”“迢迢”，“蜀川”“渺渺”，天各一方的情形。次段写卢去后，郭“空床”独坐，借眼前物色含蓄地表达出两人感情上发生的变化。三段写卢饯别时“宜家”的盟誓，“拟弄掌中珠”，而“先摧庭际玉”。郭氏对卢“思”念不已，对幼婴夭折，尤难为怀。四段鲜明地表达了女主人公对卢的愤愤不平之情。在郭氏看来，卢消息杳然，实因“京洛多佳丽”，绝非“山岫遥亏蔽”，“短封”尚且“疏索”，“长情”还会“守期契”吗？于是便从牵牛织女的一年一会，想到与卢“两岁”分别，谁能“脉脉”久待。当然，卢离蜀后，病情日渐恶化，是发生悲剧的原因之一。但他不把“风疾”转剧的信息告诉对方，竟至把她抛弃，理应遭受谴责，自然得不到骆宾王的原谅。因此，骆宾王对郭氏不幸遭遇的同情，是应该受到赞扬的。

（二）《代女道士王灵妃赠道士李荣》与前诗虽同为爱情题材，但故事里的男女双方都属方外人物，则是它的特点。在主人公选择上的时空特色，使此诗更富于艺术吸引力。诗中男主人公同骆宾王、卢照邻都有交谊。蒙文通先生曾从《绵阳县志》发现唐驸马蒋曜的《登富乐山别李道士荣诗》。又《绵阳县志》据《通志·艺文略》有李荣《道德经注》，云“当指此人”，因论定李荣为“绵州人”。（清人徐松《唐两京城坊考》卷四谓“普宁坊”“东南隅东明观”内“有道士巴西李荣碑，永乐李正已为此文”。而“巴西”为绵州属县，此李荣曾为“绵州人”的又一证明。）李荣《道德经·注》现存《道藏》及敦煌残卷中，蒙先生有辑本（见《图书集刊》八期《辑校〈老子李荣注〉跋》）。蒋曜诗是李荣应征入长安时送别之作，与李荣《上〈道德经·注〉表》及卢照邻《赠道士李荣》诗语意正合。李荣是一位有修养的学者（《旧唐书·罗道琮传》），又是一位未斩情根的道士，因而与女道士王灵妃发生了火热的爱恋。但李不久还蜀，爱情关系便终止了。李荣不敢彻底冲破宗教的清规戒律，在爱情追求上又三心二意，这是他无法克服的感情矛盾。由于“竟亦不能得其故实”，蒙先生疑骆写此诗“倘亦文人薄戏之为”。蒙先生注意到李荣在学术上的成就，却忽略他也有世俗感情，因而用自己对待生活的谨严态度解释李荣的行为，难免作出上述推测。其实在初唐道教盛行的年代里，长安城中宫观林立。有男道士集中的东明观、龙兴观，也有女道士集中的金仙、玉真二“女冠观”（见《唐两京城坊考》）。而东明、龙兴二观就是李荣和成玄英修真之处。那里有李荣式的学者，还有生活腐化的“术人”。如“中夜”用法术“召去”唐明皇“所幸美人”，“纵酒密会”，就是东明观“所居道流”（见《唐语林》）干的。至于金仙、玉真等“女冠观”中会出现王灵妃一类女道士，也是不奇怪的。因此，在那扼杀正常人性的宗教王国里，是很容易发生李、王式的恋爱故事的。骆宾王同道士交朋友，了解其爱情真相，就十分自然了。

此诗为“当时李在蜀，灵妃居长安，故拟代赠”（陈熙晋）

而作。闻一多认为“李荣往长安”，“许久不回来”，“王灵妃急了”，骆才有此诗的说法似与诗意不切。长安道观中，男女道士修仙慕道，却难断尘缘，这便是李、王恋情产生的现实基础。陈熙晋据秦恩复说，谓骆宾王《和道士闺情诗启》中的道士“似即”李荣，是可信的。全诗用细腻曲折的笔触，表现出这个爱情故事由炽热到冷却的过程。诗人欣赏王灵妃对待爱情的坚贞态度，不满李荣用情不专，终至酿成爱情悲剧。此诗在写法上与《艳情代郭氏赠卢照邻》不同之处，是让男女主人公在故事里活动，使读者看到了他们性格的发展。诗人对女主人公的同情，便在诗行中流露出来。在爱情生活中，李荣是一个具有双重人格的人物。作为《老子》研究专家，他似已脱尽凡胎；作为羽流，又不免发生风流韵事。这就注定了李、王爱情只能以悲剧收场的命运。骆宾王用歌行体把这一爱情悲剧表现出来，无疑是有进步意义的。

首段写男女道士长年学仙，却不能斩断情根。次段写王、李倾心相爱，生活美满，李荣离京，爱情骤生变化。这是诗中的精彩段落。它表现了王灵妃在爱情追求上的主动性，对于揭露李唐王朝利用宗教迷惑群众，葬送年轻女道士青春幸福的罪恶意图，是有现实意义的。三段描叙李离长安，音信断绝，王依旧保持相思之情。在全诗中，这部分抒情味最浓。“青牛紫气度灵关，尺素赪鳞去不还”，李耳乘青牛度函谷，有紫气西迈的仙话和古乐府辞意的正反运用，是李荣还蜀后书信全无的冷漠态度的最好象征。四段描写王生活的一个侧面，突出了她对李始终如一的爱情。五段写王劝李回心转意，重返长安。诗人用王的口气指出：不论“南陌”“留情”，“东邻”“送款”，都是错误的。要紧的是确保忠贞爱情，“及早”决定“归期”。希望李不辞辛劳，跋涉“九折”的“邛关道”，骑青牛，穿剑门，早日回到自己身旁。更借《风赋》"风起子青苹之末"和《后汉书》"竹杖成龙"的传说向李示意：只要决心归来，乘风策杖，并不困难。诗的结尾再次表达王的殷切盼望：莫像秋胡"淹留""桑路"，最好乘月"轮"径直"飞"回。

此诗通过李、王的爱情历程表现其性格的发展，但处于故事中心的却是灵妃。它让王灵妃作为一个申诉者，娓娓述说她敢于冲开宗教牢笼的恋爱经过，直接抒发她失恋后的痛苦与心愿。而李荣则作为一个爱情生活上的不忠实者来处理。不敢背离宗教规条，或许另有新欢，这是他不忠实的原因。但在王心目中，他并不十分可恨，因此一直盼他回心转意。这样，王灵妃善良多情的性格就得到较好的表现。骆宾王能对这位受到双重（宗教的与世俗的意识）损害的女道士表同情，是他进步的感情倾向的表现，有值得肯定之处。

二

《艳情代郭氏赠卢照邻》通过女主人公一系列的想象，从不同侧面刻画了一位才华卓著的诗人和一个感情丰富的普通妇女爱情的不幸结局。《代女道士王灵妃赠道士李荣》宛转曲折地描写了一个发生在道教宫观中的以幻灭告终的爱情故事。它们属于同类型的爱情"公案"。闻一多先生曾说骆宾王"以'一抔之土未干，六尺之孤何托'，教历史上第一位英威的女主破胆"，他"天生""侠骨"，"专喜""打抱不平"。《艳情代郭氏赠卢照邻》"凭一枝作判词的笔锋"，替女主人"申一回冤"，同《代女道士王灵妃赠道士李荣》一样，都是"替痴心女子打负心汉"（《宫体诗的自赎》）的。骆宾王出身"席门贱品"（《上郭赞府文》），一生潦倒，对当时社会上处于下层而又遭逢不幸的妇女的"心"，能有较多体贴，产生极大同情，是不难理解的。因而，骆宾王在这两首诗中所抒发的感情是特别值得注意的。骆宾王充分开发他身上蕴藏的感情能源，跨过直接抒发的藩篱，进入“代”女主人公“述情”的艺术境界。其中有市井妇女，也有宫观道姑。在他“述情”的同时，便已包含对两位男主人公严正含蓄的批评态度。骆宾王试图通过他的创作，设立一个诗化的道德情操法庭，对卢、李在爱情生活中的不忠实表现，用诗的形式提供证词，与他的接受主体——读者一起作出裁决，可说是一种新颖的判案方式。诚然，在爱情问题上卢和李的具体表现不同，对爱情的反应，郭和王也互有差异，而且“这悲剧在当时也不可能有什么更适合的收场”（闻一多）。但隐含在诗作背后的，却同是对妇女人格应否尊重，在两性关系上应否遵循一定生活准则的问题。卢、李的凉薄表现，是对妇女人格的践踏，自要受到公正舆论的谴责。骆宾王能在一定程度上摆脱男性中心的社会意识的支配，劝人们莫步卢、李后尘，从创作意图说是有积极意义的。

两诗在艺术上虽各有引人入胜之处，但都是让主人公出面诉说自己的悲欢离合，使读者很自然地会对她们生活上的不幸兴起同情，对男主人公的行为在道义上表示谴责。人们读到《艳情代郭氏赠卢照邻》时，既会为郭氏想念卢照邻的一片真情所感动，也会对卢音书断绝，郭旧情不改的坚贞态度深表赞许，更会对由于卢背弃盟誓，导致幼婴夭折而发出谴责。而郭孤枕自伤的精彩抒情片断，尤能激起人们对她身世的同情之心。最后又会对郭氏由失望转入对卢的决绝态度加以赞许、支持。当人们读到《代女道士王灵妃赠道士李荣》时，始而赞许他们向往幸福、自由的爱情生活的美好心愿，继而欣赏他们出观游春，物色理想伴侣的自觉行动，进而祝福他们倾心相爱的美满生活。但对李荣离京，两人的爱情忽然中止的情况，又不免感到怅惘。而在读到王与李分别后的抒情独白时，人们对她在爱情问题上矢志不渝的心态是赞赏的，而对李的断无消息则是不满的。诗中抒情味最浓的部分，对王灵妃美好的心灵作了真实展现，是很能激动人心的。至于诗人从另一侧面表现轻薄子对王百般勾引，她毫不动心的内心世界，如同X光透视，也是富有艺术魅力的。由于这样，人们在读到最后部分时，不能不为王灵妃希望李回心转意的诚意所感动，而对李荣的置若罔闻，会更加产生反感了。骆宾王对不同描写对象的不同心灵有特殊的感应力（这种感应力使他的作品易于唤起读者感情上的共鸣）。因而，出现在他笔下的男女主人公也都很富有艺术个性。闻一多先生比之"云冈造像"，良非过誉。

值得注意的是，骆宾王运用代女人公"述情"的写法，能充分显示他在歌行诗方面的艺术优势。骆宾王在"四杰"中是以擅长骈文著称的。他的文章同他的诗歌一样，也是带感情色彩的。其中有对慈母的依恋（《上吏部裴侍郎书》）、亡友的哀伤（《伤祝阿王明府》）、故旧的追感（《与博昌父老书》）和亲情的怀想（《与亲情书》、《再与亲情书》）等。《上吏部裴侍郎书》还被明代胡应麟推为李密《陈情表》"不过也"。《代李敬业传檄天下文》更是骆宾王义愤的激情喷薄而出的非凡艺术表现，难怪武则天读后会引起震动，并发出"宰相安得失此人"（《新唐书·文艺传》）的惊叹了。骆宾王把他在骈文方面的特技，引入歌行诗的领域，让典故、辞藻、对偶等在歌行中大量出现，从而产生了以《帝京》、《畴昔》、《艳情》、《灵妃》等为代表的歌行名篇。对此，吴之器曾有很好的概括："缀锦贯珠，汪洋洪肆，《帝京》、《畴昔》，特为擅场，《灵妃》、《艳情》，尤极凄靡。"（《骆丞列传》）由于骆宾王把骈文的写法引入歌行诗领域，以致他的有些骈赋与歌行诗几难区分，如他的《荡子从军赋》曾被明代的李梦阳"改为七言歌行"，有的刻本把它"羼入本集"（陈熙晋），就是实例。还应该看到，骆宾王对唐代律诗的形成，也曾起过重要作用。他在运用骈文艺术经验写歌行诗时，也适当地汲取了接近形成的律诗的某些格律要求。由于他让歌行诗尽可能地向律诗靠拢，就使得其歌行诗的部分偶对和单句，非常符合律诗的平仄规定，并给唐代歌行诗“古、近二体”（《艺概》）的分野，打开了前景。这些都是他的歌行诗在艺术上的突出表现。当然，骆宾王的歌行诗，也同初唐歌行一样，在艺术形式上，还继承了汉魏六朝乐府诗的某些重要艺术经验，这就是重复、蝉联等艺术手法在诗中交替出现的原因。正是上述诸因素的有机组合，构成了骆宾王歌行诗，包括着重介绍的两篇歌行名作的总的艺术特色。

三

我国古代诗人向来重视“诗言志”的优良传统。诗人们在儒家诗教的政治伦理道德观念的支配下，在体现“诗言志”的要求时，十分重视诗歌的社会功能——教化讽喻作用，是应该肯定的。但诗歌艺术的重要特征，由于儒家诗教的影响而未能得到足够重视，也会使诗歌创作的表现范围和艺术质量受到不应有的妨碍。屈原在《九章》中曾有“发愤以抒情”的观点。在《诗大序》中，早就有“情动于中而形于言”的提法。它注意到诗歌的重要因素——感情，是有道理的。但它要求“发乎情，止乎礼义”，即用封建政治伦理道德规范的“礼义”把“情”约束起来，这势必会把某些感情内容排斥在表现范围之外，是不利于诗歌创作的丰富和发展的。

鲁迅先生曾经指出：魏晋是我国文学的“自觉时代”（《魏晋风度及文章与药及酒的关系》）。它在理论上的一个显著标志，就是以曹丕《典论·论文》为代表，提出了有关诗歌的重要见解。曹丕“诗赋欲丽”的观点，表明他已把诗歌的艺术形式及其特征问题，提上了议事日程。他主张“诗赋不必寓教训，反对当时那些寓训勉于诗赋的见解”（鲁迅），对晋代陆机很有启发。陆机把《诗大序》的“情动于中而形于言”与曹丕的“诗赋欲丽”结合起来，而有“诗缘情而绮靡”（《文赋》）的提法。陆机的文学观，固然继承了儒家诗教的合理部分，但魏晋时代“容纳异端和外来思想”（鲁迅）的风尚，对他也有影响。正是这样，他能扩大艺术视野，突破汉代以来就在诗坛牢固形成的“诗言志”的主张，而提出“诗缘情而绮靡”的观点。这对诗歌创作的发展，自会起到推动作用。陆机把“缘情”与“言志”并列，是对诗歌的社会功能的重要补充。但由于古代诗人和评论家往往从传统儒家诗教出发，把二者对立起来，从而筑成一道森严壁垒，好像诗歌“缘情”就会脱离正轨，走入邪道。由于对“情”的范围作了严格限制，以致把“诗缘情”的主张当作“异端”加以攻击。这种观点显然是有片面性的。

早在初唐时期，这个问题就已成为诗人们争论的焦点之一。如“四杰”之一的王勃，便曾把“言志”、“缘情”对立起来，认为“缘情体物”乃“雕虫小技”，未能见其“大者远者”（《平台秘略论·艺文》）。在他看来，“志”必须合乎“周公孔子之教”，而“情”则往往要偏离正道，与“大者远者”是抵触的。但同为“四杰”之一的骆宾王，却把“言志”与“缘情”相提并论：“言志缘情，二京斯盛，含毫沥思，魏晋弥繁”，“弘兹雅奏，抑彼淫哇”（《和道士闺情诗启》）。他与王勃的看法明显有异，正好证明卢照邻的话：“古今之士，递相毁誉，至有操我戈矛，启其墨守。”（《南阳公集·序》）这种现象之所以发生，与儒家诗教观念束缚了某些诗人有关。这种观念在明清两朝都还有顽强表现。或认为“陆生之所知，固魏晋之渣秽”（徐祯卿《谈艺录》），或认为“魏晋而下，指诗为‘缘情’之作，专以绮靡为事，一出乎闺房儿女之思”（朱彝尊《与高念祖论诗书》），或甚至说“‘缘情’

一语，引入歧途，其究乃至于绘画横陈”（纪昀《云林诗钞·序》）。把色情描写的过失，一概归之陆机，未免太主观。产生这种认识偏差的一个关键，就在于有些论家把“缘情”与“言志”看作水火不相容的两回事。而其理论依据就是“诗缘情”的提法“殊失风人之旨”（沈德潜《古诗源》卷七）。实则“诗缘情而绮靡”，乃是魏晋时期文学发展新阶段、新经验的一个总结。“近代儒生，深讳绮靡，乃区分奇偶，轻诋六朝，不解缘情之言，疑为淫哇之语，其源出于毛、郑。”（王闿运语，见《王志》）王闿运“其源出于毛、郑”一语，接触到了问题的实质。诗歌“言志”、“缘情”这两种功能，过去未得到合理解释，在很大程度上是受了传统偏见的左右。直到现代，朱自清先生才从对艺术经验的历史性理解中，作出合乎实际的评估：“缘情的五言诗发达了，言志以外迫切的需要一个新标目，于是陆机第一次铸成‘诗缘情而绮靡’，这个新语。”（《诗言志辨》）陆机第一次指出诗的一个重要功能是“缘情”。但它在“四杰”中引起了争论，可见儒家“诗教”之深入人心。而诗歌如果取消“缘情”的功能，不仅会使诗歌因忽视抒发真情实感，失却感染力量，而成为抽象的言志——说教，还会把一些有意义的内容、题材排斥于诗歌创作之外。骆宾王早在初唐时期就通过优秀的创作，对陆机“诗缘情”的提法表示支持，他的艺术实践是值得重视的。

骆宾王在诗歌艺术上是一位敢于冲破初唐宫体诗风的杰出作家。初唐宫体诗与应制诗相表里，决定了它只能是为文造情的浮伪之作。骆宾王多次强调感情在作家创作中的地位与作用，公开向它挑战。如：“心波湛汉，情岳干天。”（《上兖州刺史启》）“怨于心者，哀声可以应木石；感于情者，至性可以通神明。”（《上吏部裴侍郎书》）“事感则万绪兴端，情应则百忧交轸。”（《伤祝阿王明府序》）“哀缘物兴，事因情感。”（《与博昌父老书》）“永言伤情，增以悲恸。”（《再与亲情书》）他与刘勰所说“情者文之经”（《文心雕龙·情采》）是一致的。骆宾王在歌行诗方面，极大地发挥了他工于抒写真实感情的特长。恰如闻一多先生所说：“是背面有厚积的力量撑持着。这力量，前人谓之气势，其实就是感情。”他留下的有关妇女题材的艺术精品，向人们打开了初唐歌行诗方面的一个重要窗口。它们同单纯“出于闺房儿女之思”，甚至“绘画横陈”的“淫哇”下品，是根本异趣的。由于历史的原因，骆宾王的诗“体”，早在唐代就为轻薄子所“哂”（《戏为六绝句》）笑。杜甫曾为此表示愤慨，是很有见地的，但尽管这样，骆宾王对初唐歌行诗所作的贡献，仍未得到应有的肯定。他名列“四杰”之末，排在卢照邻之后。这与他的实际成就并不相称。卢照邻曾对世称王、杨、卢、骆的名次发表过意见：“喜居王后，耻在骆前。”（《朝野佥载》卷六）如果就歌行诗来说，卢的自我认识是客观的。但骆的歌行诗真能得到充分肯定，倒应该感谢明清，尤其是现代的几位学者。

不过我们考查骆宾王对初唐歌行诗的突出贡献时，不应该忽略一个诗史上的重要现象。这就是汉魏诗人在创作实践中对诗体分工所作的暗示，即用四言诗“言志”，用五、七言诗等抒“情”。“言志”与“缘情”，虽同样是诗，但在正统诗人心目中，却是有高、低之分的。陆机《文赋》开始强调诗的主要特征是“缘情”，这对儒家传统的“言志”说，无疑是一种冲击。对魏晋诗坛，则是实况调查后的一次基本总结：缺乏感情基础的“言志”之作，不会产生感染力。这大约就是魏晋两朝绝大多数四言诗的共同缺点。可是，陆机主“诗缘情”，并不排斥“诗言志”。他在对“十体”作结后提出“虽区分之在兹，亦禁邪而制放”的思想要求，便是证明。可见，在他看来，“言志”、“缘情”乃是一个问题的两方面。“志”指思想，“情”指情感。思想必须借助情感的翅膀才能腾飞，情感如无思想作基地，便会飘浮而失去归宿。正因为这样，孔颖达才有“在己为情，情动为志，情志一也”（《左昭二十五年传·正义》）的解说。但由于人们囿于儒家传统的诗教观念，对“言志”说作了片面理解，往往以儒家政治、伦理道德规范作为指南，不仅忽视“情”的主导作用，还对“情”的抒发设立种种限制。这样，有的“言志”之作，本身缺乏感情，而有的本属古人正常感情的题材，又被排斥于表现范围之外。这就无怪《诗集传》会把表现男女恋情之作，概视为“淫奔之诗”了。刘克庄说曾西山选《文章正宗》时，强调“诗歌”的入选标准应以“世教民彝为主”，以致汉武帝《秋风辞》因“怀佳人兮不能忘”一句有涉“后宫”而加以摒弃（《后村诗话》）。由于把情一概视为异端，所以王勃贬低陆机“诗缘情”说时，也要高谈“经国之大业”。骆宾王独能在理论和实践上响应陆机主张，用他在歌行诗方面有关妇女题材的两个名篇做榜样，奉献给初唐诗坛。这是他创新精神的表现，也是艺术上的成功尝试。特别是他在强调“缘情”时，采取了“代”女主人公“述情”的写法，又把他在骈文与诗方面的艺术经验同歌行诗的写作融合起来，这就使其歌行诗很富于艺术个性。而这正是评价他这两篇名作时，最需注意的艺术经验。

（原载《天府新论》1987 年第 4 期）

少陵一生的自我艺术写照
——杜甫《壮游》试论

“人之情，悲愤积于中而无言，故发为诗。”（陆游《澹斋居士诗序》）“诗无神气，犹绘日月而无光彩。”“摹拟太甚，殊非性情之真。”（谢榛《四溟诗话》卷二）“作诗有性情，必有面目。”“诗而曰作，须有我之神明在内。”（叶燮《原诗》卷三，外篇上）上引古代诗论家有关诗的著名见解，都是针对杜甫诗作而发。用语有殊，取义实同。他们所说“人之情”、“性情之真”、“神气”、“神明”，与释惠洪“老杜大过人在诚实”（《冷斋夜话》）之评，基本上是一致的，都可看作作家艺术个性，即作家生活遭遇、思想情操等在艺术作品中之生动集中体现。正因这样，黄彻会有“杜集中，忧战伐，呼苍生，悯疮痍者，往往而是”（《碧溪诗话》卷十）的名言，胡震亨会有“凡诗一人有一人之本色，无天宝一乱，鸣候止写承平，无拾遗一官，怀忠难入篇什，无杜诗矣”（《唐音癸签》）卷二十五）的妙论。叶燮会进而作出如下概括：“忧国爱君，悯时伤乱，遭颠沛而不苟，处穷约而不滥，崎岖兵戈盗贼之地，而以山川景物、友朋杯酒，抒愤陶情，此杜甫入面目也。”胡、叶所说杜甫之“本色”与“面目”，在杜甫五古诗中尤有明显表现。杜甫客夔州时所写《壮游》是他出蜀前对自己生活经验的一次重要艺术总结。它是杜甫“本色”、“面目”的生动体现，也是杜甫五古诗中的不朽篇章之一。

大家知道，杜甫入蜀前在创作上曾出现过一个艺术高峰。在五古诗方面，以“三吏”、“三别”、《奉先咏怀》、《北征》等为其主要标志。其中，《咏怀》、《北征》都带自我写照性质。邵长衡称两诗“皆杜集大篇”（《批杜诗阐》）。黄彻独推《奉先咏怀》“乃声律中老杜心迹论一篇”。黄庭坚、叶梦得、沈德潜则特尊《北征》“书一代之事”，是“与国风、雅颂相表里”（《潜溪诗眼》，见《苕溪渔隐丛话》引）的“古今绝唱”（《石林诗话》卷上）。“汉魏以来无此体，少陵特为开出，是诗家第一篇大文。”（《唐诗别裁集》卷二）这些意见无疑都是正确的。但我们如果通观杜甫入蜀前后的五古长篇，便会发现：夔州时期的《壮游》恰是可与《北征》势均力敌的一篇杰作。正因这样，张戒才把“《壮游》、《北征》”（《岁寒堂诗话》卷上）相提并论，黄彻才突出《壮游》的“豪气逸韵”（《碧溪诗话》卷六），而陆游、刘克庄才比之“荆卿之歌，阮嗣宗之哭”（《东屯高斋记》），“雍门之琴，高渐离之筑”（《后村诗话》新集卷二），这绝不是偶然的。

杜甫乾元二年（759）冬携家入蜀，永泰元年（764）夏自成都东下，始寓云安（今四川云阳），大历元年（766）春迁居夔州。杜甫早年“见知玄、肃两朝”，“尝慨然以稷契自许”，“及落魄巴蜀，感汉昭烈、诸葛丞相之事，屡见于诗，顿挫悲壮，反复动人”。后至夔州，“穷”困作“客”，“坎壈且死”。《壮游》是大历元年秋杜甫客夔不久之作，自叙一生经历及当时社会变动情况，最具系统性。王嗣爽确认“此诗乃公自为传”（《杜臆》卷之八），其看法是确切的。尽管过去的杜甫研究者常引用其中著名诗句作为介绍杜甫生平的第一手材料，但对它在思想、艺术上的成就，却少有人进行全面考察。一些唐诗选本也较少入选，比如高棅的《唐诗品汇》就只有《咏怀》、《北征》，却无《壮游》。我们应该感谢宋代的几位杜诗研究者张戒、黄彻、陆游、刘克庄，如果不是他们把此诗的成就与特点加以表彰，对《壮游》这样的五古杰出长篇的研究，是会显得有些冷落。

《壮游》的字数（560），多于《咏怀》（500）而少于《北征》（700）。但因它采取了综述一生、突出重点的写法，气势磅礴，感情充沛，其鼓舞、振奋人心的力量并不亚于《咏怀》、《北征》。诗中既有诗人志学、交游、行旅、出任经历，又有国家、人民蒙受的苦难。既有对前两诗内容的重要补充，又有在前两诗基础上进行的高度概括。详略互见，相得益彰。《壮游》、《北征》不愧为杜甫前后期五古长篇中比美齐光的双璧。

诗共6段。一段14句，概述少年时期读书交游与“目空一世”的思想作风，用了倒叙法。二段20句，历叙20至24岁几年间游吴越，广览名胜古迹的历程。未能实现“浮海”东渡“扶桑”计划，至表“遗恨”。三段18句，写自吴越返洛阳参加进士考试失败后，继作齐赵之游，自25至35岁，将近10年。不同于吴越之游的，是常有骑射之乐，颇带“放荡”“清狂”特点。这是杜甫一生中最“快意”的时期。四段20句，写困守长安及出仕生涯。五段26句，写安史乱起，陷贼中，奔赴凤翔，入谏省之事。六段14句，叙入蜀及旅夔近况。此诗前四段写安史之乱前，后两段写安史之乱后，前五段写入蜀前，末段写入蜀后。远详近略，和前期的《咏怀》、《北征》，在艺术结构上，表现出颇大差异。

《咏怀》首述自己一贯的忧国忧民怀抱，次写自京赴奉先途中闻见感怀，末述到家后悲痛欲绝情事及对国事的忧念。《北征》首写将归鄜州时关切国事，次写途中所见，三写到家后悲喜交集情景，四写对借兵、平叛的忧虑、建议，末回顾安史之乱并作总结。两诗在艺术处理上，都用了围绕个人生活中探亲一环展开描述的方式，但占全诗主要位置的，却是作者一贯的忧国忧民怀抱及对时局与国事的深切关注。“归省家人”是“本事”，“回念国事”是“本心”，“私谊公忠，一时迸露，遂为一诗之纲领”（《读杜心解》)。这虽是浦起龙对《北征》的评语，其实对《咏怀》也是适用的。

和《咏怀》、《北征》不同，《壮游》从少年时代读书交往、青年时代南北旅游，写到赴洛应举，还京奏赋，尤于权臣倾夺、王朝靡费的政治、经济危机深感忧虑，然后转入安史乱起，玄宗逃蜀，肃宗继位，“胡兵”“陆梁”，官军覆没，“备员”拾遗，“廷诤”直谏及恢复两京，“哭庙”“入朝”，“下悯万民疮”的哀痛，最后以罢职入蜀后的悲愤作结。从内容到形式都相当完整。《咏怀》、《北征》虽涉及个人生活，却都以对国事的忧念为主线，所写个人生活也偏重家庭生活的不幸。此诗写个人生活，则由妻子儿女扩大到朋旧交游，并以相当篇幅写了吴越、齐赵之游。前者专突出江浙名胜，如剑池、长洲、阊门、鉴湖、剡溪、天姥舶以及“王谢风流”、“阖闾丘墓”、吴太伯庙、专诸刺王僚、朱买臣怀绶、勾践“枕戈”、秦皇“渡浙”等历史古迹，不胜抚今追昔之感，未能东渡日本，尤有“遗恨”。“铺写江山人物，宕逸多姿。”后者专突出客游齐赵时的“裘马”生涯：“春歌丛台”，“冬猎青丘”，“呼鹰”“逐兽”，“射飞”“引臂”的往事，俨然“一篇游侠少年图”(《杜诗镜铨》)。对长安十年也作了重点介绍：“词伯”“许与”、“侯王”“赏游”的一般交往，“奏赋入明光”、“天子废食召”的特殊宠遇，有辞河西尉，“脱身无所爱”的故事，也有“黑貂”裘“敝”，“斑鬓”“增霜”，痛饮解愁的自叹，更有由个人生活感喟升华出的对国家“兴亡”的殷忧。关于这方面的内容，在《咏怀》、《北征》中都曾有出色的描绘，这里仅用“朱门”六句就得到很好的表现。对安史之乱，此诗共用了五分之一强的篇幅来介绍。仇兆鳌说：“杜集中序天宝乱离事凡十数见，而略无重复，足见才力善于变化。”(《杜诗详注》)至于身陷贼中，“窜至凤翔”及返鄜探亲等惨痛生活，只在《述怀》、《北征》

等诗中写及，此诗则有意从略。最后关于因房琯事遭贬，弃官入蜀，两川作客等，此诗也通通省去。仅用“小臣”两句加以凝练，就过渡到夔州流寓。《壮游》比《咏怀》、《北征》所写历史过程都长，而字数则介于二者之间，诗人在艺术上高度概括的才力，实在令人敬佩。

过去的杜诗研究者，往往把视线停留在此诗的前半，因而反复摘引其中名句，如“七龄”“咏凤凰”，“九龄书大字”，“往昔十四五，出游翰墨场”，“崔（尚）、魏（启心）”之徒常“以”“班扬”相推，“结交皆老苍”，在文学上力争跃到“气劘屈贾垒，目短曹刘墙”的高台阶等，遂使此诗仅仅作为杜甫的一般性作品而存在。只有宋代的张戒能从它所达到的思想、艺术高度着眼，把它与《北征》摆在并列的位置上。黄彻不仅赞赏诗中“性豪业嗜酒，嫉恶怀刚肠”等句是“子美胸中语”（《䂬溪诗话》卷六），还从“东下姑苏台……西归到咸阳”等句中“想见”杜甫的“豪气逸韵”，盛推他“书史蓄胸中，而气味入于冠裾，山川历目前，而英灵助于文字”，并深慨乎“使”杜甫“稳坐中书，何以垂不朽如此哉?”（同上卷八）而陆游、刘克庄更能把目光转向诗的后半，如陆游读此诗“至‘小臣议论绝，老病客殊方’之句，未尝不流涕”。刘更称誉此诗在老杜“五言古风中，尤多悲壮语”，除列举“往昔”四句、“脱略”二句、“东下”四句外，对“小臣”二句，就与陆有同感，并把它与“上感九庙焚，下悯万民疮”二句联系起来，对全诗“跌宕豪放”的“音调节奏”尤为叹服。他们都是善于发现此诗伟大之处的。宋代评论家或赞它有“豪气逸韵”，或赞它“顿挫悲壮”，都很能把握它在思想艺术上的特点，这正是杜甫神气、神明、性情、面目、本色的真实体现。

《壮游》在宋代虽早有定论，但由于自宋以来对杜甫夔州后诗曾有过不同意见，这对《壮游》的评价，不能不有所影响。黄庭坚尝说："好作奇语，自是文章病，但当以理为主，理得而辞顺，文章自然出群拔萃。观杜子美夔州后诗"，"不烦绳削而自合"（《与王观复书三首》）。朱熹对黄的提法深致不满，认为杜甫"夔州以后"诗"自出规模，不可学"，黄"一时固自有所见"，创为此论，"今人只见鲁直说好，便却说好，矮人看场耳"（《朱子语类》卷一四〇）。杜甫曾有"老去渐于诗律细"之语，由此引出杜诗"老而愈工"之说，是不难理解的。但由于朱熹的看法深入人心，于是有的论家便在杜甫夔州诗中分高下，如清代的赵翼就认定杜甫"夔州以后诗，惟《秋兴八首》及《咏怀古迹五首》细意熨帖，一唱三叹，意味悠久，其他则意兴衰飒，笔亦枯率，无复旧时豪迈沉雄之概"（《瓯北诗话》卷二）。他对杜甫在夔所写的一些优秀五古长篇一概否定，有很大的主观片面性。杜甫夔州诗确实达到了"老而愈工"的艺术境界，不论古近体，在艺术风格上都自有特色。对夔州诗任意抑扬，这不是实事求是的客观态度。杜甫夔州诗不论古近体，在语言上都能实现"生熟""相济"的艺术要求。近体诗《秋兴八首》、《咏怀古迹五首》之外，有《白帝城最高楼》、《白帝》、《愁》和《昼梦》等拗格七律，五古诗《壮游》、《遣怀》外，有《驱竖子摘苍耳》、《暇日小园散病，将种秋菜，督勤耕牛，兼书触目》、《写怀二首》等语带生涩的作品，却都不失为佳篇。叶燮曾正确指出："厌陈熟者必趋生新"，"厌生新者则又反趋陈熟"，"必二者相济，于陈中见新，生中得熟，方全其美"（《原诗》卷三，外篇上）。如用这一尺度来衡量，《秋兴八首》、《咏怀古迹五首》与《壮游》诗都同样是达到了理想标准的。有谁读到《壮游》，不会惊讶杜甫童年时的出众才华，欣赏他"刚肠""嫉恶"，不把"俗物"放在眼里的气概？钦佩他要与"屈贾"、"曹刘"争胜的勇敢艺术追求？艳羡他遍访吴越名胜古迹和"放荡"齐赵的"裘马"生涯？而在读到安史之乱前“朱门务倾夺”、“国马竭粟豆”等句和安史乱作之“河朔风尘起”、“胡兵更陆梁”、“凋瘵满膏肓”、“忧愤心飞扬”、“下悯万民疮”等句时，谁又不会为杜甫忧国忧民激情所鼓舞？而在读到杜甫入蜀后的“小臣议论绝”、“群凶逆来定，侧倚英俊翔”等句时，谁又不会对他始终没有放弃早年“以稷契自许”抱负而肃然起敬呢？很明显，赵翼关于杜甫“夔州以后诗”基本上是“衰飒”、“枯率”、“无复豪迈沈雄之概”之作的缺乏调查研究的武断结论，是不能让人同意的。

艺术创作中采取自传体的形式，屈原早已在《离骚》中树立了光辉典范。在诗歌领域里，汉魏以迄初唐，都曾留下过杰作。或用四言，或用五言，或用歌行，如嵇康《幽愤诗》、蔡琰《悲愤诗》、骆宾王《畴昔篇》都是。杜甫此诗当是从他们那里分别汲取了写作经验。此外，刘琨《重答卢谌》、《扶风歌》也对杜甫很有启发。

《幽愤诗》是嵇康因其友吕安为兄枉诉系狱，供词牵引，遂被系囚时自抒幽愤之作。从“襁褓”失怙，母兄骄“宠”，“论好老庄”，“好善暗人”，“心”胸“褊”狭，“顽疏”成性，动辄“臧否”人物，写到“卒致囹圄”、“义直”“神辱”、“愤叹”“莫俦”的入狱经过，及“淹留”狱中，“穷达”任“命”、无所要“求”的心态。《悲愤诗》是蔡琰自述不幸身世之作。从东汉末军阀混战，被掳入关，途中悲惨遭遇写到胡地生活和被赎时与胡儿分别之悲痛场景，而以回家后所见荒凉景象和再嫁“新人”，“虽生何聊赖”的忧愤作结。《重答卢谌》、《扶风歌》或为刘琨表现为国出力宏愿，抵抗运动遭受挫折，怀抱不得施展的悲哀，或为刘琨叙写自洛赴并，道途艰苦和对政局的忧愤。

《畴昔篇》是骆宾王狱中自叙生平之作。共1200余字，以五、七言杂组成文，“缀锦贯珠，汪洋洪肆”（吴之器（《骆丞列传》)。曾被郑振铎誉为可与《哀江南赋》“同列”的、“这时代最伟大的巨作”。首写少孤事母，嗣赴长安的交游；次写在京备尝炎凉，与文士交结，初为道王府属，继为详正学士，以事被贬出塞情况；次写从军姚州，久居蜀地，遍访名胜古迹，旋与入蜀诸人惜别还京；次写游吴越，历访胜迹，后从江南到长安；次写历任武功、明堂主簿，母丧间居都下；卒写官侍御史时，上书言事遭诬系狱获释经过；诗末写“非罪”“缧绒”，“然灰”“经弱”，“画地”“吹毛”，“黄沙暗如漆”，“白发顿成诗”，真是饱受折磨。但出狱后，“谗言巧佞傥无穷”尽，只有远寓“三辅”，另寻前途。

嵇诗着重表现遭枉见系、出狱无望的幽愤，蔡诗则以被掳入胡、被赎别子、还汉改嫁为主调，刘诗尤突出抱负难展，感伤时局的悲慨，与杜诗后三段对安史之乱前政治、经济危机的隐忧，安史乱起“万民”蒙难，遭眨弃官入蜀，不能献纳，仍“伫”望国运昌隆的忧愤情调，都很合拍。但从整体看，此诗之艺术构思，与骆诗更为接近。骆、杜两诗都以少年时期生活发端，并都把青壮年时期的旅游生活作为重点。如骆写长安、蜀地和吴越之游占去颇大篇幅，杜写吴越、齐赵之游亦然。骆写长安交游，西蜀访胜，越中“文洒”，都带强烈感情色彩，而杜写吴越胜迹、齐赵交游时，更是壮怀激烈。这些无疑都是杜甫深受骆宾王影响的突出表现。特别是在五、六段中忧怀国事的激情，与骆上书言事，“非罪”“缧绁”，出狱后虽“谗”“佞”“无穷”，而初衷未改的精神更为相似。尤其值得注意的是，骆诗用了大量对话，杜诗亦复如是。

杜甫“身遭乱离，复迫衣食，足迹几半天下。自少时游苏及越，以至作谏官，奔走州县”，“皆载《壮游》诗”（《韵语阳秋》卷二〇)。《壮游》“乃统说生平游历胜处”，非专写“壮年之游”，而“兼及老少时事”、“壮犹壮观之壮”，即胸怀壮志之“胜游意”（施鸿保《读杜诗说》卷一六）。此诗前半写青壮年胜游，一气呵成，诗人凌云壮志因之得到表现；后半写亲更乱离，陷贼中，奔凤翔，还京入蜀，仍“伫”望平“定”群“凶”，重见中兴，表现出人虽“老病”，而壮心未已的气概。“一气读去，莽莽苍苍，宕往豪迈。”（《读杜心解》）前人指出“悲壮”是此诗艺术风格上的一大特点，诗题正好给它打上了鲜明的艺术印记。前人说“嵇志清峻”（《文心雕龙·明诗》），蔡诗“波澜层迭，以真气自开户牖”（《古诗赏析》），刘琨“有清拔之气”（《诗品》），能兼“悲壮”（《艺概》），骆“文辞雄放”（胡应麟《补唐书骆侍御传》）。杜甫此诗不仅把诸家之长熔于一炉，又能显示出自己的“本色”与“面目”，有很大的独创性。在杜甫五古长篇中，《壮游》、《北征》理应作为两个并列的艺术高峰郑重推出，让其在诗坛大放光彩。

（原载《万县师专学报》1990年第6卷；
又载《杜甫研究学刊》1996年第1期）

唐代民间习俗的艺术再现
——薛涛诗《咏八十一颗》试解

薛涛是中唐时期的一位著名女诗人。“本长安良家女，父郧因官寓蜀而卒”，“及笄，以诗闻外”，韦皋“镇蜀，召令侍酒赋诗”，遂入乐籍，“涛出入幕府”，“自皋至李德裕皆以诗受知”（明万历洗墨池刻本《薛涛诗》小传）。“唐有天下三百年，妇人女子能诗者不过十数”，“娼妓诗”中数薛涛“最佳”（明徐𤊹《红雨楼题跋记》)。薛涛因“乐妓而工诗”，早在唐代就被李肇斥为“文妖”（《国史补》)。但薛涛虽“失身卑下，而有林下风致”（《宣和书谱》)，毕竟有别于以声色事人的“娼妓”。这是我们对薛涛进行研究时，应该考虑到的。

薛涛有“诗五百首”（徐𤊹)，现存薛涛诗仅及其五分之一。钱谦益所藏宋刻唐诗，“载涛律诗甚多”，“后绛云楼灾”，“遂不可得见”（《绛云楼书目》跋)。可见，其绝大部分都已散失。薛涛诗包括唱酬、赠答、抒情、咏物、写景等类作品。有的作品对后世颇有影响。《四库全书总目提要》特赞其“《送友人》及《题竹郎庙》诗，为向来传诵”；《筹边楼》诗“托意深远”，“非寻常裙屐所及，宜其名重一时”。杨慎更激赏其《罚赴边有怀上韦令公二首》“有讽喻而不露，得风人之妙”，并作出了“使李白见之，亦当叩首”（《升庵诗话》卷十一）的崇高评价。薛诗有关时事政治的作品流传太少，不免使人遗憾。值得着重指出的是，薛涛咏物诗也有很可注意的篇章。这里专就有涉古代民间习俗的作品，谈一些个人意见。

一

现存薛涛诗咏物诗九首（酬和追忆之作除外)，约占全诗的十分之一，计五绝五首（《风》、《蝉》、《月》、《池上双凫》、《鸳鸯草》)，六绝一首（《咏八十一颗》)，七绝三首（《金灯花》、《柳絮》、《朱槿花》)。其中，《咏八十一颗》特别值得注意。这是有关唐代民俗的一首不可多得的诗作，由于出自中唐一位著名女诗人之手，就显得更加珍贵。

《咏八十一颗》咏的是一张描图。诗题中的“八十一颗”，即九九相乘之积。“颗”指描图中的素梅。这幅有关节候的民间习俗的描图，是伴随着古老的民间“数九”习俗而派生的一种文化娱乐活动的艺术再现，是古代诗人笔下最早描写这一民间习俗的极为宝贵的资料。

《周易》“复其见天地之心乎”，《象》辞认为是指“（冬）至日”而言。朱熹解释说：“积阴之下，一阳复生，天地生物之心几于灭息，而至此乃复可见。”（《周易本义》）朱熹还引了邵雍诗“一阳初动后，万物未生时”加以生发。围绕“日冬至”则“一阳上舒”（《史记·律书》）之说，我国民间向来流行着一些风俗习惯，“数九”就是其中的一种。而“九九消寒图”又是由“数九”习俗派生出来的一种兼有记日与审美功能的文化娱乐活动。《咏八十一颗》大约便为将这种文娱活动最早引入艺术作品的一个生动范例。

我国古代很重“冬至”这个节日，称之为“亚岁”（曹植《冬至献履袜颂表》），民间因以“冬至前之夜为冬除”（宋陈元靓《岁时广记》）。穿新衣，拜先祖，罢市，饮食，馈赠，交贺，一如过年节。杜甫客夔州时，在《冬至》诗中有“天边风俗自相亲”之句，可惜诗人未能具体写出这一风俗的内容。冬至以后，日躔自南至北，故冬至日又称“日南至”（《左传·僖公五年注》）。于是冬至后“数九”的习俗逐渐流行南北各地。中唐诗人薛能就曾写到过这一习俗：

> 九九已从南至尽，芊芊初傍北篱新。（《汉庙祈雨回阳春亭有怀》）

这是薛能节度徐州时“祈农”后“访春”之作。“九九”即指民间从冬至次日起数，每九天为一九的“数九”习俗；“九九”是指第九个九天。苏轼诗中也有“算来九九天无多日”之咏。薛能诗上句说，冬至后起始的“数九”，到“九九”之日，已随日躔“南至”的足迹走到了“尽”头；下句说，草木开始依“傍”着北篱萌发新芽并日渐茂盛起来。南宋周密已有“古有‘数九’之语”之说。明代田汝成《西湖游览志余》卷二十五《委巷丛谈》就曾介绍“杭人以冬夏二至后数九，以纪寒暑”的习俗。伴随着这种“数九”习俗，民间过去还流行着一种九九计日的描图，薛涛《咏八十一颗》大约就是这种描图的最早形式的生动艺术写照。它描画的当是八十一颗素梅。但这描图尚待人们在上面染色。梅是一种有观赏与实用价值的果木。早春开花，有红、白二色。白者初开时色微绿，人呼绿萼梅。开花后生叶，果实味酸，立夏后熟，生者色青，熟者色黄。《说文解字》释“颗”为“小头”，段玉裁注：“引申为凡小物一枚之称，珠子曰颗，米粒曰颗是也。”唐代诗人白居易咏荔枝有“红颗真珠”之语，即用它指颗粒状物。也有作圆形或粒状物量词用的，杜甫的“万颗匀圆”，李绅的“秋收万颗子”，就是指的“樱桃”和“粟”米。但唐宋作家也有用它来指“梅”的，往往兼花实而言。宋词中这样的例子不少，如“叶底青青梅胜豆，枝枝颗颗花留萼”（赵师侠《满江红·丁巳和济几宜送春》；“叶底梅如弹”，“烟丸露颗”（黄人杰《蓦山溪》）；“种梅千树”，“待枝头金颗可调羹，休轻折”（李昂英《满江红·和刘朔斋芦亭韵》）；“手种春风千树，一颗颗，待儿摘”（刘辰翁《霜天晓南·寿陈敬之》）；“一枝春信腊前开，玉英珠颗傍妆台”（无名氏《浣溪沙》）。但薛涛此诗的“颗”则专指尚待点染的朵朵素梅。

《咏八十一颗》在薛涛诗中出现，很有点兰房清玩的味道。薛涛大约对这一民间习俗很感兴趣，故特用六绝的形式加以“咏”歌。由于无法再在其他唐代诗人作品中找到例证，我们只能作出推断：这种描图画了八十一颗素梅，实是供逐日点染之用的。后来经过演变而有所简化，便由八十一颗改为八十一瓣。明代刘侗在《帝京景物略》（二）中曾将这种描图的制作与应用过程作了介绍："日冬至，画素梅一枝，为瓣八十有一，日染一瓣，曰'九九消寒图'。"刘侗的记载对我们有很大的启示："九九消寒图"很可能即从"八十一颗"演变而成。由"八十一颗"到"九九消寒图"，中间经历了好几百年。这种习俗虽然一直在民间流传，我们却为找不到早期的实证而深感遗憾。但无论如何，"八十一颗"总算填补了这一空白，为我们提供了一个研究"九九消寒图"的演变过程的重要材料，我们因而能够据以理出它的发展顺序：原名"八十一颗"用作"数九"的描图，本是捕绘八十一颗素梅，以供逐日点染，后来作了简化，易为八十一瓣，始定名"九九消寒图"，遂在民间广泛流传。

二

上文对《咏八十一颗》的创作意图作了试解，下面进而对薛诗试加解析。

《咏八十一颗》既是一幅古代民间习俗的描图，则诗行本身就是它的应用过程的生动形象的艺术解说词。

"色比丹霞朝日，形如合浦圆珰。"前两句着重写了描图中的素梅经过点染后呈现的颜色和形状。上句说，描图中的素梅经过逐日点染后，颜"色"可以同"丹霞朝日""比"艳。下句说，素色和染色的梅颗都同样保持广东合浦地方所产珍珠有如"圆珰"的"形"状。

"开时九九知数，见处双双颉颃。"后两句则对描图的具体应用及其在人们生活中的实际意义作了烘托。"九九"二字与诗题的"八十一"三字间，仿佛架了一座桥梁，一下子就把读者带入作者的艺术构思领域，人们很自然地发出会心的微笑。上句指出

“八十一”颗的描图，原是伴随着“数九”的习俗而派生的一种文娱活动形式，从“一九”到“九九”，人们由逐日点染素梅的活动中，就具体掌握了梅的“开”放过程。下句则指从描图中“见”到经过点染的梅“颗”与日俱增，位置不断在起变化。“双双”成对，上下“颉颃”，是对这幅供气象观测之用的描图的绝好形容，既富于形象感，也很有实用性。从这一形容中，人们也就“知”道了“数九”活动即将完结。

薛涛真不愧是一位善于描写民间习俗的优秀女诗人，她在24字的短诗中，就为我们记录下了唐代的这一美好习俗的生动内容，这正是女诗人热爱生活，迎接无边春色来到人间的艺术激情的表现。过去的薛涛研究者很少有人对此诗给予注意。而近年有关薛涛诗的研究者，或则绕过不加评析，或则不作肯定解说。今年春天，笔者有机会参加成都薛涛研究会的成立大会，曾向张篷舟先生请教，承张老惠告：20世纪60年代日本出版的《汉诗大系》中，曾把“八十一颗”解作马樱花，不知有何可靠根据。我的试解是，直接从民间“数九”习俗着眼，又由“一九”到“九九”的乘积中找到诗题“八十一颗”与它的内在联系，更由民间“九九消寒图”中的八十一瓣素梅而进一步发现它与《咏八十一颗》中所咏的实为同一描图，只不过有繁简之别，一个画的是梅颗，一个画的是梅瓣而已。薛涛所咏的“八十一颗”，或许正是“九九消寒图”的最早形式。薛涛能在记物诗中为古代民间“数九”习俗艺术留真，应该说是很可贵的。断定“八十一颗”为马樱花，如无可靠依据，人们固然难以接受。认为它“可能为一种花卉”，这样的猜测，也不算解决了问题。

女诗人薛涛的诗作，好比唐代诗歌艺术大厦中的一个精美套间，《咏八十一颗》是其中别具一格的艺术品种。要了解女诗人的创作意图，就必须弄清诗中几个重要数码。研究《咏八十一颗》，有几个难点不易突破，一是诗题的“八十一颗”，二是诗中的“九九知数”和“色”、“形”、“开”、“见”等词语。难度最大的是诗题“八十一颗”，其中“颗”字也算一块不易打开的坚冰。如果研究者的思路老是局限在一般花树的范围内，是很难进入女诗人的艺术构思领域的。难点与坚冰一经突破、打开，问题就会迎刃而解。此诗诗题的《咏八十一颗》与诗中的“九九知数”等字，必须联系起来才能得到确解。而诗题的“颗”字和诗中“开”、“色”、“形”、“见”等字，也只有在同“八十一颗”和“九九知数”等关键词语的综合考查中，才能下一合乎情理的注脚。上文对此诗的解析，就是在诗题与诗的本身有机结合的基础上作出的基本结论。

三

《咏八十一颗》的创作源于古老的民间习俗“数九”，而与“数九”习俗有直接渊源的，是民间广泛流传的“数九”谣谚。上举薛涛诗中虽已提到“九九”的民俗，但唐代流行的“数九”谣谚，却未能找到文学记载的实证。《西湖游览志余》所载的，也只是明朝人的记录。现存“数九”谣谚当以南宋时期的为最早。宋人周遵道在《豹隐记谈》中就记录了“冬至后”的“数九”谣谚：

> 一九二九，相唤不出手。三九二十七，篱头吹筚篥。四九三十六，夜眠如路宿。五九四十五，太阳开门户。六九五十四，贫儿争意气。七九六十三，布衲两尴（肩摊）。八九七十二，猫儿（狗）寻阴地。九九八十一，犁爬（钯）一齐出。

“此石湖范成大用吴乡语成之”，“依《吴下田家志》注其异语”。它同《西湖游览志余》所记，文字虽只有极小的出入，却是迄今保存下来的最早“数九”谣谚，是非常珍贵的民俗资料(参见俞正燮《癸巳存稿》卷十一)。“数九”谣谚本是古代民间在“数九”期间对气候变化顺序的一种经验总结，其特点是用谣谚形式加以表现。由于时代地域的差异。这种“数九”谣谚文字往往有异。这里试举河北和四川流行的“数九”谣谚为例。河北“数九”谣谚是：

> 一九二九，伸不出手。三九四九，冰棱上走。五九六九，隔河看柳。七九河开，八九雁来。九九出九，耕牛遍地走。

四川谣谚是：

> 一九二九，怀中插手。三九四九，冻死猪狗。五九六九，沿河看柳。七九冰冻开，八九燕子来。九九八十一，庄稼老汉田中立。

这两则谣谚，均属近代产物，把它们同上引南宋谣谚相比，就可看出时代和地域的不同特点。

值得注意的是，《咏八十一颗》的创作，除与民间流行的“数九”谣谚有直接渊源外，更与民间流行的“九九消寒图”的习俗有明显的承继关系。“九九消寒图”之后，虽迟至明代始见记载（如前文所引），但这种习俗由明到清却一直保存下来。清人孙雄《燕京岁时杂咏》（三十首之二十九）就专咏了这一习俗：

素梅一瓣染成朱，画出消寒九九图。过客光阴如箭激，抃戈迴日费工夫。（引自《北京风俗杂咏》）

孙雄用竹枝词的形式对《帝京景物略》介绍的“九九消寒图”作了艺术再现，并表达了“光阴”似“箭”，“迴日”“费”力的意思。

清代中叶把“素梅”染成“朱”色的“数九”习俗由民间传入宫廷后，又有了新的演变，即易梅瓣为垂柳，用文字代画图，具体地说，就是用“御制词”中笔画相同的九个字取代九瓣素梅。《清稗类钞·时令类》上就有如下记载：“宣帝（道光）御制词有，‘庭前垂柳珍重待春风’句，句九字，字各九画，其后双钩之，装潢成幅，曰‘九九消寒图’，题‘管城春色’四字于其端。南书房翰林日以阴晴风雪注之，自冬至始，日填一画，凡八十一日而毕事。”

以柳易梅，以文字代图画，虽然意味着本来盛行于民间的“九九消寒图”换了“管城春色”的名目而进入宫廷，但并不排除“管城春色”的“描笔”图，有通过某种渠道转向民间的可能性。因为社会习俗本来就是相互渗透的。

需要指出的是，“九九消寒图”之名，虽迟至明代才有记载，并不意味着这种习俗起源较晚。如果追溯历史源流，薛涛《咏八十一颗》一诗所反映的正巧就是早期的“九九消寒图”的具体内容，而“八十一颗”可能便是它的早期命名。现在我们可以理出这样一个发展顺序：

（一）以八十一颗素梅为标志的描图，原名“八十一颗”；

（二）以八十一瓣素梅为标志的描图，始有“九九消寒图”之名；

（三）以“庭前垂柳珍重待春风”九字双钩为标志的“九九

消寒图”又名“管城春色”图。

我们的结论是：《咏八十一颗》正好是“九九消寒图”演变过程中的最初环节。

四

薛涛，不仅是唐代一位著名女诗人，还是一位书法家和以精制笺纸著称的工艺师。她“作字无女子气，笔力峻激，其行书妙处，颇得王羲之法”（《宣和书谱》），“蜀笺古已有名，至唐而后盛，至薛涛而后精”（何宇度《益部谈资》）。可见薛涛所制笺纸，知名度很高。“蜀中制笺纸处，自古以来皆聚于浣花溪上百花潭侧。”（彭芸荪《薛涛笺考》）“浣花之人多造十色彩笺。”（景涣《牧竖闲谈》）“薛涛家潭旁，以潭水造十色笺，名浣花笺。”（祝穆《方舆胜览》）浣花笺的制作，有如下特点：“随方狭长短之制以造砑，则为布纹，为绫绮，为人物花木，为虫鸟鼎彝。”（费著《蜀笺谱》）薛涛制笺，本供她写诗篇、书笺启之用，故尤尚松花、深红等色。但并不排除制作其他纸幅，以供兰房清玩之用。如《咏八十一颗》中所咏的“八十一颗”描图，就可能是她特意设计的一种图案，利用精美的雕绘艺术加工制成，自用或者赠人。这种描图原本来自民间，在薛涛手里又得到提高。由于薛涛制笺一向视为珍品，故流传较少。“八十一颗”这种带有通俗性的制品，正因习见，遂失记载。人们边用边忘，随染随丢。如果不是薛涛有心，留下艺术记录，人们根本不知道唐代早已有了“九九消寒图”这样的新鲜事物。从保存古代民间习俗的角度出发，我们是应该对女诗人薛涛表示谢意的。

四川已故著名学者和书家谢无量先生在《蜀笺谱序》中，曾对历史悠久的蜀笺纸发表了很好的意见：“今藏书家竞推蜀本为最古，不知蜀中笺纸之制，雕绘精绝，唐以来诗家以锦笺托吟咏，而薛涛作笺亦有名，实远在蜀雕版之前，宜视蜀本书为尤重。岂非流传较少，故往往尊书而遗笺耶?”我们不妨借用谢老“尊书而遗笺”的妙论作为本文的结束。人们在推“尊”薛涛笺纸时，是否也对“八十一颗”这样的制品有所“遗”忘呢?

（《薛涛研究论文集》薛涛研究会编，2000 年版）

淋漓大笔千秋在
——简介赵香宋先生选批东坡歌行

清代吴之振曾言：“宋人之诗，变化于唐，而出其所自得，皮毛落尽，精神独存。”（《宋诗钞·序》）傅玉露也说：“变化者，前人后人所以日出不穷，以罄天地之藏而泄灵府之秘。”（《宋诗别裁集·序》）清代评论家叶燮论诗强调“变能启盛”，“力大者大变，力小者小变”。叶燮还说：“从来豪杰之士，未尝不随风会而出，而其力则尝能转风会。”（《原诗》卷一“内篇上”）他同吴之振对宋诗评价着眼于变化的见解十分相似。他们实际上都是针对宋人严羽“定诗之宗旨”“当以盛唐为法”，宋初诗家“尚沿袭唐人”，“至东坡、山谷始自出己意以为诗，唐人之风变矣”（《沧浪诗话·诗辩》）的说法的直接批评。

清代评论家沈德潜评论古代作家时，强调“性情面目，人人各具”（《说诗晬语》卷下“八七”）。叶燮也认为“诗有性情，必有面目”（《原诗》卷三“外篇二”）。这当然是就各个时代的作家说的。但他们都曾以苏轼为例。在谈到苏轼“面目”时，或说他“嬉笑怒骂，风流儒雅”；或说他“凌空如天马，游戏如飞仙”，

"无入不得"，"四时之气皆备"。这与严羽一味"沿袭"的看法，显然大异其趣。赵翼称赞苏轼道："天生健笔一枝，爽如哀梨，快如并剪，有必然之隐，无难显之情，此所以继李杜后为一大家也。"（《瓯北诗话》卷五"一"）李重华更谓："至坡公始以其才力涵盖今古，观其命意，殆欲兼擅李、杜、韩、白之长。"（《贞一斋诗说》"诗谈杂录"十六）在他们看来，苏轼就算得上一位"能随风会而出"，又"能转风会"的诗国"豪杰之士"。李重华尤其欣赏苏轼的七古诗，认为苏轼"各体中七古尤阔视横行，雄迈无敌"。他同施补华评价苏轼"最长七古"，"有宋三百年无敌手矣"（《岘佣说诗》"一三八"）的看法很有相似之处。

吴之振的《宋诗钞》各体兼收，翁方纲早已指出它"似专于'硬直'一路，而不知宋人之'精腴'"（《石洲诗话》卷三）。清代王士祯《古诗选》，五古只取唐代的陈子昂、张九龄、李白、韦应物、柳宗元五家，七古中有意排斥"初唐四杰"，实属明显的偏见；而宋金元人七古中，所选苏诗特多，总数超过唐代的李、杜、韩，可以想见，他对苏轼七古，是何等推崇。他在《凡例》中曾言："（苏轼）七言长句之妙，自子美退之后，一人而已。"这与他"东坡千古一人"（《师友诗传续录》"六十"）之评是一致的。明代诗人一向"尊唐"、"黜宋"，王士祯的《古诗选》如此看重苏诗，确实起到了纠偏矫弊、一新耳目的作用。

朱自清先生认为"宋人七古包括'妥帖'、'排奡'两种"。王选"似乎偏重'妥帖敷愉'一种"（《评宋诗精华录》）。从整体看，确是如此。王士祯也许是为了纠正《宋诗钞》选诗的偏向，不想却出现另一方面的失误。王氏所选七古包括唐、宋、金、元几朝，又特别突出苏轼，故仍不失为较好的选本。据笔者所知，专就苏轼七古加以选批的，恐怕要数四川近代的赵香宋先生了。

赵先生名熙，字尧生，四川荣县人，香宋是他的别号。他不仅以诗词名家，又擅长书画。晚清曾任江西道监察御史，以直节著称。辛亥革命前，先后任重庆府中学堂、川南经纬学堂监督。辛亥革命后，又在家乡创办“文学舍”。1930年，文学舍开办时，他亲为弟子们讲授唐诗，曾选《唐歌行》二卷，末附苏轼七古若干首，还特加批点。

赵先生在《唐歌行》序中，讲了他的授课意图：“五言专主八代，七言则一准唐歌行。”他还说：“唐之最盛者歌行也。”但他却在书末附了宋代诗人苏轼的作品，这表明他于诗虽然“尊唐”，并不“黜宋”。特别是对苏轼七古的偏爱，与王士祯对苏轼七古的推尊，有着惊人的相似。

在赵尧生先生选批苏轼七古前，突出苏轼七古的选家，以王士祯最有代表性。与赵选时间略同的高步瀛的《唐宋诗举要》中的苏轼七古二十首，就有十九首与王选相同。可见他对苏诗七古的看法，与王出入很小。赵先生诗友陈衍的《宋诗精华录》，朱自清先生曾评此书“偏主近体之音律谐畅者”，宋人“古体也能发挥光大，自辟门户”，“以精华专归近体”，似“不”“公平”。陈氏所选苏轼七古二十四首中，有三分之二的篇目与王选相同，他的选旨至少与王是大同小异的。新中国成立前颇有影响的王文濡的《宋元明诗选注读本》和晚出的朱自清先生的《宋五家诗钞》，因兼顾各体，所选苏轼七古也较少。新中国成立后出版的宋诗及苏诗选本，我接触得不多，较有影响的有钱钟书先生的《宋诗选注》、金性尧先生的《宋诗三百首》和陈迩冬先生的《苏轼诗选》、王水照先生的《苏轼选集》等书。钱选苏轼七古三首（《吴中田妇叹》、《法惠寺横翠阁》、《荔支叹》）中，见于王选的就有两首。金选苏轼七古七首，有五首见于王选。钱金都有王选所无的《法惠寺横翠阁》，实据高步瀛的《举要》。金选的《续丽人行》，则又本之陈迩冬《诗选》。陈迩冬先生的《苏轼诗选》，所选七古之多，仅次于王士祯的《古诗选》，其中与王选相同的就达半数以上。他的选旨与王大同小异。这在一定程度上代表了新中国成立后苏轼研究专家们对苏轼七古的一般看法。

赵先生批选的苏轼七古诗，共38首，总数比高步瀛、陈衍都稍多，比王士祯、陈迩冬则偏少。这是他研究苏轼七古的心得之一，在一定程度上代表了他对苏轼七古的看法。赵先生批选的苏轼七古，同于王选的23首，自选的16首。

赵先生对诗学研究，一向主张通读全集。讲授时又要求弟子们重视写作实践，主张从歌行入手，次习五古及近体。这就是他选批《唐歌行》附入苏诗的原因。

赵先生选收了苏轼各时期的歌行，而以黄州后之作为主。苏轼在诗歌方面，是一位既能继承古代传统，又能有所创新的杰出作家。纪昀批苏诗时，曾历举他所借鉴的前人，从汉魏、六朝、唐、五代以至宋初，其中尤以唐之李、杜、韩为最著。叶燮曾指出："杜甫之诗，独寇古今"，"上下千余年，作者代有，惟韩愈、苏轼，其才能与甫抗衡，鼎足而三"（《原诗》卷宗三"外篇上"）。薛雪赞同叶燮"三家鼎立"之说，又特指出：苏轼"长诗"可以"追随"杜、韩"二公"（《一瓢诗话》"五十五"）。他与王士祯称苏轼七古，杜、韩后"一人"的评价，是一致的。赵先生选批苏轼七古，涉及苏轼有关社会、人生、自然以及艺术作品的观察体验，往往表现出自己的真切感受和深刻领悟。从农务革新、矿产资源、家乡风物、兄弟朋友、山川形胜、自然景观到艺术鉴赏，随处流露出他对时事政治、民生疾苦的关心与评价，确是不可多得。赵先生选批苏轼七古中，关心农务革新的，如《无锡道中赋水车》、《秧马歌》、《游博罗香积寺》；珍惜矿产资源的，如《月华寺》；怀念家乡风物的，如《春菜》；表现兄弟朋友情思的，如《中秋见月怀子由》、《与子由同游寒溪西山》、《送杨杰》、《送陈睦知潭州》、《庆源宣义王丈，与累举得官，为洪雅主簿、雅州户椽，遇吏民如家人，人安乐之。既谢事，居眉之青神瑞草桥，放怀自得。有书来求红带，既以遗之，且作诗为戏，请黄鲁直、秦少游各为赋一首，以为老人光华》；游览山川形胜的，如《二月十七日自阳平至斜谷，宿于南山中蟠龙寺》、《游金山寺》、《自金山放船至焦山》、《腊日游孤山访惠勤、惠思二僧》、《游径山》、《舟中夜起》、《大风留金山两日》、《定惠院寓居，月夜偶出》、《次韵前篇》、《安国寺寻春》、《自兴国往筠宿石田驿南廿五里野人舍》、《武昌西山》；欣赏自然景观的，如《登州海市》、《百步洪二首》、《聚星堂雪》；观赏花卉的，如《十一月廿六日，松风亭下梅花盛开》、《再用前韵》、《寓居定惠院之东，杂花满山，有海棠一株，土人不知贵也》；品尝珍果的，如《四月十一日初食荔支》；鉴赏艺术作品的，书法如《孙莘老求墨妙亭诗》，绘画如《书王定国所藏烟江迭嶂图》、《虢国夫人夜游图》、《章质夫寄惠崔徽真》、《书韩幹牧马图》、《韩斡马十四匹》；咏物的，如《铁拄杖》、《寄蕲簟与蒲传正》等。

赵先生批点苏轼七古时，既有宏观考查，也有微观分析。他很注意苏轼继承杜、韩歌行而能有所创新的特点。如被他推为“杜韩后天庭一峰”的《游径山》，在诗题下他又批道：“起处来得勇猛，当者立碎，大家往往如此。”这是指诗的开头“众峰来自天目山”六句。赵先生还旁批道：“笔势亦称山势，卓然天才，宋人无及者。”至于“气宇不凡”之评则写在诗末。这是赵先生从宏观着眼，把苏与杜、韩七古进行比较。又如《二十七日自阳平至斜谷，宿于南山中蟠龙寺》，乃苏轼早期之作。他在《送晁美叔》诗中引述晁语时，曾有“公（指欧阳修），欲放子出一头”的诗句。此诗正好表现出他当年大步走进诗坛的那股闯劲。赵先生对此诗作了眉批：“此与工部‘寺门高开洞庭野，殿脚插入赤沙湖’一篇，均为排偶名作。杜奇处尤奇，此则全体精工，欧、梅所不能者。”陈衍也曾说此诗“排奡到底，本于老杜”（《石遗室诗话》卷十九）。“寺门”二句，见于杜晚年作于湖南的《岳山道林二寺行》，是“奇处尤奇”的典型艺术表现。杜、苏两诗的共同特点是通篇用排偶句。杜诗开头结尾还用对句，苏诗则以排偶开头：“横槎晚渡碧涧口，骑马庶入南山谷”；排偶结尾：“何时归耕江上田，一夜心逐南飞鹄”。真有欲与杜公试比高的意味。诗中佳句不少，确是“全体精工”。用排偶句却自然贴切，毫不费力，无怪赵先生更加激赏了。这是赵先生把苏、杜作比较的一个典型例子。值得注意的是，此诗与杜诗，王氏《古诗选》均未选入，这大约就是朱自清先生批评王选“排奡者颇少”的最有力的证据。又如《铁拄杖》诗“序”下批：“韩以奇胜，苏以气胜。”这是以韩的《和虞部四汀酬翰林钱七赤藤杖歌》与苏诗比较。韩诗突出了赤藤的“奇”特之处：是“携自滇池”，“途经百国”，有说是传为“滇神”所“献”，“赤龙拔须”，又说是“羲和”“遗”“鞭”。苏轼在“序”中介绍了“杖”的特点：“如榔栗木，牙节宛转天成，中空有簧，行辄微响”，乃柳真龄“家宝”，“相传”是“钱镠”遗物，柳以遗东坡，固有此作。此诗把“序”中内容艺术地加以概括，从杖的特点、来源写到得杖后用杖时的感受，确有一气呵成之妙。赵先生还对此诗作了眉批：“杜公《桃竹杖》、昌黎《赤藤杖》都有佳句。”韩诗上面已经提到。杜《桃竹杖》佳句，如“斩根削皮如紫玉，江妃水仙惜不得”，“出入爪甲铿有声”。韩《赤藤杖歌》佳句，如“共传滇神出水献，赤龙拔须血淋漓。又云羲和操大鞭，蜒到两极睡所遗”。对苏诗“千年老根生乳节”，赵旁批“佳句”。“含簧腹中细泉语，迸火石上飞星裂”，“迸火”句无疑也是佳句。又如“披榛觅药采芝菌，刺虎鏦蛟擉蛇蝎”二句，赵旁批“是铁拄杖”，似也可看作佳句。

值得特别指出的，是赵先生在批点时，不只是以苏轼与杜、韩七古相提并论，还注意到了苏轼不依傍前人、能自我创新的特点。如《送陈睦知潭州》题下批："东坡创体，六一、圣俞、介父所无，山谷同妙。"苏轼此诗，前半写他早年在"华清""离栋"与陈"一杯""初识"，"千岩夜上"，"山月"初"出"，"酒醒时""卧听风"声的情景。后半则写他历经迁谪，才与老友相会，不料又要分手，一时间身世之感，惜别之情，一齐涌上心头："旧游空在人何处。二十三年真一梦，我得生还雪髯满，君亦老嫌金带重。有如社燕与飞鸿，相逢未稳还相送。"可谓感慨万端，结末又由陈睦即将赴任的潭州引出遐想："洞庭青草渺无涯，天柱紫盖森欲动。湖南万里一长嗟，付与骚人发嘲弄。"赵先生批道："行文如此，真能自有千秋。"此诗是诗人真情实感自然流露的最佳艺术表现。前半写当年初识时的美好回忆，后半写久别重逢时的人生体验和诗人对湖南的独特印象。此诗能摆脱一般送别诗的框架，选取的又都是最能打动人心的场景，赵先生誉为"东坡创体"，实有独见。

尤其值得注意的，是赵先生不仅选入苏轼关心农务革新的《秧马歌》和《无锡道中赋水车》等，还对前者推崇备至："日月崭新，自苏后无此必传之作。"施补华曾有"《秧马歌》、《水车》诗，皆形容尽致之作，虽少陵不能也"（《岘佣说诗》"十四"）。此说，但对《秧马歌》的推崇，则比不上赵先生。早在宋代，黄彻就注意到此诗选材上的特色："坡游武昌，见农夫皆骑秧马，较之伛偻而作者，劳佚相绝，尝作《秧马歌》，记载甚详。"（《䂬溪诗活》卷十"十一"）苏轼此诗作于绍圣元年（1094），他因"讥讽"先朝罪，贬知广东英州，途经江西庐陵，见农夫田中插秧时"筋烦骨殆声酸嘶"情状，忽忆谪居黄州，在武昌"见农夫用秧马行泥中极便"。"来江西"，便"作《秧马歌》以教人，罕有从者”。不料同年八月赴英州途中，又贬谪惠州。他遂“出此歌以示”博罗县令林抃。林是一位“勤民恤农”的官吏，遂“躬率田者制作阅试”，惠州“民皆已施用”（《题〈秧马歌〉后四首》）。从武昌初“见”，到惠州“施用”，历时十年。他身遭贬谪，还为农民做好事，为推广秧马付出不少心力。赵先生读了诗序和“题”跋，不禁对苏轼肃然起敬，因而对此诗作了极高的评价。历来选家（包括王士祯在内）却都少有人注意到苏轼这一名作。赵先生对苏轼七古曾下过不少批语。写兄弟之情的，如《与子由同游寒溪西山》“散人出入无町畦，朝游湖北暮淮西”二句旁批：“神理合妙。”结尾“何当一遇李八百，相哀白发分刀圭”二句眉批：“结到子由赴筠，非泛云仙隐。”“千摇万兀到樊口，一箭放溜先凫鹭”二句眉批：“妙在绘剪渡情状。”写山川形胜的，如《游金山寺》“江南江北青山多”句下批：“神来之句。”“微风万顷靴纹细，断霞半空鱼尾赤”二句旁批：“写晚景吞吐八荒，水天入抱，如见仙人凭虚御风。”“有田不归如江水”句旁批：“此等句法，峭劲易而有缥缈之音至难。”又如《自金山放船至焦山》“赋命穷薄轻江潭”句旁批：“涉笔成趣，妙有理致。”“老僧下山惊客至，迎笑喜作巴人谈”二句旁批：“二句字字不松，令人意外一喜。”“自言久客忘乡井”二句旁批：“二句极精，思乡人听不思乡之苦语，感怆尤深。”又如《定惠院月夜偶出》“江云月态情自媚，竹露无声浩如泻”二句旁批：“自然深妙。”又如《武昌西山》“中原北望在何许，但见落日低黄埃”二句旁批：“奇气。”“当时相望不可见”六句眉批：“叙述宛转尽意。”“山人帐空猿鹤怨，江湖水深鸿雁来”二句旁批：“二句留咽，故奥往情来。”写自然景观的，如《百步洪二首》，前首除指出“连比昌黎文中有之”外，“我生乘化”二句旁批：“题中曩游陈迹，故赴处亦衍此成妙。”这是指诗“序”中提到的王定国“同颜长道携盼、英、卿三子”游泗水时，东坡“以事不得往”的事。“君看岸边苍崖上，古来篙眼如蜂窝”四句旁批：“此层真才力矣。”后首“不知诗中道何语，但觉两颊生微涡”二句眉批：“写不识字美人，妙如在目。”这是指王定国所“携”的“三”位“美人”。而评书法艺术的，如《孙莘老求墨妙亭诗》题下批：“能书而胸次又高，故语深入”，“非作诗乃寻求字句间也”。品评绘画艺术的，如《书韩幹牧马图》题下批：“去一‘之’字，则少精神，精神出则笔锐而墨润。”这是指开头二句“南山之下，汧渭之间”而言。

赵先生还对纪昀有关苏轼歌行的批语，提出了批评。如《游金山寺》眉批：“胸中自然有感触，此作诗之意也。一一临时安排，则时文手段矣。纪氏云：‘入手即伏结意’，东坡岂如此格外生事哉？真头巾气，只可批校帖括文字耳。”又如《自金山放船至焦山》眉批：“题者当时自然情事也，情事所不容已，而谓之‘布局极有波折’，真大谬矣。明云‘自金山放船’而云‘金山萦拂’，胸中宁复有真气？推其法时文而已矣。”诗末批云：“‘中无深语，徒设包发□作收’，亦场屋中诗耳。观纪氏所矜赏，知其为翰林品也。”又如《游博罗香积寺》眉批：“以作诗为官差，自谓识体，其鄙甚矣。东坡乃迁谪之人，其权不足以制县令，但期事之可成，定必矜严作态，乃博名乎？纪氏头巾气，可憎多矣。”此是指纪氏对诗“引”：“寺下溪水，可作碓磨……筑塘闸而落之，可转两轮，举四杵也。以属县令林抃，使督成之”一段文字中“以属县令林抃，使督成之”二句的批语。赵先生针对纪昀批语而发的“时文手段”、“头巾气”、“场屋中诗”、“翰林品”等语，都是十分中肯的。

以上列举的只是赵先生批语的主要部分。限于篇幅，未能尽举。举到的也未能一一加以阐释。圈点部分，只有割爱。

苏轼是宋代杰出的兼擅文、诗、词和书法艺术的大作手。他的歌行诗正是他熔文、诗、词于一炉的艺术结晶。“新诗如玉雪，出语便新警。忧愁不平事，一寓笔所骋。”（《送参寥师》）这可以看做是他对自己诗作的艺术鉴定。他常自言“某平生无快意事，惟作文章，意之所到，则笔力曲折无不尽意，自谓世间乐事无逾此者”（何薳《春渚纪闻》卷六）。“笔力曲折无不尽意”，“世间乐事无逾此者”之语，似乎也适于他的歌行诗。赵先生特别推重苏轼歌行诗，大概也是欣赏他的这些特色。

赵先生推重苏轼七古，但他并无门户之见，王士祯评《东坡集》诗：“庆历文章宰相才，晚为孟博亦堪哀。淋漓大笔千秋在，字字华严法界来”，谓能“周括一生”，“可作东坡像赞”。赵先生的选本，有些看法与王士祯很近似，有的颇有出入。但赵先生作为一位历史人物，也不可避免地会有他的局限。他的选批本，虽增入了王选所遗的名篇，而王入选的名篇，如《吴中田妇叹》、《戏子由》、《荔支叹》等，他却漏遗了。又如陈迩冬先生所选《于潜女》、《石炭》等等，似也不当遗漏。

赵先生这个选本，由于保存了他对苏轼七古的批点，又少见流传，实属不可多得。值东坡960周年冥诞，撰成这篇短文，既以纪念东坡先生，也向到会的专家学者求正。

（原载《苏轼研究》2005年第2期）

深得其解与不得其解

——关于陈后山两首诗的批评与再批评

文学上不同流派、倾向的诗人，在相互进行思想与艺术评价时，可能会带上这样那样的偏见与成见，这是不难理解的。可是，流派、倾向基本相同，彼此又属多年至好的诗人，在相互进行思想与艺术评价时，也会出现轻率的论断，这种现象却往往被人们忽视。有时由于评价者在文学史上具有特殊的地位，他的论断还可能长期产生影响。这使我想起了黄山谷对陈后山两首诗的批评。

黄山谷和陈后山是宋代“江西诗派”的主将。黄陈“齐名”，但陈在诗歌创作上却十分虚心。他曾“自言其诗师豫章公”（刘克庄）。黄山谷是豫章人，豫章公即指他而言。有人曾以此事问朱熹：“后山诗恁地深，他资质偏高，不知如何肯学山谷诗?”朱回答说：“后山雅健似山谷，然气力不似山谷较大，但无山谷许多轻浮底意思。”① 从这一问答中，至少可以得出这样的印象：提问人用一个“深”字来概括陈后山的诗作。答问人朱熹除指出黄、陈共同的优点“雅健”外，还肯定黄虽比陈“气力”较大；陈却不像黄有“许多轻浮底意思”。这一问答涉及宋代江西诗派两位大人物的评价问题，其中“轻浮”二字也许说得稍重。大约受到这一问答的启发，钱钟书先生在评价陈后山时，曾发表过陈

① 《朱子语类》卷一百四十。

后山的“情感和心思都比黄庭坚深刻”[1] 的见解。要对黄、陈作出准确评价，需要从理论和实践上对他们进行比较，这个问题不是这篇短文所能回答的。不过，由小可以见大，通过黄山谷对陈后山两首诗的批评的剖析，却似乎可以得出这样的结论：黄、陈在诗歌创作的理解上，确实表现出深刻与浅浮的差异。

陈后山的七绝组诗《小放歌行》，应该说是写得比较深刻的好诗。早在南宋末，就被蔡正孙选入《诗林广记》。近人陈衍也称它为“后山传作”[2]。可是，黄山谷却对组诗提出了尖锐批评：“无己（后山字）他日作诗，语较高古，至于此篇，则顾影徘徊，炫耀太甚。”[3] 黄山谷是北宋诗坛泰斗，不仅与陈齐名，还是陈的老友。他对陈诗所下结论，当然是具有权威性的。正因为这样，蔡正孙特在陈诗后附上黄山谷的评语。这好比给陈诗定下了基调。不过蔡正孙对陈诗似还有自己的看法，于是在对陈进行评价时，又引了朱熹关于黄、陈优劣的一段问答，这里仿佛就含有对黄的无声的批评的意味，对我们却颇具启发性。现将陈诗抄在下面：

春风永巷闭娉婷，长使青楼误得名。不惜卷帘通一顾，怕君着眼未分明。

当年不嫁惜娉婷，傅白施朱作后生，说与旁人须早计，随宜梳洗莫倾城。

唐宋诗人在创作上都喜欢遵循古代诗人的传统，即以“男女之事

---

① 《宋诗选注》。

② 《宋诗精华录》卷二。

③ 《苕溪渔隐丛话·前集》引《王直方诗话》，又见《诗林广记》引。

托兴”，但写的却是“男女”以外，诸如国家、人民、君臣、师友间的事。中唐朱庆馀的《近试上张水部》，以“夫婿”比张籍，以新娘自比，目的是想得到这位诗坛前辈对自己作品的鉴定和推荐。它可能就是陈后山师法的一个范本。但陈后山不像朱庆馀那样，在题中标明作诗主旨，因而需对他的创作意图做一点考查。

和《上张水部》不同，《小放歌行》属于“愤世嫉俗之调”[1]。它表现不轻于许人的淑女，其实是比拟当时不轻于从仕的士人。对此，杨慎曾有很好的解释：

> 盖士之仕也，犹女之嫁也，士不可轻于从仕，女不可轻于许人也[2]。

两诗首句都用了“娉婷”二字，即贤士的代称。潘德舆对组诗写作意图也作了确切的解说：

> 第一首恶幸得名位之人，必欲知我者真一着眼。第二首明独居自爱之怀，不似随时者工于早计。

前一首首句说，正当“春风”得意之年，却“永巷”深“闭”，不被知闻。这恰是对一位洁身自爱之士的绝好比况。次句以“青楼”的庸脂俗粉“误得”美“名”，喻指俗士的“幸得名位”。“长使”二字尤带愤激口气。三四句说，“不惜卷帘”以“通一顾”，是“怕”相知者“未”能“分明”“着眼”。人之相知，贵相知心。“着眼未分明，相知之不深也。”（杨慎）自尊自重之意，

① 《养一斋诗话》卷八。

② 《升庵诗话》卷八。

溢于言表。

后一首首句“当年不嫁”深自爱“惜”，即喻指贤士不轻出仕。次句说，虽然“傅白施朱作后生”，却自有风流格调，以喻贤士原有独立人格。三四句说，此事有我之志则可，“旁人”却不可仿效。当“工早计”，“随宜梳洗”，“莫”像我虽有“倾城”国色，却盛年虚度。诗人特地“说与旁人”的，正是他一向厌薄的时下风尚。清人谢启昆读组诗后所写《论诗绝句》，有“一顾倾城须着眼，羞随时态嫁娉婷”之句，就很能把握陈诗的原意。诗人不屑与“工早计”的“随时者”俯仰浮沉，确是“度越流辈”，具有高尚情操的人物。这正像宋长白所说的，只有“严气正性，凛若冰霜”的“真道学”，才能写出“不惜卷帘通一顾，怕君着眼未分明”的“风流”① 作品。

在写法上，《小放歌行》虽与《上张水部》近似，即都写男女之事，但一写刚过门的新娘，一写正待字的闺秀，表现对象不同，表达方式却有差异。前者希望得到“舅姑”即主试官的赏识；后者则因真相尚未觅得，过时“不嫁”而自惜。《小放歌行》原是对时俗风尚深致不满，与自我“炫耀”是毫不相干的。黄山谷的理解未免浅浮。他没有触及组诗的实质，而仅从表层着眼，必然会隔靴搔痒。

陈后山是一个“安贫守道，穷厄以死”的诗人。苏轼称他“苟非其人，义不往见”（《荐布衣陈师道状》）。晁补之赞他“怀其所能，深耻自售，恬淡寡欲，不干有司”（《太学博士正录荐布衣陈师道状》）。他因曾受苏轼荐举，仕进很受挫折。宋徽宗时，得仕于朝，郊祀为执事官。“郊坛高寒，非挟纩不可”，而他却穷

---

① 《柳亭诗话》卷十七。

得连“绵裘”也没有。妻子从赵挺之（《宋史》本传说他是“赵挺之友婿，素恶其为人”）处借来一件以备急需，当问知为赵家物时，“脱而掷之地”，“其夜寒冻”，竟“得疾不起”（谢迭山评陈诗《谢宪台赵史惠米》语，见《诗林广记》引）。陈后山拒穿妻子从赵挺之处借来的“绵裘”，致受冻而死，不愧是一位“平生忍欲今忍贫”的“清介”之士。陈后山《寄黄充》诗云：“俗子推不去，可人费招呼，世事每如此，我心亦何娱！”陈后山在《寄黄充》诗中提到的“推不去”的“俗子”，同他在《小放歌行》中写到的“误得名”的“青楼”女，“工早计”的“随时者”，是十分相似的。而他很“费招呼”的“可人”，自然就是他“不惜卷帘通一顾”的某“君”了。所不同者，一个男，一个女，一指士林，一指闺门而已。有的“推不去”，有的“费招呼”，孰贵孰贱，是不言而喻的。他既然鄙薄“误得名”的“青楼”女，自然渴望相知者的真一“着眼”了。陈后山在组诗中表现的，分明是“相知”贵“深”的自重自爱思想。如果把它理解为“顾影”“炫耀”，那与市场上削价贱卖、急于脱手的劣等商品何异？一向以“苦吟”见称，以“深刻”见长，宁肯冻死也不愿借用“素”所厌“恶”者的“绵裘”的诗人，在著名“传作”中怎会浅浮到这种地步呢？黄山谷未能理解陈后山隐藏在组诗背后的“深”意，便轻率地下了近乎定调的断语，当然就经不起推敲了。

陈衍称道的“后山传作”，除《小放歌行》外，还有《妾薄命二首》，一七绝，一五古，体裁虽异，艺术表现却有相似之处。陈后山一生最佩服曾巩的为人，尤感激曾巩的荐举。《妾薄命二首》是曾死后，他为表达对曾的知己之感而写的。宋人陈模曾誉为“可与”杜甫《石壕吏》“诸篇相表里”。此诗即从张籍那里得到了艺术上的启示。“张籍在他镇幕府，郓帅李师古又以书辟之，籍却而不纳，而作《节妇吟》一章寄之。”后山“赋《妾薄命》

篇，言为曾南丰作”，“全用籍意”①。它把曾比作“主人”，把自己比作“侍妾”。他通过一位侍妾悲悼宠爱自己的主人的口吻，来表达学生哀悼死去的老师的悲痛心情，确是一首“写法比较别致的悼诗”②。《妾薄命》中有这样的名句：“忍著主衣裳，为人作春妍。”陈后山所写不“忍”背离“主”人的“侍妾”，乃是他“不忍师死而遂倍之”（洪迈语）的真情实感的流露。陈氏此诗“为人推重”，是因他揭露了当时存在于官场和学校中的不良风气。《妾薄命二首》中的“主”同《小放歌行》中的“君”，都“托兴男女”，艺术表现如出一辙。我们完全有理由把《小放歌行》看作另具一格的讽世之作。它通过一位“佳人”“卷帘通一顾”的描画，来表达一位贤士渴求真知己赏识的迫切心情，其中就包含对士林中存在的不顾廉耻的风气的讽刺。陈后山可以在《妾薄命二首》中对某些人当师友失势，便赶快开脱，甚至“著书”相“诋”（《渑水燕谈录》）的凉薄行为表示深恶痛绝，为何不可以在《小放歌行》中对某些人为了“幸得名位”，百“计”钻营的丑恶行径加以指斥呢？他既然十分憎恶背师卖友的丑行，自然独居自爱，不会向侥幸求进的“俗子”看齐了。黄山谷没有对陈后山的“传作”《妾薄命二首》提出异议，却把《小放歌行》这样的好诗理解为“顾影”“炫耀”，岂不是差之毫厘，谬以千里吗？

黄山谷曾经称道陈后山“作诗渊源老杜句法，今之诗人不能当也”③。黄山谷仅仅从“句法”角度考查陈后山学杜经验，显然是有片面性的。胡应麟的看法比他圆通：“宋之学杜者”，

---

① 《容斋三笔》卷六。

② 程千帆、沈祖棻：《古诗今选》。

③ 《答王子飞书》。

“（陈）师道得杜骨”[①]。胡应麟说陈“得杜骨”，就不仅仅限于“句法”，而涉及词意两个方面。如果说胡应麟主要是从陈诗的整体着眼，杨慎则对陈的这一著名作品进行了艺术扫描：

> 杜子美诗“不嫁惜娉婷”，此句有妙理，读者忽之耳。陈后山衍之曰：“当年不嫁惜娉婷，傅粉施朱学后生。”“不惜卷帘通一顾，怕君着眼未分明。”深得其解矣[②]。

杨慎做的是一次很有意义的艺术测试工作。“不嫁惜娉婷”是乾元元年（759）秋杜甫客秦州时所写排律诗《秦州见敕目，薛据授司议郎、毕四曜除监察，与二子有故，远喜迁官，兼述索居，凡三十韵》中的一句。安史之乱中，杜甫“自京窜至凤翔”，除左拾遗，因上疏论房琯事遭贬，不久由华州弃官去陇。杜甫从“除官”“目”次中获悉薛据、毕曜“迁官”之“喜”，因有感于“古人相知之深”的事。回想收京后“俗态犹猜忌”、“宫臣仍点染”的现实，追忆“忝官拾遗”，“逢人”为二子“吹荐”，“无如罕遇知音，深惜过时不字”（杨伦）的往事，遂发出“唤人看騕褭，不嫁惜娉婷”的慨叹。杜甫诗中的这些深刻含意，大概早就引起了杨慎的共鸣，故在研读陈后山组诗时便自然地引发出来。

杨慎不仅注意到陈后山组诗次首首句用了杜诗“不嫁惜娉婷”的原句，更重要的是由它获得了灵感。他从后首“当年不嫁惜娉婷”二句和前首“不惜卷帘通一顾”二句中探测出陈诗的深层含意，就是把杜诗“不嫁惜娉婷”句所含“妙理”推衍而成。这既是对陈诗思想艺术成就的一个重大发现，也是对“后山传

---

① 《诗薮》外编卷五。

② 《升庵诗话》卷八。

作”研究的一个重大突破。他首次探测出：陈诗的思想艺术，渊源于老杜，这对一向以学杜著称的黄山谷，无疑是绝好的讽刺。杨慎由陈后山引用杜诗“不嫁惜娉婷”的研讨中，发现陈诗的主旨是由杜甫诗意提炼升华而来，显然超出一般“句法”学习的范围。前人本有陈后山诗与杜诗“用语相同”的说法，也有“后山诗多点化杜语”的评论。但陈后山此诗既不是一般地“用”了杜诗“语”句，也不是一般的“点化杜语”，而是“读杜诗熟，不觉在其笔下”[1]而形成了诗作的主旨。这就由袭用杜甫诗句的一般层次，进入到自我创造的艺术境界了。组诗的含意如此深刻，号称最善学杜，而又与陈齐名的黄山谷，竟然“忽”略过去，熟视无睹，这是令人十分遗憾的。

黄山谷对《小放歌行》所下的断语，在读者心理上曾产生过“先入为主”的影响，不免妨碍人们对《小放歌行》的正确理解。这就是陈衍在肯定它为“后山传作”的同时，会作出“第一首终嫌‘炫玉’”[2]的讥评的原因。但在过去，也还是有不怕权威，能够独立思考的有识之士。在这方面，应该特别提到明代杨慎和清代潘德舆。

杨慎的探索，非常有助于提高陈后山组诗的知名度。他虽未点黄山谷的名，实际上起了批评黄山谷的作用。他首次指出组诗是从杜诗“不嫁惜娉婷”句中获得“妙理”，加以推“衍”而成。然后确认“组诗”是以“女不轻于许人”喻指“士不轻于从仕”为主旨，接着列举“古人相知之深，审而始出，以成其功”；“相知不深，确乎不出，以全其名；相知不深，闯然以出，身名俱

① 《韵语阳秋》卷三。
② 《宋诗精华录》卷二。

失”[①]，凡三种类型，强调了关键在“相知之深”与否。

潘德舆更针对黄山谷的评语，提出了自己的看法：“两诗亦颜延之《五君咏》之流也，岂自炫哉！愤世疾俗之调耳。”他对诗人创作意图作了概括后，得出结论：

> （组诗）品甚超，词甚激，正是好高志古，不浪结纳者口吻，何为不“高古”哉！无已安贫守道，穷厄以死，岂肯为顾影卖弄之词？吾恨山谷久与之交，而不能因其词而察其心也。

潘德舆甚以黄山谷“久与”陈“交”，却不能“因其词而察其心”为“恨”，他的这些论断，很有见地。

为了说明陈后山的为人，潘德舆还特引了陈后山《谢赵生惠芍药》诗：“九十风光次第分，天怜独得殿残春。一枝剩欲簪双髻，未有人间第一人。”并大加赞赏：“此真眼空一世，无人之见者存也，炫耀干进者，胸次有此等语耶？”[②] 潘德舆十分明快地指出：陈后山目光高远，故能写出《谢赵生惠芍药》这样的名篇。他既然“眼空一世”，肯定不会“顾影徘徊”，“炫耀”求“售”。《谢赵生惠芍药》诗表现的是木芍药（即牡丹）的美艳，但在诗的背后，却隐藏着诗人的自我形象。整个春天飞速地就快过完了，唯有芍药“独得”“天怜”，残春吐艳，压过群芳。诗人很想折下“一枝”，给理想中的美人“簪”上“双髻”。这人间第一名花，理应戴在“人间第一”美人头上。可是诗人一时竟未遇到这样的理想人物。一朵鲜花，诗人尚且不肯轻易折赠；“怕”

① 《养一斋诗话》卷八。
② 《升庵诗话》卷八。

相知者“未”能“真一着眼”，诗人当然要“不惜卷帘通一顾”了。“人生得一知己足矣!”鲁迅先生把何瓦琴所集联语书赠瞿秋白同志，其中渗透着两位革命者的深厚情谊。鲁迅、瞿秋白革命友谊的艺术见证，可以帮助我们理解陈后山的诗意。也许可以这样说：陈后山要给簪上名花的“人间第一人”，同他“不惜卷帘通一顾”的某“君”，正是同一个原型。如果把后者理解为自“炫”求“售”，不仅是对这一好诗的低估，也是对陈后山的人品的贬抑。黄山谷能写出“管城子无食肉相，孔方兄有绝交书”（《戏呈孔毅父》）这样具有轻视地位、金钱的高尚情操的著名诗句，却不以客观态度对待陈后山的“传作”，的确是出人意料的。

从黄山谷对和自己齐名的诗坛老友陈后山的两首诗的批评中，应该引出一条有益的经验教训。一个文坛名宿，如果摆权威架子，而对某一艺术作品轻率地下断语，定基调，是很容易扼杀一个好作品的艺术生命的。相反，也能使某一坏作品受到不应有的捧抬。这确如朱熹所说，是一种近乎“轻浮”的举动。除非出来几位有识之士，实事求是地加以指正，否则，由于这一举动所带来的影响，很久都难以消除。杨慎对陈诗的评价，潘德舆对黄山谷的批评，应该说是带有这样的性质的。

（原载《贵州大学学报》1992 年第 3 期）

第四章
古诗鉴赏

赠羊长史

陶　潜

左军羊长史衔使秦川，作此与之。

愚生三季后，慨然念黄虞。得知千载上，正赖古人书。贤圣留余迹，事事在中都。岂忘游心目？关河不可逾。九域甫已一，逝将理舟舆；闻君当先迈，负疴不获俱。路若经商山，为我少踌躇，多谢绮与角甪，精爽今何如？紫芝谁复采，深谷久应芜。驷马无贳患，贫贱有交娱。清谣结心曲，人乖运见疏，拥怀累代下，言尽意不舒。

晋安帝义熙十三年（417）太尉刘裕北伐，擒后秦主姚泓，攻克长安。长史羊松龄“衔”左将军朱龄石（时驻守建康）之命“使秦川”（今陕西省关中一带）向刘祝捷，途经浔阳，陶渊明作此诗相赠。

自西晋末，北中国由分属五个民族的十六国统治，洛阳、长安等名都先后沦为异域，至此已逾百年。陶渊明生在江西，对长安一带灿烂悠久的古代文化十分向往。如今北伐获胜，长史往贺，自会激发他前往瞻仰古代文化圣地——中都的强烈愿望与感情。此诗前半就是这种愿望、感情的艺术表现。

“愚生三季后，慨然念黄虞。”陶渊明谦称是愚人，又生在东晋，但对夏、商、周三代和上古黄帝、虞舜之世，总是感慨怀念。“得知千载上，正赖古人书。”诗人说，他能得知千载前祖国的各方面情况，正是依赖了古人撰写的书籍。这是诗人“好读书”的良好教养表现，对后人深有启发。它能成为名句流传，绝非偶然。“圣贤留余迹，事事在中都。”历代圣贤留下的行迹，几乎件件都发生在关中一带。“岂忘游心目，关河不可逾。”岂敢忘怀去那里赏心纵目？怎奈关河阻隔，南北对峙，不可逾越。诗人对祖国不可分割的部分——北中国如此眷眷难忘，如果没有切身感受，是写不出来的。“九域甫已一，逝将理舟舆。”九州现已开始走向统一，自己决心准备舟船，安排出游。“逝将理舟舆”与《诗经·魏风·硕鼠》“逝将去汝”，用了相同的句法。诗人满怀迎接统一、观赏祖国河山的激情，很能鼓舞人心。“闻君当先迈，负疴不获俱。”听说你将先迈征途，我却抱病不能偕往。诗人这种遗憾，更是惹人同情。

按照一般思维层次，诗人应该进而抒发他由九州统一而生发的振奋欢悦的思想感情。但诗人在“负疴”的托辞下，突然掉转笔头，对痛恨秦末暴政的著名隐士“商山四皓”表示出兴趣。这不能不使人想起陶渊明所处的具体历史时代。这也许正是他的心“疴”所在。

当时，中国北方早已形成分裂之局。而东晋王朝偏安江左，内部又不断发生权力斗争。安帝元兴元年（402），桓玄据荆州，陷京师，废安帝自立。两年后刘裕起兵声讨桓玄，终于在恭帝元熙二年（420）代晋，建立了刘宋政权。

此诗是陶渊明辞彭泽县令，归隐田园后12年所作。从刘裕起兵讨伐桓玄到北伐姚秦等重大事件，都在这段时间里发生。陶渊明归隐，虽是对黑暗丑恶的官场社会表示决绝的斗争方式，但归隐之后，对刘裕篡夺阴谋和东晋覆亡命运都不能不产生难以抑制的厌恶与惋伤情绪。因而听到刘裕北伐获胜，向往中都之情刚一吐露，便敏感到政局会有巨大变化，改朝换代的祸患就要临头。这就是此诗后半，诗人的创作激情忽然转向对“商山四皓”表示景仰的原因。

“路若经商山，为我少踌躇。多谢绮与甪（lù），精爽今何如?”诗人回避了中都恢复后希望逐一访问的对象和可能发生的感想，却首先向友人殷勤嘱托：你若途经商山，请稍为停留；多多致意绮里季和甪里先生，吊问地下英灵如今怎样。“紫芝谁复采，深谷久应芜，驷马无贳（shì）患，贫贱有交娱。”这里化用《高士传》中四皓所作歌词“莫莫（同“漠漠”）高山，深谷逶迤；晔晔紫芝，可以疗饥。驷马高盖，其忧甚大（tāi）。富贵之畏人，不如贫贱之肆志”的意思。四皓早作古人，再没人采食紫灵芝来益寿延年，深谷肯定早已荒芜了。但四皓留下的歌词，却永远发人深省：富贵不会避免祸患，贫贱却能持久欢娱。不用“富贵”而用“驷马”，是出于变换表达方式的考虑。诗人对四皓歌词所作的提炼，正是陶渊明归隐田园的思想和忧念时局的感情的综合艺术表现，带有复杂而深沉的内容。“清谣结心曲，人乖运见疏。”四皓的清歌凝结在我的内心深处，但无法与他们交谈，因为时代远离，致被疏绝。“拥怀累代下，言尽意不舒。”在历经几个朝代后，我积存的情怀，只有借诗句来表达，语言有尽，但蕴藏在诗句后面的心意是宣泄不尽的。这两句带有暗示性，诗人希望读者不要忽略诗中没有尽“舒”的含“意”。

陶渊明是一个思想感情有深刻矛盾的诗人。对黑暗丑恶的官场社会的极端憎恶，使他在中年以后愤而辞官归隐。随着东晋王朝的日渐衰亡，他的憎恶之情有增无减，内容也更加深沉复杂。在这首诗中，诗人的思想感情矛盾，通过独特的艺术结构而得到具体表现。从表面看，此诗前半突出诗人热爱古代文化、渴望祖国统一的感情，后半却转而倾慕痛恨秦末暴政的商山四皓，好像有些衔接不紧。但我们考察了陶渊明的历史时代特点后，就会发现，诗人采取这一独特的艺术结构方式，是有助于表现他难以解决的思想感情矛盾的。“南北虽合，而世代将易”（汤汉注《陶靖节先生诗》）的形势，使诗人对祖国的统一虽有了新的期望，但改朝换代的政治阴谋的加紧进行，又使他对黑暗丑恶的官场社会更加深恶痛绝。因此，在统一可能到来的时刻，却坚定地引商山四皓为同调。这诚然未离他隐士的本色，但应看到：诗人有很多想说的话是没有写出来的。“言尽意不舒”，显得含蓄而有余蕴。谁说陶渊明是一位安心归隐，完全忘情政治的人呢？

（原载《陶渊明诗文赏析集》，巴蜀书社 1988 年版）

读山海经十三首（其九）

陶　潜

夸父诞宏志，乃与日竞走。俱至虞渊下，似若无胜负。
神力既殊妙，倾河焉足有？余迹寄邓林，功竟在身后。

这是陶渊明在刘裕代晋后所写组诗《读山海经》的第九首。有的研究者把它定在宋武帝永初三年（422），距他归隐田园已17个年头。诗人在长期躬耕生活中，一直保持“时还读我书”

的良好习惯。在东晋被刘宋取代后，对有关先秦历史传说的古籍，兴趣尤浓。“泛览周王传，流观山海图”（其一）借咏《山海经》和《穆天子传》中古人古事，抒发现实感慨。组诗中有的篇章，在思想与艺术上都显得富有个性而众口流传。

此诗赞扬了传说中的英雄人物夸父，用短小的篇幅显现他宏伟的气魄，是组诗中的名篇之一。

在《山海经》的《海外北经》和《大荒北经》中。都有关于夸父的记载。前者故事比较完整，把夸父写成一位胸怀奇志的“神人”（郭璞注），并肯定了他的功绩。后者则说他是成都载天（山名）一个自“不量力”的“人”，贬低了这个形象的积极性。此诗基本上以《海外北经》故事中的主人公做原型，以《大荒北经》中的个别情节作补充，剔除了错误的评估。成功地塑造了夸父的艺术形象。

“夸父诞宏志，乃与日竞走。”诞有夸张意。夸父怀有超人的“宏志”，乃敢与太阳赛跑，他的故事是富有浪漫意味的。他真不愧是古代劳动人民征服大自然、为理想奋斗的形象写照。诗人精心挑选了“诞宏志”三字来突出夸父的思想境界，接着描写了他壮美动人的英雄事迹。于是《海外北经》中“夸父与日逐走”的勇往直前的斗争精神，便在诗中得到艺术的表现。

“俱至虞渊下，似若无胜负。”诗人汲取《大荒北经》中“欲追日景，逮之于禺谷”的具体情节，并酌采郭璞注中“禺渊，日所入也，今作虞”的解说，描述了夸父与日竞走的过程。在竞走中，夸父追逐太阳直到“日入”处的虞渊，表明竞赛双方处于势均力敌状态，好似胜负难分。夸父用他的行动证实：他的“宏志”是经得起检验的。这就与口出大言的自我吹嘘不同，无形中否定了自“不量力”的说法。

“神力既殊妙，倾河焉足有？”这里主要采用前一故事中的情节。夸父逐日成功后，“渴欲得饮”，先饮于河渭，不足，又北走大泽，未至，就在途中渴极而死。诗人用“殊妙”二字来形容夸父的“神力”，是说他的神妙表现在具有非凡的特殊精神力量。诗人不禁由衷赞叹：他的神力既然如此超群，当他渴极思饮时，纵使倾河渭之水，又怎能满足需要呢？下句虽用了疑问式，实际上更反衬了“神力”之“殊妙”，使人神往。

“余迹寄邓林，功竟在身后。”这两句描写夸父死后情况，仍采用前一故事结尾“弃其杖，化为邓林”的情节。邓林成了他意志与毅力的集中体现。夸父希望后人继续完成他未竟之业。他虽然牺牲了，但所创建的功绩和斗争精神将永垂后世。它留在人们心中的，只有振奋，没有悲哀的感情。

古代评论家往往把陶渊明仅仅看作一位隐逸诗人，这是一个误解。在此诗中，陶渊明通过夸父形象，是寄托了创建功绩的思想和顽强斗争的精神的。它至今还令人神往，足见具有很高的思想意义。

此诗在艺术上最大的特点，是丰富的思想内容借少量的诗句而得到很好的表达。诗人采取了难度较大的浓缩法，对《山海经》中同类型故事的不同情节，作了合理的处理；举重若轻地进行了去粗取精、去伪存真的改造工夫，给古老的传说赋予了新的艺术生命。表现得最具体的，就是强调了夸父的“神力”，摒弃了“不量力”的不正确评价，采取了“虞渊”的异文，利用了弃杖化邓林的情节等。在诗作中，夸父的故事就有了丰满的轮廓，夸父的形象就有了深刻的内涵。在语言上，诗人惜墨如金，从胸怀大志写到生前与日逐走，不分胜负，倾饮河渭，不解狂渴的英雄事迹，进而写到弃杖化为邓林的余迹和长留身后的功绩，仅仅用了八句。这一切都表现出诗人在艺术处理上卓越的鉴识和出色的才华，是很有借鉴意义的。

（原载《陶渊明诗文赏析集》，巴蜀书社 1988 年版）

代出自蓟北门行

鲍　照

羽檄起边亭，烽火入咸阳。征骑屯广武，分兵救朔方。严秋筋竿劲，虏阵精且强。天子按剑怒，使者遥相望。雁行缘石径，鱼贯度飞梁。箫鼓流汉思，旌甲被胡霜。疾风冲塞起，沙砾自飘扬。马毛缩如猬，角弓不可张。时危见臣节，世乱识忠良。投躯报明主，身死为国殇。

鲍照用曹植《艳歌行》首句作诗题，并由曹诗“遥望胡地桑，枝枝自相随，叶叶自相当”等句引起边亭征战生活的联想。在表现壮士赴敌投躯的忠良气节时，穿插胡地风物奇观的描写，是南朝罕见的接触边塞生活的名篇。

诗开头就表现了边亭告警的紧急情况：“羽檄起边亭，烽火入咸阳。征骑屯广武，分兵救朔方。”亭，亭候，边防前哨。羽檄，插上鸡毛的告急文书。烽火，古代快速传递边情的信号。咸阳，秦都，此处代指汉京。广武在今山西代县。朔方在今内蒙古河套西北部及后套地区。敌方入侵的信息接连传入京城，汉军征集马队，屯驻广武，分遣精兵，出救朔方。前两句“羽檄”、“烽火”用互文见义法，强化了军情的危急。后两句为一触即发的生死搏斗埋下了伏笔。

诗进而表现了胡焰嚣张、天子震怒的严重局势：“严秋筋竿劲，虏阵精且强。天子按剑怒，使者遥相望。”胡方利用深秋弓坚矢劲，大举入犯，汉方天子震怒，使者促战，相望于道。四句有力地暗示一场激烈的战斗即将展开，很能唤起读者的兴趣。

接着用两联工整对句极写汉军准备投入战斗的壮阔场面，颇有先声夺人气势。“雁行缘石径，鱼贯度飞梁。萧鼓流汉思，旌甲被胡霜。”箫鼓，军乐。流，传。旌甲，旌旗、铠甲之省称。石径迂折，飞梁直跨，大军行进，秩序井然。但闻箫鼓中传出汉军的豪情壮思，旌甲上沾满胡地的霜露雪花。前两句用雁行、鱼贯两个比喻刻画汉军跋涉辛苦、纪律严明的英雄风貌。后两句则突出将士们战胜恶劣环境的大无畏精神。缘、度、流、被四字，分别起了传神点睛作用。

然后着重描写进入实战状态时气候剧变的特殊情况：“疾风冲塞起，沙砾身飘扬。马毛缩如猬，角弓不可张。”猬，刺猬。角弓，兽角装饰的劲弓。疾风冲塞而起，沙砾满天飘扬。战马瑟缩，不能奔驰，劲弓冻结，难以开张。这四句把边塞风光与战地生活紧紧衔联，很自然地为英勇顽强的壮士安排好一个典型环境，使他们在艰苦条件下表现的可贵战斗精神有效地得到显示。

最后四句是全诗的精华：“时危见臣节，世乱识忠良。投躯报明主，身死为国殇。”自古以来的忠节之士，都是在严峻考验中察“见”和“识”别出来的。他们必须在危急关头付出最大牺牲。诗人用《九歌·国殇》礼赞勇武刚强、死于国事能“鬼雄”的辞语，颂扬为国捐躯的壮士，显然寄托了他对英烈的无比崇敬之情。这两联流传万口，几乎成了封建时代衡量忠良行为准则的诗句，产生了鼓舞人心的力量。

此诗在思想与艺术上能达到较完美的统一，是由于紧凑曲折的情节，不断变化的画面和鲜明突出的形象在诗里得到了有机的结合。其中，紧凑的情节更起了重要作用。它由边亭告警，征骑分兵，加强防卫，进而写到虏阵精强，天子按剑，使者促战。然后着重写了汉军壮伟场面和战地自然风光。最后以壮士捐躯，死为国殇的高潮作结。

贯穿于上述紧凑情节中的，是各种生活画面，如边亭、咸阳、广武、朔方、虏阵、胡霜，包括了胡汉双方的广阔空间。活跃其中的，有交驰的羽檄、连天的烽火、雁行的队列、鱼贯的军容、萧鼓的节奏、旌甲的辉光等。尤其是疾风起、沙砾扬、马瑟缩、弓冻凝的边塞风光画面，“神气飞舞”（陈祚明），“分明说出边塞之状”（朱熹），更为此诗增添了艺术光彩，确是鲍照表现边塞生活的重要艺术标志。

上述画面从多角度进行描绘，而位于其中心的，则是壮士的英雄群像。不只征骑、分兵、缘石径、度飞梁、吹箫伐鼓、执旌被甲等有他们活跃身影，当边风凛冽，飞沙扬砾，马如猬缩，弓难开张的严峻时刻，他们的形象也十分耀眼。尤其时危世乱之际表现的忠节，更突出地闪现了英烈们为国献身的思想亮光。

鲍照没有边塞生活的直接经验，却写出了成功的边塞作品，很可能因为他善于把自己积累的北方边塞生活间接知识和前辈作家的创作经验艺术地结合起来，从而能自出心裁，自显身手，为南朝诗坛开出一朵奇葩。看来，他对庄子《逍遥游》“有待”、“无待”的境界，是很领会的。

（原载《诗词曲赋名作鉴赏大辞典》，
北岳文艺出版社 1989 年版）

春江花月夜

张若虚

春江潮水连海平，海上明月共潮生。滟滟随波千万里，何处春江无月明。江流宛转绕芳甸，月照花林皆似霰。空里流霜不觉飞，汀上白沙看不见。江天一色无纤尘，皎皎空中孤月轮。江畔何人初见月，江月何年初照人？人生代代无穷已，江月年年只相似。不知江月待何人，但见长江送流水。白云一片去悠悠，青枫浦上不胜愁，谁家今夜扁舟子？何处相思明月楼？可怜楼上月徘徊，应照离人妆镜台。玉户帘中卷不去，捣衣砧上拂还来。此时相望不相闻，愿逐月华流照君。鸿雁长飞光不度，鱼龙潜跃水成文。昨夜闲潭梦落花，可怜春半不还家。江水流春去欲尽，江潭落月复西斜。斜月沉沉藏海雾，碣石潇湘无限路。不知乘月几人归，落月摇情满江树。

《春江花月夜》属于“清商曲辞”、“吴声歌曲”的乐府旧题，是供宫廷娱乐的歌曲，相传为“陈后主作”（《旧唐书·音乐志》）。本篇在描绘春江花月之夜的绚丽景色的基础上，极力抒写民间离别相思之情，虽渊源陈“作”，却有所创新。陈作现已失传。《乐府诗集》所引《春江花月夜》，旧作五篇，均五言短章。本篇改五言为七言，扩短章为长篇，在形式与内容上都跃进到新的高度。

张若虚是扬州人。扬州的明月向来著名。中晚唐诗人中，张祜、徐凝、杜牧都在诗中写到扬州明月。正因为张若虚对故乡的月色有真切体验，所以出色地描绘了江海相连的长江下游春夜花月景致。对诗题中的五个字，他没有采取平均分配的写法，而是以月、江为中心，春、花、夜作映衬，“安放自然”（沈德潜语）。在思想与艺术上都有很高水平。

全诗由三部分组成。

第一部分八句。描写春江月夜花林美妙景色，是对大自然美的赞歌。“春江潮水连海平，海上明月共潮生”，表现长江下游江海相连的壮美景观。江连海平，月共潮生，诗行中涂上了诗人主观感情色彩，给潮水和明月注入了生命力，一开头就给人以生意盎然之感。“滟滟随波千万里，何处春江无月明”，写江天映发、万里通明的开阔气象。“江流宛转绕芳甸”四句，进一步把春江月色与春郊花林组成一幅明丽画面，用奇妙的比喻，从不同角度对月光下的景致作了极好的描写。“月照花林皆似霰”，是说月光洒向花林，犹如枝头挂满雪珠。“空里流霜不觉飞，汀上白沙看不见”，是说月色穿过夜空，就像长天普降浓霜，连汀洲上的白沙也辨认不出。这部分的前四句从宏观着眼，后四句从微观落笔，在艺术上同样是成功的。

第二部分八句。由江水、月光引出宇宙意识和人生感慨，颇有哲理性。“江天”句，首先布置好一个“纤尘”不染的“江天一色”的广阔背景，这样，“皎皎”当“空”的一“轮”“孤月”，便显得分外鲜明。这“孤月”既“孤”又“不孤”。说“孤”，是只有它永恒地看见“人生代代无穷已”；说“不孤”，是它总在等待着照见后人，且有长江与它作伴。诗人更就宇宙人生的奥秘作了认真探索：“江畔何人初见月？江月何年初照人？”诗人就江月与人的关系，提出了宇宙和生命起源问题：第一个在江畔看见月的人是谁？江月是何年开始照人的？诗人发现了宇宙和生命的永恒与延续。这便是他对问题的艺术解答。诗人又用拟人化写法，进而向大自然发问：“不知江月待何人，但见长江送流水。”江月究竟在等待着谁？江水为何东流不息？这不仅给月亮和江水赋予了感情，也对下文思妇征夫的相互想往，起了暗示作用。诗人注意到了宇宙永恒、人生短暂这一矛盾统一的现象。既然人生如长江的流水瞬息东逝，就不应该放松现在，坐待将来，让青春白白度过。

第三部分二十句。面对春江花月良宵的自然美，诗人抒发了征夫思妇离别相思的真挚感情。“白云一片去悠悠”，白云一片，悠然飘去，恰是离别的象征。“青枫浦上不胜愁”，化用《楚辞·

招魂》“湛湛江水兮上有枫”和江淹《别赋》“送君南浦”的辞意，借指送别之地。它是最能牵动离情的处所。诗人特别突出了浪迹江湖的客子和独处闺中的思妇，把他们的“今夜”“相思”，提炼成两个问句：“谁家今夜扁舟子？何处相思明月楼？”勾画出他们一在“扁舟”，一在“高楼”的孤独身影。“可怜”四句，通过对月光的描写表现了思妇缠绵不尽的相思。月光带着离愁，渗入思妇心头，照到她生活的每一角落。皓月徘徊楼上，留连不去，也许正照着女主人公的妆台。月光继而穿过玉户帘，射上捣衣砧，卷之不去，拂了还来。诗人把明月写得如此多情，无形中就把思妇的情丝恨缕一一牵引出来。这四句刻画思妇的生活环境，很贴切。“卷不去”、“拂还来”六字，尤为传神。思妇征夫相互想往而难通音问，不禁产生遐思：“此时相望不相闻，愿逐月华流照君。”她愿追随明月的“流”光去“照”见对方。女主人公仰视长空，俯瞰清江，又兴起了异想：“鸿雁长飞光不度，鱼龙潜跃水成文。”鸿雁是能传书的，但它长飞天上，却不能带着月华度越关山。鱼龙或许也能带信，但潜跃水底，只能泛起光文，却无法把月华送往远方。既不能逐月华相照，又不能托雁鱼传光，痛苦是可以想见的。女主人公向往美好生活的真挚感情，自会引起读者的共鸣。“昨夜闲潭梦落花”四句，用春残月落，写离人的真挚忆念。前二写春残，后二写月落，是借梦境来表现。“落花”表明春已过半。征夫不见归来，思妇梦寐难忘。“流水”表明春之欲尽，“月斜”表明梦之将残。花落水流，让美丽的春光白白过去，虽叫人惋惜，犹幸还有好梦留人。现在连梦境也留不住，是更加叫人惋惜的。“江潭落月复西斜”句的“复”字，起了加强艺术表现力的作用。斜月沉入海雾之中，亲人南北阻隔，一在碣石，一在潇湘，道路无限辽阔，看来是不容易回来了。最后以“不知乘月几人归，落月摇情满江树”收束全篇。他家的征夫，此时不知有几人已“乘月”来“归”，可惜自己的亲人依旧漂泊在外。“落月”不住西沉，“江水”不断东流。落月的余晖布满整个春江花林，永远牵动着思妇的离情。而思妇怀念亲人的深情，随着月光的摇荡，也更加没有穷尽。它同开头的“海上明月共潮生”句，一起一波，恰好起了呼应作用。“不知”句又是对前面“谁家”二句的一个照应。这哪里是诗人的口气，而是思妇的口气。越是想到他家亲人回家团聚，越是感伤自己亲人在外漂泊，真是他家欢乐我家愁。这样，收句的含意就更为深婉。

此诗用艺术语言展示了大自然的美，表现了珍惜年华、向往美好生活的感情，既给人美的享受，又有助于培养高尚情操。诚如王夫之所说：“句句翻新，千条一缕”，真能“动古今人心脾”，使“灵愚共感”（《唐诗评选》）。它对宇宙人生所作探索，意味更为深长。此诗虽也有使人伤感的成分，但从总体看，并不产生空虚与颓废感。相反，我们仿佛感到有一股真挚感情的暖流，起伏诗行，使人“读不能厌”（钟惺）。

此诗在艺术结构上匠心独具。它以月生始，以月落终，表现范围包括天上地下，整个寥廓的空间。描写景物，涉及江、潮、海、月，芳甸、花林，空里流霜，汀上白沙，扁舟、高楼，玉户帘，捣衣砧，闲潭落花，斜月海雾，等等。但描写得最多的是月（十五处）和江（十二处），其次是春（四处）和花、夜（各二处）。而于代代年年乘月望月之人中，特别拈出扁舟游子和楼上离人作重点。“楼上宜月，扁舟在江”，他们于春江花月夜，是“最为关情”（王尧衢）的。

此诗在艺术表现上的特色之一，是汲取了南朝乐府《西洲曲》和初唐“四杰”歌行的写作技巧，“将春江花月夜五字，炼成一片奇光，分合不得”（钟惺）。我们时而看到春江潮水与海上明月交错出现，时而看到江水、人、月，代代年年，环连而来……它由春江引出明月花林，引出宇宙人生，又引出征人思妇，“微情渺思，多以悬感见奇”（陆时雍），“情文相生，各各呈艳”（王尧衢），确实达到了美妙难名的艺术境界。

张若虚的诗作，现仅存两首。诗人横逸的天才和不同凡响的艺术构思，使此诗博得“孤篇横绝，遂成大家”（王闿运）的盛誉。这在诗史上可说是一个绝无仅有的艺术现象。

（原载《中学语文古诗词赏析辞典》，
四川少年儿童出版社 1989 年版）

赤壁歌送别

李　白

二龙争战决雌雄，赤壁楼船扫地空。
烈火张天照云海，周瑜于此破曹公。
君去沧江望澄碧，鲸鲵唐突留余迹。
一一书来报故人，我欲因之壮心魄。

此诗是开元二十二年（734）左右李白旅游江夏（今武汉市）之作。七年前李白客游云梦，故相许圉师“妻以孙女”（《上安州裴长史书》）。他此后以安陆（今湖北省安陆县）为中心，在湖北一带“蹉跎十年”（《送从侄耑游庐山序》）。曾因结识荆州长史韩朝宗而写成著名散文《与韩朝宗书》。诗人用豪迈的言词，就才华与抱负两方面，作了自我鉴定：“十五好剑术”，“三十成文章”，“笔参造化，学究天人”，“心雄万夫”。李白多么渴望得到韩朝宗的“品题”，从而“扬眉吐气，激昂青云”啊！这些曾经打动过无数读者的心的语句，对我们理解李白创作此诗的心情，是颇有帮助的。

诗以《赤壁歌送别》为题，实际上是要表明：诗人的创作意图，在于把歌咏赤壁和送别友人这两个内容艺术地统一起来，并把前者加以突出。

“赤壁山在鄂州蒲圻县西一百二十里，北临大江……即周瑜用黄盖策，焚曹公舟船败走处。”（《元和郡县志》卷二十七）这里是我国历史上著名战役——赤壁之战的发生地。李白怀着吊古战场的浓厚兴趣来到此地，很自然地会被这一重大历史战争题材所吸引，而产生强烈的创作激情。李白一向以擅长写歌行著称，赤壁之战又是适宜写长篇歌行的热门题目，可他却舍长篇，取短章，这不能不使人敬服他纳须弥于芥子的艺术天才。

全诗八句，前半咏史，后半送别，形式上组成两个相对独立的段落。使人惊异的是，李白在前半短短四句中，就成功地完成了咏史的任务。

《三国志》和《资治通鉴》都曾用散文的形式，以历史家的眼光对赤壁之战作过精彩描述。李白则用诗的语言加以艺术再现。他省去历史背景、战斗历程，专门突出决定胜负的关键时刻——火烧楼船的场面。这首先就在军事上给人以力量对比是东吴占压倒优势的鲜明印象。这样，他毫不着力便把读者带到了三世纪的古战场上。诗人采取的是“尺水兴波之法”，虽然水面狭窄，却也浪涛起伏，“纡折”有味，只有歌行圣手才能拈出这样的妙笔。

“二龙争战决雌雄，赤壁楼船扫地空。”赤壁之战，曹操动用大量水师，深入东吴国土，一心要同周瑜“决”死战，争“雌雄”，好一副不可一世的架势。周瑜虽暂处劣势，但能化不利为有利，以火攻取胜，曹操只落得全军溃败的下场。上述的内容在这两句诗里艺术地得到表现。上句化用《周易》“龙战于野”的典故。“二龙争战”是魏吴相持的象征。《周易》里的“龙战”，本就自然现象而言，是指阴阳二气相互斗战。后来变为政治术语，便成了封建时期群雄割据争战的代称。陈子昂《感遇》中的“七雄方龙斗”和李白这里的“二龙争战”，或指战国，或指三国，或用“龙战”，或用“龙斗”，都属于同一艺术表达方式。下句以突如其来之笔，直接爆出了赤壁之战曹操水师以失败告终的结局。“楼船扫地空”五字颇见妙思。曹军楼船云集江面，构成庞大的水上阵地，自谓坚如金城。谁知棋逢高手，这阵“地”顷刻间就被横“扫”一空。诗人不说楼船在水上安营，而说在“地”上扎寨，这既是对曹操水师在吴“地”彻底完蛋的如实刻画，也是对他吞并东吴土“地”梦想落“空”的含蓄讽刺。

“烈火张天照云海，周瑜于此破曹公。”前面诗人用“楼船扫地空”五字预示了战争的结局。这两句才把造成这结局的缘由具体讲出。诗人说，这结局原是周瑜所料到，并采纳黄盖献策，运用了火攻法，才取得圆满成功的。但“烈火”句绝不仅仅是对“楼船扫地空”的原因的说明，更重要的是对古战场上赤焰烧天、煮水蒸云、一片火海的景象的真实写照。上句的“张”、“照”二字，极大地渲染了吴军的攻势。试想，烈火从水面点燃、蔓延以后，天上犹如“张”开了火的网罗，连辽阔的云海也“照”得通红。那江上的楼船，还有什么遁逃余“地”呢？诗人把因果关系颠倒处理，既起到了先声夺人的作用，也显示了诗人对稳操胜算者的辉煌战果的深情赞许。赤壁之战的胜败，成因虽是吴方用了火攻法，但归根到底取决于两军统帅在战略决策上的水平。下句诗人以凝重之笔指出：善于决战决胜的周瑜，就是这样从容不迫地在赤壁山下击破曹操几十万大军的。这句诗虽渗入了议论成分，但周瑜的儒将风度，却朴实自然地表现出来了。

李白是十分推重周瑜将略战功的古代诗人之一。他仅仅用四句诗就对赤壁之战进行了形象准确的历史评价。比那些平铺直叙而抓不着要害的长篇，不知要高多少倍。他已经把赤壁之战的关键艺术地表现出来，其他次要内容都可以从略了。李白的观点看来产生了影响。唐宋作家，从梁肃的“燎火一举，楼船飞灰”到苏轼的“樯橹灰飞烟灭”、戴复古的“烈火破楼船”，无疑都从此诗汲取了艺术营养。李白并不认为周瑜是侥幸成功。他比写“东风不与周郎便”的杜牧，在看法上似乎要客观些。

后半的送别，是在咏史的基础上进行的。字数虽与前半相等，实则等于它的附庸。“君去沧江望澄碧”，这位友人就要离他而去，望着清澄碧绿的江波，少不了要兴起南浦送别的感伤。但古战场上“二龙争战”的“余迹”还在脑际“留”存。“鲸鲵唐突留余迹”，“鲸鲵”是由《左传》上的典故而引起的联想。照杜预的解释，“鲸鲵”是“大鱼名”，以喻那“吞食小国”的“不义之人”。“唐突”意同触犯。这里李白大约是喻指曹操倚仗权势，想通过水战来吞食掉东吴。李白在送别的诗行中，并没有完全割断咏史的情感线索。但诗人又立即回到现实中来，“一一书来报故人”。希望友人走后要经常来信报告佳音。这友人想必是一位有功业抱负的人物，所以诗人在结末写道：“我欲因之壮心魄。”诗人能从友人那里得到鼓舞人的信息，可以因之而“壮”大自己的“心”胆与气“魄”。这当然是他所切望的。

李白早年就怀有“大定”“寰区”，“清一”“海县”（《代寿山答孟少府移文书》）的政治抱负。他在凭吊赤壁时，对周瑜当年能使东吴转危为安的将略战功表示崇敬；在送别友人时，又切盼从他那里获得可“壮心魄”的消息，这都在一定程度上反映出他壮年时代济时救民的思想感情。这和他同时期所写《与韩朝宗书》中“心雄万夫”的“激昂青云”心情，基调也是相同的。此诗把咏史与送别结合起来，而特别突出前者，原因就在这里。

此诗韵脚“平仄相半”，在形式上暗与王勃《滕王阁》诗一类“初唐短歌”相似。但避用律体，纯以散行，变“画栋”、“珠帘”，朝云暮雨；“帝子”何在，“长江”自流的“婉丽和平”（《诗薮》）之调，为慷慨雄壮之声，这又是与王勃异趣的。

（原载《李白诗歌赏析集》，巴蜀书社1988年版）

五月东鲁行答汶上翁

李　白

五月梅始黄，蚕凋桑柘空。鲁人重织作，机杼鸣帘栊。顾余不及仕，学剑来山东。举鞭访前途，获笑汶上翁。下愚忽壮士，未足论穷通。我以一箭书，能取聊城功。终然不受赏，羞与时人同。西归去直道，落日昏阴虹。此去尔勿言，甘心如转蓬。

东鲁是指初唐时由鲁郡改置的兖州（在今山东）。李白寓家兖州的任城县。这当是开元二十四年（736）李白初游东鲁之作。“汶上”即汶水（在今山东省）之上。从诗里的答话可以看出：“汶上翁”是一位思想庸俗，目光短浅，根本不理解李白胸怀的老者。

诗分前后两节。前节八句，着重描写了初抵东鲁时的真实感受。

五月是北方原野的农忙季节。“五月梅始黄，蚕凋桑柘空。”这时梅子开始由青转黄，蚕桑之事已了。“凋”有凋零之意。茧熟待缫，桑柘叶早已采摘一空，这就意味着进入生产的第二道工序。“鲁人重织作，机杼鸣帘栊。”东鲁的城乡妇女，这时又投入新的劳动——纺织。“机杼”，织机上的重要部件。“栊”，窗上棂木。“机杼”、“帘栊”，代指织机和窗户。东鲁人有“重织作”的传统，李白初次旅游就获得了良好印象。一路所经，“帘栊”间只听见一片轧轧之声，织机正在不停地飞转。杜甫描写“开元全盛日”太平景象时，曾有“齐纨鲁缟车班班，男耕女桑不相失”（《忆昔二首》）的名句，同样是齐鲁一带“重织作”、产绢素的生活的艺术传真。不过李诗是初游印象的直接描写，杜诗则是事后追忆而已。

李白从二十五岁经三峡出蜀，历湖北、江西、江苏、河南、山西等地。“顾余不及仕，学剑来山东”时，他还没有机会出仕。这两句诗正是诗人当时思想情况的写实。李白回顾自己南北奔走的生活历程，决定到东鲁定居。读书、学剑是李白的两大生活爱好。他对儒家经典和游侠生活都很向往，但这时对后者兴趣似乎更大。“山东”指华山以东的地区。春秋时期，齐鲁两国的辖区就在这一带。秦汉之际，这里曾经出现过朱家这样的游侠之士。“历抵海岱豪，结交鲁朱家。”（《早秋赠裴十七仲堪》）李白同期诗作，可以作为“学剑”二字的最好注脚。

“举鞭访前途，获笑汶上翁。”“访前途”有问路和了解今后出路两层意思。李白初抵东鲁，驻马举鞭，访路途、卜前程时，却发生了不愉快的事：他受到汶水上一个老头的讥笑。但李白没有写出“讥笑”的内容。他有意留下一个悬念，表现了他惜墨如金的艺术才力。

李白初抵山东，一方面被那里人民勤劳富裕的生活所吸引，一方面却受到以“汶上翁”为代表的个别人的嘲笑。但他认为：山东的民情风俗纯朴可爱，而“汶上翁”之流是不能代表山东人的。他不以偏概全，说明心胸是宽广的。

后节十句，是李白对汶上翁的嘲笑的明快的答复。它是全诗的重点部分，也是李白作品中的精彩片段之一。

“下愚忽壮士，未足论穷通。”“下愚”言其愚不可及。这是李白对所有讥笑自己的人的一种轻蔑的称呼，“汶上翁”当然是包括在内的。“壮士”是李白自谓。忽，即轻贱。在李白看来，“下愚”们不能理解“壮士”的胸怀，也没有资格在“穷通”问题上发议论。“穷通”即“穷达”，改“达”作“通”，是为了押韵需要。李白对“穷达”的理解，完全是从儒家思想出发。他在《代寿山答孟少府移文书》中曾有明确表白：“达则兼济天下，穷则独善一身。”“穷达”的通俗解释是：政治上有失意与遂意之别。但李白力争在政治上获得出路，先实现“兼济天下”的思想，然后归隐江湖，“独善一身”。他所谓的“兼济天下”，具体说来，就是“申管晏之谈，谋帝王之术”。他向慕春秋时期齐国管仲、晏婴一流政治家，立志要当“帝王”的“辅弼”。

李白这种思想，正和此诗中回答汶上翁时，要向战国时期的鲁仲连看齐的想法是一致的：“我有一箭书，能取聊城功。终然不受赏，羞与时人同。”李白用鲁仲连的事迹，比喻自己的政治才能与抱负，是因为故事就发生在山东。鲁仲连“以一箭书”帮助齐国攻取聊城，立了大功，但却不受封赏，“羞与”爱官如命的“时人”画等号。其立功辞赏的高风亮节，是值得钦敬的。这正体现了李白把“兼济天下”和“独善一身”有机地统一起来的政治家风度，而汶上翁当然是无法理解的。

“西归去直道，落日昏阴虹。”李白来东鲁前就曾有西游长安的打算。后来转而向东，不料初抵鲁郡就遭到汶上翁的耻笑。李白这时虽有“西归”长安之意，但他想到自己“直道”而行的人生态度如不改变，是很难得到朝廷任用的。“阴虹”，杨齐贤认为指“（李）林甫、（杨）国忠辈昏蔽其君。”但詹锳先生则认为

“西归”当是实指，并无寓意。其实“昏蔽”与“实指”这两种意见完全可以统一起来。“落日”句的准确解释应当是李白眼前见到日落时昏暗的“阴虹”的残影而引起的联想。它既是“举鞭访前途”时日近黄昏的自然景色的写真，又是长安城中权臣当道、暗无天日的政治气候的象征。

有的本子没有这两句，是由于“西归”句难于解释。因为按旧说，李白当时还未去过长安。但近年提出了李白开元年间初入长安之说，就为这两句的解释提供了条件。

“此去尔勿言，甘心如转蓬。”“尔”即指汶上翁。李白在诗末对汶上翁表示：你的谈话没有任何意义，请快闭上尊口吧！“直道”而行，是我的一贯作风，即使像飞蓬那样失意飘转，我也是心甘情愿的。

李白对汶上翁讥笑的回答，是李白高尚品格的生动艺术概括。他首先把讥笑者同自己作了尖锐对比，然后明确提出自己从事政治活动在不同情况下的原则立场。这种原则立场乃是古代知识分子传统的正确态度。特别是诗人通过著名历史人物的形象的勾画，使我们对“穷通”二字在理论与实际的结合上得到生动印证，更能引人入胜。他把《史记》里鲁仲连遗书燕将、田单攻下聊城的经过，用少量诗行就表达出来。“我以一箭书”四句，有如从天而降，“我”字是尤为传神的。由于它的带动，李白很自然地就把自己摆进艺术作品，而将自己同鲁仲连融而为一。他把“一箭书”、“取聊城”的“功”劳集中于鲁仲连一身，说明在他的心目中田单和鲁仲连是不能相提并论的。这六字简洁而富有形象感。一个功成不受赏的高士的高大身影，就在我们面前站立起来了。

但向鲁仲连看齐，这只是李白的想法。而当时的朝廷已被权臣把持，他要立功是不可能的。李白一方面对权臣当道的朝廷表示不满，一方面表达了自己“直道”而行的严正态度。李白把自己的抱负同妨碍这抱负实现的现实作了对照。正是在这样的基础上，李白在诗末对汶上翁的讽刺作了否定的回答。

此诗的主体部分是后节。前节是作为它的陪衬而出现的。诗人把汶上翁对他的讥笑放在朴实的民情土俗的背景后面，又用游侠的风尚来反衬他的眼光如豆，这种艺术处理是耐人寻味的。在后节里则把汶上翁置于反面，而把自己的议论由汶上翁的讥笑引发出来。通过个别体现一般，这就不单是对“汶上翁”的直接讽刺，而带有对当时整个社会“下愚”们的有力鞭挞的典型意义。此诗的精彩片段至今还能活在人们心中，不是没有原因的。

（原载《李白诗歌赏析集》，巴蜀书社 1988 年版）

登兖州城楼

杜　甫

东郡趋庭日，南楼纵目初：
浮云连海岱，平野入青徐；
孤嶂秦碑在，荒城鲁殿余。
从来多古意，临眺独踌躇。

“兖州”在今山东，“城楼”即州城南楼。此为杜甫第一次游齐赵之作。其父杜闲时正在那里做司马。

首联点出登楼的缘由和时间。“东郡”，在汉代是兖州所辖九郡之一。“趋庭”用《论语·季氏》孔丘的儿子“鲤趋而过庭”的故事，指明是因省亲来到兖州，借此机会登城楼“纵目”观赏。“初”字确指这是首次登楼。

次联写“纵目”所见形势，是全诗精彩片段。“海”指渤海，“岱”指泰山，均在青州境。兖、青、徐等州均在山东、江苏一带。三州自古接境，据《尚书·禹贡》，都属九州的版图。“浮云”、“平野”四字，用烘托法极写兖州与邻州都位于辽阔平野之中，浮云笼罩，难以分辨。“连”、“入”二字从地理角度加以定向，有画龙点睛的作用。兖州往东与海“连”接，往西伸“入”楚地。不仅十分壮观，也是很传神的。

三联写纵目所见胜迹，并引起怀古之情。“孤嶂”指今山东邹县东南的峄山。“秦碑”，指秦始皇登峄山时臣下“颂”德的石刻。“在”言其尚在。“荒城”指曲阜。“鲁殿”，指县东二里的汉景帝子鲁恭王所建鲁灵光殿，《文选》有王延寿撰《鲁灵光殿赋》。“余”言其残存。“在”、“余”二字从历史角度进行选点，秦碑、鲁殿在“孤嶂”、“荒城”中经受历史长河之冲刷，为何一存一残，是很能引起人们对传统文化的反思的。

尾联是全诗的总结。“从来”犹云向来如此。“古意”承三联“秦碑”来。“多”极言其深广。这句与班固“发思古之幽情”同旨。它包含两层意思。其一诗人自指，犹言诗人向来怀古情深。其一指兖州，是说早在东汉，兖州建置前，它就以古迹众多闻名。这就是杜甫登楼纵目，会生起怀古情思的原因。“临眺”与次联“纵目”相照应。“踌躇”，徘徊。“独”字很能状写杜甫不忍离去时的“独”特感受。“曰‘从来’一则平昔怀抱可知；曰‘独’则登楼者未必皆知”（赵汸），很能道出尾联的深沉含意。

此诗是杜甫29岁时作，是杜甫现存最早的一首五律诗。与他同时的五古《望岳》，堪称异曲同工。杜甫早期五律虽还未形成个人的独特风格，但此诗已初显出他的艺术才华。明代李梦阳把“迭景者意必二”作为“律诗三昧”之一。胡应麟更以此诗中间两联“前景寓目，后景感怀”为杜律“变化莫测”之一例，是对他写作艺术的最好解说。此诗虽属旅游题材，但诗人从纵横两方面，即地理和历史的角度，分别进行观测与审视，从而展现出登楼临眺时触动的个人感受，是颇具特色的。诗人一方面广览祖国的山海壮观，一方面回顾前朝的历史胜迹，而更多的是由临眺而勾引起的怀“古”意识，是颇能激发人们的爱国感情的。

在艺术上此诗一、二、三联均运用了工整的对句。“东郡”、“南楼”，“趋庭”、“纵目”，“浮云”、“平野”，“海岱”、“青徐”，“孤嶂”、“荒城”，“秦碑”、“鲁殿”，都是实写。尾联才由“临眺”引出思“古”之“意”，则带有虚写的意味。而二、三联“连”、“入”、“在”、“余”四字，通过对仗，便举重若轻地把海岱连接，平野延伸，秦碑虽存，鲁殿已残等自然景观与历史胜迹，从动态中分别表现出来。尾联“多”、“独”二字尤能传达作者的深沉历史反思与个人独特感受。这些都说明作者在炼字上所具有的坚实功力。叶石林曾说：“诗人以一字为工”，“惟老杜变化开阖，出奇无穷”。从此诗炼字上的“出奇”“变化”，可以看出杜甫在创作上从来就是十分认真的。

（原载《唐诗鉴赏辞典补编》，四川文艺出版社 1990 年版）

春日忆李白

杜　甫

白也诗无敌，飘然思不群。清新庾开府，俊逸鲍参军。
渭北春天树，江东日暮云。何时一樽酒，重与细论文。

天宝四载（745）杜甫客游齐鲁时就与李白交契甚厚。后杜归长安，李去越州。此天宝六载（747）杜在长安忆李之作。杜

"集中赠太白诗最多"(《洪驹父诗话》),这是一首五律名篇。"此篇纯于诗学结契上立意"(浦起龙《读杜心解》),打破了一般怀人诗的框架,带有极大创新意味。写照传神,即景见情,是其特点。

李白在诗歌艺术上的伟大成就,最使杜甫忆念。为李白写照传神是此诗主要特点。前四句专为诗人造像。它从《礼记·檀弓》拈出"白也"二字作为首句发端。借旧语,扬清芬,不仅突出李白大名,更觉古香袭人。它与"诗无敌"三字紧紧相连,便把李白"无敌"于诗坛的特殊地位和杰出贡献作了充分肯定。"自是阅尽甘苦,上下古今,甘心让一头地语"(杨伦《杜诗镜铨》)。次句着重指出李诗艺术风格和情趣的特色。"飘然"指飘逸雄奇的风格,"思不群"指卓尔不群的情趣。钟嵘《诗品》称曹植"粲溢今古,卓尔不群",这里隐然以曹拟李。三、四句用诗史上两位大家相比。庾信是南北朝末期一位很具开拓型的作家,以"清新"著称,鲍照在南朝诗人中最长于乐府诗,以"俊逸"擅誉。李白能兼有二家之胜,是他所向无敌的重要原因,也是他创作精神的典型体现。

前四句通过为李白写照,对李白艺术成就与特色作了生动概括,真是呼之欲出。明代王嗣奭赞赏"前四句真传神手,至今李白犹在"(《杜臆》),可谓妙解此诗。它与托名王安石说杜"但"以庾鲍"比"李"不能无相忌"(范正敏《遁斋闲览》)之意,是针锋相对的。

后四句进而表现了杜甫"重与"李白"樽酒""论文"的想往之情。五、六句写己在"渭北",李在"江东"的实况。七、八句写"何时"重逢,"细论"诗艺的离怀。春树暮云,只是怀李的诱因,而所以怀之者,欲与论文也(《杜臆》)。共研诗艺,才是怀李的衷情。"方其聚首称诗,如逢庾鲍,何其快也。一旦春云迢递，‘细论’无期，有黯然神伤者矣。”（《读杜心解》）浦起龙的解析，是善于从总体上对此诗加以把握的。

此诗写于春天，作者把此时彼我所寓之地、所见之景，如实写出，便显示出即景见情的特点。两年前作者在历下与李白樽酒论文，“共被”“同行”（《与李十二白同寻范十隐居》）的往事，历历在目，而今各在天涯，想念为劳。作者在渭北春树、江东暮云的景物描绘中，融入与李白的深厚情谊，这种情谊是两位诗人在艺术创作上共同探讨、相互尊重的过程中结成的。作为前一特点的重要补充，后四句在突出作者与李以诗结契时，特通过“渭北”一联的景物描写来寄情托意。“春天树”、“日暮云”互文见义，工巧是于平淡中显出的。“写景而离情自见”（沈德潜《唐诗别裁》），这是景物描写的最佳范例。“日暮云”化用江淹“日暮碧云合，佳人殊未来”（《拟休上人怨别》）句意。它与末联重与论文的衷心期望结合起来，“离情”的具体内容便得到显现。令人遗憾的是，杜、李二人再也没有重逢的机会，樽酒论文的希望也落空了。此诗由于有了第三联，渭北、江东、春树、暮云等等词语，遂成为以诗结契的诗坛千古佳话。

此诗“四十字一气贯注，神骏无匹”（浦起龙）。把它割裂开来，一、二、四联为怀其文，三联为怀其人的说法，无疑是有片面性的。

（原载《中国诗词曲艺术美学大百科》，
四川辞书出版社 1992 年版）

月 夜

杜 甫

今夜鄜州月，闺中只独看。遥怜小儿女，未解忆长安。

香雾云鬟湿，清辉玉臂寒。何时倚虚幌，双照泪痕干。

杜甫是盛唐律诗大家，以题材宽广闻名。人们对杜甫忧国忧民的名章巨制十分重视，对他表现家庭生活的作品却较少注意。此诗突出描写伉俪之情，是古今传诵的名篇，它生动地证明：杜甫是一位写闺情诗的圣手。

言情深挚，命笔曲折，是此诗的特点。它是至德元年（756）杜甫为安史叛军所俘后，在长安忆妻之作。月轮当空，天下共见。人虽异处，月则同瞻。杜甫在兵戈骚屑之际，与妻子隔绝，生死莫测。月明之夜，遐想长思，形于诗什，是十分自然的。

此诗善言夫妻之情。首联写身在长安，忆妻在鄜“看”月。次联写“小儿女”“未解忆”父，只有妻子相“忆”。三联想象妻子美丽孤独之体态。四联期望与妻子团圆，悲喜之余，同干泪眼。诗人“纯从对面着笔”（纪昀《瀛奎律髓》评）。他不说自己忆妻，却说妻忆自己。不说妻忆自己悲伤，却说小儿女未解忆父。不说此时妻子当窗流泪，却说他日重逢，同倚虚幌，月光照干你我的泪痕。诗人和妻子的感情，在诗中融为一体，打成一片，正因杜甫道出夫妻间感情深挚相通共感的独特体会，所以浦起龙才有“心已驰神到彼，诗从对面飞来”（《读杜心解》）的妙语，此评是很能把握这首诗言情深挚的特点的。薛雪推尊此诗第三联为“千古杜陵佳句”（《一瓢诗话》），对它妙于言情之美，深有领解。

与言情真挚结合，此诗还以命意曲折见称。前人评诗有“忌直贵曲”之说。这一艺术要求在五律诗中较易得到有效发挥，在此诗中更有充分体现。诗人的艺术构想在诗中不断变换。由妻闺中看月相忆，引出儿女不解忆父，更引出妻看月时之身影，最后以期望夫妻团圆，一同望月作结，“可谓无笔不曲”（施补华《岘佣说诗》）。与之相配合，在艺术表现上也采取了多种技法。首先是“旁衬”的笔法。如首联借妻“独看”，旁衬自己月下忆妻。次联借小儿女未解忆父旁衬妻之相忆，都是适例。在诗律上，次联用了流水对法。句意连贯而下，内涵丰富：小儿女不解忆父，一由不解父之苦忆，二由不解母之深忆。三联则用了工对法。雾湿云鬟，光寒玉臂，对妻子形象作了精雕细刻。“湿”、“寒”二字写夜深不寐光景，尤能传妻深情久望之神。雾本无香，香从膏沐中生耳。云鬟玉臂，“语丽而情更悲”（王嗣奭《杜臆》），确是“秾艳”（沈德潜《唐诗别裁》）非常。特别在不断换意中，诗人没有忘记前后映照，如首尾都紧紧相应。次句“独看”与末句“双照”，“照”应“月”，“双”应“独”，妙在“语意玲珑，章法紧密”，无怪黄生要作出“五律至此，无忝称圣”（《杜诗说》）的崇高评价了。

（原载《中国诗词曲艺术美学大百科》，
四川辞书出版社 1992 年版）

玉华宫

杜　甫

溪回松风长，苍鼠窜古瓦。不知何王殿，遗构绝壁下。
阴房鬼火青，坏道哀湍泻。万籁真笙竽，秋色正萧洒。

美人为黄土，况乃粉黛假！当时侍金舆，故物独石马。
忧来藉草坐，浩歌泪盈把。冉冉征途间，谁是长年者！

诗为至德二载（757）秋杜甫自凤翔行在还鄜州时途经宜君县北凤皇谷玉华宫作，与同时作的《九成宫》是姊妹篇。两诗“用意各别”。玉华建于贞观二十一年（647），“务从菲薄，更令卑陋”（《旧唐书》），永徽二年（651）废为寺。九成本隋之永寿宫，宫制壮丽，贞观间更名，后转衰败。两诗一“因衰起兴”，一“由盛及衰”（浦起龙《读杜心解》），写法迥异。

此诗写于安史之乱爆发后两年。纪行之诗，却带反思性质，历来推为杜甫早期五古名作。高宗不善体其父“卑陋”遗意，即位两年，废宫为寺，已堪发慨。玄宗前期励精图治，后期杨、李弄权，贵妃擅宠，华清奢靡，远甚高宗，导致安史之乱，更宜警省。此诗前八“直写废宫”，后八“抚迹增慨”（同上）。诗人的反思，可用“因衰起兴”四字概括。其特点是音声跌宕，情思凄黯。

先说第一点。前半，“溪回”二句写废宫人迹罕见。“不知”二句，分明贞观“遗构”，却问“何王殿”宇，横插妙极。“阴房”二句写“阴房”惟见“鬼火”，“坏道”但“泻”“哀湍”，对仗殊工。“万籁”二句点缀音响、色泽，与当时“笙竽”俱鸣，恰成对照。后半，“美人”二句，叹喟物岂如人。“当时”二句又由“故物”独存“石马”，太息人讵如物，随“辇”旧臣尽皆物故，“忧来”四句以途经废宫感叹身世作结。前二写“藉草”“浩歌”、“忧来”“泪盈”之状。后二感“征途”冉冉，叹世无“长年”，自慨亦兼慨人。

诗人的兴慨，都由途经废宫引起。前半的溪回、风长，苍鼠、古瓦，何王遗构，阴房、鬼火，坏道、哀湍，万籁、秋色，音节具跌宕之美。后半由美人、黄土引出粉黛假物，宫前石马，慨人感物，节奏极顿挫之致。结末叹喟征途，恨无长年，跌宕顿挫，风格尤显沉郁。

次说第二点。前半写废宫“冷色逼人”（《读杜心解》）。松风长、苍鼠窜，“凄黯殆难为怀”（刘辰翁《批点杜工部诗》）。“不知”二句，见本朝旧物，一旦荒凉，痛叹天宝之奢，因怀贞观之俭。“阴房”二句以鬼火、哀湍形阴房、坏道，“万籁”二句回应当时荣华，情思均极凄黯。后半念美人为黄土，睹故物而增悲，叹长年之谁是，感征途而泪盈。安史之乱，不知何时平息。家人骨肉，不知何日团聚。结句凄黯情思，更令人难以为怀。

全诗仅十六句，从“音响节奏”到思想感情，都极跌宕顿挫，凄黯沉郁之美。张耒誉为“风雅鼓吹”（《容斋随笔》引），邵长蘅赞其“以少许胜人多许”（《杜诗镜铨》引），绝不是偶然的。

（原载《中国诗词曲艺术美学大百科》，四川辞书出版社 1992 年版）

乾元中寓居同谷县作歌七首（其七）

杜　甫

男儿生不成名身已老，三年饥走荒山道。
长安卿相多少年，富贵应须致身早。
山中儒生旧相识，但话宿昔伤怀抱。
呜呼七歌兮悄终曲，仰视皇天白日速。

乾元二年（759），杜甫 48 岁。七月，他自华州弃官流寓秦州（今甘肃天水）。十月，转赴同谷（今甘肃成县），在那里住了约一个月，这是他生活最为困窘的时期。一家人因饥饿病倒床上，只能挖掘土芋来充饥。在饥寒交迫的日子里，诗人以七古体裁，写了《同谷七歌》，描绘流离颠沛的生涯，抒发老病穷愁的感喟，大有“长歌当哭”的意味。此为第七首，是组诗中最精彩的篇章。

此诗开头使用了九字句：“男儿生不成名身已老。”浓缩《离骚》“老冉冉其将至兮？恐修名之不立”意，抒发了身世感慨。杜甫素有匡世报国之抱负，却始终未得施展。如今年将半百，名未成，身已老，而且转徙流离，几乎“饿死填沟壑”，怎不叫他悲愤填膺！六年后杜甫在严武幕府，曾再次发出这种叹穷嗟老的感慨：“男儿生无所成头皓白，牙齿欲落真可惜。”（《莫相疑行》）其意是相仿的。

次句“三年饥走荒山道”，把“三年”二字缀于句端，进一步突现了诗人近几年的苦难历程。“三年”，指至德二年（757）至乾元二年。杜甫因上疏营救房琯触怒肃宗而遭贬斥，为饥饿驱迫，在“荒山道”上尝够了艰辛困苦。

三、四句，诗人追叙了困居长安时的感受，全诗陡然出现高潮。十二年前，杜甫西入长安，然而进取无门，度过了惨淡的十年。他接触过各种类型的达官贵人，发现长安城中凭借父兄余荫，随手取得卿相的，以少年为多：“长安卿相多少年。”这不能不使诗人发出愤激之词：“富贵应须致身早。”“致身早”，似是劝人的口吻，却深蕴着对出现“少年”“卿相”这种腐败政治的愤慨。这和他早年所写的“纨袴不饿死，儒冠多误身”（《奉赠韦左丞丈二十二韵》），显然同属愤激之言。

五、六句又回到现实，映现出诗人和“山中儒生”对话的镜头：“山中儒生旧相识，但话宿昔伤怀抱。”诗人身处异常窘困的境地，当然感叹自己不幸的遭遇，因而和友人谈起的都是些令人很不愉快的往事。忧国忧民的“怀抱”无法实现，自然引起无限伤感。

第七句“呜呼七歌兮悄终曲”，诗人默默地收起笔，停止了他那悲愤激越的吟唱，然而思绪的巨潮如何一下子收住？“仰视皇天白日速”，搁笔望天。只见白日在飞速地奔跑。这时，一种迟暮之感，一种凄凉沉郁、哀壮激烈之情，在诗人心底涌起，不能自已。

《同谷七歌》在形式上学习张衡《四愁诗》、蔡琰《胡笳十八拍》，采用了定格联章的写法，在内容上较多地汲取了鲍照《拟行路难》的艺术经验，然而又“神明变化，不袭形貌”（沈德潜《唐诗别裁》），自创一体，深为后人所赞许。此诗作为组诗的末篇，集中地抒发了诗人身世飘零之感。艺术上，长短句错综使用，悲伤愤激的情感犹如潮水般冲击着读者的心弦。

（原载《唐诗鉴赏辞典》，上海辞书出版社1983年版）

绝句漫兴九首（其一）

杜　甫

眼见客愁愁不醒，无赖春色到江亭。即遣花开深造次，便教莺语太丁宁。

杜甫绝句中组绝颇多。随兴所到，纵笔成篇。杂以古体、竹枝，时缀偶语对句，“不拘声律”，“新奇可爱”（《苕溪渔隐丛话》），别是一种风趣，独成一家格调。此与《江畔寻花七绝句》，均草堂前期代表作，同属对春天的赞美诗。

组绝从不同侧面，对春作了生动刻画，散发出销愁解闷的艺术魅力。此诗描绘春色所特具的驱散客愁的活力，是组绝压卷之作。其艺术特点是用了拟人和对举两种方法。

首先是拟人法的运用。春为岁始，是生命的象征，自然法则的体现。一、二句对春作了人化。“春”天有“眼”，不知何时从天上地下悄悄来到人间。但“客愁”恰如饮酒，“春色”虽“到江亭”，却长醉“不醒”。春自到，客自愁，一似了不相关，实则推拒不得。“无赖”犹言正在莫可奈何之际。杨伦说“客愁二字乃九首之纲”（《杜诗镜铨》），对诗人创作意图虽有体会，但他确认此诗是“骂春色”，则属皮相之见，不免大煞风景。三、四句从动态上对春色作了形容：“即遣花开”，“便教莺语”，真有花须连夜发的雷厉风行势头。虽然“愁”人“深”感“造次”（仓卒），“太”嫌“丁宁”（叮咛），但乘着东风强劲，满“眼”“春色”的繁荣景象，会迅即出现。“眼见”句是从《胡笳十八拍》的“谓天有眼”和《焦氏易林》的“忧来叩门”等奇思妙想中推演提炼而成，是杜甫艺术灵感的最佳闪现。与“春风花草香”、“泥融飞燕子”（《绝句二首》）一样，都是对春天的礼赞。只不过那里是喜上眉头时所见日丽风和之春景，这里是“客”“愁不醒”时所见之春色，都与《闻官军收河南河北》时，“白日放歌”、“青春作伴”的“喜”极“欲狂”心态不同。

其次，与拟人法有机结合的是对举法的运用。前二句是“客愁”与“春色”，即人与自然对举。“客愁”虽生于“春色到”来之前，“春色”实有助“客”驱“愁”之力。句带古体，更近竹枝，“赖”字又不守律法，颇见随兴纵笔之趣。后两句是“花开”与“莺语”对举，实际仍归因于“客愁”与“春色”。因“花开”“莺语”，原是春“遣”春“教”的。而从“愁”人看来，却已“深”感过于“造次”、“丁宁”了。这里环绕花开莺语展开工整对句，便显示出由对举而产生的委曲用意。杜甫虽是一位热爱生活的诗人，但值“客愁”“不醒”之时，要他用主观去拥抱客观，毕竟得有个过程。诗人形象地表现出大自然陶冶人们情性的潜移默化作用。由于接受了花开莺语的明媚春光洗礼，诗人的愁结是会逐渐解开，愁心是会逐渐驱散的。

（原载《中国诗词曲艺术美学大百科》，
四川辞书出版社 1992 年版）

茅屋为秋风所破歌

杜　甫

八月秋高风怒号，卷我屋上三重茅。茅飞渡江洒江郊。高者挂罥长林梢①，下者飘转沉塘坳②。南村群童欺我老无力：忍能对面为盗贼；公然抱茅入竹去，唇焦口燥呼不得！归来倚杖自叹息。俄顷风定云墨色，秋天漠漠向昏黑③。布衾多年冷似铁。娇儿恶卧踏里裂。床头屋漏无干处，雨脚如麻未断绝。自经丧乱少睡眠，长夜沾湿何由彻？安得广厦千万间④，大庇天下寒士俱欢颜⑤，风雨不动安如山！呜呼！何时眼前突兀见此屋⑥？吾庐独破受冻死亦足！

这是杜甫歌行诗的一首杰作。千百年来，它以极其深刻的思想内容、感人肺腑的艺术力量，不只影响着历代著名诗人和作家，而且赢得了中外广大读者的喜爱。

---

① 罥（juàn）：缠绕。
② 坳（āo）：低洼的地方。
③ 漠漠：阴沉的样子。
④ 广厦：高大的房屋。
⑤ 庇（bì）：遮蔽。
⑥ 突兀：高耸貌。

此诗是安史之乱中诗人客寓成都草堂之作。写作时间一般定为唐肃宗上元二年（761）秋天。杜甫经营草堂，历时两年有余，由于资用困乏，不免因陋就简，于是盖好不久的茅屋就被大风吹破。诗人这时已经结束流离生活。他一心向往一个暂时安定的居住环境，却又念念不忘比自己更为困苦艰难的广大群众。正像宋代评论家黄彻所说的："其仁心广大"，"志在大庇寒士"（《碧溪诗话》）。诗人由自己的茅屋为风所破，而希望有千万间广厦能住进天下穷人，更不惜以自己冻死为代价，切盼这广厦在眼前突现。他对广大群众的同情和热爱，是值得充分肯定的。

全诗共三个组成部分。第一部分 5 句，集中描写了狂风破屋的巨大威力。"八月秋高风怒号，卷我屋上三重茅。"这开头两句就展现出八月的成都气候剧变的景象。大风怒号不息，仿佛在向草堂示威。霎时间就把屋上三重茅席卷而去。"茅飞渡江洒江郊，高者挂罥长林梢，下者飘转沉塘坳"三句，更通过茅草飞舞的生动细节，显现出风怒不可遏的威势：它挟着茅草，飞渡江郊，四处飘洒，或者高挂长林的树梢，或者沉入低洼的塘水。这就把草堂的环境作了具体交代。这五句，诗人采用句句押平韵的形式，借助呼啸的音响，快速的节奏，对迅猛的风势作了形象的传真。"笔亦如飘风之来，疾卷了当。"（《读杜心解》）浦起龙这一评语，是注意到了这五句诗在艺术表现上的特点的。

第二部分 13 句，分别写了大风破屋后，又遭到群童欺侮和夜雨袭击的痛苦。前五句先写一群顽童欺侮诗人。诗人用九字长句"南村群童欺我老无力"点明其住地，"忍能对面为盗贼，公然抱茅入竹去，唇焦口燥呼不得！归来倚杖自叹息"四句，便生动地刻画了顽童们的恶作剧。他们忍心当面为盗，诗人无可奈何，只好自认倒霉，归来倚杖，叹息不已。诗人用诗的语言，给我们描写了一个闹剧场面。无需多费笔墨，诗人的狼狈处境已唤起人们的同情。第五句运用暗示法，含蓄地表达出诗人的许多感慨；初进草堂，已经很费张罗，重加修葺，费用从何而来？更何况风过雨来，将会是一个什么境况？这是上文的结束，也是下文的过脉。在押韵的形式上，诗人又有所变换：一、二、四、五句用韵，三句不用。前者明快有力地写了以群童为一方，以诗人为一方的具体情状；后者则突出了顽童们明目张胆的“盗贼”行为。这种在韵律节奏上小的间歇，恰好起了强调群童无理取闹的作用。

后八句着重写了风定雨来，“俄顷风定云墨色，秋天漠漠向昏黑”二句，拍摄下大风过后，云色如墨，天转昏黑，夜幕降落的镜头。紧接着，“布衾多年冷似铁，娇儿恶卧踏里裂”二句，更反映出大风降温，布衾似铁，不能御寒，娇儿两脚蹬裂被里的实况。“床头屋漏无干处，雨脚如麻未断绝”二句，还写了夜雨大作，全家数口，屋漏雨淋，无一干处，而雨却下个不停的情景。在这种时刻，诗人不禁忆起了丧乱以来的辛苦经历。“自经丧乱少睡眠，长夜沾湿何由彻?”诗人常常少睡失眠，或因逃难，或缘多病，但更多的是忧念战伐，关心国事。如今又值长夜屋漏，不觉思绪千重。“何由彻”三字带有双关意味，既希冀黑夜快些彻晓，又企盼现实中能早见黎明。这样就为过渡到第三部分起了桥梁作用。“俄顷”四句，句句押韵，用急促的旋律，连续表现风过天黑、衾冷被裂的景象；“床头”四句，改为隔句押韵，又用舒缓的节奏，由屋漏雨淋的现实苦况，回想从前的辛苦遭遇。这对诗人困窘生活的刻画，都起了加强艺术效果的作用。

第三部分诗人从自我痛苦生活体验出发，深刻表现出一个忧国忧民的伟大诗人的襟怀。“安得广厦千万间，大庇天下寒士俱欢颜，风雨不动安如山!”诗人提出了衷心祝愿，却难以实现的美好理想。“安得”极言想得而不可能。“风雨”二字，总承一、二部分，浮现出另一种安如泰山，不为风雨飘摇的生活画面。这三句尖锐揭示出昏黑的现实与诗人美好理想的矛盾。“天下寒士”，不光是描写与杜甫贫寒生活相类似的士人，而且包括饥寒交迫的广大人民群众。因而，这些诗意，在客观上就体现了人民的意愿。这同杜甫诗作中一再流露的忧念“黎元”、“苍生”的思想感情是一致的。诗人在这里又采用了九字长句，“大庇”二字冠首，再接上“天下寒士俱欢颜”七字，正好突出了诗人“稷契”为怀的襟抱。而且借助换用句句押平韵的形式，以响亮欢快的语调，真实表达渴望实现理想的喜悦心情，别具匠心。结尾“呜呼！何时眼前突兀见此屋？吾庐独破受冻死亦足”两句，用“呜呼”一转，“固是曲终余音，亦是通篇大结”（《杜臆》）。诗人的思想由此进入一个更高的境界。他用九字句作结，而用“吾庐”二字领起后七字，同时换为连续押仄韵，音调沉重，节奏短促，从而深化了全诗的主题思想。

广厦万间，大庇寒士，吾庐独破，冻死亦足。杜甫在这首诗中提出的思想，确乎是一种“创见”（《杜臆》）。从白居易、王安石、李纲、郑思肖到方孝孺，无不受其启发、感染。特别是王安石的著名诗句“宁令吾庐独破受冻死，不忍四海赤子寒飕飕”，（《子美画像》）更把“天下寒士”和“四海赤子”画上等号，说明他对此诗的真正“用心处”，体会最深。

宋代注家或说此诗是借喻唐玄宗宠幸杨贵妃，酿成安禄山的叛乱，或说此诗是喻指严武与郭英乂死后，杜甫失去依靠，纯属牵强附会。刘克庄又说此诗“迂阔”，则对此诗大为贬低（《后村大全集》），其态度也不实事求是。

“秋风破屋，必有是事”，诗人“有感”，所以“借之以起兴”（《杜臆》）。王嗣奭这个看法是符合杜甫的艺术构思过程的。此诗在艺术结构上，正是先有个人的实际感受，然后联系国家人民，提出自己的理想的。“茅屋”、“广厦”，便体现了这种联系。如果说一、二部分的风和雨突出了前者，第三部分则突出了后者，而“自经”二句，便把两者有机地结合起来。全诗就是这样自然形成一个艺术整体的。

此诗的句式和押韵形式，由于是七九言相间、平仄韵互换、句句和间隔押韵交叉，而在杜甫歌行诗中显得很有独创性。这些句式和押韵形式的运用，都是为全诗的艺术结构表现全诗的主题思想服务的。这些无疑都有借鉴的意义。

（原载《唐诗名篇赏析》，北京十月文艺出版社 1990 年版）

戏为六绝句（其一）

杜 甫

庾信文章老更成，凌云健笔意纵横。
今人嗤点流传赋，不觉前贤畏后生。

《戏为六绝句》这一组诗是杜甫在成都草堂时对学习和创作经验所作的艺术总结。用组绝形式评论古今作家，自述创作旨趣，这在中国诗史上，是一个创举。针对当时诗坛存在好古遗近、盲目自大的不良风气，组绝“持论极平，着眼极正”（张溍《杜诗注解》）。诗题以“戏”字冠首，意在避用训诫口气，淡化批评色彩，实则“中有刀尺”（赵次公注，见郭知达《九家集注杜诗》），很见学养。

此为组绝之第一首。对庾信的创作发表创见，对庾信作了充分肯定，艺术表现上的特点是高下相形，庄谐相间。

首先是高下相形笔法。前两句以居高临下之气势，热情赞扬庾信的杰出成就。上句指出“庾信文章”到“老”才“更”加“成”熟，取得“更”大的“成”就。下句进而说明，这种成就的生动体现，是通观古今，以“凌云健笔”，表达“纵横”万里的深广含“意”。后两句则对唐代论家任意贬低庾信的做法表示不满。“前贤”指庾，“后生”指论家。这里用《论语》“后生可畏”语意，借以表达自己的看法：论家对庾信的“嗤”笑指“点”，“不觉”应了《论语》这句古语，但这样的“后生”，貌若“可畏”，我却并“不觉”其可“畏”，因为他的批评很不客观。以高形下，是非自见。

其次是与前者紧密结合的庄谐相间的语调。前两句以严肃态度对庾信下了历史性定评。后两句用诙谐语调，对论家作了规讽。一庄一谐，映带成趣。在调色上增加了亮光，品味上添进了幽默感，显得“别有风致”（《唐宋诗醇》）。自从此诗问世，评定庾信才有了正确尺度。当时“论家”随意“嗤点”，盲目自大的不正之风，才得到一次有力清扫。

这是杜甫长期创作实践中用心血凝成的艺术精品。透过它的表层，不难看出，杜甫对庾信的评论中也渗入自我创作评估的潜在成分。杜甫诗作不也是经过安史之乱，到“老”才“更”加“成”熟，“成”就“更”大，以“凌云健笔”，“纵横”命“意”雄视百代，而死前却“百年歌”“苦”，“未见”“知音”（《南征》）吗？

（原载《中国诗词曲艺术美学大百科》，
四川辞书出版社 1992 年版）

绝句四首（其三）

杜　甫

两个黄鹂鸣翠柳，一行白鹭上青天。
窗含西岭千秋雪，门泊东吴万里船。

这是杜甫草堂后期七言组绝之一，是广德二年（764）春自阆州返成都后之作。它与前期的《绝句漫兴九首》、《江畔寻花七绝句》，“皆就所见掇拾成诗”（杨伦《杜诗镜铨》），而写法不同：前期为春传神，为花写照，多从微观着眼；后期为草堂风物剪影描容，多从宏观落笔。这是诗人在不同心态影响下的艺术结晶。杜甫绝句独创一格，有“音响稍谐”和“词气奇僻”（潘德舆《养一斋李杜诗话》）两种类型，此诗属于前者。

一年前杜甫在梓州“闻官军收河南河北”时，即拟出峡，曾写出“白日放歌”、“青春作伴”的欢快诗篇。现在，草堂春色重新唤起他出蜀的念头。这是诗人特为草堂留下的艺术录像。时隔千年，仍然是脍炙人口的佳什。其特点为：壮丽相宜，偶对成采。

把草堂风物交织成一幅壮美的图画，是本诗一大特点。全诗四句，每句各出一景，不是彼此孤立，而是相互结合。它把壮伟、秀丽等不同景色，艺术地摄入一首小诗中，是堪称“绝句创调”（潘德舆语）的。前两句写草堂近景。“两个黄鹂”和“鸣翠柳”，“一行白鹭”直“上青天”，艺术家对草堂自然景色是有取舍的。他不只精心挑选了黄、翠、白、青这样一些耀眼的字面，在为黄鹂、白鹭组成二部合唱和一列横队时，更注意到音响效果和数码编排。尤为难能可贵的，是那“一行”飞“上青天”的

"白鹭"，不只当时曾使诗人为之神往，至今还能引起读者类似的感受。它表明，诗人借助听觉与视觉来实现其创作意图，是极生动自然之致的。前人一面贬抑它为"拙句"，一面称道它是"奇作"（《漫叟诗话》），这并不奇怪。后两句写草堂远景。"窗"之"含"山，犹口之含物，"含"字很富形象感。雪山在成都之"西"，因积雪千年不化得名，又称西山。易山为"岭"，是出于平仄的考虑。"千秋雪"三字连用，很见气魄。上句不只显出草堂的壮观，主人翁高洁襟怀，从中也不难想见。旧时蜀人入吴皆从合江亭登舟，万里桥在其西。草堂门前正停泊着东下入吴的客船，下句虽是写实，但诗人出峡东下的意向，无形中已经暗示出来。这是一种意在言外的表达方式。万里之路，始于此桥，本是万里桥得名的由来。西山雪溶，春水方生，岂不是即将出峡的象征？"闻道巴山里，春船正好行"（《绝句三首》），杜甫同时之作，"正好"作为末句的注脚。此诗前后四句把壮伟秀丽的草堂风物艺术地加以集纳，与今天影视艺术中的剪接手法，颇有近似之处。"一句一绝"的写法，并不始于杜甫。杨慎曾对它的渊源作过考察。但杨慎看到此诗"意连句圆，未尝间断，便有神圣工巧"（《升庵诗话》）的特点，却很可注意。

把全诗构成两组偶句，贴切自然，情共采生，这是小诗的另一特点。前一组偶句描绘草堂景物，先耳后目，由下而上，十分讲究色彩的谐美。但"黄鹂"、"翠柳"，"白鹭"、"青天"，如果没有"两个"与"一行"、"鸣"与"上"等词语的组接，就无法生动地显示出春天的丽色。后一组偶句图写江山形胜，先远后近，由西向东，特别追求雄阔的意境。但"窗"与"门"、"西岭"与"东吴"，如果没有"含"与"泊"、"千秋雪"与"万里船"等词语的组接，也难以形象地表现出草堂的壮观。黄鹂鸣翠柳，已使人产生春意盎然的感觉；白鹭上青天，更教人触发为之神往的意念。窗中饱览西岭的千秋积雪，门外正泊东吴的万里归船。在两组联辞结采的偶句中，贯穿着同一的喜悦情调，这正是此诗的艺术魅力所在。杨慎曾举杜甫此诗作为“绝句四句皆对”的典范，并从理论上作了解说：“字句虽对，而意则一贯”，“然不相连属，即是律中四句也”。但胡应麟却声称，以律诗中四句作为绝句，这种写法是“以律为绝”，讥之为“断锦裂缯”（《诗薮》）。这是他对杜绝的一种偏见，是不足为训的。

（原载《中国诗词曲艺术美学大百科》，
四川辞书出版社 1992 年版）

宿江边阁

杜　甫

暝色延山径，高斋次水门。
薄云岩际宿，孤月浪中翻。
鹳鹤追飞静，豺狼得食喧。
不眠忧战伐，无力正乾坤。

大历元年（766）春，杜甫由云安到夔州，同年秋寓居夔州的西阁。阁在长江边，有山川之胜。此诗是未移寓前宿西阁之作。诗人通过不眠时的所见所闻，抒发了他关心时事、忧国忧民的思想感情。

首联对起。“暝色”句点明时间。一条登山小径，蜿蜒直抵阁前。“延”有接引意，联接“暝色”和“山径”，仿佛暝色是山径迎接来的一般，赋予无生命的自然景物以生趣。这句写出了苍然暮色自远而至之状。“高斋”指西阁，有居高临下之势。此句是说西阁位置临近雄踞长江边的瞿塘关。

诗人寄宿西阁，夜长不寐，起坐眺望。颔联写当时所见。诗人欣赏绝境的物色，为初夜江上的山容水态所吸引，写下了“薄云岩际宿，孤月浪中翻”的名句。对这两句，仇兆鳌解释说：“云过山头，停岩似宿。月浮水面，浪动若翻”是概括得很好的。薄薄的云层飘浮在岩腹里，就像栖宿在那儿似的。江上波涛腾涌，一轮孤独的明月映照水中，好像月儿在不停翻滚。这两句是改何逊“薄云岩际出，初月波中上”（《入西塞示南府同僚》）句而成，诗人从眼前生动景色出发，只换了四个字，就把前人现成的诗句和自己的真实感受结合起来，焕发出夺目的异彩。仇兆鳌把它比作张僧繇画龙，有“点睛欲飞”之妙。何诗写的是金陵附近西塞山前云起月出的向晚景色；杜诗写的是夔州附近瞿塘关上薄云依山、孤月没浪的初夜景致。夔州群山万壑，连绵不绝。飞云在峰壑中缓慢飘流，夜间光线暗淡，就像停留在那里一样。诗人用一个“宿”字，显得极为妥帖。夔州一带，江流向以波腾浪涌著称。此诗用“浪中翻”三字表现江上月色，飞动自然。诗人如果没有实感，是写不出来的。我们从这里可以悟出艺术表现上“青胜于蓝”的道理。

颈联写深夜无眠时所见所闻。这时传入耳中的，只有水禽山兽的声息。鹳，形似鹤的水鸟。鹳鹤等专喜捕食鱼介类生物的水鸟，白天在水面往来追逐，搜寻食物，此刻已停止了捕逐活动；生性贪狠的豺狼，这时又公然出来攫夺兽畜，争喧不止。这两句所表现的情景，切合夔州附近既有大江又有丛山的自然环境，也在一定程度上唤起人们对当时黑暗社会现实的联想。被鹳鹤追飞捕捉的鱼介，被豺狼争喧噬食的兽畜，不正是在战乱中被掠夺、压榨的劳动人民的一种象征吗？

尾联对结。中间两联都写诗人不眠时见闻。这一联才点出

“不眠”的原委。永泰元年（765）五月，杜甫离开成都草堂东下，次年春末来到夔州。这时严武刚死不久，继任的郭英乂因暴戾骄奢，为汉州刺史崔旰所攻，逃亡被杀。邛州牙将柏茂琳等又合兵讨崔，于是蜀中大乱。杜甫留滞夔州，忧念“战伐”，寄宿西阁时听到鹳鹤、豺狼的追逐喧嚣之声而引起感触。诗人早年就有“致君尧舜上”、“常怀契与稷”的政治抱负，而今漂泊羁旅，无力实现整顿乾坤的夙愿，社会的动乱使他忧心如焚，彻夜无眠。这一联正是诗人忧心国事的情怀和潦倒艰难的处境的真实写照。

此诗全篇皆用对句，笔力雄健，毫不见雕饰痕迹。它既写景，又写情；先写景，后写情。可说是融景入情、情景并茂的一首杰作。

（原载《唐诗鉴赏辞典》，上海辞书出版社 1983 年版）

宾 至

杜 甫

幽栖地僻经过少，老病人扶再拜难。
岂有文章惊海内，漫劳车马驻江干。
竟日淹留佳客坐，百年粗粝腐儒餐。
不嫌野外无供给，乘兴还来看药栏。

此上元元年（760）杜甫卜居成都草堂后作，诗题一作“有客”。《仪礼》之《士相见礼》、《乡饮酒礼》曾详介古代宾主相见的常仪，《易·需》又有“有不速之客三人来”之句，则诗题里的“宾”，当指事先通报“车马”而至的“贵介之宾”，有别于

"花径"不扫，"不速"而来的"相知之客"，从选辞上，是"各见用意所在"（陈秋田）的。《客至》题下作者原注"喜崔明府相过"，相亲之意可见。此诗却未确指"宾"之姓名，虽尊而实不亲，大约是杜甫不乐会晤之俗物，因而全诗表现出傲岸语气，且含嘲讽之意。

一、二句先写延客之状。草堂初建，居幽而地僻，绝少造访之人。忽闻通报，将有贵客来临，只得循礼恭迎。但"老病人扶"，"再拜"起伏，实感艰"难"。言外见出甚以酬应为苦的隐衷。

三、四句继写惊讶之情。"江干"，江边。从上句看，此宾当是耳闻杜甫文名，特通报相访的。杜甫说，我初到成都，哪有震"惊海内"的"文章"，竟然徒劳"车马"枉驾暂"驻江干"，实是大出意料的。"岂有"、"漫劳"四字，在这里起了宾主对称作用。我岂有文名，君徒劳过访。运用散文的笔调，驭律诗的对法，傲岸之态可掬，嘲讽之意自见，很能体现杜甫七律诗的特色。

五、六句续写款待之事。上句易"宾"为"客"，既避免与诗题犯复，也为了平仄协调。这句说：你这位"佳客"，入门就"坐"，"淹留""竟日"，我虽不能盛馔相饷，也算竭诚尽礼了。"百年"意同一生。下句说：我一生食唯"粗粝"，身为"腐儒"，款待不周，还望多多包涵。这是自谦中实含自伤之意。

七、八句特致歉意，兼邀贵客重来。"供给"指酒肴。"药栏"，花药之栏，"看药栏"，即言看花。诗人说：如果不嫌"野外""供给"菲薄，还望"乘兴"再"来看"花。在杜甫固不欲以能"文"自许，就对方说，则其人缺乏文化素养是不难想见的。嘲讽之意，就隐约可见了。

此诗诗题虽突出"宾"字，但在写法上，却处处以宾主对举，实际上突出的是抒情主人公，即诗人自己。从强调“幽栖”少客，迎“宾”为“难”到表明“岂有”文名，漫劳垂访，到如果不嫌简慢，还望重来看花，虽始终以宾主对言，却随处暗示主人公的简傲自负神态。因而，不妨把此诗看作杜甫接待俗客时的自画像。“岂有文章惊海内”，“百年粗粝腐儒餐”，在杜甫笔下，一为自谦之辞，一为自伤之语，但千秋万岁之后，在读者心目中，却成为诗人自慨平生的深刻写照。试想，一个不只“文章惊海内”，而且诗名垂千古的诗人，竟以“粗粝”终其一生，甚而自比于“腐儒”。他在当时不为人们所理解，实在是令人惋惜的。它很自然地使我们想起了鲁迅“我吃的是草，挤出的是奶”的名言。这位不知名姓的达官贵人，虽然耳闻杜甫文名，特意相访，也不过为了看花饮酒，他又怎能理解杜甫的伟大呢？

（原载《唐诗鉴赏辞典补编》，四川文艺出版社 1990 年版）

野望

杜　甫

西山白雪三城戍，南浦清江万里桥。
海内风尘诸弟隔，天涯涕泪一身遥。
惟将迟暮供多病，未有涓埃答圣朝。
跨马出郊时极目，不堪人事日萧条。

此为上元二年（761）在成都草堂作。诗以“野望”为题，是诗人跨马出郊时感伤时局，怀念诸弟的自我形象的生动刻画。诗人忧国、忧民、忆弟、自哀的真挚情思，洋溢于诗行中，使诗作散发出浓烈的艺术感染力。

首两句写野望时所见西山和锦江。“西山”在成都西，因主峰终年积雪，故以“白雪”形容。“三城”，松、维、保三州，(在今四川松潘、理县一带)，时驻军严防吐蕃入侵，是蜀地要镇。南浦，南郊外水滨。清江，锦江。万里桥，在成都城南。

中间四句是野望时生发的有关家国和个人的感怆。

三、四句由战乱推出怀念诸弟，自伤流落的情思，是全篇最能打动读者的诗行。“风尘”指安史之乱导致的连年战火。杜甫有四弟：颖、观、丰、占。只杜占从他入蜀，余均悬隔异地。此时“一身遥”客西蜀，如在天之一涯。诗人怀念家国，不禁“涕泪”横流。诗人把他的情怀尽量倾吐出来，给人以真实的印象。

五、六句又由“天涯”“一身”推出残年“多病”，“未”贡微力，无补“圣朝”的内愧。“供”，付托。“涓埃”，滴水、微尘，即言毫末之微。杜甫时年五十，故云已入“迟暮”之年。他叹息说：我只有将暮年付托给“多病”之身，但“未有”微末贡献报“答圣朝”，是很感惭愧的。

杜甫虽流落西蜀，而报效李唐王朝的夙愿，却始终没有停歇，足见他的爱国意识是很强烈的。中间四句，由于连用对偶而将其家国之忧、身世之感，特别是报效李唐王朝的心愿，做了艺术的概括。这是每一杜诗读者，都能从中获得的共同感受。不能因为出现了“圣朝”之类字面，便简单地判定它是诗人“愚忠”的表现。实际上，他是把李唐王朝当作“封建国家”的同义语的。

七、八句最后点出“野望”的方式和深沉的忧虑。“人事”，人世间的事。由于当时西山三城列兵防戍，蜀地百姓赋役负担沉重，杜甫深为民不堪命而对世事产生“日”转“萧条”的隐忧。这是结句用意所在。杜甫这种预感，终于在两年后，即广德元年(763)，为吐蕃攻陷三城的严峻现实所证实。他在著名组律《西山三首》中，就深刻地表达了他那时的观感。

杜甫是从草堂“跨马”走“出”南“郊”，纵目四“望”的。“南浦清江万里桥”是近望之景，“西山白雪三城戍”是远望之景。他由“三城戍”引出战乱的感叹，由“万里桥”兴起出蜀的意想。这中间四句是有关家国和个人忧念产生的缘由，也是杜甫“野望”诗中带实质性的内容。

杜甫“跨马出郊”，“极目”四“望”，本意是为了排遣郁闷。但爱国爱民的感情却驱迫他由“望”到的自然景观引出对国家大事、弟兄离别和个人经历的种种反思。一时间，报效国家、怀念骨肉和伤感疾病等等思想感情，结集心头。他特别为“迟暮”“多病”发愁，为“涓埃”未“答”抱愧。杜甫的爱国意识，跳动在诗行，撞击着读者心灵的窗扉。

此诗前三联写野望时思想感情的变化过程，即由向外观察进入向内审视，尾联才点明由外向到内向的原因。在艺术结构上，颇有控纵自如之妙。这种把向外观察和向内审视紧紧结合的艺术经验，对今天的读者仍然有借鉴的意义。

（原载《唐诗鉴赏辞典补编》，四川文艺出版社 1990 年版）

野人送朱樱

杜　甫

西蜀樱桃也自红，野人相赠满筠笼。
数回细写愁仍破，万颗匀圆讶许同。
忆昨赐沾门下省，退朝擎出大明宫。
金盘玉箸无消息，此日尝新任转蓬。

诗作于宝应元年（762）夏，时严武再次镇蜀。武父挺之与杜甫是旧交，故武曾几次枉驾草堂。与此同时，杜甫也常与田父野老往来。他不仅写了《遭田父泥饮美严中丞》的名篇，还有这一即兴佳作。

杜甫流寓成都，村农时以鲜果相赠，说明与邻里相处欢洽。前四句是情不自禁的艺术抒发。它以“平易委曲”之笔，“直书目前所见”，与禅家“信手拈来，头头是道”（《潜溪诗眼》）的旨趣不谋而合。

“西蜀樱桃也自红”，这是杜甫第三次入蜀后产生的亲切感受。成都的樱桃每到春天“也”同北方一样“自”然地垂下鲜“红”的果实。筠笼，竹篮。“野人相赠满筠笼”，村农以“满”篮鲜果“相赠”，实在是使人“满意”的。

“数回细写愁仍破，万颗匀圆讶许同。“写”，“传”移他器（据《礼记·曲礼上》注）。“愁”，忧虑。上句写樱桃成熟。诗人说，我数次把樱桃从篮中移置盘内，生恐伤损，却仍“愁”碰“破”。“万”，极言其多。“许”，这样。下句写樱桃大小相等。诗人说，樱桃“万颗匀圆”，令人惊“讶”：为何大小竟这样相“同”呢？二句写樱桃形体，却对果农栽培技术与辛勤劳动隐含赞美之意。这表达了每一品尝佳果的人的共同感受。确如范温所说，是“得人心所同然”，只不过一般作者“艰难不能发耳”。

杜甫虽流寓成都，但每有“不死会归秦”，“临危莫爱身”（《奉送严公入朝十韵》）的想望和心愿。因而容易忆起在长安的往事。由于“感兴皆出于自然”（范温），后四句便成为他忠爱之诚的由衷流露。

“忆昨赐沾门下省，早朝擎出大明宫”二句是追忆任左拾遗时在宫中蒙受恩赐，擎持归家的情景。左拾遗属门下省，它与中书省左右分处，如人两掖，故杜有《春宿左省》诗。“大明宫”中有“宣政殿”，中书、门下两省即在殿内。唐制，四月一日以

"内园"樱桃"荐寝庙"，更"颁""赐"百官（李绰《岁时记》）。杜甫早朝大明宫后，例蒙"颁""赐"。"赐沾"、"擎出"，恰是写实。

"金盘玉箸无消息，此日尝新任转蓬。"末两句把当年"赐沾"与"此日尝新"结合起来，引出无限感慨。大明宫中朝圣"赐沾"的故事，一去不返。诗人久离朝班，虽"金盘玉箸"，断"无消息"，但情景宛然在目。如今人在西蜀，又值春末夏初，野人相赠，再度"尝新"，少不了生起天涯流落之感。但诗人对此完全无能为力，只好一"任""蓬""转"萍飘了。言外很是愤愤不平。

这是一首咏物诗。它以"朱樱"作描写对象，用的是常见的今昔对比手法，却表达了诗人对供职门下省时的生活细节的深情忆念。这就从内容上增添了生活层面和感情厚度。它使我们看到：一个既与劳动群众友善又对王朝怀有厚爱的诗人的复杂感情，在诗中交织。需要指出的是，杜甫表现在后半的情思，绝非出于炫耀昔日经历的庸俗考虑，而是有慨于李唐王朝的衰落，不能再有献纳。这正体现了这位爱国诗人的心态。

以前的评论家每以王维《敕赐百官樱桃》、韩愈《和水部张员外宣政衙赐百官樱桃诗》与此诗相提并论，清人程学恂曾有王"最工"，杜"次之"，韩"又次之"之说。这当然不是定评。原因在于，王、韩二诗都专写"敕赐"时情事，不同的只是王自咏，韩和人，但均未超出"颂圣"范围。杜甫则由西蜀的现实引出长安的往事，而流寓人未忘报效国家的忠爱之思，便从中得到表现。宋代范温早就指出韩作与杜作"相去甚远"。近人郭曾炘也说杜作"非"王"可比例"。他们都能从内容出发来评定甲乙，看法是可取的。

昔人谓"杜诗咏物，俱有自家意思，所以不可及"（《岘斋诗话》）。此诗可贵处，就在于能画出一个飘零中的故杜拾遗来。与此相适应，此诗“终篇语皆遒丽”。樱桃“自红”，野人“相赠”，“忆昨赐沾”，“早朝擎出”，“此日尝新”，都以遒劲取胜，而“细写愁仍破”，“匀圆讶许同”与“金盘玉箸无消息”等，则又显得很明丽。这大约就是王、韩《樱桃》诗赶不上杜作的主要原因。

（原载《唐诗鉴赏辞典补编》，四川文艺出版社1990年版）

送　远

杜　甫

带甲满天地，胡为君远行！
亲朋尽一哭，鞍马去孤城。
草木岁月晚，关河霜雪清。
别离已昨日，因见古人情。

杜甫乾元二年（759）离秦州，此诗“不言所送，盖自送”（浦起龙）之作。

首句提出一个严峻而又矛盾的问题。“带甲”，全副武装的战士。“满天地”意即遍地皆兵。此诗开头就以新颖的语言、矫健的笔力，把读者的感情带进诗行。

次句“君”乃诗人自指。作者向自己发问：兵乱连天，为何在这样的时刻“远行”？对此作者虽无回答，却是很能引起读者的兴趣的。

“亲朋”二句写启程时的情景。亲友同声一哭，是因为正值乱离，不知此后能否重逢。而诗人则无言地登上“鞍马”，他实际上也是含着眼泪，告别孤城秦州而远去的。一边有声的痛哭，一边无声的饮泣，这是一个多么令人感动的场景。

“草木”二句点出远行的时间和征途的感受。“草木”零落，时入岁暮。“霜雪”飘洒，关河冷清。恰是辞别亲友后途中景致。此联“岁月”二字本当用平，诗人出于内容上的考虑，突破声律常格，上句全用仄，下句四字用平。用拗峭的语言，状寒冬的旅程，成为杜甫五律中以入代平的一个诗例，有其值得借鉴之处。

“别离”二句回忆亲朋相送的情谊。与亲朋“别离”虽“已”成“昨日”，由于感念难忘，仿佛就在今天。由此可“见”，“古人”殷殷惜别，是有深“情”厚意的。这里字面上在说“古人”，言外实寓有世态炎凉、人情淡薄的意思。

诗以“送远”为题，但从后四句看，“当是就道后作”。这样，前四句应是“从道中追写起身时之情事”（浦起龙）。作为一首“自送”诗，我们不难想象：这是诗人创作激情喷薄而出的艺术体现。沈德潜极赞此诗开头是“何等起手”，浦起龙更用“感慨悲歌”四字盛誉前四句，都是很能把握此诗的艺术特色的。

杜甫在战火纷飞的时刻，离秦州，入蜀道，却并无一个明确的目的。离别时虽然亲朋同声“一哭”，却无人以诗相送，情景是颇为凄凉的。为了自壮“行色”，他“就道”后补写了这首名作。这和他天宝十四年“免河西尉，为右卫率府兵曹”时所写《官定后戏赠》，很有点近似。不同的是，那首诗写于安史之乱前夕，纯出游“戏”笔墨，而且“微禄”“耽酒”，“圣朝”“狂歌”，还可为“故山归兴”，“向风”“回首”。而这首诗则写于安史之乱中“带甲满天地”的时刻。“鞍马”入蜀，茫茫前路，还不知依“托”何人。哪还有以笔墨为游“戏”的闲情。回味“昨日”告别场景，想“见”“古人”惜别“情”意，宜乎要“感慨悲歌”，放声长吟了。

（原载《唐诗鉴赏辞典补编》，四川文艺出版社 1990 年版）

诸 将（其五）

杜 甫

锦江春色逐人来，巫峡清秋万壑哀。
正忆往时严仆射，共迎中使望乡台。
主恩前后三持节，军令分明数举杯。
西蜀地形天下险，安危须仗出群才。

《诸将》是杜甫大历元年（766）秋在夔州用政论体写的著名七言组律。安史之乱虽平，边患却未根除。组律指斥武将们的种种失误，意在激励他们的爱国意识。它从不同侧面，对武将进行评骘，用由远及近的写法、鉴往警来的方式，“纵横开合”（郝敬），构成一个艺术整体，显示了诗人对国家防务的深切关注，也是他在七律诗创作上的一个创造性贡献。“前三首皆道两京之事。”（黄生）一、二首写吐蕃侵犯长安，发掘陵墓及借助回纥平定吐蕃，而回纥、吐蕃又连兵入寇，告诫诸将不应安享尊荣，放弃职守。第三首写洛阳连遭安史乱军焚毁，后史部降将拥兵割据，诸将又不知屯田务农，自储军食。后两首则“道南中”及西蜀之事。四首写南诏、吐蕃联结，南疆不靖，诸将但享爵禄，不图为国效忠。五首则有感于蜀中将帅平庸，起兵作乱之迭起，因而对严武镇蜀才略表示追思。这是组律中通篇用赞美口气歌唱已故镇蜀将领的众口交誉之佳什。

“锦江春色逐人来”，杜甫于大历元年五月离开成都草堂。虽然已入夏令，而“锦江春色”好像就在眼前。“逐”有随意。“逐人来”即言紧紧跟随人后不肯离去，“锦江春色”因这三字而收到人格化的艺术效果，并具有永久的艺术魅力。诗人用他对成都风物的美好回忆作为最佳赞辞。以此开端，使人立即忆起了他写于成都的《登楼》中的名句："锦江春色来天地。"由于"锦江春色"使诗人难以忘怀，他的创作激情一下子便迸发出来。

"巫峡清秋万壑哀。"杜甫客成都时，曾入严武幕，严死不久，他出蜀东下，流寓夔州。时距严武之死，才逾一年。夔州地接巫峡，又值秋季，诗人回忆成都旧游，不禁百感交集，顿觉"万壑"生"哀"，很自然地就触动了对去世未久的严武的深切悼念。通过锦江、巫峡两地不同时令特征的表现，不仅为后面展示诗人对严武的回忆，制造了合适的气氛，单就诗句本身而论，也是很有艺术吸引力的。

"正忆往时严仆射，共迎中使望乡台。"二句追"忆"在严武幕时，曾陪严武于望乡台"共迎中使"的"往"事。情景依然，谁知严已成古人。严武死后，追赠尚书左仆射，故以"仆射"相称。"中使"，宦官，皇帝所派宫中特使。"望乡台"，在成都城北。

"主恩前后三持节，军令分明数举杯。"接前两句写了严武镇蜀业绩。上句写唐"主恩"宠之隆。严武独当一面，剖符"持节"，一任东川节度使，两任剑南节度使。"三持节"是对严这一经历的最好概括。这句与《八哀诗》的"三掌华阳兵"命意全同。下句写严武的儒将风度。严武治军甚严，令出如山，赏罚分明，但又好整以暇，多次与杜甫"举杯"饮酒，开怀赋诗，不愧兼擅文经武略。"数举杯"三字，可说是百忙中的一个闲笔。

"西蜀地形天下险，安危须仗出群材。"西蜀北有剑门，东有夔巫，"地形"号"天下""险"阻。"形胜之地，匪亲勿居"（张载《剑阁铭》）已是向来定评。严武坐镇其间，实李唐王朝最

“须”倚“仗”的“出群”之“材”。末二句是对严武镇蜀整个历史过程的艺术概括，也是对他文武全才的充分肯定。

严武上元二年（761）再次镇蜀，后为高适取代。接着就有徐知道的叛乱及松、维、保三州的陷落。广德二年（764）第三次镇蜀，曾大破吐蕃兵。后“以疾终”，郭英乂代之，不数月而有崔旰之乱，英乂被杀。“安”作动词用，“安危”犹言转危为安。赵次公解作“安其危”，是确切的。“安危”句与诗人写于成都的《奉待严大夫》“重镇还须济世才”是同一用意。它是全诗的高潮和总结。诗人的激情在这里再次得到艺术体现。它深刻指出，如果西蜀付托非人，随时都有出现严峻形势的可能性。这不单是郑重提醒当时的诸将，还是对后来治蜀者的一个重要忠告。

这是一首“议论时事”，可当“纪传”读的七律诗。开头、结尾都以激情取胜。中间两联把严武治蜀业绩与自己的有关活动，用追“忆”笔调娓娓道出，与一般“吟风弄月，登眺游览”的“任兴漫作”，迥然有别。没有杜甫“忧时之真心”和“识学笔力”（《杜诗本义》），是绝对写不出来的。黄生曾说“他人诗皆从纸上写出，惟公诗从胸中流出，口中道出”，且“神情面目，俨然可想，所以千秋犹有生气”。此诗起结处爆出的关怀国事的激情，中间两联感发的僚友深情挚谊，正是它能产生“千秋”“生气”的重要艺术标志。

（原载《唐诗鉴赏辞典补编》，四川文艺出版社 1990 年版）

咏怀古迹五首（其二）

杜　甫

摇落深知宋玉悲，风流儒雅亦吾师。怅望千秋一洒泪，萧条异代不同时。江山故宅空文藻，云雨荒台岂梦思？最是楚宫俱泯灭，舟人指点到今疑。

《咏怀古迹五首》“借古迹以见己怀”（王嗣奭《杜臆》）与箴规武将的《诸将五首》，都是杜甫“以一身之全力”，“竭”尽“心思”（卢世㴶《杜诗胥钞》）完成的七言组律巨什。它们同《秋兴八首》俱为杜甫在夔州时期对律诗的创造性贡献。

组律分咏古代杰出作家庾信、宋玉，有牺牲精神的王昭君和三国时期君臣际会的刘备、诸葛亮。王嗣奭认为一、二首怀庾、宋，有“以斯文为己任”之意，很善于领会诗人创作意图。杜甫遭安史之乱，经历逃窜被俘，拜官获谴，弃官由陇入蜀的风尘漂泊生涯，与庾信遭侯景之乱，奔江陵，聘西魏，长留北周的丧乱流离生活，颇为近似。杜甫到夔州后，继关辅时期再次出现艺术高峰，与庾信由南入北后，写出以《哀江南赋》为代表、具划时代意义的艺术作品的创作历程尤为相同。由于杜甫在生活与创作上能同庾信唤起共鸣，故组律（一）首先咏到了他。但杜甫由宋玉归州故宅而生起对宋玉为人、特别是文采风流的倾慕与怀念，在组律（二）中更显示了杜甫在创作上以宋玉自许的意向。它的特点是怀贤意重，寓感情悲。

卢世㴶说杜甫“为古人写照”，这一特点在诗行中表现很突出。首联从宋玉《九辩》首章“悲哉秋之为气也，萧瑟兮草木摇落而变衰”的“摇落”、“悲”三字作头尾，“坎廪”、“悲愁”的情志，便蕴蓄其中。王逸曾说宋玉“闵惜其师（屈原）忠而放逐”，故作《九辩》“以述其志”（《楚辞章句》）。杜甫认真研读宋玉作品后，对他作深刻认“知”，是有别于泛泛发慨的。杜甫客寓成都时，就在《戏为六绝句》中发表过“亲风雅”、“攀屈宋”的著名见解。在杜甫心目中，宋玉地位仅次于屈原。“风流”指宋为人，“儒雅”指宋文学造诣。“亦”字很有分寸。杜甫认为，在风流、儒雅两方面，宋玉也是堪为“吾师”的。次联写对宋玉的“深知”。诗人因宋玉名垂不朽，而在“千秋”之后“怅望”“洒泪”。又因宋玉“萧条”身世与己相同而发出“异代”暌隔，“不”与“同时”的叹恨。三联就宋的风流儒雅作了刻画。归州、荆州都有宋玉宅，此指前者。因它位于长江三峡中，故以“江山”二字概括。上句说宋玉虽往，而“江山”依旧，“故宅”犹存，“文藻”长留，“空”字是对人而言。下句就宋玉讽谏楚襄王的《高唐赋》的意义作了深刻阐发。他把楚怀王游高唐，梦见神女，自言“在巫山之阳，高丘之阻，旦为朝云，暮为行雨，朝朝暮暮，阳台之下”的传说，锻冶成句，并下了著名论断。行云行雨，阳台荒忽。宋玉的创作目的是“以讽淫惑”，“乃假托之词”，“非真有梦也”（沈德潜《唐诗别裁》）。顾宸称赞“岂”字用得“妙”。怀王“何曾有是梦”，不过“文人之寓言耳”（《杜诗心解》）。对高唐神女的传说，历来就有不同理解。杜甫探索宋玉作赋本旨，从崇高意义上给予评价，不愧为“深知”宋玉的伟大作家，而杜甫愿奉宋玉为“师”的原因正在这里。尾联特以“楚宫”与宋玉“故宅”对照。前者“俱”“灭”，而后者独存。行“舟”之“人”到今“指点”“楚宫”，表示怀“疑”。相形之下，宋玉故宅却灵光岿然。诗人有意借楚宫“抬托”（浦起龙）故宅，抑扬之意是十分清楚的。它同李白以“屈平词赋”对照“楚王台榭”，一则如天“悬日月”，一则“空”剩下“山丘”（《江上吟》)，用意是相同的。

在诗行中更能引起读者兴趣的是后一特点。杨伦说，《咏怀古迹五首》“咏古即咏怀，一面当作两面看”，堪称善解。宋玉因“摇落”而为“秋”气兴“悲”，但“萧瑟”秋气，仅仅是触发“悲”感之外因。杜甫“深知”宋玉“悲”“秋”源于对国事的关怀。郁陶思君，君门九重，猛犬迎吠，关梁不通。宋玉能为屈原述志抒情，故杜甫对他的“风流儒雅”极表倾慕，而这种情志正是杜甫平时所怀抱的。

首联“宋玉悲”、“亦吾师”等字包含着他的多少“悲”愁。“怅望千秋”，“一洒”“闵”惜之“泪”，身世“萧条”，自恨“不”与“同时”。次联最能深刻表达“以文章同调相怜”(杨伦)的情怀。由于用流水对法，诗人的悲感如江波沿流直下，他为自己开出一条倾泻感情的艺术渠道。江山故宅，惟见文藻长留，云雨荒台，岂有梦思可托。本为讽谏，全属寓言。诗人由后人误解宋玉作品，“玉之心有不白于千秋异代者”，而“有感平生著述”(蒋绍孟语，《杜诗镜铨》引)，难遇知音，顿兴悲情。最后，杜甫以楚宫俱灭与故宅犹存相形。他深知代表时代和人民的作品绝不会“泯灭”，也相信千秋之后自己的创作终会遇到解人。这就是他在诗末寓托的“己怀”。

“文章千古事，得失寸心知。”(《偶题》)杜甫一面对宋玉表示敬重与悼惜，一面透露自伤与自信。他把这两种情思艺术地统一在为宋玉“写照”的诗作中，从而推出以《咏怀古迹》为代表的崭新诗歌艺术品种。

他“以斯文为己任”的创作意图，是很明显的。

(原载《中国诗词曲艺术美学大百科》，
四川辞书出版社 1992 年版)

阁夜

杜　甫

岁暮阴阳催短景，天涯霜雪霁寒宵。
五更鼓角声悲壮，三峡星河影动摇。
野哭千家闻战伐，夷歌数处起渔樵。
卧龙跃马终黄土，人事音书漫寂寥。

这是大历元年冬杜甫寓居夔州西阁时所作。当时西川军阀混战，连年不息；吐蕃也不断侵袭蜀地。而杜甫的好友郑虔、苏源明、李白、严武、高适等都先后死去。感时忆旧，他写了这首诗，表现出异常沉重的心情。

开首二句点明时间。首句岁暮，指冬季；阴阳，指日月；短景，指冬天日短。一“催”字，形象地说明夜长昼短，使人觉得光阴荏苒，岁序逼人。次句天涯，指夔州，又有沦落天涯意。当此霜雪方歇的寒冬夜晚，雪光明朗如昼，诗人对此凄凉寒怆的夜景，不由感慨万千。

“五更”二句，承次句“寒宵”，写出了夜中所闻所见。上句鼓角，指古代军中用以报时和发号施令的鼓声、号角声。晴朗的夜空，鼓角声分外响亮，值五更欲曙之时，愁人不寐，那声音更显得悲壮感人。这就从侧面烘托出夔州一带也不太平，黎明前军队已在加紧活动。诗人用“鼓角”二字点示，再和“五更”、“声悲壮”等词语结合，兵革未息、战争频仍的气氛就自然地传达出来了。下句说雨后玉宇无尘，天上银河显得格外澄澈，群星参差，映照峡江，星影在湍急的江流中摇曳不定。景色真是够美的。前人赞扬此联写得“伟丽”。它的妙处在于：通过对句，诗人把他对时局的深切关怀和三峡夜深美景的欣赏，有声有色地表现出来，诗句气势苍凉恢廓，音调铿锵悦耳，辞采清丽夺目，“伟丽”中深蕴着诗人悲壮深沉的情怀。

“野哭”二句，写拂晓前所闻。一闻战伐之事，就立即引起千家的恸哭，哭声传彻四野，其景多么凄惨！夷歌，指四川境内少数民族的歌谣。夔州是民族杂居之地。杜甫客寓此间，渔夫樵子不时在夜深传来“夷歌”之声。“数处”言不只一起。这两句把偏远的夔州的典型环境刻画得很真实：“野哭”与“夷歌”，一个富有时代感，一个具有地方性。对这位忧国忧民的伟大诗人来说，这两种声音都使他倍感悲伤。

“卧龙”二句，诗人极目远望夔州西郊的武侯庙和东南的白帝庙，而引出无限感慨。卧龙，指诸葛亮。跃马，化用左思《蜀都赋》“公孙跃马而称帝”句，意指公孙述在西汉末乘乱据蜀称帝。杜甫曾屡次咏到他：“公孙初据险，跃马意何长？”（《白帝城》）“勇略今何在？当年亦壮哉！”（《上白帝城二首》）一世之雄，而今安在？他们不都成了黄土中的枯骨吗？“人事音书”，词意平列。漫，任便。这句是说，人事与音书，如今都只好任其寂寞了。结尾二句，流露出诗人极为忧愤感伤的情绪。沈德潜说：“结言贤愚同尽，则目前人事，远地音书，亦付之寂寥而已。”（《唐诗别裁》）像诸葛亮、公孙述这样的历史人物，不论他是贤是愚，都同归于尽了。现实生活中，征戍、诛掠更造成广大人民的伤亡，我眼前这点寂寥孤独，又算得了什么呢？这话看似自遣之词，实际上却充分反映出诗人感情上的矛盾与苦恼。“志士幽人莫怨嗟，古来材大难为用！”（《古柏行》）“英雄余事业，衰迈久风尘。”（《上白帝城二首》）这些诗句正好传达出诗中某些未尽之意。卢世漼认为此诗“意中言外，怆然有无穷之思”，是颇有见地的。

此诗向来被誉为杜律中的典范性作品。诗人围绕题目，从几个重要侧面抒写夜宿西阁的所见所闻所感，从寒宵雪霁写到五更鼓角，从天空星河写到江上洪波，从山川形胜写到战乱人事，从当前现实写到千年往迹。气象雄阔，仿佛把宇宙笼入毫端，有上天下地、俯仰古今之概。胡应麟称赞此诗“气象雄盖宇宙，法律细入毫芒”，并说它是七言律诗的“千秋鼻祖”①，是很有道理的。

（原载《唐诗鉴赏辞典》，上海辞书出版社 1983 年版；
又载《袖珍唐诗鉴赏辞典》，上海辞书出版社 2003 年版）

九日

杜甫

重阳独酌杯中酒，抱病起登江上台。
竹叶于人既无分，菊花从此不须开。
殊方日落玄猿哭，旧国霜前白雁来。
弟妹萧条各何在，干戈衰谢两相催！

此诗是大历二年（767）重九日杜甫在夔州登高之作。诗人联系两年来客寓夔州的现实，抒写自己九月九日重阳登高的感慨，思想境界和艺术造诣都远在一般登高篇什之上。

首联表现了诗人浓烈的生活情趣。诗人在客中，重阳到来，一时兴致勃发，抱病登台，独酌杯酒，欣赏九秋佳色。诗人酷好

① 胡应麟《诗薮·内编》卷五：“老杜七言律全篇可法者，紫宸殿退朝、九日、登高、送韩十四、香积寺、玉台观、登楼、阁夜、崔氏庄、秋兴八篇，气象雄盖宇宙，法律细入毫芒，自是千秋鼻祖。”

饮酒、热爱生活的情态，便在诗行中活现。

颔联诗笔顿转。重九饮酒赏菊，本是古代高士的传统，可是诗人因病戒酒，虽“抱病”登台，却“无分”饮酒，遂也无心赏菊。于是诗人向菊花发号施令起来：“菊花从此不须开!”这一带着较强烈主观情绪的诗句，妙趣神来，好像有些任性，恰好证明诗人既喜饮酒，又爱赏菊。而诗人的任性使气，显然是他艰难困苦的生活遭遇使然。这一联，杜甫巧妙地使用借对（亦即沈德潜所谓“真假对”），借“竹叶青”酒的“竹叶”二字与“菊花”相对，“萧散不为绳墨所窘”（《诗人玉屑》），被称为杜律的创格。菊花虽是实景，“竹叶”却非真物，然而由于字面工整贴切，特别显得新鲜别致，全联遂成为历来传诵的名句。

颈联进一步写诗人瞩目遐思，因景伤情，牵动了万千愁绪。诗人独身漂泊异地，日落时分听到一声声黑猿的啼哭，不免泪下沾裳。霜天秋晚，白雁南来，更容易触发诗人思亲怀乡的感情。诗中用他乡和故园的物候作对照，很自然地透露了诗人内心的隐秘：原来他对酒停杯，对花辍赏，并不只是由于病肺，更是因为乡愁撩人啊!

尾联以佳节思亲作结，遥怜弟妹，寄托飘零寥落之感。上句由雁来想起了弟妹音信茫然；下句哀叹自己身遭战乱，衰老多病。诗人一边诅咒“干戈”像逼命似的接连发生，一边惋惜岁月不停地催人走向死亡，对造成生活悲剧的根源——“干戈”，发泄出更多的不满情绪。这正是诗人伤时忧国的思想感情的直接流露。

此诗由因病戒酒，对花发慨，黑猿哀啼，白雁南来，引出思念故乡，忆想弟妹的情怀，进而表现遭逢战乱，衰老催人的感伤。结尾将诗的主题升华，诗人登高，不仅仅是思亲，更多的是伤时，正所谓“杜陵有句皆忧国”。此诗全篇皆对，语言自然流转，苍劲有力，既有气势，更见性情。句句讲诗律却不着痕迹，很像在写散文；直接发议论而结合形象，毫不感到枯燥。写景、叙事又能与诗人的忧思关合很紧。笔端蓄聚感情，主人公呼之欲出，颇能显示出杜甫夔州时期七律诗的悲壮风格。

（原载《唐诗鉴赏辞典》，上海辞书出版社 1983 年版；
又载《袖珍唐诗鉴赏辞典》，上海辞书出版社 2003 年版；
又载《古诗分类鉴赏系列·节令篇》，上海辞书出版社 1996 年版）

登高

杜　甫

风急天高猿啸哀，渚清沙白鸟飞回。
无边落木萧萧下，不尽长江滚滚来。
万里悲秋常作客，百年多病独登台。
艰难苦恨繁霜鬓，潦倒新停浊酒杯。

此诗是杜甫大历二年（767）秋在夔州时所写。夔州在长江之滨。全诗通过登高所见秋江景色，倾诉了诗人长年漂泊、老病孤愁的复杂感情，慷慨激越，动人心弦。杨伦称赞此诗为“杜集七言律诗第一”（《杜诗镜铨》），胡应麟《诗薮》更推重此诗精光万丈，是古今七言律诗之冠。

前四句写登高见闻。首联对起。诗人围绕夔州的特定环境，用“风急”二字带动全联，一开头就写成了千古流传的佳句。夔州向以猿多著称，峡口更以风大闻名。秋日天高气爽，这里却猎猎多风。诗人登上高处，峡中不断传来“高猿长啸”之声，大有“空谷传响，哀转久绝”（《水经注·江水》）的意味。诗人移动视线，由高处转向江水洲渚，在水清沙白的背景上，点缀着迎风飞翔、不住回旋的鸟群，真是一幅精美的画图。其中，天、风，沙、渚，猿啸、鸟飞，天造地设，自然成对。不仅上下两句对，而且还有句中自对，如上句“天”对“风”，“高”对“急”；下句“沙”对“渚”，“白”对“清”，读来富有节奏感。经过诗人的艺术提炼，十四个字，字字精当，无一虚设，用字遣词“尽谢斧凿”，达到了奇妙难名的境界。更值得注意的是：对起的首句，末字常用仄声，此诗却用平声入韵。沈德潜因有“起二句对举之中仍复用韵，格奇而变”（《唐诗别裁》）的赞语。

颔联集中表现了夔州秋天的典型特征。诗人仰望茫无边际、萧萧而下的木叶，俯视奔流不息、滚滚而来的江水，在写景的同时，便深沉地抒发了自己的情怀。“无边”“不尽”，使“萧萧”“滚滚”更加形象化，不仅使人联想到落木窸窣之声、长江汹涌之状，也无形中传达出韶光易逝、壮志难酬的感怆。透过沉郁悲凉的对句，显示出神入化之笔力，确有“建瓴走坂”、“百川东注”的磅礴气势。前人把它誉为“古今独步”的“句中化境”，是有道理的。

前两联极力描写秋景，直到颈联，才点出一个“秋”字。“独登台”，则表明诗人是在高处远眺，这就把眼前景和心中情紧密地联系在一起了。“常作客”，指出了诗人漂泊无定的生涯。“百年”，本喻有限的人生，此处专指暮年。“悲秋”两字写得沉痛。秋天不一定可悲，只是诗人目睹苍凉恢廓的秋景，不由想到自己沦落他乡、年老多病的处境，故生出无限悲愁之绪。诗人把久客最易悲秋，多病独爱登台的感情，概括进一联“雄阔高浑，实大声弘”的对句之中，使人深深地感到了他那沉重地跳动着的感情脉搏。此联的“万里”、“百年”和上一联的“无边”、“不尽”，还有相互呼应的作用：诗人的羁旅愁与孤独感，就像落叶和江水一样，推排不尽，驱赶不绝，情与景交融相洽。诗到此已给作客思乡的一般含意，添上久客孤独的内容，增入悲秋苦病的情思，加进离乡万里、人在暮年的感叹，诗意就更见深沉了。

尾联对结，并分承五六两句。诗人备尝艰难潦倒之苦，国难家仇，使自己白发日多，再加上因病断酒，悲愁就更难排遣。本来兴会盎然地登高望远，现在却平白无故地惹恨添悲，诗人的矛盾心情是容易理解的。前六句"飞扬震动"，到此处"软冷收之，而无限悲凉之意，溢于言外"（《诗薮》）。

诗前半写景，后半抒情，在写法上各有错综之妙。首联着重刻画眼前具体景物，好比画家的工笔，形、声、色、态一一得到表现。次联着重渲染整个秋天气氛，好比画家的写意，只宜传神会意，让读者用想象补充。三联表现感情，从纵（时间）、横（空间）两方面着笔，由异乡漂泊写到多病残生。四联又从白发日多，护病断饮，归结到时世艰难是潦倒不堪的根源。这样，杜甫忧国伤时的情操，便跃然纸上。

此诗八句皆对。粗略一看，首尾好像"未尝有对"，胸腹好像"无意于对"。仔细玩味，"一篇之中，句句皆律，一句之中，字字皆律"。不只"全篇可法"，而且"用句用字"，"皆古今人必不敢道，决不能道者"。它能博得"旷代之作"（均见胡应麟《诗薮》）的盛誉，就是理所当然的了。

（原载《唐诗鉴赏辞典》，上海辞书出版社1983年版；
又载《古诗文鉴赏辞典》，上海辞书出版社2004年版；
又载《袖珍唐诗鉴赏辞典》，上海辞书出版社2003年版；
又载《文学鉴赏辞典精品集萃》，上海辞书出版社2004年版；
又载《古诗分类鉴赏系列·秋思篇》，上海辞书出版社1996年版）

江汉

杜甫

江汉思归客，乾坤一腐儒。
片云天共远，永夜月同孤。
落日心犹壮，秋风病欲苏。
古来存老马，不必取长途。

大历三年（768）正月，杜甫自夔州出峡，流寓湖北江陵、公安等地。这时他已 56 岁，北归无望，生计日蹙。此诗以首句头两字“江汉”为题，正是漂泊流徙的标志。尽管如此，诗人孤忠仍存，壮心犹在，此诗就集中地表现了一种到老不衰、顽强不息的精神，十分感人。

“江汉”句，表现出诗人客滞江汉的窘境。“思归客”三字饱含无限的辛酸，因为诗人思归而不能归，成为天涯沦落人。“乾坤”代指天地。“乾坤”句包含“自鄙而兼自负”这样两层意思，妙在“一腐儒”上冠以“乾坤”二字。“身在草野，心忧社稷，乾坤之内，此腐儒能有几人?”（《杜诗说》）黄生对这句诗的理解，是深得诗人用心的。

“片云”二句紧扣首句，对仗十分工整。通过眼前自然景物的描写，诗人把其“思归”之情表现得很深沉。他由远浮天边的片云、孤悬明月的永夜，联想到自己客中情事，仿佛自己就与云、月共远同孤一样。这样就把自己的感情和身外的景物融为一片。诗人表面上是在写片云孤月，实际是在写自己：虽然远在天外，他的一片忠心却像孤月一样的皎洁。昔人认为这两句“情景相融，不能区别”，是很能说明它的特点的。

“落日”二句直承次句，生动形象地表现出诗人积极用世的精神。《周易》云：“君子以自强不息。”这恰好说明：次句的腐儒，并非纯是诗人对自己的鄙薄。上联明明写了永夜、孤月，本联的落日就绝不是写实景，而是用作比喻。黄生指出，“落日乃借喻暮齿”是咏怀而非写景。否则一首律诗中，既见孤月，又见落日，是自相矛盾的。他的话很有道理。落日相当于“日薄西山”的意思。“落日”句的本意，就是“暮年心犹壮”。它和曹操“烈士暮年，壮心不已”（《步出夏门行·龟虽寿》）的诗意，是一致的。就律诗格式说，此联用的是借对法。“落日”与“秋风”相对，但“落日”实际上是比喻“暮年”。“秋风”句是写实。“苏”有康复意。诗人漂流江汉，面对飒飒秋风，不仅没有悲秋之感，反而觉得“病欲苏”。这与李白“我觉秋兴逸，谁云秋兴悲”的思想境界颇为相似，表现出诗人身处逆境而壮心不已的精神状态。胡应麟《诗薮·内篇》卷四赞扬此诗的二、三联“含阔大于沉深”，是十分精当的。

这两联诗的意境，苏轼曾深得其妙。他贬谪岭外、晚年归来时，曾有诗云“浮云世事改，孤月此心明”（《次韵江晦叔二首》），表明他不因政治上遭到打击迫害，而改变自己匡国利民的态度。“孤月此心明”实际上就是从杜诗“永夜月同孤”和“落日心犹壮”两句化用而成的。

“古来”二句，再一次表现了诗人老当益壮的情怀。“老马”用了《韩非子·说林上》“老马识途”的故事：齐桓公伐孤竹返，迷惑失道，后接受管仲“老马之智可用”的建议，放老马而随之，果然“得道”。“老马”是诗人自比，“长途”代指驱驰之力。诗人指出，古人存养老马，不是取它的力，而是用他的智；我虽是一个“腐儒”，但心犹壮，病欲苏，同老马一样，并不是没有一点用处的。诗人在这里显然含有怨愤之意：莫非我真是一个毫无可取的腐儒，连一匹老马都不如吗？这是诗人言外之意，是从诗句中自然流露出来的。

此诗用凝练的笔触，抒发了诗人怀才见弃的不平之气和报国思用的慷慨情思。诗的中间四句情景相融，妙合无垠，有着强烈的艺术感染力，历来为人所称道。

（原载《唐诗鉴赏辞典》，上海辞书出版社1983年版；又载《古诗分类鉴赏系列·壮志篇》,上海辞书出版社1996年版）

南征

杜　甫

春岸桃花水，云帆枫树林。
偷生长避地，适远更沾襟。
老病南征日，君恩北望心。
百年歌自苦，未见有知音。

此诗是大历四年（769）春，杜甫由岳阳往长沙途中所作。这时距他去世只有一年。诗篇反映了诗人死前不久极度矛盾的思想感情。

“春岸”二句写南行途中的春江景色。春水方生，桃花夹岸，锦浪浮天；云帆一片，征途千里，极目四望，枫树成林。这是一幅多么美妙迷人的大自然图景。

“偷生”二句表现了诗人长年颠沛流离、远适南国的羁旅悲愁。如果是一次愉快的旅行，面对眼前的美景，诗人应该分外高兴。可诗人光景无多，前途渺茫，旅程中的忧郁情怀与春江上的盎然生意，就很不协调。触景伤情，怎能不泣下沾襟呢？

“老病”二句，道出了诗人自己思想上的矛盾。诗人此时已是年老多病之身，按理应当北归长安，然而命运却迫使他南往衡湘，这不是很可悲吗？但即使这样，诗人仍然一片忠心，想往着报效朝廷。“君恩”当指经严武表荐，蒙授检校工部员外郎一事。这里，诗人运用流水对，短短十个字，凝聚着丰富的内容。“南征日”、“北望心”六字，通过工对，把诗人的矛盾心情加以鲜明对照，给人很深的印象。

诗人“老病”还不得不“南征”，“百年”二句对此作了回答。杜甫是有政治抱负的，可仕途坎坷，壮志未酬；他有绝代才华，然而“百年歌自苦”，一生苦吟，又能有几人理解？他在诗坛的光辉成就生前并未得到重视，这怎能不使诗人发出“未见有知音”的感慨呢？这确是杜甫一生的悲剧。三、四两联，正是杜甫晚年生活与思想的自我写照。

此诗以明媚的江上春光开头，接着又让“偷生”“适远”的沾襟泪水，把明朗欢快的气息，冲刷得干干净净。诗人正于此不协调处展现自己内心深处的苦恼。整首诗悲凉凄楚，反映了诗人衰病时愁苦悲哀、无以自遣的心境，读之令人怆然而涕下。

（原载《唐诗鉴赏辞典》，上海辞书出版社1983年版）

桃竹杖引赠章留后

杜 甫

江心蟠石生桃竹，苍波喷浸尺度足。斩根削皮如紫玉，江妃水仙惜不得。梓潼使君开一束，满堂宾客皆叹息。怜我老病赠两茎，出入爪甲铿有声。老夫复欲东南征，乘涛鼓枻[①]白帝城。路幽必为鬼神夺，拔剑或与蛟龙争。重为告曰：杖兮杖兮，尔之生也甚正直，慎勿见水踊跃学变化为龙！使我不得尔之扶持，灭迹于君山湖上之青峰。噫！风尘澒洞兮豺虎咬人，忽失双杖兮吾将曷从？

杜甫有盛唐歌行大家之称。此诗是杜"集中仅见"的前半七言，后半"长短句"（杨伦《杜诗镜铨》）相间的一种创体。此诗形式上的这一特点，与它内容上的特点恰好合拍。

诗是广德元年（763）冬杜甫由阆州转梓州时作。章彝时以梓州刺史摄东川节度使，杜甫将有吴楚之游。从诗题看，此诗包括"桃竹杖引"和"赠章留后"两个部分，亦即咏物、托讽两个层次。诗人的创作意图，当如朱龄鹤所说："盖借竹杖规章留后也。"（《杜诗辑注》）

此诗的主要特点是咏物上设想横奇，托讽上寄意深婉。

设想横奇的特点，诗的前后部分都有表现，不过前半十二句"一原杖，一感赠，皆属叙事"（浦起龙《读杜心解》），这特点尚不显著。如前六句对杖的刻画：一、二句写竹杖生于江心蟠石之上，受"苍波喷浸"，长短适度；三、四句写人们对竹杖的喜爱，斩削后色如"紫玉"，水上神仙想护"惜"而"不得"；五、六句写章以杖遍赠宾客，一束解开，满堂尽皆嗟叹。再如后六句写章的赠杖和自己之拟携杖出峡，恐中路相失，故深加爱护：七、八句写章所赠之杖，拄地铿然有声，从音响上想见其坚实；九、十句想象东游时将乘涛荡桨于白帝城下；十一、十二句写杖在途

① 枻（yì）：短桨。

中，恐为鬼神、蛟龙夺去。“拔剑”句化用《吕氏春秋》次非于中流刺蛟卫剑故事。其中，“江妃”句和“路幽”二句凌空设想，对后半起了伏根引绪作用。后半九句用辞赋中习用语“重曰”起头，则总结前文，意在突出诗的深层内涵。“杖兮”三句既与前面“江妃”及“路幽”二句照应，更融会《后汉书》费长房“以杖投陂，顾视则龙”和《晋书》雷焕子持剑过延平津，剑忽跃出堕水化龙故事。封建时代用龙象征人君。这里告杖尔生“正直”，“慎勿”“变化为龙”，与“使我”二句借竹杖化龙，喻说自己不得它的“扶持”而东游，设想都很横奇。结尾三句绾合时事，写了“失杖”后之危惧感。时吐蕃侵长安，代宗幸陕。风尘弥漫，寇盗横行，我“忽失杖”，“将何从”走出西蜀——这豺虎的窟穴？设想更是横奇。

托讽深婉的特点，在后半表现得很集中。但前半的“江妃、水仙”和“鬼神”“蛟龙”，与后半的尔生“正直”“见水”“灭迹”，仍有呼应作用。后半开头的“童为告日”，犹云进而有所告白。这是“借告杖以告章”（《读杜心解》）。“杖兮”三句意在讽戒章彝：你本“正直”之臣，“慎勿见水踊跃”，妄“学变化”，以“龙”自拟，而有“不臣心迹”（《读杜心解》），否则“必至得罪”（施鸿保《读杜诗说》）。“使我”二句，则深感章的“不安臣节”（同上），我“不得”你的“扶持”，怎能出峡东游？“噫”以下三句与时事绾合，托讽就更明显。西蜀动荡不宁，我忽然失去你的扶持，“将何从”离开这豺虎窟呢？“以踊跃为龙戒之，又以忽失双杖危之，其微旨可见。”（《杜诗辑注》）

需要指出的是，此诗对章彝的讽戒，是通过咏桃竹杖来体现的。当时杜甫客居梓州，章彝为东川节度留后，大权在手。杜甫虽察觉他“不安臣节”（《读杜诗说》），却不便指明。因此以受杖为由，于咏杖诗中含蓄表达规劝之意。由原杖、感赠到借告杖以告章，诗人的情感在诗行中不断起伏。此诗托讽深婉，与诗人的选题大有关系。

与前面两特点相联系，此诗在句式和押韵上的变化多样，是它在艺术上获得独特成就的一个原因。诗共 21 句：前半 12 句，全用七言；后半 9 句，一、四、七、八、九、十、十一言错综互用。词语打破诗歌常例，杂糅骚体、散文“字字腾掷跳跃”（沈德潜《杜诗偶评》）。又此诗前半六句一韵，凡两换韵。前六句句押韵，后六“路幽”句不押韵。后半共用一韵，只“慎勿”、“灭迹”、“忽失”三句押韵，押法松散。这种错综互用的句式和错落用韵的做法，同诗人创作时情感的变化转折，有机地取得了一致。

（原载《中国诗词曲艺术美学大百科》，
四川辞书出版社 1992 年版）

严郑公宅同咏竹得香字

杜 甫

绿竹半含箨，新梢才出墙。色侵书帙晚，阴过酒樽凉。
雨洗娟娟净，风吹细细香。但令无翦伐，会见拂云长。

广德二年（764），严武第三次镇蜀。此诗为杜甫入严幕任节度参谋时作。安史之乱，杜甫忍受了十年的苦难。入蜀后两度依从严武，交情很厚。但杜居幕中，不免为礼数所拘，同官所谮，亦有不得意处。“束缚酬知己，蹉跎效小忠”（《遣闷奉呈严公二十韵》），便是他此时心态的艺术表白。

此诗与《严郑公阶下新松，得沾字》是姊妹篇。二诗分咏新松新竹，“秀色霭然”，都非咏物“漫作”（李因笃《杜律评语》，见《杜诗镜铨》引)。

前人曾说“咏物诗有两流”，一是把作者“放顿在里面”，一是让作者“站在旁边”(李重华《贞一斋诗说》)。此诗把两种写法结合起来，虽是从旁咏竹，但诗人自我仿佛就在诗行中跃动。它的特点是贴切时地，兼有寄托。

此竹种植在严宅，分咏在春天。诗从不同侧面对它加以刻画，妙处是一一贴切时地。首联写竹之生态：绿竹种在宅边墙畔，“新梢”“含箨”“出墙”，“半”、“才”二字犹如用尺寸测量出春天的足迹，使人立即感觉到盎然生意。次联写竹之色泽：满院竹阴，掩映日华，入“侵书帙”，“掠过”筵席，似觉天“色”向“晚”，乍感“酒樽”生“凉”。此恰是宅中分咏时实景。“晚”、“凉”二字，真当得上一个“妙”字。三联写雨后风前之竹：雨洗风吹愈显竹之洁净、清香，偶对已极自然，更加叠字“娟娟”“细细”的形容，益发秀色逼人，清香扑鼻。尾联写竹需人护惜。诗人写道：但使无人翦伐，此竹行见上拂青云，与天比长。全诗主要写新竹的生长，却更对它的美好前景作了展望。结尾二句颇带浪漫味。

此诗写严宅竹，却在一定程度上寄托着诗人自己的期望与抱负。首联绿竹含箨，新梢出墙，咏的是新竹，却又含有作者新入严幕的生活折光。“雨洗”而“娟娟”然，愈觉洁净；“风吹”而“细细”地透出清“香”，这或许又是作者高洁品格的寓托。至于“但令”二句更分明“自喻幕中效职，不能无望于郑公之培植”(张溍《杜诗注解》)。它与《遣闷呈严公二十韵》的“宽容存性拙，翦拂念途穷”，同为输情推诚之语。

此诗与《严郑公阶下新松，得沾字》的“弱质岂自负，移根方尔瞻”，“何当一百丈，欹盖拥高檐”，并属“自喻”之辞。浦起龙曾指出，“二诗皆寓依人意”，但又各有特点，“松诗”、“何当”二句显得“负气不凡”，“竹诗”“但令”二句则给人“托意又婉”（《读杜心解》）的印象。

（原载《中国诗词曲艺术美学大百科》，
四川辞书出版社 1992 年版）

南溪始泛三首

韩　愈

榜舟南山下[①]，上上不得返[②]。幽事随去多，孰能量近远。阴沉过连树，昂藏抵横坂。石粗肆磨砺，波恶厌牵挽。或倚偏岸渔，竟就平洲饭。点点暮雨飘，梢梢新月偃。余年懔无几，休日怆已晚。自是病使然，非由取高蹇[③]。

南溪亦清驶，而无楫与舟。山农惊见之，随我观不休。不惟儿童辈，或有杖白头[④]。馈我笼中瓜，劝我此淹留。我云以病归，此已颇自由。幸有用余俸，置居在西畴。囷仓米谷满[⑤]，未有旦夕忧。上去无得得[⑥]，下来亦悠悠[⑦]。但恐烦里闾，时有缓急投。愿为同社人，鸡豚燕春秋[⑧]。

足弱不能步，自宜收朝迹。羸形可舆致，佳观安可掷？

---

① 榜（bàng）：本指船桨，此用作动词，意为行舟。

② 上上：一读去声，一读上声，意即“逆流而上，屡上而不已”。

③ 高蹇：高蹈偃蹇。

④ 杖白头：为叶韵而用倒装句，即言白头策杖的老者。

⑤ 囷（qūn）仓：粮仓。

⑥ 得得：唐人方言，犹言特地。

⑦ 悠悠：安闲静止貌。

⑧ 燕：宴。

即此南坂下，久闻有水石。拕舟入其间[1]，溪流正清激。随波吾未能，峻濑乍可刺[2]。鹭起若导吾，前飞数十尺。亭亭柳带沙，团团松冠壁。归时还尽夜，谁谓非事役[3]。

南溪在长安城外南山下，是韩愈别墅所在地。韩愈“请告”“养病城南庄”（张籍《哭退之》），《南溪始泛三首》是长庆四年（824）夏，他“临死病中”（魏泰《临汉隐居诗话》）之作。韩愈因病脱离政务，得与诗友张籍、贾岛同游南溪，张、贾均有诗纪其事。

韩愈早年即以“报国心皎洁”（《龊龊》）自许。这时官至吏部侍郎，南山下虽有别墅，却无暇游赏。组诗以“始泛”为题，足见是初次泛溪。组诗采用纵剖面和横切面结合的写法，从早写到晚，从溪上泛舟写到溪边用饭、山农赠瓜和亲切对话。还有拕舟入溪、刺濑观景、尽兴而归的场景。叙事、写景中时时插入抒情独白。“不古不唐”，极显出“昌黎本色”（朱彝尊《批韩诗》）。

第一首由南山下“榜舟”写起。“幽事随去多，孰能量近远”，指出上上不返的原因，是探“幽”之“事”随处“多”有，谁能计量路程的远近呢？变远近为“近远”，是出于韵脚的考虑。朱彝尊称赞两句“妙绝”，就因道出扶病探幽的欢趣。“阴沉过连树，昂藏抵横坂。”途中成片树林虽使人感到阴沉，但顺利抵达横坡，又顿觉意兴昂扬。逆流行舟，需人牵挽，溪中粗石虽可肆意磨砺，但凶恶的渡涛却叫人厌烦。于是时而靠岸旁渔钓，后来索性去平洲造饭。不觉天色向晚，一会儿点点暮雨飘来船头，一

① 拕（tuō）：拖，牵引。

② 峻濑：急湍。乍可：犹言宁可。

③ 役：行役，行旅。

会儿半弦新月偃卧天边。“点点”状来势急骤，“梢梢”状月牙细小。这两句话画出傍晚溪上乍雨忽晴景色，“属对工而自然”（朱彝尊），给人以美的享受。此诗更由于表现了夏天常见景象而具普遍意义。“余年懔无几，休日怆已晚。自是病使然，非由取高蹇。”最后四句直道出养病时的心情：预感“余年”“无几”而“懔”然生惧，“休日”“已晚”而凄“怆”伤情，并直率地承认这是疾病使然，而非由于甘愿选取高蹈隐居的道路。

第二首以行舟就岸引起山农惊异发端。“南溪亦清驶，而无楫与舟。山农惊见之，随我观不休。”南溪的浩浩流水，夏天虽也飞驶不停，却无舟楫通行。韩愈逆流榜舟的创举，引起山农惊讶，而“尾随‘观’看‘不休’”。其中有小有老：“不惟儿童辈，或有杖白头”。“馈我笼中瓜，劝我此淹留。”不仅赠瓜致意，还劝他在此淹留，长时养病。接着是作者的答话：“我云以病归，此已颇自由。幸有用余俸，置居在西畴。囷仓米谷满，未有旦夕忧。”“西畴”语本陶渊明《归去来辞》，隐含退居之意，非实指庄宅位置。“上去无得得，下来亦悠悠。”“上去”、“下来”，“得得”、“悠悠”，自然成对，借溪上行船喻指仕宦情况：居官虽无特别得意之处，退职却有悠然自适之感。“但恐烦里间，时有缓急投。”此番庄宅养病，怕要烦扰“里间”，因为“缓急”之事，会“时有”发生，不免要相“投”求助。“愿为同社人，鸡豚燕春秋。”结末二句表示，每逢春秋社日，宰豚杀鸡，愿与邻里结为社友，欢宴同乐。

第三首写抵达别墅后的心态和探寻水石佳观，拕舟溪流，尽夜方归的过程。“足弱不能步，自宜收朝迹。羸形可舆致，佳观安可掷？”首写老病“足弱”，艰于步行，自宜辞“朝”收“迹”，结束政治生涯。“羸形”与“足弱”正相呼应。形体羸瘦，尚能乘舆致远，岂可抛“掷”“佳观”不顾？“即此南坂下，久闻有水石。”何况南坡（坂）下有“水石”之胜呢？以下是游观时的情景。“拕舟入其间，溪流正清激”二句说挽舟进入南坡之卜，正值夏日水涨，溪流既清且激。“随波吾未能，峻濑乍可刺”二句借逆流刺船自喻不甘浮沉随波，宁可逆水行进，恰是“倔强人到老气概”（方世举）的艺术体现。于是眼前出现动人景观。始而是鸥鹭成群，前飞导路：“鹭起若导吾，前飞数十尺。”古人常以鸥鹭喻指身在江湖的在野之士，这里即暗寓归隐意。继而绿柳、青松罗列致意：“亭亭柳带沙，团团松冠壁。”碧柳亭亭玉立，好似给沙岸系上长带；青松团团高耸，仿佛替石壁戴上圆冠。朱熹称这两句善“用对偶”，蒋之翘说它“清丽”，黄钺、李详还指出它有取于南朝诗人谢朓和谢惠连诗的句法，都对它的艺术特色作了准确的评析。“归时还尽夜，谁谓非事役。”游罢归来，已近天明，这与张籍诗“夜阑乘兴归，衣上草露光”（《祭退之》）语意正合。谁说我养病出游，不同于一般旅行呢？

早在宋代，《南溪始泛三首》就被推为韩愈五古中的名篇。《王直方诗话》说黄山谷对韩愈诗“少所许可”，却“最爱《南溪始泛》，以为有诗人句律之深意”。《蔡宽夫诗话》则说此诗“独为闲远，有渊明风气”。但韩愈此诗，正如朱彝尊所评：“兴趣似陶，音节却不似。”朱的看法与《唐宋诗醇》“三首神似陶公”之评，恰好相符。组诗体现了韩愈“奸穷怪变得，往往造平淡”（《送无本师归范阳》）的审美观，是他晚年在诗歌艺术上精心锤炼，而达到的一种成熟境界。诗中的确表达出一种“闲远”的情趣，并且流露了不肯在政治上随波逐流的倔强劲儿，有别于他多数五古中“豪健雄放”的风格特点。方东树曾以此诗作为韩诗中“有一种真率、朴实、白道，不烦绳削而自合者”的代表。他还指出：“必须先从艰苦怪变过来，然后乃得造此。”（《昭昧詹言》）这正道出了韩诗艺术风格的多样化特点。

组诗描叙的是一天的游程。但在艺术处理上，三首各有侧重，很见丘壑。第一首对游程作全面描叙。有榜舟出发、近午倚岸渔钓、平川造饭和观赏傍晚景致等。第二首写登岸后与山农相晤，重点是对话。第三首既写抵达庄宅后心态，又写探索“水石”佳观，激流挽舟，群鹭导前，柳带、松冠的美景等。组诗除直接抒情外，还于景物描写中寓托心情的刻画和性格的形容，颇具艺术感染力。如第二首“上来”二句、第三首“随波”二句即是。

组诗在句式上以散行为主，却不时穿插偶句，但在各首中又采取了错综运用的方式。如第一首偶句多达十句，占全诗一半以上，二、三两首偶句各仅两句，都以善于写景见称，并因连用叠字（如“点点”、“梢梢”和“亭亭”、“团团”等）而传神入妙。

（原载《韩愈诗文名篇欣赏》，巴蜀书社 1999 年版）

晚　雨

韩　愈

廉纤晚雨不能晴，池岸草间蚯蚓鸣。

投竿跨马踏归路，才到城门打鼓声。

长安城南颇多胜迹，韩愈每于旬休日往游。“应须韦杜家家到，只有今朝一日闲。”（《出城》）此《游城南十六首》之一，当为元和十年（815）后所作。此诗与《赛神》、《晚春》、《落花》、《出城》等，用七绝体展现出一幅幅晚春时节的生活画面，“新意清词”，“中间摆落断剪了多少软弱词意”（《昭昧詹言》卷一），有诗人的“神明在内”（《原诗》外篇上）。

《晚雨》刻画的是游城南时的一个生活侧面。“廉纤晚雨不能晴”，诗人带着浓厚兴趣到池边垂钓，忽然晚雨下个不停，首句正写出了这样的情景。廉纤，叠韵连语，这里形容小雨。“池岸草间蚯蚓鸣”，蚯蚓一般在初夏才出地面活动，此句写的是晚春时的物候。蚯蚓“善长吟于地中”（见崔豹《古今注·鱼虫》），它的鸣声从池岸草间传来，这正是蚯蚓对晚雨征兆特具敏感的证明。此句由于具体写了鸣声传来的方向、位置，不仅表明作者生活知识的丰富，更有趣的是通过蚯蚓长鸣的独特音响，把人们带入鱼虫世界之中。

“投竿跨马踏归路”，蚯蚓的鸣声，也许唤起了诗人的别一种生活情趣。于是“投竿”（抛掷渔竿）而起，“跨”上骏马，“踏”着“归路”，疾返城中。这里省略了冒雨疾驰的细节描写，却抓住了归途中的快速节奏，容易引起联想，于是诗人扬鞭冒雨的英姿，便闪现在读者眼前。“有往必收，无垂不缩”，是深得“顿挫”（方东树）之法的。

“才到城门打鼓声”，这是全诗最吃紧的句子。长安“城门”晨昏打“鼓”（《唐六典》）报时，这里分明是指“昏鼓”而言。诗人从城南冒雨驰归，“才到城门”，就听到打昏鼓的声音，可以想见，他很会掌握时间。这显然与他高明的骑马技术有关。前人说韩诗“佳处在‘字向纸上皆轩昂’”（《北江诗话》），此句正体现了这一特色。

此诗以“晚雨”为题，但全诗只首句写了晚雨，其余都是晚雨后的自然景物和与诗人有关的生活图像。它只截取了池边晚雨忽来，归时城门打鼓的生活片断。晚雨虽然打断了渔钓雅兴，却是引发跨马还城的契机。诗中没有提到渔钓时的浓烈意兴，却直吐出兴会打断后的真切感受。“寻思百计不如闲”（《遣兴》），城南一日闲游，是值得珍惜的宝贵时光。诗中表现了生活里随处都有迷人之处。池岸投竿固是他兴趣所在。晚雨不停，驰马还城，倒也别有一番快乐。诗人恰好在到达城门时听到打昏鼓的声音，从而结束了一天的游事。渔钓和骑马既然都属于他的生活爱好，因而投竿或跨马，都不会妨碍他城南之游的兴致。他热爱生活的态度和多样化的趣味，是不言而喻的，其中似乎也蕴含着一种生活的哲理。

对音响效果能作巧妙处理，这是此诗在艺术表现上值得注意之处。它突出了“池岸草间”蚯蚓长鸣和才到城门、正打昏鼓的声音。这声音以“廉纤晚雨”作背景，对城南路上的美丽景观是绝好的点缀。自然景物和生活画图中的色泽与音响，在诗里得到有机结合，从而为人们创造出一种新的意象，是很富艺术魅力的。譬“犹作室”，“横斜曲直”，“惟意之所指”（宋·林光朝《读韩柳苏黄集》）。韩愈七绝诗的这一特点，是有必要指出的。

（原载《韩愈诗文名篇欣赏》，巴蜀书社 1999 年版）

一针见血，入木三分

——韩愈诗《题木居士二首》其一欣赏

火透波穿不计春，根如头面干如身。
偶然题作木居士，便有无穷求福人。

《题木居士二首》是我国中唐时期大诗人韩愈所写的，以打破偶像崇拜为主题的七绝组诗。上面这首是其中的第一首。居士，指在家信奉佛教的人，跟出家受戒的和尚相对两言。这里的“木居士”，指的是不穿僧衣的木雕神像。公元 803 年，也就是唐德宗贞元十九年，韩愈 36 岁，做着监察御史的官。当时正是“天旱人饥”的灾荒岁月，他因为写奏状议论这事，要求停征赋税，触怒了唐德宗，被贬到广东的连州作阳山县令。两年后，顺宗即位，公元805年，也就是永贞元年，韩愈得到赦免，从广东回到北方来。路上经过湖南，在耒阳县北，湘江边二三十里地的鳌口寺，看到一尊木制的神像，当地的群众络绎不绝地向它祈祷求雨。韩愈有所感触，便题了这两首诗。

这首诗的一、二两句“火透波穿不计春，根如头面干如身”，是韩愈看到这尊神像时所引起的联想。“火透波穿不计春”，是对木居士的前身的推断。它也许是耒阳城外谁家做饭烧剩下的一段木柴，也许是漂流到湘江边的一截树桩，烈火和江波在它身上“透”进“穿”出，究竟经历了多少春秋，已经无法计算了。这句是说，“木居士”在刻镂成神像以前，不过是灶下烧残、大水冲剩下的一节枯木。木头虽然干枯，却还没有朽坏，这是匠人得以施展他的技巧的基础。第二句“根如头面干如身”，具体地写出了这节枯木的原始状态。枯木的根和干很像人的形状，头部、面部和身躯都基本具备。作为栋梁材，它虽不合要求，刻镂成神像倒非常适宜。这段枯木的最大幸运，就在于它粗具人形。它能被匠人选中，并且刻为神像的基本条件也就在这里。

这一、二句的意思，韩愈在组诗的第二首中也有所表露。那首诗是：“为神讵比沟中断，遇赏还同爨下余。朽蠹不胜刀锯力，匠人虽巧欲何如?”前两句说这段枯树被尊为神物，岂是沟中的断木可以相比。它能得到赏识，跟焦桐被蔡邕发现做成焦尾琴一样侥幸。后两句说如果这段木头已经完全朽腐，经不起刀、锯之力，匠人虽巧也没有办法进行雕刻了。第二首的这些意思，对于理解第一首的一、二两句，是很有帮助的。这两句诗通过具体刻画，直截了当地揭示了“木居士”的本来面目。这就为在三、四两句中讽刺神权操纵者利用木居士愚弄人民的罪恶行径，提供了有力依据。

“偶然题作木居士，便有无穷求福人”，这三、四两句用幽默的笔调进一步讽刺了偶像的虚妄和崇拜者的愚蠢。“偶然题作木居士”，是说一段寻常的木头，因为偶然的机会，被“题”上神佛的尊号，供奉在佛寺之中，涂饰种种神异的色彩，附会有灵有验的奇谈，它的身价一下子就被大大地抬高起来。这一句的前四个字“偶然题作”是关键词语，具有无形的传神点睛之妙用。其实，这句勾画的主要不是木居士，而是在木居士背后进行操纵的人，也就是造神者。它仿佛让我们看到了那个木偶戏的幕后提线人。第四句“便有无穷求福人”，是说木居士自从被加上神佛的称号以后，便有数不清的善男信女来寺庙向它求福，而这段本来无足轻重、全无知觉的枯木，在这些人的心目中，立刻成了能除灾灭祸、受人顶礼膜拜的神灵了。

千百年来，木居士作为偶像受到崇拜，不知愚弄了多少人！可是很少有人对它提出过怀疑。素以反对佛道思想著称的韩愈，在这首绝句中，通过这一偶然而又奇怪的现象，揭示出一条深刻的真理。在当时的历史条件下，这种偶然现象都具有必然的性质。造神者与所造的神之间，就体现了这种偶然与必然的关系。天下的神佛寺庙何止万千，不论在通都大邑还是穷乡僻壤，它们都毫无例外地是按照封建统治阶级，即造神者的意图，冠上各种尊号，才神异起来的。打破这种偶像崇拜观念，揭露造神者的真面目，木雕神佛在人们头脑中的神秘感一旦消失，它就会失去欺骗群众的力量与作用。韩愈在一千一百多年前就意识到了这个问题的重要性，并且通过他的诗歌艺术地反映出这一先进思想，这的确是值得肯定的。

大家知道，韩愈是唐代古文运动的一位主将。在诗歌方面，他对诗格的改变，也起了不少作用。他在这首诗中提出的主题是十分严肃而尖锐的。如果从理论上去阐发，可以写成长篇的论文。事实上，韩愈也曾经做过这样的工作。他的《谏佛骨表》就是反对佛教思想的名篇。他还通过古诗的形式，鲜明地表达了他反对佛道思想的态度。五古《谢自然》、七古《华山女》便都是具体的例子。

《题木居士》这首诗在艺术上的成功之处，是作者仅用28个字就出色地揭露了宗教迷信的虚伪实质。诗人别开生面地提出了偶像崇拜的问题。他通过生动的形象，从矛盾着的两个不同侧面加以表现：一方面恢复木居士的本相，一方面揭穿木居士的假象。它的本相是枯木，假象是神。这假象来自封建统治阶级的附会与利用。“木居士”作为枯木，经过雕饰，题上“神”号，才具有欺骗作用，其实它根本没有任何神异之处，更不可能给人带来丝毫祸福。过去有那么多人受它愚弄，乃是宗教迷信长期毒害的结果。第四句的“无穷”，固然是指受毒很深的千万群众，但也包含着作者潜在的“无穷”愤慨。“滔滔者天下皆是也”，不向这些落后群众猛喝一声，怎能唤起他们的醒悟！两年前作者因写奏状“论天旱人饥”而贬官广东，如今遇赦北归，又对群众的愚昧无知表示愤慨。他并不因政治上遭受挫折而改变自己关心现实的态度，这种精神十分可贵。这首诗的现实意义由于作者在艺术上的巧妙构思而得到了很好的发挥。它的妙处在于：先用洗练质朴的笔墨揭示出木居士的本来面目，又以凝重含蓄的语调讽刺了统治者利用它欺骗人民的伎俩。这就一针见血地戳穿了封建阶级假托神佛，制造偶像，迷惑群众，麻醉人民的反动目的。

这首诗在艺术上耐人玩味之处，是作者善于使用通过个别体现一般的典型化方法。反映在诗中的现实生活，具有典型意义。出现在诗中的，只是荒江上一座寺庙里的一尊木雕神像。可是前来祈祷“求福”的人，却多得异常。这就不能不唤起读者的“无穷”想象：宗教迷信活动既然已深入到这样的穷乡僻壤，那么，遍及广大城乡的万千佛寺，其神像之多，流毒之深广，就可以想见了。作者通过对这一个别现象的描写，艺术地表现出宗教势力无孔不入的一般规律。“偶然题作木居士，便有无穷求福人”，含意深长，入木三分，富有启发性。一千多年来，这首诗被人们广泛吟诵，简直成了破除迷信的有力思想武器。这除了它在思想上的深刻性、含蓄性之外，更和它在艺术上的具体生动性分不开。

这首诗在艺术上的另一特点，是采用了层层深入、剥蕉到里的手法。对宗教迷信的实质，如果通过长篇论文来阐述道理，只要论证充分，是能够写好的，但要在一首七绝诗中艺术地表现相同的内容，却比较困难。作者对木居士的迷惑性，先揭示其原始形态，再揭露其被利用的现实状况，这就把“木居士”真正的本质形象地展示出来，使读者很快就由现象深入到问题的实质。作者之所以能深刻、成功地揭示这一点，是他有效地运用了由表及里的剥蕉法，因而得以准确有力地打中宗教迷信的要害。在这里，三、四两句起了关键性作用。制造偶像，愚弄群众，这是人们在生活中常用的两句话，这两句诗艺术地体现了这样的意思。一个木雕像，“偶然”“题”上“神”号，“便有”无数的人“求福”，完全忘了它原来只不过是一截枯木。这就告诉我们一个重要的事实：一方面是统治阶级造神，一方面是愚昧群众拜神。作者的是非观念十分分明，他对愚昧的群众持同情与哀怜态度，面对造神的统治者则进行了辛辣的嘲讽。

韩愈是一个儒家思想的崇奉者。他对广大农民的思想启迪颇为重视，这就是他在诗作中对群众祷福求雨这样的落后现象一再加以讽刺的原因。和这首诗主题基本相同，写法略为近似，写作时间也相去不远的，还有一首《峡石西泉》：“居然鳞介不能容，石眼环环水一钟，闻说旱时求得雨，只疑蝌蚪是蛟龙。”峡石地方的西泉，小得出奇，“居然”连乌龟、螃蟹这样的“鳞介”类水族也“不能容”。它只有一个“石眼”。“环环”，形容石眼又圆又小。因为正当水源，所以经常装满了“一钟”“水”。“居然鳞介不能容，石眼环环水一钟。”这两句同《题木居士二首》第一首的前两句很相似，那里有略具人形的一段枯木，这里是水源长年不绝的一个石眼，都没有什么神奇之处。峡石的石泉，仅仅因为有水源不绝的特点，便为封建统治者所利用。后两句“闻说旱时求得雨，只疑蝌蚪是蛟龙”，再现了统治者们制造的神话。他们说这是一个神泉。每逢天“旱”祷“求”必然“得雨”。大家相信它真有灵验，一传十，十传百，天旱时便都来求雨。人们只知“蛟龙”能兴云致雨。但小小的石泉，连乌龟螃蟹也容不下。于是便附会说，石泉里的“蝌蚪”大约就是“蛟龙”的化身了。这两句同《题木居士二》第一首的后两句也很相似。那个说枯木被题上神号，便有人来祷求告福；这个说石泉附会上神话，也成为祈雨的对象。作者在《谢自然》诗中曾经写道：“木石生怪变，狐狸骋妖患。”《题木居士》和《峡石西泉》所揭露的，便是利用枯木和山石，编造奇谈怪论来愚弄群众的典型例子。不过，作为一种偶像崇拜，木居士比之石泉，显然更具普遍性，因而就作品的思想与艺术高度说，《题木居士二首》（其一）较之《峡石西泉》，便显得更突出。

韩愈是一个有多方面成就的诗人。他的诗作在风格上也具有多样化特点。人们往往强调他“奇险”的诗风和“以文为诗”的诗格，却对他命意清新自然、语言明白晓畅的作品重视不够。韩愈“以文为诗”，有些诗喜欢发议论，形象感不足。但在其《题木居士二首》一类的七绝诗中，却完全排除了这样的缺点。韩愈在七绝诗方面的成就，应该引起我们足够的重视。

（原载《阅读和欣赏·古典文学部分（九）》，广播出版社 1984 年版）

马诗二十三首（其四）

李　贺

此马非凡马，房星本是星。
向前敲瘦骨，犹自带铜声。

《马诗》是李贺的一组著名五绝。“言马”“而意初不在马”，实为“借题抒写”而作。它“或美或讥，或悲或惜，大抵于当时所闻见之中各有所比”（王琦）。由于善运“巧”（朱熹）思，故每首皆有“不经人道语”。

此诗写马的骏骨不凡，虽是借马写人，实含“自喻”之意。

“此马非凡马，房星本是星。”这两句通过古代一个流行传说，刻画了马的神骏非凡。“房星”是二十八宿之一。据《瑞应图》，“马为房星之精”。古人相信这种带迷信色彩的传说，认为不平凡的人或物，都与天上星宿相应。诗人说：此马的“非凡”处在于它是“房星之精”下降人间的。这里含有“自喻王孙本天潢”（方扶南）之意。

“向前敲瘦骨，犹自带铜声。”这两句通过对马的外形的检验，形容马的性格刚劲无比。上句写了“敲”击马骨的实验性动作，下句写了“敲”击后产生的特殊音响效果。汉代张衡《东京赋》有“天马半汉”之句，“天马”指西域所产名马，薛综“注”释“天马”为“铜马”，即言“以良金铸”成“天马”之“象”。又杜甫有“胡马大宛名，锋棱瘦骨成”（《房兵曹胡马》）和“始知神龙别有种，不比凡马空多骨”（《李鄠县丈人胡马行》）之句。《相马经》有“良马可以筋骨相也”的说法，诗人由张赋薛注和杜诗引起了艺术联想。他注意到“马之骏者，多瘦而不甚肥”，又认为“半汉”（即“纵驰”意）不群的“天马”虽“瘦骨”“锋棱”，但“向前敲”击，犹“带铜声”，则马骨坚劲可想。这正是它性格刚强的明证。“带”字很传神，因为它恰好传出敲击后不同凡响的音色。诗人暗示说，如果这是一匹羸病不堪的“瘦马”，就只能像杜甫《瘦马行》中所形容的：“皮干”“毛暗”，“委弃”“路旁”，“见人”“哀诉”，“失主错莫”，“绊之欲动转欹侧”，哪还称得上“有意”“腾骧”的天驷呢？这里诗人也微微透露了“哀诉”、“失主”的隐衷。

清代方扶南谓《马诗》“皆”李贺“自寓”之辞，未必完全符合组诗实际。姚文燮评此诗“上应天驷，则骨气自称不凡，瘦骨寒峭，敲之犹带铜声。总以自形其刚坚耳”，很能抓住此诗内容上的特点。“总以自形其刚坚”，这是对李贺此诗所表达的“自寓”之旨的最佳解说。

此诗在艺术构思上以“巧”取胜的特点，很能引发读者的兴趣。前两句由一般上升到特殊，着重从马的精神上进行刻画。后两句由表层进入里层，通过马的外观考察，进而突出其“内美”。“沉着中飘萧”，大“似”（方扶南）杜甫。诗人在四句二十字的五绝诗中，不仅从不同侧面（由一般到特殊，又由外在到内在）艺术地把握住天马的本质特征，出色地完成了对天马形象的深刻写照。更重要的，是能与诗人自我形象紧紧结合，从而达到马与人的辩证统一。

其次，此诗在“造意撰辞”上，也有独特处。大家知道，李贺喜用金石之类的硬性物作比喻，往往有“不经人道语”。如“昆山玉碎凤凰叫”，“石破天惊逗秋雨”（《李凭箜篌引》）；“甲光向日金鳞开”（《雁门太守行》）；“玉轮轧露湿团光”（《梦天》）；“羲和敲日玻璃声”（《秦王饮酒》）；“晓月当帘挂玉弓”（《南园》其六）；“忆君清泪如铅水”（《金铜仙人辞汉歌》）等，都是著名的例子。此诗结尾两句也属生动的一例。杜甫集中咏马诗特多，李贺这两句的命辞命意“犹有老杜诸作之未至者”。方扶南此评，就是针对这类诗句而发。

李贺诗以七言歌行“为最”，这是尽人皆知的。方扶南指出，李贺五绝“亦复妙绝”。作为《马诗》的代表作，此诗在艺术上的出色表现，“妙绝”之誉是当之无愧的。

（原载《三李诗鉴赏辞典》，吉林文史出版社 1992 年版）

马诗二十三首（其五）

李　贺

大漠沙如雪，燕山月似钩。
何当金络脑，快走踏清秋。

此诗借对马的描写，表达了向往纵横自在的塞外生活和用世致远的孤激抱负，也属诗人自喻之辞。

诗以广阔的西北高原作背景，在大漠、燕山，秋宵新月的自然景色中，含蓄地展示出诗人从戎边塞、报国立功的宏愿，颇有鼓舞人们奋进向前的作用。

“大漠沙如雪，燕山月似钩。”开头两句用了工整的偶对。“大漠”，西北高原的大沙漠。“燕山”，燕然山省称。诗人因汉代班固《封燕然山铭》“绝大漠”、“乘燕然”二句而触发艺术灵感，油然产生向往塞外生活的感情，于是白“沙如雪”，新“月似钩”的美妙景观便浮现眼前。

“何当金络脑，快走踏清秋。”这两句是在前述背景下生发的投笔从戎、勒铭燕山、大“振”“天声”、“永宁”（班固《封燕然山铭》）国土的雄心壮志。“何当”，何时。“金络脑”，以黄金为饰的马络头，即古乐府《陌上桑》中“黄金络马头”句意。“金络脑”三字在句中不含贬义。马以黄金络头，必是天厩名驹。从这句诗中得不出“受人羁勒”、向往“回到空阔的沙漠”的解释。“清”有凉意。秋日天高气清，正是膘肥马壮的季节。“快”马正在秋宵纵驰，沙白月明，毫无拘束，无形中增添了飞速感，也使诗味更加浓郁。诗人激动地写道：何时进入天厩，黄金络头，奔“走”效命，清秋时节，在大漠中、燕山下纵横驰“踏”，该是何等轻快自在呀！这两句同《马诗》“其八”的“羁策任蛮儿”，“其十一”的“蹭蹬溘风尘”，命意是迥然有别的。

此诗与《马诗》（其十六）在艺术结构上颇为相似。两诗都以不同背景开篇：此首用大漠、燕山这样的地理环境发端；那首以唐太宗“斩隋公”、得“拳毛騧”这一历史传说起头。此首“何当”二句与那首“莫嫌金甲重，且去捉飘风”，在命意上也很近似。“何当”与“莫嫌”、“金络脑”与“金甲重”、“快走踏清秋”与“且去捉飘风”，字面虽殊，内含则同。略无“嫌”厌之意，实有求索之思。由于语意鲜经人道，故历来备受重视。

过去的研究者有的虽没有明指此诗确切寓意，但多数学者认定它是诗人自喻之辞。如说“边氛未靖，奇才未伸，隆士于此，不禁雄心跃跃”（姚文燮）。如说“此言苟能用世，致远不难”（方扶南）。他们都确指此乃诗人“自喻”之作，说法是可信的。当代有的唐诗选本评及此诗时，可能出于某种不必要的顾虑，仅仅把它归结为对“自由豪放生活”的“爱慕”，这就淡化了它的深层内涵，缩小了它的思想意义。

李贺死时年仅 27 岁。他“生而有韩吏部为赏音，没而有李义山作传，杜牧之作诗序，亦不负呕出心肝”（方扶南），但“不沾一命于圣明，没有千年之恨骨”（韦庄）。他不能像“拳毛騧”那样深得李世民爱重，“黄金络马头”，“快走”于大漠、燕山间，为国立功，因而才在诗里流露了“跃跃”欲试的“雄心”。这大约就是此诗的真正“自喻”之意。李贺《马诗》中“右武功”的思想，在《南园十三首》的四、五、六里，亦有类似表现，更是可供我们进行比较研究的。

（原载《三李诗鉴赏辞典》，吉林文史出版社 1992 年版）

马诗二十三首（其六）

李 贺

饥卧骨查牙，粗毛刺破花。
鬣焦朱色落，发断锯长麻。

《马诗》皆“以马喻人”。但在古代，人之“才德”有优有劣，际遇有好有坏。或“一人承恩尤渥”，或“正直之臣见忤时宰”而惨遭“谪逐”，或“良马而未为人识”，或“困饿而不能择食”，或“困顿摧挫，极不堪言”（王琦）。它们都是为了表现爱惜人才这一总的主题而创作。此篇极写马的馁饿不堪之状，在《马诗》中属于讽时之作。

一、二句写马因饥馁卧倒而瘦骨凸露，毛色凋落：“饥卧骨查牙，粗毛刺破花。”上句以“饥卧”二字打头，点明此马困顿卧倒的原因是“饥”饿，出手就起了统率全局的作用。“查牙”，瘦骨露出之貌。骨露花破的起因是饥饿，卧倒在地就是必然结果了。这与《马诗》（其一）的“龙脊贴连钱，银蹄白踏烟”正是强烈对比。李白、岑参、杜甫都曾对“五花马”有过吟咏。李白把它与“千金裘”等价，要“呼儿将出换美酒”；岑参欣赏它劲骨耐寒，有“五花连钱旋作冰”的叹誉；杜甫更因它毛色斑驳而有"五花散作云满身"的形容。但这里的"粗毛刺破花"，则显示出"五花马"的外形已因饥饿而失去昔日花如"连钱"、"云"霞"满身"的美观。由马可以见人，在当时何尝没有"才德"之士遘逢类似的遭遇呢？

三、四句更就马的鬣、发两处作了重点刻画："鬣焦朱色落，发断锯长麻。""马之长毛在领上者谓之鬣，在额上者谓之发。"《山海经·海内北经》曾记载犬封（戎）国"有文马，缟身朱鬣，目若黄金，名曰吉量"的传说，即上句所本。《文选》中颜延年《赭白马赋》"舞梢植发"李善注："发额上毛也。"即下句所本。这两句说，马因"朱色"退"落"而见出颈"鬣"枯"焦"，因"长麻"络头而额毛"锯"磨"断"折，形象"粗恶"，可谓"困顿摧挫，极不堪言"。马犹如此，人何以堪呢？

唐人张鷟在《朝野佥载》五中曾有隋文帝时大宛国"献千里马"，号"狮子骢"，"朝发西京，暮至东洛"的记载。旧传其后唐太宗敕访，得于朝邑市，为面家挽硙，骏尾焦秃，皮肉仅存。姚文燮因谓李诗所咏，即本此传说，并评论道："调饥凋落，皮骨仅存，犹世有吉良而致之衰惫也。"姚文燮注李贺诗，有"以贺诗为唐春秋"的主张。"其当处"虽"不可易"，牵强处则不宜从。他的咏狮子骢说，虽可供参考，但仅仅根据骨露鬣焦等等形容辞语，便断言此诗所咏即为狮子骢，显然还不能令人信服。

不过，此诗与《马诗》（其九）在命意上却能找到相似之点。但两诗写法有明显差异。此篇以"饥卧"二字，领起全诗，集中描绘出"文马"因"饥"饿"卧"地而瘦"骨查牙"，"粗毛""破花"，"鬣焦""色落"，"长麻""锯""发"的凄凉景象，可说淋漓尽致。其九则从"飂叔去"后，"豢龙"无人说起，接写夜"霜压栈"，"风""折""骏骨"的可悲结局。此篇写困于"饥"饿，彼篇写困于"风""霜"。一饥一寒，都能置骏骨于死地。才德之士，遭此蹇遇，何尝不然。无怪王琦要发出“徒使骏逸之才，受风霜之困于槽枥之间，斯马也，何不幸而遇斯时也”的感慨了。

有的研究者认为《马诗》（其九）是指牛僧孺、李德裕诸人“遭沮排”（姚文燮），有的则认为是指王叔文等的“惨遭迫害”（钱仲联）。但此诗则难于确指所咏具体对象。应该看到，李贺诗并非“诗史”。评析《马诗》不能用“考据时事”的方法来“旁引曲通”（钱澄之）。因为作为艺术作品，我们固然不能无视《马诗》中某些篇章的具体针对性，但更需要从它的普遍性着眼，否则就不能对它的典型意义作出准确评价。

（原载《三李诗鉴赏辞典》，吉林文史出版社 1992 年版）

马诗二十三首（其二十三）

李　贺

武帝爱神仙，烧金得紫烟。
厩中皆肉马，不解上青天。

此首在《马诗》中属于“寓今托古，比物征事”一类诗篇。“藏哀愤孤激之思于片章短什”（姚文燮）中，而又变为晦涩之调，是他“冥心千古”，“掷地绝尘”（王思任）之作。过去注家多认为是为唐宪宗好神仙、信方士之说而写。它以嘲讽迷信神仙的帝王为主题，与作者著名的乐府《苦昼短》是同类题材。

“武帝爱神仙，烧金得紫烟。”这两句用开门见山法，有意把读者领至一个虚无缥缈的神仙世界之中。

《马诗》用马做歌咏对象，诗人首先想到的是古代封建帝王中以爱马闻名的汉武帝，但汉武帝不只爱马，更爱神仙。进行艺术构思时，他很自然地就把二者有机地结合起来。诗的开头不突出武帝爱马，却突出“武帝爱神仙”，这就抓住了问题的实质，因为他表面是写汉武帝，实际是针对唐宪宗信神仙而发的。

“烧金”，即言炼丹砂为黄金，指汉武帝误信方士李少君“丹砂可成黄金，金成服之升仙”（《太平广记》卷九）的谬言，烧炼结果，黄金未成，登仙无望，唯一“得”到的只是缕缕“紫烟”在空际缭绕。唐宪宗求神仙，其下场也与汉武帝相同。这是对汉武帝和唐宪宗的最大嘲讽。

“厩中皆肉马，不解上青天。”这两句诗中诗人的思路又返还到现实。它把读者从天上引向地面，与《马诗》的题意又扣合在一起。

“厩中”“马”是指汉武帝御厩中所蓄马匹。据《汉书·武帝纪》，贰师将军李广利奉命远征大宛国，得到西域的汗血马。汗血有“天马”之称，力能致远。但武帝“厩中”诸马“皆”是“肉”身，实非“仙骨”，可在地上供驱驰，却不能驮载他直“上青天”，这就是它们不能领“解”武帝意图的原因。末句把汉武帝既迷信神仙方士之说，又为求取名马而远征绝域的史实加以综合，艺术地进行了嘲讽。淮南王得道，鸡犬随他而仙去；汉武帝“烧金”，却不能乘御厩中的马匹直“上青天”。前者本是羌无故实的传说，后者则是活生生的现实。这样的辞意，也是未“经人道”的。但此诗既是借汉讽唐，就有必要把它与唐宪宗联系起来。唐宪宗虽不闻远征求马之事，但他既慕汉武之求仙，天厩中也一定是有马成群的。诗人在这里作了暗示：与汉廷相同，唐宪宗朝中文武臣僚，有谁能理解“青天”难“上”而对唐宪宗进行规讽呢？

需要指出的是，在这首五绝诗中，诗人不可能把题中应有的内容一一道出，需要读者用想象去作补充。关于这点，作者在《苦昼短》中是有所表现的。那首诗结尾的“刘彻茂陵多滞骨”，即与此诗“武帝”二句同旨。那首诗的“谁是任公子，云中骑白驴”，与此诗“厩中”二句也近似，差别只在于：一说“骑白驴”，一说乘“肉马”。但那首诗里“神君何在，太一安有”的意思，此诗却无法融入，只好引而不发，让有心的读者自己去比观。对此，姚文燮是深有领会的：“武帝烧金，终鲜成效。而宪宗尤津津慕之，必欲以上升为愉快。嗟嗟！汉廷之老师宿儒，不减于唐，当时孰有谓爱神仙莫如武帝？究竟神仙安在？举朝皆庸人，无不知青天之难上也。”姚文燮曾说：“贺之为诗，其命辞、命意、命题，皆深刺当时之弊，切中当世之隐。”由于“诗多感讽诽怨，当世忌之者多”，故不得不“深自弢晦”。此诗在解说上难度较大，原因就在这里。

（原载《三李诗鉴赏辞典》，吉林文史出版社 1992 年版）

放言五首（其三）

白居易

赠君一法决狐疑，不用钻龟与祝蓍。
试玉要烧三日满，辨材须待七年期。
周公恐惧流言后，王莽谦恭未篡时。
向使当初身便死，一生真伪复谁知？

《放言五首》，据诗“序”是白居易元和十年（815）贬官江州司马，江行途中“续”元稹同题组诗之“意”而作。五年前元因得罪权臣，贬官江陵士曹参军，在江陵时，曾写五首《放言》

以抒积愤。元、白交深，同遭迁谪。这时元已移官通州司马，白则往江州赴任。元诗的“竹枝待风千茎直，柳树迎风一向斜”(其二)，形象地表现出直道而行，羞伍流俗的志节，“韵高而体律，意古而词新”，很为白所称赏。

《放言五首》探讨社会人生真谛，甚有深度。从真伪的辨别、祸福的倚伏，写到贫贱富贵“共成枯骨”，寿夭生死“都是幻”境，涉及相当广泛的社会生活内容，虽不免夹杂佛老思想的消极成分，却包含精辟的人生哲理。第三首对真伪正邪的识别，尤有深解。在白律中显得别具一格。

历史上不少立身正直、卓有才能之士，往往在仕途上遭到打击，而外戚权奸谬为谦恭，却篡窃国柄。诗人对此深感不平。

“赠君一法决狐疑，不用钻龟与祝蓍。”古人重占卜、起卦，从军国大事到日常生活，都以它为行动指南。因而，钻龟甲、祝蓍草，便成为生活的必需。此诗开篇敢于冲破迷信传统的束缚，向好友赠送一种“不用”占卜就能“决狐疑”、辨真伪的妙“法”，在一千多年前确是大开眼界的。由于生活中常会遇到难于判断的问题，此诗格外引起人们兴趣，因而便具有了普遍意义。

但诗人赠送好友的，究竟是一种什么方法呢？他不用逻辑推理，而借助艺术形象，艺术灵感颇受元诗“玉英惟向火中冷，莲叶元来水上干”（其四）的诱发。他的观察与思维，由一般事物引向特殊现象，显示出不同的层次，看问题是全面的。

“试玉要烧三日满，辨材须待七年期。”诗下自注“真玉烧三日不热”，“豫章木生七年而后知”，是据《淮南子》和《史记》集解的说法。非同寻常用典，实乃经验结晶：对任何事物都不能只看一时假象，而要经过不断检验。正如良玉、良材都有个或长或短的测“试”与“辨”认过程一样。次联举的乃是两个正面例子。但鉴别良玉、良材，只是辨识真伪方法的一方面，而社会生活极其复杂，有时善恶颠倒，真假淆乱，这就有必要考虑到种种特殊情况。于是诗人便从历史上找到两个正面与反面的典型事例。

“周公恐惧流言后，王莽谦恭未篡时。”周公辅佐成王，一片忠心，却蒙上“将不利于孺子”（《尚书·金縢》）的恶名。王莽“篡”汉前伪为“谦约退让”（《汉书》本传），反博得礼贤下士的令誉。一个是忠贞受诬陷，一个是奸邪被谀美，历史就是这样喜欢捉弄人。但另一方面，历史又是无情的，周公、王莽终于都有恢复各自本来面目的时候。

尾联指出了问题的关键：“向使当初身便死，一生真伪复谁知?”在诗人看来，真善与伪善总是可以鉴别出来的。除非周公在“流言”未澄清、王莽在野心未暴露时就死去，前者只有抱恨“恐惧”以终，后者落得侥幸钓誉而亡。再也没有人知道他们的真和伪，这当然要叫人愤愤然。但事实是周公、王莽终于活着，因而人们得以通过二人的实践，检验其“一生真伪”。这诗句背后隐含着深意：诗人希望元稹迎接生活的严峻考验，以最大毅力去赢得时间的胜利，澄清对他的诬陷，恢复那曾经一度被歪曲的历史真相。

白居易在诗中通过艺术形象向人们展示了一个用实践来检验真伪的有效方法。它采取的方式是赠送一种“决狐疑”的方法，在否定唯心的、依靠占卜的做法的同时，肯定了唯物的尊重实践的方法。他首先由“试玉”、“辨材”这两种自然现象的考察，深入到社会生活的里层——历史人物横遭“流言”与伪装谦恭的正反对照，从而证实了人们的社会实践是检验真伪的最好方法。最后更用提问口气，强调指出：这种实践还必须是长期的，否则就无法对一个人的真伪正邪作出准确判断。这是诗的真正创作意图所在。

但此诗以辨别真伪为主题，却直到结尾才把它点明。这隐而不发的艺术手法的运用，无形中增强了它的诗味。它同组诗“其一”起句就揭示出“朝真暮伪何人辨”的主题，写法迥然不同，这艺术构思特点，是值得指出的。

在语言上，此诗基本上是用白描法。由于采取律诗形式，中间两联利用试玉辨材的类似现象和周公、王莽的不同表现分别组成偶对，以生动、具体的形象打动读者，虽各有出典，却明白如话。诗人的本意是阐明一种社会人生真谛，却由于不同形象与判断层次的巧妙复合，遂使诗中议论没有流于枯燥且饶有理趣。它因是白诗中富有生活哲理的名篇而深入人心。后四句不仅被《京本通俗小说》所引用，还成为术神问卜的谶词而在民间流传，这恐怕是大出诗人意料的。

（原载《白居易诗歌赏析集》，巴蜀书社 1990 年版）

题乌江亭

杜　牧

胜败兵家事不期，包羞忍耻是男儿。
江东子弟多才俊，卷土重来未可知。

杜牧会昌中官池州刺史时，过乌江亭，写了这首咏史诗。“乌江亭”即现在安徽和县东北的乌江浦，旧传是项羽自刎之处。

项羽溃围来到乌江，亭长建议渡江，他愧对江东父兄，羞愤自杀。这首诗针对项羽兵败身亡的史实，批评他不能总结失败的教训，惋惜他的“英雄”事业归于覆灭，同时暗寓讽刺之意。

首句直截了当地指出胜败乃兵家之常这一普通常识，并暗示关键在于如何对待的问题，为以下作好铺垫。“事不期”，是说胜败的事不能预料。

次句强调指出只有“包羞忍耻”，才是“男儿”。项羽遭到挫折便灰心丧气，含羞自刎，怎么算得上真正的“男儿”呢？“男儿”二字，令人联想到自诩为力能拔山、气可盖世的西楚霸王，直到临死，还未找到自己失败的原因，只是归咎于“时不利”而羞愤自杀，有愧于他的“英雄”称号。

第三句“江东子弟多才俊”，是对亭长建议“江东虽小，地方千里，众数十万人，亦足王也”的艺术概括。人们历来欣赏项羽“无面见江东父兄”一语，认为表现了他的气节。其实这恰好反映了他的刚愎自用，听不进亭长忠言。他错过了韩信，气死了范增，确是愚蠢得可笑。然而在这最后关头，如果他能面对现实，“包羞忍耻”，采纳忠言，重返江东，再整旗鼓，则胜负之数，或未易量。这就又落脚到了末句。

“卷土重来未可知”是全诗最得力的句子，其意盖谓如能做到这样，还是大有可为的。可惜的是，项羽却不肯放下架子而自刎了。这样就为上面一、二两句提供了有力的依据，而这样急转直下，一气呵成，令人想见“江东子弟”“卷土重来”的情状，是颇有气势的。同时，在惋惜、批判、讽刺之余，又表明了“败不馁”的道理，也是颇有积极意义的。

议论不落传统说法的窠臼，是杜牧咏史诗的特色。诸如“东风不与周郎便，铜雀春深锁二乔”（《赤壁》），“南军不袒左边袖，四老安刘是灭刘”（《题商山四皓庙》），都是反说其事，笔调都与这首类似。宋人胡仔在《苕溪渔隐丛话》谓这首诗“好异而畔于理……项氏以八千人渡江，败亡之余，无一还者，其失人心为甚，谁肯复附之？其不能卷土重来，决矣”。清人吴景旭在《历代诗话》中则反驳胡仔，说杜牧正是“用翻案法，跌入一层，正意益醒”。其实从历史观点来看，胡氏的指责不为无由。吴景旭为杜牧辩护，主要因这首诗借题发挥，宣扬百折不挠的精神，是可取的。

（原载《唐诗鉴赏辞典》，上海辞书出版社 1983 年版；
又载《袖珍唐诗鉴赏辞典》，上海辞书出版社 2003 年版；
又载《古诗分类鉴赏系列·壮志篇》，上海辞书出版社 1996 年版）

题木兰庙

杜　牧

弯弓征战作男儿，梦里曾经与画眉。
几度思归还把酒，拂云堆上祝明妃。

这首咏史诗，是杜牧会昌年间任黄州刺史时，为木兰庙题的。庙在湖北黄冈西 150 里处的木兰山。木兰是一个民间传说人物，据说是北魏时期的谯郡人（有的说是黄州或宋州人）。黄州人为木兰立庙，可见是认木兰为同乡的。

诗人一开头就用一个“作”字把北朝民歌《木兰诗》的诗意高度概括出来。这个“作”字很传神，它既突出地显示了木兰的特殊身份，又生动地描绘出这位女英雄女扮男装“弯弓征战”的非凡本领。要不，“同行十二年”，伙伴们怎么竟“不知木兰是女郎”呢？

接着，诗人又借取《木兰诗》“当窗理云鬓”的意境，把“理云鬓”换成“画眉”，把木兰终究是女孩儿的本色完整地表现了出来：“梦里曾经与画眉。”“与”相当于“和”。它启发人们去想象木兰“梦里”的情思。她只是在梦乡里，才会和女伴们一起对镜梳妆；只是为了“从此替爷征”才竭力克制着自己，并非不爱“画眉”。诗人运用一真一梦、一主一辅的衬托手法，借助梦境，让木兰脱下战袍，换上红妆，运笔尤为巧妙。这固然有“古辞”作依据，却表现出诗人的创新。

第三句诗人进而发挥想象，精心刻画了木兰矛盾的内心世界：木兰在战斗中固然很有英雄气概，但在日常生活中却不免“几度思归还把酒”。“几度”二字，恰如其分地表现出这种内心矛盾的深刻性。作为一个封建时代的少女，木兰有这样一些感情，一点也不奇怪。难得的倒是诗人善于揭示其心灵深处的思归之情，更增强了真实感。

最后问题落在“还把酒”上。是对景排愁，还是对月把酒？都不是，而是到“拂云堆”上“把酒祝明妃”。拂云堆，在今内蒙古的乌喇特西北，堆上有神祠。明妃，即自请和番的王昭君。木兰和昭君都是女性。她们来到塞上，一个从军，一个“和戎”，处境和动机固然有别，但同样都是为了纾国家之急。而这等大事却竟然由女儿家来承担，自不能不令人感慨系之。“社稷依明主，安危托妇人”，这是唐代诗人戎昱《咏史》中的名句，和杜牧这首诗是比较合拍的。

王昭君和亲，死留青冢，永远博得后世的同情。木兰为了安靖边烽，万里从戎，一直受到人们赞美。诗人通过“把酒”“祝明妃”，把木兰对明妃的敬慕之情暗暗地透露出来，把木兰内心的矛盾统一起来，运用烘托手法，使木兰和昭君灵犀一点，神交千载，倍觉委婉动人。这无疑也正是本诗值得特别称许之处。

（原载《唐诗鉴赏辞典》，上海辞书出版社 1983 年版）

馆娃宫怀古（其一）

皮日休

绮阁飘香下太湖，乱兵侵晓上姑苏。
越王大有堪羞处，只把西施赚得吴。

这是皮日休《馆娃宫怀古五绝》的第一首。馆娃宫以西施得名，是春秋时期吴王夫差建造的宫殿，故址在今苏州市西南灵岩山上。夫差和西施的故事，见《吴越春秋》和《越绝书》。吴败越后，相传越王采纳大夫文种的建议，把苎萝山“鬻薪”女子西施献于吴王，“吴王大悦”。伍子胥力谏，吴王不听。后越师袭吴，乘胜灭了吴国。此诗是皮日休在苏州任职时，因寻访馆娃宫遗迹而作。

“绮阁飘香下太湖”，这句完全从侧面着笔。它写馆娃宫，仅仅用一个“绮”字状“阁”，用一个“飘”字写“香”，这样，无须勾画服饰、相貌，一个罗縠轻飘、芳香四溢的袅娜倩影，便自在其中了。特别是“下”字很有分量。从“绮阁”里散溢出来的麝薰兰泽，由山上直飘下太湖，那位迷恋声色的吴王如何沉溺其中，不能自拔，以至对越王的复仇行动，连做梦也没有想到，就不言而喻了。

“乱兵侵晓上姑苏”，这句省去越王卧薪尝胆等过程，单写越兵夤夜乘虚潜入这一重要环节。“乱兵”，指吴人眼中原已臣服现又“犯上作乱”的越军。侵晓，即凌晨。吴王志满意得，全无戒备。越军出其不意进袭，直到爬上姑苏台，吴人方才察觉。一夜之间，吴国事实上就亡了。这是何等令人心悸的历史教训啊！

前二句对起，揭示了吴越的不同表现：一个通宵享乐，一个摸黑行军；一边轻歌曼舞，一边短兵长戟。在鲜明对比中，蕴含着对吴王夫差荒淫误国的不满。

然而诗人不去指责吴王，却把矛头指向了越王。

三、四句就勾践亡吴一事，批评勾践只送去一个美女，便赚来一个吴国，“大有堪羞”之处，这是很有意思的妙文。吴越兴亡的史实，诸如越王十年生聚，卧薪尝胆；吴王沉湎酒色，杀伍子胥，用太宰嚭，凡此种种，诗人哪得不知。难道吴越的兴亡真就是由西施一个女子来决定的吗？显然不是。但写诗忌直贵曲，如果三、四句把笔锋直接对准吴王，虽然痛快，未免落套，所以诗人故意运用指桑骂槐的曲笔。他的观点没有浮在字句的表面，要细味全篇的构思、语气，才会领会诗的意蕴。诗人有意造成错觉，明嘲勾践，暗刺夫差，使全诗荡漾着委婉含蓄的弦外之音，发人深省，给人以有余不尽的情味，从艺术效果说，要比直接指斥高明得多了。

（原载《唐诗鉴赏辞典》，上海辞书出版社 1983 年版）

笠泽诗名千载香　一回一读断人肠
——陆龟蒙《吴宫怀古》赏析

香径长洲尽棘丛，奢云艳雨只悲风。
吴王事事堪亡国，未必西施胜六宫？

这首七绝《吴宫怀古》，是晚唐诗人陆龟蒙的名作。“吴宫”指现在苏州市西南灵岩山上春秋时期吴王夫差的馆娃宫故址。诗人游览吴王故宫，发思古之幽情，便写了这首诗来抒怀。

诗人面对吴宫的旧墟，唤起历史的回顾。第一句的“香径、长洲”，即采香径和长州苑的省称，它们是夫差当年常去游乐、校猎的场所。第二句的“奢云、艳雨”，是指夫差荒淫无度的生活。吴宫的花草、狗马、声色、绮罗，借助“香径、长州”，“奢云、艳雨”八个字，便一一形象地点画出来。这样，两千多年前春秋时代富丽堂皇的吴王宫苑，奢侈艳冶的后庭生活，一下子就展现在读者面前。但这毕竟是诗人的忆想，当他从忆想回到现实时，就清楚地感到：吴宫的昔日繁华，早已“云”散“雨”收，游人能够见到的，尽是丛生的荆棘，能够听到的，只有阵阵的悲风了。

前两句，诗人写出了忆想当中的和实际看到的两个决然不同的“吴宫”。馆娃宫在六朝时代就已改建为佛寺，采香径和长州苑更是荒芜不堪。诗人游览时，原有的楼台亭阁已面目全非。他没有直接写馆娃宫，却把笔锋推移到附近同为吴王行台所在的香径和长洲，这就暗示读者：当年吴王在宫中安享尊荣，仍然不得满足，还经常出游香径，校猎长洲，极尽声色犬马之能事。自从吴王亡国丧身，时经两千余载。香径、长洲，既然都是一片荒凉，馆娃宫的命运，也就不难想象了。虽不直接写馆娃宫，而馆娃宫却若隐若现地在眼前晃动。诗人在这里成功地使用了由远及近的类推法。这是一个值得注意的艺术经验。

不过，诗人并未照原样自然主义地描绘吴王在出游校猎时豪华生活的细节，却仅仅通过“奢云艳雨”四个字，就恰到好处地把那些内容表现了出来。“云”、“雨”二字，不是泛指一般的起云下雨，而是隐用宋玉《高唐赋》中楚怀王与巫山神女梦中相会的故事，喻指吴王生活上的荒淫。诗人精心挑选了“奢”、“艳”二字同“云”、“雨”配搭，生动尖锐地讽刺了吴王的穷奢极欲。过去，“云雨巫山”这一词语往往用来指代男女之间的情事，几乎成了套语，因而往往显得陈腐庸俗。在诗人笔下，传统典故的一般涵义得到了深化。他在“云”、“雨”的前面加上“奢”、“艳”二字，让“云”、“雨”二字受“奢”、“艳”二字的制约。这样，吴王的荒淫腐朽生活，便有力地揭露出来了。这里用的是化腐朽为神奇的手法。这又是一个值得借鉴的艺术经验。

使用对比手法，在古典诗歌中最常见。但陆龟蒙却独出心裁，重复使用当句自为对照的写法，顺着诗行，交织地进行。第一句上半句的“香径长洲”和下半句的“尽棘丛”，第二句上半句的“奢云艳雨”与下半句的“只悲风”，都是当句自为对照的。不仅如此，在当句自为对照时，还把相近的词意，在句内加以重复。第一句的“香径”和“长洲”，第二句的“奢云”和“艳雨”，词意便是较为接近的。这种形式上的错综变化的运用，也收到了诗人深刻抒发他对吴宫沧桑今昔之感的艺术效果。

紧接着，诗人以“奢云艳雨”四字为起点，让想象的翅膀继续飞翔。他由这个曾经显赫一时的“吴宫”，联想到了那个著名的、一向被封建文人搞糊涂了的夫差和西施的故事。它的本事见于《吴越春秋》和《越绝书》。相传吴破越后，越把苎萝山一个卖薪的绝色女子献给吴王，很受宠爱。伍子胥曾为此事谏劝吴王，吴王不听。后来吴竟反为越所灭。但诗人是写怀古诗，不是写历史故事，他不可能在一首绝诗中介绍故事内容，便截头去尾，单就吴国灭亡这一重要环节进行构思。于是他抓住西施“沼吴”这个传统观念加以抨击，这就集中表现了本诗的主题，从而把议论引入了诗歌的领域。第三句的“事事”，是说不只一端“堪”有能的意思。这句说吴王干的事举不胜举，但总没干过一件好事。一桩桩，一件件，都能导致他亡国。第四句的“六宫”，本指古代天子居住的地方，这里代指吴王后妃的住处。这句是说，吴的覆灭“未必”是西施美貌盖过“六宫”所造成，难道仅仅因她“胜”过“六宫粉黛”，就可以把“亡国”的责任强加于她吗？诗人在后两句中，发了一通史论，但他说得很含蓄，而且没有用肯定语气，留下了回旋的余地，好让读者去仔细咀嚼。

陆龟蒙在诗中咏的是吴国灭亡的事，他虽然论到了抽象的道理，但却有着鲜明的形象。他在后两句中，再一次使用了对比手法，这就是把“吴王”和“西施”作尖锐的对照。诗人只用“事事堪亡国”五个字，就突出了吴王的权位与威势。相形之下，西施唯一可以凭借的只有她的相貌。她既非王后，位就不高，又无权力，威势更说不上。“朝为越溪女，暮作吴宫妃。”（王维《西施咏》）这完全是吴王爱宠使然。既然她不像太宰伯嚭那样独揽大权，怎么能因美貌“胜六宫”，就叫她承担“亡吴”的责任呢？通过这一对照，谁是“亡吴”的祸首，就十分清楚了。“宰嚭亡吴国，西施陷恶名。”（唐·崔道融《西施滩》）吴国的灭亡，主要是吴王治国无道，信任权臣，残害忠良的结果。难怪诗人在这里要为西施作“不平”之鸣了。

通过诗歌艺术评价西施，历来就有两种截然相反的观点：一种是以西施为“亡吴”的“尤物”，一种是以西施为救越的“功臣”。诗人们或者站在吴的立场，或者站在越的立场，各讲各的理。说到底，其实都是“女色亡国”论的翻版。《吴宫怀古》独排众议，提出了“西施”不应负“亡国”之责的观点，这在诗国里起了一新耳目的作用。

在诗歌领域内，通过艺术手段开展对历史人物的评价，有着悠久的传统。到了晚唐时代，诗人们对这个传统又有所发展，这在温庭筠、李商隐、杜牧和陆龟蒙的诗中，都有不同程度的表现。其特点是：他们的议论，一般都含蓄不露，留有余地，而不是剑拔弩张、倾筐倒箧。这一则因为他们所处的时代，不允许写得太直露；再则诗歌本身也要求诗人必须通过鲜明生动的形象来表现，不允许在诗中讲抽象的道理，搬空洞的教条。因而诗人的语言表达必然有一个限度，说尽了，就没有回味可供赏玩。后者应该是首要的因素。在诗歌里面发议论，曾经被宋以后的评论家看作写诗的大病。这种观点一度很风行，仿佛议论与诗是水火不相容的两回事。这是一个误会。诗歌里面的谈论，不应该是抽象空洞、难以捉摸的东西，而应该是可知可感，有着鲜明生动的形象和情趣，能在纸上闪闪发光的艺术结晶。这样的议论——让形象和情节出来说话，是不宜不加分析地通通推倒的。

七绝诗的容量很小，它必须在有限的短小形式中，蕴蓄尽可能丰富的内容。《吴宫怀古》是具备了这个优点的。陆龟蒙善于运用艺术手法和表现技巧，因而他的绝句能够独标异彩。“春融冶，秋鲜妍”（他的朋友吴子华为他所写“奠文”中的话）和“诗篇清丽”（《唐摭言》）的赞语，正标志着《吴宫怀古》这首名作的艺术特色。也正因这样的特色，他得到了宋代诗人杨万里的推崇。他的诗作中所特有的“晚唐异味”（杨万里《读《笠泽丛书·龟蒙诗文集》三绝句》），使他的“诗名”“千载”生“香”，诗篇百读不厌。陆龟蒙在七绝诗艺术上的出色成就，我们是应该给以足够重视的。

（原载《唐诗鉴赏集》，人民文学出版社 1981 年版）

和经父寄张绩[①]二首

孔平仲

解纵枭鸱啄凤凰，天心似此亦难详。
但知斩马凭孤剑，岂为摧车避太行！
得者折腰犹下列，失之垂翅合南翔。
不如长揖尘埃去，同老逍遥物外乡。

半通官职万人才，卷蓄经纶未得开。
鸾凤托巢虽枳棘，神仙定籍已蓬莱。
但存漆室葵心在，莫学荆山玉泪哀。
倚伏万端宁有定，塞翁失马尚归来。

孔平仲同其兄文仲、武仲“皆以文声起江西，时号三孔”（《宋史·孔文仲传》）。经父是大哥文仲的字。张绩是一位才识兼美之士，文仲曾屡以诗寄他。此诗大约是神宗熙宁间（1068—1077）和乃兄之作。平仲弟兄都和苏轼友善。文仲死后，苏轼指着他的灵柩说：“世方嘉软熟而恶峥嵘，求劲直如吾经父者，今无几矣！”张绩和文仲交好，正是苏轼所表彰的“劲直”一流的人物。

这两首七律《和经父寄张绩》对张绩刚正不阿的精神和未得施展的才学，加以热情赞誉，并作了慰勉和劝诫。第一首对张绩

① 绩：《宋诗钞》作“绩”。此据《豫章丛书》本《朝散集》。

同权贵势不两立，因而在仕途上遭到挫折的身世，深表同情。第二首则钦佩张缵才华出众，经纶满腹，相信他虽暂屈下僚，终将长材得展。

第一首首联引申《庄子·秋水》“鸱得腐鼠”而“吓”“鹓鸰”之意，以“枭鸱”得“解纵”、“凤凰”被剥“啄”，比喻小人逞凶，君子遭害。世局如“此”，自无天理可以推“详”了。次联赞扬了张缵的峥嵘风骨。上句称张缵就像前汉朱云那样，只知道凭借“尚方斩马剑”，誓“断佞臣”之头（《汉书·朱云传》），绝不妥协。下句化用曹操《苦寒行》诗意，说他岂肯因为太行山艰险，可能摧折车轮，而回避不前。这两句把两个著名典故精心组合，成为孔诗中的佳联。张缵的凛凛风骨，在诗行中闪现出光彩。三联则评议了朝政的污浊，也从政治得失上为张缵作了分析。上句说，软媚者虽然卑躬“折腰”于小人之前，仍然屈居“下列”，所得几何？而洁身自爱者始则“垂翅”，终将奋翼南翔，又算什么“失”呢？这两句把陶潜“不为五斗米折腰”和《后汉书·冯异传》的“始则垂翅回溪”、“终能奋翼渑池”的名言加以提炼，构成一联对句，以形象说理，极具启发性。末联“不如长揖尘埃去，同老逍遥物外乡”在析理的基础上，对张缵提出建议：你的立身大节既已确定，对出与处的两种可能又都深有了解，那还有什么可犹豫的呢？看来，不如长揖尘世，同老于“物外”之乡，去作“逍遥游”，才真正适意呵！这里的“长揖尘埃”、“逍遥物外”，化用了《庄子》语意，对污浊政局表示了厌弃。

如果说第一首在赞誉中带有不少安慰的口气，第二首则于推崇中渗入了一些劝勉的成分。重点看来还在第二首。

第二首首联对张缵备极推崇，而又深表惋惜。他是“万”中选一的人“才”，却“官职”未“通”；他有“经纶”天下的满腹学问，却“卷蓄”而不得展用。次联以两个比喻指出张缵不会久困“下列”，终将重返朝班。上句是化用《后汉书·仇览传》“枳棘非鸾凤所栖”的话，说鸾凤虽暂时“托巢”于“枳棘”之上，终能栖息在梧桐之巅，正如神仙，虽也有谪降，毕竟已在蓬莱三山“定籍”。三联对张缋既有勉励，也有劝诫。上句用《列女传》鲁穆公时漆室女忧念国事，倚柱而歌的故事。下句用《韩非子》卞和献璞刖足，抱璞哭于荆山的故事。两句一气呵成，意思是说，只要有漆室女的耿耿之心，定有施展抱负之一日，无须学卞和抱璞而哭，因为世事本是倚伏不定的，否极终将泰来。于是引出尾联的宽缓语。尾联化用《老子》“祸兮福所倚，福兮祸所伏”的词意以及《淮南子》“塞翁失马”的故事，对张缋作了鼓励。诗人指出，张缋在政治上虽然暂受挫折，只要此心不渝，定有祸去福归之一日。

《宋史·孔平仲传》说：“平仲长史学，工文词，著《续世说》……诸书传于世。”这两首诗可说是表达了平仲对人生的信念。诗中多次引用历史人物来说明现实生活中的政治与人事关系，不只有的放矢，而且饶有诗意，颇能发人深省。有的诗句由于对仗工巧已经成为名联流传，如“但知斩马凭孤剑，岂为摧车避太行”、“但存漆室葵心在，莫学荆山玉泪哀”，表现了古代“劲直”之士除恶犯险、无所畏避的精神，在今天还有借鉴意义。

这两首诗的一个显著特点，是把说理与抒情有机统一。两者如果处理不当，很容易造成割裂。但诗人熟练地掌握了写诗技巧，使之自然结合。如第一首的一、四联，第二首的四联，一再化用《庄子》中《秋水》、《逍遥游》和《老子》、《淮南子》中的词意与典故；第一首的三联截取汉、晋两朝的成语。说理成分都较浓厚。然而这些说理的内容，不仅与形象结合，而且发自肺腑，从而具有抒情色彩。在喻之以理的同时，还能起到感人以情的作用。这就避免了抽象、空洞地述说道理之弊。

这两首诗的中间两联反复把一些为人处世的生活准则进行艺术综合，最后概括成精彩偶对，构思过程颇费推敲。如第一首次联以“斩马凭孤剑”对“摧车避太行”，“斩马剑”三字经他一分为二，“斩马”与“摧车”便成了工对。又在“剑”前缀一“孤”字，以与“太行”成对，这“孤”字很能表现出持剑人的胆气。再通过“但知”、“岂为”这样旨意确切的词语加强表现力，主人公张缋的劲直气骨便鲜明地突现出来。又如第二首三联以“漆室葵心”对“荆山玉泪”，句首的“但存”、“莫学”，倾向性都很明显，表现出两种不同的纳忠方式，而十分推许前者。“玉泪”二字更打破了比拟妇女泪水的一般用法，而换上卞和抱璞玉哭于荆山的内容，顿觉异彩焕发。由于诗人在中间两联的写作上狠下了工夫，在酝酿一、四两联时，又尽可能地发挥了他运用散行句式的特长，这就使他的七律作品成为宋诗中的优秀篇什。“平仲之才，不第优于二孔，实堪高出一时”（《静居绪言》），从此诗可证。

（原载《宋诗鉴赏辞典》，上海辞书出版社 1987 年版）

秋日三首（其一、其二）

秦　观

霜落邗沟积水清，寒星无数傍船明。
菰蒲深处疑无地，忽有人家笑语声。

月团新碾瀹花瓷，饮罢呼儿课《楚词》。
风定小轩无落叶，青虫相对吐秋丝。

秦观是扬州高邮人。扬州在长江之北，由这里流经高邮至淮安的一段运河——邗沟（又名邗江），给自然风光增色不少。秦观别号邗沟居士即因此而起。邗沟在宋代属淮东路的高邮军。这是秦观描写家乡秋景的组诗的一、二两首。他选取船上和家中情景分别进行艺术概括，于是邗沟一带的泽国风光和亭园雅趣，都生动、细腻地从纸面浮现出来。

第一首表现邗沟附近的水乡夜色。微霜已降，秋水方清，诗人乘船经过运河，习习凉风，吹来清新空气，很觉爽快。这时没有月光，只见满天星斗。诗人陶醉在迷人的秋江夜色之中，环顾四周，寒星万颗，映照水中，倍感亲切。一、二句由霜寒二字领起，不消点出“秋”字，而题意自在其中。

三、四句赞美环境幽寂。邗沟两岸丛生着菰蒲一类水生植物，在夜色朦胧中，给人以一望无际的感觉。菰蒲深处居然隐藏着人家，诗人完全没有料到。不过，这种艺术处理，只适宜于若明若暗，唯见星光的秋江之夜，如果换成月夜和白天，就不一定恰切。本联妙在使用了“疑”、“忽”二字。诗人心中正结着一个菰蒲深处有无藏舟之“地”的“疑”团，忽然几声“笑语”，方知岸上还有“人家”，疑团顿时解开。这种情景，人们在生活中往往会遇到，优秀的诗人却能通过艺术作品把它捕捉下来。宋人曾说此联和僧道潜的“隔林仿佛闻机杼，知有人家住翠微”（《东园》），都来自白道猷的“茅茨隐不见，鸡鸣知有人”，而“更加锻炼”（《庚溪诗话》）。诗人们各自写出了生活中的类似体验，但秦观此联却显得更灵动，因而受到黄山谷的称赏。

第二首描写家庭生活中的闲适情趣。一、二句写碾茶瀹（烹）茗、课儿读书两件家庭琐事。月团（茶饼）新碾，花瓷为杯，茶美而器精，说明诗人很通茶道。饮罢呼儿课诵《楚词》，更见教子有方。他同把酒色财气作为生活必需的腐败官僚，是大为异趣的。

三、四句则突出了静观万物的逸趣闲情。小轩风定，树梢处于暂时静止状态，连一片枯叶也不见掉落。这可给了青虫以好机会，相对吐丝，好不自在。青虫乃细小生物，吐丝是轻微动作，但诗人却能仔细进行观察，他对昆虫世界的浓厚兴趣，对人世纷扰的淡泊情怀，都是可想而知的。诗人迷醉在青虫吐丝的小天地中，仿佛回到了童年时代，简直忘掉了荣辱得失。这种情趣，是眼中唯见财与势的俗物所无法理解的。这样，诗人的超逸情怀，无形中便从纸背反透出来。方回说秦观“古诗多学三谢，而流丽之中有淡泊”，并举了此诗，当亦属于有“三谢余味”之作。

两诗都写秋日，而内容各别：一夜间，一白日；一船中，一家里。写法更是各尽其妙。前者描写朦胧的秋江夜色：先勾勒秋江上有星无月的夜景，接着借人家笑语声的音响效果，暗示菰蒲中还藏有人家。这声音在画面上虽无法表现，但诗人通过解开疑团的方法，把绘画与音乐结合起来，便给这幅秋江夜色图配上了画外音。人家笑语之声，衬托出夜色的朦胧，全诗就更富诗味。后者描写诗人的闲逸雅趣：品茶课儿，已经够雅了，而遗忘世事，在风停树静之时观赏小虫对吐秋丝，更见出诗人胸襟的恬淡。小虫吐丝的细节，不仅给人以动中有静的印象，诗人体物入微的生活乐趣，也在无形中表现了出来。

两诗一尚宏观，一尚微观，大小映带成趣。它们写的都是琐细的生活题材，虽看不出什么社会意义，却都以观察细致入微见称，语言也“清新妩丽”（王安石评秦观诗语）。

（原载《宋诗鉴赏辞典》，上海辞书出版社 1987 年版；
又载《袖珍宋诗鉴赏辞典》，上海辞书出版社 2003 年版）

纳凉

秦 观

携杖来追柳外凉，画桥南畔倚胡床。
月明船笛参差起，风定池莲自在香。

这首诗的首句就点明题意，“携杖来追柳外凉”。人们看到的，是诗人携杖出户，来到柳外追寻清凉世界的情景。这句连用“携”、“来”、“追”三个动词，把诗人携杖出户后的动作，分出层次加以表现。其中“追”字更是曲折、含蓄地传达出诗人追寻理想中的纳凉胜处的内在感情，实自杜甫《羌村三首》“忆昔好追凉”句点化而成。这样，诗人急于从火海中解脱出来的情怀，通过一系列动作，就自然而然地表现出来。

次句具体指出了柳外纳凉地方的方位和临时的布置，“画桥南畔倚胡床”。这是一个绿柳成行，位于“画桥南畔”的佳处。诗人选好了目的地，安上胡床，依“倚”其上，尽情领略纳凉的况味。在诗人看来，这也可算“最是人间佳绝处”（《睡足轩》）了。胡床，即交椅，可躺卧。陶潜“倚南窗以寄傲”（《归去来兮辞》），是为了远离尘俗；秦观“倚胡床”以“追凉”，是为了驱解烦热，都是对美好生活的一种向往，他们或多或少是有相通之处的。

一、二两句写仔细寻觅纳凉胜地。三、四两句则展开了对它的美妙景色的描绘：“月明船笛参差起，风定池莲自在香。”月明之夜，船家儿女吹着短笛，笛声参差而起，在水面萦绕不绝。晚风初定，池中莲花盛开，自在幽香不时散溢，真是沁人心脾。诗人闲倚胡床，怡神闭目，不只感官上得到满足，连心境也分外舒适。这两句采取了对偶句式，把纳凉时的具体感受艺术地组合起来，于是，一个纳凉胜地的自然景色就活现在读者面前。

此诗以纳凉为题，诗中着力表现的是一个绝离烦热之处。诗人首先经过寻访，发现了这个处所的秘密，其次进行具体布置，置身其间，与外境融而为一，把思想感情寄托在另外一个“自清凉无汗”的世界。

宋人吕本中曾在《童蒙诗训》中评论“少游此诗闲雅严重”（《诗林广记》引）。“闲雅”当指此诗词语上的特点而言，“严重”则涉及此诗严肃而郑重的内容。它很可能是秦观在仕途遭到挫折后的作品。

《纳凉》是一首描写景物的短诗。从字面上看，可说没有反映什么社会生活内容。但是，透过诗句的表面，却能隐约地看出，诗人渴望远离的是炙手可热的官场社会，这就是他刻意追求一个理想中的清凉世界的原因。秦观是一个有用世之志的诗人。他对官场的奔竞倾夺表示厌弃，力求远避。此诗表达的就是这种感情。这种把创作意图隐藏在诗句背后的写法，应着意体会。

（原载《宋诗鉴赏辞典》，上海辞书出版社 1987 年版；又载《古诗分类鉴赏系列·闲适篇》，上海辞书出版社 1996 年版）

次韵太守向公登楼眺望二首

秦　观

茫茫汝水抱城根，野色偷春入烧痕。
千点湘妃枝上泪，一声杜宇水边魂。
遥怜鸿隙陂穿路，尚想元和贼负恩。
粉堞女墙都已尽，恍如陶侃梦天门。

庖烟起处认孤村，天色清寒不见痕。
车网湖边梅溅泪，壶公祠畔月销魂。
封疆尽是春秋国，庙食多怀将相恩。
试问李斯长叹后，谁牵黄犬出东门？

这是哲宗元祐二年（1087）秦观任蔡州（治所在今河南汝南）教授时之作。“太守向公”，据《桐江诗话》云即“郡将向宗回团练”（《苕溪渔隐丛话·前集》、《诗人玉屑》引）。向有“登城诗”，秦观“次韵两篇”。组诗描述蔡州的地理、历史概况，表现了作者关怀人民生活的思想感情，是秦观七律中的两首名作。

蔡州州治所在的汝南，汝水流经城旁。诗人在《汝水涨溢说》一文里说：“汝南风物甚美”而“水潦为患”，入夏以后，“道路化为陂波”，“城堞危险，湿气熏蒸”，“岁岁如此”。文中所作介绍，对了解此诗写作背景，甚有帮助。诗人在郡守登城眺望时，由郡城地理形势、眼前景物生发出有关历史与现实的感叹，很能发人深省。

第一首开头两句是汝南人民水灾后重建家园的生活写实。汝水“抱城”奔流的势头和火种田中的“烧痕”换新绿的场景，告诉人们：春色被“偷”到人间，人们正在为重新安排自己的生活而努力。三、四句把眼前景物与灾情回忆结合起来。“湘妃泪”、“杜宇魂”，借用虞、舜二妃泪染斑竹和蜀王杜宇魂化子规的典故，喻指灾区人民家破人亡、拉泪招魂的凄惨情状。诗人眼中见到的修竹影，耳边听到的子规声，唤起他对灾民的深切同情。千万点血泪，一声声杜宇，汝南人民遭受洪灾，无家可归，惨不忍睹的镜头，仿佛就在眼前。五、六句回顾了造成水灾的历史根源：汉、唐两代留下的隐患和祸根。前句指西汉末年翟方进为相，奏废汝南水利工程之一的鸿隙陂，从此“水无归宿”，经常为害。下句指唐宪宗元和年间，吴元济割据蔡州等地，对抗李唐王朝，擅改汝水故道，虽为李愬讨平，却贻祸无穷。这些往事，追想起来，都是令人哀伤愤慨的。七、八句说城堞倾圮已尽，希望太守重加治理。《晋书·陶侃传》有陶侃“少时梦生八翼而上天门”，后来“位至八州都督”的传说，诗人以陶拟向，祝愿他像陶侃那样，为巩固赵宋王朝而效力。

第二首开头两句展开了一幅郊野萧条景象的素描：炊烟袅袅，郊野的孤村，依稀可辨；天色清寒，村舍的痕影，一点也看不见。洪水给汝南人民带来的恶果还未消除。三、四句写汝南两处名胜车网湖和壶公祠的傍晚景色。湖边梅花盛开，祠畔明月初上，风景原本很迷人，但去年的灾情记忆犹新，前村的景象宛然在目，不禁触景伤情，泪溅魂销。这景况和诗人同时之作“风将沉燎萦歌扇，雪带梅香上舞衣”（《次韵裴秀才上太守向公二首》），风格迥然不同。五、六句说汝南是一个历史悠久、人才辈出的古城。早在春秋时代，它就是蔡、沈等国的封地，颇多“先贤”，人们立庙祭祀以示追怀“恩”泽。七、八句则从另一角度指出，历史上蔡州也有秦代李斯（上蔡人，上蔡宋属蔡州）这样的人物，他官至丞相，却终遭杀戮之祸。诗人以提问口气，把李斯临刑时“牵黄犬出上蔡东门”的“长叹”反说出来（《史记·李斯列传》），意在从他身上引出经验教训。

这组诗表现了汝南的地理历史概况，却各具特点。第一首追溯汝南水灾的历史，重在探索造成水灾的政治、军事原因。第二首考察汝南的历史和名人，意在提供效法和借鉴的对象。第一首上半写人民重建家园的辛勤劳动和水患带来的严重后果，下半指斥汉、唐两朝当国宰相和乱臣贼子的所作所为，对现任太守寄予了希望。第二首上半写水灾之后的情景，下半由蔡州在春秋时代已是封疆之国和恩泽在民的将相庙食依然，看出这里民风淳朴，并引李斯之事为戒。这对现任太守也有讽劝作用。诗人从国家利益着眼，向地方长官有所建白，对人民生活表示关切，是应该受到肯定的。

两诗在艺术表现上有相似之处，但由于突出了不同的内容而表现出各自的特色。第一首的“茫茫”二句写汝水抱城奔流，春色偷入烧痕，第二首“庖烟”二句写庖烟遥认孤村，天寒未见人影，诗人主要借助“烧痕”、“庖烟”四字于无人处写出人来。而“偷”、“认”二字，从诗人眼中发现、辨认，尤为传神。第一首“千点”二句和第二首“车网”二句都是假物寓人，借景抒情，也于无人处写出人来。它们既有烘托前两句的作用，也能增强对读者的感染力。第一首的“遥怜”二句，由汉代的昏庸宰相说到唐代的乱臣贼子，第二首的“封疆”二句，由春秋的封国说到庙食的将相，也是句句有人。回顾汝南历史，一正一反，给人不少启示。而一、二两首末句“陶侃梦天门”的祝愿与李斯“牵黄犬”的“长叹”，指名道姓，对照明显。同是写人，前者无形，后者有形，诗人的同情显然在前者。而将相之所以至今血食，是因为恩及于民，劝勉向太守之意自在言外。

秦观是小小的教官，向太守曾多次请他代撰祀境内诸神的文字，可见对他是尊重的。在郡守登楼眺望时，他的次韵之作咏史悯时，发了很多感慨。这组诗能摆脱一般“次韵”诗的窠臼，所以成为两首名作。

（原载《宋诗鉴赏辞典》，上海辞书出版社 1987 年版）

秋日登海州乘槎亭

张　耒

海上西风八月凉，乘槎亭外水茫茫。
人家日暖樵渔乐，山路秋晴松柏香。
隔水飞来鸿阵阔，趁潮归去橹声忙。
蓬莱方丈知何处？烟浪参差在夕阳。

海州旧治在今江苏北部的灌云县境。乘槎亭得名于八月海客乘槎的古代传说（见张华《博物志》）。哲宗绍圣（1094—1098）初年，张耒知润州（治所在今江苏镇江），这是他秋登海州乘槎亭之作。

海州濒临黄海，靠近连云港。诗人登高览胜，海上八月，西风送凉，乘槎亭外，波涛万顷。首联写了茫茫黄海奔来眼底的壮阔景象。

海州是江北著名水乡，劳动人民下水捕鱼，上山采樵，颇能自得其乐。秋晴日暖，山路迂徐，松柏生香，别是一番佳境。次联所写是城外人家、山间小路的缩影。

三联是全诗的警句。诗人的视野由远天的雁群转向近海的浮舟。隔水飞来的“鸿阵”，在广阔的长空不断交换队形；趁潮归去的健儿，“橹声”频传，更见出和风涛搏斗时的急迫情状。如果给长空、雁阵、海潮、舟子一一着上颜色，这幅天水相接、渔舟星罗的水彩画，很能引人入胜。

末联照应第二句，引出诗人的想象：那一望无涯的海上，不知“蓬莱”仙岛究在何处？也许就在夕阳尽处，“烟浪参差”的地角。

这是一首登山观海的诗篇。全诗节奏随诗人登乘槎亭的主观感受而起伏，忽上忽下，时远时近，给人以天空海阔的印象。诗人立足亭中，放眼海上，对于面前的人家樵渔、山路松柏，虽然表示欣赏，却并不感到满足。对广阔的鸿阵、趁潮的橹声虽有较大的兴趣，但更为向往的却是烟浪参差、夕阳尽处的海上三山。

苏轼曾经称赞张耒的作品“汪洋冲澹，有一唱三叹之声”。此诗也许体现了这一特点。“舒为沦涟，鼓为波涛，激之为风飙，怒之为雷霆。”（《答李推官书》）这是张耒形容作者充沛的思想感情在文学创作中喷薄而出时所说的名言，也可以用来形容这首诗。如果说此诗的人家樵渔、山路松柏可以比作“沦涟”，隔水鸿阵、趁潮橹声就可以比作“波涛”，而茫茫海水、参差烟浪便近似“风飙”和“雷霆”。

张耒在绍圣以后，屡坐党籍贬谪，同苏轼有相似的命运。他早年便怀政治理想，却未能实现。“汉庭卿相皆豪杰，不遇何妨白首郎。”（《夏日二首》）这可算是他的内心独白。从这首景物诗中，我们看到，他要乘槎浮海，直上蓬莱三山，便在某种意义上体现了他的政治抱负。虽然这理想未能实现，但此诗还是具有开阔眼界心胸的鼓舞人的力量。

就艺术表现而言，首尾两联固然是由乘槎亭的得名而引起的，但登亭毕竟是外因，它通过内因——诗人的主观思想感情，才产生了这两联诗句，而其中恰好寄托着诗人的理想。但此诗一、四两联，却一向被人忽视，倒是二、三两联因写景成功而受读者注目。作者确是一个工于描写山光水色，而且最喜欢晴天的诗人。写于同一时期的“鸟飞山静晴秋日，水阔人闲熟稻天”（《将至海州明山有作》）、“溪声夜涨寒通枕，山色朝晴翠染衣”（《屋东》），同此诗第二联的“日暖”、“秋晴”，绝不是雷同，而是诗人生活爱好的表现。上引两诗也写到山和水，但不及此诗写山写海的气象宏阔，可见要达到此诗的艺术高度，很不容易。

（原载《宋诗鉴赏辞典》，上海辞书出版社 1987 年 12 月版）

感春十三首（其一、其八）

张　耒

春郊草木明，秀色如可揽。
雨余尘埃少，信马不知远。
黄乱高柳轻，绿铺新麦短。
南山逼人来，涨洛清漫漫。
人家寒食近，桃李暖将绽。
年丰妇子乐，日出牛羊散。
携酒莫辞贫，东风花欲烂。

浮云起南山，冉冉朝复雨。
苍鸠鸣竹间，两两自相语。
老农城中归，沽酒饮其妇。
共言今年麦，新绿已映土；
去年一尺雪，新泽至已屡；
丰年坐可待，春服行欲补。

张耒“有雄才，笔力绝健”，因苏辙的赏识而受苏轼“深知”（《宋史》本传），是“苏门”中最关怀人民生活的诗人。五古《感春》便是这方面的代表作。

《感春》共13首，却非同时之作。这两首是张耒早年任寿安（在今河南宜阳县境）县尉时所写。两诗描写的，正是北方乡村春天“农事霭方布”的生活图景。前首写雨后信马游春时看到的郊野秀色，很像一幅自然景物速写，人只是其中的点缀。“草木明”，“尘埃少”，高柳“黄乱”，新麦“绿铺”，“南山”迎面，清

“洛”初“涨”，北方原野上万物欣荣的盎然春意，引起诗人极大兴趣。雨后新晴，节近“寒食”，桃李的蓓蕾被暖烘烘的太阳熏得快绽苞了。村落里丁男妇女为丰年在望而分外喜悦，红日初升就把牛羊散放在牧场上。虽然手边不宽裕，人们还是利用劳动余暇入城“携酒”回来，与妻子同乐。树头开遍繁花的灿烂春光如不及时欣赏，将会被东风带往天涯。后首基本上是前首“年丰妇子乐”、“携酒莫辞贫”二句的延伸和放大。它以洗练的笔触，塑造了一位老农城中沽酒归来，同老伴对饮共话的情态，很像一幅农家生活素描，人在其中居于主要位置。云起南山，晨雨冉冉，苍鸠两两，相语竹间，这便是画中人所处的自然环境。时晴时雨的天气，对作物生长很有好处。而苍鸠两两相语，和老农夫妇的斟酒“共言”，则起了烘托作用。这是借人们习用的鸣鸠唤妇的俗语起兴。老农夫妇的对话流露出丰收可望的愉快心情：去年下一尺深的雪，今春又屡降新雨，劳动没有白费，嫩绿的麦苗已在冒尖。看来丰年已可坐待，春衣快要补缝了。此诗以对话作为全篇重点，着墨不多，而形象丰满。

《感春》两首是诗人对北方农村春天的热情赞歌。雨水调匀，丰年在望，给农民带来了改善生活的实惠，通过诗人的主观感受，人们似乎呼吸着春天的气息，预享着丰收的快乐。老农夫妇祝愿丰收、入城沽酒、同乐共话的情景，表明他们对生活的热爱。作者生动具体地传达出农民这种感情，正是他关怀人民生活的表现。

“学文”、“急于明理”，这是张耒关于文学的基本观点之一。从这个观点出发，他认为写诗主要在于“理达”，不“以言语句读为奇”（《答李推官书》）。他晚年“益务平淡，效白居易体”（《宋史》）。这两首《感春》正体现了这一特色。作者所说的“理”，接近于现在所说的主题与思想倾向；所说的“达”，接近于现在所说的要尽可能地把二者表现出来。否则，就是单纯追求

“言语句读”的“奇”，是舍本逐末，不能算“理达”。以此诗而论，诗人运用多种艺术手法，作为他“寓理”的手段，诗人的真情实感自然就从行间流露出来。在评论宋诗时，人们总爱把“理”与“情”对立起来，好像宋诗主理就不述情，这是一种误解。张耒这两首《感春》，是他“以理为主”的诗歌理论的具体实践，可是通首却看不出专言理的诗句，这很有助于破除上述偏见。

《感春》两首以不同的艺术结构和表现手法抒写对春天的感受，各有侧重，甚具匠心。第一首有作者出场，带有浓厚的主观抒情成分。第二首则以客观描写为主。两诗在人和自然的处理上颇有差异。第一首自然景物占主要位置，第二首则相反。在内容上既相连续，又相区别，或全面铺写，或个别集中，颇见错综之妙。在语言艺术上，尤能显示“平淡”之美。如“秀色如可揽”、“雨余尘埃少”、“南山逼人来”、“桃李暖将绽”、“苍鸠鸣竹间，两两自相语”等，毫不着意，却自然生动。张耒曾有“对偶”“格最污下”（《与友人论文，因以诗投之》）的主张。两诗虽以散行为主，却也间用对句，如“黄乱高柳轻，绿铺新麦短”、“年丰妇子乐，日出牛羊散”、“丰年坐可待，春服行欲补”。而黄、乱、高、轻、绿、铺、新、短等词，刻画柳、麦的生态，很有锤炼之功。“新绿已映土”、“新泽至已屡”，同“绿铺新麦短”、“雨余尘埃少”，不避重复，是为了收相得益彰之效。

（原载《宋诗鉴赏辞典》，上海辞书出版社 1987 年版；又载《古诗分类鉴赏系列·春景篇》，上海辞书出版社 1996 年版）

陪润州裴如晦学士游金山回作①

杨　蟠

试上蓬莱第几洲？长云漠漠鸟飞愁。
海山乱点当轩出，江水中分绕槛流。
天远楼台横北固，夜深灯火见扬州，
回船却望金陵月，独倚牙旗坐浪头。

此诗写于仁宗嘉祐（1056—1063）年间，作者时任和州（治所在今安徽和县）推官。裴如晦，名煜，时知润州（治所在今江苏镇江）。杨蟠“平生为诗数千篇”（《宋史·文苑传》），曾受欧阳修称许：“苏梅久作黄泉客，我今亦为白头翁。卧读杨蟠一千首，乞渠秋月与春风。”（《读公济〈章安集〉》）《宋文鉴》和《瀛奎律髓》都选了它，也许就是欧公“卧读”过的一首好诗。

此诗是诗人陪裴煜游金山归途之作。胜游虽近尾声，清景尚在眼前。诗人生怕久后追慕为难，赶忙形诸吟咏，对这次旅游作了艺术总结。

首联写初上金山的观感。金山当时位于长江中流，兼有形胜、楼观之美。上句“蓬莱”是比拟之词。诗人陪同当地长官初“上”金山，恍如面临海上三神山，领略着仙境的滋味。“试上”和“第几洲”，用试探、设问口气，如实概括了最初印象。次句写上山后所见江间景色：长云漠漠，满布江山，连飞鸟也为难以

① 《宋文鉴》首句“试”作“世”，末句“浪”作“上”。此据《瀛奎律髓》。姚鼐《今体诗钞》同。

度越而发愁。上得此山，真如到了蓬莱胜境。

次联着重勾画金山周遭环境。诗人临窗远眺，只见海上群山点点，“当轩”而出；凭栏俯瞰，又见江水“中分”，“绕槛”而流。“乱”字形容山如簇围，“当”字形容秀色可揽，“中”字状地处江心，“绕”字状江流萦回，都能写意穷形。

前两联以日间登山所感所见为中心，后两联则集中表现夜里回舟时情景。

三联侧重描写长江边两座历史名城镇江和扬州，而以镇江东北的多景楼和扬州城里的万家灯火作为典型。多景楼在北固山甘露寺中，裴煜守润州时，曾以此楼为题写过一首七律，诗中有“海岸千艘浮若芥，邦人万室布如棋”之句，就是从楼上看到的景致。杨蟠则从舟中“远”望北固山、多景楼，而赞赏它“横”立“天”际的壮观。尤以“夜深”“见”到的“灯火”辉煌的扬州城郭，更为引人入胜。诗人分别突出镇江和扬州的特点，一是名胜古迹，一是繁华景象，着墨不多，形象都很鲜明。在旷远寥廓的天幕下，北固山和多景楼横空屹立，不知阅历了多少古今兴亡。而扬州城的夜深灯火也生动地证明：这个向以商业发达著称的古城，仍然是繁盛如昔。方回说五、六“自是佳句”，认为“细味”起来，和王安石的“天末海门横北固，烟中沙岸似西兴”（《次韵平甫金山会宿寄亲友》）相比，觉此诗“尤胜”（《瀛奎律髓》）。而王平甫则说它是“解量四至”的“庄宅牙人语”（《后山诗话》），显然带有成见。

末联特把润州形势作了刻绘。上句写回望“金陵月”色，意在把它同润州联系起来，并向裴煜暗示：金陵地处镇江上游，同属东南重镇，关系国家安危。下句则写得更含蓄。牙旗，旗杆上饰以象牙的旌旗，代指裴煜的官船。“独倚牙旗”，稳“坐浪头”，固然显示了裴煜坐镇润州的英威，言外却希望他勿忘保境安民的职责，与李商隐《重有感》“玉帐牙旗得上游，安危须共主君忧”的用意略同。

此诗向以善于摹写金山形胜见称。纪昀赞誉它“气象雄阔，到底不懈”，是当之无愧的。方回说杨蟠诗“葩藻流丽”，意谓写金山形胜，既能把握前后、左右与古迹、名城的特点，又能通过辞采流丽的语言来表现。全诗突出“陪”、“游”、“回”三字，却一点不见痕迹。二、三联尤能发挥诗人运用偶句的特长，自然流转，上句既佳，下句尤胜，珠联璧合，倍见精彩。作者同时又作《甘露上方》，其首联云“云捧楼台出天上，风飘钟磬落人间”，二者可谓异曲同工。此外，此诗又是七律中“格高调响”的典型，音节浏亮，雍容不迫，读来朗朗上口。

（原载《宋诗鉴赏辞典》，上海辞书出版社 1984 年版；又载《袖珍宋诗鉴赏辞典》，上海辞书出版社 2003 年版）

上工部尚书胡松年

李清照

胡公清德人所难，谋同德协心志安。
脱衣已被汉恩暖，离歌不道易水寒。
皇天久阴后土湿，雨势未回风势急。
车声辚辚马萧萧，壮士懦夫俱感泣。
闾阎嫠[①]妇亦何知？沥血投书干记室。
夷虏从来性虎狼，不虞预备庸何伤。

① 嫠（lí）：寡妇。

東甲昔时闻楚幕，乘城前日记平凉。
葵丘、践土非荒城，勿轻谈士弃儒生。
露布词成马犹倚，崤函关出鸡未鸣。
巧匠何曾弃樗栎，刍荛之言或有益。
不乞隋珠与和璧，只乞乡关新信息。
灵光虽在应萧条，草中翁仲今何若？
遗氓岂尚种桑麻？败将如闻保城郭。
嫠家父祖生齐鲁，位下名高人比数。
当时稷下纵谈时，犹记人挥汗成雨。
子孙南渡今几年，飘零遂与流人伍。
欲将血泪寄山河，去洒东山一抔土。

绍兴三年（1133）夏，韩肖胄、胡松年赴金充两宫通问正副使（《建炎以来系年要录》卷六十五），李清照撰五、七古诗各一首，上韩与胡。此为第二首。诗前有《序》，简述了写诗缘由。时作者年 50 岁，距徽、钦二宗被俘北去，刚届六个年头，是赵明诚卒后第四年。

靖康之难，李清照经历了国破家亡的惨痛生活。她借献诗机会，充分抒泄了系念国事、关怀敌后军民的爱国激情。“才力雄赡”（《碧鸡漫志》），不只“非寻常妇人所能”（《朱子语类》），更“无愧古之作者”（《萍洲可谈》）。

诗凡 34 句，分三大段。首段 10 句，由胡的德望、奉使引出献诗意图。胡松年是一位坚持抗金、反对投降的刚直官吏。诗开头就赞胡有“人所难”及的“清德”，与人同谋协德，处理国事，唯以心安志正为目的。接着，借汉高祖“解衣”“推食”（《史记》）和燕太子丹送别荆轲的故事，称美胡已蒙“被汉恩”的温暖，在“离歌”中绝不重唱“易水”生“寒”的哀曲。易“解”

为“脱”，固属词汇运用上的变化；“易水寒”前冠上“不道”二字，则反用了《易水歌》意。正反互用，偶句成对，恰是胡受命时以国事为重，不计个人安危，毫无“疑惧”，“毅然而往”（《宋史》）的勇敢坚决态度的艺术体现。其次，先借“皇天久阴”，后土”犹“湿”，“雨势未回”，“风势”方“急”的自然现象，渲染了胡登程时的悲壮气氛。继又熔铸杜甫《兵车行》“车辚辚，马萧萧”句式，通过音响效果，描写胡的护卫仪仗规模雄壮，“壮士懦夫俱”为之感激泣下。然后点出自己——一个无“知”的“闾阎嫠妇”“沥血投书”的目的。它为全诗定下了激昂慷慨的基调。

次段16句，是全诗重点。包括向胡提出建议和对乡关信息深表关注。她向胡建议：应警惕敌人的诡计，做好武装准备。指出“夷虏从来”虎狼成性，对“不虞（不能逆料）”之事，预为防备，绝不会有什么损伤。她举了《左传》晋、楚两国将缔盟时，“楚幕（营）”的人“衷甲”（披甲于衣内）以待的记载，又用《新唐书》浑瑊与吐蕃定盟于甘肃“平凉”时，浑瑊中吐蕃伏兵的故事为例。“衷甲”、“乘（治）城”，都属于武备不懈的故实。由于用了对照写法和骈偶句式，不仅明暗相形，而且摇曳生姿。她又向胡建议：应尽量招揽、录用沦陷区的众多人才。“葵丘、践土”均在河南，曾是齐桓公、晋文公与诸侯会盟之地，并非僻远荒城，一向人才济济。希望此行切勿轻贱献计的“谈士”，鄙弃讲学的“儒生”。她又举了《世说新语》里东晋袁宏和《史记》里孟尝君门客事例。袁宏是能“倚马前”作“露布”（军中文告）的好手；孟尝君门下“能为鸡鸣”的食客，曾帮助他脱离虎口，于鸡鸣前逃出函谷关。能力不分大小，在关键时刻都能派上用场。“露布”二句，正因用了大小对举的偶句而起了艺术地提供发现、使用人才的宝贵经验的作用。她还借《庄子》和《诗经》里的两个典故，重申广采众议乃是实践反复证明了的普遍真理，作为前两项建议的一个结束。她强调：正如“巧匠”选材“何曾”舍“弃樗栎”之类的不材之木一样，“刍（刈草者）、荛（伐薪者）之言”或许很有益处。以下进而表达她对家乡信息的殷切关注。在“不乞”二句中，我们看到，女诗人热爱“乡关”的激情喷薄而出，她公开宣称：我乞求的不是“隋侯珠”、“和氏璧”这样价值连城的国宝，而仅仅是“乡关”的最“新信息”。对照鲜明，完全可以同杜甫《春望》中的名句媲美。女诗人还生动具体地显示了“信息”的内容：一是家乡文物古迹的现状：位于曲阜县的鲁灵光殿，虽然尚在，想应萧条不堪，王侯将相坟前“草中翁仲”，如今也不知是何模样了；二是留在敌后的平民（“遗氓”）莫非“尚种桑麻”？战败的宋将，好像听说还有保守城郭、坚持抵抗的。这些便是女诗人渴望听到的“乡关”最“新信息”。正是这种爱国激情，把全诗推向了高潮。特别是“遗氓”二句，用偶对而出以悬想，更深深地打动着读者。于是“遗氓”、“败将”、“桑麻”、“城郭”等具体形象便都具有了普遍意义。

三段八句，是向胡自陈身世。前四句说父祖，后四句说自己。李清照时已寡居，“嫠家”是谦称。李父名格非，祖不知名，原籍山东，故说“父祖生齐鲁”。当韩琦作相时，李的父祖因曾得韩琦荐引，官位虽卑，名声却高，故成为时人比量称数的对象。“当年”二句借《史记》驺衍等学者云集稷下讲学和齐都临淄肩摩毂击的繁荣景象，喻指父祖讲学纵谈、人才辈出的情况。当时听者众多，挥汗成雨，而今记忆犹新。靖康难起，李氏子孙抛家南渡，几年之间，漂泊零落，遂与流亡人群为伍。抚今追昔，真是万感填胸。结尾两句表达“沥血投书”的意愿：欲将一掬血泪寄往沦陷后的山河，并向日夕思念的父祖坟墓上的一抔黄土洒去。“东山”是孔子登过的地方，与“灵光”、“稷下”都属山东的胜迹。这段是全诗的尾声。对比昔盛今衰情状，全用散句。女诗人心潮起伏，激情得到自由宣泄。它与《对马赋》中名句“老矣谁能致千里，但愿相将过淮水”，代表着当时爱国者的共同呼声。诗行有尽，强烈的艺术冲击波不断向读者袭来。

李清照是北宋婉约词派大家，一向以词著称，但“少年便有诗名”（《碧鸡漫志》），曾得苏门晁补之、张耒的称道。李存诗虽少，却各体俱工。在创作上，她显然是把词与诗作了艺术分工。李诗在艺术风格上都具有爽朗豪迈特点，这体现了她襟抱豁达的一面，不尚绮靡纤巧，扫除了脂粉气和儿女态。李调元“不徒俯视巾帼，直欲压倒须眉”之评，用来赞美她的诗，是最恰当不过的。李七古诗尤为出色。《和张文潜〈浯溪中兴颂碑〉》早就以“深有思致”（《清波杂志》）见称。此篇更以“雄浑悲壮”取胜，曾被陈衍誉为“虽起杜韩为之，无以过也”（《宋诗精华录》），堪称李诗压卷之作。

此诗与上韩肖胄的五古是姊妹篇，属同一题材，但思想感情深度和艺术成就都超过了上韩之作。它的特点之一是具有较完整的艺术结构。它以对胡的敬仰发端，高潮、尾声都集中表现出对宋王朝现实处境和沦陷区文物古迹、军民生活以及父祖坟墓的沉痛怀念，可说是女诗人六年颠沛流离生活的艺术概括。诚如陈衍所说：“私情公谊”，后先交织，“古今妇女”中，“（蔡）文姬外无第三人”。可以想见，她写作时诗心的跳动和血泪的喷洒，是融合在一起的。

此诗另一特点是充分汲取了唐代歌行诗的艺术经验，在把用典、对照等技法进行有机组合时，能根据内容需要，卓有成效地实现散、偶句的错综运用。全诗 34 句中，偶句只占 8 句，不到四分之一，且都集中在一、二段，却各自发挥了重要作用。如一段“脱衣”二句，二段“衷甲”二句、“露布”二句、“遗氓”二句，或突出胡松年的慷慨情怀和敌情观念，或强调沦陷区人才的众多和军民的艰苦，由于典故在对句中得到有效运用，既强化了感情活力，也增添了诗歌韵味。至于占三分之二强的散句中，除三段出于直抒胸臆，不假雕饰的倾吐衷情外，一、二段中约占半数的散句，如“车声”二句、“夷虏”二句、“葵丘”二句、“不乞”二句、“灵光”二句，都为呼唤武备或忧患意识而分别承担着调控情感节奏的艺术尖兵职能。在这方面，女诗人无疑是从杜甫、韩愈那里汲取了艺术营养。我们不只看到作者改杜的三字句为七字句，还能从杜的“扶持自是神明力，正直元因造化功”，“黎元愁痛今苏息，戎狄跋扈徒逡巡”和“四万义军同日死”、“周宣中兴望我皇”等句中引起共识，也能从韩的“凌风一举君谓何”、“欢声四合壮士呼”、“决云中断开青天”、“谁把长剑倚太行”、“宣王愤起挥天戈”、“堆书扑壁歌慨慷”等句中获得同感。

（原载《中国文学名篇鉴赏辞典》，山东大学出版社 1992 年版）

游山西村

陆　游

莫笑农家腊酒浑，丰年留客足鸡豚。
山重水复疑无路，柳暗花明又一村。
箫鼓追随春社近，衣冠简朴古风存。
从今若许闲乘月，拄杖无时夜扣门。

乾道元年（1165），陆游出任宁德县（今属福建）主簿。后因修编国史，对朝廷用人和出兵北征等大政有所献纳，开罪孝宗，降充隆兴（今江西南昌）通判，又以“交结台谏，鼓唱是非”，于乾道二年（1166）罢官返里，时年42岁。陆游居山阴（今浙江绍兴）城西南九里镜湖的三山，常与村农往来，曾有《岁暮与邻曲饮酒》之作。此诗是次年春间游邻村时所写。

这是一幅精美绝伦的农村生活素描。

诗以农村丰年景象开头。“腊酒”，头年腊月酿的酒。“腊酒”虽“浑”，“鸡豚”还“足”供“留客”。首句以“莫笑”二字发端，明是邻农口气，却借作者代为传述，好客之情宛然可见，颇有委婉曲折之趣。

接写山村幽静环境。“山重水复”，“柳暗花明”，这是镜湖周遭自然景观的真实再现，也是浙东地区山川、平陆网络交构的典型刻画。由于诗人对故乡农村有长期观察体验，毫不着力就把一路所见的自然景物与当时的特殊感觉有机地组合起来，艺术地实现了审美主客体的紧紧拥抱。“山重水复”，前行已“疑无路”，“柳暗花明”，眼前“又”见“一村”。迂折有致，层次井然，这拥抱是通过“疑”、“又”二字来完成的。诗人在进入一个不断变换的新的自然境界时，仿佛忽然获得生活上开塞、穷通的突发性改变的启示，理所当然地会产生出乎意料的喜悦之情。这本是一种难写之景，但诗人出以“明白如话”（刘熙载《艺概》）的语言，“天然不假雕饰”，却显现出“对仗精工”、映衬分明、设色鲜丽、结构流动的艺术光彩，不啻如“杨柳承露，芙蓉出水”（李调元《陆诗选序》），不愧是千古传诵的佳句。此联自经陆游推出，每当人们在生活遭遇上出现开塞、穷通的某种变换时，最易收到心领神会的效果。它实际上已超出自然景物的表现范围，而含有某种人生体验的深刻哲理。

然后写山村淳朴风俗。农民春天祈祷丰岁，例于“社”日（本年正月十八立春，立春后第五个戊日为社日，即二月十九）迎神赛会，“箫鼓”导前，老幼“追随”，是因临“近”春“社”

之期，则丰收后群情之欢悦自可想见。“衣冠简朴”，“古风”仍“存”，则与都市之浮靡恶习迥然不同。这是诗人对热爱生活，却能保存古朴风习的山村人民的由衷赞美。

最后写与村农相约，将常来相访。民间有“一回生，二回熟”的俗语。诗人说，“从今”以后，假“若”时间允“许”，我一有空“闲”，就要“乘”着“月”光，拄着拐“杖”，随时“叩”门相访。作者对家乡农村和邻村农民的真挚与亲密感情，在这里得到了生动表现。

陆游从小就对农村生活有真切体验，与农民保持友好交往。一生中写了不少家乡农村生活的赞美诗。此诗是他中年时期由官场返回乡里的名作，与他晚年重返故乡后所写《秋晚闲步，邻曲以予近尝卧病，皆欣然迎劳》一诗尤为相似。那首诗中间两联“酒似粥醅知社近，饼如盘大喜秋成。归来早觉人情好，对此弥将世事轻”，与此诗一、三两联分别表现了“春社近”、“秋”“社到”时邻村的生活情事、农民的简朴古风与淳厚“人情”，虽各具引人入胜之妙却大有高下之分。原因就在于此诗第二联突出表现了陆游在描写自然景物时，能由自然境界向人生境界跃入的艺术才能。这种跃入好像是在有意无意间完成的，但与诗人对生活与人生能保持乐观积极的态度不能说没有关联。而上面举到的那首诗中，恰恰就缺少这样精彩的诗行。此诗正因有了这一名联，遂给全诗所描写的农村生活，诸如丰年的欢乐、山村的幽致、邻农的淳良风习和作者的真挚情谊等，增添了感情深度。陆游此时虽罢斥乡居，而一山一水，一花一柳，也会在自觉不自觉间牵动他隐藏于内心深处的不忘国事、期盼光明的感情。姚鼐曾推尊陆游七律为南渡后第一人，此诗无疑是陆游描写家乡农村生活的七律诗中的最佳篇什。

陆游写自然景物的七律诗中，以花柳、草木、花鸟、山水、风雨等自然景物对举的佳联不少，如“花藏密叶多时在，莺占高枝尽日啼”；“水满有时观下鹭，草深无处不藏蛙”；“云归时带雨数点，水落又添山一峰”；“山经宿雨修容出，花倚和风作态飞”；“江山重复争供眼，风雨纵横乱入楼”；“傍水无家无好竹，卷帘是处是青山”；“云容山态商量雪，柳眼桃腮领略春”，等等，但比之此诗第二联，都大为逊色，就因为这些佳联都不免停留在纯自然景物的刻画上，而此诗第二联则不仅仅是这样。戴复古称赞陆诗好处是“入妙文章本平澹，等闲言语变瑰奇”。刘熙载也说陆诗“浅中有深，平中有奇”。此诗当得上这样的评价。它描写农村生活，看似“等闲言语”，“浅”显“平澹”，毫无“瑰奇”之处，更说不上有什么“深”度。可是一经妙手拈出，“深”“奇”顿出。陆游自己曾说：“放翁胸次谁能测，万里秋空未是宽。”如果不把此诗仅仅看作一般自然景物描写之作，“宽”如“万里秋空”的“放翁胸次”，就能在诗行中若隐若现地探“测”出来。

（原载《中国文学名篇鉴赏辞典》，山东大学出版社 1992 年版）

雨过

袁枚

雨过罢焚香，梅花落印床。原非栖枳棘，争敢薄淮阳。

有志为民母，无心学吏商。只嫌空鹿鹿，方寸旧都荒。

袁枚乾隆四年（1739）“入翰林”，“玉堂”三年，出为“外吏”，历知溧水、江浦、沭阳、江宁等县。他在官清正，“结”“狱”“宁早”，“判妨多误”（《沭阳杂兴八首》）。乾隆九年

(1744)“自沭阳移知江宁，别吏民黄河岸上”时，“吏民攀车走，父老泣且言”，一片依依难舍之情。

本诗是乾隆十一年（1746）冬在江宁所作。诗用首句头二字“雨过”为题，主要抒发了官务虽闲，未忘为民兴利的情怀。

首联通过“雨过”散衙，“焚香”初“罢”，“梅花落印”书“床”两个细节，淡淡写出他的室内幽静生活：“雨过罢焚香，梅花落印床。”

接着连用四个典故表现自己官职虽卑，却勤政爱民的心志。次联写自己本非置身艰险环境，怎敢因县令官卑，不尽职责的心情：“原非栖枳棘，争敢薄淮阳。”上句化用《韩非子·内储》“树枳棘者，成而刺人”语意。它本指枳、棘二木多刺的自然现象，但东汉黄琼称颂光武帝“继统”“兴业”，“立足枳棘之林”(《临终疏》)，借“枳棘”二字寓指环境的艰难险恶，便给它赋予了政治的内容。诗人自称：我只不过是个县令，处境并不艰难，“原非栖”于“枳棘”之上。下句借《汉书·汲黯传》汲黯“不受”“召拜”淮阳太守的“诏命”，汉武帝“强”令“奉诏”，有“君薄淮阳邪”语事自况。诗人说：我也没有汲黯的威望，怎敢鄙“薄”淮阳太守，拒不“奉诏”。

三联更借汉代两个故事来表现自己只有为民造福之志，绝无与民争利之心：“有志为民母，无心学吏商。”上句用《前汉书》、《后汉书》召信臣、杜诗相继为南阳太守，为民兴利，时有“召父、杜母”之语的故事，喻指自己“有志”效法召、杜“为民”“父母”，与民之好恶相同。下句用《汉书·霍光传》桑弘羊力主郡国官卖盐铁的事，借指自己“无心”去“学”桑弘羊与民争利，“吏商”不分。

四联转而淡化一向怀有的意愿，以只嫌平庸、难展心志的内愧作结：“只嫌空鹿鹿，方寸旧都荒。”上句自叹：我“只嫌”几年“为令”，平庸无能，“空”负一生抱负。下句的“方寸”，指心而言。语本《列子》“方寸之地”，却作了简化。这句说：谁知我的衷怀，全成虚话，有如耕地的荒芜不治一样。宋代有“但存方寸地，留与子孙耕”的俗语，是说一个人应存善心，教育子孙在这片心“地”上好好耕作。这里隐含此意。

“提笔先需问性情，风裁休划宋元明。”（《答曾南村论诗》）首重性情，全空依傍，此诗正好体现了袁枚创作的基本观点。中间两联是全诗的核心部分。诗以散衙后焚香赏梅的恬静生活开头，以碌碌无为、空怀抱负和内心歉疚收尾。但创作的主要意图是在突出二、三两联，把为民兴利除弊作为自己的唯一心志，这是古代勤政爱民的地方官精神风貌的真实写照。

两年前尹制府“奏擢”袁枚为“高邮牧”，因“停年”违“格”“不果”。但这并不妨碍他在创作上的不懈努力。作者《答曾南村论诗》所说“伶予官退诗偏进”的话，是这种矛盾心情的艺术表达。“一代都存雅颂声”，我们可以用他的诗句来评价此诗：不仅仅把它看做乾隆初年袁枚为令江宁的政绩和抒情独白，还是堪与“雅颂”媲美的一代佳篇。

采取冷热适度结合的独特方法，是此诗在艺术上的一大特点。首尾两联写室内环境与内心惭愧，好像环绕着冷的氛围，显示出与“热中”利禄的俗吏的原则区别。二、三两联表现为民兴利除弊的心愿，都用了反对的形式，则涂抹上热的色彩。县令官品虽卑而职责非轻，故应志效召、杜，誓不与民争利。这是作者羞伍“热中”于搜刮民脂的贪官恶吏的严正立场的艺术表白。正因此诗采取了骨冷神热的矛盾统一写法，便使亦冷亦热的不同生活感情层面，在艺术上取得和谐一致。这一特点值得加以指出。

（原载《元明清名诗鉴赏》，四川人民出版社 2001 年版）

不寐

袁　枚

梦不分明醉不醒，春风料峭我伶俜。

孤篷打遍芦花岸，一夜江声带雨听。

袁枚“改翰林为令官江南”，仅历六载。年才三十，便解组休官。他是钱塘人，却买山金陵，为此曾发出“故土非忘西子，诸袁本重南朝”的咏歌。他告别江宁吏民归随园时，在《江行风雨》中，特写了舟中所见雨“大”风“狂”的景观。此诗是《江行风雨》的姊妹篇，作于乾隆十三年（1748）春，着重表现了舟中不寐的情景。

江行无事，偏宜饮酒。“梦不分明”，说明并未成眠。“醉”又“不醒”，说明已经中酒。首句表现了酒后不寐的似梦非梦状态。忽然一阵寒风，着肌战栗。这时吏民岸边送行的动人场面，早已落幕，惟有料峭春风，船头相伴。一时忆起“春风料峭，冻杀年少”的古谚，不禁吟成“春风料峭我伶俜”的诗句。次句写宵寒醉卧的真实感觉，把“春风”与“我”融为一体，强化了寒冻并未相欺的独特心态。江平水阔，傍岸芦花丛生，一似依芦作岸。孤舟夜泊，“雨脚大如乌鹊阵”，通宵打遍船篷。三句写的便是这样的场景。诗人不说芦花岸前春雨打遍船篷，却说“孤篷打遍芦花岸”，倒装成句，便显得矫健有力。这场夜雨虽给船工维舟带来不便，却为诗人提供了诗料。正因长夜不眠，才使作者获得雨夜听江声的生活实感。不是片时，竟是“一夜”，不是只听“江声”，竟是“带雨听”江声。四句“一夜江声带雨听”，就是他心中的诗的艺术闪光。七个字包含了多层意思，有高响遏云之妙。“带雨听”三字，锤炼尤精。

此诗以“不寐”为题，前两句写春寒中酒，是以不寐情由开端。似梦不醒，由于独饮成醉。睡不成眠，只缘料峭春寒。后两句才写因不寐获得的美的享受。孤舟中芦花岸晚泊，通宵春雨打遍船篷，使不寐的诗人得以带雨饱听江声，确是一生难得几回逢的机缘，自会极力加以表现。

袁枚写此诗时，刚刚进入壮年。他既非触忤权门，亦非贪墨受弹，仅仅由于同官县令的两位同年都已擢升，他却因“奏擢高邮牧，部议不果”，才自请休官。他休官时，既无失落感，也无负罪感。这首小诗表现出诗人平衡的心态和充实的情感，使人领略到一种积极、乐观的情趣。

此诗前句或许是从吴文英的“料峭春寒中酒，交加晓梦啼莺”（《风入松》）借取了意境。不过作者却不是为“一丝柳”和“秋千索”而牵“情”惹“愁”。后两句写带雨听江声，则远胜方回的“孤篷酒醒三更雨，滴碎愁肠是此声”（《江行大雨水涨》）。更表明作者对生活能持乐观的态度。

袁枚写诗，提倡“脱去归门户”，“不汩方寸灵”。此诗写江行不寐，能自立门户，自抒寸灵。选调、下字，更是反复锤炼，一丝不苟。首尾两句，尤见巧思。

（原载《元明清名诗鉴赏》，四川人民出版社2001年版）

鸡

袁　枚

养鸡纵鸡食，鸡肥乃烹之。主人计自佳，不可使鸡知。

这首五绝，作于乾隆四十一年（1776），作者时年六十。它是诗人多年深刻体验社会人生的艺术结晶。由于内容特出新意，虽是咏物，实含丰富的现实意义。

前两句生动地刻画了鸡主人的养鸡法："养鸡纵鸡食，鸡肥乃烹之。"鸡主人"养鸡"的目的是饱口腹，他采取敞放法，"纵鸡"寻"食"，待"肥乃烹"，很是注重效益。两句对主人节省消耗的养鸡法作了艺术概括，这经验是值得推广的。

后两句是作者发的议论："主人计自佳，不可使鸡知。"诗人指出，鸡主人为"计自佳"，但此"计""不可使鸡知"道，否则它会采取对策加以抵制。

过去咏叹鸡的作品，往往注意到它报晓的本能。《诗经》早就有"风雨如晦，鸡鸣不已"的形容，人们一向把它看做黑暗即将过去，曙光就在前头的象征，这不仅孕育了李贺"雄鸡一声天下白"的名句，还给崔道融、司马光用"鸡"命题的名作以艺术启示。他们或期待"月黑风雨夜"的"近晓""啼""声"，或太息"满室高眠"无人闻声起舞，都是作者感时忧国怀抱的艺术抒发。

此诗却别出心裁，由鸡主人的养鸡法引出议论。《楚辞·卜居》早有"鸡鹜争食"的描述，杜甫《缚鸡行》又写了"鸡被缚急相喧争"的求生之欲，韩偓《观斗鸡》更表现了鸡的"唯将芥羽害同群"的特技。诗人大约意识到鸡除了报晓，还有争食、求生和喜斗的本能。面对"养"，"肥"当"烹"的严峻时刻，鸡的这种本能，会不会有所表现？此诗虽只说了此"计"不可使鸡知"，但人们读后自会把它同统治者的驭民术联系起来。这样，在这首咏物诗中，已隐含讽喻现实政治的深曲用意。先"纵鸡食"，等"肥乃烹"，这颇近似养鱼人"竭泽而渔"的做法。诗人似乎在暗示：不要以为鸡仅仅是为主人报晓，供主人烹食的驯善家禽。主人养肥烹食它的“计”谋，它虽不“知”道，但它既具有与鹜争食、缚急喧争和残害同群的本能，临命时安知不会与主人作拼死的“斗”“争”呢？这层意思作者虽未点明，细心的读者却能心领神会。

在艺术构思上，此诗虽从屈原、杜甫、韩偓的作品中受到启发，却有诗人自己的独创。这正是此诗难能可贵之处。它在艺术表现上的特点，是通过养鸡这一日常生活现象刻画，毫不着力便和现实政治挂起钩来，从而深刻把握住问题的本质，实现了借咏鸡来为民请命的创作意图。它揭示出一种发人深省的道理。很可能是针对当时清王朝的严酷统治而发。耐人玩味的是，落想不凡，出笔务新，使作者独抒性灵的才能得到充分展示。在古代五绝诗中，堪称轶群出类的典范之作。

（原载《元明清名诗鉴赏》，四川人民出版社 2001 年版）

十二月十五夜

袁 枚

沉沉更鼓急，渐渐人声绝。吹灯窗更明，月照一天白。

袁枚热爱生活，是一位“穷追诗句获方休”（《三十年》）的诗坛“老将”。辞官后侨居江宁，“小住仓山畔，悠悠三十年”（《松下作》）。此诗是乾隆四十二年（1777）袁枚 61 岁时作。他因“右足忽病疮”，曾为“望山无时登”，“妒杀竿垂钓”而生“六十已先耄”的喟叹，但能保持“静处光阴多，闲中著作妙”（《病足》）的自得其乐的心态。这首五绝便是此种心态下制作的艺术精品。

在一年最后一个“十五夜”映雪赏月，人们往往会产生月圆人寿的良好祝愿。何况作者“堂前九十四龄亲”（《元旦》）还健在，自己又刚过花甲，当然更要发挥创作优势，力争“诗向枕边工”（《山中行乐词十二首》），而写成这一精美作品了。

这是一首仄韵五绝。它以二对偶句开头，首先制造了更深人转静的环境气氛：“沉沉更鼓急，渐渐人声绝。”它将“更鼓”、“人声”的一“急”一“绝”形成对照，更深人静的过程，借助“沉沉”“渐渐”四叠字便生动形象地传达出来，使人仿佛听到夜神走动的脚步声。它又以两散行句结束，特意突出雪映月增明的绝妙景致：“吹灯窗更明，月照一天白。”灯本以照明，吹灯而窗更明，是因为夜空正高悬明月，大地又洒满白雪。末句不言雪而雪自见。诗人这时也许已和衣上床，却又欹枕待月。一年最后一个“十五”，既有明月当空，又有白雪洒地，很可能是诗人一生少遇的良宵。这时一盏寒灯，显已成为多余。不由起坐吹灯，临窗赏玩。由于白雪映衬，月光显得分外皎洁。真是天上地下，照耀如同白昼。“月照一天白”五字，准确地表现出诗人映雪赏月的独特感受，既写了实景，又传出真情，全诗因有了此句而大增光彩。

此诗由于使用了对偶、散行句式交替出现的艺术手法，而收到了语言清新简净的效果。后两句的艺术灵感，也许是受张九龄“灭烛怜光满”的诗意的诱发，但它不是“望月怀远”，而是映雪赏月，则显属诗人的创造。它也不像韩愈、苏轼因有谪迁经历，而生发“一年明月今宵多，人生由命非由他”，“此生此夜不长好，明月明年何处看”的情思，只是直写这年最后一个“十五夜”雪中看到的月色。此诗所写腊半雪夜赏月的景致，可能会给人“幽冷”的印象，但它与柳宗元“孤舟”独钓的“孤独”心态迥然不同，因为作者并无柳氏南迁后的幽禁遭遇。它乃是一个生活安定的诗翁，“十二月十五夜”，映雪赏月的真实感受，可以用诗人“景是众人同，情乃一人领”（《老莫作诗》）的艺术自白来说明。

不过，在艺术结构上，柳宗元的《江雪》无疑对诗人起了某种导向作用。柳的千山、万径、鸟飞绝、人踪灭和孤舟独钓，与袁的更鼓急、人声绝和吹灯月照，就写雪而言，确有神似之处。但柳写的是渔翁雪中垂钓，袁写的是诗翁雪夜赏月，又分明显示出“这一个”的各自特点。

袁枚一向主张读古人书，“宜读不宜仿”。他更强调“面异斯为人，心异斯为文”（《读书二首》）。如果认为袁枚专主性灵，便可不必师古，就必然会堕入束书不观、惟炫新奇的“恶派”。这与袁枚的本意并不符合。

（原载《元明清名诗鉴赏》，四川人民出版社 2001 年版）

潼关

谭嗣同

终古高云簇此城，秋风吹散马蹄声。
河流大野犹嫌束，山入潼关不解平。

据谭嗣同《三十自纪》，他 11 岁就随父继洵赴甘肃巩秦阶道任所，前后“往来度陇”几十次。此诗是光绪八年（1882）春，第二次由湖南浏阳赴甘肃，途经潼关之作，作者时年 17 岁。潼关，在今陕西省潼关县。

谭嗣同少年时代就身行万里，20 年间走遍大半个中国。生活阅历丰富，对社会人情，多有了解。本年春天他由家乡动身，秋天抵达陕西。当他看到“上跻高隅，俯视洪流，盘纡峻极，实谓天险”（《元和郡县志》）的潼关时，艺术灵感顿受诱发，挥笔写了这首名作。

“终古高云簇此城，秋风吹散马蹄声。”终古，自古。簇，堆集。潼关是中原入西北的要冲，上句写作者初抵潼关时留下的突出印象：巍峨的城楼仿佛自古以来就堆集着浮云。“高”字点示了潼关居高临下的地形。其实这里也有“日照潼关四扇开”的景观，并非终古云横。诗人专为我们留下了这一特写镜头。下句写驻马观赏时秋风吹拂的情景。刚才还在马不停蹄地赶路，此刻关前停足，马蹄声仿佛被秋风吹散。旅途劳顿，暂得休整，自然要饱览祖国河山的壮丽景色了。

前两句为进一步描写潼关铺就了纸幅，使诗人好含毫濡墨，驰骋文思，显露他惊人的才华。

“河流大野犹嫌束，山入潼关不解平。”这两句是诗人立马潼关时，对潼关的雄伟所作的精彩描绘。黄河在广阔的西北原野上奔流，好像犹嫌两旁岩岸对它有所约束；太华山势逦迤，似乎刚入潼关，便拔地而起，不解平坦为何物。这同作者最后一次过潼关时所写“平原莽千里，到此忽蹉跎”（《出潼关渡河》）的诗意，正有相似之处。诗人把黄河和华山人格化，遂令潼关周围的大好河山也有了感情。它是中华民族无穷无尽的生命力的象征，也是诗人自我形象的艺术表现。谭嗣同后来抨击封建伦常“涂锢天下之人心”，“尽窒生民之灵思”（《仁学》），渴望“日弱而下”的中国，能与“西人”“争雄”（《石菊隐庐丛识》）。谭嗣同在其少作中，已隐约怀有拓开、削平黄河、华山的约束与阻限的感情。这与他后来冲决网罗的变革精神，不会没有联系。

此诗虽属描写旅途中自然景观之作，但在一定程度上，寓托了作者胸怀祖国的豪迈襟抱和对前进道路上遇到的险阻艰难的深沉思考。我们仿佛听到他跃跃欲试、变革现实的“耿耿寸心”在诗行中跳动。他不愧是一位“惟驰域外之观，极不忘情天下”的诗人。

谭嗣同诗以意境、风格恢弘豪迈著称。同他的为人很相似。谭自评其诗，有“拔起千仞，高唱入云”（《致刘淞芙书》）之语。此诗后两句正生动体现了这种意境与风格特点。此诗前散后对，本属七绝习见的写法，但诗人于整齐中见豪迈，于观赏潼关形胜中寓豪壮情怀和深沉思考，确值得加以表彰。虽为少作，实能令老手敬服。谭诗这一特点，在他另一些诗作中，也时有表现，如“山入空城盘地起，江横旷野竟天长”（《览武汉形势》），“地沉星尽没，天跃日初熔”（《晨登衡岳祝融峰》）。“有心杀贼，无力回天。”这是诗人临终时的自叹。我们读到他这一写景诗时，很自然地会从他的深沉思考中引起反思。

（原载《诗词曲赋名作鉴赏大辞典》，北岳文艺出版社 1989 年版）

狱中闻沈禹希见杀

章炳麟

不见沈生久，江湖知隐沦。
萧萧悲壮士，今在易京门。
魑魅羞争焰，文章总断魂。
中阴当待我，南北几新坟。

光绪二十九年（1903）“苏报案”发生后，章炳麟与邹容在上海先后被捕入狱。沈荩也因率先在报上撰文揭露李鸿章与帝俄签订《中俄密约》，在北京被捕，惨死狱中。八月四日，章在狱中闻讯，写了此诗。十天后刊于《民日日报》，题作《重有感》，署名“西狩”。同年九月《浙江潮》刊载时，署名“太炎”。

沈荩（1872—1903），湖南善化（在今长沙）人。禹希是他的字。沈早年曾参加戊戌变法，失败后与唐才常在上海创正气会，光绪二十五年（1899）与唐组织“自立军”起义，次年事败，逃上海。旋潜回北京，秘密从事反清活动。三年后被捕，鞭死狱中。

此诗对沈荩的牺牲表示深切哀悼。它对沈敢于同清政府斗争的革命精神作了高度赞扬，对清政府残酷杀害革命志士的暴行痛加斥责，表现了作者与清王朝誓不两立的英雄气概。

“不见沈生久，江湖知隐沦。”沈小章三岁，沈生是对他的亲切称呼。自立军起义失败后，沈逃上海，曾与章见面。分别三年，故云“不见”已“久”。隐沦，隐没、沉沦。沈联络会党，与江湖义士秘密往来，当他“潜行于北”时，“同党之人，多不知之”（《沈荩》）。“知”想象之辞，犹言可想而知。

“萧萧悲壮士，今在易京门。”这两句回忆三年前与沈握别时情景。他用《史记·刺客列传》荆轲刺秦王，燕太子丹易水送别，荆轲所作歌辞的语意，借指沈潜回北京进行反清活动。回想当年惜别，不禁兴起萧萧“风”起、易水生“寒”、“壮士一去”、永“不复还”的悲伤。易京，汉末公孙瓒据幽州，坐镇易县（今河北雄县西北），因称易京。这里借指北京。

“魑魅羞争焰，文章总断魂。”这两句对沈的为人作了刻画。魑魅，鬼怪。上句用裴启《语林》嵇康“夜灯弹琴，忽有一人，面甚小，斯须转大，遂长丈余，单衣革带”。以嵇“视之既熟乃吹灯灭之，曰‘耻与魑魅争光’”的典故，赞赏沈拒抗邪恶，耻与清王朝共存，有嵇康羞与鬼怪争焰的鲜明态度。下句则称道沈生前所写反清文字有战斗性，可惜身陷罗网，只有于残梦中与其“断魂”相遇。这句隐用杜甫《梦李白》“魂来”、“魂返”诗意；

寄寓了作者的哀痛。又杜甫《天末怀李白》“文章”二句，对作者也可能有启示。

“中阴当待我，南北几新坟。”中阴，佛家对人死后，在七七四十九天内，还未转生的鬼魂的称呼。上句说，沈的英灵，应当在阴间等待我前来。南北，南北方，指作者与沈荩当时一被监禁于上海，一被杀害于北京。两年后邹容又病死狱中。下句说，等我们死后，南方北方就会出现几个烈士新坟。这两句突出表现了章、沈的革命情谊和作者视死如归的斗争精神，与《狱中赠邹容》的“临命须掺手，乾坤只两头”命意全同。“南北”“乾坤”两句，很能昭示作者置生死于度外的革命自豪感。此诗末句酷似谭嗣同《狱中题壁》：“我自横刀向天笑，去留肝胆两昆仑。”不同的只是谭把自己与康有为相比，而章则把自己与沈等作比而已。

此诗由想象与沈别后三年他的反清活动，写到别时慷慨激昂之状及由此引起的感伤，又对沈的为人与为文有所表彰。最后写到沈的惨遭杀害和自己踏着烈士血迹前进的决心，是作者革命豪情的充分显现。

章炳麟是鼎鼎大名的学者，并不专以诗名。他的诗取法汉魏，古奥难读，古体多而近体少。此诗以平易的语言表彰革命志士，与《狱中赠邹容》都是当时广为传诵的五律名篇。它开头即仿杜甫《不见》，风格也近似。但就整体看，更得李白五律之神。此诗平仄全合格律，颈联不着对偶，颇肖李白“不屑束缚于格律”，“才气豪迈，全以神运”，“别有一种英爽之气，溢于行墨之外”（赵翼）。章炳麟这首五律的写作方法，是值得借鉴的。

（原载《诗词曲赋名作鉴赏大辞典》，北岳文艺出版社 1989 年版）

图书在版编目（CIP）数据

古诗探艺 / 陶道恕著.—成都：巴蜀书社，2012.5

ISBN 978-7-5531-0014-2

Ⅰ.①古… Ⅱ.①陶… Ⅲ.①古典诗歌—诗歌评论—中国—文集 Ⅳ.①I207.22-53

中国版本图书馆 CIP 数据核字(2012)第 079134 号

古诗探艺

Gushi Tanyi

陶道恕 著

责任编辑 李 蓓
出 版 四川出版集团巴蜀书社
成都市槐树街 2 号 邮编 610031
总编室电话：（028）86259397
网 址 www.bsbook.com
发 行 巴蜀书社
发行科电话：（028）86259422 86259423
经 销 新华书店
印 刷 四川五洲彩印有限责任公司
电话：(028)85011398
版 次 2012 年 6 月第 1 版
印 次 2012 年 6 月第 1 次印刷
成品尺寸 203mm×140mm
印 张 14.125
字 数 350 千字
书 号 ISBN 978-7-5531-0014-2
定 价 35.00 元